中国古典学研究丛书

诸葛忆兵 主编

南朝学术与文论

袁济喜 著

上海古籍出版社

本成果受到中国人民大学"中央高校建设世界一流大学（学科）和特色发展引导专项资金"支持。

Supported by Renmin University of China:the special developing and guiding fund for building world-class universities(disciplines).

《中国古典学研究丛书》序

诸葛忆兵

中国人民大学国学院成立于2005年10月,其建院宗旨乃是以中国优秀的传统文化和学术作为教学与研究的对象。中国优秀的传统文化和学术,当下普遍称其为"国学";从学科概念上厘定,我们称之为"中国古典学"。

古典学学科源自西方,英文为Classical Studies,主要是指用语文学(philology)的方法来发现、整理和解读古代文明的经典作品,阐发其微言大义,揭示其文化精髓,厘清其起源和流变,进而发掘其现代意义。西方古典学最初是指对西方文明之古典时代(也即古希腊、古罗马时代)经典作品的研究,后来则泛指以同样的学术方法对东西方文明之所有重要经典和传统文化的研究。在近代以来的西方学术体制中,古典学一直占有十分重要和独特的位置,不仅为不同文明的传承做出了巨大贡献,其学术方法也被视为人文学术之各个学科的指导和根基。随着当代学科分类的日益精细,古典学也遭到相当程度的蚕食,但是在西方最著名的高校和研究机构内,古典学依然作为一门独立的学科得以保留并受到高度重视,甚至可以作为一流大学的标志。近年来,西方学界不断疾呼"重归语文学"(Return to Philology),倡导西方古典学所一贯秉承的语文学传统,强调古典学研究对于传承古代文明之精华和发挥传统文化之现代价值的重要意义。与此相应,古典学研究在西方学界呈现出明显的复兴之势。

人类思维有其共通性,古典学的研究方式和思维模式一直存在于国人的学术研究之中。"桐城派"所归纳的"义理、考据、辞章",即存在着古典学的合理内核。中国人民大学国学院建院十多年来所从事的研究和教学工作,从本质上说正是"古典学"学科理念的实践。无论是以汉民族优秀传统文化研究为主体的狭义国学,还是以多民族、多元一统的国家认同为基础的"大国学",我们的学术工作始终围绕着中国古代各民族经典作品的发掘、整理、释读和研究而展开。正如国学院的英文名称 School of Chinese Classics 所明确表明的,国学院实际上从一开始就是"中国古典学学院"。因此,中国人民大学国学院2017年同时挂牌为"古典学学院",明确提出以"古典学"的学科理念建设学术研究队伍。出版这一套《中国古典学研究丛书》,正是这一学科建设理念的体现。期待我们学术团队在此领域有更多的研究发现,在学术界做出应有的贡献。

是为序。

目　　录

《中国古典学研究丛书》序　　　　　　　　　　　诸葛忆兵 1

第一章　总论　　　　　　　　　　　　　　　　　　　　　1
　　第一节　南朝经济与政治情势　　　　　　　　　　　　　1
　　第二节　南朝士人之心态　　　　　　　　　　　　　　　7
　　第三节　多元学术交融与文学批评　　　　　　　　　　　13

第二章　南朝易学与文论　　　　　　　　　　　　　　　　23
　　第一节　《周易》贲卦与南朝文学　　　　　　　　　　　24
　　第二节　《周易》咸卦与南朝文学观念　　　　　　　　　35

第三章　南朝礼学与文论　　　　　　　　　　　　　　　　52
　　第一节　礼乐文明与南朝文学观念　　　　　　　　　　　52
　　第二节　南朝礼学与文论构建　　　　　　　　　　　　　70

第四章　皇侃《论语义疏》与南朝文论　　　　　　　　　　98
　　第一节　《论语义疏》与孔子形象再塑　　　　　　　　　98
　　第二节　"性情之辨"与文学创作　　　　　　　　　　　105
　　第三节　理想人格与诗学精神　　　　　　　　　　　　　114

i

第五章　南朝史学与文学批评　123
　　第一节　南朝史学的发展　123
　　第二节　沈约《宋书》编写与文学批评　129
　　第三节　萧子显与《南齐书》文学批评　143

第六章　南朝子学与文学批评　165
　　第一节　先秦至汉晋子学的演变　165
　　第二节　萧绎《金楼子》与文学批评　173
　　第三节　《金楼子》与"文笔之辨"　188
　　第四节　《颜氏家训》与南朝文学批评　196

第七章　《文心雕龙》与子学　213
　　第一节　刘勰与子学渊源考辨　213
　　第二节　《文心雕龙》与子学视野　221
　　第三节　《文心雕龙》是六朝子书向集部转变的标志　228

第八章　南朝文学创作与文论观念　232
　　第一节　江淹赋作中的文学审美观念　234
　　第二节　谢灵运《山居赋》的山水审美观念　244
　　第三节　鲍照作品的悲剧审美观念　260

第九章　《文选》与选本批评　275
　　第一节　《文选》编选与嵇康形象　275
　　第二节　《文选》何以不录赵壹《刺世疾邪赋》　294

第十章 "永明体"与南齐文学批评 ... 307
第一节 "永明体"与政治风云 ... 307
第二节 永明声律说评价 ... 318

第十一章 梁代文学批评新论 ... 325
第一节 梁武帝时期的文化建设 ... 325
第二节 以萧统为代表的文学团体对文学批评思想的折中 ... 330
第三节 萧纲文学集团的文学批评观念 ... 339
第四节 萧绎对梁代文学批评观念的统合 ... 353

参考文献 ... 361
后记 ... 365

第一章 总　　论

　　魏晋南北朝的南朝(420—589),是指东晋之后建立的南方四个朝代(宋齐梁陈),因其在南方的建康(今南京)建都,与北方政权相对峙,故称南朝。这一时期的诗文创作、佛教思潮、玄学思想达到高峰,学术成就源源不断。南朝文学批评,作为当时的思想文化板块,承继魏晋以来的成果,一方面呈现分化的态势,涌现了许多新论题与观念,例如"文笔之辨"、"声律之辨"等;另一方面则趋于融合,"和而不同",互相补充,在此基础之上,产生了《文心雕龙》《诗品》这样"体大思精"与"思深虑周"的文学理论批评巨著,使中国文学批评达到高度成熟的境地。南朝文论与学术的交会,是一个不争的事实,而以往对于南朝文学批评的研究,由于受到分科而治的影响,大多专注于局部与分列的研究,没有上升与进入到总体形态的研究视野中。鉴于此,本书试图对南朝学术与文论的关系,进行深入的考察与研究,以冀对南朝学术和文论的研究有所推进。

第一节　南朝经济与政治情势

　　自南朝宋刘裕起,南朝四个政权的开国君王均出身于军旅之中,他们发家的方式是相同的,都是依靠在乱世之中不断建立军功,平定叛乱,收复旧土,当政治积累到一定程度之时,在"禅让"面纱的掩盖下,废掉前朝皇帝,建都立国。然而,即使成为一人之下万人之上的九五之尊,掌握着政治与军事绝对优势的皇族,也无法改变骨子里的文化贫瘠。家风与文化的培养非一朝一夕能成,是家族数代百年积累的结果。无论是南朝的北来士族王谢还是东吴本土的家族,都经过了数百年的发展,《梁书·王筠传》载:"又与诸儿书论家世集云:'史传称安平崔氏及汝南应氏,并累世有文才,所以范蔚宗云崔氏"世擅雕龙"。然不过父子两三世耳;非有七叶之中,名德重光,爵位相继,人人有集,如吾门世者也。'"①普通家族的文化传承也就是两三代而已,而琅邪王氏家族到了王筠之时则已至第七代,并且人人都具有很高的文化修养,非一般依靠军功、财富发家的暴发户可以比拟的。

陈寅恪先生曾分析魏、晋两个王朝统治者的阶级出身、家风导致的门风差异:"西晋豪族以奢靡相高,崇尚节俭的时期也过去了,司马晋与曹魏的统治是很不相同的,原因就在统治者社会阶级的不同。"②世族社会重视奢华,注重礼仪程式,而寒门缺乏严格的礼仪文化制约。同样的道理也可以放在南朝,军旅出身决定了他们的生活方式、执政特点、文化趣味等等,而这些又直接反映在文学创作与欣赏之中。清沈德潜《说诗晬语·卷上》说:"诗至于宋,性情渐隐,声色大开,诗运一转关也。"③这里的"声色"即南朝诗歌"新变"的最好概括。

南朝宋武帝刘裕为"布衣之族"。刘氏在文化上与士族有很大的差别。刘勰记载"宋武爱文",根据《隋书·经籍志》记载:"《宋武帝集》十二卷。"④目前在史书中看到的宋武帝刘裕的奏、表、疏,多为实用性文体,并且有可能是刘穆之等文人代笔;而他的诗歌仅存一首,即仿照乐府旧题作的《自君之出矣》:"自君之出矣,金翠暗无精。思君如日月,回还昼夜生。"后代如刘义恭、颜师伯、鲍令晖、虞羲、范云、陈后主等也曾就这一题目尽心仿作。通过对比,可知刘裕的诗句质朴无华,在南朝重视声律、辞藻的氛围中,可以说极为普通。宋武帝也深深懂得"马上得天下,安能马上治之"的道理,一直致力于家族文化素养的提升。然而文章技巧、书法字体、琴瑟乐器都是可以在短期内提升的,但是一个人的文化品位、审美趋向,一个家族的家风并不是一两代就能够完全转变的。南朝刘宋共九位皇帝,除了刘裕、刘义隆以及末帝刘准之外,其余几位大多暴虐不堪,

---

① 《梁书》,北京:中华书局,1973年,第486—487页。
② 陈寅恪《魏晋南北朝史讲演录》,贵阳:贵州人民出版社,2012年,第19页。
③ 郭绍虞主编《原诗·一瓢诗话·说诗晬语》,北京:人民文学出版社,2012年,第203页。
④ 《隋书》,北京:中华书局,1973年,第1071页。

伤风败俗,这不得不说是与刘氏出身寒门,文化底蕴尚浅相关。宋武帝、宋文帝时期,皇权还在慢慢加强过程中,内忧外患,士族在文化上还是占有主导地位的,因此政府对于淫辞艳乐也是抵制的,如宋少帝被废的罪名之一便是:"至乃征召乐府,鸠集伶官,优倡管弦,靡不备奏。"①

随着宋孝武帝统治的到来,皇帝"主威独运",大臣们战战兢兢,皇帝也无须继续遮遮掩掩,大力提倡这些来自民间的俗辞艳乐,而这一时期也是寒人大量崛起的时期。《宋书·恩幸传序》:"孝建、泰始,主威独运,官置百司,权不外假,而刑政纠杂,理难遍通,耳目所寄,事归近习。"②于是"自宋大明以来,声伎所尚,多郑、卫,而雅乐正声鲜有好者。"③"大明"是孝武帝刘骏的年号,"声伎"、"郑卫"则指当时民歌俗乐的大力发展。刘宋皇室的这些活动,掀起了广泛的重文热潮,大大促进了刘宋文学的繁荣,在继承魏晋文学传统的基础上,又为文风转变做好了准备,为齐梁皇族的文学趣味奠定了基础。

到了南齐时期,诗歌继续从民歌之中吸收养料,无论在内容还是形式上,都向着流畅圆通的方向发展,这些"新变"同样与南齐皇室的身份密切相关。南齐皇室兰陵萧氏家族虽然也是靠军功逐渐发展而来,但是其开国皇帝萧道成十分重视家族子弟的培养与门风的建设,他们的身份也逐渐由"武"向"文"转变,他们同样喜欢明达晓畅的诗歌形式,但更加注重诗歌在内容与形式上的"雅化"。这一时期,传统的四言诗歌逐渐被淘汰,而五言诗大行其道,钟嵘《诗品》:"四言,文约意广,取效《风》《骚》,便可多得。每苦文烦而意少,故世罕习焉。五言居辞之要,是众作之有滋味者也。"④这一时期也是诗歌由古体诗向近体格律过渡的时期。由于南齐萧氏具有文化素养,因此在气质上与文人接近,他们主导了诗坛诗风的进一步转变。皇族竟陵王萧子良开西邸延揽文人学士,萧衍与沈约、范云等同为"八友"。这段与士族关系密切的时期是前代不曾有过的,

---

① 《宋书》,北京:中华书局,1974年,第65页。
② 《宋书》,第2302页。
③ 《南史》,北京:中华书局,1975年,第500页。
④ 曹旭《诗品集注》,北京:中华书局,2016年,第43页。

留下了文学史上"永明文学"辉煌灿烂的篇章。"永明诗"同样吸收了民歌俗曲的特征,但是这些作品更具文人色彩,可以看出南齐萧氏家族在文化修养上较之刘宋家族的优势,郭茂倩《乐府诗集》保留了很多皇族和文人的仿作品。南朝梁沈约曾用谢朓"好诗圆美流转如弹丸"的话来评王筠的诗,意思就是音韵流畅就好像光滑的弹丸,没有一点阻涩之感。具体而言,就是在写作技巧上更加讲求和谐流美,语言明朗畅达,字句锤炼工稳,结构趋于紧凑。从这些对诗歌的要求中也可以看出诗歌功能的变化。

《文心雕龙·时序》指出:"自宋武爱文,文帝彬雅,秉文之德,孝武多才,英采云构。"宋文帝身为帝王,其文化修养已非其父可比,他开四馆,并尊崇儒学,反对吴歌西曲等俗调淫乐,主张雅正之音,因此这里用"彬雅"来形容。而宋孝武帝刘骏则不顾帝王身份,大力提倡抒写艳情的诗赋。正如前引《南史·萧惠基传》所载:"自宋大明以来,声伎所尚,多郑、卫,而雅乐正声鲜有好者。"① 梁武帝萧衍无法忽视帝王身份,他明白治理天下需要文教,提倡雅正文风,他常夸赞那些辞义典雅之作,《梁书·江革传》云:"中兴元年,高祖入石头,时吴兴太守袁昂据郡距义师,乃使革制书与昂,于坐立成,辞义典雅,高祖深赏叹之。"②《梁书·陆倕传》云:"是时礼乐制度,多所创革,高祖雅爱倕才……诏为《石阙铭记》,奏之。敕曰:'太子中舍人陆倕所制《石阙铭》,辞义典雅,足为佳作。'"③ 柳恽多才多艺,诗风雍容雅洁,《梁书·柳恽传》记载:"至是预曲宴,必被诏赋诗。尝奉和高祖《登景阳楼》中篇云:'太液沧波起,长杨高树秋。翠华承汉远,雕辇逐风游。'深为高祖所美。"④ 早在即位之初,萧衍便不满于"雅、郑混淆"的局面,下诏访集雅乐。此事对后世产生一定影响,至隋,依然有所沿袭,《隋书·音乐志》载隋大业六年,"音律节奏,皆依雅曲,意在演令繁会,自梁武帝之始也"。⑤ 天监五年,又置集雅馆,以招远

---

① 《南史》,第500页。
② 《梁书》,第523页。
③ 《梁书》,第402页。
④ 《梁书》,第331页。
⑤ 《隋书》,第374页。

学。萧衍的文学思想多被归入复古、守旧一派,这与他提倡雅正文风的主张颇有关涉。

皇族身份同样对昭明太子产生了重要影响。日本学者船津富彦分析了形成昭明太子文学观的要素,以为由于先天因素以及后天培养,太子性格温和,这意味着他不好过激的思想,更喜欢中和之美以及稳健规矩的作品。① 另外,太子这一政治身份对他的文学观起到了重要影响。天监元年,两岁的萧统登上太子之位,随后便接受传统儒家教育,《梁书·昭明太子传》:"三岁受《孝经》、《论语》,五岁遍读五经,悉能讽诵。"②并且自觉接受儒家思想。他很早就学会了克制和掩饰,不能恣意所欲。《文选序》中表达了"文质折中"说以及"风教至上"的文学主张,阐明选录范围,即"事出于沉思,义归乎翰藻"。然而,萧统同样是一个文士,他无法抵挡当时文学审美性极大发展的潮流,《文选序》称自己:"余监抚余闲,居多暇日。历观文囿,泛览辞林。"③可见他对文学的喜爱。这种文士的身份又让他没有僵硬地将儒家诗教思想全盘接受,而是有所取舍。"丽而不浮,典而不野"则是他吸收了当时文坛理论的成果,认为文学表现形式要优美,但不能低俗。他在《答湘东王求〈文集〉及〈诗苑英华〉》的书信中流露出文人化的性情和气质,动情地回忆了少小和弟弟在宫中读书的生活和从事创作的感受与体验。政治家在进行批评时,通常不会在试图"成一家之言"的子书体或为创作提供镜鉴的选本体中表达个人情感,而将之移入书信体中。这就是为何魏晋南北朝许多书信体读来贴近生活、亲切感人的实际原因。在正式的子书和选本中,私人化的情感被充分过滤甚至压抑下去,政治家常从文学与治国、文学与教化乃至文学自身发展规律的角度来进行批评,而其书信则感情洋溢,朴实平易,非常具有人情味。政治家身份与文士身份在萧统身上是纠结缠绕的。

---

① 船津富彦著,独孤婵觉译《昭明太子的文学意识——其流于底层的文学理念》,《古代文学理论研究》2014年第1期,第35—36页。
② 《梁书》,第165页。
③ 萧统编,李善、吕延济、刘良等注《六臣注文选》,北京:中华书局,2012年,第3页。

萧纲,萧衍的第三子,即梁简文帝。他排斥皇族身份对自己的影响,完全将做人与作文二分。《南史·梁本纪下》云:"(简文)帝幼而聪睿,六岁便能属文……及长……读书十行俱下,辞藻艳发,博综群言,善谈玄理……弘纳文学之士,赏接无倦。尝于玄圃述武帝所制《五经讲疏》,听者倾朝野。雅好赋诗,其自序云:'七岁有诗癖,长而不倦。'然帝文伤于轻靡,时号'宫体'。"①萧纲的"轻艳"篇什,当时称为"宫体",艳诗发展到萧纲变本加厉,甚至有些作品如《娈童》实在是不堪入目。与创作相联系,他在文学观念上主张:"立身之道,与文章异。立身先须谨重,文章且须放荡。"这是同传统将文章与做人德行相联系观点背道而驰的。萧统在《陶渊明集序》中提到:"夫自炫自媒者,士女之丑行;不忮不求者,明达之用心。"②在此,萧统通过引用《诗经·邶风·雄雉》的"不忮不求"歌颂了陶渊明的人格理想。在萧统看来,品评文学作品的优劣时,其作者人品的优劣是一个必要条件。这种思想也与身为未来继承人的昭明太子身份相符。如上文分析,萧纲开始并未被立为太子,因此他的成长环境自由,并没有受到太多儒家诗教观念影响,这也是他能在创作时完全脱离政治家身份的原因。与萧纲类似,萧绎也摆脱了儒家政教观念的影响,能够恰当认识文学创作的特殊规律。他区分文笔概念:"笔退则非谓成篇,进则不云取义,神其巧惠笔端而已。至如文者,维须绮縠纷披,宫徵靡曼,唇吻遒会,情灵摇荡。"③对文学形式和性质的认识更进一步。

陈后主陈叔宝则走得更远,完全不顾帝王身份,尽情发挥文学的娱乐功能,大力提倡并创作淫靡绮丽的宫体诗。陈叔宝在东宫时就蓄文士、才女于宫中,日夜游宴唱和。及嗣位,大造宫室,在光昭殿前造临春阁自居,又建结绮阁供才女张丽华居住,建望仙阁供龚、孔二贵嫔居住。陈后主"使诸贵人及女学士与狎客共赋新诗,互相赠答。采其尤艳丽者,以为曲调,被以新声。选宫女有容色者以千

---

① 《梁书》,第232—233页。
② 龚斌《陶渊明集校笺》,上海古籍出版社,2013年,第495页。
③ 陈志平、熊清元《金楼子疏证校注》,上海古籍出版社,2014年,第770页。

百数，令习而歌之，分部迭进，持以相乐。其曲有《玉树后庭花》、《临春乐》等"。① 这些乐曲以审美性为主，受到当时民歌影响，属于"淫辞丽曲"，根据《隋书·音乐志上》："（陈后主）于清乐（按：即清商乐）中造《黄鹂留》及《玉树后庭花》、《金钗两臂垂》等曲，与幸臣等制其歌词，绮艳相高，极于轻薄。男女唱和，其音甚哀。"② 这些词多为艳丽轻薄之作，文学精神彻底颓废堕落。总之，他们愈远离帝王身份，创作愈自由，文学审美观念也愈加彰显。

第二节 南朝士人之心态

南朝时代，寒门悄然兴起，随着士庶政治地位的此消彼长，士人的心态有了新的变化。具体而言，处于高位的老牌士族表现出了一种小心谨慎的心态，在进仕过程中时刻提醒自己水满则溢，身处权力最高点的士族往往选择激流勇退。谢朓《与王俭书》中提到："自兹已降，参差万绪，或迹著明晦，或才兼默语，若桓谭之寒俗，冯衍之忤时，北海之凝峭，中散之峻绝，率以方寸之情，丧不訾之德，盖无取焉。若相如之爱奇任，伟长之淹粹弘远，乐广融通，裴楷夷淡，彼四贤者，并纯神绝景，徇物伤意，其慕之而未可以言，但心之所谙，咫尺千里，志之所符，沧洲暧然，揣而论之，实山河之不肖者也。"③ 谢朓是陈郡谢氏后代，南朝梁大臣，东晋太保谢安族孙，西中郎将谢万后人。这里他所批判的人物一共有四个，即桓谭、冯衍、孔融、嵇康。桓谭是东汉哲学家、经学家，为人刚正，敢于反抗权威，因反对谶纬神学险些遭处斩。冯衍，东汉官员，性格刚直，处事顶真，始终以建功立业、位列卿相为理想，虽屡遭挫折，而不改其志。孔融曾任北海相，时称孔北海，"不识时务"、"天性气爽"，多次触碰曹操权威，主张尊崇汉天子，扩大汉室实权，最终被曹操所杀。嵇康，因不与强权司马氏合作而被斩杀。这些人代表着知识分子正直不曲的品格。但

---

① 《南史》，第348页。
② 《隋书》，第309页。
③ 严可均编《全上古三代秦汉三国六朝文》，北京：中华书局，1958年，第3207页。

是谢朓却把他们放在一起,并认为他们的性格狷介,而且行为举动不合时宜。而他推崇的人物则是司马相如、徐幹、乐广、裴楷。这些人或是文士或是玄学家,懂得韬光养晦,安分随时,保存自己。有学者根据谢朓就禅让问题顶撞萧道成,以及不愿作为侍中解玺这两件事,认为谢朓是具有忠君思想的。① 其实谢朓的做法更多是出于自身利益的考虑。他既不想卷入权力纷争之中,也不想达到权力的顶峰。他没有反对萧道成通过禅让做皇帝,只是希望萧道成不要做得太着急、太露骨,因此就着与萧道成谈论魏晋禅让之事,提醒他:"晋文世事魏氏,将必身终北面;假使魏早依唐虞故事,亦当三让弥高。"② 关于不愿意作为侍中而解玺这件事,则更是出于维护自己家族声名的策略考虑。

早在汉末魏晋时期,君臣观念就已经受到了冲击;③南朝时期皇族内部斗争激烈,朝代更替极为频繁,因此,士大夫很少会因为忠君而纠结。刘宋时期已经"则知殉国之感无因,保家之念宜切"。④ 谢朓历仕宋、齐、梁三朝,更是忠君观念淡薄。他当时之所以不愿意作为侍中,在禅让时将前朝玉玺解下授予新皇帝齐高帝,原因大概有三点:首先,刘宋对他有恩,孝武帝对谢朓极为看重,"孝武帝游姑孰,敕庄携朓从驾,诏使为《洞井赞》,于坐奏之。帝曰:'虽小,奇童也。'起家抚军法曹行参军,迁太子舍人,以父忧去职。服阕,复为舍人"。⑤ 因此他从情感上不愿意看到宋齐禅代这一幕。其次,尽管士族都明白忠君观念也就是那么回事,但是传统儒家节义观念惯性还在,积极解玉玺埋葬旧王朝迎接新王朝的举动,有献媚之嫌。谢朓可能害怕会被士林舆论所嘲笑,留下人家议论的口实。最后,也是最重要的一点,谢朓最信奉的就是玄学冲和谦退思想,他要时刻避

---

① 旷天全《论南朝士人忠君观念》,《北京工业大学学报(社会科学版)》2005年第4期,第78页。
② 《梁书》,第262页。
③ 钱穆提出东汉末"二重忠君观念",充分体现了这一点。见钱穆《国史大纲》,北京:商务印书馆,2015年,第217页。
④ 《南齐书》,北京:中华书局,1972年,第438页。
⑤ 《梁书》,第261页。

免待在权力的最高点,处于被关注的焦点。"侍中"在南北朝时期地位显赫,如果他同意做这件事,就成了南齐名义上的功臣;而他希望的却是安分处时,并且与皇权时刻保持着一种若即若离的态势。这种冲和谦退的态度以及对权力的极端忌惮并不是个例,而是王谢等老牌高门大族在特殊政治条件下的共同选择。所谓"树大招风",士族尽管身居高位但依旧战战兢兢。琅琊王氏的王彧,是刘宋时期的重臣,宋文帝非常器重,为自己的儿子明帝娶了王彧之妹,并且用王彧名中的"彧"字给他儿子明帝取名。及至后来宋明帝刘彧即位,王彧因为名字与明帝相同,为避讳只能以字"景文"相称。文帝在位时王景文官至尚书右仆射,宋明帝即位之后,加他为尚书左仆射、江州刺史、都督、江安县侯、扬州刺史、太子詹事。王景文同样是"固辞"、"固让"甚至"不愿还朝"。但宋明帝临死时依旧放心不下王景文,担心琅邪王氏门族强盛,操纵朝纲,派使者送诏书和毒酒去王彧府上,诏书上称:"朕不谓卿有罪,然吾不能独死,请子先之。""与卿周旋,欲全卿门户,故有此处分。"①诏书送到时,王景文正在下棋,一局棋罢,平静收好棋子,研墨答谢,从容赴死。

不仅王景文,琅邪王氏的其他成员也是如此。如南朝宋孝武帝时任尚书令的王僧虔曾在尚书省墙壁上题书:"圆行方止,物之定质;修之不已则溢,高之不已则栗,驰之不已则蹶,引之不已则迭,是故去之宜疾。"②他为家族大局计时常表现出"不求上进"的推美让贤。如在齐永明初诏授他侍中、左光禄大夫、开府仪同三司,他固辞不拜。并回答外人说:"君子所忧无德,不忧无宠,吾衣食周身,荣位已过,所惭庸薄无以报国,岂容更受高爵,方贻官谤邪!"③然而,他对时任宰相的族人王俭却毫无掩饰地说:"汝任重于朝,行当有八命之礼,我若复此授,则一门有二台司,实可畏惧。"④可见,他固辞开府的真正原因是担心门户太盛,遭皇族和权贵嫉妒,有损家族的长远利益,是典型的"盛极自损"。不仅如此,他还通过言行和《诫子书》诫

---

① 《南史》,第635页。
② 《南史》,第602页。
③ 《南齐书》,第596页。
④ 《南齐书》,第596页。

勉子孙,以达到与世无争、保全门户的目的。其子王志"及居京尹,便怀止足。常谓诸子侄曰:'谢庄在宋孝武世,位止中书令,吾自视岂可以过之。'因多谢病,简通宾客"。① 王敬弘、王瓒之、王秀之和王峻祖孙四代相传"止足"之风。《梁书》卷二十一《王峻传》载:"峻性详雅,无趋竞心。尝与谢览约,官至侍中,不复谋进仕。……峻为侍中以后,虽不退身,亦淡然自守,无所营务。久之,以疾表解职,迁金紫光禄大夫,未拜。"② 又如王弘、王昙首和王华并执宋文帝宰相大权,为免臣妒君忌,"本有退志"的王弘主动请求让文帝之弟彭城王刘义康接替自己。王僧绰和王思远等都有主动让出或固辞不受朝廷要职的推美之举。

与此相对的是,从权力高层跌落的少数老牌士族以及下层士族、寒人阶层,他们则呈现出一种积极进取的躁竞心态。不愿昔日风采零落的老牌士族子弟重返权力顶峰的心态极为强烈;寒人的进仕之心也很强烈。由于统治者的提倡,这种进仕往往通过为文来实现,导致武将家族向文化士族转变。谢灵运急切求仕的心态代表着高门士族想重振家风的希望。谢灵运自视甚高,"自谓才能宜参权要,既不见知,常怀愤愤"。③ 朝廷对于他只是"唯以文义处之,不以应实相许"。④ 他在《游名山志序》中表达自己的志向:"君子有爱物之情,有救物之能,横流之弊,非才不治,故有屈己以济彼。岂以名利之场,贤于清旷之域耶!语万乘则鼎湖有纵辔,论储贰则嵩山有绝控。又陶朱高揖越相,留侯愿辞汉傅。"⑤ 这里提到了"陶朱公"。陶朱公范蠡在帮助越王勾践登上皇位后就及时退隐,深谙"飞鸟尽,良弓藏"的道理。谢灵运也希望能够建立基业,光宗耀祖,然后飘然隐退,名利双收。这在《述祖德诗》中得以集中体现:"达人贵自我,高情属天云。兼抱济物性,而不缨垢氛。""拯溺由道情,龛暴资神

---

① 《梁书》,第319页。
② 《梁书》,第321页。
③ 《宋书》,第1753页。
④ 《宋书》,第1753页。
⑤ 顾绍柏《谢灵运集校注》,郑州:中州古籍出版社,1987年,第272页。

理。""委讲辍道论,改服康世屯。"①他想要成为谢安那样的人,既建立功业,又能够在官场上全身而退,达到一种"应物而无累于物"的人生境界。然而,皇帝并未给予他高位,这让他产生心理落差,对政权失望。于是他有更多的闲情逸致来经营家族的产业,去关注自己的内心世界,在山水之间放松身心,在文学艺术上精心揣摩,创作了众多优秀作品。但在隐居之时,谢灵运也常常流露出不得志的心态,不情愿这样度过一生,他的诗中充满不被重用的牢骚与不平。出仕后,又因为官职太小而消极应对,孤高的秉性让他难以忍受官场的蝇营狗苟,于是更加放浪形骸,再次离职,畅游山水。严格说来,谢灵运既未真正地"隐"过,亦未真正地"仕"过,而是隐时思进,仕中欲退。隐中欲仕是要重振家门,耀祖荣亲;仕中欲隐是失意之下,寻找精神家园。明人张溥称康乐"涕泣非徐广,隐遁非陶潜,而徘徊去就,自残形骸"。②今人殷孟伦将"徘徊去就"表述为"居朝端而慕江湖"、"处江湖而不能忘情于魏阙"。③他流传千古的山水诗,就是在一次又一次的处世、归隐的过程中产生的。谢灵运政治上的失意全部化为了对山水的迷恋,而他苦闷的精神也在湖光山色中得以舒展。

更多寒族士人同样具有强烈的进取欲望,他们的苦闷并不是官职不高,而是晋升的渠道不畅。在"九品中正制"下,士族们可以"平流进取,坐致公卿",而寒士入仕则非常困难。尽管刘宋时期中下层士族以及寒人已经开始慢慢崛起,但是士族势力依旧强大。王通在其《中说·事君篇》中将鲍照、江淹等寒人列为狷介之人,并将其文章概括为"急以怨"。④ 鲍照的诗文中始终荡漾着一股不平之气。在《拜侍郎上疏》中详细阐述自己沉处下僚、虚度年华的愤懑不平,

---

① 顾绍柏《谢灵运集校注》,第104、105、104页。
② 张溥著,殷孟伦注《汉魏六朝百三家集题辞注》,北京:人民文学出版社,1963年,第169页。
③ 张溥著,殷孟伦注《汉魏六朝百三家集题辞注》,第171页。
④ 王通《中说》云:"子谓文士之行可见:谢灵运小人哉,其文傲,君子则谨。沈休文小人哉,其文冶,君子则典。鲍照、江淹,古之狷者也,其文急以怨。"见张沛《中说校注》,北京:中华书局,2013年,第79页。

并表达了建功立业的心志。在《解褐谢侍郎表》中继续提到:"臣照言:臣孤门贱生,操无炯迹。鹑栖草泽,情不及官。不悟天明广瞩,腾滞援沉,观光幽节,闻道朝年。荣多身限,思非终报。"①与那些"止足"、"谦退"的高门士族相比,可以看出鲍照躁进的性格,他的大部分作品情真意切,是他人格精神的写照。游国恩的《中国文学史》中指出:"鲍照由于'身地孤贱',曾经从事农耕,生活在门阀士族统治的时代,处处受人压抑。他在《瓜步山揭文》里曾经叹息说:'才之多少,不如势之多少远矣!'这和左思《咏史》中的'地势使之然,由来非一朝'的愤慨不平是完全一致的。他的社会地位和生活经历使他在创作上选择了一条和谢灵运不同的道路。当谢灵运大力创作富艳精工的山水诗时,鲍照也开始了创作生活,并以'文甚遒丽'的古乐府逐渐闻名于诗坛。"②而到了南齐时期,中下层士族阶层逐渐扩大,并且逐渐左右社会舆论,以致社会中充满竞躁之风。文士们先进入官学或私学学习,然后来到京师进行交游,并投靠有名的官员、皇族等,以求得赏识重用,这成为一种中下层士族入仕的重要通道。以"竟陵八友"为中心的次门士人团体崛起并占据时尚前沿,引领了士林风气。范云在竟陵王萧子良处任职之时,有一次萧子良要和士人们一起上山,范云知道山上有秦始皇时期的石刻文,但都是用大篆所刻,人多不识,于是连夜记诵《史记》相关文字。第二天萧子良果然让宾客僚佐读石刻文,大家面面相觑,只有范云上前顺利读之。萧子良非常高兴,将范云引为上宾。《梁书》记载:"自是宠冠府朝。王为丹阳尹,召为主簿,深相亲任。"③可见,士人为了进仕是极其用心的。梁代中下层士族的交游之风更加强盛。士人群体主要围绕梁昭明太子以及宗王室。例如昭明太子"引纳才学之士,赏爱无倦。恒自讨论篇籍,或与学士商榷古今;闲则继以文章著述,率以为常。于时东宫有书几三万卷,名才并集,文学之盛,晋、宋以来未之有也。"④梁

---

① 钱仲联《鲍参军集注》,上海古籍出版社,1980年,第55页。
② 游国恩《中国文学史》,北京:人民文学出版社,2002年,第311—312页。
③ 《梁书》,第230页。
④ 《梁书》,第167页。

简文帝"引纳文学之士,赏接无倦,恒讨论篇籍,继以文章。"①梁元帝:"世祖性不好声色,颇有高名,与裴子野、刘显、萧子云、张缵及当时才秀为布衣之交,著述辞章,多行于世。"②萧衍将这种士族进仕的热情概括为"浮竞"、"人寡退情"。他们逐渐和高门士族平起平坐,让冲和谦退的高门士风增添了新的色彩;他们注重经世致用,崇尚实干。其心态也对当时的文学创作与文学批评产生了重要的影响。刘勰《文心雕龙》与钟嵘《诗品》的诞生即同这种地位与心态有关。

第三节 多元学术交融与文学批评

魏晋南北朝时期,趁社会动乱之际,各派学者均提出自己的救世良方,因而学术思潮朝向多元化发展,各种思潮蜂起迭出,纷争交融。概而言之,南朝主要有儒学、玄学、佛学、道教四类思潮。而以礼学为代表的儒学复兴即是在名教的衰落、学术思想的转型、新旧学术思潮的碰撞与融合的大背景、大格局之下展开的。

但凡人类历史上出现的众多学术派别与学术思潮在最初阶段自然是以纷争排斥为主,但随着学术自身的逻辑发展,大抵以融合作为主流趋势。在碰撞纷争的同时,儒、玄、佛、道四家学说相互吸纳交融之倾向渐趋明显。此时,很多学者都力图证明儒、佛、道三教殊途同归,主张融合三教之思想,如佛教徒宗炳、王明广认为"孔、老、如来虽三训殊路,而习善共辙也"。③南齐张融也说"百圣同授,本来无异"。梁代王褒在《幼训》中诫子云:"吾始乎幼学,及于知命,既崇周、孔之教,兼循老、释之谈,江左以来,斯业不坠,汝能修之,吾之志也。"④是故以儒学立身,以佛学修心,以玄道养生练形之思想观念渐趋形成,儒、释、玄、道不断走向合流之路,互相借鉴吸纳理论以完善自身理论体系。或援佛入儒,或以儒阐佛,或援儒入道,或援玄入儒,或以玄道论佛,或儒、玄、佛、道互证,因而当时很多学者都是

---

① 《梁书》,第109页。
② 《梁书》,第135—136页。
③ 李小荣《弘明集校笺》,上海古籍出版社,2015年,第107页。
④ 《梁书》,第584页。

以儒学为基础而兼通玄、佛、道之学。

刘宋时期,周续之、顾恺之皆兼通儒、玄、佛。雷次宗学兼儒、佛。萧齐顾欢崇信儒学、玄学与道教。杜京产家族"世传五斗米道",其"学遍玄、儒,博通史、子,流连文艺,沉吟道奥"。① 沈驎士学兼儒、玄。徐伯珍精通儒佛道玄。梁代博学贯通之士更是层出不穷。如梁武帝既崇信道教、佛教,又"洞达儒玄"。梁简文帝"博综儒书,善言玄理",著《法宝连璧》三百卷。梁元帝亦是儒、玄、佛兼通。昭明太子不仅精通儒学,且受乃父影响,"亦崇信三宝,遍览众经。乃于宫内别立慧义殿,专为法集之所。招引名僧,谈论不绝。太子自立二谛、法身义,并有新意"。② 周捨"义该玄儒"。③ 徐勉不仅服膺玄学,而且"以孔释二教殊途同归,撰《会林》五十卷"。④ 谢举"博涉多通,尤长玄理及释氏义"。⑤ 严植之"善《庄》、《老》,能玄言,精解《丧服》、《孝经》、《论语》。及长,遍治郑氏《礼》、《周易》、《毛诗》、《左氏春秋》"。⑥ 皇侃"常日限诵《孝经》二十遍,以拟《观世音经》"。⑦ 庾承先"玄经释典,靡不该悉;九流《七略》,咸所精练"。⑧ 陈代学者多是梁朝旧臣,是以通学之士亦不在少数。例如马枢"六岁能诵《孝经》、《论语》、《老子》。及长,博极经史,尤善佛经及《周易》、《老子》义"。⑨ 孙瑒"常于山斋设讲肆,集玄儒之士,冬夏资奉,为学者所称。……时兴皇寺朗法师该通释典,瑒每造讲筵,时有抗论,法侣莫不倾心"。⑩ 可见,南朝多元学术思潮以相互融合为主流发展态势。

南朝多元学术思潮互相影响是当时学界的实际情况。这种对

---

① 《南齐书》,第942页。
② 《梁书》,第166页。
③ 《梁书》,第376页。
④ 《梁书》,第387页。
⑤ 《梁书》,第530页。
⑥ 《梁书》,第671页。
⑦ 《梁书》,第680页。
⑧ 《梁书》,第753页。
⑨ 《陈书》,北京:中华书局,1972年,第264页。
⑩ 《陈书》,第321页。

立统一矛盾局面的形成既是政治形势所致,又是各类思想体系自身发展之需要。从政治形势方面来看,当时政治动荡,社会混乱,战乱频仍,阶级矛盾激化,统治阶级既要利用儒学来重振名教,维护纲常,巩固统治,亦需要借助宗教思想抚慰民众。从学术思潮方面来看,为了维护自身的学术思想体系以及扩大影响力,既需要攻讦他教以凸显自身之优势,又要不断吸收异说以提升自己。道教虽是本土宗教,但亦是思想体系并不完备的新教,组织体系与思想理论亟待完善,故在排斥佛教的同时,亦要吸收佛教理论、儒家思想来完善自身的思想体系建设。佛教作为异质文化体系,必须破除中国传统文化对其之排斥,因而要吸收玄、儒思想以尽快融入中国传统文化之中。儒学在失去独尊地位之后,务必在思想理论上做出调整与改造,方能重新成为学术思潮的主导者;通过与玄、佛、道三大思潮的纷争与交融,儒学在思想体系和理论建设方面产生了质的飞越,重新成为学术界的主导思潮。如陈代士人沈不害说:"立人建国,莫尚于尊儒,成俗化民,必崇于教学。"①可见,当时思想领域需要有一种强有力的学术思潮来充实士人的思想,陶铸士人的情操,维系社会的稳定,如此,儒学就应运而复兴了。而儒学的重振又以经学中礼学的兴盛为标志。儒学的发展为礼学的兴盛铺平了道路。

南朝时期玄学更多地成了一种同儒学、史学、文学并置的学问,这种学问同其他三种并没有什么区别。当时人们还为玄学单独列了一些书目,比如王僧虔在教育儿子时提到如果想要谈玄,必须要下功夫进行很精深的研讨。此前的玄学强调思辨反应以及话语机锋,谈玄者超逸潇洒的神韵有时候会比谈玄的内容更重要;但是在南朝时期玄学成了同史学、儒学、文学并置的学问,有专门的书籍,并且设有专门场所进行学习探讨,有专业老师进行教学,故而呈现出一种学问化的倾向,重视知识的掌握与识记。南朝时期社会上存在着聚书、抄书的风气,具体而言又分为官方的以及私人的行为。东晋时期孝武帝曾经发布过图书征集的命令,"太元中,孝武帝博求

---

① 《陈书》,第446页。

异闻,始于辽东得之,以相考校,多有不同,书遂两存"。① 这与当时的儒学复兴有关系。史书中提到私人聚书的有《宋书·谢弘微传》:"从叔峻,司空琰第二子也,无后,以弘微为嗣。……义熙初,袭峻爵建昌县侯。弘微家素贫俭,而所继丰泰,唯受书数千卷,国吏数人而已,遗财禄秩,一不关豫。"②刘宋之后,官方与私人的聚书活动增多,阮孝绪《七录序》提到:"宋秘书监谢灵运、丞王俭,齐秘书丞王亮、监谢朓等,并有新进,更撰目录。宋秘书殷淳撰大四部目,俭又依《别录》之体,撰为《七志》;其中朝遗书,收集稍广,然所亡者,犹大半焉。"③"其遗文隐记,颇好搜集。凡自宋齐已来,王公搢绅之馆,苟蓄聚坟籍,必思致其名簿。凡在所遇,若见若闻,校之官目,多所遗漏,遂总集众家,更为新录。"④刘裕重视文化典籍的收集和整理。他北伐后秦前,加之府藏所有,当时的东晋藏书仅四千多卷;刘裕北伐过程中将流落中原各地的图书悉数收藏运回建康,又下令对赤轴青纸、文字古拙之书,亦加收藏以传后世,国家藏书达到上万卷。

齐梁时期,官、私聚书都达到了高潮。关于国家聚书,《隋书·经籍志》记载:"齐永明中,秘书丞王亮、监谢朓,又造《四部书目》,大凡一万八千一十卷。齐末兵火,延烧秘阁,经籍遗散。梁初,秘书监任昉,躬加部集,又于文德殿内列藏众书,华林园中总集释典,大凡二万三千一百六卷,而释氏不豫焉。梁有秘书监任昉、殷钧《四部目录》,又《文德殿目录》。其术数之书,更为一部,使奉朝请祖晅撰其名。故梁有《五部目录》。"⑤齐梁时期私人著书聚书风气也很盛,陆澄"家多坟籍,人所罕见"。崔慰祖"好学,聚书至万卷"。⑥ 沈约"好坟籍,聚书至二万卷,京师莫比"。任昉"家虽贫,聚书至万余卷,率多异本。昉卒后,高祖使学士贺纵共沈约勘其书目,官所无者,就昉

---

① 《晋书》,北京:中华书局,1974年,第2148页。
② 《宋书》,第1590页。
③ 《全上古三代秦汉三国六朝文》,第3345页。
④ 《全上古三代秦汉三国六朝文》,第3346页。
⑤ 《隋书》,第907页。
⑥ 《南齐书》,第686、901页。

家取之"。① 梁元帝萧绎在《金楼子》中也对自己所收集的书籍如数家珍。当时印刷术尚未发明，文人之间相互借书传抄成风，有时候是自己抄，也有雇佣识字的人抄写(称为"佣书")。如刘穆之"裁有闲暇，自手写书，寻览篇章，校定坟籍"。② 王泰"少好学，手所抄写二千许卷"。③ 周山图"少贫微，佣书自业"。④ 沈崇傃"佣书以养母焉"。⑤

玄学中的知识化倾向，在经史领域同样十分明显。《南齐书·崔慰祖传》记载他临终时与从弟纬书云："常欲更注迁、固二史，采《史》《汉》所漏二百余事，在厨簏，可检写之，以存大意。"⑥可见他在史书方面十分重视其中的"事"。另外，刘孝标"博极群书"，崔慰祖称他为"书淫"。在对《世说新语》的注解中他引书多达四百余种，补充了大量史料，也体现了对"事"的重视。袁淑是袁豹之子，"博涉多通"。刘义康问他年龄，他不直接回答而故意以"邓仲华拜衮之岁"、"陆机入洛之年"来答复，以此作为炫耀。《南齐书·陆澄传》记载："俭集学士何宪等盛自商略，澄待俭语毕，然后谈所遗漏数百千条，皆俭所未睹，俭乃叹服。俭在尚书省，出巾箱机案杂服饰，令学士隶事，事多者与之，人人各得一两物，澄后来，更出诸人所不知事复各数条，并夺物将去。"⑦这种风气可见一斑。《梁书·钟嵘传》记载："嵘与兄岏、弟屿并好学，有思理。嵘，齐永明中为国子生，明《周易》，卫军王俭领祭酒，颇赏接之。"⑧据此可知，钟嵘当时为王俭所赏接，主要因为他好学有思理，精研《周易》。

在崇尚学问与知识的背景之下，南朝士人的称谓也出现了新的变化，汉晋多使用"名士"，而南朝则更多使用"学士"。南朝史籍中呈现最多的是"学士"。宋泰始六年，置总明观学士，后省总明观，于

---

① 《梁书》，第242、254页。
② 《宋书》，第1306页。
③ 《南史》，第606页。
④ 《南齐书》，第540页。
⑤ 《梁书》，第649页。
⑥ 《南齐书》，第902页。
⑦ 《南齐书》，第685页。
⑧ 《梁书》，第694页。

王俭宅开学士馆,以总明四部书充之。齐高帝诏东观学士撰《史林》三十篇。永明中置新旧学士十人,修《五礼》。又竟陵王萧子良集学士抄五经百家。梁武帝时,沈约等又请《五礼》各置旧学士一人,人各举学士二人相助。南朝时期的这些"学士"没有定额,具体的官品、禄秩也没有十分明确的规定。他们被中央或者各诸侯的王府所招募,以自己所学知识从事各种文化教育活动,这种风气当然与南朝时期儒学复兴密切相关。《南齐书·刘系宗传》:"系宗久在朝省,闲于职事。明帝曰:'学士不堪治国,唯大读书耳。一刘系宗足持如此辈五百人。'其重吏事如此。"①这里提到学士最基本的特征就是"读书"、"懂学问"。在南朝重视学问、重视知识的时代,他们只能依靠自身的学识来服务于王朝并获得相应的名誉与利益。

  这种风气也必然会影响到文学创作与文学批评。伴随着重文轻武风尚的到来,文学创作中对偶和数典用事逐渐受到重视。对偶用典、辞采声色、声律配合是士大夫高贵风雅和学问广博的彰显。钟嵘《诗品·序》:"观古今胜语,多非补假,皆由直寻。颜延、谢庄,尤为繁密,于时化之。故大明、泰始中,文章殆同书抄。近任昉、王元长等,词不贵奇,竞须新事,尔来作者,浸以成俗。遂乃句无虚语,语无虚字,拘挛补衲,蠹文已甚。"②在文学批评领域,也影响到作家对文学的评论。作家具有学者化的倾向,比如颜延之在《颜氏家训·勉学》篇中说:"谈说制文,援引古昔,必须眼学,勿信耳受。江南闾里间,士大夫或不学问,羞为鄙朴,道听塗说,强事饰辞:呼征质为周郑,谓霍乱为博陆,上荆州必称陕西,下扬都言去海郡,言食则糊口,道钱则孔方,问移则楚丘,论婚则宴尔,及王则无不仲宣,语刘则无不公幹。凡有一二百件,传相祖述,寻问莫知原由,施安时复失所。"③这里明确提到诗文在遣词造句之时,运用典故必须要透彻了解典故的来源及具体意义,以免出错贻笑大方。但是过分强调学问对于文学创作与批评的作用,未免有些舍本求末,因为文学创作毕

---

① 《南齐书》,第976页。
② 曹旭《诗品集注》,第220—228页。
③ 王利器《颜氏家训集解》,北京:中华书局,2016年,第259—260页。

竟不同于学问,《颜氏家训·文章》中指出:"学问有利钝,文章有巧拙。钝学累功,不妨精熟;拙文研思,终归蚩鄙。但成学士,自足为人;必乏天才,勿强操笔。吾见世人,至无才思,自谓清华,流布丑拙,亦以众矣。"①可见,颜之推也知道文学与学问的区别所在。

在南朝文论中,对于文学踵事增华说的强调,以萧统为代表。萧统《文选序》云:"若夫椎轮为大辂之始,大辂宁有椎轮之质,增冰为积水所成,积水曾微增冰之凛。何哉?盖踵其事而增华,变其本而加厉。物既有之,文亦宜然;随时变改,难可详悉。"②文学由简单到繁复,由质朴到骈俪是历史发展的趋势,这是与人类进步相适应的。人类感官逐渐细腻,审美能力愈渐提升,必然会使得文学创作更加绚烂多姿,可以说审美性是文学形式发展的必然趋势。然而,形式的发展不能脱离内容而存在,否则会变成贫弱而机械的形式文字游戏。面对文学创作学问化、书斋化的倾向,士族逐渐明确"学"与"文"的区别。其实早在魏晋时期就有过这方面的探讨。曹丕在《典论·论文》中提到:"文以气为主,气之清浊有体,不可力强而致。譬诸音乐,曲度虽均,节奏同检,至于引气不齐,巧拙有素,虽在父兄,不能以移子弟。"③这里的"虽在父兄,不能以移子弟"已经认识到了文学创作技艺是微妙的,很难教授给他人。"不可力强而致"也似乎体会到了文章创作并不是一件单凭"蛮力"就可以实现的功夫。这里曹丕论文既包括经世致用的实用文体,也包括诗赋等抒情性很强的文体。实用性文体虽然也需要构思、遣词造句、言语表达等过程,但是对形象思维、想象能力运用的比较少。而陆机《文赋》则侧重探讨文学创作中的想象功夫:"其始也,皆收视反听,耽思傍讯,精骛八极,心游万仞。其致也,情曈昽而弥鲜,物昭晰而互进。倾群言之沥液、漱六艺之芳润。浮天渊以安流,濯下泉而潜浸。于是沉辞怫悦,若游鱼衔钩而出重渊之深;浮藻联翩,若翰鸟缨缴而坠曾云之峻。收百世之阙文,采千载之遗韵。谢朝华于已披,启夕秀于未振。

---

① 王利器《颜氏家训集解》,第308页。
② 《六臣注文选》,第2页。
③ 《六臣注文选》,第967页。

观古今于须臾,抚四海于一瞬。"①很明显地捕捉到了抒情文体与实用文章创作的最大不同。

南朝中后期,学问化的风气弥漫在文坛,钟嵘《诗品序》指出当时诗坛:"词不贵奇,竞须新事,尔来作者,浸以成俗。遂乃句无虚语,语无虚字,拘挛补衲,蠹文已甚。"②在当时重记诵、贵博物的风气中,只要下死功夫,积以时日,即便思维能力稍差,缺少融会贯通、心知其意的本领,也还可以成为一般人重视的饱学之士。至于抒情写景的诗赋等作,更需要敏锐的审美感受能力,需要高度发达的艺术思维。而审美意识、艺术思维又具有微妙不易说清的特点,是难于直接传授的。萧绎区分"文"、"笔"来说明这个道理,"至如不便为诗如阎纂,善为章奏如伯松,若此之流,泛谓之笔。吟咏风谣,流连哀思者,谓之文……笔退则非谓成篇,进则不云取义,神其巧惠,笔端而已。至如文者,维须绮縠纷披,宫徵靡曼,唇吻遒会,情灵摇荡。而古之文笔,今之文笔,其源又异"。③ 这里是从作品本身来进行区别。"文"空有典故、华丽的辞藻是远远不够的,更需要情感贯穿其中。颜延之、刘勰、钟嵘等人说得更加透彻,从创作主体入手,区分了"学者"、"天才"。《颜氏家训·文章》提到:"学问有利钝,文章有巧拙。钝学累功,不妨精熟;拙文研思,终归蚩鄙。但成学士,自足为人。必乏天才,勿强操笔。吾见世人,至无才思,自谓清华,流布丑拙,亦以众矣。"④《文心雕龙》指出:"才力居中,肇自血气","才由天养","才为盟主,学为辅佐"。⑤《诗品》提到:"自然英旨,罕值其人。词既失高,则宜加事义。虽谢天才,且表学问,亦一理乎。"⑥萧子显《南齐书·文学传论》指出:"委自天机,参之史传。"⑦所谓"天才",实际上更需要敏锐的审美感受能力,以及高度发达的艺术思维

---

① 张少康《文赋集释》,北京:人民文学出版社,2012 年,第 36 页。
② 曹旭《诗品集注》,第 228 页。
③ 陈志平、熊清元《金楼子疏证校注》,第 770 页。
④ 王利器《颜氏家训集解》,第 308 页。
⑤ 范文澜《文心雕龙注》,北京:人民文学出版社,1962 年,第 506、615 页。
⑥ 曹旭《诗品集注》,第 228 页。
⑦ 《南齐书》,第 908 页。

和运用语言文字的能力等。针对偏重实用的文体,记诵、博文这些慢慢积累的硬功夫是基础,语言应用与逻辑思维也可以通过阅读、练习慢慢掌握,这些都是"学"的范畴。至于抒情写景的诗赋则难以言传身教,需要自己去体悟感受,审美意识、艺术思维、敏锐洞察力是文学写作需要的特殊才能,不是按部就班锻炼就能获得的,而与先天禀赋、人生经历有很大关系。所谓"才由天养",这些就是当时人们所说的"天才"、"神会"、"天机"等范畴。对学问化带来的文学创作之弊端进行纠正,同时区分"学问"与"文学",是六朝以来文学高度发达的表现。

诗歌学问化之后又开始向着更深处发展,"宫体诗"逐渐兴起,在形式上更加秾丽而在内容上逐渐锁定在"咏妓"、"咏物"之上。诗歌由汉魏时期抒发建功立业的豪情壮志,到写出尘绝世的隐逸生活,再到书斋化的典章故事、日常细物,最后转到闺闼之内、女性之态,表面上是内容的移转,实际上是士人精神的堕落。"宫体诗"代表的是皇族审美趣味,而士族大量创制这类诗词,文坛被这种轻绮、软腻诗风所环绕,标志着文人已经堕落,只能匍匐在皇权脚下。《咏美人看画》、《美人晨妆》、《听夜妓》等诗歌满足了人们追求感官刺激的需要,成为反复玩味和模写的对象。

部分士族十分警醒这种士人人格卑琐,文坛风气不振的局面。他们之所以能够自觉扛起文化纠偏的大旗,是因为虽然魏晋南朝思想多元,但是儒家思想一直作为潜流存在并影响着士人。多数士族具有数百年的家庭文化积淀,他们中的有志之士是社会的良心、道义的代表,数千年儒家文化的积淀让他们能够自觉续接孔孟文化传统,成为社会道义的发声人。刘勰在《文心雕龙》中十分重视自己做的关于孔子的梦,梦中他"执丹漆之礼器,随仲尼而南行"。在文学创作与文学批评中,政教与审美往往是交替并行:每当社会动荡、儒家思想控制松动时,文学审美性就会极力发展;而当文学只剩下形式的游戏,世俗化入侵文学精神之时,刚劲有为的儒家精神就会自觉地进行抵制。刘勰提出"夫翚翟备色,而翾翥百步,肌丰而力沈也;鹰隼乏采,而翰飞戾天,骨劲而气猛也;文章才力,有似于此。若风骨乏采,则鸷集翰林;采乏风骨,则雉窜文囿,唯藻耀而高翔,固文笔之鸣凤也。"①倡导风骨和辞采并存,既要有思想内容又要有华美的形式,体现出了一种健康的文学观念,点明了文学未来发展的方向,为娱乐化、庸俗化的文坛吹进了一股新风。钟嵘也是如此,他认为好的五言诗应该是:"弘斯三义,酌而用之,干之以风力,润之以丹采,使味之者无极,闻之者动心,是诗之至也。"②除此之外,还有一些宫廷诗人,由南入北,在经历"侯景之变"的山河破碎、家国惨痛之后,诗风变得饱满厚重,不自觉地承担起纠偏的重任,如庾信、王褒等,杜甫在《戏为六绝句》中称赞:"庾信文章老更成,凌云健笔意纵横。今人嗤点流传赋,不觉前贤畏后生。"③这些诗人作品中展现出来的震人心魄的悲剧魅力,正是克制南朝文坛后期低沉绮靡的一剂良药,同时也呼唤着新文学观念的诞生。隋唐时代新的文学理论的构建,正是缘此而来的。可以说,南朝学术与文论是中国古代文化承先启后的重要环节。对它的系统研究与开掘,还是远远不够的,本书只是初步的探讨,希冀得到各方的批评指正。

---

① 范文澜《文心雕龙注》,第514页。
② 曹旭《诗品集注》,第47页。
③ 郭绍虞主编《杜甫戏为六绝句集解·元好问论诗三十首小笺》,北京:人民文学出版社,1978年,第11页。

第二章　南朝易学与文论

　　《周易》兼综儒道,在秦汉之后为六经之首,其对于中国文论的影响巨大。《易传》上说:"精义入神,以致用也。"《周易》中提出的"立象以尽意"、"刚柔发散,变动相和"、"穷变通久"等观点,对于中国文化影响较大。易学为魏晋南北朝文学批评的重要经典来源。王弼《易》学方面的著作有《周易注》、《周易略例》和《周易大演论》。王弼,字辅嗣,祖籍山阳高平(治今山东邹城市西南),生于魏文帝黄初七年(226),卒于魏废帝齐王芳嘉平元年(249),一共活了二十四岁,可谓英年早逝。王弼的易学,一反汉代《易》学之"多参天象",转而"全释人事",借用人事关系剖析易卦固有的结构和属性,探讨卦爻辞和来历,充满哲学理性,也开创了为后世所诟病的空言说经的先河。南北朝时期,北方流行郑玄《易》,南方虽然流行王弼《易》,但虞翻等人的易学也颇有影响。到隋代,王弼《易》逐渐取得独尊地位。南朝对王弼《周易注》加以质疑的人也不少,然而不能从根本上动摇王弼的易学思想与方法。《隋书·经籍志》于《易》云:"梁、陈,郑玄、王弼二注列于国学。齐代,唯传郑义。至隋,王注盛行,郑学浸微,今殆绝矣。"[①]唐太宗贞观十二年(638),国子祭酒孔颖达受诏撰《五经正义》,于诸家《易》说中独尊王弼《周易注》,确立了王弼《易》学的独尊地位。《四库全书总目》于《经部易类》中分析易学之变迁曰:"《易》本卜筮之书,故末派浸流于谶纬。王弼乘其极敝而攻之,遂能排击汉儒,自标新学。然《隋书·经籍志》载晋扬州刺史顾夷等有《周易难王辅嗣义》一卷,《册府元龟》又载顾悦之(案:悦之即顾夷之字)《难王弼易义》四十余条,京口闵康之又申王难顾,是在当日已有异同。王俭、颜延年以后,此扬彼抑,互诘不休。至颖达等

[①] 《隋书》,第913页。

奉诏作疏,始专崇王注而众说皆废。"①可见,王弼易学在南朝仍然有着重要的影响,对于文论观念的形成与发展起到了一定的推动作用。

第一节 《周易》贲卦与南朝文学

(一)"饰终反素"之美

《周易》对于南朝文论的浸润,是建立在哲学家的自觉接受与研读基础之上的。《周易·贲·彖传》中论"饰终反素"之美的思想,不仅为古代文论提供了一种美的范式和标准,也反映并实践了魏晋以来审美观念的变化与重构。而贲卦的人文智慧,通过王弼的重释得到充分释放与彰显。贲卦是《周易》六十四卦的第十二卦,中心是关于外饰与内质的关系,由此而涉及美学中的藻饰与质素的关系。它突出一切文饰都是空虚的道理,唯有重实质、有内涵的朴实面目,才是文饰的极致。《周易·杂卦》云:"贲,无色也。"

我们先来看贲卦的最初含义,再来分析它的审美蕴涵。《周易·贲》:"贲,亨、小利有攸往。初九,贲其趾,舍车而徒。六二,贲其须。九三,贲如濡如,永贞吉。六四,贲如皤如,白马翰如,匪寇婚媾。六五,贲于丘园,束帛戋戋,吝,终吉。上九,白贲,无咎。"②东汉经学大师郑玄注贲云:"变也,文饰之貌。"从卦象上看,贲卦象为离下艮上,离为火,艮为山。东晋王廙曰:"山下有火,文相照也。夫山之为体,层峰峻岭,峭险参差,直置其形,已如雕饰。复加火照,弥见文章,贲之象也。"③山下有火光照耀,形成草木相映,锦绣如文的壮观,是贲作为修饰的体现。这种自然之美属于"天文"范畴,当是无异议的。

然而,贲卦的真正意义在于,它内含着饰终反素的规律,以及对于这种规律体认的智慧。比如,贲卦从初九的"贲其趾"、六二"贲其

---

① 《四库全书总目》,北京:中华书局,1965年,第3页。
② 《十三经注疏·周易正义》,上海古籍出版社,1997年,第37页。
③ 李鼎祚《周易集解》,北京:中央编译出版社,2011年,第89页。

须",到九三"贲如濡如",再到六四"贲如皤如"、六五"贲于丘园",最终达到上九爻"白贲,无咎",呈现了不同形式的美,其中既有"贲如濡如"的润泽丰盈之美,也有"贲如皤如"的淡抹之美,这一演变过程彰显出由华丽到素朴的意思。其中可关注的是"皤如"二字的意义。"皤"可释为白素,《周易集解》解释为"亦白素之貌也",相对于"濡如"错彩镂金的盛妆,"贲如皤如"可谓稍加修饰,如马之色白而毛长。而至上九,则呈现出饰极反素,真淳无华的"白贲"之美。卦中六爻,在阴阳交错相杂中呈现互贲之象,诸爻之间刚爻柔爻交饰,象征恰如其分的贲饰,并崇尚自然质朴的审美理想。与此同时,下卦之初的初九爻"贲其趾,舍车而徒",朴素简质,与上卦之初的六四爻"贲如,皤如,白马翰如"尚素之貌相呼应。而六五爻"贲于丘园,束帛戋戋"居贲卦尊位,张衡《东京赋》即有"聘丘园之耿洁,旅束帛之戋戋"。以浑朴的山丘园圃为饰,持一束微薄的丝帛,饰尚朴素。至上九爻居贲卦之极,"白贲,无咎"。《周易》的《序卦》论及六十四卦彼此之间的关联时谈到:

> 物不可以苟合而已,故受之以《贲》。贲者,饰也。致饰然后亨则尽矣,故受之以《剥》。剥者,剥也。①

也就是说,人类文明之物不可以苟合草就,而必须饰之以礼仪文明;但是过度文饰就会走向反面,所以受之以"剥",以剥离其中的厚饰。可见,"白贲"以"白"为饰,饰极反素,体现了《易》学的重要美学思想,也为古代文论提供了审美的范式和标准。真淳无华的"白贲"之美则成为最高审美理想,"无咎"。这种审美观念认为,绚烂之美与素朴之美是可以互相转化的,绚丽至极则会返璞归真。

儒家思想受到这种审美观念的影响。孔子的"质素"说也是对贲卦美学思想的解读。《孔子家语·好生》记载:"孔子常自筮,其卦得贲焉,愀然有不平之状。子张进曰:'师闻卜者得贲卦,吉也。而夫子之色有不平,何也?'孔子对曰:'以其离邪。在《周易》,山下有火谓之贲。非正色之卦也。夫质也,黑白宜正焉。今得贲,非吾兆。

---

① 《十三经注疏·周易正义》,第96页。

吾闻丹漆不文,白玉不雕,何也?质有余,不受饰故也。'"①《吕氏春秋·壹行》、汉经学家刘向《说苑·反质》中也有相关记载。这里所说的是孔子认为,贲乃杂色,而丹漆不文,白玉不雕,体现出纯正之美。但事物的藻饰乃是普遍性的现象,无法回避,关键是最后的归宿。而白贲则是贲卦的回归,是所谓饰终反素,也就是苏轼所说的绚烂之极,归于平淡的意思。事物经过演化与发展,最终走向了平淡与素朴。孔子推崇的"无贲"审美观点,类似于贲卦中的"白贲"美学思想。孔子晚而喜《易》,深受易学的影响,在《论语·八佾》中他有着更为详细直接的阐释,"子夏问曰:巧笑倩兮,美目盼兮,素以为绚兮。何谓也?子曰:绘事后素。曰:礼后乎?子曰:起予者商也,始可与言诗已矣"。② 可见孔子对"质"的要求是达到"素"的形态,而反对绚丽多彩的"饰";主张"白当正白,黑当正黑"的自然之美,而鄙薄"非正色"的"绚"美,其审美倾向同样是推崇不事雕琢的自然之美。孔子尝云"文胜质则史,质胜文则野,文质彬彬,然后君子",也是说的这层意思。

魏晋时期,贲卦这一思想得到了进一步的阐发。王弼的《周易注》从玄学的自然思想出发,对于贲卦的质素理念尤其感兴趣。贲卦曰:"上九:白贲,无咎。"王弼注曰:

处饰之终,饰终反素,故在其质素,不劳文饰而"无咎"也。以白为饰,而无患忧,得志者也。③

王弼认为,贲卦思想的精彩,在于虽然赞美与欣赏藻饰之美,但是将外饰之美视为表象,而本体则是"无",是一种内在的质素之美。贲卦的最终归宿是指向质素,也就是刘勰《文心雕龙·情采》所说的"贲象穷白,贵乎返本",宋人所说的极炼如不炼。王弼在注《周易·履卦》卦辞"初九:素履往,无咎"时曰:"处履之初,为履之始,履道恶华,故素乃无咎。处履以素,何往不从?必独行其愿,物无犯也。"④履

---

① 《孔子家语》,开封:河南大学出版社,2008年,第137页。
② 黄怀信《论语汇校集释》,上海古籍出版社,2008年,第218页。
③ 《十三经注疏·周易正义》,第38页。
④ 《十三经注疏·周易正义》,第27页。

卦说的是在社会上立身行事的基本准则当以谦和素朴为贵,王弼在注这一卦时也强调履道恶华,素乃无咎。王弼在注《周易·坤卦》"六二:直方大,不习无不利"时指出:"居中得正,极于地质,任其自然而物自生,不假修营而功自成,故'不习'焉而'无不利'。动而直方,任其质也。"①也是强调任从自然,不假修营的思想。

以老释《易》,是王弼易学的重要特点。王弼在《老子指略》中指出:"夫素朴之道不著,而好欲之美不隐,虽极圣明以察之,竭智虑以攻之,巧愈思精,伪愈多变,攻之弥甚,避之弥勤。"②推崇素朴之心。王弼以无为素朴为美的审美观念,对魏晋南北朝"清水出芙蓉"的审美观念影响深远。当然,玄学中的另一些人则有所不满,例如西晋的玄学家郭象对于王弼过分强调质素的观点持不同看法,认为质素也须加工,他指出:"苟以不亏为纯,则虽百行同举,万变参备,乃至纯也。苟以不杂为素,虽则龙章凤姿,倩乎有非常之观,乃至素也。若不能保其自然之质而杂乎外饰,则虽犬羊之鞟,庸得谓之纯素哉?"③郭象认为不能将所谓"纯"、"素"单纯看作是一种未加雕饰藻绘的原始本色美,而是顺应艺术创作和审美观念的客观规律、讲究审美风趣的天真自然。极炼如不炼,也契合了《周易·涣》卦象"风行水上"所显露的"自然成文"的美学意蕴。

东晋以后,文风开始向脱俗潇洒的方向转变,诗文清谈、书法绘画的品评交流成为东晋士人的主要活动内容,更出现了陶渊明这位以冲淡为美的优秀诗人。陶渊明的审美理想是魏晋时期的代表,钟嵘论陶诗:"文体省净,殆无长语;笃意真古,辞兴婉惬。每观其文,想其人德。世叹其质直。"④叹其风格的质直天然。陶渊明化清谈为体物,将人生哲理之悟融入田园意象中,陶诗所营造的田园意象是生命融入田园的生命意象。他的生命意象成为后世艺术创造的一种典范,成为将生命意识融入自然美、以艺术为精神家园的全新美学理想。此后,冲淡自然的"白贲"之美,成为中国文学批评的典型

---

① 《十三经注疏·周易正义》,第18页。
② 楼宇烈《王弼集校释》,北京:中华书局,1980年,第198页。
③ 郭象注,成玄英疏《庄子注疏》,北京:中华书局,2011年,第296页。
④ 周振甫《诗品译注》,北京:中华书局,1998年,第66页。

审美类型和标准,从"贲如濡如"的绚烂之美,到"贲如皤如"的修饰之美,至东晋陶渊明,基本完成了魏晋审美趣味的转变和重构。这一人生思想与美学观念的转折,我们在陶渊明的人格与诗作中看得很清晰。其《归园田居》咏叹:"久在樊笼里,复得返自然。"①这可以说是对于贲卦饰终反素的人生经历与审美趣味的诠释。梁代昭明太子萧统《陶渊明集序》中赞叹他:"横素波而傍流,干青云而直上。语时事则指而可想,论怀抱则旷而且真。"②其实也是指陶渊明人生道路与诗文创作饰终反素的过程及其价值。这是一种人格与创作融为一体的境界。

南朝刘宋山水诗人谢灵运在《山居赋》的序中慨叹:"今所赋既非京都宫观游猎声色之盛,而叙山野草木水石谷稼之事,才乏昔人,心放俗外,咏于文则可勉而就之,求丽邈以远矣。览者废张、左之艳辞,寻台、皓之深意,去饰取素,傥值其心耳。"③谢灵运借山水化解晋宋易代之后,作为谢氏家族传人的内心郁闷,他修筑了山居,赋序写道:

> 宫室以瑶璇致美,则白贲以丘园殊世。惟上托于岩壑,幸兼善而罔滞。虽非市朝,而寒暑均和。虽是筑构,而饰朴两逝。④

谢灵运申明他作《山居赋》,有着自觉的审美选择,也就是不愿仿效宫室的富丽堂皇,而丘园则以白贲为特征,与世不同;他之所作山居,在白贲素朴与富赡华美之间,无妨朝市之宜。他自注:"《易》云:'上古穴居野处,后世圣人易之以宫室,上栋下宇,以蔽风雨,盖取诸《大壮》。'璇堂自是素,故曰白贲,最是上爻也。此堂世异矣。谓岩壑道深于丘园,而不为巢穴,斯免□□,得暑寒之适,虽是筑构,无妨非朝市云云。"⑤谢灵运的人生与政治选择,不同于陶渊明,在庙堂与

---

① 《陶渊明全集》,上海古籍出版社,2015 年,第 27 页。
② 《陶渊明全集》,第 273 页。
③ 严可均编《全上古三代秦汉三国六朝文》,第 2604 页。
④ 严可均编《全上古三代秦汉三国六朝文》,第 2604 页。
⑤ 严可均编《全上古三代秦汉三国六朝文》,第 2604 页。

山野之间犹豫不决,最终未能逃脱政坛之祸而罹难。可见,贲卦在南朝的山水审美领域产生了一定的影响。

在经历了两汉"贲如濡如"的绚烂之美后,文学审美开始转向对文学自身艺术特质的发现,而脱离了政教等外在的功利束缚。如果将"自觉"作为建安文学的特征,开启了魏晋审美观念的变化和重构,那么正始文学则是把哲理引入文学。其将文学深度化,在文学中导入老、庄的人生境界,以哲思为魏晋文学提供了更多的思想表现,也为魏晋审美观念融入了重要元素。在经历了"自觉"的建安文学和"哲思"的正始文学后,西晋文学既出现了如左思《三都赋》这样的写实创作,也有陆机《文赋》这样对建安以来文学特质被认识之后,逐渐积累起来的创作经验的理论总结;稍后的元嘉、永明文学,则将哲思回归到情感,以情思取代玄理,但这种取代并不是简单的回归和替换,从玄理思索转而感慨人生,是一种更为成熟且深入的发展。在这里,山水题材大量进入诗文,并且以写实取题,奠定了我国山水文学的根基。谢朓"好诗圆美流转如弹丸"的清新明丽圆融之美,实际也是一种提炼和升华。南朝文学既有重功利、主质朴的文学观,也有尚自然、主风力的诗歌思想,同时包容了重娱乐、尚轻艳的宫体诗;北朝文学的发展虽然不及南朝,但它实用真实、朴野粗犷的特性,也有其特色。

综上所论,魏晋文学开始回归文学的本质,去除了政教功利的过度附加,在探索自身规律发展的道路上开始大踏步前行。"白贲"美学思想并不只是单纯的文质关系对比,更是对文学特质的探讨。"白贲"审美理想并不是早期文学创作的质朴无华,而是自然而然、去除人为雕琢的痕迹,主动因循顺应人情物理之本然,从而抒发真实情感,呈现出自然质朴的纯真思想。从文学发展的历史趋势来看,以雕琢质素代替原始素朴也是文学自然发展的趋势。《抱朴子·钧世》即言:"且夫古者事事醇素,今则莫不雕饰,时移世改,理自然也。"[1]魏晋六朝文学的发展是一个不断发展自身特征的过程,其中虽侧重点各不同,但总的趋势是由功利走向非功利,注重文学

---

① 杨明照《抱朴子外篇校笺》,北京:中华书局,1997年,第77页。

的艺术特质。当然,物极而反,过犹不及,当文学过度走向雕华,便失去了质素,由此也否定了文学自身的价值。正是有鉴于此,齐梁之际的文学思想家刘勰正式将贲卦思想引入文学理论批评领域,抨击当时过分雕饰的文风,呼吁文学回归质素。当时,文学作品从内容到形式受到感官审美风尚的影响,追求华靡雕琢,偏离了儒家经典,也与诗骚文学传统相背离,丧失了建安风骨与正始之音的意蕴。刘勰崇尚自然之道的审美观念,在《文心雕龙》的第一篇《原道》中提出:"文之为德也大矣,与天地并生者何哉?夫玄黄色杂,方圆体分,日月叠璧,以垂丽天之象;山川焕绮,以铺理地之形:此盖道之文也。仰观吐曜,俯察含章,高卑定位,故两仪既生矣。惟人参之,性灵所钟,是谓三才。为五行之秀,实天地之心,心生而言立,言立而文明,自然之道也。"刘勰从天地日月之美,延及人类审美心灵与活动的产生,并非刻意为之,而是自然之道的产物,他进而指出:

> 傍及万品,动植皆文:龙凤以藻绘呈瑞,虎豹以炳蔚凝姿;云霞雕色,有逾画工之妙;草木贲华,无待锦匠之奇。夫岂外饰,盖自然耳。

刘勰强调,从天地宇宙到自然界的动物与植物,皆有文饰,则这种自然之美无须藻饰,美在自然。云霞焕然,胜过画匠之妙,而草木鲜艳美丽,超过织锦之美。这里的"贲华"一词的意思,据范文澜《文心雕龙注》引刘向《说苑·反质篇》等典籍解释,乃是指文彩之意。①

刘勰对齐梁间过于文丽的文风深以为忧。他在《文心雕龙·情采》中指出:"研味《孝》、《老》,则知文质附乎性情;详览《庄》、《韩》,则见华实过乎淫侈。"②刘勰考察了上古以来的文学发展,认为儒道文章都是强调文质相扶,情采并茂的,未有单纯追求形式之美而获得文章正宗的。相反,过度追求华丽,脱离内容,则会失去文章的价值,舍本求末。为此他引用了《周易·贲卦》的思想来立论:

---

① 范文澜《文心雕龙注》,第 7 页。
② 范文澜《文心雕龙注》,第 537 页。

第二章 南朝易学与文论

> 是以"衣锦褧衣",恶文太章;贲象穷白,贵乎反本。①

所谓"贲象穷白,贵乎反本",显然是用《周易》贲卦之思想来强调文章最后的极致是归乎自然。在当时,对于自然素朴之美的赞赏成为审美所向。南北朝时期的文学理论家,对于谢灵运的山水诗给予了很高的评价。刘勰《文心雕龙·时序》篇论及刘宋文学时提到"颜谢重叶以风采"。钟嵘《诗品》将谢列入上品,称"元嘉中,有谢灵运,才高词盛,富艳难踪,固已含跨刘、郭,凌轹潘、左",赞叹其山水诗作"名章迥句,处处间起;丽典新声,络绎奔会。譬犹青松之拔灌木,白玉之映尘沙,未足贬其高洁也",②并引用汤惠休的话说,"谢诗如芙蓉出水,颜诗如错采镂金"。萧纲《与湘东王书》亦称"谢客吐语天拔,出于自然"。钟嵘提出:"观古今胜语,多非补假,皆由直寻。颜延、谢庄,尤为繁密,于时化之。故大明、泰始中,文章殆同书抄。近任昉、王元长等,辞不贵奇,竞须新事,尔来作者,浸以成俗。遂乃句无虚语,语无虚字,拘挛补衲,蠹文已甚。但自然英旨,罕值其人。"③钟嵘列举了汉魏以来的一些名句,有力地说明了"观古今胜语,多非补假,皆由直寻"。钟嵘将"自然英旨"作为与"直寻"相联系的诗歌审美标准。唐代李白的贵清真、宋代苏轼的重自然,与钟嵘的"直寻"与"自然英旨"这一诗学主张有着直接的联系。北宋苏轼称赞韦应物、柳宗元的创作"发纤浓于简古,寄至味于澹泊,非余子所及也"(《书黄子思诗集后》)。"纤浓"与"简古"、"至味"与"澹泊"看上去是对立的,但二者却是互相包含、相反相成的。苏轼指出:"大凡为文当使气象峥嵘,五色绚烂,渐老渐熟,乃造平淡。"(《竹坡诗话》)④从创作过程来说,平淡是精思所得。人淡如菊,可以说是宋代文人所追求的文艺境界与人格境界的统一。苏轼是继陶渊明之后,弘扬朴素之美的一代文宗。

---

① 范文澜《文心雕龙注》,第 538 页。
② 周振甫《诗品译注》,第 49 页。
③ 周振甫《诗品译注》,第 24 页。
④ 何文焕《历代诗话》,北京:中华书局,1981 年,第 348 页。

(二)"人文化成"与文学通变

贲卦对于魏晋审美观念的深刻影响,首先在于它的人文化成这一重要理念。贲卦的这一思想,融合了儒道思想的精髓,从而给文学批评以一种思想智慧。

秦汉之际产生的《周易》之所以成为六经之首,是因为它融合了道家的天道观与儒家的人事观,提出人文化成的思想。贲为《周易》第二十二卦:"贲:亨。小利有攸往。《彖》曰:贲'亨',柔来而文刚,故'亨'。分刚上而文柔,故小利有攸往,天文也。文明以止,人文也。观乎天文,以察时变;观乎人文,以化成天下。"①贲卦下卦为离,义为阴柔,上卦为艮,义为阳刚,所以说阴柔文饰阳刚,因此为亨。柔、刚分布,刚为主而柔为衬,所以说"有所往则有小利"。刚柔交错成文,这是天象。社会制度、风俗教化是人们生活的基础,是社会人文现象。观察天象,就可以察觉到时序的变化。观察社会人文现象,就可以用教化改造成就天下的人。值得注意的是,王弼在注这段话时,融入他的人文化成思想。

> 刚柔不分,文何由生?故坤之上六来居二位,"柔来文刚"之义也。柔来文刚,居位得中,是以"亨"。乾之九二,分居上位,分刚上而文柔之义也。刚上文柔,不得中位,不若柔来文刚,故"小利有攸往"。刚柔交错而成文焉,天之文也。止物不以威武而以文明,人之文也。观天之文,则时变可知也;观人之文,则化成可为也。②

这段话富有美学意蕴与文学理论的价值。我们可以从中启悟到相关的美学与文学哲理。王弼在解释《周易》时,强调"刚柔交错而成文焉,天之文也。止物不以威武而以文明,人之文也",这两句话是对于人类文明与自然之美辩证关系的阐释。"天文"也就是自然之美,它是由刚柔交错而组成的藻饰之美;而"人文"即人类的文明,却不是简单地将自然界的交错之美移植到人类社会中来,而是要以自

---

① 《十三经注疏·周易正义》,第37页。
② 《十三经注疏·周易正义》,第37页。

己所创造的文明世界来自我教化,化成天下。王弼强调,"止物"即人类与物质世界的区分,最根本的是文明教化而不是武力炫耀。在注贲卦《象》辞"山下有火,贲。君子以明庶政,无敢折狱"时,王弼指出:"处贲之时,止物以文明,不可以威刑,故'君子以明庶政',而'无敢折狱'。"①王弼认为,所谓人文,即是人类自己所创造的文明成果。它一旦创立,反过头来会影响人类,美化人类,使人类脱离野蛮的威刑。王弼在注《周易》贲卦《象》辞中"观乎天文,以察时变;观乎人文,以化成天下"时指出:"观天之文,则时变可知也;观人之文,则化成可为也。"②王弼强调观天之文,有助于了解时世的变化。这种观点源于古老的天人感应思想,认为自然界的变故象征着人类的变化,是人世变化的前兆;而观乎人文,即是运用人类自己创造的礼乐文明以移风易俗,化成天下。王弼特别强调,所谓人文,即是人类与自然界相区别的根本标志;"止物",即人类与自然界的区别不在于武力而在其内在的文明,这里的文明即是精神与道德等范畴。人类与动物的不同,在于人类善于运用自己所创造的文明来自我教化,是人类自我意识的彰显。

这些人文化成思想在南朝齐梁时代的刘勰《文心雕龙·原道》篇得到集中表述,而刘勰的文学思想受《易传》的影响是非常明显的。他在《原道》篇中指出:"人文之元,肇自太极,幽赞神明,《易》象惟先。庖牺画其始,仲尼翼其终。而《乾》、《坤》两位,独制《文言》。言之文也,天地之心哉!"③这种人文乃天地之心彰显的思想显然来自易学。作为刘勰文学知音的昭明太子萧统,在著名的《文选序》中,用了《易传》的这段话来说明文学作为人类进化的成果:

> 式观元始,眇觌玄风:冬穴夏巢之时,茹毛饮血之世,世质民淳,斯文未作。逮乎伏羲氏之王天下也。始画八卦,造书契,以代结绳之政,由是文籍生焉。④

---

① 《十三经注疏·周易正义》,第37页。
② 《十三经注疏·周易正义》,第37页。
③ 范文澜《文心雕龙注》,第2页。
④ 《六臣注文选》,第2页。

萧统形象地比喻道,供皇帝祭祀所乘的大辂车是由古时的椎车进化而来的,但却保存不了椎车那种原始质朴的形式;积水变成层冰,失去了水的形状却获得了冰的寒冷。事物在发展的过程中是不断弃旧趋新的,这是事物进化过程中的一种规律。文学发展的普遍趋势和事物发展的普遍规律是相同的,都是不断地前进和革新的。文学在经历了漫长的发展过程至南朝时,由质朴趋于华丽,由简到繁是不可改变的大趋势。萧统的"通变观"代表了梁代整个文坛的主流之声。

然而,萧统更强调进化中永恒不变的人文精神,他认为这是激活文学生命的精神原动力。他提出:"《易》曰:'观乎天文,以察时变;观乎人文,以化成天下。'文之时义,远矣哉。"①也就是说,文学因为有了这种人文化成的精神蕴涵与神圣使命而任重道远。这也是萧统《文选序》中所传导的诗骚精神与传统。在这个前提下,他才谈文学事业如同人类的衣食住行一样,是从简单到繁缛,受整个人类文明的进化所致,并不以人的意志为转移。这一点与当时裴子野的文学复古主张是大不相同的,表现出南朝文艺批评在文学发展观上的时代特点。萧统《文选序》中提倡的人文化成思想,在唐李善《上文选注表》中更是表现得很清楚。文中云:"道光九野,缛景纬以照临。德载八埏,丽山川以错峙。垂象之文斯著,含章之义聿宣。协人灵以取则,基化成而自远。故羲绳之前,飞葛天之浩唱;娲簧之后,掞丛云之奥词。步骤分途,星躔殊建。球钟愈畅,舞咏方滋。"李善秉承了萧统《文选序》的人文化成思想,在注解《文选》时,也是注重思想意义的溯源而轻视字句的疏解。为此受到五臣注的批评。

梁代文士沈约在《宋书·谢灵运传》中,从历史演变的角度,分析了自先民创设文学以来至他所处年代文学精神与形式的发展,深发感慨:"史臣曰:民禀天地之灵,含五常之德,刚柔迭用,喜愠分情。夫志动于中,则歌咏外发。六义所因,四始攸系,升降讴谣,纷披风什。虽虞夏以前,遗文不睹,禀气怀灵,理无或异。然则歌咏所兴,

---

① 《六臣注文选》,第2页。

宜自生民始也。"①沈约卓有识见地提出，诗歌与乐舞都是生民生命精神与激情的宣泄。沈约虽然是梁代宫廷文人的代表，但他也强调人文咏歌乃生民从天地之灵那里转化而来的。

当然，文学发展到一定阶段后，往往出现质文相代的情况。一方面它愈演愈华，另一方面则面临着返本归宗的问题，"时运交移，质文代变，古今情理，如可言乎"（《文心雕龙·时序》）。而贲卦对于六朝审美观念的重要启发，即是饰终反素的观念。作为"人文"重要构成部分的文学活动，一方面从"天文"即自然之美生成与转化而来，它是不断进化的；但是另一方面，当文学事业进化到一定阶段后，它又面临着返本归宗的问题。而贲卦的哲理即在于它揭示了这一过程的必然性，并且启示人们从变动中求取更高的审美境界，认识到最高的美学形态是自然之道。刘勰在齐梁文风日竞雕华时，标自然以为宗，倡导文学回归自然与儒学之道，也是他的立文基础与人文智慧所在。这一点，清代的纪昀与民国的黄侃多次指出，也是当今学界所认同的。

第二节　《周易》咸卦与南朝文学观念

《周易》咸卦为《周易》下经之首，蕴含着《周易》中的天地阴阳交感而万物化生，男女交感的基本观念。汉代对于咸卦中涉性的内容较为保守，到了六朝时期，经过魏晋易学的重新阐发，咸卦的涉性内容获得自然之道的说明，并影响到文士的文学创作与批评。

（一）"二气感应以相与"

咸卦为《周易》的第三十一卦，为下经之首，寓含着天地人三者的生成与变化哲理。咸卦内容为：

咸，（艮下兑上）咸：亨。利贞。取女吉。《彖》曰：咸，感也。柔上而刚下，二气感应以相与。止而说，男下女，是以"亨

---

① 《宋书》，第 1778 页。

利贞,取女吉"也。天地感而万物化生,圣人感人心而天下和平。观其所感,而天地万物之情可见矣。《象》曰:山上有泽,咸。君子以虚受人。

初六,咸其拇。《象》曰"咸其拇",志在外也。

六二,咸其腓,凶。居吉。《象》曰虽"凶居吉",顺不害也。

九三,咸其股,执其随,往吝。《象》曰"咸其股",亦不处也。志在随人,所执下也。

九四,贞吉。悔亡。憧憧往来,朋从尔思。《象》曰"贞吉悔亡",未感害也。"憧憧往来",未光大也。

九五,咸其脢,无悔。《象》曰"咸其脢",志末也。

上六,咸其辅颊舌。《象》曰"咸其辅颊舌",滕口说也。

这一段话大体上是用男女交感的动作,说明万物阴阳交感的哲理。由于这些动作与过程语焉不详,后世的解释见仁见智,有的将它说成是新婚夫妇交合之事,有的将其说成春宫秘戏图。本文认为,这些话语都值得推敲。《周易》本身就是卜辞之书,其中的卦辞与爻辞大都具有神秘的象征意义,不可能一一确指。但大体上可以确定,咸卦以男女交感作象征,说明天地万物交感的义理,是《周易》上经与下经相联系的中介。古人从最直观的身边的男女交感之事说起,旁及天地阴阳万物的交感之理,而后者反而亦可以证明男女性事乃天经地义,呈现为一种思想的互动。

《周易》在汉魏之际受到广泛重视,东汉郑玄的易学虽然在当时影响很大,但是新的易学开始兴起,三国时吴国的虞翻与魏国的王弼便是代表人物,虞翻较多受到汉代易学的影响,王弼则开辟了空言说经的路数。但诸家学说往往互相交错。魏晋易学的最大特点,便是以自然之道来解释《周易》,将《周易》与老庄学说相融汇,例如阮籍的《通易论》中指出:"君子曰:《易》,顺天地,序万物,方圆有正体,四时有常位,事业有所丽,鸟兽有所萃,故万物莫不一也。"①在《通老论》中又提出:"道者,法自然而为化,侯王能守之,万物将自

---

① 严可均编《全上古三代秦汉三国六朝文》,第1310页。

化。《易》谓之'太极',《春秋》谓之'元',《老子》谓之'道'。"①阮籍强调《周易》与《春秋》、《老子》的自然之道有相通之处。王弼、韩康伯等人的《周易注》也彰显了这一特点。《三国志·魏书·钟会传》注引何劭《王弼传》曰:"弼注《易》,颍川人荀融难弼《大衍义》。弼答其意,白书以戏之曰:'夫明足以寻极幽微,而不能去自然之性。颜子之量,孔父之所预在,然遇之不能无乐,丧之不能无哀。又常狭斯人,以为未能以情从理者也,而今乃知自然之不可革。'"②王弼采用老子思想注《周易》,为荀融所难,王弼在答荀融的非难中,戏称自然之性不可去,即使孔子这样的圣人在颜回死后也不能无哀痛,故可知之。他在《周易》中以自然之道来看待咸卦中的男女性事,也就顺理成章了。

《周易》关于宇宙和谐之美的观念,是通过阴、阳这一对立统一的范畴来架构的,它在阴阳、刚柔等对峙中来追求均衡,追求和谐,追求流变,这也是它超轶孔子、荀子和《中庸》作者的地方。《序卦》云:"有天地然后有万物,有万物然后有男女,有男女然后有夫妇,有夫妇然后有父子,有父子然后有君臣,有君臣然后有上下,有上下然后礼义有所错。"③咸卦中透露出来的思想观念,是将天地人置于阴阳交感的层面,来论万物变化,而男女交感乃是这种变化中的自然之道。

上古时代的男女观念与两性观念,无论是在文学作品,还是在思想经典中,本没有什么神秘之处,无非因后来儒家男女大防意识的兴起,以及"思无邪"诗教的流行,于是被屏蔽。学者杨明认为:"在中国古代文学批评中,有一种情况,即阐释作品时不顾其原意,强行'注入'政治教化方面的意义。对待描写女色和男女情事的作品也有此种情况。"④在汉代易学中,对于咸卦的这方面内容,讳莫如深。魏晋时代王弼、韩康伯等人的注释,重新恢复了此中的原始

---

① 严可均编《全上古三代秦汉三国六朝文》,第1310页。
② 《三国志》,北京:中华书局,1959年,第795—796页。
③ 《十三经注疏·周易正义》,第96页。
④ 杨明《古代文学批评对于女色和男女情事描写的态度》,《安徽大学学报》2012年第4期。

面貌。

我们来看咸卦的卦辞:"艮下兑上。咸:亨,利贞,取女吉。"郑玄曰:"咸,感也。艮为山。兑为泽。山气下,泽气上,二气通而相应,以生万物,故曰'咸'也。其于人也。嘉会礼通,和顺于义,干事能正。三十之男,有此三德,以下二十之女,正而相亲说,取之则吉也。"① 郑玄代表汉儒对于咸卦的判断,他强调咸卦二气通而相应,以生万物。人类也是通过二气感应而相亲悦,男女相合,婚姻生焉。王弼对于咸卦的看法与郑玄大体一致。王弼《周易注》注此卦曰:"二气相与,乃化生也。天地万物之情,见于所感也。"王弼认为,天地万物之变化,见之于二气之所感。而男女交感乃是天地所交感的典型产物。与王弼同时代的阮籍在《通易论》中也指出:"天地,易之主也。万物,易之心也;故虚以受之,感以和之。男下女上,通其气也;柔以承刚,久其类也;顺而持之,遁而退之。"② 阮籍进一步指出,阴阳二气交感是男下女上,柔以承刚。与王弼易学观点相一致的东晋玄学家韩康伯注曰:"言咸卦之义也。咸柔上而刚下,感应以相与。夫妇之象,莫美乎斯。人伦之道,莫大夫妇。故夫子殷勤深述其义,以崇人伦之始,而不系之离也。"③ 韩康伯认为,周易的结构是六画成卦,兼三才而两之,融合天人,不能将天道人事分成两块。显然,他这么解释,体现了玄学将天人感应置于自然之道的思想观念,以自然为本,天道为本,人事须与天道自然相感应。他认为,咸卦之要义在于强调柔上而刚下,感应相与,互相配合。这既是天地交泰之道,也是男女交感之道。这样就将男女之交置于整个天道自然之中。他的这一观点主要是针对汉代易学家将天地交感与男女交感相分离的观点。

其实,《周易》中的归妹卦也彰显了这一观念。《彖》曰:"归妹,天地之大义也。"归妹,也就是民间俗称的嫁女。男大当婚,女大当嫁,是古往今来人类之通义,是人类自然属性的显现。《礼记·大

---

① 李道平《周易集解纂疏》,北京:中华书局,1994年,第314页。
② 严可均编《全上古三代秦汉三国六朝文》,第1309页。
③ 李道平《周易集解纂疏》,第313页。

学》指出:"故治国在齐其家。《诗》云:'桃之夭夭,其叶蓁蓁。之子于归,宜其家人。'宜其家人,而后可以教国人。"①归妹卦辞曰"天地不交而万物不兴",三国时魏国经学家王肃注曰:"男女交而后人民蕃,天地交然后万物兴,故归妹以及天地交之义也。"②这些思想观念,对于中国人的两性观念及其文学表现,产生了直接的影响。中国古代的爱情文学传统,受到这种两性观念的影响是很自然的。

唐代孔颖达《周易正义》传承韩康伯、王弼之说,反驳了将男女之感视为异端的观点,指出:"咸,感也。此卦明人伦之始,夫妇之义,必须男女共相感应,方成夫妇。既相感应,乃得亨通。若以邪道相通,则凶害斯及,故利在贞正。既感通以正,即是婚媾之善,故云'咸亨利贞取女吉'也。"③孔颖达从《周易》中卦象的结构,以及天地人三者的彼此关系中,论证了乾坤乃造化之体,夫妇实人伦之原,因而二者本质上是一体的,他指出"夫妇之义,必须男女共相感应,方成夫妇。既相感应,乃得亨通",这样就将夫妇之道与天地之道联系起来,赋予其自然吉祥的价值,阐明了夫妇之道的本体依据。他的观点,代表唐代经学家对于咸卦的解释,也可以看出魏晋的咸卦思想对于唐人的影响很大。

《周易》咸卦另一个重要的思想,即女上男下的观念,这一点对于魏晋性爱文学影响甚大。长期以来,人们一直以为《周易》持男尊女卑观念,其实,这一看法并不尽然。早在先秦时代,荀子在《大略》中就指出:"《易》之咸,见夫妇。夫妇之道,不可不正也,君臣父子之本也。咸,感也,以高下下,以男下女,柔上而刚下。"④荀子指出,虽然男性地位高于女性,但在男女交往中,男性必须礼遇女性,以下迎上,这样才能完成男女交感婚娶的过程。从同类相感来说,男女的交感乃是自然之理,而位置的确定则是至关重要的。《周易》咸卦:"观其所感,而天地万物之情可见矣。"王弼注:"凡感之为道,不能感非类者也,故引取女以明同类之义也。同类而不相感应,以其各亢

---

① 《十三经注疏·礼记正义》,第1674页。
② 《周易集解纂疏》,第472—473页。
③ 《十三经注疏·周易正义》,第46页。
④ 王先谦《荀子集解》,北京:中华书局,1988年,第495页。

所处也,故女虽应男之物,必下之而后取女乃吉也。"①王弼认为,虽然天地万物互相感应,然则交感并非无条件的,而是以类相感,通过阴阳二气的相接得以实现。而二气的交感是男在下而女在上。具体而言,男方主动去接触女性,以礼相遇,然后才能得到女方的欢心,结成伉俪,获得幸福。

在咸卦中,这一思想获得自觉的表述,也是中国古代两性观念中有价值的一面,有助于打破我们长期以来所持的中国古代素来重男轻女的看法。咸卦之《彖》曰:"咸,感也。柔上而刚下,二气感应以相与。"三国时经学家王肃注曰:"山泽以气通,男女以礼感。男而下女,初婚之所以为礼也。通义正,取女之所以为吉也。"②王肃强调的是男女以礼相感,男方采取主动迎娶的方式,故而称作柔上而刚下。唐代孔颖达疏曰:"艮刚而兑柔,若刚自在上,柔自在下,则不相交感,无由得通。今兑柔在上而艮刚在下,是二气感应以相授与,所以为'咸亨'也。""婚姻之义,男先求女,亲迎之礼,御轮三周,皆男先下于女,然后女应于男,所以取女得吉者也。"③孔颖达从自然界阳刚阴柔二气交感的自然规律,说明男先求女,女应于男,方能求吉。这又是一种阐释智慧在咸卦上的体现,赋予男在女下以自然属性。

其实,男下女上的观念在《周易》其他的卦象中也存在。《周易》临卦:"元亨,利贞。至于八月有凶。"彖辞曰:"临,刚浸而长,说而顺,刚中而应。大亨以正,天之道也。"临卦寓意居高临下、崇高光大,但必须刚柔相济乃得亨通。王肃注曰:"此卦明人伦之始,夫妇之义,必须男女共相感应,方成夫妇。既相感应,乃得亨通。若以邪道相通,则凶害斯及,故利在贞正。"④《周易》认为,所谓临并不是居高临下,倨傲无礼,而是必须互补。这种观点应当说是极有价值的,渗入到男女审美领域,会引起相应的变化。

这种男下女上,刚下柔上,始得感应,是为吉亨的观念,也影响到六朝时期人们的文学审美观念。六朝之前,文学作品中对于女性

---

① 楼宇烈《王弼集校释》,第374页。
② 李道平《周易集解纂疏》,第314—315页。
③ 《十三经注疏·周易正义》,第46页。
④ 《十三经注疏·周易正义》,第36页。

的描写不乏同情的内容。《诗经》、《楚辞》中这类作品甚多,汉魏时期曹魏集团的文士,写出了一批咏叹妇女不幸遭遇的作品,以同情寡妇、弃妇为题材的作品屡屡出现在三曹与建安文士的创作领域中。进入两晋时代,这类妇女题材的作品依然很多,涌现出许多优秀的成果。但是在文学批评领域,对于女性文学主角的界定与认同,却很鲜见,由著名人物出面编纂女性文学总集的更是绝无仅有。而到了齐梁时期,随着女性文学创作的成熟,出现了第一部以描写女性为主的诗歌总集《玉台新咏》。《四库全书总目》中指出:"虽皆取绮罗脂粉之词,而去古未远,犹有讲于温柔敦厚之遗,未可概以淫艳斥之。其中如曹植《弃妇篇》,庾信《七夕诗》,今本集皆失载,据此可补阙佚。"①徐陵的集序,首次在中国文学史上,采用男下女上的姿态,赞美女性姿色之美与地位高贵:

> 夫凌云概日,由余之所未窥;千门万户,张衡之所曾赋。周王璧台之上,汉帝金屋之中,玉树以珊瑚作枝,珠帘以玳瑁为柙,其中有丽人焉。其人也,五陵豪族,充选掖庭;四姓良家,驰名永巷。亦有颖川新市,河间观津,本号娇娥,曾名巧笑。楚王宫里,无不推其细腰;卫国佳人,俱言讶其纤手。阅诗敦礼,岂东邻之自媒,婉约风流,异西施之被教。弟兄协律,生小学歌,少长河阳,由来能舞。琵琶新曲,无待石崇;箜篌杂引,非关曹植。②

徐陵是梁代著名宫体诗人与骈文大师,与庾信齐名。这篇集序以奇谲之风,骈俪之辞,叙述了历代名媛的种种情状,不仅写她们的体态身姿,而且写她们的才华,婉约风流,赞叹《玉台新咏》中的这些作品:"加以天时开朗,逸思雕华,妙解文章,尤工诗赋。琉璃砚匣,终日随身;翡翠笔床,无时离手。清文满箧,非惟芍药之花;新制连篇,宁止葡萄之树。九日登高,时有缘情之作;万年公主,非无累德之辞。其佳丽也如彼,其才情也如此。"这篇集序虽不免夹杂男性对于女性的猥亵眼光,但也充满着真诚的赏叹,流露出汉魏以来男性

---

① 《四库全书总目》,第1687页。
② 严可均编《全上古三代秦汉三国六朝文》,第3456—3457页。

对于女性的认识,以及对于女性文学的倾情,比诸汉代发乎情止乎礼的风教,显然是一种进步。《玉台新咏》中真正为女性作品的并不多,大多还是男性诗人所作,但从创作角度来说,该篇确实是一种男下女上、仰视而赞的文字。在中国文学史上,敢于为女性题材正名,并且大加赞美,采用男下女上观察姿态的,唯有《玉台新咏》这部总集。原因是多方面的,但是《周易》咸卦注中体现出来的两性关系观念,以及从阴阳感交、自然之道的思想去认识情爱文学的价值,徐陵及其文学集团可谓功不可没。

南朝齐梁时代的王公贵族也开始为女性作序。比如梁简文帝萧纲《临安公主集序》曰:"四德之美,戚里仰以为风;七行之奇,濯龙规以为则。若夫托勾陈之贵,出玉台之尊,凤仪闲润,神姿照朗,爱敬之道夙彰,柔娴之才必备,风桐遐远,清管辽亮,湘川寂寞,泪筿葳蕤,北渚之句尚传,仙灵之典不泯,况复文同积玉,韵比风飞,谨求散逸,贻厥于后。"①这篇集序是位处王侯的萧纲为一位公主所写,表现出对于女性创作的欣赏与赞美。相比于两汉居高临下的对待女性文学的看法,是一种进步。梁代诗论家钟嵘在《诗品序》中盛赞东汉女诗人班婕妤的五言诗:"自王、扬、枚、马之徒,词赋竞爽,而吟咏靡闻。从李都尉迄班婕妤,将百年间,有妇人焉,一人而已。"②钟嵘《诗品》将其列为上品:"其源出于李陵。'团扇'短章,词旨清捷,怨深文绮,得匹妇之致。侏儒一节,可以知其工矣!"这一评价不可谓不高。《诗品》卷中评东汉秦嘉、嘉妻徐淑之诗:"夫妻事既可伤,文亦凄怨。二汉为五言诗者,不过数家,而妇人居二。徐淑叙别之作,亚于团扇矣。"钟嵘《诗品》中对于女性文学的肯定与赞赏,是齐梁时代的风尚所致,也是男女关系的变化在诗歌创作领域中的投射。

《周易》咸卦对于六朝文学的影响,还在于它揭示了自然界季候物色转换与男女之情的同步对应规律,赞美了这种同类相感之美。古代中国大部分地区处于北温带,四季分明,季候轮回有序。在古

---

① 严可均编《全上古三代秦汉三国六朝文》,第3017页。
② 曹旭《诗品集注》,第14页。

人看来,自然界的变化与季候密切相关,人与天地之间通过阴阳二气得以交感,产生了一种异质同构的效应,人类包括情欲在内的思想情感也与之同步。反映到文学创作中,就形成了物我同一,互相交融的情形。

《周易》咸卦中指出:"圣人感人心而天下和平。观其所感,而天地万物之情可见矣。"孔颖达疏曰:"咸道之广,大则包天地,小则该万物。感物而动,谓之情也。天地万物皆以气类共相感应,故'观其所感,而天地万物之情可见矣。'"①孔颖达认为,从咸卦的天地万物以气类相感中,可以推断出人类与万物感应相一致的道理。秦汉之际的子书《吕氏春秋·孟春纪》指出:"是月也,天气下降,地气上腾,天地和同,草木繁动。王布农事。"②认为春天万物复苏,天地和同,草木繁动。西汉大儒董仲舒在《春秋繁露·四时之副》中指出:"天之道,春暖以生,夏暑以养,秋清以杀,冬寒以藏,暖暑清寒,异气而同功,皆天之所以成岁也。"③春天象征着生命的萌动,因此,它给人带来了欢乐。西晋诗人夏侯湛的《春可乐》道:"春可乐兮,乐东作之良时。嘉新田之启莱,悦中畴之发菑。桑冉冉以奋条,麦遂遂以扬秀。泽苗翳渚,原卉耀阜。春可乐兮,乐崇陆之可娱。登夷冈以回眺,超矫驾乎山隅。春可乐兮,缀杂华以为盖,集繁蕤以饰裳。散风衣之馥气,纳戢怀之潜芳。鹦交交以弄音,翠翩翩以轻翔。招君子以偕乐,携淑人以微行。"④诗中以欢快的笔调,描写了春天染绿大地,田野山川欣欣向荣,给人们带来的欢乐。

六朝文学的感应说,受到天人感应观点的影响,将男女之间的情爱置于这种感应中去看待,二者之间在自然季候引起的律动中,萌生了思恋之情,发为咏叹。在中国古代文学中,男女之间的情爱与自然季候的感应相呼应,达到情物宛转的境界,应当说是在六朝时期开始形成的。《文心雕龙·物色》指出:"春秋代序,阴阳惨舒,物色之动,心亦摇焉。"刘勰采纳了自古以来的天人同构之说,从春

---

① 《十三经注疏·周易正义》,第46页。
② 许维遹《吕氏春秋集释》,北京:中华书局,2016年,第5页。
③ 苏舆撰《春秋繁露义证》,北京:中华书局,1992年,第353页。
④ 逯钦立《先秦汉魏晋南北朝诗》,北京:中华书局,1988年,第595页。

秋代序，阴阳惨舒的时节交替，谈到创作缘起于这种物候的转换，引起了作者心灵的感召。文章中始终强调物色相召，人谁获安，也就是面对自然界气候与物色的变化，人们相应地也受到感染，产生了创作的欲望。整篇文章充满着天人同构，情以物迁，辞以情发的思路。钟嵘《诗品序》中指出："气之动物，物之感人，故摇荡性情，形诸舞咏。"感兴成为中国文论的重要范畴，而其出发点则是天地感应，男女交感。

而在文学创作中，男女之情乃是基本的内容。例如，梁代文士范云在《闺思诗》中吟咏：

> 春草醉春烟，深闺人独眠。积恨颜将老，相思心欲燃。几回明月夜，飞梦到郎边。①

范云这首诗写得很一般，但是显示了一名女性在春天里相思难耐的情形。春天的景物与季候成为男女相思起兴的缘头。这是常见的手法。梁代士人柳恽《杂诗》中写道："云轻暮色转，草绿晨芳归。山墟罢寒晖，园泽润朝晖。春心多感动，睹物情复悲。自君之去矣，兰堂罢鸣机。徒知游宦是，不念别离非。"②其中"春心多感动，睹物情复悲"，写出了情物互动的事实，春天引发诗人的情感，而诗人的情感也受到别离的感染，越发煎熬难耐。所以江淹《别赋》中咏叹："春草碧色，春水渌波。送君南浦，伤如之何！至乃秋露如珠，秋月如珪；明月白露，光阴往来。与子之别，思心徘徊。是以别方不定，别理千名；有别必怨，有怨必盈。使人意夺神骇，心折骨惊。虽渊云之墨妙，严乐之笔精，金闺之诸彦，兰台之群英。赋有凌云之称，辩有雕龙之声，谁能摹暂离之状，写永诀之情者乎！"③江淹的赋写男女相思相爱，营造情景交融的物候，从而通过情物交感的场景来烘托主题。

秋天则是使人收摄的季节，因为目睹万物萧瑟、草木飘落的景色，人们难免产生物伤其类的悲哀。而将此种情感与秋景写得最生

---

① 逯钦立《先秦汉魏晋南北朝诗》，第1550页。
② 逯钦立《先秦汉魏晋南北朝诗》，第1675页。
③ 严可均编《全上古三代秦汉三国六朝文》，第3143页。

动的则是梁元帝萧绎的《荡妇秋思赋》："荡子之别十年,倡妇之居自怜。登楼一望,唯见远树含烟;平原如此,不知道路几千。天与水兮相逼,山与云兮共色;山则苍苍入汉,水则涓涓不测。谁复堪见鸟飞,悲鸣只翼。秋何月而不清,月何秋而不明。况乃倡楼荡妇,对此伤情。"①赋中将以往人们所不屑的倡妇之情抒写得哀怨悱恻,而秋气秋月则是其中的感应媒介。其中潜藏的则是《周易》及秦汉以来的阴阳二气交感而及于男女的文化观念。近年来,以气感、感兴、感应等美学范畴来分析六朝文学的较多,而大多忽略了《周易》中咸卦思想的影响,这不能不说是一种疏漏。

(二)"二体始相交感"

《周易》咸卦对于男女之事的揭示中引起后人兴趣的,莫过于那些涉性的文字。其中从卦辞到注解,对于男女相感中从脚趾到口舌的接触,究竟是虚写还是实写,抑或另有所指,由于卦爻辞的含糊,历来聚讼纷纭。其中主要分两大类,一类认为包涵男女涉性的肢体接触,从三国时王弼、虞翻到唐代的孔颖达都持这种观点,现代学人潘光旦、台港作家李敖等人更是言之凿凿;②另一类则认为是指奴隶被奴隶主砍掉脚趾等,这一类以周振甫等为代表。③ 笔者认为,对这类问题的认识,不应脱离《周易》整本书的语境,以及《周易》产生的时代背景。

《周易》中的卦辞与爻辞产生于先秦时代,代表了当时人们对于《周易》六十四卦的理解与认识。这个时代人们的性爱观念,大体可以从《诗经》中看出。虽然传说《诗经》经过孔子的删订与整理,剔除了许多过于露骨的性爱成分,但还是可以从中窥见一些男女欢爱的性描写内容,朱自清的《诗言志辨》与闻一多的《古典新义》对此有所揭橥。但是当时的经典文化整体上受到儒家的影响。虽然在民间与官方,言性事并不隐讳与羞耻,但是在经典的表述中,毕竟不像在

---

① 严可均编《全上古三代秦汉三国六朝文》,第3038页。
② 参见张惠仁《周易咸卦涉性爻辞正义及其他——兼对潘光旦、李敖诸说质疑》,《中国文化》第13卷。
③ 周振甫《周易译注》,北京:中华书局,1991年,第113页。

民间与日常生活之中,更不可能像明清小说那样肆无忌惮,因此,像台湾作家李敖所说的那样直白是不存在的,也是一种过度解读。

咸卦中的卦辞与爻辞对于人体接触的描写,虽然不排除男女性事的成分,但总的来说,是一种象征式的暗示,以及先秦时代广泛运用的比兴手法,即引譬连类的手法,以彼物比此物,或者先言他物以引起所咏之词。《周易·系辞上》云:"圣人有以见天下之赜,而拟诸其形容,象其物宜。"王弼注:"乾刚坤柔,各有其体,故曰:拟诸形容。"孔颖达疏:"六十四卦,皆拟诸形容,象其物宜也。若泰卦比拟泰之形容,象其泰之物宜;若否卦则比拟否之形容,象其否之物宜也。举此而言,诸卦可知也。"①关于《周易》与比兴的关系,刘勰《文心雕龙·比兴》篇指出:"故比者,附也;兴者,起也。附理者切类以指事,起情者依微以拟议。起情故兴体以立,附理故比例以生。比则畜愤以斥言,兴则环譬以托讽。"也就是说,兴与比有所不同,它是采用"依微以拟议"的手法来隐喻特定事理,所借事物有的与所喻之理有外在相似,有的虽然没有外在相似之处,却有着内在联系。所以"兴"与"比"相比,是一种更加内在的表现手法。而咸卦所采用的男女肢体的交感,主要用以阐明《周易》中的阴阳感应,万物化生之原理。完全专注于男女交感情节,甚至演绎成春宫图式,显然是不符合事实的。

当然,在中国古代,并不讳言以男女性事来说明政治与外交之事。《战国策》卷二十七就记载:

> 楚围雍氏五月,韩令使者求救于秦,冠盖相望也,秦师不下殽。韩又令尚靳使秦,谓秦王曰:"韩之于秦也,居为隐蔽,出为雁行。今韩已病矣,秦师不下崤。臣闻之,唇揭者其齿寒,愿大王之熟计之。"宣太后曰:"使者来者众矣,独尚子之言是。"召尚子入。宣太后谓尚子曰:"妾事先王也,先王以其髀加妾之身,妾困不疲也;尽置其身妾之上,而妾弗重也,何也?以其少有利焉。今佐韩,兵不众,粮不多,则不足以救韩。夫救韩之危,日

---

① 《十三经注疏·周易正义》,第79页。

费千金,独不可使妾少有利焉。"①

韩国尚靳使秦,请求秦国发兵救楚国之围,秦国主政的宣太后公然以自己与已故秦王的性事来说明韩国必须有所报答,秦国才能出兵,赤裸裸地说明国与国之间是利益关系。所以,咸卦以男女性事说明交感之理在当时顺理成章,不必讳言。

我们再来看咸卦的象辞:"《象》曰:山上有泽,咸。君子以虚受人。"显然,这是从山上有泽,即有河流起兴,比拟君子以虚受人,谦虚谨慎的意思。所以王弼注曰:"以虚受人,物乃感应。"孔颖达疏:"泽性下流,能润于下;山体上承,能受其润。以山感泽,所以为'咸'。'君子以虚受人'者,君子法此咸卦,下山上泽,故能空虚其怀,不自有实,受纳于物,无所弃遗,以此感人,莫不皆应。"②为了形象地说明这种感应过程,采用人体从脚趾开始的感应接触来说明之:"初六:咸其拇。《象》曰:'咸其拇',志在外也。"王弼注曰:"处咸之初,为感之始,所感在末,故有志而已。如其本实,未至伤静。四属外也。"孔颖达疏曰:"'咸其拇'者,拇是足大指也,体之最末。初应在四,俱处卦始,为感浅末,取譬一身,在于足指而已,故曰'咸其拇'也。"这里只是直观地以脚趾之于人体的位置,譬喻人类与外物接触和感应的开始,并没有性爱的意思。黄寿祺、张善文《周易译注》译为"说明初六的感应志向是向外发展",③潜含着宜谨慎而为的意思,这大体上是不错的。

咸卦:"六二:咸其腓,凶。居吉。《象》曰:虽凶居吉,顺不害也。"王弼注曰:"咸道转进,离拇升腓,腓体动躁者也。感物以躁,凶之道也。由躁故凶,居则吉矣。处不乘刚,故可以居而获吉。阴而为居,顺之道也。不躁而居,顺不害也。"④王弼这段注仍然是从处世哲理解读的。意为感应从脚趾转向小腿肚,出现了急躁的情绪,因

---

① 范祥雍《战国策笺证》,上海古籍出版社,2006 年,第 1540 页。
② 《十三经注疏·周易正义》,第 46—47 页。
③ 黄寿祺、张善文《周易译注》(修订本),上海古籍出版社,2001 年,第 259 页。
④ 楼宇烈《王弼集校释》,第 374 页。

此,宜于不躁而居。孔颖达《正义》曰:"六二应在九五,咸道转进,离拇升腓,腓体动躁,躁以相感,凶之道也。由躁故凶,静居则吉,故曰'咸其腓凶居吉'。以不乘刚,故可以居而获吉。"①这些解释,显然是从处世之道理解的。古代人们的情绪与思想,有时是通过肢体语言传达的。《周易》中的许多卦辞与爻辞其实也是一种通过肢体语言去传达的思想观念。

不过,咸卦毕竟重点在阐述天地与男女交感理念的。其中的意念在九四中得到呈现。咸卦:"九四:贞吉,悔亡。憧憧往来,朋从尔思。"王弼注:"处上卦之初,应下卦之始,居体之中,在股之上,二体始相交感,以通其志,心神始感者也。凡物始感而不以之于正,则至于害,故必贞然后乃吉,吉然后乃得亡其悔也。始在于感,未尽感极,不能至于无思以得其党,故有'憧憧往来',然后'朋从其思'也。"②九四这一卦的位置象征着居体之中,男女双方的大腿开始接触,心神交感,异性相吸。然而交感不至于正而放纵欲念,则至于害。王弼注强调男女交感的精神作用,而不是以肉欲作为交感的刺激。笔者认为,王弼的这一注解对于六朝时期的男女性事观念是很重要的。

魏晋时代的男女情爱观念,表现在文学上,大都潜心于精神意念,并没有耽于感官与性欲上面。最典型的是曹植的《洛神赋》:"动朱唇以徐言,陈交接之大纲。恨人神之道殊兮,怨盛年之莫当。抗罗袂以掩涕兮,泪流襟之浪浪。悼良会之永绝兮,哀一逝而异乡。"曹植的这篇赋汲取了宋玉赋的滋养,以男女相思而不得寄托自己政治抱负不得舒展的愁苦。还有诗以季候作衬托来抒写男女相思之情愫。曹丕的《于清河见挽船士新婚与妻别一首》:"与君结新婚,宿昔当别离。凉风动秋草,蟋蟀鸣相随。冽冽寒蝉吟,蝉吟抱枯枝。枯枝时飞扬,身体忽迁移。不悲身迁移,但惜岁月驰。岁月无穷极,会合安可知。愿为双黄鹄,比翼戏清池。"诗中写到一位女性在秋风萧瑟的日子里,思念夫君,外面的天气变化与内在的思恋之情融合

---

① 《十三经注疏·周易正义》,第47页。
② 楼宇烈《王弼集校释》,第375页。

无际,印证了天地阴阳二气交感与人身情思交感的一致性。在六朝时期,这种思心徘徊的诗赋大量出现在民间与士人之中,并非偶然,其中也反映出咸卦所揭示的交感观念。

当然,男女之爱毕竟不可能脱离性爱,既然是男女交感,就不可能将精神与肉体截然分开。《世说新语·惑溺》记载:

> 荀奉倩与妇至笃,冬月妇病热,乃出中庭自取冷,还以身熨之。妇亡,奉倩后少时亦卒。以是获讥于世。奉倩曰:"妇人德不足称,当以色为主。"裴令闻之,曰:"此乃是兴到之事,非盛德言,冀后人未昧此语。"①

这里说的是三国时魏荀粲与妻子的故事,荀粲之妻为大将军曹洪之女,夫妻情爱甚笃,以至于荀粲在妻子患热病时出户外凉身为之降温。荀粲认为妇人以色为主,德不足称,这与传统的妇德观相悖,也反映出魏晋士人溺于情色的观念。在六朝文学作品中,性与爱二者夹缠在一起,文人在描写时也常常是矛盾的。陶渊明的《闲情赋》便是典型。从序中可以见出,陶渊明的初心是想通过发乎情止乎礼的套路,用男女之情来"抑流宕之邪心,谅有助于讽谏"。但是其中涉及描写女性的肌肤之亲,衣裳之美,使人联想起南朝齐梁宫体诗人常见的咏叹女性内衣与肌肤之艳的情色因素,难怪萧统要批评其为"白璧微瑕"了。

陶潜《闲情赋》中羞羞答答的情色因素,到了齐梁时代,渐渐成为一种文学时尚。这种放纵感官的心态,在梁武帝的《净业赋》中有生动的描写:"观人生之天性,抱妙气而清静。感外物以动欲,心攀缘而成眚。过恒发于外尘,累必由于前境。若空谷之应声,似游形之有影。怀贪心而不厌,纵内意而自骋。目随色而变易,眼逐貌而转移。""身之受触,以自安怡。美目清扬,巧笑蛾眉。细腰纤手,弱骨丰肌。附身芳洁,触体如脂。狂心迷惑,倒想自欺。"②赋中反映出齐梁时代人们为情色所感而不能已的心态。齐梁时代的宫体诗作者,既有帝王将相,也有文人学士,他们从民间歌诗中吸取了男女情

---

① 《世说新语笺疏》,北京:中华书局,2011年,第789页。
② 严可均编《全上古三代秦汉三国六朝文》,第2950页。

爱的描写内容与手法,用华艳的词藻、绮靡的情调、放荡的笔触,描写他们视野中的女性。这时候描写女性之美,不再是汉魏两晋时代的思妇、怨妇类重在精神心灵刻绘,而是绘声绘色,渲染其性的挑逗。比如简文帝萧纲的《和徐录事见内人作卧具诗》:"密房寒日晚,落照度窗边。红帷遥不隔,轻帷半卷悬。方知纤手制,讵减缝裳妍。龙刀横膝上,画尺堕衣前。熨斗金涂色,簪管白牙缠。衣裁合欢褶,文作鸳鸯连。缝用双针缕,絮是八蚕绵。香和丽丘蜜,麝吐中台烟。已入琉璃帐,兼杂太华毡。且共雕炉暖,非同团扇捐。更恐从军别,空床徒自怜。"①诗中将男女欢爱与性事的场所、器物,以及周围的氛围写得如此绮丽,将女人精心制作合欢被的心理与动作娓娓道来,最后两句则将女人担忧夫君从军,空床难守的凄凉写得惹人怜惜。

为了突出女性的肉体,梁简文帝与他的文臣喜欢用倡妇角色来拟代女性。因为在中国封建社会中,良家妇女受到礼教的约束,与男性的接触受到各种限制,反倒是青楼倡家可以与男性自由交往,她们的风骚在风月场中得到张扬。因此,宫体诗人喜欢写这一类女子,也是很自然的。萧纲《执笔戏书诗》中写道:"舞女及燕姬,倡楼复荡妇。参差大庌发,摇曳小垂手。钓竿蜀国弹,新城折杨柳。玉案西王桃,蠡杯石榴酒。甲乙罗帐异,辛壬房户晖。夜夜有明月,时时怜更衣。"诗中瞩目于"舞女及燕姬,倡楼复荡妇",②描写她们在绮罗叠翠中销魂度日,过着伺奉男性的生活。男女交感的社会伦理与传统道德在这里荡然无存,剩下的是生理本能的释放,为此受到当时与后世的诟病。

南朝陈代诗人江总在《杂曲三首》诗中吟咏:"合欢锦带鸳鸯鸟,同心绮袖连理枝。皎皎新秋明月开,早露飞萤暗里来。鲸灯落花殊未尽,虬水银箭莫相催。非是神女期河汉,别有仙姬入吹台。未眠解著同心结,欲醉那堪连理杯。"③这首诗将男女相感的情色辅以华丽的外饰,描写得十分浓艳,是典型的宫体诗趣味。《周易》咸卦中

---

① 逯钦立《先秦汉魏晋南北朝诗》,第1939页。
② 逯钦立《先秦汉魏晋南北朝诗》,第1940页。
③ 逯钦立《先秦汉魏晋南北朝诗》,第2574页。

的涉性内容,倒是在这类诗中得到展露。当然,诗歌与小说不同,毕竟需要含蓄蕴藉,不能写得太直露,南朝宫体诗人都娴于诗歌写作,不会不懂这一点,于是转而采用含蓄巧妙的方式来写。这样既可以婉曲地写出他们对女性的赏玩,也可以展示他们的诗才。《周易》咸卦隐晦的象征手法正好可以借鉴。

  在人类社会中,两性关系是文明程度的标志。一个社会的文明与文化,可以通过其对于两性关系的看法与描写见出。就此而言,六朝文学中的涉性文学受到包括《周易》在内的哲学思潮的影响,反映出当时的文化自觉,这便是对于两性关系的新认识与书写。前引《别赋》中描写包括男女之别在内的离愁别恨时感叹:"是以别方不定,别理千名。有别必怨,有怨必盈,使人意夺神骇,心折骨惊。虽渊云之墨妙,严乐之笔精,金闺之诸彦,兰台之群英,赋有凌云之称,辩有雕龙之声,谁能摹暂离之状,写永诀之情者乎!"①这可以说是对情爱文学的最高评价了。当然,六朝时代两性文学的新特点,最主要受到当时的经济、政治与社会生活等因素的影响,而易学对于两性文学的影响,也是通过综合因素而传导的,它浸润着人们的思想观念,而彼时人们对于易学的阐释,又受到这种现实情境的启发,二者展现出互动的趋势。②

---

① 严可均《全上古三代秦汉三国六朝文》,第 3143 页。
② 参见拙著《中古美学与人生讲演录》第四讲《情爱人生与文学写照》,桂林:广西师范大学出版社,2007 年,第 75 页。

第三章　南朝礼学与文论

第一节　礼乐文明与南朝文学观念

南朝礼学之兴盛有着丰富的思想渊源与深厚的文化背景。先秦时期形成的礼乐文化为南朝礼学之形成提供了文化资源,两汉时期形成的礼学体系构成了南朝礼学的思想渊薮,魏晋以来玄学、佛学与儒学的相互交融是南朝礼学兴盛的价值依据。南朝统治者虽然笃信玄学、佛教,但主要是在人生信仰与心灵深处的层面遵奉之,而在大的思想格局和政治格局方面仍是以名教思想为主。在政治统治和宗族利益的双重导向下,南朝士人建构了一套系统完善的礼学体系,以一种崭新的文化内涵和学术结构渗透于意识形态的各个领域。在这样的学术思潮背景下,礼学思潮深入浸润了南朝文人的内心世界,铸就了南朝文学与文论的学术内涵和文化品格,这正是礼学与南朝文学理论联结的深层背景。

礼乐文明的核心即是"礼",《说文解字》:"禮,履也,所以事神致福也,从示从豊,豊亦声。"①"豊"是行礼之器。远古时期,人们常常祈求神灵保佑,礼作为祭神的仪式便应运而生了。可见,礼起源于上古宗教祭祀。人类社会有等级之分后,统治阶级为了巩固专制统治,将祭祀神灵的礼仪加以改造,扩展到社会的各个方面,由此衍生出一系列政治伦理之制度法规。如《礼记·王制》云:"修六礼以节民性。六礼:冠、昏、丧、祭、乡、相见。"这一套制度法规以血缘宗法关系为标准来决定具体的礼节仪式,作为宗教祭祀仪式的"礼"便具有了区分社会身份等级的特性与功能。礼便逐渐转化为等级社会的一种典章制度,具有鲜明的阶级性和差别性,其特征即为"别异"。因此,礼之起源重点在于血缘宗法关系的固化与制度化,典章

---

① 许慎撰,段玉裁注《说文解字注》,南京:凤凰出版社,2015年,第3页。

制度化乃是内在血缘的延伸。《礼记·曲礼》云:"礼者所以定亲疏,决嫌疑,别同异,明是非也。"《礼记·中庸》云:"亲亲之杀,尊贤之等,礼所生也。"董仲舒《春秋繁露·奉本》指出礼者:"序尊卑、贵贱、大小之位,而差外内、远近、新故之级者也。"①上古三代之礼发展的趋势是日渐制度化、系统化,西周初年周礼的制定标志着礼的制度化之完成,而以孔子为代表的儒家学者则是周礼的监督捍卫者。综上,礼的概念可以这样界定:礼是中国古代社会人们物质生活和精神生活中的一切典章制度、仪式习俗之总称,是儒家社会秩序之基础,道德伦理之规范。"乐"是礼乐文明的另一重要组成部分,《说文解字》云:"乐,五声八音总名。象鼓鞞,木,虡也。"②《周礼·保氏》云:"二曰六乐(谓云咸韶夏濩武也)。"乐即乐曲与歌舞之总称,是礼的组成部分,在祭祀活动中亦发挥着作用,同时还起到谐和神人关系之作用,即所谓的"八音克谐,无相夺伦,神人以和"。由起初的娱神之用发展到以申明道德伦理规范为主要职责,是乐从殷商到西周的转变。如《周礼·春官·大司乐》云:"大司乐掌成均之法,以治建国之学政,而合国之子弟焉。……以乐德教国子,中、和、祗庸、孝、友;……以和邦国,以谐万民,以安宾客,以说远人,以作动物。"由是观之,乐的核心即是礼。

礼乐以天地自然的上下有序与和谐精神为基础,涵盖着古代的社会习俗、典章制度与文化精神。《礼记·乐记》称:"礼乐顺天地之诚,达神明之德,降兴上下之神。"礼乐文明是中华文明的主流与核心,亦是传统文艺思想与活动的逻辑起点,属于具有规范意义的文化范畴。礼乐文化是一种艺术化的制度规范,无论是"六艺"之教还是六经文本,皆是礼乐文化的载体。礼乐并称表明礼乐一体,礼外乐内,乐合同,礼别异,礼决定乐,乐展现礼,礼与乐这对范畴是相辅相成,密不可分的。上古社会诗、乐、舞合一,即文学、音乐与舞蹈三位一体。礼乐文明以其艺术特质开启并推动了中国传统文艺发展演化之进程,赋予了其基本的文化品格与艺术特质。

---

① 苏舆《春秋繁露义证》,第270页。
② 许慎撰,段玉裁注《说文解字注》,第466页。

先秦礼乐文明起源于原始宗教风俗,是伴随着祭祀神灵仪式的形成与发展而产生的。乐舞借助一定的礼仪形式而发展,礼仪通过乐舞来彰显。礼乐文明则从礼与乐的相辅相成的关系中产生发展并走向成熟。从远古到夏商时期,具有原始宗教特征的巫术文化是礼乐文明的主流。上古时期的巫术文化将礼仪与音乐结合起来,成为一种特殊的文化形态。《尚书·伊训》:"敢有恒舞于宫,酣歌于室,时谓巫风。"孔颖达《正义》:"巫以歌舞事神,故歌舞为巫觋之风俗也。"[1]《尚书·舜典》:"诗言志,歌永言,声依永,律和声。"上述文献即展现出诗乐舞三位一体为礼乐文明之特征,同时亦提出了我国传统诗学的开山纲领——"诗言志"。此段话语将礼乐文明与文艺思想和活动有机地结合了起来。可以看出,文艺活动即是礼乐文明的外延与发展。

礼乐文明发展至西周,方始成熟完善。周公极为重视礼乐文明的政教作用,将礼制作为人们行为的圭臬准则,整个周朝的王权统治即按照礼乐文明的规范法则来运行。周朝实行分封制,以姬姓诸侯最多,以血缘亲疏关系和宗法等级秩序维系统治,是以礼乐成为一种治国驭人的政治手段。《周礼》规定了礼仪必须与音乐相配合。在礼乐文明中,诗歌与音乐是共同体,文学即是礼乐文化的产物与载体,是以孔子云:"兴于《诗》,立于《礼》,成于《乐》。"西周的礼乐文明虽然建构了一种文化体系,但却将人们的思想行动均束缚于一定的礼仪制度之中,音乐诗歌亦被模式化、形式化、固化,这既违背了人性,亦违反了艺术发展规律,因此,西周的礼乐文明只能是裹足不前,作茧自缚,至西周末年而崩坏。随着诸侯国政治经济军事文化实力的提升,周王朝日益衰落,宗法制度土崩瓦解,西周末年业已开始的礼崩乐坏,至东周愈演愈烈,遂有春秋战国之称。是以,鲁国仅是正卿的季孙氏在家庙庭中演天子的八佾之舞。春秋战国时期,诸侯国之间战争频繁,政治文化制度遭到了极大的破坏,礼乐文明日趋式微。

"文"的概念即是出于礼乐文明,广义的"文"指的是礼乐制度。

---

[1] 《十三经注疏·尚书正义》,第163页。

第三章 南朝礼学与文论

先秦礼乐文明包含着文艺活动,尤其是春秋战国以降,礼乐理论化与哲理化促进了文艺理论的发展。礼乐以其特定的艺术形式开启了我国文艺活动的演进历程,奠定了文艺的民族特性。要之,礼乐文明主要开启了我国传统文艺的诗性精神,赋予了诗歌作品以韵律特色与艺术精神。诗歌即是"乐"的有机组成部分,是礼乐文明的载体,是以《诗经》三百首既是文学作品又是音乐歌词,而《诗经》中很多"变风"、"变雅"的作品亦是礼乐文明变化的产物。《楚辞》虽然产生于不与中国通的南方楚国,但是其之音调和谐,内容雅正,忠君报国之思想,思慕尧舜之精神,皆充满了儒家礼乐思想,亦是先秦礼乐文明的一部分。而先秦的文论则在极大程度上体现了礼乐文明的思想精神,无论是孔孟的诗论,还是荀子的文论,都是礼乐思想的产物,均折射出了礼乐文明的诗性精神。如孔子认为文艺作品的情感要体现出中和之境,是以他对《关雎》评价道"乐而不淫,哀而不伤",孔子以礼制情,反对抒情过度的诗歌音乐,故他斥责"郑声淫",提出"思无邪",因而《礼记·乐记·乐施篇》:"乐者所以象德也,礼者所以缀淫也。"孟子知人论世、以意逆志的诗学观念即是其道德理论与美学的结合,亦是礼乐文明的产物。荀子原道、征圣、宗经三位一体的文论观与"乐合同,礼别异"的文艺思想是其礼乐思想在文艺层面的延伸。

汉代是经学昌盛的时代,礼乐文明的发展是为了适应大一统中央集权的稳固安定。西汉礼乐文明由内在的人性论向外在的宇宙论转化,建构天人秩序之学。汉初陆贾、贾谊对先秦儒家礼乐文化进行了继承与改造,武帝时期,大儒董仲舒论证了礼乐的天道属性,将先秦时期的人性观转化为汉代的天道观,以天人合一的宇宙观、方法论建构了礼乐文明的新体系。以此,西汉礼乐文明是对先秦礼乐文明的衍变,形成了自身的理路。自武帝以后,汉代礼乐制度方趋于完善,司马迁指出:"礼节民心,乐和民声,政以行之,刑以防之。礼乐刑政四达而不悖,则王道备矣。"《礼记·乐记》云:"知礼乐之情者能作,识礼乐之文者能述。作者之谓圣,述者之谓明。明圣者,述作之谓也。""诗言其志也。歌咏其声也。舞动其容也。三者本于心,然后乐器从之。是故情深而文明,气盛而化神。"由此观之,在礼乐刑政四位一体的王道、治道体系之内,述作礼乐之情与文,礼乐与文艺即为外内表里,诗、乐、舞三位一体,构成一个礼乐文明体系,文艺创作即迎来了发展的春天。文艺创作的繁荣自然是西汉礼乐文明兴盛的标志与逻辑必然。刘勰《文心雕龙·时序》对礼乐与汉代文学的关系有着精炼的概括:

> 爰至有汉,运接燔书,高祖尚武,戏儒简学。虽礼律草创,诗书未遑,然大风鸿鹄之歌,亦天纵之英作也。施及孝惠,迄于文景,经术颇兴,而辞人勿用,贾谊抑而邹枚沉,亦可知已。逮孝武崇儒,润色鸿业,礼乐争辉,辞藻竞骛:柏梁展朝宴之诗,金堤制恤民之咏,征枚乘以蒲轮,申主父以鼎食,擢公孙之对策,叹兒宽之拟奏,买臣负薪而衣锦,相如涤器而被绣。于是史迁寿王之徒,严终枚皋之属,应对固无方,篇章亦不匮,遗风余采,莫与比盛。越昭及宣,实继武绩,驰骋石渠,暇豫文会,集雕篆之轶材,发绮縠之高喻,于是王褒之伦,底禄待诏。自元暨成,降意图籍,美玉屑之谈,清金马之路。子云锐思于千首,子政雠校于六艺,亦已美矣。爰自汉室,迄至成哀,虽世渐百龄,辞人九变,而大抵所归,祖述《楚辞》,灵均余影,于是乎在。①

在刘勰看来,汉武帝为了"润色鸿业"而独尊儒术,"礼乐争辉"促使了"辞藻竞骛",礼乐文明既催生又约束着文艺作品与文艺理论,将文学艺术纳入礼乐文明的轨道之中。在礼乐文明之生态环境中,文艺活动才能如鱼得水。是以,汉代辞赋、散文、乐府诗三大主流文体均带有礼乐特色。由《礼记·乐记》与《毛诗大序》确立的"诗教"文论思想传统则是礼教与乐教精神在文学领域的延伸与发展。从西汉武帝确立经学思想体系开始,直至东汉中后期,礼乐文明精神一直贯穿于士人心中,是以汉代文学的发展在稳定的环境中呈现出持续的繁盛,各类文体均体现出大汉气象。自武帝时期设立乐府机构,礼乐体制方得以正常运行,乐府音乐及歌词的制定,是礼乐建设中的重大举措,如《郊祭祀歌》与《安世房中歌》,在礼乐制度中占有

---

① 范文澜《文心雕龙注》,第672页。

重要的位置。礼乐文明精神自然驱动了以润色鸿业、讽谏时政为目的的辞赋的诞生及繁荣,枚乘、司马相如、扬雄等人的辞赋均体现了大汉天威。《文心雕龙·诠赋》称辞赋"体国经野,义尚光大",可谓一语中的。司马相如云:"赋家之心,苞括宇宙,总览人物,斯乃得之于内,不可得而传。"扬雄云:"诗人之赋丽以则,辞人之赋丽以淫。"二人的赋论亦表明了礼乐文明精神对文艺思想的影响。司马相如揭示了礼乐精神对辞赋价值意义的影响,扬雄则推崇丽以则的诗人之赋,反对辞赋丽以淫,而则与淫的界定与区分即以是否符合礼乐精神为标准。作为文艺理论的《礼记·乐记》与《毛诗大序》即是礼乐精神的外化体现。

  东汉礼乐制度直接承袭于西汉,并有所发展。光武帝极为重视礼乐文明的建设,设立五经博士。章帝召开白虎观会议,由大儒班固整理成《白虎通德论》一书,对礼制进行了系统的阐释与体系重构。《白虎通德论》指出礼乐有着深入人心,塑造人性,诱导内在情感之功效,从而建构纲常伦理,维护社会秩序。东汉的礼乐文明接续着西汉继续发展,而文艺活动亦是将礼乐精神作为重要的指导思想。《文心雕龙·时序》对东汉礼乐与文学的关系亦有定论:

> 自哀平陵替,光武中兴,深怀图谶,颇略文华,然杜笃献诔以免刑,班彪参奏以补令,虽非旁求,亦不遐弃。及明章叠耀,崇爱儒术,肆礼璧堂,讲文虎观,孟坚珥笔于国史,贾逵给札于瑞颂;东平擅其懿文,沛王振其通论;帝则藩仪,辉光相照矣。自和安以下,迄至顺桓,则有班傅三崔,王马张蔡,磊落鸿儒,才不时乏,而文章之选,存而不论。然中兴之后,群才稍改前辙,华实所附,斟酌经辞,盖历政讲聚,故渐靡儒风者也。降及灵帝,时好辞制,造皇羲之书,开鸿都之赋,而乐松之徒,招集浅陋,故杨赐号为驩兜,蔡邕比之俳优,其余风遗文,盖蔑如也。

刘勰总结了东汉文艺发展的过程,指出灵帝之前,经学与文学的联系极为密切。尤其是东汉明帝、章帝对儒学的尊崇,促使文学进一步发展。从辞赋来看,东汉流行京都宫殿赋,《昭明文选》在编次辞赋之时即首列京都一类。从杜笃《论都赋》到班固《两都赋》再到张衡《二京赋》，这些辞赋不但皆以都城宫殿为题材，而且其中所蕴含的礼教思想也在不断地强化，由此足见东汉中前期礼乐文明对文艺作品思想的渗透。班固云"赋者，古诗之流也"，即揭示了辞赋诗歌与礼乐的密切关系。从乐府诗来看，东汉的乐府民歌艺术成就有所提高，有不少名篇，如相和歌辞中的《东门行》、《妇病行》、《孤儿行》等等，均可以看出礼乐精神的沾溉与陶铸。从东汉散文发展的总趋势看，东汉散文向着形式主义性质的骈俪化方向发展，自然是缘于散文在礼乐文化笼罩下形成的体制性特色。

魏晋时期，玄学为主流学术思潮，但礼乐制文明亦有一定的发展。曹魏政权虽然崇尚法治，但亦推崇仁义礼让与先王之道。魏文帝曹丕尊孔兴儒，以仁义礼让为标准，制定九品官人之法，设立太学，采用五经课试法。明帝曹叡下诏地方以经学贡士，并制礼作乐。在音乐方面，议定宗庙音乐及歌舞，改太予乐为太乐，将清商专署与雅乐官署并立。自此，曹魏音乐机构则由太乐、鼓吹、清商三署构成。在礼制方面，设立崇文观，遵循王肃所论禘祫礼，改易正朔服色，命刘劭撰定《都官考课法》，以礼义为标准考核百官，并举礼学大师郑玄之孙郑小同为侍中。曹魏虽以名法起家，但建国之后以儒治国，因此礼乐文明在曹魏亦处于不断发展之中。西晋礼乐制度上承曹魏，然亦有损益，盖因司马氏本为儒学世家，特重儒学。西晋承接魏之残局，百废待兴，礼乐制度具有实用性与稳定性，自然成为改朝换代不可或缺的工具，玄学在很大程度上只是在名士中流行而不为官方采用。西晋政权之初，即隆礼作乐，以为新朝典制。司马氏素为儒学高门，司马昭为晋王伊始，即命羊祜等人刊定新礼一百六十五篇。晋武帝命傅玄改汉短箫饶歌曲为二十二篇，以歌功颂德。嗣后，又命傅玄、荀勖等人造作正旦行礼及王公宴饮音乐歌诗。荀勖又作古尺、新律，调和声韵，且典掌乐事。西晋承袭了曹魏乐府官署的三分法，但不同的是乐府官署由太常总领，除了太乐署、鼓吹署、清商署外，又增加总章这一机构，用来管理乐舞。晋武帝设立国子学，多次下诏选拔孝悌忠信、尊崇礼义之士。由此足见，曹魏、西晋的礼乐制度在政权建设方面受到了很大的重视并发挥了一定的作用。

第三章 南朝礼学与文论

魏晋的礼乐制度建设,亦促进了文学的兴盛。曹魏时期,受到乐府诗歌的影响,文人拟乐府诗歌占据诗坛的主导地位。曹魏时期拟乐府诗极多,而尤以相和歌最为兴盛。曹魏诗人继承了汉乐府"感于哀乐,缘事而发"的现实主义精神,并融入慷慨悲壮之气,形成了以三曹七子诗风为代表的建安风骨。自明帝以后,文学久盛不衰,自然与礼乐文化精神紧密相连。《文心雕龙·时序》云:

> 至明帝纂戎,制诗度曲,征篇章之士,置崇文之观,何刘群才,迭相照耀。少主相仍,唯高贵英雅,顾盼含章,动言成论。于时正始余风,篇体轻澹,而嵇阮应缪,并驰文路矣。

魏明帝制礼作乐,因而注重诗歌乐曲的创制,召集文士,设立崇文观。高贵乡公亦能继承明帝衣钵,发扬礼乐文化精神,因此曹魏文士代不乏人。即如阮籍、嵇康等人的诗文创作虽然有玄学因子的影响,但与礼乐文化亦不无关系。乐府官署方面,清商专署的设立促使曹魏诗歌进一步娱乐化,这亦是正始之音重视情感的诱因之一。西晋礼乐制度在官方更是受到重视,文艺活动自然能够反映出礼乐精神。《文心雕龙·时序》云:

> 然晋虽不文,人才实盛:茂先摇笔而散珠,太冲动墨而横锦,岳湛曜联璧之华,机云标二俊之采。应傅三张之徒,孙挚成公之属,并结藻清英,流韵绮靡。前史以为运涉季世,人未尽才,诚哉斯谈,可为叹息。

刘勰认为西晋不看重文辞,但人才却很多,其实礼乐制度的复兴自然导致文人的大量产生。以潘岳、陆机、左思、傅玄等人为代表的文学家,创作拟乐府诗,遵循旧有的乐府曲调填入新词,创作辞赋体现政治意旨与家族风徽,建构西晋的礼乐文化体系。值得注意的是,傅玄、陆机即是礼乐文化的推崇阐扬者,而以潘岳、陆机为代表的太康诗风以繁缛为标志,亦与当时实行礼乐制度不避繁文缛节的思想风旨息息相关。

东晋政权偏安江左,礼乐制度所受破坏极为严重,如在乐府官署方面,东晋将鼓吹署并入太乐,但雅乐建设一蹶不振。东晋的统治阶级及士人阶层认真反省玄学对国家及社会的影响,大抵皆以名教立论,贬斥玄学。东晋政权亦提倡崇儒,复兴礼乐文化。元帝司马睿立太学,置《周官》、《礼记》博士,大兴二年荀崧议立《仪礼》博士,会王敦之乱,元帝忧死未能实行,嗣后政局紊乱,礼乐文化的推行往往有始无终。要之,东晋礼乐制度屡废屡兴,然而由于孙盛、范宣、袁宏等礼学大家的推动,礼乐思想精神始终是东晋政权的指导思想。而作为高门士族的陈郡谢氏,尤其重视礼乐文明的教化作用,如谢尚、谢安均有极高的礼学与音乐修养,江左雅乐即为谢尚所制定。谢安常与子侄辈谈论文艺,尤以为《诗经·大雅》"雅人深致"。东晋礼乐制度时断时续,在曲折中发展,但对文艺活动的影响亦是不可小觑的,如《文心雕龙·时序》云:

> 元皇中兴,披文建学,刘刁礼吏而宠荣,景纯文敏而优擢。逮明帝秉哲,雅好文会,升储御极,孳孳讲艺,练情于诰策,振采于辞赋,庾以笔才愈亲,温以文思益厚,揄扬风流,亦彼时之汉武也。及成康促龄,穆哀短祚,简文勃兴,渊乎清峻,微言精理,函满玄席;澹思浓采,时洒文囿。至孝武不嗣,安恭已矣。其文史则有袁殷之曹,孙干之辈,虽才或浅深,珪璋足用。

刘勰总结了东晋一朝文学的发展脉络,尤其阐明了文学与礼乐文明的密切关系。他指出元帝提倡儒学,是以刘隗、刁协等精通礼法之士受到重用,郭璞精习礼义与文学,是以得到提拔。明帝推崇儒术,颇有文采。庾亮、温峤皆因提倡礼乐,而又颇具才华得到厚待。而纵观整个东晋,袁宏、殷仲文、孙盛、干宝等人皆为知名文士,而推崇礼乐文明又是其文艺活动内在之动力。陈郡谢氏由于雅好礼乐,是以其宗族多出文人骚客,如谢灵运之文才即是在东晋养成的。魏晋时期官方对礼乐文化之重视,是文艺活动兴盛的重要因素。南朝礼乐制度继承魏晋又进一步发展,是以文艺活动更加兴盛。文艺思想之演进,审美趣味之转变,文人精神之演变,皆波谲云诡,色彩纷呈。

要之,西周礼乐文明具有人文制度性,东周礼乐文明则有社会伦理性,两汉礼乐具有政教体制性,魏晋礼乐则是政教体制性与宗族特权性的合一。大凡历史上朝代的更替,不仅仅是政权结构、政

第三章　南朝礼学与文论

治形势的变化,亦是意识形态的演变,更是学术思潮的嬗变。东晋王朝偏安江左,立国百年,此后政权更迭频繁,战乱时时有之,遂有宋、齐、梁、陈四朝,是为南朝。然而国家不幸学术幸,江左学术思潮亦随着朝代的变迁、政治的演化而悄然发生着变化,遂出现了学术思潮众家争鸣、弥合演进的现象。具体而言,即是玄学、佛学、儒学、道教四家学术思潮的合流与争胜,排斥与吸纳,各自努力建构自身的思想体系与话语方式。通过对江左学术思潮嬗变轨迹的描画,对其内在理路与深层动因的把握,则可发现南朝礼学历史地位确立的逻辑必然性以及重要的文化意义。

南朝礼学复兴有着强烈的时代要求,可谓应运而生。魏晋以来,礼坏乐崩,名教衰微,经学没落,儒家思想失去了独尊之势,士人在儒家之外,积极寻找治国之术。当时名、法、道、墨、纵横家等思想学说皆在一定程度上复兴起来,其中,尤以名、法二家思想备受重视。魏、蜀皆以法家作为指导思想。如《晋书·傅玄传》云:"近者魏武好法术,而天下贵刑名。"就当时思想界的实情来说,玄学、道教、佛教都很盛行,在很大程度上冲击着儒学的思想体系和价值地位。魏晋以降战乱频仍,内忧外患不绝如缕,虽然礼乐制度依然受到统治阶级的重视,但对其之建构一直处于时断时续之中。曹魏以刑名法术起家,又为儒学世家司马氏所取代,司马氏虽标榜礼乐教化,推行孝道,但仅是表面作秀而已,实质乃是虚假之名教。经永嘉之乱,东晋礼乐制度虽有所恢复,但因内乱外患迭起,终其一朝也远不及西晋之完善。如此一来,魏晋的政治格局与学术思想乱象丛生,极不利于国家的稳定与治理,如此之时代势必要求一种新的、具有生命力的思想理论体系来对儒家的名教重新论证,为礼乐制度的重构提供理论依据,以达到安邦定国之功效。是以,魏晋以来礼崩乐坏即成为南朝礼学复兴的时代要求。

如果说魏晋以来的礼崩乐坏是南朝礼学复兴的时代要求,那么梁代礼学复兴乃是鉴于宋齐宫廷的骨肉相残。南朝礼学的鼎盛期出现在萧梁一代,其中原因固然很多,而借鉴前代历史教训无疑是一项重要因素。自东汉末年以降,政权之更迭,皇位之承袭多由篡逆实现,多不合法。自刘裕以北府兵将领起家,代晋建宋,是为宋武帝,此即南朝之始。武帝在位二年病逝,太子刘义符继位,是为少帝,少帝德行极差,辅政大臣傅亮、徐羡之、谢晦等废黜少帝改立宜都王刘义隆为帝,是为文帝。文帝为了掌控大权,诛杀辅政大臣,在武帝改革基础上推行新政,颇有成效,其年号为元嘉,元嘉时期可谓礼学较为兴盛之时。文帝先是诛杀专权的彭城王刘义康,立刘劭为太子。元嘉三十年,文帝欲废掉太子劭,谋泄,反为劭所杀,刘劭杀江夏王刘义恭十二子、长沙嗣王刘瑾及临川嗣王刘晔。文帝第三子刘骏起兵杀刘劭及其四子,又杀始兴王刘濬及其三人,刘骏称帝,是为孝武帝。孝武帝与叔父刘义宣女淫乱,杀刘义宣及其诸子,又杀其弟南平王刘铄、武昌王刘浑、海陵王刘休茂、竟陵王刘诞。孝武帝死后,太子刘业即位,即废帝,前废帝痛恨父亲,遂用粪便浇孝武帝陵,杀叔祖刘义恭及其四子,又杀弟弟刘子鸾、刘子师,并大杀朝臣,欲除去剩余的六位叔父。前废帝最终为叔父刘彧所杀,刘彧即为宋明帝,其暴戾淫乱更甚于前废帝,其侄刘子勋、子房、子顼、子业等孝武帝仅存的十六子尽皆被杀。明帝不但杀绝孝武帝诸子,而且亦将其仅存的五个弟弟杀了四个。明帝子后废帝刘昱更是嗜杀成性。明帝弟弟桂阳王刘休范叛乱失败后被杀,文帝孙建平王刘景素起兵谋反被杀,大权遂落入大将军萧道成之手。后废帝在位五年后为萧道成所杀,刘准即位,是为顺帝,顺帝于昇明三年"禅位"于萧道成,萧齐是以建立。刘准后为萧道成所杀。"宋之王侯,无少长皆幽死矣"。① 刘宋王朝仅宋文帝第九子晋熙王刘昶在前废帝时期避祸逃魏,得到礼遇,延续香火。赵翼《廿二史札记》"宋子孙屠戮之惨"条总结刘宋宗室相残之因由云:"斯固南北分裂时劫运使然,抑亦宋武以猜忍起家,肆虐晋室,戾气所结,流祸于后嗣。孝武、明帝又继以凶忍惨毒,诛夷骨肉,惟恐不尽,兄弟子姓,悉草薙而禽狝之,皆诸帝之自为屠戮,非假手于他族也。卒至宗支尽而己之子孙转为他族所屠,岂非天道好还之明验哉!""孝武既以多杀文帝子而绝嗣,明帝又以多杀孝武子而其子亡国殒身,无复孑遗,真所谓自作之孽也!"②赵

---

① 《南史》,第93页。
② 王树民《廿二史札记校正》,北京:中华书局,2013年,第256、257页。

第三章 南朝礼学与文论

翼从客观与主观两方面总结了刘宋宗室骨肉相残的原因,认为客观上是南北分裂之劫运使然,主观上是宋武帝以残忍屠戮起家,戾气所致,最后指出此种结果是"自作之孽",可谓史家巨眼,一语中的。

鉴于刘宋宗室相残导致亡国之教训,齐高帝在临终前告诫武帝:"宋氏若不骨肉相图,他族岂得乘其衰弊,汝深戒之。"①萧赜继位,是为齐武帝,武帝谨遵高帝遗训,并未屠戮宗室。然武帝舍第二子竟陵王萧子良不立,立萧昭业为皇太孙,昭业践祚后,萧子良忧惧而死,高帝侄子萧鸾掌权。萧齐宗室自相残杀的悲剧自此开始上演。萧鸾先杀昭业,立昭业弟昭文,又杀昭文自立为帝,是为明帝。明帝在位仅五年,除了高帝次子萧嶷一支外,高帝十九子、武帝二十二子皆被杀尽。赵翼《廿二史札记》"齐明帝杀高武子孙"条云:"宋子孙多不得其死,犹是文帝、孝武、废帝、明帝数君之所为。至齐高、武子孙,则皆明帝一人所杀,其惨毒自古所未有也。"②一语道破明帝之残忍甚于刘宋诸暴君。明帝死后,萧宝卷即位,即东昏侯,其秉承父亲"遇事要先发制人"之遗训,以杀人为乐,王室藩镇间亦不断残杀倾轧。最后,在内乱之中,萧宝卷为属下所杀,宗室萧衍立萧宝融为帝,即齐和帝,不久,和帝"禅位"于梁王萧衍,萧齐灭亡。

南朝宋齐时期,用以维系君臣父子之义、宗族血缘之亲的礼教观念亦被破坏得千疮百孔,礼乐制度仅仅是摆设而已;宗室之间的互相屠戮,导致儒家忠孝仁义的礼义观念支离破碎,孝悌的理念失去了道德的支撑。人们的忠义观念,社会的价值观发生了扭曲。如此一个思想混乱,社会动荡的环境即是梁武帝践祚之初所要应对的局势。为了维系统治,改变风气,梁武帝深感礼学移风易俗,约束人心的功能之重要性,遂采取重振礼乐文化,发展礼学,制定五礼的制度,重新确立礼的权威。因此宋齐两代宗室骨肉相残是梁代礼学复兴的一项重要因素,亦是时代要求。

清末今文经学大师皮锡瑞在《经学历史》中称:"南学之可称者,

---

① 《南齐书》,第624页。
② 王树民《廿二史札记校正》,第265页。

惟晋、宋间诸儒善说礼服。"①吕思勉先生进一步总结说:"南北朝儒家,最为后人所推服者,曰勤于三礼之学。"②由是观之,南朝儒家经学以礼学最为发达。而南朝礼学的发展经历了四个朝代一百多年,建构了一套完整的思想体系,具有迥异于传统礼学的根本特质,产生了巨大的思想意义和理论价值。

礼学是儒家经学的重要部分,而三礼之学又是礼学的核心,所以南朝礼学主要是以三礼之学为主。南朝礼学作为一种影响持久、广泛而又深远的学术思潮,其发展与兴盛自有多种因素的推动,而归根结底则与一定的政治体制、社会形态乃至学术文化密切相关,是特定时代的产物。南朝礼学发展进程基本上与朝代的演变相一致,按朝代次序先后可以分为初兴期、高涨期、鼎盛期、式微期四个阶段。大体说来,礼学初兴于刘宋,高涨于南齐,鼎盛于萧梁,式微于陈朝,这四个阶段既各具特征又一脉相承,从而构成一种学术思潮曲折演变的完整历程,凸显为中国学术思潮史的特定形态。

南朝礼学初兴期的代表人物是刘宋时期的雷次宗、庾蔚之、何承天、臧焘、徐广、傅隆。皮锡瑞《经学历史》称:"宋初雷次宗最著,与郑君齐名,有雷、郑之称。当崇尚老、庄之时,而说礼谨严,引证详实,有汉石渠、虎观遗风,此则后世所不逮也。"③元嘉年间立四学,雷次宗以礼学授徒,又为皇太子及诸王讲解《丧服经》,其《略注丧服经传》说礼严谨,申扬郑玄之学,并有创见,其学号称"雷氏学"。庾蔚之于元嘉开儒学馆时,与雷次宗、朱膺之并以儒学监总诸生。其《礼记略解》一书注重义理,既宗郑玄之学,又旁采卢植、王肃之说。何承天将先前八百卷的《礼论》删减合并,以类相从,凡为三百卷行于世,其礼学宗郑玄而黜王肃。此外,臧焘、徐广、傅隆皆精习礼学,立名于世。刘宋礼学盛于元嘉,虽处于初兴期但亦追步前代,礼风济济,是故沈约评价说"甫获克就,雅风盛烈,未及曩时,而济济焉,颇有前王之遗典"。④

---

① 皮锡瑞《经学历史》,北京:中华书局,2012年,第118页。
② 吕思勉《两晋南北朝史》,南京:江苏人民出版社,2014年,第1032页。
③ 《经学历史》,第118页。
④ 《宋书》,第1533页。

第三章 南朝礼学与文论

南朝礼学高涨期的代表人物是萧齐时期的王俭、刘瓛。齐代官学以王俭为代表,史书称其"长礼学,谙究朝仪,每博议,证引先儒,罕有其例"。① 王俭重视汉学传统,撰《古今丧服集记》,《礼记问答》,将何承天的礼论三百卷抄为八帙,又别抄《条目》为十三卷,总监修订五礼,尤喜奖掖后进。齐代私学代表人物为刘瓛,其礼学多依马融、郑玄,"儒学冠于当时","所著文集,皆是礼义,行于世"。② 由于王俭、刘瓛的倡导推动,齐代礼学最盛于永明年间,史书称:"永明纂袭,克隆均校,王俭为辅,长于经礼,朝廷仰其风,胄子观其则,由是家寻孔教,人诵儒书,执卷欣欣,此焉弥盛。……刘瓛承马郑之后,时学徒以为师范。"③此外,司马燮、吴苞、臧荣绪、沈驎士皆善礼学。总的说来,宋齐时期的礼学偏向于宗主汉学,然亦不废魏晋之学。宋齐为梁代培养了大批经学人才,为梁代礼学的兴盛奠定了基础,如严植之、司马褧、何佟之、司马筠、何胤、贺玚、徐勉皆由齐入梁,为梁初礼学的建设做出了巨大的贡献。

南朝礼学鼎盛期的代表人物是萧梁时期的何胤、贺玚、崔灵恩、皇侃、徐勉、明山宾等人。梁武帝尤好礼学,著《中庸讲疏》,召集学者制五礼,定六律,并亲自称制断疑,"十数年间,怀经负笈者云会京师"。因而梁代礼学大兴,出现了"济济焉,洋洋焉,大道之行也如是"④之局面。梁代礼学研究取得了巨大成就,一方面出现了大量高水平的礼学专著,如何胤《礼记隐义》长于文字训诂,学宗郑玄,但时有创见。贺玚善三礼,又是宾礼专家,其《礼记新义疏》亦是宗主郑学,创见颇多。崔灵恩由北魏入梁,尤精三礼,其《三礼义宗》重训诂,好引纬书解经,以阐发申说郑学为主,用以驳难王肃之学,体现了北朝经学之特色。皇侃尤明三礼,其《礼记义疏》注重义理的阐发,多从礼仪变迁的角度阐释礼制,宗郑学之同时,亦征采他说,凡两汉旧注及六朝新说均借鉴吸收,择善而从,打破了"疏不破注"之注经原则。徐勉受诏议定五礼,凡一百二十秩,一千一百七十六卷,

---

① 《南齐书》,第 436 页。
② 《南齐书》,第 679、680 页。
③ 《南齐书》,第 687 页。
④ 《梁书》,第 662 页。

八千零一十九条。另一方面,梁代出现了大量的礼学专家及礼学家族,如何佟之好三礼,严植之是凶礼专家,戚衮通三礼;范缜及其子范胥皆精三礼,明山宾是吉礼专家,其子明震、明克让皆传父业,贺场及其子贺革、贺季、其侄贺琛皆通三礼,司马筠及其子司马寿皆明三礼,沈峻及其子沈文阿皆长三礼。贺德基尤精《礼记》,世传礼学,与祖父贺文发、父亲贺淹俱为祠部郎,并有名当世,"时论美其不坠"。① 综上,有梁一代精通三礼之学者远逾前代,且造诣颇深,是为南朝礼学鼎盛之时。梁代礼学宗汉学、与魏晋之学并重,为陈代的礼学建设奠定了基础。

南朝礼学式微期的代表人物是陈朝的沈文阿、沈洙、戚衮、郑灼、沈不害等人。《陈书·儒林传序》云:"高祖创业开基,承前代离乱,衣冠殄尽,寇贼未宁,既日不暇给,弗遑劝课。世祖以降,稍置学官,虽博延生徒,成业盖寡。今之采缀,盖亦梁之遗儒云。"② 由此可见,陈朝儒学不甚发达,且经学家多是梁代所遗之儒士。陈代礼学的衰弱原因固然很多,但梁代末年因战乱而焚毁书籍是一个重要因素。如侯景之乱导致东宫图书焚毁殆尽,戚衮所著《三礼义记》即因战乱亡佚。然陈代礼学亦有一定的发展。梁代礼学大家沈峻之子沈文阿,被称为鸿儒,于陈初草创礼仪,精三礼之学,著《仪礼》、《经典大义》,并行于世。沈洙治三礼,对陈初礼仪多有勘定。戚衮善三礼,有《礼记义》行于世。郑灼受业于皇侃,尤明三礼。沈不害著《五礼仪》。杜之伟"家世儒学,以三礼专门"。③ 综上,陈代礼学继承梁代礼学之余绪,是梁代礼学不合逻辑的发展结果,故亦属于南朝礼学的式微期。

礼学的兴盛首先与南朝的政治格局密切相关,是统治者重振名教纲常以维系统治的需要。其次,礼学的兴盛又是南朝的社会形态推动的,盖因当时社会重视门第、讲求礼法。此外,礼学的兴盛亦是学术发展的逻辑必然。从终极目标来说,玄学的目的即论证名教的

---

① 《南史》,第1750页。
② 《陈书》,第434页。
③ 《陈书》,第454页。

第三章　南朝礼学与文论

必然与合理。而名教即是礼教,南朝礼学的发展兴盛正是魏晋礼学的延伸与深化,是魏晋学术发展的逻辑必然。

南朝礼学汲取了两汉礼学的精髓,又融入了老庄与玄学,呈现出名教(礼教)与自然调和的特点,即名教与自然的"将无同",因而有所发展与进步,这一点在文学创作与文学理论方面表现得也很明显。在文学创作方面,如齐梁时期吴均开创"吴均体"诗文模式,《梁书》本传称其"文体清拔有古气"。其诗文语言清丽流畅,用典自然贴切,音韵和谐,行文洒脱,是齐梁风格的典型代表。这种文学风格的形成就是礼学调和名教与自然的成果。在文学理论方面,刘勰《文心雕龙·定势》篇亦表现得很明显:

> 夫情致异区,文变殊术,莫不因情立体,即体成势也。势者,乘利而为制也。如机发矢直,涧曲湍回,自然之趣也。圆者规体,其势也自转;方者矩形,其势也自安:文章体势,如斯而已。是以模经为式者,自入典雅之懿;效骚命篇者,必归艳逸之华;综意浅切者,类乏酝藉;断辞辨约者,率乖繁缛:譬激水不漪,槁木无阴,自然之势也。①

刘勰结合当时文学创作的实际情况认为立体贵在自然之势与自然之道。刘勰提出定势的文学创作理念,主张要"因情立体,即体成势",顺应自然之道,根据情感来选择文体,根据体裁来确定写法。这种创作理论鲜明地体现出调和了名教与自然的礼学在文学思想领域的影响。

礼学对佛学的吸纳主要表现为思想的吸纳和治经的方法两个方面。作为儒学的重要内容,礼学的理论深度与思想体系远不及佛学,是以适当吸纳佛学的思辨旨趣、心性理念、本原思想以巩固礼学的思想体系即为学术思潮发展之必然,因此礼学经典中常常杂有佛教教义、佛学语汇,极具思辨精神。南朝礼学名家研习佛法或与僧人习礼学者均不乏其人。如梁武帝爱好礼学,推崇佛教;皇侃明三礼与《观世音经》;徐勉撰《会林》以论儒释二教殊途同归;徐孝克熟

---

① 范文澜《文心雕龙注》,第529—530页。

诸佛典与礼学。而高僧慧远、智琳、道安、慧琳等人都研习并讲解礼学。而礼学大师亦从高僧研习佛学与礼学,如雷次宗随慧远研习礼学,其之《略注丧服经传》在思想方法上受到慧远的深刻影响。佛教的讲经方式影响了礼学家的治经方式,最显著的即是"义疏"之学,义疏不拘泥于个别文字,而是追求圆通地阐释,具有极强的思辨性,如何佟之《丧服经传义疏》、贺玚《礼记新义疏》、皇侃《礼记义疏》、《礼记讲疏》。唐代孔颖达《五经正义》即是在南朝"义疏"之基础上发展起来的。

总之,批判性地汲取玄佛二学思想方法,弥补传统儒家经学之短,是南朝礼学的重要特质。破除汉儒师法与家法森严的壁垒,不再拘泥于章句训诂,而是将义理的推阐与制度的考证统一起来,以逻辑思维来指导礼学体系的建构,使礼学具备了精密的思辨性哲学思维特征,从而以形而上的思维理念指导形而下的具体礼仪形式,这对于完善礼学的思想方法具有重大意义。

复次,以三礼为经,以五礼为纬,特重丧服礼则为南朝礼学的又一特质。《礼记》、《仪礼》、《周礼》合称三礼,三礼之学有着悠久的传统。汉代三礼学十分兴盛,郑玄即为三礼学大师,郑学的基础即是三礼之学。魏晋以降,统治阶级十分注重礼在治国安民方面的作用,是以三礼学在魏晋南北朝的礼学中处于核心地位,形成了一个完整的思想理论体系。南朝五礼制度处于发展直至成熟时期,这种发展趋势自然迫切需要三礼学的指导,而儒家礼学发展的自身逻辑亦促使三礼学走向兴盛。是以南朝礼学,无论是官学还是私学均以三礼学为核心内容,南朝礼学专家大多被称为好三礼、明三礼、善三礼、长三礼,足见三礼在礼学中之重要性。萧齐王俭是南朝三礼学发展中的重要人物,萧梁一代则出现了大量三礼学专家。要之,南朝礼学大家大抵以郑玄三礼注为基础,旁采他家之说,建构了新的礼学体系,为五礼制度的实行奠定了理论基础。

如果说三礼是礼学高屋建瓴的至高理论,统摄礼学之研究,那么五礼就是南朝士人在礼的具体实践中遇到的五大类礼制问题。五礼即吉礼、凶礼、宾礼、军礼、嘉礼。五礼的制度化或者说五礼制度的提出与发展既是儒学发展的逻辑必然,亦是社会现实的迫切需

第三章 南朝礼学与文论

要。汉末以来礼崩乐坏,士礼的没落式微呼唤着新的礼学体系来代替原有的礼学体系,而五礼即因为适应当时的实际需要而得到重视;同时五礼在维系社会秩序,规范人伦道德,解决具体问题方面极为实用,是以五礼制度在魏晋南北朝时期能够不断地发展。魏晋时期是五礼制度的诞生与发育期,而五礼的发展与完备又标志着南朝礼学的发展与成熟。南朝萧齐是五礼制度由发展到成熟的过渡期。萧齐政府于永明年间诏令礼学大师王俭等人重新撰治五礼,《南齐书·礼志上》云:"永明二年,太子步兵校尉伏曼容表定礼乐。于是诏尚书令王俭制定新礼,立治礼乐学士及职局,置旧学四人,新学六人,正书令史各一人,干一人,秘书省差能书弟子二人。因集前代,撰治五礼,吉、凶、宾、军、嘉也。"①萧梁是五礼制度发展的成熟期。萧梁天监初年,"何佟之、贺玚、严植之、明山宾等覆述制旨,并撰吉凶军宾嘉五礼,凡一千余卷,高祖称制断疑。于是穆穆恂恂,家知礼节"。② 徐勉《上修五礼表》论述了五礼之重要性:

> 夫礼所以安上治民,弘风训俗,经国家,利后嗣者也。……吉为上,凶次之,宾次之,军次之,嘉为下也。故祠祭不以礼,则不齐不庄;丧纪不以礼,则背死忘生者众;宾客不以礼,则朝觐失其仪;军旅不以礼,则致乱于师律;冠婚不以礼,则男女失其时。为国修身,于斯攸急。③

由此观之,南朝对五礼极为重视。五礼制度的发展和成熟亦是南朝礼学兴盛的一大标志,而五礼围绕三礼即构成了一个较为完整的学术理论体系。《宋书》、《南齐书》之礼志皆以五礼为主要内容次第展开,《梁书》与《陈书》虽无礼志,但纪传中所录议论五礼制度之材料亦极为丰富。清人朱铭盘撰南朝四代之《会要》,于帝系之后,即分列吉、凶、军、宾、嘉五礼。

五礼制度的建设需要三礼之学的指导,而三礼之学的发展又依赖于五礼制度的实践与发展,是以三礼之学与五礼制度有着密切的

---

① 《南齐书》,第117—118页。
② 《梁书》,第96页。
③ 《梁书》,第379页。

关联。礼学家要用三礼知识解决具体的五礼制度建设中所遇到的各类疑难问题,这就促使三礼之学的不断发展与更新。三礼之学作为形而上的指导思想,五礼制度作为形而下的具体实践,三礼之学的实用性与意义通过五礼制度体现出来。是以,三礼为经,五礼为纬,即构成了南朝礼学的特质。

尤其值得注意的是南朝礼学特重丧服礼。丧礼是凶礼中最重要的内容,近人皮锡瑞在《经学通论·三礼》中说:"古礼最重丧服,六朝人尤精此学,为后世所莫逮。"①西晋时期恢复了三年之丧制度,晋代又实行心丧制度,南朝关于丧服礼的讨论记载于史书者极多,不但雷次宗、何佟之、皇侃、刘献之、王元规等礼学大师研习并讲解《丧服》,而且《高僧传》记载的很多名僧亦讲《丧服》,最著名者即慧远。《隋书·经籍志》所列研治《丧服》之书于三礼著作中最多,而究其缘由,约略有二:一方面,南朝极为重视门第,高门士族大多为儒学世家,丧服礼作为儒家五礼制度中的重要内容十分注重血缘亲疏,尊尊亲亲之义,对于维系宗族之门第与特权至关重要。另一方面,当时关于丧服礼之论辩极为重视名理,这与玄学名理思辨之思想方法相类,与礼学大家与佛教学者喜好论辩义理之思维相通,故得到儒佛二家重视。

作为更新后的儒学思想体系,南朝礼学建构了独特的根本特质,从而获得了极强的生命力与持久的影响力,自然就对同属于意识形态范畴的文学产生了影响,而对文学产生影响则是通过影响文人的心态而进行的。

第二节 南朝礼学与文论构建

南朝礼乐文明的发展呈现出与魏晋时期不同的面貌,汲取了魏晋名法和玄道思想,并兼采佛教思想。南朝宋齐梁陈四代虽然政权更迭频繁,但学术思潮大体稳定,尤其是礼乐文明的制度化与意识形态化始终如一。南朝各代政府都将制礼作乐作为巩固政权、控制

---

① 皮锡瑞《经学通论》,北京:中华书局,1954年,第39页。

第三章　南朝礼学与文论

思想的重要举措。在礼乐文明复兴的背景下,南朝文艺活动亦是十分活跃。是以,南朝的崇文风尚有着深厚的礼学背景,礼学思维理念作为文人的心理内蕴支配着其文学创作,从而使礼学与文学弥合于一体。礼学与南朝文论的联结即具有了学术与文学的双重基础。

刘宋帝王自践祚之后,当务之急就是制礼作乐。永初元年,王准之即奏请丧服用郑玄礼。《宋书·礼志》指出:"古者天子巡狩之礼,布在方策。……然终晋世,巡狩废矣。""宋武帝永初元年,诏遣大使分行四方,举善旌贤,问其疾苦。元嘉四年二月乙卯,太祖东巡。"①由是观之,刘宋王朝对古礼之重视超过晋朝,是以礼乐制度之兴盛亦是必然。刘宋对礼仪的重视亦表现在郊祀礼方面,如"永初元年,皇太子拜告南北郊。永初二年正月上辛,上亲郊祀。文帝元嘉三年,车驾西征谢晦,币告二郊"。② 此外,孝武帝、明帝朝有司、博士、群臣皆多议郊祀礼。在乐制方面,永初元年有司奏请设立雅乐,撰写歌词以应祭祀;元嘉年间有司又议宗庙歌舞。《宋书·乐志一》云:

> 宋武帝永初元年七月,有司奏:"皇朝肇建,庙祀应设雅乐,太常郑鲜之等八十八人各撰立新哥。黄门侍郎王韶之所撰哥辞七首,并合施用。"诏可。十二月,有司又奏:"依旧正旦设乐,参详属三省改太乐诸哥舞诗。黄门侍郎王韶之立三十二章,合用教试,日近,宜逆诵习。辄申摄施行。"诏可。又改《正德舞》曰《前舞》,《大豫舞》曰《后舞》。③

在立国之始,刘宋即将设立雅乐歌诗作为礼乐文化建构的重要举措,对礼制起到补充辅助之作用。宋孝武帝孝建二年,群臣议定郊祀乐舞。宗庙祭祀乐舞经过认真的讨论而得以制定,愈发使礼乐制度完善起来。《宋书·乐志》所载乐歌除晋代傅玄、荀勖的诗歌外,亦有颜延之《宋南郊雅乐登歌三篇》,谢庄《宋明堂歌》,《世祖孝武皇帝歌》,何承天《鼓吹铙歌十五篇》,明帝《昭皇太后神室奏〈昭德

---

① 《宋书》,第379、380页。
② 《宋书》,第426页。
③ 《宋书》,第541页。

凯容〉之乐舞歌词》等等。可见,刘宋朝对乐歌的撰写亦是礼乐制度建构的重要内容。刘宋后期虽政局不稳,内乱迭出,但仍是南朝国祚最长之朝代,由此足见礼乐文明对维系政权之重要性。

齐高帝萧道成践祚后,鉴于刘宋宗室骨肉相残之教训,欲以身率天下,移风易俗,于建元四年下诏立国学,并任命礼学大家刘瓛为总明观祭酒、彭城郡丞,推行礼乐教化。齐武帝绍承父志,推崇儒学,任用王俭、陆澄等礼学家建构礼乐制度,遂有"永明之治"。永明二年,礼学大师伏曼容表定礼乐,王俭制定新礼。《南齐书·礼志上》记载齐武帝于永明三年"诏立学,创立堂宇,召公卿子弟下及员外郎之胤,凡置生二百人"。① 可见,永明年间极为重视礼乐教化。而郊祀、明堂礼、丧服礼等礼仪的制定,皆采纳王俭的看法。萧齐儒士议礼既能借鉴前代故事,又能因时制宜,随机应变,乐舞体制亦是能够在前代的基础上继承性地发展。《南齐书·乐志》云:"建元二年,有司奏,郊庙雅乐歌辞旧使学士博士撰,搜简采用,请敕外,凡肆学者普令制立。参议:'太庙登歌宜用司徒褚渊,余悉用黄门郎谢超宗辞。'超宗所撰,多删颜延之、谢庄辞以为新曲,备改乐名。"② 可见,当时郊庙歌辞之制定宗旨是继陈出新。南齐政府制定了一整套完备的乐制。此外,萧齐的乐舞歌词多由著名学者、文学家来创制,从这一点亦可看出礼乐与文学之关系。据《南齐书·乐志》记载:"建元初,诏黄门郎谢超宗造明堂夕牲等辞,并采用庄辞。建武二年,零祭明堂,谢朓造辞,一依谢庄,唯世祖四言也。""尚书令王俭造太庙二室及郊配辞。""永明四年藉田,诏骁骑将军江淹造《藉田歌》。淹制二章,不依胡、傅,世祖口敕付太乐歌之。""《永平乐歌》者,竟陵王子良与诸文士造奏之。人为十曲。"③ 由此可见,萧齐乐舞歌诗的作者可谓阵容强大。谢超宗、谢朓皆为陈郡谢氏的著名文士,而且谢朓亦是永明体诗歌代表人物之一;王俭既为儒学大师,亦为文学才子;江淹为齐梁之际著名文学家;"竟陵王子良与诸文士"即永明

---

① 《南齐书》,第143页。
② 《南齐书》,第167页。
③ 《南齐书》,第172、179、184、196页。

年间的竟陵八友等人。可见诗歌即为礼乐文明的产物,礼乐制度的制定者即为文学之士。

萧齐虽然在南朝四代中享国时日最短,但礼乐文明之建设成果斐然,为萧梁礼乐文明之发展奠定了基础。虽然《梁书》无《礼乐志》,但是萧梁礼乐文明之于宋齐可谓有过之而无不及,乃是南朝最为鼎盛时期,这与梁武帝的崇尚儒学、大力推动有巨大的关系。梁武帝博学能文,是竟陵八友之一,践祚之后,"行齐正朔。郊祀天地,礼乐制度,皆用齐典"。在位期间"兴文学,修郊祀,治五礼,定六律,四聪既达,万机斯理,治定功成,远安迩肃"。① 于天监初年即下诏撰定五礼,并亲自称制断疑。在音乐机构的设置方面,武帝将鼓吹由原来的隶属太乐改为与太乐并列,太乐下另设清商署,并置清商丞。天监元年,梁武帝定礼访乐,颁布《访百寮古乐诏》云:

  夫声音之道,与政通矣,所以移风易俗,明贵辨贱,而《韶》、《护》之称空传,《咸》、《英》之实靡托,魏晋以来,陵替滋甚,遂使雅郑混淆,钟石斯谬,天人缺九变之节,朝宴失四悬之仪。朕昧旦坐朝,思求厥旨,而旧事匪存,未获厘正,寤寐有怀,所为叹息,卿等学术通明,可陈其所见。②

梁武帝极为重视礼乐文化对社会政治的影响,遂访求并弘扬古雅之乐,沈约、何佟之等人对恢复雅乐均提出了不少宝贵的建议。沈约作为一代文宗,自是出力最多,制定了梁代初期的郊庙乐辞,如《俊雅》歌诗三曲,《皇雅》三曲,《需雅》八曲等等。沈约所制雅乐歌辞颇富文采,抒情性较强,但萧子云认为沈约所制歌辞不符合雅乐传统,遂建言宜改,得到了武帝的认同。武帝与萧子云均认为沈约所撰雅乐歌辞杂用子史文章过于肤浅轻佻,不符合郊庙歌辞典雅之风格,于是武帝命萧子云重新撰制。萧子云认为郊庙乐辞的创制宜以五经为本,不但要为武帝歌功颂德,更要阐明皇朝制礼作乐之重要意义。虽然沈约创作的歌辞被改写,但其以文学性的辞藻来撰写郊庙歌辞,一方面体现了南朝文学对形式美的追求愈演愈盛,南朝俗

---

① 《梁书》,第34、97页。
② 朱铭盘《南朝梁会要》,上海古籍出版社,2006年,第131页。

乐对雅乐的渗透力度之大并延及雅乐歌辞之中；另一方面则体现了礼乐文明与文艺创作之间有着密切的关系。礼乐制度靠文艺作品来建构，文艺作品凭借礼乐制度而达到典雅之境。然而，萧梁末年，元帝虽平定侯景之乱，但旋即为西魏所害，元帝又尽焚藏书，是以梁代礼乐文明受到严重的破坏。陈朝建立于丧乱之余，文化萧条，社会环境遭到极大破坏，礼乐文明的发展业已失去了良好的环境，陈代君主虽力倡儒学，但随着政治、经济、文化的全面衰退，礼乐文明在陈代日益式微。

南朝礼乐，以及礼学与文学关系之特点，主要体现在魏晋以来儒道互渗的变化之中。魏晋南朝士人对于礼的解释与理解渗透着老庄与玄学的自然之道，即名教与自然的"将无同"，亦渗透于礼学研究与阐释之中。如《世说新语·文学》记载："太尉王夷甫见而问曰：'老庄与圣教同异？'对曰：'将无同？'太尉善其言，辟之为掾。世谓'三语掾'。卫玠嘲之曰：'一言可辟，何假于三！'宣子曰：'苟是天下人望，亦可无言而辟，复何假一！'遂相与为友。"太尉王衍问阮修老庄与孔圣相同还是不同，阮修回答说"将无同"，意思是大概没什么不同。王衍很赞同他的看法，遂征用他做幕僚。《晋书·阮瞻传》亦载此事，但王衍作王戎，阮修作阮瞻。实际人物是谁不重要，重要者乃是"将无同"之思想。阮修所谓的将无同正是祖述王弼、何晏"名教本于自然"之说，与向秀、郭象"名教即自然"之说思想主旨一致，皆调和名教与自然。《世说新语·文学》又载："裴成公作崇有论，时人攻难之，莫能折。唯王夷甫来，如小屈。时人即以王理难裴，理还复申。"裴頠提出"崇有论"来反驳王弼、何晏的"贵无论"，以此来证明名教的合理性。时人以王衍的理论来非难裴頠，但是裴頠的观点依然表述出来，原因在于王衍思想与裴頠相类，皆是调和名教与自然。纵观魏晋玄学史，学界关于名教与自然之辩的发展趋势即是调和二者，主张名教即自然，魏晋南北朝统治者以"将无同"调和名教与自然，既提倡名教以维护统治，又追求玄理，以为享受自由放纵生活之理论依据。

作为调和自然与名教的"将无同"思想自魏晋至南朝，代有承袭，延续不断。两晋之际的葛洪，虽为道家学者，但其《抱朴子》亦以

"将无同"的思想为主,内篇多谈神怪方术,外篇多谈人间事物,兼融儒道。《世说新语·文学》又载:"谢万作《八贤论》,与孙兴公往反,小有利钝。"刘孝标注言谢万《八贤论》云:"其旨以处者为优,出者为劣。孙绰难之,以谓体玄识远者,出处同归。"周一良先生指出:"出处同归,实即调和儒道,亦即名教与自然将无同之思想。"①是以,孙绰既尊崇老庄玄远之思想,作玄言诗,亦出仕任官,积极从政。又如谢安既在东山高卧,又积极立功立言,盖皆调和自然与名教之结果。《南齐书·文惠太子传》记载临川王萧映语云:"孝为德本,常是所疑,德施万善,孝由天性,自然之理,岂因积习?"②说孝是自然之理,很显然是秉承名教与自然将无同思想所发。萧梁阮孝绪著论亦以"将无同"之思想来调和儒道,他说:

> 夫至道之本,贵在无为;圣人之迹,存乎拯弊。……然不垂其迹,则世无以平;不究其本,则道实交丧。丘、旦将存其迹,故宜权晦其本;老、庄但明其本,亦宜深抑其迹。……若能体兹本迹,悟彼抑扬,则孔、庄之意,其过半矣。③

阮孝绪秉承魏晋宋齐调和儒道思想之余绪,以本与迹之关系论述名教与自然将无同之旨。《梁书·王份传》载:"高祖尝于宴席问群臣曰:'朕为有为无?'份对曰:'陛下应万物为有,体至理为无。'高祖称善。"④王份的应对显然是以名教与自然将无同思想为旨归,故能得到武帝赞赏。由是观之,当时名教与自然将无同之理念颇为流行,是以成为人们进行礼学研究与文学创作的指导思想。因而南朝礼乐制度与礼学渗透了玄道自然之意蕴是顺理成章之事。

礼学对文学之渗透当然体现出名教与自然调和的特色。从本质上说,文即礼,文代表了礼的要求,质则体现了老庄自然的主张。文采质朴自然而不俚俗鄙野,文饰润色恰当而无过犹不及之病,即是礼对文学的要求与规范,亦是名教与自然糅合后对文学思想的浸

---

① 周一良《魏晋南北朝史札记》(补订本),北京:中华书局,2015年,第61页。
② 《南齐书》,第400页。
③ 《梁书》,第741页。
④ 《梁书》,第325页。

润结果。是以,南朝礼学与文学的关系,更多地涉及质与文的关系。质即质朴,又指内容、内质;文即文饰,文采,又指形式。质与文既着眼于文学作品的外部风貌,又是就形式与内容之间辩证关系而言的。在礼学思维的导引下,文质彬彬、清丽自然的风貌当然是南朝文学家的追求,而靡丽之风与鄙俗之风在当时皆是被批评的对象。清人刘宝楠《论语正义》:"礼,有质有文。质者,本也。礼无本不立,无文不行,能立能行,斯谓之中。"①可见,礼即质与文相协调的产物,亦是名教与自然的产物。文是合乎礼的外在表现,质是礼的本质。"文"与"质"的对立范畴,体现了魏晋南朝文人对文学的审美观念以及发展规律的认识。

建安七子中的阮瑀和应玚均著有《文质论》,从人物、社会发展、治国策略等角度来探讨文与质之关系。应玚的《文质论》是为驳斥阮瑀的文质观而作的,但总的说来二人观点大同小异。首先,二人皆主张文质并重。阮瑀认为:"夫远不可识,文之观也;近而得察,质之用也。文虚质实,远疏近密。援之斯至,动之应疾,两仪通数,固无攸失。"②阮瑀指出文与质二者如用通数之两仪,远近相协,疏密互补。应玚指出:"否泰易趋,道无攸一,二政代序,有文有质。"应玚认为文与质皆是政道的必用措施,缺一不可。其次,阮瑀重质轻文,应玚重文轻质,如阮瑀认为"若乃阳春敷华,遇冲风而陨落;素叶变秋,既究物而定体。丽物苦伪,丑器多牢;华璧易碎,金铁难陶"。③ 阮瑀通过自然现象进行比对,指出情物决定文采,文采经不住考验,容易毁灭,而内质则稳定永恒。应玚指出"质"的用途仅限于"承清泰,御平业,循轨量,守成法"。而"文"的作用则较为广泛:"至乎应天顺民,拨乱夷世,摛藻奋权,赫弈丕烈,纪禅协律,礼仪焕别,览坟丘于皇代,建不刊之洪制,显宣尼之典教,探微言之所弊。"④也就是说,质仅是国家太平时期的无为之策略,仅限于守成,不堪大用;而文的作用则是通过制礼作乐,阐扬教化,建立制度等措施来体国经野,润色

---

① 刘宝楠《论语正义》,北京:中华书局,1990年,第233页。
② 《艺文类聚》,上海古籍出版社,1999年,第411页。
③ 《艺文类聚》,第411页。
④ 《艺文类聚》,第412页。

宏业,富国强兵,建功立业。曹丕所谓"文章者,经国之大业,不朽之盛事",即与应场关于文意义价值的看法是一致的。最后,应场通过胪列史实得出"质者之不足,文者之有余"的重文轻质的文质观。虽然阮瑀重质轻文,而应场重文轻质,但总的说来,二人都是文质并重的观点,只是侧重点不同而已,都是名教与自然,儒学与玄道相调和而产生的文质观。

  刘勰对文与质的关系亦颇为重视。《文心雕龙·时序》篇云:"时运交移,质文代变。"即指出随着时代风气的变化,崇尚质朴或文采历代各有不同,用质文来概括文章风貌。《文心雕龙·通变》篇指出自古以来文章发展的趋势是由质到文,而讲文学风格的会通与变革要"斟酌乎质文之间"。刘勰系统地论述文质关系,则在《情采》篇中。《文心雕龙·情采》篇就质与文的关系进行了探讨,他说:"圣贤书辞,总称文章,非采而何?"指出了文采的重要性。刘勰认为文采要依附在质地上,即"文附质也",而质地需要文采来修饰,即"质待文也",文与质是相辅相成的统一体,是以文采对于抒写作为质的性情极为重要。

  刘勰结合老庄著作的语言风格,认为文艺作品必须有一定的文采。文章的风格,即文采或质朴皆是依附、服务于作品情感的,是由作品情感决定的,即"文质附乎性情"。他同时指出:"文采所以饰言,而辩丽本于情性。故情者文之经,辞者理之纬;经正而后纬成,理定而后辞畅:此立文之本源也。"文章的辞采艳丽是本于思想感情的自然真挚,写作的根本法则是以情感决定文采。接下来,刘勰从文与情关系的角度总结了两类不同的文学创作路径:一类是"为情而造文",即为了抒发情感而创作,一类是"为文而造情",即为了写作而造作情理。"为情者要约而写真,为文者淫丽而烦滥",为情造文者感情真实,文辞精练,而为文造情者,文辞浮华,内容杂乱虚夸。刘勰重点批判了为情造文的不良创作倾向,即重文轻质的不良风气,指出此类作品言语与情志相反,是不可信的,是以提出以"述志为本"的文学主张。最后刘勰提出文学创作应当回到文章质朴的本性的层面,先确立思想内容,根据情感铺陈词藻,造文施采,使形式与内容统一,文采与情志统一,从而写出文质兼美的作品。刘勰提出了文质并重的主张,认为文为外在的修饰,质为内在的情志,二者是相结合的。他认为文采是必须的,但要以"述志为本",绝不能以文害质。情志和文采的关系即经与纬的关系,"情志"决定"文采",内容决定形式。文章之美是质与文的统一,而又以质为本,此乃刘勰文学思想的要点之一。

刘勰之外,南朝文质之论亦有不少。沈约在《宋书·谢灵运传论》中云:"至于建安,曹氏基命,二祖陈王,咸蓄盛藻,甫乃以情纬文,以文被质。"①沈约提出文质并重的文质观,而以情志为主导,与刘勰观点一致。沈约的文质观亦与阮瑀一致,有重质轻文的倾向,如他在《宋书·张茂度等传论》中说:"为国之道,食不如信,立人之要,先质后文。士君子当以体正为基,蹈义为本,然后饰以艺能,文以礼乐,苟或难备,不若文不足而质有余也。"②他从立人处世的角度,提出重质轻文的观点,虽然他对礼乐之文亦很重视,强调质与文的统一。萧子显《南齐书·文学传》载陆厥《与沈约书》云:"意者亦质文时异,古今好殊,将急在情物,而缓于章句。情物,文之所急,美恶犹且相半;章句,意之所缓,故合少而谬多。义兼于斯,必非不知明矣。"③按"情物"即"质","章句"即"文"。陆厥认为质文是随时变迁的,因而要以"情物"为主,以文采为辅,但二者要兼而有之,方是义理明畅之文章。可见陆厥亦主张文质并重,但有重质轻文的思想。萧梁时期,周弘正亦由名教与自然将无同之思想,提出以质朴为本的文质观念,他在奏记中说:"夫以庙堂、汾水,殊途而同归;稷、契、巢、许,异名而一贯。出者称为元首,处者谓之外臣,莫不内外相资,表里成治,斯盖万代同规,百王不易者也。……夫文质递变,浇淳相革,还朴反古,今也其时。"④周弘正提出名教与自然殊途同归之说,以调和二者,由此扩展到文艺理论层面,从文质变革的角度,进一步提出以古朴为本的文质观。这与刘勰的文质观念大体是一致的,皆反映出在兼融玄道思想的礼学思维影响下,士人对文与质的

---

① 《宋书》,第1778页。
② 《宋书》,第1526页。
③ 《南齐书》,第899页。
④ 《陈书》,第306页。

思考探索。

　　在文学创作方面,南朝文风亦显示出文与质的统一,如萧子显称谢灵运诗歌"启心闲绎,托辞华旷,虽存巧绮,终致迂回。宜登公宴,本非准的"。① 鲍照称其诗歌"如初发芙蓉,自然可爱"。② 由此观之,谢灵运诗歌既富丽典雅,注重文采藻饰,又自然清新,可谓文质并重。此外,刘宋江智渊"爱好文雅,词采清赡"。③ 萧梁裴子野"为文典而速,不尚丽靡之词"。④ 梁陈之际,杜之伟"为文不尚浮华,而温雅博赡"。⑤ 陈代褚玠"博学能属文,词义典实,不好艳靡"。⑥ 此类文人皆能够在文学创作之中实践文质并重的理念。

　　南朝的礼乐文明与文艺活动的关系是不言而喻的。这就在一定程度上决定了南朝礼学与文学的弥合。南朝礼学与文学的弥合是不同学术之间的异质而同构。从礼乐文明与文艺活动,礼学与文学之关系的角度,可以发现礼学对文学的辐射作用使得二者走向同一归宿,礼学与文学弥合于一体,这也是礼学与南朝文论联结的学术与文学背景。

　　在南朝历史文化条件下,文学理论既联结着深刻的学术思潮与广泛的文化心理,又凸显出强大的生命活力和高妙的艺术思维,因而在多维学术理念的强化之中,南朝文论呈现出空前的繁荣局面。考察南朝思想领域的实况,占有重要地位和渐趋成为统治思想的礼学对南朝文学理论具有极大的衍射力和渗透性。礼学语境是礼学发展过程中的必然产物,是礼学服务于政治、社会的语言环境。南朝文学理论由于是在礼学发展过程中产生的,因而被锁定在礼学语境之中,是以形成一套系统、独特的话语体系。无论是从本体论、文体论,还是创作论的角度,抑或从鉴赏论的层面来考察,均可以发现南朝文论在礼学语境中生成的特定形态。

---

① 《南齐书》,第908页。
② 《南史》,第881页。
③ 《宋书》,第1609页。
④ 《梁书》,第443页。
⑤ 《陈书》,第455页。
⑥ 《陈书》,第460页。

(一) 礼学语境中的文学本体论

南朝文学理论在礼学语境中产生的一个重要理论成果即是文学本体论。文学本体论是对文学本质的体认与研讨，是对文学作品内容、形式、艺术特色形成的内在推动力之探讨，是对文学发展的根本动因的研究。而礼学对道的推崇与遵奉，对物的探究与格义，礼学对几类文学体裁之促成均影响了南朝文学本体论的形成与发展。

在探讨南朝文学本体论之前，首先要明确"文章"的概念。文章本是指线条错杂交织而成的色彩花纹，即有纹样的表面，亦用以指各类美好的形象、色彩、声音等。而随着文明的发展，政治的进步，"文章"便成了政治教化、社会生活的审美形式，具体而言即是礼乐法度。如《诗经·大雅·荡序》："厉王无道，天下荡荡，无纲纪文章。"《礼记·大传》："立权度量，考文章，改正朔，易服色，殊徽号，异器械，别衣服，此其所得与民变革者也。"《正义》云："'礼法'谓夏、殷、周损益之礼是也。""文章，国之礼法也。"① 章太炎《国故论衡·文学总略》云："古之言文章者，不专在竹帛讽诵之间。孔子称尧舜'焕乎其有文章'。盖君臣朝廷尊卑贵贱之序，车舆衣服宫室饮食嫁娶丧祭之分，谓之文。八风从律，百度得数，谓之章。文章者，礼乐之殊称矣。其后转移，施于篇什。"② 可见文章在先秦时期是指礼乐制度，后来发展成为具有文学意蕴的文辞之意。虽然南朝时期文学业已自觉独立，但是文章源于礼乐，作用于礼仪制度，反映礼制之义理这个观念亦是深入人心，未曾改变。如《礼记·乐记》：

> 故钟鼓管磬，羽籥干戚，乐之器也。屈伸俯仰，缀兆舒疾，乐之文也。簠簋俎豆，制度文章，礼之器也。升降上下，周还裼袭，礼之文也。故知礼乐之情者能作，识礼乐之文者能述。作者之谓圣，述者之谓明。明圣者，述作之谓也。

孔颖达《正义》曰：

---

① 《十三经注疏·礼记正义》，北京：中华书局，2009年，第1506、1507页。
② 郭诚永《国故论衡疏证》，北京：中华书局，2008年，第248页。

第三章　南朝礼学与文论

此一节申明礼乐器之与文,并述作之体。……"识礼乐之文者能述"者,文,谓上经云"屈伸俯仰"、"升降上下"是也。述,谓训说义理。既知文章升降,辨定是非,故能训说礼乐义理,不能制作礼乐也。"作者之谓圣",圣者通达物理,故"作者之谓圣",则尧、舜、禹、汤是也。"述者之谓明",明者辨说是非,故修述者之谓明,则子游、子夏之属是也。①

可见,在《礼记》中文章与制度并举,孔颖达认为文章是用来训说礼乐义理的,以明辨是非曲直。《礼记·乐记》:"乐由中出,故静;礼自外作,故文。"郑玄注:"文,犹动也。"《正义》云:"'礼自外作,故文'者,礼肃人貌,貌在外,故云'动也'。庾云:'乐成在中,是和合反自然之静。礼节在貌之前,动合文理,文犹动也。'"②《礼记·乐记》:"先王耻其乱,故制《雅》、《颂》之声以道之,使其声足乐而不流,使其文足论而不息。"郑玄注:"文,篇辞也。"《正义》曰:"文,谓乐之篇章。足可谈论义理而不息止也。"③《礼记·礼器》:"先王之立礼也,有本有文。忠信,礼之本也。义理,礼之文也。无本不立,无文不行。"《正义》云:"义理,礼之文也。礼虽用忠信为本,而又须义理为文饰也。得理合宜,是其文也。无本不立,解须本也。无忠信,则礼不立也。无文不行,解须文也。行礼若不合宜得理,则礼不行也。"④《礼记·哀公问》:"有成事,然后治其雕镂、文章、黼黻以嗣。"郑玄注:"上事行于民,有成功,乃后续以治文饰,以为尊卑之差。"⑤由上述可见,中古时期的礼学家认为文是礼之外化而成的篇章文辞,文章义理是礼仪的规范、文饰,在礼学中极为重要,进而直接指出文章的本原是礼,对文学理论产生极大影响。如《礼记·仲尼燕居》:"制度在礼,文为在礼。行之其在人乎!"郑玄注:"文为,文章所为。"《正义》曰:"'文为在礼'者,人之文章所为,亦在于礼,言

---

① 《十三经注疏·礼记正义》,第1530页。
② 《十三经注疏·礼记正义》,第1529页。
③ 《十三经注疏·礼记正义》,第1544页。
④ 《十三经注疏·礼记正义》,第1430、1431页。
⑤ 《十三经注疏·礼记正义》,第1611页。

礼为制度、文章之本。"①由是观之,在中古人看来,礼为文章之本,礼学的这种观念对南朝的文学本体论产生了极大的影响。

刘勰《文心雕龙》本体论主要体现在前三篇《原道》、《征圣》、《宗经》之中,而其在《序志》中指出自己写作的主旨思想:"盖《文心》之作也,本乎道,师乎圣,体乎经,酌乎纬,变乎骚;文之枢纽,亦云极矣。"本道、师圣、体经即是原道、征圣、宗经。结合具体的篇目来看,本道和原道之"道"即是儒、道、玄三家之道融合之产物,而却以儒家之道、礼学之道为主,如其在《序志》中指出:

> 予生七龄,乃梦彩云若锦,则攀而采之。齿在逾立,则尝夜梦执丹漆之礼器,随仲尼而南行;旦而寤,乃怡然而喜。大哉,圣人之难见也,乃小子之垂梦欤!自生人以来,未有如夫子者也。敷赞圣旨,莫若注经,而马、郑诸儒,弘之已精,就有深解,未足立家。唯文章之用,实经典枝条;五礼资之以成,六典因之致用,君臣所以炳焕,军国所以昭明;详其本源,莫非经典。而去圣久远,文体解散;辞人爱奇,言贵浮诡;饰羽尚画,文绣鞶帨;离本弥甚,将遂讹滥。盖周书论辞,贵乎体要;尼父陈训,恶乎异端;辞训之异,宜体于要。于是搦笔和墨,乃始论文。②

刘勰通过自己在梦中追随孔子,说明自己对儒学的推崇。在他看来士人最大的功绩莫过于阐扬圣贤的思想,而这只有通过注经才能实现,但是马融、郑玄等人对五经的注释已十分深刻精辟,实难超越,自己很难自成一家。这五种礼制和六种法典是通过文章来制定和实施的,可是由于距离圣贤太久远,文章体制遭到破坏,因而通过阐发文章的意义和作用来阐明儒学之主旨是切实可行的。这表明刘勰对儒学的服膺,以及创作《文心雕龙》的终极目标。在这里,刘勰着重提到了五礼与六典,"五礼"即是指吉凶宾军嘉五种礼制,五礼制度是南朝礼学的重要内容与特质。而"六典"语出《周礼·天官·大宰》:"大宰之职,掌建邦之六典,以佐王治邦国。"刘勰指出文章的

---

① 《十三经注疏·礼记正义》,第1614页。
② 范文澜《文心雕龙注》,第725—726页。

作用是"五礼资之以成,六典因之致用",可见文章是礼学的外化,礼制的文饰。礼为文章之本,这与南朝礼学思想相一致。是故,刘勰的文学本体论思想体系主要本之于礼学。他所说的道,主要是与礼相通之道,以礼学所称之道为主。刘勰在《原道》篇中说:

> 文之为德也大矣,与天地并生者,何哉?夫玄黄色杂,方圆体分;日月叠璧,以垂丽天之象;山川焕绮,以铺理地之形。此盖道之文也。仰观吐曜,俯察含章,高卑定位,故两仪既生矣。惟人参之,性灵所钟,是谓三才。为五行之秀,实天地之心。心生而言立,言立而文明,自然之道也。傍及万品,动植皆文:龙凤以藻绘呈瑞,虎豹以炳蔚凝姿;云霞雕色,有逾画工之妙;草木贲华,无待锦匠之奇。夫岂外饰,盖自然耳。至于林籁结响,调如竽瑟;泉石激韵,和若球锽。故形立则章成矣,声发则文生矣。①

刘勰认为文章包括形文、声文、情文,都是道之文,是自然形成的。道即自然,德即得道,文之德大,即是所得之道大,文是道的外化,文本之于道。这和老子所谓"道法自然"的思想相类,与玄学崇尚自然的思想相符,可见在一定程度上,刘勰的原道理念秉承了玄道思想,但刘勰紧接着在下文中指明了《原道》篇的主旨思想,他说:

> 文王患忧,繇辞炳曜;符采复隐,精义坚深。重以公旦多材,振其徽烈,剬诗缉颂,斧藻群言。至夫子继圣,独秀前哲。镕钧六经,必金声而玉振;雕琢情性,组织辞令。木铎起而千里应,席珍流而万世响。写天地之辉光,晓生民之耳目矣。爰自风姓,暨于孔氏,玄圣创典,素王述训;莫不原道心以敷章,研神理而设教。取象乎河洛,问数乎蓍龟,观天文以极变,察人文以成化;然后能经纬区宇,弥纶彝宪,发挥事业,彪炳辞义。故知:道沿圣以垂文,圣因文而明道;旁通而无滞,日用而不匮。易曰:鼓天下之动者,存乎辞。辞之所以能鼓天下者,乃道之文也。②

---

① 范文澜《文心雕龙注》,第1—2页。
② 范文澜《文心雕龙注》,第2—3页。

在这里,刘勰极力推崇周文王、周公旦及孔子,赞扬孔子推求自然之道来编撰六经,指出自然之道靠圣人用文章显示出来。圣人用文章来说明自然之道,即"道沿圣以垂文,圣因文而明道"。圣人经典之所以权威,是因为其体现了自然之道。圣人即周公、孔子这些儒学祖师,道即自然规律,以儒家为主之道。如此一来,刘勰将名教与自然,儒家与玄学、道家,人工雕饰与天然之美统一起来,建构了原道理论。而这种关于文学的文德与原道之思想其实脱胎于礼学。如《礼记·礼器》:"礼有以文为贵者。"孔颖达《正义》云:"天子龙衮,诸侯黼,大夫黻,士玄衣纁裳,人君因天之文章以表于德,德多则文备。"[①]文章因为德之多而完备,即是文章得道之多,而文章又本之于天,即是本之于自然之道。由此可见文德说与礼学之渊源关系。

南朝礼学中的道,乃是调和了儒家与道家、玄学之道的产物,即刘勰所谓的原道之道所本。南朝礼学与两汉礼学不同之处在于,两汉礼学主要是经学范畴内的一维学术思潮,而南朝礼学却融合了魏晋玄学、道家思想与佛学教义,既隶属却又不囿于儒家经学范畴,呈现出全新的体系结构。《宋书·礼志一》云:

> 夫有国有家者,礼仪之用尚矣。然而历代损益,每有不同,非务相改,随时之宜故也。汉文以人情季薄,国丧革三年之纪;光武以中兴崇俭,七庙有共堂之制;魏祖以侈惑宜矫,终敛去袭称之数;晋武以丘郊不异,二至并南北之祀。互相即袭,以讫于今,岂三代之典不存哉,取其应时之变而已。且闵子讥古礼,退而致事;叔孙创汉制,化流后昆。由此言之,任己而不师古,秦氏以之致亡;师古而不适用,王莽所以身灭。然则汉、魏以来,各揆古今之中,以通一代之仪。司马彪集后汉众注,以为《礼仪志》,校其行事,已与前汉颇不同矣。况三国鼎峙,历晋至宋,时代移改,各随事立。自汉末剥乱,旧章乖弛,魏初则王粲、卫觊典定众仪;蜀朝则孟光、许慈创理制度;晋始则荀顗、郑冲详定晋礼;江左则荀崧、刁协缉理乖紊。其间名儒通学,诸所论叙,

---

[①] 《十三经注疏·礼记正义》,第1433页。

第三章 南朝礼学与文论

往往新出,非可悉载。今抄魏氏以后经国诞章,以备此志云。①

沈约认为礼制对于治理国家非常重要,指出了礼制自汉代以来,由于时势变革而不断变化,呈现出新变的特色。他还认为礼的制定既要师古又要实用,二者要统一起来,不能偏向一隅。从这段论述,可以看出南朝礼学即是在吸收前代学术文化的基础上建立起来的。就南朝礼学的道而言,具有多维思想内涵,多元文化特质即是最主要的特征。《礼记·礼运》引孔子语云:"夫礼,先王以承天之道,以治人之情,故失之者死,得之者生。诗曰:'相鼠有体,人而无礼。人而无礼,胡不遄死?'是故夫礼,必本于天,殽于地,列于鬼神,达于丧祭射御、冠昏朝聘。故圣人以礼示之,故天下国家可得而正也。""夫礼,必本于大一,分而为天地,转而为阴阳,变而为四时,列而为鬼神,其降曰命,其官于天也。"《正义》曰:"既上以承天之道,下以治民之情,不云'承地'者,承天则承地可知。"②《礼记·乐记》:"大乐与天地同和,大礼与天地同节。"《宋书·傅隆传》载傅隆议礼云:"原夫礼律之兴,盖本之自然。"③《陈书·高祖本纪》:"安上治民,礼兼文质。""祖述尧舜,宪章文武,大乐与天地同和,大礼与天地同节。"④由此观之,南朝礼学以《礼记》为本,认为礼本于天地,且与天地同节,即是承接天地之道、自然之道,这与刘勰"文之为德也大矣,与天地并生"的主旨内涵相一致,都是融合了儒、玄与道三家之道而产生的思想理念。《礼记·礼运》中所说的"道",可以根据《中庸》加以诠释,《中庸》云:"天命之谓性,率性之谓道,修道之谓教。道也者,不可须臾离也,可离非道也。……和也者,天下之达道也。"《中庸》开篇即指出了"道"的重要性,认为不可须臾离身。孔颖达《正义》对"道"有详尽的解释:

> 此节明中庸之德,必修道而行;谓子思欲明中庸,先本于道。天命之谓性者,天本无体,亦无言语之命,但人感自然而

---

① 《宋书》,第327—328页。
② 《十三经注疏·礼记正义》,第1414—1415页。
③ 《宋书》,第1550页。
④ 《陈书》,第19—24页。

生,有贤愚吉凶,若天之付命遣使之然,故云"天命"。老子云:"道本无名,强名之曰道。"但人自然感生,有刚柔好恶,或仁、或义、或礼、或知、或信,是天性自然,故云"谓之性"。"率性之谓道",率,循也;道者,通物之名。言依循性之所感而行,不令违越,是之曰"道"。感仁行仁,感义行义之属,不失其常,合于道理,使得通达,是"率性之谓道"。"修道之谓教",谓人君在上修行此道以教于下,是"修道之谓教"也。……"中也者,天下之大本也"者,言情欲未发,是人性初本,故曰"天下之大本也"。"和也者,天下之达道也"者,言情欲虽发而能和合,道理可通达流行,故曰"天下之达道也"。①

孔颖达结合老子对道的诠释,指出道即自然规律,人性即自然天性,依循自然天性而行事,即是道。道之用即开通性命,圣人通过自然之道来修行仁、义、礼、知、信,并提倡之以教化百姓,以使道得以通达流行,汲取道家与玄学之道的思想内涵,以名教之道为主,将自然与名教协调起来,这即是南朝儒学之道的内涵本质,南朝礼学又调和了儒、道、玄之道而建构了自身的道之理念。刘勰所说的道是受到礼学之道启发而产生的。值得注意的是,明道的过程又是通过文章来实现的,即"圣因文而明道"。是故《礼运》之"承道",与《曲礼》之"言道",《大学》之"近道"旨归相通,皆由依循自然之道而铸就儒家之道,儒家之道亦是自然之道。如《礼记·曲礼上》:"行修言道,礼之质也。"郑玄注:"言道,言合于道。质犹本也,礼为之文饰耳。"孔颖达《正义》曰:"凡为礼之法,皆以忠信仁义为本,礼以文饰。'行修'者,忠信之行修。'言道'者,言合于仁义之道。'质',本也,则可与礼为本也。"②《曲礼》说的言道即是言儒家之道,而又是礼的根本所在,亦是礼之文饰,文章通过言道而说礼。因而孔颖达对"道"的体认与刘勰原道之"道",内涵是大体一致的。

要之,所谓自然,即事物的自然本然。自然之道与原道是辩证统一的。自然之道是原道的立论基础与主导思想,原道是自然之道

---

① 《十三经注疏·礼记正义》,第1625页。
② 《十三经注疏·礼记正义》,第1231页。

统合儒、道、玄三家之道,理论得以更新升华后的结晶。以此,原道之道既是自然之道、自然本然,但又不是狭隘的自然之道,而是广义的自然之道。原道既是征圣、宗经,又是崇尚自然,而征圣、宗经即自然之道的体现。在南朝儒道玄合流的文化背景下,名教即自然,无论是儒家之道、还是道家之道抑或玄学之道都被视为自然本然之体现,都合于自然,自然而然地存在并发挥作用。因而原道之道即统合了儒、道、玄三家之道的自然之道,这与汉代学者所认识的单一维度的儒家之道是迥然有别的。是以,礼与礼学是本于自然之道,文学本原当然亦是自然之道,礼学与文学皆是自然之道的体现。南朝礼学与文学对道的体认皆是以儒家为主,兼融玄、道思想。因而礼学的承道、言道、近道与文学的原道、本道、明道之内涵是一致的,而文学对道的尊崇,本于道之思想,即脱胎于礼学之承道观念。礼承于道,又是文章之本,故文章亦本于道。《宋书·傅隆传》引傅隆议礼语云:"原夫礼者,三千之本,人伦之至道。故用之家国,君臣以之尊,父子以之亲;用之婚冠,少长以之仁爱,夫妻以之义顺;用之乡人,友朋以之三益,宾主以之敬让。所谓极乎天,播乎地,穷高远,测深厚,莫尚于礼也。其乐之五声,《易》之八象,《诗》之《风雅》,《书》之《典诰》,《春秋》之微婉劝惩,无不本乎礼而后立也。其源远,其流广,其体大,其义精,非夫叡哲大贤,孰能明乎此哉。"①傅隆认为除礼之外的五经文章皆本之于礼,而礼是人伦之至道,这个论断集中体现了南朝礼学的思想主旨。可与刘勰《文心雕龙》关于文学本体论的思想互参。

礼学与文学对道的尊崇体现了二者对自然的推崇。而南朝又处于文学自觉的时代,因而文人对自然的体认就愈发深刻,认为文学本原于自然之道,而这种看法自然是本之于礼学。如《宋书·傅隆传》载傅隆议礼云:"原夫礼律之兴,盖本之自然。"②范晔《狱中与诸甥侄书》:"性别宫商,识清浊,斯自然也。"徐勉《答客喻》:"文章之美,得之天然。"③萧纲《与湘东王书》:"谢客吐言天拔,出于自

---

① 《宋书》,第1551页。
② 《宋书》,第1550页。
③ 《梁书》,第386页。

然。"①刘孝标《辨命论》:"夫道生万物,则谓之道;生而无主,谓之自然。自然者,物见其然,不知所以然;同焉皆得,不知所以得。"②由此可见,南朝士人极为重视自然,他们认为既然文章本于礼,礼本于自然,那么文章亦本于自然。而钟嵘基于文学本于自然之理念,提出直寻说及自然英旨之说,他在《诗品序》中说:

> 至乎吟咏情性,亦何贵于用事?"思君如流水"既是即目。"高台多悲风"亦惟所见。"清晨登陇首"羌无故实。"明月照积雪"讵出经史。观古今胜语,多非补假,皆由直寻。颜延、谢庄,尤为繁密,于时化之。故大明、泰始中,文章殆同书抄。近任昉、王元长等,词不贵奇,竞须新事,尔来作者,浸以成俗。遂乃句无虚语,语无虚字,拘挛补衲,蠹文已甚。但自然英旨,罕值其人。词既失高,则宜加事义。虽谢天才,且表学问,亦一理乎!

钟嵘反对文章过分用典的雕饰之美,认为好的文章皆很少用典,由直接描写取胜,从而写得自然精彩。对直寻的追求,对自然英旨的推崇可见其深受礼学思想之影响。

综上,南朝的文学本体论以道为核心,在思维方式和具体理论方面均具有礼学之印记。礼学之道调和了儒家、道家、玄学三家之道,具有高阶的思维特征与极强的逻辑性,是以文学的原道思想源于礼学的承道思想,而礼学赋予道以自然之意蕴又促成了文章本于自然的理论之阐发,这在一定程度上发展了南朝的文学本体论。而南朝士人对于文学本原的探讨远远不止于此,在道的概念的指导下,对物的体认与思考又成为南朝文学本体论重要的一维理念。

(二)礼学语境中的文学创作论

南朝文学创作论在礼学语境中生成,深受礼学思想之影响,在南朝文学理论中占据重要的地位。文学创作论既是对文学本体论

---

① 《梁书》,第691页。
② 《梁书》,第702页。

第三章 南朝礼学与文论

和文学文体论的升华,又是对文学鉴赏论的启示。约略而言,对情与礼的协调,对气志神思的探究构成了南朝礼学语境中的文学创作论的精华。

南朝礼学之于文学创作,在于将情与礼和谐一体地加以融合。例如钟嵘《诗品序》提出的:"气之动物,物之感人,故摇荡性情,形诸舞咏。照烛三才,晖丽万有,灵祇待之以致飨,幽微藉之以昭告。动天地,感鬼神,莫近于诗。"对情感的重视是魏晋文学自觉的一大标志。西晋陆机在《文赋》中提出"诗缘情而绮靡"的重要论断,大肆张扬重情论,对文学理论和文学创作产生了极大的影响。及至东晋,文风充满玄味,较为淡寡,理性精神高扬,文学重情的一面受到遏制。后至南朝,庄老告退,山水诗歌登上历史舞台,标志着文学又重新重视情感的抒发。但是南朝文学重视情感与西晋陆机的重情有很大不同,陆机的缘情论主要是站在礼学思想的对立面去削弱"发乎情,止乎礼义"的诗教功能,即是对名教的反动,而南朝的文学重情论主要是站在礼学的角度、以礼学的思想旨归来提倡情感性灵,可以说二者倾向相同,但内在实质不同。究其原因乃是南朝礼学极盛造成的。

情为礼之根本,礼为情之依据,礼生于情,情以礼治,二者辅车相依,唇亡齿寒。自周公制礼作乐,礼则配合周朝的宗法制度而不断完善,情与礼的冲突和协调亦始终贯穿于礼文化的发展之中。宗法制度将血缘关系与政治关系统一起来,使宗法和政治合一,即"宗统与君统的合一",因此血缘亲情与政治关系构成了礼之基础。西周实行"亲尊合一"的宗法礼制,维系社会发展。降及东周,礼坏乐崩,宗法制遭到了破坏。到了汉代,大一统的治世理念出现,为了适应君权神授的宣传并巩固大一统国家的稳定,亲尊平衡的局面被打破,代之以尊君之提倡,情与礼的矛盾渐渐凸显出来,而最终礼战胜了情,是故汉代主张"发乎情止乎礼义"。《春秋》公羊学、《白虎通义》又进一步阐扬"三纲五常"之义,发挥礼的政教意义,礼学尊尊之义得到了大力提倡。但魏晋以降,名教失去了昔日的地位与约束力,礼学尊尊之义得不到贯彻实施,而士人向内发现了自己的真情,对情感极为重视,礼制中的尊尊精神日益式微,故亲亲之情愈发彰显。及至南朝,首重丧服礼,而丧服礼即是以亲亲之情为核心精神的礼制。如《礼记·大传》:"服术有六:一曰亲亲,二曰尊尊,三曰名,四曰出入,五曰长幼,六曰从服。"可见南朝礼制以情为先是有本有据的。

南朝礼学调和了自然与名教,是以情礼并重,将情与礼协调起来,而"情"在一定程度上超越了"礼"之地位。如《南齐书·江敩传》记载:"宋明帝敕敩出继从叔慜,为从祖淳后。于是仆射王俭启:'礼无后小宗之文,近世缘情,皆由父祖之命,未有既孤之后,出继宗族也。虽复臣子一揆,而义非天属。江忠简胤嗣所寄,唯敩一人,傍无眷属,敩宜还本。若不欲江慜绝后,可以敩小儿继慜为孙。'"①可见当时礼制以情为主。又如《梁书·袁昂传》载:袁昂"丁内忧,哀毁过礼。服未除而从兄彖卒。昂幼孤,为彖所养,乃制期服。人有怪而问之者,昂致书以喻之曰:'窃闻礼由恩断,服以情申。故小功他邦,加制一等,同爨有缌,明之典籍。……既情若同生,而服为诸从,言心即事,实未忍安。昔马棱与弟毅同居,毅亡,棱为心服三年。由也之不除丧,亦缘情而致制,虽识不及古,诚怀感慕。……今以余喘,欲遂素志,庶寄其罔慕之痛,少申无已之情。虽礼无明据,乃事有先例,率迷而至,必欲行之。君问礼所归,谨以谘白。'"②可见袁昂认为礼制缘情而设置,应以情为主导。《梁书·萧子恪传》载梁武帝对萧子恪、萧子范兄弟说:"齐梁虽曰革代,义异往时。我与卿兄弟虽复绝服二世,宗属未远。卿勿言兄弟是亲,人家兄弟自有周旋者,有不周旋者,况五服之属邪?齐业之初,亦是甘苦共尝,腹心在我。卿兄弟年少,理当不悉。我与卿兄弟,便是情同一家,岂当都不念此,作行路事。"③由梁武帝这一席话可以看出,在他看来,亲情极为重要,骨肉至亲之情胜过尊卑之礼。《陈书·衡阳献王昌传》记载衡阳献王陈昌溺水身亡,陈武帝下诏曰:"夫宠章所以嘉德,礼数所以崇亲,乃历代之通规,固前王之令典。"④陈武帝对尊亲的肯定与提

---

① 《南齐书》,第758页。
② 《梁书》,第452页。
③ 《梁书》,第508页。
④ 《陈书》,第209页。

第三章 南朝礼学与文论

倡可见当时礼制之风气。

此外,翻开南朝史学原典,对情礼之重视随处可见,如《宋书·礼志二》引东晋徐广议礼云:"理制备尽,情礼弥申。……缘情立制。"又引刘宋王膺之议丧礼云:"吉凶异容,情礼相称。"又引司马燮所议皇太妃在丧服礼中应当如何服丧礼云:"太妃于国亲无服,故宜缘情为诸王公主于至尊是期服者反,其太妃王妃三夫人九嫔各举哀。"①《宋书·臧焘传》载臧焘议礼云:"循情礼以求中者也。"《宋书·庐陵孝献王义真传》载宋文帝诏书云:"王体自至极,地戚属尊,岂可令情礼永沦,终始无寄。"②《宋书·孝义传序》:"若夫情发于天,行成乎己,捐躯舍命,济主安亲,虽乘理暗至,匪由劝赏,而宰世之人,曾微诱激。"③《南齐书·朱谦之传》:"礼开报仇之典,以申孝义之情。"《陈书·刘师知传》:"情礼二三,理宜缞斩。"《陈书·姚察传》"冀申情礼"、"理徇情礼",又载陈后主对姚察说:"我与卿虽君臣礼隔,情分殊常,藻镜人伦,良所期寄,亦以无惭则恧也。"④根据以上材料可以看出,南朝礼学对情之重视随着时间的推移愈发明显,对情的重视,打破了礼的等级观念、尊卑之序。因而对于性情的探讨成为礼学研究的一项重要内容。如清人陈澧《东塾读书记》卷九《礼记》云:

> 孔疏非但详于考典制,其说性、理亦甚精。《中庸》疏云:"性情之义,说者不通,亦略言之,贺玚云:'性之与情,犹波之与水,静时是水,动则是波。静时是性,动则是情。'案《左传》云:'天有六气',降而生五行,至于含生之类,皆感五行生矣。唯人独禀秀气,故《礼运》云:'人者,五行之秀气。'被色而生,既有五常仁义礼智信,因五常而有六情。则性之与情,似金与镮印,镮印之用非金,亦因金而有镮印。情之所用非性,亦因性而有情。则性者静,情者动,故《乐记》云:'人生而静,天之性

---

① 《宋书》,第394、395、408页。
② 《宋书》,第1638页。
③ 《宋书》,第2241页。
④ 《陈书》,第350、351页。

也。感于物而动,性之欲也。'故《诗序》云'情动于中',是也。但感五行,在人为五常,得其清气,备者,则为圣人;得其浊气,简者,则为愚人。降圣以下,愚人以上,所禀或多或少,不可言一,故分为九等。孔子云:'唯上智与下愚不移。'二者之外,逐物移矣。故《论语》云:'性相近。习相远也。'亦据中人、七等也。"观此,可见唐以前论性、理者已多。孔冲远作疏,已遍览之,而为折衷之说。冲远非但深于《礼》学,其于理学亦不浅也。①

陈澧认为孔颖达的《礼记正义》说性、理甚精,通过举例论证,他得出孔颖达理学亦不浅之结论。可见,对情性的诠释探讨在《礼记正义》中占有较大篇幅,由此可见孔颖达在南朝礼学的基础上对性情作了详尽的论述,极富逻辑性,具有理性色彩,亦说明南朝礼学对性情极为重视。《礼记·三年问》"称情而立文",指的是根据人情轻重而制定礼,这里面"文"指的是"礼文",可见文与礼之相通。"文"的内涵如果扩展到文学领域里面,则是文学、文论之意。因而在南朝的文学理论和文学创作中,情占据着重要的地位。

南朝的文学创作论受到礼学影响,兼融情与礼,而尤其重视情感,推崇性灵,这首先表现在文学创作中。如刘宋元嘉时期,颜延之、谢灵运即在文学创作中进行由寄言玄理向申抒性情的转变,而鲍照则以其浓烈激昂的情感将其诗赋创作推到时代的巅峰。嗣后,无论是永明文学,还是复古文学,抑或是宫体诗文都把情感置于极高的地位。因而吟咏性情成为人们对文学特质的体认和共识,讲究情与礼的协调,重视情感的价值。如《宋书·傅亮传》载其《感物赋》云:"喟投翰以增情。"②《宋书·颜延之传》载其《庭诰》文:"今所载咸其素蓄,本乎性灵,而致之心用。……率下多方,见情为上。……事思反己,动类念物,则其情得,而人心塞矣。"③《宋书·谢灵运传论》:"民禀天地之灵,含五常之德,刚柔迭用,喜愠分情。……自兹

---

① 陈澧《东塾读书记》,上海古籍出版社,2012年,第169页。
② 《宋书》,第1340页。
③ 《宋书》,第1894—1896页。

以降,情志愈广。……若夫平子艳发,文以情变,绝唱高踪,久无嗣响。至于建安,曹氏基命,二祖陈王,咸蓄盛藻,甫乃以情纬文,以文被质。"①《南齐书·陆厥传》载陆厥与沈约书:"意者亦质文时异,古今好殊,将急在情物,而缓于章句。情物,文之所急,美恶犹且相半;章句,意之所缓,故合少而谬多。义兼于斯,必非不知明矣。"②《南齐书·文学传论》:"文章者,盖情性之风标,神明之律吕也。"《梁书·昭明太子传》载王筠为昭明太子作《哀册》云:"吟咏性灵,岂惟薄伎;属词婉约,缘情绮靡。"③《梁书·刘孝绰传》载梁元帝与刘孝绰书曰:"君屏居多暇,差得肆意典坟,吟咏情性,比复稀数古人,不以委约而能不伎痒。"④《梁书·文学传论》:"夫文者妙发性灵,独拔怀抱,易邈等夷,必兴矜露。"⑤《陈书·文学传序》指出文学:"莫不思侔造化,明并日月,大则宪章典谟,裨赞王道,小则文理清正,申纾性灵。"⑥由此观之,受到礼学重情思想之影响,南朝文学思想树立起了重情的旗帜,由吟咏性情升华为申抒性灵,则是重情思想发展的结果和内在理念的深化。

除了散见于史书文献中的零碎话语,文学理论专著亦是将"情"置于文学创作之首位,如《文心雕龙》和《诗品》。《文心雕龙·征圣》:"然则志足而言文,情信而辞巧,乃含章之玉牒,秉文之金科矣。"《文心雕龙·定势》:"夫情致异区,文变殊术,莫不因情立体,即体成势也。""文辞尽情。"《文心雕龙·情采》:"情者文之经,辞者理之纬;经正而后纬成,理定而后辞畅:此立文之本源也。"《诗品序》:"凡斯种种,感荡心灵,非陈诗何以展其义?非长歌何以骋其情?"英雄所见略同,刘勰与钟嵘慧眼如炬,均指出了情感的重要意义。

梁朝的礼学与文学于南朝最为兴盛,是以文学思想更以重情为

---

① 《宋书》,第 1778 页。
② 《南齐书》,第 899 页。
③ 《梁书》,第 170 页。
④ 《梁书》,第 481 页。
⑤ 《梁书》,第 727 页。
⑥ 《陈书》,第 453 页。

主,以情为文学之矩矱。如文笔之辨是南朝文学新变的一大标志,对文与笔的辨析贯穿于宋、齐、梁三代。著名学者、文人如颜延之、刘勰、范晔等人皆以音韵为区分标准,虽有一定的道理,但并未阐明文学之本质。而梁元帝萧绎在音韵说的基础上,从情感的角度指出文笔之别,于是百年争端,涣然冰释。他在《金楼子·立言》中说:"至如不便为诗如阎纂,善为章奏如伯松,若此之流,泛谓之笔;吟咏风谣,流连哀思者,谓之文。……笔退则非谓成篇,进则不云取义,神其巧惠,笔端而已。至如文者,维须绮縠纷披,宫徵靡曼,唇吻遒会,情灵摇荡。"①可见他不仅仅以音韵、辞藻来衡文,更是以婉转动人之情感作为判断文的标准。这是南朝文学创作论重情发展之理论成果。

总的说来,南朝的文学创作论首重情感,强调文学作品的抒情功能。抒发性情、追慕性灵成为文学思想的导向和文学创作的风尚。因而,在吟咏性情、申抒性灵的发展中,神思、志气作为文学创作论的重要理念引起了文人学者的注意,而这些理论的阐释亦是离不开礼学语境。在南朝的文学创作论中,神思、志气之说主要体现在《文心雕龙》及一些文学理论作品之中,但这并不是南朝文学思想自发产生的,而是通过对《礼记》中相关概念的改造移植而提出的。

《文心雕龙·神思》:"神居胸臆,而志气统其关键。"范文澜注:"《礼记·孔子闲居》:'清明在躬,气志如神。'《正义》曰:'清谓清静,明谓显著,气志变化,微妙如神。'据《礼记》此文,志气当作气志。"②按范文澜的注点出了"神思"、"志气"出自《礼记》,并指出"志气"为"气志"之误。结合《孔子闲居》及孔颖达《正义》、《神思》篇及其他篇章来看,"志气"为刘勰惯用之词,且亦为《孔子闲居》及《正义》所用,如《文心雕龙·风骨》:"志气之符契也。"《孔子闲居》:"志气塞乎天地。""无声之乐,气志不违;……无声之乐,气志既得;……无声之乐,气志既从。"《正义》:"'无声之乐,气志不违'者,

---

① 陈志平、熊清元《金楼子疏证校注》,第770页。
② 范文澜《文心雕龙注》,第493、497页。

此以下五节,从轻以渐至于重。初言不违,民但不违君之志气。二云'志气既得',言君之志气得于下。"①可见,孔颖达《正义》亦将"气志"作"志气",是故"志气"与"气志"相通,无须改成"气志",但"神思"、"志气"之说出自《礼记》则是毋庸置疑的。

《礼记·孔子闲居》:"志之所至,诗亦至焉……志气塞乎天地。"《正义》:"志,谓君之恩意之至,所至,谓恩意至极于民……无声之乐,气志不违。"②清代朱彬《礼记训纂》引吕与叔注云:"志者,心之所也。"③《礼记·孔子闲居》:"清明在躬,气志如神。"按《礼记》中"志"即意志、心志之义,"气"即生气、气质之义。《毛诗大序》:"在心为志,发言为诗。"此句话亦为《文心雕龙·明诗》所引用。《文心雕龙·神思》:"神居胸臆,而志气统其关键。"此处"志"即意志;"气"即体气之义。《文心雕龙·养气》:"钻砺过分,则神疲而气衰。""志盛者思锐以胜劳,气衰者虑密以伤神。"按"志"即志气,"气"即气力。《文心雕龙·风骨》:"志气之符契也。……情之含风,犹形之包气。"此"气"即生气。《文心雕龙·体性》:"气有刚柔。"此"气"即气质。可见"志"、"气"之义在《礼记》与《文心雕龙》中一致,"志"即意志,心志,情志之义;"气"即体气、生气、气质。"志气"与"气志"相同,即作者主观的情志、气质。

《礼记·孔子闲居》:"地载神气,神气风霆。"《正义》:"'神气'谓神妙之气。"④"神"即神妙之义。《礼记·孔子闲居》:"清明在躬,气志如神。""神"即神圣、神妙之义。《文心雕龙·神思》:"形在江海之上,心存魏阙之下,神思之谓也。"神思即像神一般地想象,神亦有神妙之义。《文心雕龙·神思》:"关键将塞,则神有遁心。"此"神"为精神之义。又:"故思理为妙,神与物游。"神亦是指精神,但亦有神妙之义。可见,神妙、神圣与想象、精神相通,神由《礼记·孔子闲居》中的神圣、神妙之义,引申为《文心雕龙·神思》中的神思,进而具有了想象、精神之义。

---

① 《十三经注疏·礼记正义》,第 1616、1617 页。
② 《十三经注疏·礼记正义》,第 1616 页。
③ 朱彬《礼记训纂》,杭州:浙江大学出版社,2010 年,第 741 页。
④ 《十三经注疏·礼记正义》,第 1617 页。

综上可见,神思、志气作为南朝文学创作论中的重要思想理念主要是从《礼记》中演化出来的,为《文心雕龙》所应用、敷衍及深化。值得注意的是,志气与神思并不是各自孤立地存在,而是相辅相成的,是以《礼记·孔子闲居》云:"气志如神。"《文心雕龙·神思》曰:"神居胸臆,而志气统其关键。"可见神和志气是相提并论的。因而传统文化中有"神气"、"精气神"等概念。而除了《文心雕龙》,南朝还有一些文艺理论作品及单篇文章反映神思、志气之理念。对气的推崇如刘宋傅亮《感物赋》:"禀清旷以授气。"①王微《与从弟王僧绰书》:"或谓言深博,作一段意气。"②《宋书·王微传》:"兄文骨气,可推英丽以自许。"③《宋书·谢灵运传论》:"夫志动于中,则歌咏外发。……虽虞夏以前,遗文不睹,禀气怀灵,理无或异。……自兹以降,情志愈广。……子建、仲宣以气质为体。"范晔《狱中与诸甥侄书以自序》:"常谓情志所托,故当以意为主,以文传意。……后赞于理近无所得,唯志可推耳。"《宋书·袁粲传》:"气志渊虚,姿神清映。"④钟嵘《诗品序》:"气之动物,物之感人。"《陈书·文学传》谓颜晃"表奏诏诰,下笔立成,便得事理,而雅有气质"。⑤ 对"神"的倡导则有刘宋宗炳《画山水序》:"圣贤映于绝代,万趣融其神思。"⑥《梁书·沈约传》:"又撰《四声谱》,以为在昔词人,累千载而不寤,而独得胸衿,穷其妙旨,自谓入神之作。"⑦

而南朝文论兼顾神与志气之论述亦是不少,如《宋书·王僧达传》:"心气忡弱,神志衰散。"⑧《宋书·周朗传》:"动精神,发意气。"⑨刘宋袁粲《妙德先生传》:"气志渊虚,姿神清映。"⑩萧子显《南齐书·文学

---

① 《宋书》,第1340页。
② 《宋书》,第1669页。
③ 《宋书》,第1671页。
④ 《宋书》,第2230页。
⑤ 《陈书》,第456页。
⑥ 俞剑华《中国画论类编》,北京:人民美术出版社,1986年,第583页。
⑦ 《梁书》,第243页。
⑧ 《宋书》,第1957页。
⑨ 《宋书》,第2099页。
⑩ 《宋书》,第2230页。

传论》:"文章者,盖性情之风标,神明之律吕也。蕴思含毫,游心内运,放言落纸,气韵天成。……属文之道,事出神思。"①刘歊《革终论》:"气无不之,神有也。"②可见或是阐扬气之理念,或是高举神之旗帜,或是将神与气相提并论,并由此扩展到神思、气志之说,如此便构成了南朝文学创作论的一个重要的理论范畴。而神思之说并非刘勰《文心雕龙》与萧子显《南齐书·文学传论》所独有,南朝其他学者亦有相似阐述,例如《南史·齐宗室传》载衡阳王萧均答孔圭之语:"身处朱门,而情游江海,形入紫闼,而意在青云。"③萧均的这句话与《文心雕龙·神思》解释神思概念"形在江海之上,心存魏阙之下"的表述极为相近,虽未明确提出神思的概念,但潜在的内涵中有神思之义。可见其对礼学中"神"之概念的体认与应用与刘勰相通,二者如出一辙。

总的说来,《礼记》中气志如神的表述催生了南朝文学创作论的神思气志之说,可见礼学对文学理论的衍射力度之大。而礼学对与南朝文学创作论联系十分紧密的文学鉴赏论,亦有极为深远的渗透。

---

① 《南齐书》,第907页。
② 《梁书》,第748页。
③ 《南史》,第1038页。

第四章 皇侃《论语义疏》与南朝文论

南朝梁代是儒学复兴的时代。经学与文学的结合,不仅对于《文心雕龙》与《诗品》等文学理论著作产生了直接的影响,而且对于文学观念的构建也有很大启发。南朝梁代经学家皇侃的《论语义疏》,依据王弼的玄学,对于《论语》进行了重新解释,一反汉代经学的解释,也不同于三国魏时何晏的《论语集解》,反映出南朝经学的特点,其中涉及与文学相关的情性问题等,影响到文学价值观念等精神层面。这些问题,是以往研究南朝文学批评者所不曾顾关的,值得我们认真加以探讨。

第一节 《论语义疏》与孔子形象再塑

在儒家经典中,《论语》独具风采。清代学者唐晏论曰:"《论语》之为经,乃群经之锁钥,百代之权衡也。七十子学孔子而各得其性之所近,孔子既殁,乃各征集所闻以志弗谖。故二十篇不必出诸一人也。"①《论语》是记载孔子与弟子言行的重要儒家经典。孔子的文学思想与观念,比如兴观群怨、思无邪、文质观念、美善合一等,在《论语》中得到直接的显现,奠定了儒家文学批评的基础。《论语》在汉魏以来,随着孔子地位的变化与时代精神的变迁,不断得到阐释与传播,获得提升。梁代皇侃的《论语义疏》不仅在《论语》注疏史上具有重要的地位,而且影响了文学思想的变化与发展。

皇侃是梁代经学的代表人物。据《梁书·皇侃传》记载:"皇侃,吴郡人,青州刺史皇象九世孙也。侃少好学,师事贺玚,精力专门,尽通其业,尤明《三礼》、《孝经》、《论语》。起家兼国子助教,于学讲

---

① 唐晏《两汉三国学案》,北京:中华书局,1986年,第495页。

第四章 皇侃《论语义疏》与南朝文论

说,听者数百人。撰《礼记讲疏》五十卷,书成奏上,诏付秘阁。顷之,召入寿光殿讲《礼记义》,高祖善之,拜员外散骑侍郎,兼助教如故。性至孝,常日限诵《孝经》二十遍,以拟《观世音经》。丁母忧,解职还乡里。平西邵陵王钦其学,厚礼迎之。侃既至,因感心疾,大同十一年,卒于夏首,时年五十八。所撰《论语义》十卷,与《礼记义》并见重于世,学者传焉。"①皇侃乃魏时著名学者皇象的九世孙,有家学渊源,在礼学与《论语》义疏上为时所重,流传后世。其中涉及的义理,不仅与经学相关,而且与文学思想也有直接的关联。

要了解皇侃《论语义疏》与文论的关系,不妨先从皇侃心目中的孔子形象谈起。皇侃的孔子与《论语》,摆脱了两汉孔子的神学偶像成分,赋予了孔子世俗的文学形象。在此基础之上,开掘出其中的诗教与乐教蕴含。

西汉司马迁在《史记·孔子世家》中感叹:"孔子以诗书礼乐教,弟子盖三千焉,身通六艺者七十有二人。如颜浊邹之徒,颇受业者甚众。……太史公曰:诗有之:'高山仰止,景行行止。'虽不能至,然心乡往之。余读孔氏书,想见其为人。适鲁,观仲尼庙堂车服礼器,诸生以时习礼其家,余祇回留之不能去云。天下君王至于贤人众矣,当时则荣,没则已焉。孔子布衣,传十余世,学者宗之。自天子王侯,中国言六艺者折中于夫子,可谓至圣矣!"司马迁说,读了孔子的书后想见其为人。可想而知,孔氏书的对话魅力是不可低估的。《论语·述而》中有:"子以四教:文,行,忠,信。"何晏集解曰:"四者有形质,可举以教。"从现有的《论语》与《史记·孔子世家》等资料来看,孔子以文章、行为与忠、信道德这四项内容来教育学生,培养学生,将文章学问与道德实践融为一体。

从今天的学术立场与视野来看,皇侃注疏的价值恰在于其解构两汉经学理念与模式,充分汲取当时的玄学与道家思想观念,融合先秦两汉的儒学,提出了新的观念与方法。而且对于当时的文学观念也多有浸润,表现出汉魏以来文学与美学演变的内在路径。这便是紧紧围绕人格的建树、人生境界的营造,探讨人文化成与诗教、乐

---

① 《梁书》,第 680—681 页。

教之关系,进而对先秦两汉以来的儒家文艺观念作出了通变的创拓与阐释。由于这本书按过去的目录学来说,属于经部,而按现代学科来说,属于哲学范畴,其对于文学观念与美学思想的影响,往往在这种分类中被遮蔽。这就需要我们将现代学术的理念和方法与传统学术的思想和方法相融汇,进而加以反思与梳理。

皇侃经学思想彰显出魏晋南北朝思想的自觉意识。梁代是儒学继魏晋之后的又一复兴期。《梁书·儒林传》论曰:"汉氏承秦燔书,大弘儒训,太学生徒,动以万数,郡国黉舍,悉皆充满,学于山泽者,至或就为列肆,其盛也如是。汉末丧乱,其道遂衰。魏正始以后,仍尚玄虚之学,为儒者盖寡。时荀𫖮、挚虞之徒,虽删定新礼,改官职,未能易俗移风。自是中原横溃,衣冠殄尽;江左草创,日不暇给;以迄于宋、齐。国学时或开置,而劝课未博,建之不及十年,盖取文具,废之多历世祀,其弃也忽诸。乡里莫或开馆,公卿罕通经术。朝廷大儒,独学而弗肯养众;后生孤陋,拥经而无所讲习。三德六艺,其废久矣。高祖有天下,深愍之,诏求硕学,治五礼,定六律,改斗历,正权衡。天监四年,诏曰:'二汉登贤,莫非经术,服膺雅道,名立行成。魏、晋浮荡,儒教沦歇,风节罔树,抑此之由。朕日昃罢朝,思闻俊异,收士得人,实惟酬奖。可置《五经》博士各一人,广开馆宇,招内后进。'"①从这些记载来看,梁武帝即位之后,采取了多种举措来复兴儒学,而在儒学的专业领域五经注疏方面,也网罗了许多学者,皇侃就是其中的代表人物之一。

皇侃有着家学渊源。他精研礼学,以《论语义疏》为世所重。是梁代经学的重要人物。皇侃经学的代表作为《论语义疏》,是在何晏之后问世的另一部南朝经学名著。《梁会要》选举类经学条记录,梁代治《论语》者,尚有褚修、王元规、贺革等人,②清人唐晏编《两汉三国学案》卷十记载:两汉三国时代,《论语》有《古论语》派、《鲁论语》派、《齐论语》派,汉末三国时的何晏、荀爽、虞翻、贾逵、郑冲、李充、王肃、张昭、王弼、韦昭、曹羲、程秉、郑玄、谯周、范升、孙邕、何休、尹

---

① 《梁书》,第661—662页。
② 朱铭盘《南朝梁会要》,第446页。

第四章 皇侃《论语义疏》与南朝文论

敏等人则被纳入不知宗派者的序列。① 魏晋玄学与清谈的重要人物都有《论语》的注释之作,《隋书·经籍志》记载"《集解论语》十卷晋廷尉孙绰解"、"《论语体略》二卷晋太傅主簿郭象撰"、"《论语隐》一卷,郭象撰"、"《论语释疑》三卷王弼撰"。《隋志》同卷记载:"《论语义疏》十卷皇侃撰。"

可见,这本书鲜明地体现出南朝经学的创新特点。在充分吸纳两汉与魏晋《论语》注释成果的基础之上,又有着许多自己的创见。在《论语义疏》的自序中,皇侃指出:"魏末吏部尚书南阳何晏字平叔,因《鲁论》,集季常等七家,又采《古论》孔注,又自下己意,即世所重者。今日所讲,即是《鲁论》,为张侯所学,何晏所集者也。又晋太保河东卫瓘字伯玉,晋中书令兰陵缪播字宣则,晋广陵太守高平栾肇字永初,晋黄门郎颍川郭象字子玄,晋司徒济阳蔡谟字道明,晋江夏太守陈国袁宏字叔度,晋著作郎济阳江淳字思俊,晋抚军长史蔡系字子叔,晋中书郎江夏李充字弘度,晋廷尉太原孙绰字兴公,晋散骑常侍陈留周环字道夷,晋中书令颍阳范宁字武子,晋中书令琅邪王珉字季瑛。右十三家,为江熙字太和所集。侃今之讲,先通何集,若江集中诸人有可采者,亦附而申之。其又别有通儒解释,于何集无妨,亦引取为说,以示广闻也。"② 可见,他的《论语义疏》是在收集前人注释的基础之上博采广纳,形成了自己的注疏方法与立场。

皇侃的注疏立场首先表现在对于孔子与《论语》这本书的理解与定位上。因为孔子在两汉遭受了太多的过度阐释甚至神化,而《论语》相对于儒家的五经,是直接贴近孔子的一本人生语录与纪要性的书。皇侃对于孔子及《论语》的解读是很人性化的。与之相比,何晏集解《论语》基本属于文献整理,采集了两汉儒生的许多注解。何晏的《论语集解》成书于正始年代晚期,"《论语集解》的主要特点,以玄学(道家)解释儒学的思想,及其儒玄一家、名教与自然统一的观点"。③ 何晏在《论语序》中曰:"汉中垒校尉刘向言《鲁论语》二

---

① 唐晏《两汉三国学案》,第 495 页。
② 《论语义疏》,北京:中华书局,2013 年,第 5 页。
③ 高华平《论语集解校释》,沈阳:辽海出版社,2011 年,第 10 页。

十篇,皆孔子弟子记诸善言也。太子太傅夏侯胜、前将军萧望之、丞相韦贤及子玄成等传之。《齐论语》二十二篇,其二十篇中章句颇多于《鲁论》。琅邪王卿及胶东庸生、昌邑中尉王吉皆以教授之。故有《鲁论》、有《齐论》。鲁恭王时,尝欲以孔子宅为宫,坏,得《古文论语》。《齐论》有《问王》,《知道》,多于《鲁论》二篇。《古论》亦无此二篇,分《尧曰》下章《子张问》以为一篇,有两《子张》,凡二十一篇。篇次不与齐、鲁《论》同。"①何晏只是说明《论语》"皆孔子弟子记诸善言也"。至于什么情境下记录的,孔子的性格与弟子的关系等,何晏不置一词。

皇侃的《序》提出孔子去世后:"于是弟子佥陈往训,各记旧闻,撰为此书,成而实录,上以尊仰圣师,下则垂轨万代。既方为世典,不可无名。然名书之法,必据体以立称,犹如以孝为体者则谓之《孝经》,以庄敬为体者则谓之《礼记》。然此书之体,适会多途,皆夫子平生应机作教,事无常准,或与时君抗厉,或共弟子抑扬,或自显示物,或混迹齐凡,问同答异,言近意深,《诗》、《书》互错综,典诰相纷纭,义既不定于一方,名故难求乎诸类,因题《论语》两字,以为此书之名也。"②《论语》中记载孔子说:"行有余力,则以学文。"皇侃注疏:

> 行者,所以行事已毕之迹也。若行前诸事毕竟,而犹有余力,则宜学先王遗文,五经六籍是也。或问曰:"此云行有余力,则以学文。后云子以四教:文、行、忠、信。是学文或先或后,何也?"答曰:"论语之体,悉是应机适会,教体多方,随须而与,不可一例责也。"③

可见,皇侃心目中的孔子是一位随时施教,不拘成法的圣贤。而《论语》之体,正是这种性格与教育方式的承载。孔子与学生相处,本来就很直率与随和,现代学者和作家林语堂说过:

---

① 《论语义疏》,第9页。
② 《论语义疏》,第1页。
③ 《论语义疏》,第12页。

第四章 皇侃《论语义疏》与南朝文论

> 孔子品格的动人处,就在于他的和蔼温逊,由他对弟子的语气腔调就可清清楚楚看得出。《论语》里记载的孔子对弟子的谈话,只可以看做一个风趣的教师与弟子之间的漫谈,其中偶尔点缀着几处隽永的警语。以这样的态度去读《论语》,孔子在最为漫不经心时说出一言半语,那才是妙不可言呢。①

林语堂认为孔子对弟子在漫不经心时说出来的话语,才是"妙不可言",具有审美感兴价值的。

皇侃疏解《论语》时,体现出林语堂所说的这种智慧与人生趣味。比如《论语·雍也》中记载:"子见南子,子路不悦。夫子矢之曰:'予所否,天厌之!天厌之!'"皇侃幽默地解释:

> 南子,卫灵公夫人也,淫乱,而孔子入卫欲与之相见也。所以欲相见者,灵公唯妇言是用,孔子欲因南子说灵公,使行正道也。故缪播曰:"应物而不择者,道也;兼济而不辞者,圣也。灵公无道,众庶困穷,钟救于夫子。物困不可以不救,理钟不可以不应,应救之道必明有路,路由南子,故尼父见之。涅而不缁,则处污不辱,无可无不可,故兼济而不辞。以道观之。未有可猜也。"②

皇侃为孔子见南子这个名声不好的风骚女子曲为之说,强调孔子是灵活对待,不得已而为之。引用缪播的话,认为是"应物而不择者道也"。这里体现出皇侃的阐释智慧。对于学生子路的不满,皇侃认为子路也有其道理,一是为了坚持原则,二是为了提醒与告诫孔子自重。在注"子路不悦"一语时,皇侃解释道:

> 子路于时随夫子在卫,见夫子与淫乱妇人相见,故不悦也。缪播曰:"贤者守节,怪之宜也。或以亦发孔子之答,以晓众也。"王弼曰:"案本传孔子不得已而见南子,犹文王拘羑里,盖

---

① 林语堂《中国哲人的智慧》卷一《孔子的智慧》,北京:中国广播电视出版社,1991年,第16页。
② 《论语义疏》,第148页。

>天命之穷会也。子路以君子宜防患辱,是以不悦也。"①

而孔子对于子路的不满,心里也是别扭,一方面感觉有失师尊,让学生瞧不起,另一方面又无可奈何,面对鲁莽耿直的子路,孔子知道不可理喻,只好采用民间赌咒发誓的手段,发出毒誓。从中也可以窥见圣人师徒之间可笑而又可悯的真实情形。在注"夫子矢之曰:予所否者,天厌之!天厌之"时,皇侃义疏:

>子路既不悦,而孔子与之咒誓也。言我见南子,若有不善之事者,则天当厌塞我道也。缪播曰:"否,不也。言体圣而不为圣者之事,天其厌塞此道耶。"王弼曰:"否泰有命,我之所屈不用于世者,乃天命厌之,言非人事所免也。重言之者,所以誓其言也。"蔡谟曰:"矢,陈也。尚书叙曰:皋陶矢其谋也。春秋经曰:公矢鱼于棠,皆是也。夫子为子路矢陈天命,非誓也。"李充曰:"男女之别,国之大节。圣人明义,教正内外者也。而乃废常违礼,见淫乱之妇人者,必以权道有由而然。子路不悦,固其宜也。夫道消运否,则圣人亦否,故曰:予所否者,天厌之!天厌之!厌亦否也,明圣人与天地同其否泰耳。岂区区自明于子路而已?"②

皇侃引用李充等人的话,说明圣人发誓,不只是为了让学生放心,而且是对天起誓,"明圣人与天地同其否泰耳",这样既说明圣人的心曲,又维护了孔子的形象,同时折射出孔子师生之间生动幽默的应对关合,体现出南朝时孔子形象的再造。这对于人们重新认识孔子形象,理解《论语》中的文学思想,是大有裨益的。孔子与学生对话中产生出来的隽言妙语,富有文学性,启发了后来中国古代文艺批评中的诗话体。谭家健先生认为《论语》是后世语录体的鼻祖:"《论语》除了在语言艺术、个性描写、故事记叙等方面给予中国文学史以广泛影响之外,它所首创的语录体,也常为后人所效法。"③

---

① 《论语义疏》,第148页。
② 《论语义疏》,第149页。
③ 谭家健《先秦散文艺术新探》,北京:首都师范大学出版社,1995年,第16页。

第二节 "性情之辨"与文学创作

皇侃《论语义疏》对于文学观念的构建作用,首先是从性情之辨的角度着眼的。这显然与他经学家的独特视野直接相关。

梁武帝朝是南朝士族群体与文化达到鼎盛的时期,也是学术文化继魏晋动荡分化之后进行重新组合的时期。梁武帝代齐后,开始复兴儒学,《梁书·武帝本纪》中记载:"七年春正月乙酉朔,诏曰:'建国君民,立教为首。不学将落,嘉植靡由。朕肇基明命,光宅区宇,虽耕耘雅业,傍阐艺文,而成器未广,志本犹阙,非所以镕范贵游,纳诸轨度。思欲式敦让齿,自家刑国。今声训所渐,戎夏同风,宜大启庠斅,博延胄子,务彼十伦,弘此三德,使陶钧远被,微言载表。'"①梁武帝多次下诏修礼作乐。他在《访百寮古乐诏》中提出:"夫声音之道,与政通矣,所以移风易俗,明贵辨贱。而《韶》、《濩》之称空传,《咸》、《英》之实靡托,魏晋以来,陵替滋甚,遂使雅、郑混淆,钟、石斯谬。"②梁武帝继承了汉代《诗大序》"声音之道与政通"的观点,高度重视文学"移风易俗,明辨贵贱"的作用。他的儿子简文帝萧纲也倡导儒家"诗教说",在《请尚书左丞贺琛奉述制旨毛诗义表》中明确提出:"臣闻乐由阳来,性情之本,《诗》以言志,政教之基。故能使天地咸亨,人伦敦序。"③强调文学对百姓的教化作用,推重《诗》的政教地位。

皇侃是梁代经学的代表人物。他本人以孝闻名于世,精通《三礼》、《孝经》与《论语》等经典,但最擅长的是《论语义疏》。

皇侃《论语义疏》对于南朝文学观念的建树,表现在人性论的重构上面。自先秦诸子以来,对于文学观念的看法,总是同人性问题相联系。无论是孔孟还是老庄,都认为文学活动是人性的彰显与咏叹。"诗言志","兴观群怨","以意逆志"等文学命题的提出,表明了这一

---

① 《梁书》,第46页。
② 严可均编《全上古三代秦汉三国六朝文》,第2956页。
③ 严可均编《全上古三代秦汉三国六朝文》,第3003页。

点。魏晋以来,"文以气为主"的文学思想发展了先秦两汉的"诗言志",成为抒发士人性情的观念。经学对于文学的影响,在南朝得到了延伸。而皇侃《论语义疏》即是表征。它汲取了三国时魏国哲学家王弼的玄学,对于与文学观念相关的性情之辨提出了自己的看法。

皇侃《论语义疏》的显著特点是调和儒玄。这一点也与当时的风气有关。《颜氏家训·勉学》中记载:"何晏、王弼,祖述玄宗,递相夸尚,景附草靡,皆以农、黄之化,在乎己身,周、孔之业,弃之度外。……洎于梁世,兹风复阐,《庄》《老》《周易》,总谓三玄。武皇、简文,躬自讲论。周弘正奉赞大猷,化行都邑,学徒千余,实为盛美。元帝在江、荆间,复所爱习,召置学生,亲为教授,废寝忘食,以夜继朝,至乃倦剧愁愤,辄以讲自释。"①所以皇侃受到当时风气的影响也是很自然的。

何晏的《论语集解》融合汉至魏经学家的注释而成,创意并不多。② 皇侃的《论语义疏》融汇汉魏以来王弼、何晏等人的注疏成果,将玄学与经学融会贯通。但是这本书在以往的评价并不高,《隋书·经籍志》虽然著录有皇侃《论语义疏》十卷,但是在叙录中并没有给予特别的提示,而是褒扬何晏的《论语集解》。③ 有的研究者认

---

① 王利器《颜氏家训集解》,第 226 页。
② 参见高华平《论语集解校释》。
③ 《隋书·经籍志》记载:"《论语》者,孔子弟子所录。孔子既叙六经,讲于洙、泗之上,门徒三千,达者七十。其与夫子应答,及私相讲肄,言合于道,或书之于绅,或事之无厌。仲尼既没,遂缉而论之。谓之《论语》。汉初,有齐、鲁之说。其齐人传者,二十二篇;鲁人传者,二十篇。齐则昌邑中尉王吉、少府宗畸、御史大夫贡禹、尚书令五鹿充宗、胶东庸生。鲁则常山都尉龚奋、长信少府夏侯胜、韦丞相节侯父子、鲁扶卿、前将军萧望之、安昌侯张禹,并名其学。张禹本授《鲁论》,晚讲《齐论》,后遂合而考之,删其烦惑。除去《齐论·问王》、《知道》二篇,从《鲁论》二十篇为定,号《张侯论》,当世重之。周氏、包氏为之章句,马融又为之训。又有《古论语》,与《古文尚书》同出,章句烦省,与《鲁论》不异,唯分《子张》为二篇,故有二十一篇。孔安国为之传。汉末,郑玄以《张侯论》为本,参考《齐论》、《古论》而为之注。魏司空陈群、太常王肃、博士周生烈,皆为义说。吏部尚书何晏,又为集解。是后诸儒多为之注,《齐论》遂亡。《古论》先无师说,梁、陈之时,唯郑玄、何晏立于国学,而郑氏甚微。周、齐,郑学独立。至隋,何、郑并行,郑氏盛于人间。其《孔丛》、《家语》,并孔氏所传仲尼之旨。《尔雅》诸书,解古今之意,并五经总义,附于此篇。"《隋书》,第 939 页。

第四章　皇侃《论语义疏》与南朝文论

为:"皇疏虽一度盛行,但因它以道家思想解经,且多依傍前人,较少创获,又'时有鄙近',颇为后世学人不满。随着时代的变迁和政治倾向、学术思想风气的转变,至北宋咸平二年(999),朝廷便命邢昺等人改作新疏。"①邢昺代表着北宋的崇儒观念,他在注《论语》时,有意删削皇侃注疏。以后因邢昺的注疏适应北宋之后的儒学观念,于是皇侃注疏衰落而邢昺的注疏成为正宗。但皇侃注疏却在日本等地广为传播,其中的思想光彩,并没有被消解。这本书对于文学观念潜移默化的影响,既凝聚了魏晋以来的思想成果,又拓展了思维空间与方法的多样化,体现出南朝思想文化的多元互动之魅力。

　　性情之辨是魏晋以来经学的重要问题,涉及文学创作的根本。性指人之为人的本体,情是指性与环境接触后的意志心理表现,与文学创作直接相关。西汉的《淮南子·天文训》中指出:"虚霩生宇宙,宇宙生气,气有涯垠。清阳者薄靡而为天,重浊者凝滞而为地。清妙之合专易,重浊之凝竭难,故天先成而地后定。"②这样,清浊又进入了元气的范畴,用来阐明宇宙生成论问题。东汉王充《论衡》广泛采用清浊之气来论人的道德操行与志向。在《命禄篇》中指出:"故夫临事知愚,操行清浊,性与才也。"③《逢遇篇》中指出:"道有精粗,志有清浊也。"④王充关于清浊之气与人性养成、命运遭际的论述,既是先秦两汉元气说的总结,也对六朝思想影响甚大。三国时刘劭《人物志·九征》中指出:"盖人物之本,出乎情性。情性之理,甚微而玄;非圣人之察,其孰能究之哉!凡有血气者,莫不含元一以为质,禀阴阳以立性,体五行而著形。苟有形,质犹可即而求之。"⑤皇侃认为,人的性情由于秉气不同而形成不同的品质,清浊二气是个体秉受天地之气的道德素养,圣人与小人之分便以气而论。皇侃《论语义疏·阳货》在注孔子"唯上知与下愚不移"时指出:

---

① 参见高尚榘校点《论语义疏》,北京:中华书局,2013年,第2页。
② 陈广忠译注《淮南子》,北京:中华书局,2012年,第103页。
③ 张宗祥《论衡校注》,上海古籍出版社,2010年,第12页。
④ 张宗祥《论衡校注》,第3页。
⑤ 伏俊琏《人物志译注》,上海古籍出版社,2008年,第12页。

> 夫人不生则已,若有生之始。便禀天地阴阳氤氲之气。气有清浊,若禀得淳清者,则为圣人;若得淳浊者,则为愚人。愚人淳浊,虽澄亦不清;圣人淳清,搅之不浊。故上圣遇昏乱之世,不能挠其真。下愚值重尧叠舜,不能变其恶。故云"唯上智与下愚不移"也。而上智以下,下愚以上,二者中间,颜、闵以下,一善以上,其中亦多清少浊,或多浊少清,或半清半浊,澄之则清,搅之则浊。如此之徒,以随世变改,若遇善则清升,逢恶则滓沦,所以别云"性相近习相远"也。①

皇侃强调清浊之气的禀赋是圣愚之性的决定因素。而文艺则是这种气对于人类的感染,曹丕《典论·论文》的"文以气为主"思想基于此种元气说而获得论证。葛洪《抱朴子·尚博》在此基础上,进一步提出作家创作个性与文辞风格的内在联系,提出:"清浊参差,所禀有主,朗昧不同科,强弱各殊气。而俗士唯见能染毫画纸者,便概之一例。斯伯牙所以永思钟子,郢人所以格斤不运也。"葛洪认为作者禀气不同,个性有异,艺术风貌也不同。他在另一个地方也谈道:"夫才有清浊,思有修短,虽并属文,参差万品。或浩瀚而不渊潭,或得事情而辞钝,违物理而文工。盖偏长之一致,非兼通之才也。"(《抱朴子·辞义》)这是强调文学创作要因材使气,不要强力为之。南朝梁代钟嵘《诗品序》提出:"气之动物,物之感人,故摇荡性情,形诸舞咏。"《诗品序》强调气是贯通与激活人与天地之间的生命感兴,这些文论家继承了先秦两汉以来以气论性情清浊的论点,并加以发挥。

皇侃《论语义疏》中的性情观,明显受到三国时魏国玄学家王弼《论语释疑》的影响。《礼记·大学》中提出:"天命之谓性,率性之谓道,修道之谓教。"儒家认为,人性的本体是秉承天命而生成的,天命乃是与生俱来的道德秉性,而情则是后天习染的;魏晋玄学则试图将性情说成是后天生成的自然之道,无善无恶的道体。王弼稀释了性情中的道德因素,而代之以精神本体"无"的概念,强调性与道的结合。圣人体无,是自然之道的人格表现,理想人格的本体即是

---

① 《论语义疏》,第446页。

第四章　皇侃《论语义疏》与南朝文论

"无"与道的表现。从现存的《论语》与《史记·孔子世家》等文献资料来看,孔子是一位性情中人。他自言不讳地提出:"惟仁者,能好人,能恶人。"(《论语·里仁》)皇侃注疏:"夫仁人不佞。故能言人之好恶。是能好人能恶人也。"(《论语义疏·里仁》)也就是说,真正的仁者应是憎爱分明的性情中人。《论语·阳货》中记载:"子曰:性相近也,习相远也。"皇侃义疏:

> 性者,生也。情者,成也。性是生而有之,故曰生也。情是起欲动彰事,故曰成也。然性无善恶,而有浓薄。情是有欲之心,而有邪正。性既是全生,而有未涉乎用,非唯不可名为恶,亦不可目为善,故性无善恶也。所以知然者,夫善恶之名,恒就事而显,故老子曰:"天下以知美之为美,斯恶已。以知善之为善。斯不善已。"此皆据事而谈。情有邪正者,情既是事,若逐欲流迁,其事则邪,若欲当于理,其事则正,故情不得不有邪有正也。故易曰:"利贞者,性情也。"①

汉代的儒学性情观,一般尊性贬情,认为性尊情卑,性善情恶,犹阳尊阴卑一样,董仲舒的《春秋繁露》即持此种观念。以阴阳定性情,反映了汉代今文经学人性论的基本路径,而魏晋玄学的情性论则不然,认为性也好,情也好,都是人性自然之道的显现,性是天然生成的,由人秉受阴阳二气而获得,而性与外界事物的接触则自然生成了情感,情感是性不得不外化的自然产物,虽是圣人也难免。因此,性与情都是中性的范畴,不存在善恶的价值属性。皇侃强调性情是由于外界事物与人所接触的善恶习染而生成的。他又指出:

> 王弼曰:"不性其情,焉能久行其正?"此是情之正也。若心好流荡失真,此是情之邪也。若以情近性,故云性其情。情近性者,何妨是有欲?若逐欲迁,故云"远"也。若欲而不迁,故曰"近"。但近性者正,而即性非正,虽即性非正。而能使之正。譬如近火者热,而即火非热,虽即火非热,而能使之热。能使之热者何?气也,热也。能使之正者何?仪也,静也。又知其有

---

① 《论语义疏》,第445页。

浓薄者。孔子曰"性相近也",若全同也。①

王弼所谓的"性其情",也即魏晋玄学中的圣人理想人格。他们能够感物而不为物所困惑,而并不是无情无欲。皇侃引用王弼的话,说明他赞同王弼的性情观。

在魏正始年代,玄学家们曾对情性之辨发表过不同的看法,形成不同的学说。王弼与何晏在性情观上实不相同。《三国志·魏书·钟会传》附何劭《王弼传》云:"何晏以为圣人无喜怒哀乐,其论甚精,钟会等述之。弼与不同,以为圣人茂于人者神明也,同于人者五情也,神明茂故能体冲和以通无,五情同故不能无哀乐以应物,然则圣人之情,应物而无累于物者也。今以其无累,便谓不复应物,失之多矣。"②何晏否认理想人格圣人存在着现实的情欲,认为圣人无喜怒哀乐。何晏《论语集解》中注"性与天道"云:"性者,人之所受以生也。天道者,元亨日新之道,深微,故不可得而闻也。"王弼与何晏的观点明显不同。他强调圣人应物而无累于物,精神的高尚与世俗的享受两不相妨。这一观点使两汉儒家的情性观得到修正。它对于六朝文学理论中缘情感物,超越世俗的文学思想有着直接的启示。皇侃《论语义疏》接受王弼的观点,强调圣人应物而无累于物的性情观。

《三国志·魏书·钟会传》附何劭《王弼传》:"弼注《易》,颍川人荀融难弼《大衍义》。弼答其意,白书以戏之曰:'夫明足以寻极幽微,而不能去自然之性。颜子之量,孔父之所预在,然遇之不能无乐,丧之不能无哀。又常狭斯人,以为未能以情从理者也,而今乃知自然之不可革。足下之量,虽已定乎胸怀之内,然而隔逾旬朔,何其相思之多乎?故知尼父之于颜子,可以无大过矣。'"③王弼在与荀融对话中,借题发挥,意为你的观点虽然明足以察微,然而不能去掉人的自然之性。王弼还提出,即使孔子这样的圣人,虽然对于颜回在心目中的分量很了解,但是在颜回死后,悲不自胜,哀叹"天丧予,

---

① 《论语义疏》,第445页。
② 《三国志》,第795页。
③ 《三国志》,第795—796页。

天丧予",可见圣人也是有情感的,过去自己常常以为圣人未能免俗,未能以情从理,现在才知道自然之情是不能革除的。

皇侃心目中的孔子也是这样一位"应物而无累于物者"的圣人,他在《论语义疏·自序》中提出:

> 但圣师孔子符应颓周,生鲁长宋,游历诸国,以鲁哀公十一年冬从卫反鲁,删诗定礼于洙、泗之间。门徒三千人,达者七十有二。但圣人虽异人者神明,而同人者五情。五情既同,则朽没之期亦等。故叹发吾衰,悲因逝水,托梦两楹,寄歌颓坏。至哀公十六年,哲人其萎,徂背之后,过隙巨驻。①

皇侃刻画的孔子形象正是这样一位圣人。显然,他直接用王弼的性情论来解读孔子,从而使孔子形象从两汉神学化的模式中解放出来,变成富有情怀的一位世俗圣贤。而孔子的文学观念自然也就具有了凡俗与超越相结合的特点。圣人尚且应物而无累于物,至于芸芸众生,更是应物而感的族类,只不过他们不能像圣人那样超凡入圣,摆脱情感的役使。皇侃提出,个体的人都是禀受元气而生,这就是性的自然本质,但是由于后天习染,也就是社会环境的不同,接触的人不同,缘此而造成善恶不同,"性者生也。情者成也。性是生而有之。故曰生也。情是起欲动彰事。故曰成也"。皇侃这样的解释虽无大的创见,但也说明了性与情的不同,是由动静造成的,而与善恶无关,客观上也为情感正名。

同时,皇侃强调,情虽无善恶之分,但却有邪正之辨,关键在于性其情,即用性的天生而静的本体克制与化解情的过于膨胀的欲望。《论语·雍也》中记载:"哀公问曰:弟子孰为好学。孔子对曰:有颜回者好学,不迁怒,不贰过,不幸短命死矣;今也则亡,未闻好学者也。"皇侃《义疏》云:"此举颜渊好学分满所得之功也。凡夫识昧,有所瞋怒,不当道理,唯颜回学至庶几,而行藏同于孔子,故识照以道,怒不乖中,故云'不迁'。迁,犹移也。怒必是理不迁移也。"云"颜渊任道,怒不过分"者,"过犹失也。颜子道同行舍,不自任己,故

---

① 《论语义疏》,第1页。

曰'任道'也。以道照物,物岂逃形？应可怒者皆得其实,故无失分也"。① 皇侃强调,颜回不迁怒,不贰过,体现出那种任情适得其分的禀赋。

　　这种以性制情的观念,我们在魏晋名士的文学作品中可以经常看到。《文选》卷五十五选录了陆机《演连珠五十首》,其中强调:"臣闻烟出于火,非火之和;情生于性,非性之适。故火壮则烟微,性充则情约。"李善注曰:"夫性者生之质,情者性之欲。故性充则国兴,情侈则国乱。"②又说:"臣闻足于性者,天损不能入;贞于期者,时累不能淫。是以迅风陵雨,不谬晨禽之察;劲阴杀节,不凋寒木之心。"李善引刘良注曰:"夫冒霜雪而松柏不凋,此由是坚实之性也。天虽损,无害也。鸡善伺晨,虽阴晦而不辍其鸣,此谓时累不能淫也。"《文心雕龙·明诗》提出:

　　　　大舜云:"诗言志,歌永言。"圣谟所析,义已明矣。是以"在心为志,发言为诗",舒文载实,其在兹乎！诗者,持也,持人情性;三百之蔽,义归"无邪",持之为训,有符焉尔。③

刘勰的观点,也是基于儒家性情观念而提出的。

　　皇侃《论语义疏》中的性情论,特别重视自然之道在性情范畴中的运用。儒家强调孝悌为仁之体,而仁则是一切道德的出发点。皇侃在注疏《论语》中孔子弟子有子所说"孝弟也者,其为仁之本与"时引:"王弼曰:自然亲爱为孝。推爱及物为仁也。"可见王弼的自然之道是皇侃阐释儒家孝悌之道时的重要依据。《论语·泰伯》中提出:"子曰:兴于诗,立于礼,成于乐。"皇侃义疏:

　　　　王弼曰:"言有为政之次序也。夫喜惧哀乐,民之自然,应感而动,则发乎声歌,所以陈诗采谣以知民志风。既见其风,则损益基焉。故因俗立制以达其礼也。矫俗检刑,民心未化,故又感以声乐以和神也。若不采民诗,则无以观风,风乖俗异,则

---

① 《论语义疏》,第127页。
② 《六臣注文选》,第1028页。
③ 范文澜《文心雕龙注》,第65页。

礼无所立;礼若不设,则乐无所乐;乐非礼,则功无所济。故三体相扶,而用有先后也。"侃案:"辅嗣之言可思也。且案《内则》明学次第:十三舞勺,十五舞象,二十始学礼,惇行孝悌,是先学乐,后乃学礼也。若欲申此注,则当云先学舞勺舞象,皆是舞诗耳,至二十学礼,后备听八音之乐,和之以终身成性,故后云乐也。"①

孔子这三句话的主旨是描述君子成长之路的特点,王弼提出"喜惧哀乐,民之自然,应感而动,则发乎声歌"。皇侃在引用王弼的话之后,强调王弼的话可以采纳。礼乐刑政出于自然,统治者应当顺应民情采诗观风,无为而治。从个体人生成长来说,诗乐俱是人在儿童与少年时代学习的课目内容,至年二十学礼,渐次成长。这亦是自然生长的过程,符合人的教育特点。

汉魏以来,随着社会结构的转变,以及道德价值观念的变化,人们在重视道德伦理的同时,也看重文章中的才情与才性。在六朝名士中,吟咏情性成了时代风气与文学理念,构建了当时的审美精神与趣味。裴子野《雕虫论》中批评当时的风气:"宋初迄于元嘉,多为经史。大明之代,实好斯文,高才逸韵,颇谢前哲,波流相尚,滋有笃焉。自是闾阎年少,贵游总角,罔不摈落六艺,吟咏情性。学者以博依为急务,谓章句为专鲁,淫文破典,斐尔为功。"②裴子野思想比较保守,他指责魏晋以来,由于皇帝的嗜好与提倡,吟咏情性形成风气,造成经学章句衰落,文学活动兴盛。不过,这也从一个侧面反映了当时社会风尚的变迁。

综观魏晋以来关于性情之辨与文学关系的观点,大体说来,有这样几类:一、正面倡导性情乃文学之本体,自然之符契。如刘勰《文心雕龙》中指出:"人禀七情,应物斯感,感物吟志,莫非自然。"钟嵘《诗品序》指出:"气之动物,物之感人,故摇荡性情,形诸舞咏。照烛三才,晖丽万有,灵祇待之以致飨,幽微藉之以昭告。动天地,感鬼神,莫近于诗。"二、强调性情乃文学的审美特性,也是诗歌与其他

---

① 《论语义疏》,第193页。
② 严可均编《全上古三代秦汉三国六朝文》,第3262页。

文体的区别所在。陆机《文赋》指出："诗缘情而绮靡,赋体物而浏亮。"钟嵘《诗品序》中提出："夫属词比事,乃为通谈。若乃经国文符,应资博古,撰德驳奏,宜穷往烈。至乎吟咏情性,亦何贵于用事?"梁简文帝萧纲《与湘东王书》："若夫六典三礼,所施则有地,吉凶嘉宾,用之则有所。未闻吟咏情性,反拟《内则》之篇;操笔写志,更摹《酒诰》之作;迟迟春日,翻学《归藏》,湛湛江水,遂同《大传》。"①这些性情之辨影响到当时所谓的"文笔之辨"。三、对情性二者关系的辨析。一方面,汉代诗学"发乎情止乎礼义"的观念仍然保留;另一方面,情性并举,无分轩轾。两汉倡导性尊情卑,六朝则提倡人当道情。《世说新语·轻诋》记载："王北中郎不为林公所知,乃著论《沙门不得为高士论》,大略云:'高士必在于纵心调畅。沙门虽云俗外,反更束于教,非情性自得之谓也。'"《世说新语·伤逝》记载："王戎丧儿万子,山简往省之,王悲不自胜。简曰:'孩抱中物,何至于此?'王曰:'圣人忘情,最下不及情。情之所钟,正在我辈。'简服其言,更为之恸。"范晔《狱中与诸甥侄书以自序》："常谓情志所托,故当以意为主,以文传意。以意为主,则其旨必见,以文传意,则其词不流。然后抽其芬芳,振其金石耳。此中情性旨趣,千条百品,屈曲有成理。"这些文献资料,都记载了六朝人在情性观念上的看法,已经不同于两汉时代,呈现出更加开放的态势,切中文学审美活动的肯綮,而皇侃的《论语义疏》正反映了这种时代精神。

第三节　理想人格与诗学精神

皇侃《论语义疏》的思想成就,还表现在对于秦汉与魏晋以来经学与文学中的根本问题,也就是人格养成问题进行了融会贯通,拓展了文学研究与经学的空间,与刘勰《文心雕龙》中经学与文学关系的构建,完全可以互补。

人格问题是孔孟之道的根本问题,以君子人格作为教化与养成的始点与终点。强调"兴于诗,立于礼,成于乐",可以说是孔孟学说

---

① 严可均编《全上古三代秦汉三国六朝文》,第3011页。

的核心观念。但是对于人格的内涵以及养成,从先秦时代孔孟强调的内省式与自我修养的路径,到秦汉之际《礼记·大学》中的格物致知,诚意正心再到修齐治平的路径,而老庄为代表的道家则反对礼乐对于人心的桎梏,主张"道法自然"、"任其性命之情"。

汉魏以来,社会陷于无序与动乱之中,国家分治,南北分裂,民不聊生,而作为社会中坚力量的士人与官僚也被生命悲剧所困扰。传统的注不破经,疏不破注的经学,便不得不为解答现实问题的玄学所取代。何晏的《论语集解》虽然以汇集汉魏以来的诸家注解为编修体例,与王弼《周易注》、《论语释疑》的大言发微不同,但是它重点关心与讨论人格养成与现实问题,彰显出魏晋玄学的关注所在。

皇侃《论语义疏》注意到了以往儒学人格论的缺失在于过分拘泥于现实情境,而老庄与王弼、郭象的玄学,推崇性命之情与自然之道,融入孔孟的人格论,恰恰可以激活生命底蕴,使生命与人格得到一种本体论上的自我意识。理想人格过于沉迷于现实情境与修身养性,克己复礼,便无法获得自我超越,而老庄的逍遥游思想可以裨补儒家人格论的不足。王弼的《周易注》、《老子注》与《论语释疑》正因有鉴于此而加以重释。

皇侃心目中的君子人格,既有传统的成分,更有玄学的理想人格因素。孔子曾经对于尧这样的上古圣贤大加赞美,认为他彰显了儒家心目中的理想人格境界。《论语·泰伯》记载:"子曰:大哉尧之为君也!巍巍乎!唯天为大,唯尧则之。荡荡乎!民无能名焉。巍巍乎其有成功也,焕乎其有文章也!"皇侃在《义疏》中引用王弼的解释:

> 王弼曰:"圣人有则天之德,所以称'唯尧则之'者,唯尧于时全则天之道也。荡荡,无形无名之称也。夫名所名者,生于善有所章而惠有所存,善恶相倾,而名分形焉。若夫大爱无私,惠将安在?至美无偏,名将何生?故则天成化,道同自然,不私其子而君其臣,凶者自罚,善者自功,功成而不立其誉,罚加而不任其刑,百姓日用而不知所以然,夫又何可名也?"①

---

① 《论语义疏》,第199页。

皇侃援用王弼的话来赞美尧的人格伟大在于行不言之美，"则天成化，道同自然"，这样的自然无为之境界顺从天道，用来施政，便是"百姓日用而不知所以然"。显然，这里面融入了道家和玄学"道法自然"的理念，是典型的调和儒道的经学思想与方法。

皇侃认为，孔子自己的人格理想也浸染着这样的意境。《论语·阳货》中记载："子曰：'予欲无言。'子贡曰：'子如不言，则小子何述焉？'子曰：'天何言哉？四时行焉，百物生焉，天何言哉？'"皇侃在注这段话时发挥：

> 孔子既以有言无益，遂欲不言，而子贡怨若遂不言则门徒无述，故孔子遂曰：天亦不言，而四时递行，百物互生，此岂是天之有言使之然乎？故云"天何言哉"也。天既不言而事行，故我亦欲不言而教行，是欲则天以行化也。王弼云："子欲无言，盖欲明本，举本统末，而示物于极者也。夫立言垂教，将以通性，而弊至于淫；寄旨传辞，将以正邪，而势至于繁。既求道中，不可胜御，是以修本废言，则天而行化。以淳而观，则天地之心见于不言；寒暑代序，则不言之令行乎四时。天岂谆谆者乎？"①

孔子认为，天道中蕴含的性命之情与智慧，是人类无法完全体认的，因此，最高的智慧便是不言之言，不说之说。而子贡不能明白这一点，所以孔子再三用天道来启悟，也隐含着自己以天道为人格楷模的思想。皇侃在注释中，引用王弼的思想来解释这段话，并且强调天道与人道是本末体用之关系，圣人的人格以天为榜样，政治也以天道无言为法则。

儒家的人格精神以阳刚为美。《易传》中提出"天行健，君子以自强不息"，对于孔子人格的刚健强悍，皇侃《论语义疏》加以充分肯定，因为儒家人格思想的基本出发点是有为，甚至"知其不可而为之"，历史上许多儒家思想熏陶下的仁人志士，都以这种悲剧人格精神来激励自己，屈原投江自沉，东汉末年党锢之祸中就义的士人，以及后来的嵇康、韩愈、文天祥等人皆是。《论语·八佾》中记载："仪

---

① 《论语义疏》，第463—464页。

第四章 皇侃《论语义疏》与南朝文论

封人请见,曰:君子之至于斯也,吾未尝不得见也。从者见之。出曰:二三子,何患于丧乎?天下之无道也久矣,天将以夫子为木铎。"皇侃解释道:

> 言今无道将兴,故用孔子为木铎以宣令闻也。……孙绰曰:"达哉封人!栖迟贱职,自得于怀抱,一观大圣,深明于兴废,明道内足,至言外亮。将天假斯人以发德音乎?夫高唱独发,而无感于当时,列国之君莫救乎聋盲,所以临文永慨者也。然玄风遐被,大雅流咏,千载之下,若瞻仪形。其人已远,木铎未戢,乃知封人之谈,信于今矣。"①

"天将以夫子为木铎"是后世儒家一直津津乐道的名言,木铎精神可以说是儒家代天立言的象征,一直到今人乐道的北宋张载的"为天地立心,为生民立命,为往圣继绝学,为万世开太平",即是这种精神的发展与弘扬。皇侃对此的解释,既立足于传统的经学,又融入了知天命的思想。强调孔子"深明于兴废,明道内足"的自我意识。皇侃引用了玄学家孙绰的注释,指出孔子的艺术精神与艺术作品,就是这种木铎精神的表现,"所以临文永慨者也。然玄风遐被,大雅流咏,千载之下,若瞻仪形。其人已远,木铎未戢"。这样就将孔子的艺术精神与人格精神融会贯通,影响后人。

在魏晋文学思想中,将自然与教化融会贯通,是许多文论家重要的思想理念与方法。比如,西晋时陆机《文赋》提出:"济文武于将坠,宣风声于不泯。"与皇侃同时代的刘勰在《文心雕龙·序志》中提出:

> 夫宇宙绵邈,黎献纷杂,拔萃出类,智术而已。岁月飘忽,性灵不居,腾声飞实,制作而已。夫有肖貌天地,禀性五才,拟耳目于日月,方声气乎风雷,其超出万物,亦已灵矣。形同草木之脆,名逾金石之坚,是以君子处世,树德建言。岂好辩哉?不得已也!②

---

① 《论语义疏》,第79页。
② 范文澜《文心雕龙注》,第725页。

刘勰将孔子的木铎精神作为自己的写作精神,自叙创作《文心雕龙》是为了继承孔子与孟子的忧患精神。

孔子对于人生的使命,提倡以理想人格来担当,这是儒家思想的特点。《论语·子罕》中记载:"子曰:岁寒,然后知松柏之后凋也。"皇侃注疏:

> 此欲明君子德性与小人异也,故以松柏匹于君子,众木偶乎小人矣。言君子小人若同居圣世,君子性本自善,小人服从教化,是君子小人并不为恶。故尧舜之民,比屋可封,如松柏与众木同处春夏。松柏有心,故本蓊郁。众木从时,亦尽其茂美者也。若至无道之主,君子秉性无过,故不为恶;而小人无复忌惮,即随世变改。桀纣之民,比屋可诛,譬如松柏众木同在秋冬,松柏不改柯易叶,众木枯零先尽。①

建安七子之一的刘桢《赠从弟》诗云:"岂不罹严寒,松柏有本性。"勉励从弟在动乱中保持人格的坚贞纯洁。皇侃对于儒家知其不可而为之的人格精神是认同的。但同时他也接受了玄学的自然之道思想,采用自然之道来充实命运论。

皇侃的《论语义疏》既肯定了孔子的殉道精神,同时又用道家与玄学的命运观念来解释之。《论语·卫灵公》记载:"子曰:人能弘道,非道弘人也。"本义是强调君子人格中的担当精神与勇气。这里的道显然是指儒家的社会伦理之道,包括仁义礼智信等因子。但皇侃在解释这段话时,引入了道家自然之道的因素:

> 道者,通物之妙也。通物之法,本通于可通,不通于不可通。若人才大,则道随之而大,是人能弘道也。若人才小,则道小,不能使大,是非道弘人也。故蔡谟云:道者寂然不动,行之由人。人可适道,故曰"人能弘道"。道不适人,故云"非道弘人"之也。②

用通物之妙来解释道的基本内涵,可谓聪明之极,通物便是不滞于

---

① 《论语义疏》,第229—230页。
② 《论语义疏》,第409页。

第四章 皇侃《论语义疏》与南朝文论

物,与物消息。而对于道"行之由人",皇侃认为,圣人既要弘扬道义,勇于担当,又要承认天命,儒家的"知其不可而为"之道,与道家的"道法自然",可以统一在人格精神之中。在注《论语·子罕》"子在川上曰:逝者如斯夫,不舍昼夜"句时,皇侃发挥道:

> 逝,往去之辞也。孔子在川水之上,见川流迅迈,未尝停止,故叹人年往去,亦复如此。向我非今我,故云"逝者如斯夫"也。斯,此也。夫,语助也。日月不居,有如流水,故云"不舍昼夜"也。江熙云:"言人非南山,立德立功,俛仰时过,临流兴怀,能不慨然乎?圣人以百姓心为心也。"孙绰云:"川流不舍,年逝不停,时已晏矣,而道犹不兴,所以忧叹也。"①

此段重在强调逝者如斯,不舍昼夜中的人生哲学。时间无限而人生有限,要在有限的人生中穷尽无限的事业,注定是悲剧,故而孔子有逝川之叹。这也是一种命定。在这段注释与发挥中,我们不难从中考见王羲之《兰亭序》那样的"后之视今,亦犹今之视昔"的人生感喟。《论语·尧曰》中还记载:"孔子曰:不知命,无以为君子也。"皇侃解释道:"命,谓穷通夭寿也。人生而有命,受之由天,故不可不知也。若不知而强求,则不成为君子之德,故云'无以为君子也'。穷谓贫贱,达谓富贵,并禀之于天,如天之见命为之者也。"②皇侃对于命的看法,显然是融入了老庄的命运观,带有知天命任自然的思想。魏晋时阮籍的《通老论》与《通易论》阐发了这种调和名教与自然的观念。比如阮籍在《通老论》中曾经指出:"圣人明于天人之理,达于自然之分,通于治化之体,审于大慎之训,故君臣垂拱,完太素之朴;百姓熙洽,保性命之和。道者,法自然而为化,侯王能守之,万物将自化。《易》谓之'太极',《春秋》谓之'元',《老子》谓之'道'。"③而皇侃对于《论语》的这些看法,具有鲜明的时代特点,与两汉对《论语》的解释明显不同。

推崇自然的人格理想,是皇侃《论语义疏》中吸收老庄与王弼哲

---

① 《论语义疏》,第224页。
② 《论语义疏》,第524页。
③ 陈伯君《阮籍集校注》,北京:中华书局,2014年,第132页。

学形成的思想观念。这一思想与魏晋至南朝的文论批评一脉相承，相得益彰。《论语·学而》中记载："子曰：巧言令色，鲜矣有仁。"皇侃注疏：

> 巧言者，便僻其言语也。令色者，柔善其颜色也。鲜，少也。此人本无善言美色，而虚假为之，则少有仁者也。然都应无仁，而云少者。旧云："人自有非假而自然者，此则不妨有仁，但时多巧令，故云少也。"①

老子云美言不信，信言不美。皇侃认为，人们虽然难免有假，但是当时社会普遍存在着巧伪，这会使仁义之心渐消，形成一种很坏的社会风气，导致人心变坏。皇侃认为，礼乐教化，移风易俗，是社会文明的必须环节，而外在的艺术则要从内在的心灵需要出发。如果没有这种内在的需要，那么一切礼乐也就成了摆设，还不如抛弃之。

《论语·阳货》记载孔子曰："礼云礼云，玉帛云乎哉？乐云乐云，钟鼓云乎哉！"皇侃注疏："孔子重言'乐云乐云，钟鼓云乎哉'，明乐之所云不在钟鼓也。王弼云：'礼以敬为主，玉帛者，敬之用饰。乐主于和，钟鼓者，乐之器也。于时所谓礼乐者，厚赘币而所简于敬。盛钟鼓而不合雅、颂，故正言其义也。'缪播曰：'玉帛，礼之用，非礼之本。钟鼓者，乐之器，非乐之主。假玉帛以达礼，礼达则玉帛可忘。借钟鼓以显乐，乐显则钟鼓可遗。以礼假玉帛于求礼，非深乎礼者也。以乐托钟鼓于求乐。非通乎乐者也。苟能礼正，则无持于玉帛，而上安民治矣。苟能畅和。则无借于钟鼓，而移风易俗也。'"②皇侃引用王弼与缪播的话，强调礼乐以仁心为本体，而玉帛与钟鼓则是礼乐的表现，如果不能崇本举末，则外在的礼乐不足为训。反而成为巧伪的器具。

皇侃提出，"礼之用和为贵"的本体在于乐教之和。而乐来自内心的和敬，发乎自然，心灵是礼乐的本体。阮籍《乐论》指出："乾坤易简，故雅乐不烦；道德平淡，故无声无味。不烦则阴阳自通，无味则百物自乐。日迁善成化而不自知，风俗移易而同于是乐。此自然

---

① 《论语义疏》，第6—7页。
② 《论语义疏》，第458页。

之道，乐之所始也。"①嵇康《声无哀乐论》也持这样的观点。嵇康反对儒家的乐教，倡导无声之乐，他提出："和心足于内，和气见于外。故歌以叙志，舞以宣情。然后文之以采章，照之以风雅，播之以八音，感之以太和。导其神气，养而就之，迎其情性，致而明之，使心与理相顺，气与声相应。"②这种以自然乐教为上的观点，同皇侃的思想是一致的。皇侃的乐教自然论，明显受到魏晋思想的影响。

《论语·宪问》中记载："子曰：有德者必有言，有言者不必有德。仁者必有勇，勇者不必有仁。"皇侃注"有德者必有言"时提出"既有德，则其言语必中，故必有言也"，在注"有言者不必有德"时指出：

> 人必多言，故不必有德也。殷仲堪云："修理蹈道，德之义也。由德有言，言则末矣。末可矫而本无假，故有德者必有言，有言者不必有德也。"李充曰："甘辞利口，似是而非者，佞巧之言也；敷陈成败，合连纵横者，说客之言也；凌夸之谈，多方论者，辩士之言也；德音高合，发为明训，声满天下，若出金，有德之言也。故有德必有言，有言不必有德也。"③

皇侃在注这段话时，专门引用了李充的话语，强调有德者之言内容与语辞一致，而能言善辩之徒往往没有道德，"甘辞利口似是而非者，佞巧之言也"。《论语·卫灵公》中记载："子曰：辞，达而已矣。"皇侃注疏："言语之法，使辞足宜达其事而已，不须美奇其言以过事实也。"④《论语·雍也》中还记载："子曰：质胜文则野，文胜质则史，文质彬彬，然后君子。"皇侃注疏："谓凡行礼及言语之仪也。质，实也。胜，多也。文，华也。言实多而文饰少则如野人，野人，鄙略大朴也。史，记书史也。史书多虚华无实，妄语欺诈，言人若为事多饰少实，则如书史也。彬彬，文质相半也。若文与质等半，则为会时之君子也。"⑤由此可见，皇侃对于表里不一，虚饰过度的伪君子是

---

① 严可均编《全上古三代秦汉三国六朝文》，第 1313 页。
② 严可均编《全上古三代秦汉三国六朝文》，第 1332 页。
③ 《论语义疏》，第 351 页。
④ 《论语义疏》，第 415 页。
⑤ 《论语义疏》，第 140 页。

很反感的。

六朝的文论家,最反对的是虚伪造作的写作态度。刘勰《文心雕龙·情采》篇慨叹:"昔诗人什篇,为情而造文;辞人赋颂,为文而造情。何以明其然?盖风雅之兴,志思蓄愤,而吟咏情性,以讽其上,此为情而造文也;诸子之徒,心非郁陶,苟驰夸饰,鬻声钓世,此为文而造情也。故为情者要约而写真,为文者淫丽而烦滥。而后之作者,采滥忽真,远弃风雅,近师辞赋,故体情之制日疏,逐文之篇愈盛。故有志深轩冕,而泛咏皋壤。心缠几务,而虚述人外。真宰弗存,翩其反矣。夫桃李不言而成蹊,有实存也;男子树兰而不芳,无其情也。夫以草木之微,依情待实;况乎文章,述志为本,言与志反,文岂足征?"①刘勰总结了两种文学创作态度,一种是有感而作,一种是无病呻吟。有感而作的作品自然真诚,无病呻吟则文辞淫丽烦滥,不足以道。刘勰与皇侃都是经学造诣极高的学者,但他们同为梁代士人,在推崇经学与文学的互渗互动上,可以互相印证。

---

① 范文澜《文心雕龙注》,第538页。

第五章　南朝史学与文学批评

唐代史学家刘知几《史通·鉴识》论史之叙事:"当辩而不华,质而不俚,其文直,其事核,若斯而已可也。必令同文举之含异,等公干之有逸,如子云之含章,类长卿之飞藻,此乃绮扬绣合,雕章缛彩,欲称实录,其可得乎?"刘知几提出,叙述史事应该客观实录,直抒文笔,而不是追求华丽俚俗。历史的叙事不应像绮绣华丽的文学,否则就难以达到实录,实际道出了史学和文学的区别。文学是绮扬绣合,雕章缛彩的,而史之叙事则应文直事核。南朝文学独立成科,史学也不再是经学的附庸,但文学和史学关系仍是密不可分的,沈约《宋书》和萧子显《南齐书》中都可见对文学史的梳理和反思,文论著作《文心雕龙》中也有专篇论述《史传》,文史交汇成为南朝文学批评的重要议题。

第一节　南朝史学的发展

"史学随忧患而来,忧患时代,是史学的黄金时代"。[①] 世变与忧患是促进史学发展的重要因素。"魏晋南北朝时期,群雄竞立,纷争不已,政权更替频繁,为史学的发展提供了良好的氛围。为替一时当道的统治者提供治世的镜鉴,谋求正统的地位;为给高傲的门阀士族炫耀高贵的门第,追忆逝去的荣华,私家修史,一时蔚为风尚"。[②] 长期的动乱割据使得当世文人转向对历史规律的探寻,企图从历史中总结经验教训引以为鉴;而当权武人的跋扈和门阀世族的垄断、权臣的专横,导致文人动辄罹祸,因而也以忧愤著史作为寻古访迹的寄托。

---

① 杜维运《中国史学史》,北京:商务印书馆,2010年,第294页。
② 周天游《八家后汉书辑注》,上海古籍出版社,1986年,第2页。

南朝虽然政权更替频繁,社会动荡不安,但史学发展兴盛。上自朝堂帝王公卿,下至山林隐逸之士多热衷写史,著名史学家有如范晔、裴松之、臧荣绪、沈约、萧子显、裴子野、魏收、崔鸿等。《史通·杂述》篇谈到正史以外著作时说:"爰及近古,斯道渐烦。史氏流别,殊途并骛。权而为论,其流有十焉:一曰偏纪,二曰小录,三曰逸事,四曰琐言,五曰郡书,六曰家史,七曰别传,八曰杂记,九曰地理书,十曰都邑簿。"可见南朝史书数量众多,卷帙丰富,题材竞出新奇。既有正史古史,又有杂史霸史,还有起居注、旧事、职官、仪注、刑法、杂传、地理、谱系、簿录等,著录于唐初史书《隋书·经籍志》者共八百一十七部,一万三千二百六十四卷,加上唐初已经亡佚的史书共八百七十四部,一万六千五百五十八卷之多,实际数量不止于此。仅就杂传而论,清人姚振宗就补出书目二百五十一种。① 自殷商至汉末一千八百年间,所写成的史书才约二百部,而曹魏至隋朝四百余年,史书约略已达一千二百多部。

魏晋南北朝时写后汉史者二十九家,写三国史者十九家,写晋史者十八家,写十六国史者三十一家,写南朝史者三十九家,写北朝史者十八家,史书编纂数量相较前朝十分可观。南朝史家多热衷写史也反映了当时史学的兴盛。

关于南朝所著史书数量各家说法不一,金毓黻《中国史学史》列表统计南朝史有十九种,白寿彝《中国史学史论集》认为南北朝史有六种,宋衍申主编《中国史学史纲要》认为南朝史三十九家。但政权割据的混乱和不同版本史书的接受流传情况,导致南朝史书保存情况堪忧,虽然史著丰富,但保留下来的完整史书只有沈约《宋书》和萧子显《南齐书》,因此本文以此二书作为研究文本,既是因为二者是南朝文史交汇的经典文本,也是基于史书保存流传的现状。

初唐魏征指出:"自史官放绝,作者相承,皆以班、马为准。"②反映了南朝史学家们纷纷模仿《史记》、《后汉书》写史的盛况。《春

---

① 宋衍申主编《中国史学史纲要》,长春:东北师范大学出版社,1996年,第66页。
② 《隋书》,第959页。

秋》所开创的史学传统至两汉《史记》、《汉书》而光大,至南朝而衍为风尚。"唯《史记》、《汉书》,师法相传,并有解释"。当时社会上流行读《史记》、《汉书》的风气,在现存载籍中可以找到大量的例证。魏明帝太和年间,始置著作郎,专门掌管史任,西晋又置佐著作郎八人,"佐郎职知博采,正郎资以草传"。(《史通·史官建置》)体例一直沿用到隋朝,体现了统治者对史书价值认识的加深,和对史书编修的重视。历史的发展累积了史学的经验,时代的发展丰富了史学的层次,时至南朝,史学顺循着历史而自然至此。

南朝史学地位空前提高,打破了经学垄断学术的局面。西汉末刘向、刘歆父子著《七略》,并未给史学以独立地位。班固《汉书·艺文志》沿袭《七略》的体制,附史学著作于六经《春秋》之后,将《国语》、《世本》、《战国策》、《太史公百三十篇》即《史记》、《汉著记》等都列入《春秋》家,视史学为经学附庸。我国第一部纪传体史书《史记》,也处于高踞经书地位的《春秋》卵翼之下。南朝阮孝绪指出:"刘氏之世,史书甚寡,附见《春秋》,诚得其例。今众家纪传,倍于经典,犹从此志,实为繁芜。"①西晋郑默著《中经》,荀勖承之,依旧《中经》编成《中经新簿》,分典籍为甲、乙、丙、丁四部,列史籍于丙部,将《史记》、《旧事》、《皇览簿》、《杂事》分入丙部,东晋李充整理典籍,又拔史部为乙部,史书才独立成为一个门类。南朝时期,史学成为独立学科,宋明帝时立总明观,史学独为一科,另有文帝时设立儒学、玄学、史学三馆。

魏晋开创了文学自觉的时代,文学和史学都发展成为既相对独立又互相联系的学科。宋文帝刘义隆于元嘉十六年立儒、玄、文、史四学,聚门徒教授。史称四学开设之后,"江左风俗,于斯为美,后言政化,称元嘉焉",②影响深远。文、史、儒、道并重,成为南朝文史重要的事件,也是文史地位提高的重要标志。《史通·史官建置》篇云:"其有才堪撰述,学综文史,虽居他官,或兼领著作。"学综文史者

---

① 释道宣《广弘明集》卷三《七录序》(四部丛刊初编子部影印本),上海书店出版社,1989年。
② 《南史》,第46页。

可领著作之官,"文史"并称成为时尚,南朝史书中关于文史的记载处处可见,文学家兼为史学家者也比比皆是,"宋、齐之世,下逮梁初,灵运高致之奇,延年错综之美,谢玄晖之藻丽,沈休文之富溢,辉焕斌蔚,辞义可观"(《隋书·经籍志》)。宋齐至梁初文章被盛称的谢灵运、颜延之、谢朓、沈约四人中,谢灵运曾撰《晋书》(《南史·谢灵运传》),沈约是《宋书》的作者,文史俱佳。南朝时代昌盛的学术呈现出玄学、佛学、文学繁荣发展的状态,与史学相互响应,南朝文士们多"以洪笔为锄耒,以纸札为良田","以义理为丰年","著文章为锦绣"。①

相较于前代对文史的模糊认知,南朝文论家们也有着自己的思考。梁代昭明太子萧统在《文选序》中提出"记事之史,系年之书,所以褒贬是非,纪别异同,方之篇翰,亦已不同",②将褒贬是非和纪别异同作为史学与文学的区别之处。唐刘知几《史通·核才》更进一步提出:"昔尼父有言:'文胜质则史。'盖史者当时之文也,然朴散淳销,时移世异,文之与史,较然异辙。故以张衡之文,而不闲于史;以陈寿之史,而不习于文。其有赋述《两都》,诗裁《八咏》,而能编次汉册,勒成宋典。若斯人者,其流几何?"先秦史书粗疏朴质,孔子有言,"史官多文而少质",但随着时代的发展,文和史也逐渐走上了不同的发展道路,因此汉代张衡的文笔没有用于史书的写作,陈寿的史书文学性不强,到史学家班固叙述《两都赋》,沈约作诗《八咏》,他们都文史兼备,赞誉了史书的写作,也反映了史学发展的新趋势。

任何学科只有完全独立并成体系之后,系统的学术批评才会出现。魏晋南朝文学和史学相继脱离经学而独立,文史各自独立发展,又密不可分,文学批评在史书中也愈发明晰。南朝史家范晔著《后汉书·文苑列传》,第一次为文学家列传,提高了文学家的政治地位;沈约《宋书》中的《谢灵运传》和萧子显《南齐书》中的《文学传论》,都提出了明确的文学观念及系统的文学理论,对文学文论的发

---

① 余嘉锡《世说新语笺疏》,第512页。
② 《六臣注文选》,第4页。

第五章 南朝史学与文学批评

展具有重要意义,下文将详细展开论述,南朝文学批评巨著《文心雕龙》中也有关于史论的理论评述,更有《史论》等专篇讨论。

儒学式微,玄学兴起是魏晋思想的重要特点,沈约总结:"有晋中兴,玄风独振,为学穷于柱下,博物止乎七篇。驰骋文辞,义单乎此。自建武暨乎义熙,历载将百,虽缀响联辞,波属云委,莫不寄言上德,托意玄珠。遒丽之辞,无闻焉尔。"(《宋书·谢灵运传》)儒、释、道三教之间既有矛盾斗争,又相互交融,相互补充,融会儒道的玄学在南朝依旧流行,佛、老两家虽不直接提倡文学,但玄学论文和佛学典籍,或析理锋颖透辟,或体系完整周密,给予南朝文学批评以启发和霑溉。《文心雕龙·明诗》篇云:"宋初文咏,体有因革,庄老告退,而山水方滋,俪采百字之偶,争价一句之奇,情必极貌以写物,辞必穷力而追新,此近世之所竞也。"南朝宋初诗坛的新变化也体现了玄学与文学的关系。

但南朝仍以儒学为正统,借儒家的纲常名教思想维护士族地主等级森严的统治秩序。宋武帝永初三年,诏命"选备儒官,弘振国学"(《宋书·武帝下》),史书中对当时的崇儒事件也有诸多记载,如宋文帝元嘉十九年,诏命蠲除孔墓旁边五户的课役,命其洒扫。宋齐二代,儒学与文、史、玄三学被并称为"四学"。

南朝史书既是当时正统意识形态的体现,也在一定程度上真实反映了当时的思想风貌,儒玄佛思想也在南朝史书中有所体现。《南齐书》作者萧子显的文化思想即以儒家思想为主导,受到佛学和道家思想的影响,萧子显在《南齐书·刘瓛(弟琎)陆澄王摛传》论曰:

> 儒风在世,立人之正道;圣哲微言,百代之通训,洙泗既往,义乖七十;稷下横论,屈服千人。自后专门之学兴,命氏之儒起,石渠朋党之事,白虎同异之说,《六经》五典,各信师言,嗣守章句,期乎勿失。西京儒士,莫有独擅;东都学术,郑贾先行。[①]

萧子显概要阐述了儒学的发展历程,并指出儒风是立人之正道,也

[①] 《南齐书》,第686页。

说明了他以儒学为史纲之正统思想,同时受到其他思想的影响。

南朝史学的特点,便是史学家与文学家身份的交织。唐代刘知几在《史通》中指出:"夫观乎人文,以化成天下;观乎国风,以察兴亡。是知文之为用,远矣大矣。"(《史通·载文》)他认为文学既有教化人文天下的功用,又能体察记录历史兴亡,优秀的文学和史学都是不虚美隐恶的,可称良直。时代动荡、儒玄激荡下的南朝士人大都有着积极的历史主动精神,纷纷以著书立说为要务。南朝正史《宋书》《南齐书》的作者正是这时期士人的典型,他们既是史学家又是文学家,以史为鉴,并引文入史,这在一定程度上影响了其史书撰写。

刘知几在《史通·载文》中还论述了修史和载文的关系问题:"昔夫子修《春秋》,别是非,申黜陟,而贼臣逆子惧。凡今之为史而载文也,苟能拨浮华,采贞实,亦可使夫雕虫小技者,闻义而知徙矣。此乃禁淫之堤防,持雅之管辖,凡为载削者,可不务乎?"(《史通·载文》)为史而载文的人,应该能实录直笔,去除浮华绮靡的文字,雕虫小技者也能闻义知徙。而南朝皇室成员兼文论者的贡献在于扶持文学事业,学者兼作者与文论者的价值在于实践文学发展,萧子显与沈约就是其中典型的代表,他们以皇室宗亲与文坛巨擘的身份在南朝文学发展中有着举足轻重的地位,组织参与文学活动,鼓励引导文人们进行创作,并撰史以梳理分析,"昔文章既作,比兴由生。……而史臣撰录,亦同彼文章,假托古词,翻易今语。润色之滥,萌于此矣"。(《史通·叙事》)写文章需要比兴的润色组织,而史臣的撰录修史也和文章写作类似,借用古词来叙说今语。史之为务,必藉于文,但文又不能过度,妄加于史。史家和文人既有重合的地方,又要区分而论:

> 昔夫子有云:"文胜质则史。"故知史之为务,必藉于文。自五经已降,三史而往,以文叙事,可得言焉。而今之所作,有异于是。其立言也,或虚加练饰,轻事雕彩;或体兼赋颂,词类俳优。文非文,史非史,譬夫乌孙造室,杂以汉仪,而刻鹄不成,反类于鹜者也。(《史通·叙事》)

刘知几强调文和史的密切联系,他认为,史之为务,必藉于文,而且以文叙事,也被应用于五经和三史的写作中。但他对于文笔过多影响到史书的书写十分不满,认为修辞过多,或者文体过杂,都会导致文史混淆。沈约的《宋书》被后代批评家诟病文多伤史,唐代史学家李延寿在写《南史》时,即引用《宋书》的史料删繁就简,去掉了大量文学叙述。萧子显的《南齐书》叙事相对简洁,也是吸取了《宋书》的教训,避免了文史的本末失衡。可见,如何在修史中权衡文史,也是衡量史书的重要标准。文士和史家是很多南朝文士们的双重身份,处理好文史关系,也是他们需要注意和解决的问题。

南朝史学家不仅从事文学创作,而且都留有别集。如《隋书·经籍志》同时著录撰有史籍、别集的:宋太中大夫《徐广集》十五卷(史籍《晋纪》四十五卷);宋临川王《义庆集》八卷(史籍《徐州先贤传赞》九卷、《江左名士传》一卷、《幽明录》二十卷等);宋临川内史《谢灵运集》十九卷(史籍《游名山志》一卷、《居名山志》一卷、《晋书》三十六卷等);《梁武帝集》二十六卷等(史籍《通史》四百八十卷);梁特进《沈约集》一百一卷(史籍《齐纪》二十卷、《宋世文章志》二卷等);梁金紫光禄大夫《江淹集》九卷、《江淹后集》十卷(史籍《齐史》十三卷);梁奉朝请《吴均集》二十卷(史籍《齐春秋》三十卷、《续齐谐记》一卷);梁太常卿《任昉集》三十四卷(史籍《杂传》三十六卷、《地理书抄》九卷);梁中军府谘议《王僧孺集》三十卷(史籍《百家谱》三十卷、《百家谱集钞》十五卷)。从这个大略的书目比对中,我们可以了解这些文史著作兼有的人物,在文坛占有重要的位置。如谢灵运山水诗的创作对中国诗歌的贡献,沈约的永明体为后来唐代律诗的成熟奠定坚实的基础。史学家们以客观的历史视野著史传世,也为保留当世文学作品原貌和反映当时文学观念提供了宝贵的历史资料。而文学浸润了史学家们的史笔,使史书得以流传于世。南朝史家与文士双重身份的融会,既是历史发展的自然趋势,也是文学史学分别独立觉醒,发挥其价值的结果。

第二节　沈约《宋书》编写与文学批评

沈约为南朝文坛重要人物,历仕宋齐梁三朝,他该悉旧章,博物洽闻,成"一代词宗",在史学和文学两大领域都成就卓然。《史通·核才》篇有云:"其有赋述《两都》,诗裁《八咏》,而能编次汉册,勒成宋典,若斯人者,其流几何?"将作诗《八咏》的沈约和写赋《两都》的班固相提并论,认为他们都是文史兼擅的大家。

  沈约,字休文,吴兴武康人(即今浙江德清),南朝文学家和史学家。生于宋文帝元嘉十八年(公元441),卒于梁武帝天监十二年(公元513),历仕宋、齐、梁朝,《梁书》、《南史》有传,其生平事迹见《宋书》自序和《梁书》本传。沈约一生著述甚丰,本传称:"所著《晋书》百一十卷,《宋书》百卷,《齐纪》二十卷,《高祖纪》十四卷,《迩言》十卷,《谥例》十卷,《宋文章志》三十卷,文集一百卷,皆行于世。"史学著作除《宋书》一百卷外,皆已亡佚。

  沈约青年时代就有志于史学,二十多岁以晋代无全史为憾,开始撰写史书,"常以晋氏一代,竟无全书,年二十许,便有撰述之意"。(《宋书·自序》)历时二十多年,撰成《晋书》一百一十卷。齐高帝时沈约又奉命撰齐史。永明五年春沈约奉命编撰《宋书》,次年二月即上表称:"本纪列传,缮写已毕,合七帙七十卷,臣今谨奏呈。所撰诸志,须成续上。"(《宋书·沈约传》)由此可知《宋书》的本纪十卷、列传六十卷是在短短的一年之内完成的。《宋书》修撰始于齐永明五年(487),至次年二月即告竣,历时仅仅一年,古今修史者都没有这么快的速度。沈约用了二十几年的时间撰成晋史,尚觉"条流虽举,而采掇未周"(《宋书·自序》),但撰《宋书》只用了一年的时间,"古来修史之速,未有若此者"。沈约之所以能在如此短的时间内修成《宋书》,是因有前人著史的基础,他在《宋书·自序》中指出:

> 宋故著作郎何承天始撰《宋书》,草立纪传,止于武帝功臣,篇牍未广。其所撰志,唯《天文》、《律历》,自此外,悉委奉朝请山谦之。谦之,孝建初,又被诏撰述,寻值病亡,仍使南台侍御史苏宝生续造诸传,元嘉名臣,皆其所撰。宝生被诛,大明中,又命著作郎徐爰踵成前作。爰因何、苏所述,勒为一史,起自义熙之初,论于大明之末。至于臧质、鲁爽、王偕达诸传,又皆孝

武所造。(《宋书·自序》)

可知这部刘宋时人编修的当代史原本是宋著作郎何承天草立纪传的。《宋书》于文帝元嘉十六年(439)由著名科学家何承天草立纪传,止于宋武帝时,志则写成《天文志》和《律历志》。此后又有山谦之、裴松之、苏宝生等陆续参与修撰,奉朝请山谦之被诏撰述,但山谦之不久就病故,改由南台侍御史苏宝生"续造诸传,元嘉名臣,皆其所撰",苏宝生被诛杀后,又由著作郎徐爰"踵成前作"。徐爰因据前人所述,勒成一书,起东晋义熙元年(405),迄大明时止,凡六十五卷,《隋书·经籍志》史部正史类著录徐爰《宋书》六十五卷。其中臧质、鲁爽、王僧达诸传,为宋孝武所作,这就是徐爰"因何、苏所述,勒为一史,起自义熙之初,论于大明之末"的六十五卷本《宋书》。沈约在徐爰旧稿的基础上加以编整补充,自宋永光以后至亡国十余年间所阙的记载为沈约所增补,删去非宋臣的桓玄、谯纵、卢循、马、鲁、吴隐、谢混、郗僧施、刘毅、何无忌、魏咏之、檀凭之、孟昶、诸葛长民等十四人之传,其他则皆沿爰书之旧,因此成书迅速。赵翼在《廿二史札记》中也撰写了"《宋书》多徐爰旧本"条,说明了沈约对徐爰的借鉴。对沈约《宋书》的成书和定位,《史通·外篇·古今正史》也有详述,观点与前同,不再赘述。

正因何承天等人修史不甚完美,才加深了沈约对体例的认识,并重点对《宋书》起止之年和立传人物的取舍作了调整,沈约在《宋书》自序中也提到,"臣今谨更创立,制成新史,始自义熙肇号,终于昇明三年"。又解释了史传人物的取舍标准和原因。"桓玄、谯纵、卢循、马、鲁之徒,身为晋贼,非关后代。吴隐、谢混、郗僧施,义止前朝,不宜滥入宋典。刘毅、何无忌、魏咏之、檀凭之、孟昶、诸葛长民,志在兴复,情非造宋,今并刊除,归之晋籍"(《宋书·自序》)。因为南朝政权更替频繁,有很多处于两朝交替之际的士人,他们的身份归属,也成为史家考虑的因素。沈约将在宋代以前活动,或者情非造宋的列传人物刊除,归为晋史。沈约所修的《宋书》十纪、八志共六十传,既继承了《史记》、《汉书》的传统,又没有拘泥于旧制,《宋书》的十纪均为帝王纪,无关皇后,确保了立纪的"疆理"不乱。

永明末,《宋书》写成后即广为流传,河东裴子野更删为《宋略》二十卷,得到沈约的高度评价,"吾所不逮也"。自愧不如,因此后代论及刘宋史者,以裴《略》为上,沈《书》次之。

沈约《宋书》也有曲笔,历来为人诟病,萧子显《南齐书·王智深传》云:"世祖使太子家令沈约撰《宋书》,拟立袁粲传,以审世祖。世祖曰:'袁粲自是宋家忠臣。'约又多载孝〔武〕、明帝诸鄙渎事,上遣左右谓约曰:'孝武事迹不容顿尔。我昔经事宋明帝,卿可思讳恶之义。'于是多所省除。"沈约在撰写《宋书》时,多据齐武帝之意而有所"省除"。如何才能达到直书实录的历史书写标准,也是历来史家们关注和讨论的重要问题。由于史书的编写,越来越官方化,受到君主的干涉影响越来越大,从资料汇编到个人修史,再到权威的官方修史,史书的曲笔问题也是越来越严重。至于沈约文多伤史的问题,也是《宋书》重要的特色,《宋书》中片段或全篇辑录的文学作品,反映了沈约的文学史观,也保留了诸多珍贵的文学史料。

沈约十分重视门阀,《宋书》中自觉或不自觉地对门阀士族进行了大量的描写,这也是南朝政治文化的重要特色。《宋书》为王氏立传达十五六人,谢氏立传近十人。凭着高超的文学鉴赏力,沈约认识到鲍照作品的独特性和他在乐府诗创作上的成就。虽然鲍照的文学成就完全可与谢灵运相提并论,但在《宋书》中鲍照只附见于临川王义庆传中。从而可进一步看出沈约虽识才重才,但是一旦涉及士庶之别,等级森严的门第观念便成了压倒一切的价值标准。

沈约文学史观的核心问题是文学的本源和流变,以及这两者的关系,他的认识和思考主要集中在《宋书》中的《谢灵运传论》篇中。沈约从历史角度梳理了文学发展史,概括了远古到刘宋时期文学的发展,他还追溯了诗歌的起源和从战国到曹魏的文体变化,并分析情文关系和新变。他认为,西晋文学沿袭了汉魏余响,文至东晋,玄风独兴,到了刘宋时期,谢灵运、颜延之等摒弃旧弊,转而开始创作风格清新的山水诗文。沈约着重阐述了声律理论,他主张作诗要格律严整,协调平仄,清浊高下有节奏。

对于历代文学,沈约论衡的标准重在缘情与藻饰,主张"以情纬文,以文被质"。如张衡的诗赋,文以情变,辞采焕发,最为其所推赏。沈约认为,自汉至魏四百余年,文体三变的原因在于赏好异情,因此形成了不同的创作风格。文中对屈原至刘宋的一系列作家进行了评论,对东晋玄言诗给予批评,指出文学艺术审美也有着时代性的特点,随着时代的演变而形成不同的审美风貌。但这些新变的文学风貌,追溯他们的抒情和美学传统,还是可以归宗于"风骚"的精神传统和审美理念。

历代史家都是希望通过对史书的修撰、对历史的回顾来总结兴衰规律及经验教训。西汉司马迁《史记》有"居今之世,志古之道,所以自镜也",阐明了古今之变和历史借鉴的重要性。东汉班彪认为"今之所以知古,后之所由观前,圣人之耳目也"(《后汉书·班彪传》)。南朝宋史学家范晔撰成《后汉书》的目的是"以正一代得失"。裴松之在《上三国志注表》中表明自己注《三国志》是为了"总括前踪,贻诲来世"。以史为鉴,前代的历史可以启发教育人们,为后世所借鉴,"降怀近代,博观兴废"。南朝史学家沈约也有"曲诏史官,追述大典"的思想,强调了修史的重要性,对历史脉络的梳理总结,对历史规律的探寻,也体现在了对文学史的观照上,集中体现在《宋书·谢灵运传论》和他在《宋书》的撰述中。值得关注的有以下几个方面。

(一) 以史论文

沈约从历史角度对文学的发展情况进行梳理,并总结分析各时期的文学流变,这种对文学本原的认识和梳理也有先例。刘宋时代的檀道鸾在史著《续晋阳秋》中就梳理了西汉到东晋赋颂诗章的发展流变,他将汉代到宋代的文学分为汉至建安、正始至西晋、江左、宋义熙等四个时期。檀道鸾标榜《诗经》和《楚辞》为后世文学的源头,"自司马相如、王褒、扬雄诸贤,世尚赋颂,皆体则《诗》、《骚》,傍综百家之言。及至建安,而诗章大盛,逮乎西朝之末,潘陆之徒虽时有质文,而宗归不异也"。① 沈约同样认为,后世各体各派文学"原其飚流所始,莫不同祖《风》、《骚》",将《诗经》和《楚辞》视为文学的

---

① 《太平御览》,北京:中华书局,1960年,第2207页。

发展源头,将文学初流和刘宋文学相接。沈约又细分先秦文学为虞夏以前、周和战国诸期文学,相对檀道鸾对先秦文学的分期,更加细化,弥补了檀道鸾理论的不足,又将汉代文学也细分为西汉、东汉、建安三期。这样细致的分类,能够更加清晰地勾勒出文学发展的历程,及文学在不同时期的特色和流变。

与同时期的诗论著作《诗品》相比,钟嵘更专注于五言诗各时期的发展;但他对文学的分期也沿袭了沈约的思路,在溯流别时也以《诗经》和《楚辞》为文学两大发展源头。刘勰的《文心雕龙》更为细致丰富,其《时序》篇将历代文学分为十代九变,《明诗》篇论述了各个时期诗体的演变,《通变》分为六期五变。刘勰除看到文学"变"外,更注意其"变"与"通"的关系,通中有变,变中求通。他还注意到了文学与社会时代环境的相互作用,提出了"文变染乎世情,兴废系乎时序"的观点。

沈约继承了檀道鸾从史学视角分期文学的文学史方法,并进一步细化文学的发展历程。钟嵘、刘勰等同时期的南朝文学家们受此启发,也以文学史方法进行研究分类,丰富发展了文学史论,南朝文学批评就在这种对文学沿袭的探讨中不断向前,沈约的文学史观在南朝文学批评中承前启后,影响了同时代的文学思想,起到了重要的传承作用。

沈约在对历代文学进行整体研究和文学批评时,也注重对资料的编纂,文史兼修的学术修养使得他更为宏观通达。沈约编纂《集钞》十卷,《宋书》中称傅亮诗"文义一时莫及",而同一时期的钟嵘却忽略了傅亮的诗歌,"季友文,余常忽而不察"。沈约将傅亮所作诗歌选入他所撰《集钞》中,"载其数首,亦复平美"。钟嵘在研读沈约的《集钞》后,也关注了傅亮的作品,肯定了他的创作,弥补了先前忽而不察的疏忽。另沈约的《宋书·乐志》辑录的材料已经相当丰富,也体现了《宋书》重要的文学价值,但沈约仍然广觅资料,"宜选诸生,分令寻讨经史百家,凡乐事无小大,皆别纂录。乃委一旧学,撰为乐书,以起千载绝文,以定大梁之乐"。① 天监元年,沈约搜集资

---

① 《隋书》,第288页。

料,希望能编辑一部翔实宏阔的乐府资料集和乐府文学史作品。虽然沈约的愿望最终没能实现,但他的文学史观和对文学史料的尽心收集整理,丰富了南朝文学批评,也保留了大量的文学史料。

(二) 新变与发展

沈约不止清晰地勾勒出了文学发展的历史进程,他的新变和趋时的文学思想亦十分鲜明。沈约的史学研究表现了他贯通古今的史学观,也影响了他的文学思想和创作实践,形成了他创新通达的文学史观。沈约在刘宋时期所作的诗文,大部分模拟陆机、谢灵运、鲍照乐府诗等早年习作,并不成熟,相比江淹《拟古诗》等优秀诗篇有很大差距。早期不成功的文学创作实践,也促使沈约反思文学创作的方向,摒弃复古,追求创新。

沈约以"变"总结各时期的文学特点,以"文体三变"论昭著后世:

> 自汉至魏,四百余年,辞人才子,文体三变。
> 相如巧为形似之言,班固长于情理之说,子建、仲宣以气质为体,并标能擅美,独映当时。……
> 降及元康,潘、陆特秀,律异班、贾,体变曹、王……有晋中兴,玄风独振……仲文始革孙、许之风,叔源大变太元之气。(《宋书·谢灵运传论》)

沈约认为从汉到魏四百多年间,文体经历了三次流变,西汉司马相如擅写形似之言,东汉班彪、班固长于抒情说理,到魏晋曹植、王粲则以气韵为体,进行创作,并标能擅美,在当时很有影响力。从西晋到宋初文学也有变化,西晋时期,声律文辞异于班固、贾谊,文体体裁相比曹植、王粲也有变化,继承了汉魏传统,又以华丽的辞藻变革了文学风气。东晋之后,又转为玄风,"为学穷于柱下,博物止乎七篇",治学穷究老子学说,博览事物止于庄子的七篇之内,自建武到义熙一百多年都是寄言老子学说,托意玄珠。宋初殷仲文开始变革孙绰、许询的风气,谢混也改革了只谈老庄的玄言之风。南朝颜延之、谢灵运的作品即是改革成功的产物,可与前代的优秀作品相比,高度评价了他们对玄言诗风的革新之功。

沈约对不同历史时期的文学流变做了细致深入的梳理,也成为南朝文学革新的理论基础。刘宋时期的文学创作更倾向复古,至齐梁时期,文学已转为追求新变,这种文学思想的转变也反映在文学作品和文学思想中。沈约演变革新的文学史观,既是他文学史观的总结论述,反映了当时文学思想的发展,也为文学革新发展提供了指导思路。

(三)情志并举

沈约十分推崇"情性"的自然天性,他在《宋书·谢灵运传论》中也追溯文学的起源,探讨文学发生的原理:

> 民禀天地之灵,含五常之德,刚柔迭用,喜愠分情。夫志动于中,则歌咏外发。六义所因,四始攸系,升降讴谣,纷披风什。虽虞夏以前,遗文不睹,禀气怀灵,理或无异。然则歌咏所兴,宜自生民始也。

沈约认为,诗歌是民众感情的自然流露,是人的本性所致,"志动于中,则歌咏外发",强调文学是作者情志的表现。心中受到触动,就会以歌咏表达,这也是六义的由来,也和"风、大雅、小雅和颂"这四始相关,肯定人类的禀气怀灵而产生文学。先秦有"诗言志"的文论传统,前四史中也有所阐发,沈约继承其志,并继续发扬丰富。他又突出了汉魏文学注重情志:

> 周室既衰,风流弥著,屈平、宋玉导清源于前,贾谊、相如振芳尘于后,英辞润金石,高义薄云天。自兹以降,情志愈广。王褒、刘向、扬、班、崔、蔡之徒,异轨同奔,递相师祖。

沈约概括了汉代以来文学发展的重要规律,即"情志愈广"。沈约评论张衡的赋作文辞艳丽,且文章随着情感的波动而变化,"至于建安,曹氏基命,二祖陈王,咸蓄盛藻,甫乃以情纬文,以文被质"(《宋书·谢灵运传论》)。沈约认为建安诗文的情感性大为增强,咸蓄盛藻,文辞丰富,是用情感成文,以文采叙事。曹氏父子"以情纬文"进行文章创作,也延续了陆机"诗缘情而绮靡"的主情倾向。沈约继承了陆机"缘情"的观点又进一步发展,对文学发展进程进行梳理。我们从中可以清楚地看到他对文学思想从"言志"再到"情志愈广",再到"情志并举"、更加重情的思想脉络。

沈约的诗作也主要取材于山水风景和生活日常,他为《梁武帝集》作序时有言:"至于春风秋月,送别望归,皇王高宴,心期促赏,莫不超挺睿兴,浚发神衷,及登庸历试,辞翰繁蔚。"①沈约认为春风秋月的自然风景,送别望归的人类情感,君主宴会的交游,都是超挺睿兴,浚发神衷的。他认为山水自然最能体现情性,也表现了沈约以审美的眼光来抒发情性。

(四)文辞富丽

沈约除司马相如外,最重视清词丽采的贾谊,认为"贾谊相如振芳尘于后"。他摒弃了汉代文学家批评宋玉、司马相如竟为侈丽之词,而忽视了讽谏意义的看法。他十分欣赏汉代优秀的文人们,除班固外,沈约最重张衡、蔡邕,评论张衡诗赋文采富艳、感情鲜明,"平子艳发"。相比班固《汉书》的文学思想,可以明显看出沈约看重情性辞藻的倾向。沈约认为建安时代的曹植、王粲以气质为体,以文被质,又富有文采,咸蓄盛藻。对于东晋时代的玄言诗,沈约则持鲜明的批评态度,认为他们缺乏遒丽之辞和文学作品应有的文采。沈约又视潘岳、陆机、谢灵运、颜延之为晋宋代表作家,推崇华美流丽,极富文采的语言,认为这样才有艺术表现力和感染力。

沈约从文辞方面考量,推重文辞富丽、词藻华美的作家作品,对不符合文辞审美要求的文风诗风贬低轻视,认为情感只有蕴藉以华丽的辞采,才能振其美响,哀婉动人。沈约对语言文辞之美的重视,反映了南朝文学形态和文学思想的转变,也成为南朝文士们的共识。

(五)倡导声律说

唐代刘知几在史著《史通·外篇·杂说下》中评道,"沈侯《谢灵

---

① 严可均编《全上古三代秦汉三国六朝文》,第3123页。

运传论》,全说文体,备言音律,此正可为《翰林》之补亡,《流别》之总说耳"。高度评价了沈约文体详述和声律论的价值,可以补充《翰林论》的佚失之憾,起到了总结《文章流别论》的作用。沈约论及各种文体,也"备言音律",在《宋书·谢灵运传论》中概述了他的声律论:

> 夫五色相宣,八音协畅,由乎玄黄律吕,各适物宜。欲使宫羽相变,低昂互节,若前有浮声,则后须切响。一简之内,音韵尽殊;两句之中,轻重悉异。妙达此旨,始可言文。

五色相互映衬,八音声律协调,玄黄定色、律吕定音,文章的色彩和声律各自与所写的事物相适应。诗歌创作中,应使宫声、羽声先后变化,低音、高音相互制约,前用轻泛之音,则后用低沉之音,发音轻重不同。一句之内音韵全然不同,两句之内,轻音重声悉数不同,声音高低不同的字应间隔运用,使音节错综和谐。沈约十分注重对诗歌声律理论的总结,强调妙达此旨,始可言文。对于"声律论"的讨论,也成为南朝文坛的重要议题。

《国语·周语下》有"声以和乐,律以平声。金石以动之,丝竹以行之,诗以道之,歌以咏之……嘉生繁祉,人民和利,物备而乐成,上下不罢,故曰乐正"。将声律与人世社会相呼应,反映了古人对声律产生及其教化作用的认识。

先秦文章往往涉笔成韵,自然流露,口耳相传,琅琅上口。自《诗经》以来,双声字、叠韵字所构成的词大量出现在文学作品中,加深了文学作品的内涵底蕴,而诗歌的押韵技巧也日渐成熟。汉代以后文人逐渐开始重视声韵在文学作品中的作用,司马相如论赋时有"一经一纬,一宫一商"[①]的观点。东汉明帝以来,佛教的传入、对佛学文化教义的接受及佛经翻译的风潮,也大大促进了声律研究,为南朝声律说的提出和探讨奠定了基础。到西晋陆机有"暨音声之迭代,若五色相宣"的观点,已开始明确文辞加以声律的规范,认为文学作品的美感除见于辞采外,也应规范于声律,即声音的法则法度。

---

① 《西京杂记》,西安:三秦出版社,2006年,第93页。

在沈约以前,人们只是认识到了诗韵的作用,并没有自觉地将其运用到文学创作中。沈约明确地提出了声律理论,并将平、上、去、入四声运用于五言诗的制韵和谐声。将诗歌声律的和谐之美,作为评价诗歌的重要标准,正是沈约的功绩。"作五言诗者,善用四声,则讽咏而流靡;能达八体,则陆离而华洁",①肯定了用字遣词应和声律对五言诗的审美意义。沈约在对前代作家的品评中也以声律为判断标准,他批评王褒、刘向、扬雄、班固、崔骃、蔡邕等人虽然曲调艳丽,文辞清雅,但芜音累气,没有注重声律的清简。沈约赞扬魏晋之音,他欣赏曹植的《赠丁仪王粲诗》、王粲的《七哀诗》、《杂事》和孙楚的《征西官属送于陟阳侯作诗》,认为它们能够直抒胸臆,而没有过度用典。这些诗文的精彩正是因为以音律调和诗律声韵,才能超越前世文学作品。"先士茂制,讽高历赏,子建函京之作,仲宣霸岸之篇,子荆零雨之章,正长朔风之句,并直举胸情,非傍诗史,正以音律调韵,取高前式",沈约以芜音累气作为诗歌批评的依据,以音律调韵作为文学取高前式的缘由,将褒贬以声律判定,开创了将声律理论入诗的先河。

沈约对声律和谐提出了具体的要求,"欲使宫羽相变,低昂互节,若前有浮声,则后须切响",又论诗歌用字要使声音富于变化,避免单调,追求错综和谐之美,"五色相宜,八音协畅"、"玄黄律吕,各适物宜"。对于单行诗句和整体篇章,沈约也作了规定,一行之内,音韵要相异;两句之中,声律轻重也应不同,"一简之内,音韵尽殊","两句之中,轻重悉异"。沈约所述的宫羽、低昂、浮声和切响,也是平、上、去、入四个字调的代称,他将四声实际应用到诗歌创作和文学批评中,不仅规范了文学的声律美感,也丰富了文学的艺术表现。

沈约对声律理论的倡导,既有着前代文学的积累,是文学发展至南朝自然的总结,也推动齐梁文学形成新气象。自沈约提出后,声律之辨引发了南朝文坛激烈的讨论和争辩,一定程度上引起了人们对于文学声律的关注,有利于文学的发展。文学创作追求声律美也体现了南朝文学批评的可贵进步,沈约四声制韵的声律理论,可

---

① 陈庆元《沈约集校笺》,杭州:浙江古籍出版社,1995年,第469页。

操作性很强,为诗人创作提供了切实可行的实践方法,也能规范诗歌创作,营造出整齐节奏之美,只要能在实践中避免刻板不变通的酷裁八病,碎用四声,声律论的实际应用性还是很强的,这在以后的诗文创作中也得到了验证。后代诗人成果丰硕的创作实践和完善丰富的文学理论已经充分证明,声律论对诗歌创作和诗歌理论有着重要意义和价值。

清人万树指出:"自沈吴兴分四声以来,凡用韵乐府,无不调平仄者。至唐律以后,浸淫而为词,尤以谐声为主。……未有不悉音理而可造格律者。"[①]可见声律论对实践的重要指导作用。对诗歌形式美的探讨,既是理论构建也是可循之章,表现了中国古代文学批评从单纯的内容表达,开始转向探索文学本体和审美意义。纪昀评价沈约四声时说道,"齐梁文格卑靡,此学独有千古"。

刘勰在《文心雕龙》中也特设《声律》篇,给予沈约"声律论"以很高的评价,并进一步分析总结:

> 凡声有飞沉,响有双叠……异音相从谓之和,同声相应谓之韵。韵气一定,故余声易遣;和体抑扬,故遗响难契。属笔易巧,选和至难;缀文难精,而作韵甚易。

刘勰认为,所有的声音都有轻重之分,字词有双声和叠韵之别,并且音调协调和顺叫作和声,句末押韵相同叫作押韵。押韵有一定的规则,确定之后余声就容易安排了,诗文的和谐需要有抑扬平仄的变化,因此很难协调配合剩下的诗句。提笔写文容易,但协调声律使之和谐流畅就相当困难了。但诗文的写作虽然很难精致工巧,但押韵还是比较容易的。其中刘勰所说的"声有飞沉",即沈约所论"欲使宫羽相变,低昂互节,若前有浮声,则后须切响"。刘勰虽未详举八病细目,但对声律论的基本原则作了精当的概括,不仅突出了讲求声律的重要,而且强调对声音美的讲求,必须建筑在细致地审字辨音、自觉地掌握调声之术的基础之上。沈约提倡,刘勰丰富了声律论之后,声律逐渐开始进入诗歌创作,成为诗歌格律定式,到唐

---

① 万树《词律》,上海古籍出版社,2013年,第14页。

代诗式体例确定下来,成为历代诗文创作的典范准则。

沈约重视诗歌的韵律美,并首次总结概括了可供实践的应用准则,声律理论的提出促进了诗歌形式的革新和诗歌从古体到近体的发展变革。因而声律论诞生伊始就受到了学者们的广泛关注,并引起了激烈的争辩讨论,成为南朝文坛的热门话题。

争论的焦点首先在声律论是时人的新发现还是自古以来就有,沈约在《宋书·谢灵运传论》中自豪地自诩为声律论的发明者,沈约自称"自骚人以来,此秘未睹",称前人对诗歌声律美曾无先觉。他积极地将声律论付诸实践,沈约与王融、谢朓的诗文创作也自觉地运用了四声之韵,"文皆用宫商,以平上去入为四声,以此制韵,不可增减,世呼为'永明体'",以为新变之作。

但范晔却持自然声律的观点,他在《狱中与诸甥侄书》中早已明言自己了解文辞声律之美,但认为声律并不是人为发现的,而是自然产生的,"性别宫商,识清浊,斯自然也"。范晔还由此来品评后辈,认为谢庄最有声律天分,"手笔差异,文不拘韵故也"。正是因为谢庄不拘泥于声律押韵,才得到了范晔的赏识。

陆厥和钟嵘更是旗帜鲜明地反对,认为声律审美已为古人先觉,并非此秘未见的首创新得。钟嵘认为声律论是"王元长创其首,谢朓、沈约扬其波",王融才是首创者,沈约追随其后,并品评沈约诗作,置于中品。在《诗品序》中钟嵘反驳沈说的"独得胸衿,穷其妙旨"(《梁书·沈约传》):

> 昔曹刘殆文章之圣,陆谢为体二之才,锐精研思,千百年中,而不闻宫商之辨,四声之论。或谓前达偶然不见,岂其然乎?……齐有王元长者,尝谓余云:"宫商与二仪俱生,自古词人不知之;唯颜宪子乃云律吕音调,而其实大谬;唯见范晔、谢庄颇识之耳。尝欲进《知音论》,未就。"王元长创其首,谢朓、沈约扬其波。

钟嵘认为曹丕、刘桢等人已识文章声律,只是未如沈约那样展开细论。且声律之说文多拘忌,伤其真美。他认为,正是声律理论对诗歌的过分苛定和诗歌创作中过分拘泥声律规范,才造成了齐梁间文风的衰颓,"士流景慕,务为精密,襞积细微,专相陵架,故使文多拘忌,伤其真美"。钟嵘的反对其实也是因沈约的文学观点有悖于他的文学理想,钟嵘更倾向于通流调利的诗歌创作,主张自然流畅,"余谓文制,本须讽读,不可蹇碍,但令清浊通流,口吻调利,斯为足矣"。但钟嵘对声律说造成齐梁文风绮靡的指控稍显激烈,只是不同文学观点的碰撞。纪昀在《四库全书总目·〈诗品〉提要》中也表达了他的看法,认为钟嵘深诋声律之说,对沈约攻击,"案约诗列之中品,未为排抑。惟《序》中深诋声律之学,谓'蜂腰鹤膝,仆病未能,双声叠韵,里俗已具',是则攻击约说,显然可见"。

事实上,除了范晔和钟嵘,陆厥在《与沈约书》中也提出他并不同意沈约的观点,陆厥认为前英早已识声律:"观历代众贤似不都暗此处,而云'此秘未睹',近于诬乎!"魏文帝、刘桢等也早有涉及声律的理论,"自魏文属论,深以清浊为言,刘桢奏书,大明体势之致"。且陆厥并不是很重视声律的作用,认为它合少谬多。昔人急在情物,缓于章句,并不重视音律的考究,人的文思也有迟速之别,工拙之异,因此音律也并不是全然适合的。实际上,陆厥更为赞同范晔"自然声律"的文学思想。另,萧衍也是持"雅不好焉"的反对者,"高祖雅不好焉。帝问周捨曰:'何谓四声?'捨曰:'天子圣哲'是也,然帝竟不遵用"(《梁书·沈约传》)。

对此,沈约也作了必要的辩解和澄清,在《答陆厥书》等文中,沈约进一步完善了自己的理论,他重申了《谢灵运传论》的主张,提出五言诗两句之中应平仄相配,低昂互节。针对陆厥的异议,沈约承认了古人并非不知五音之异,但问题在于古人并不能掌握其变化的规律,所以声律论的总结至永明年间才出现。

面对定州刺史甄琛的质疑,"诋诃沈约不依古典,妄自穿凿,并以沈约少时作品中违反声律处诘难之"。沈约《答甄公论》也进行了回复,沈约认为,四声之说与古代之五声并无矛盾,而且相合,各有所施,不相妨废。作五言诗必须坚持善用四声,能达八体,才能流靡而华洁。沈约还将四声与四时相应,认为春夏秋冬四时之中即包含四声之义,"昔周、孔所以不论四声者,正以春为阳中,德泽不偏,即平声之象;夏草木茂盛,炎炽如火,即上声之象;秋霜凝木落,去根离本,即去声之象;冬天地闭藏,万物尽收,即入声之象"。沈约形象地以四时物象摹拟四声,易于理解,很有新意,但此则未免有附会之嫌。

对于四声的产生原因后人也从很多方面进行阐释,其中四声与佛教的关系最为瞩目,四声与佛教关系的阐述最早见于宋人沈括所著《梦溪笔谈》:"音韵之学,自沈约为四声,及天竺梵学入中国,其术渐密。"①今人陈寅恪也认为四声的适定与佛教的传入有关:

> 所以适定为四声,而不为其他数之声者,以除去本易分别,自为一类之入声,复分别其余之声为平上去三声。综合通计之,适为四声也。……佛教传入中国,其教徒转读经典时,此三声之分别当亦随之传入。……故中国文士依据及摹拟当日转读佛经之声,分别定为平上去之三声。合入声共计之,适成四声。于是创为四声之说,并撰作声谱,借转读佛经之声调,应用于中国之美化文。②

陈寅恪认为佛教的传入激发了中国文士的灵感,他们依据转读佛经之声,分类定为四声,正是转读佛经的声调影响了诗歌的格式声律创作,丰富了诗歌的美感。围绕声律是人工还是自然出现,声律首倡者是谁,声律理论的提出受到了什么因素的影响,不仅是南朝重要的文学主题,也成为历代文学家和史学家们探讨的话题。

第三节　萧子显与《南齐书》文学批评

萧子显是南朝著名的史学家,博学多才,兼通文史。他是齐高帝萧道成孙、豫章文献王萧嶷之子,南齐灭亡后又入仕梁朝。萧子显身为南齐宗室而显仕于梁,以当时人写前朝事。其所作《南齐书》叙事简要,擅长类叙,体现了萧子显作为史学家的责任感。萧子显也是南朝著名的文学家,在《南齐书》的撰写中,体现了萧子

---

① 沈括《梦溪笔谈》,上海古籍出版社,2015年,第95页。
② 陈寅恪《四声三问》,《清华大学学报(自然科学版)》1934年第2期。

显的文学批评,尤其《南齐书·自序》和《南齐书·文学传论》,系统地表述了萧子显新变通达的文学史发展观,成为南朝重要的文学批评篇章。

萧子显(约489—537),字景阳,南兰陵郡南兰陵县(今江苏常州西北)人。他出身高贵,是南齐开国皇帝萧道成之孙,其父豫章王萧嶷在南齐前期地位显赫,萧子显兄弟在入梁后以才能与清名著称,"子恪兄弟凡十六人,皆仕梁,子恪、子范、子质、子显、子云、子晖并以才能知名,历官清显,各以寿终"。①《梁书·萧子显传》记载了萧子显的生平,"子显字景阳,子恪第八弟也。幼聪慧,文献王异之,爱过诸子。七岁,封宁都县侯。永元末,以王子例拜给事中"。萧子显入梁后官至吏部尚书。因其自幼聪慧,深受萧嶷宠爱,年仅七岁就获封宁都县侯,东昏侯永元末年,以王子例拜给事中。"天监初,降爵为子。累迁安西外兵,仁威记室参军,司徒主簿,太尉录事"。"累迁太子中舍人,建康令,邵陵王友,丹阳尹丞,中书郎,守宗正卿。出为临川内史,还除黄门郎。中大通二年,迁长兼侍中"。

萧子显既是身份显赫的萧齐皇族,也是南朝著名的文人和史学家。"子显伟容貌,身长八尺。好学,工属文"。萧子显曾作《鸿序赋》,受到了沈约的赞誉,沈约称赞他"可谓得明道之高致,盖《幽通》之流也"。萧子显又研究学习了众家后汉史书,考正同异,撰写了《后汉书》。除《后汉书》外,萧子显还撰写了《齐书》,后人为了与《北齐书》区别开来,将萧子显所撰齐史定名为《南齐书》,《南齐书》受到了梁武帝的肯定,书成之后,将其诏付秘阁。

(一)角色身份与知识结构

在萧子显短暂的人生中,史家与文士双重身份的交融尤为引人注目。这首先是由南朝文化多元互融的特征决定的。南朝文化呈现出集大成的特点,兼收并蓄、多元互补的特色十分显著,特别是梁代儒学复兴,佛教兴盛,学术繁荣,这种文化特征在萧子显身上表现得很清晰。萧子显生活在齐梁时代,根据现有的研究成果,虽然史

---

① 《资治通鉴》,北京:中华书局,1956年,第4601页。

书上记载萧子显有文集传世,但是这些集子失传了,①现存的诗作大都是拟作的南朝乐府诗,作者的考订依然存有争议。② 一般认为,《南齐书》的编著是在梁武帝天监时,他的文学批评,主要通过《南齐书》而阐说出来。但是他的文学观念不仅在《南齐书·文学传论》一文中,其精彩之处更存留于史传,可以说,萧子显的文才与史传融会贯通,达到很高的境界。

从现存的史料来看,萧子显始终是一位政治身份与文士气质相纠结的角色。在《梁书》本传中,我们可以看得很清楚。萧子显十三岁的时候,萧齐皇朝被萧衍推翻了。进入梁代后,萧子显因为与梁武帝是同族,聪慧过人,以自己的才性与才华、风韵,得到梁武帝的赏遇,受到重用。《梁书·萧子显传》记载,虽然他恃才傲物,为许多士大夫所不喜,"然太宗素重其为人,在东宫时,每引与促宴。子显尝起更衣,太宗谓坐客曰:'尝闻异人间出,今日始知是萧尚书。'其见重如此。大同三年,出为仁威将军、吴兴太守,至郡未几,卒,时年四十九"。③ 可见,他是一位深受梁武帝赏识的官员,并在梁武帝时位居高位,得以善终。与谢朓、沈约等人相比,没有过人的政治识见与周旋能力,恐怕很难做到。因此,我们也可以将他的身份角色定位在达官贵族一类。

不过,萧子显主要还是以其颇负才气的文士形象彰显当世,留传后代。《梁书·萧子显传》记载,"子显伟容貌,身长八尺。好学,工属文。尝著《鸿序赋》,尚书令沈约见而称曰:'可谓得明道之高致,盖《幽通》之流也。'又采众家《后汉》,考正同异,为一家之书。又启撰《齐史》,书成,表奏之,诏付秘阁。"当时的文坛领袖沈约十分欣赏他的文才,梁武帝对他的赏遇也主要因其文学与史学方面的才华。《梁书·萧子显传》记载:"高祖雅爱子显才,又嘉其容止吐纳,每御筵侍坐,偏顾访焉。尝从容谓子显曰:'我造《通史》,此书若成,众史可废。'子显对曰:'仲尼赞《易》道,黜《八索》,述职方,除《九

---

① 《梁书·萧子显传》记载:"子显所著《后汉书》一百卷,《齐书》六十卷,《普通北伐记》五卷,《贵俭传》三十卷,文集二十卷。"见《梁书》,第512页。
② 见逯钦立辑校《先秦汉魏晋南北朝诗》,第1816页。
③ 《梁书》,第512页。

丘》,圣制符同,复在兹日。'时以为名对。三年,以本官领国子博士。高祖所制经义,未列学官,子显在职,表置助教一人,生十人。又启撰高祖集,并《普通北伐记》。其年迁国子祭酒,又加侍中,于学递述高祖《五经义》。五年,迁吏部尚书,侍中如故。"从这段记载可以看出,梁武帝爱其才华与风神,而更深层的原因是萧子显与吴均、何逊等文士相比,更善迎合。当梁武帝自命不凡地说自己修撰的通史将独拔头筹时,萧子显马上阿谀奉承,说皇帝的史书可以与孔子赞述的典坟相比,深得梁武帝欢心;萧子显又在国学里讲解由萧衍题名的《五经义》。他还编写了五卷《普通北伐记》,这些书虽然已经见不到了,但从名称上看,大都是歌功颂德,颂扬萧衍在普通年间(520—526)讨伐北方政权的战事。这些都说明他具有善于奉迎国君的本事,如西汉时司马相如、扬雄与东汉时的班固一样,难怪沈约赞扬他文才堪比班固。

萧子显并非圆滑官僚,他的文士气质与做派常常招来别人的厌憎与非议。《梁书》本传记载:"子显性凝简,颇负其才气。及掌选,见九流宾客,不与交言,但举扇一㧐而已,衣冠窃恨之。"萧子显的恃才傲物虽然依赖梁武帝保护得以无恙,但是梁武帝内心对萧子显也是有看法的。《梁书·萧子显传》上记载:

> (萧子显)卒,时年四十九。诏曰:"仁威将军、吴兴太守子显,神韵峻举,宗中佳器。分竹未久,奄到丧殒,恻怆于怀。可赠侍中、中书令。今便举哀。"及葬请谥,手诏"恃才傲物,宜谥曰骄"。

萧子显死后,梁武帝表现出明显的矛盾之处,一方面下诏哀悼,赞其"神韵峻举,宗中佳器",另一方面在讨论其谥号时,梁武帝终于发泄内心的不满,手诏"恃才傲物,宜谥曰骄"。比起褒扬的文、忠之类,这肯定不是一个好的谥号。这同梁武帝定沈约谥号为"怀情不尽曰隐"一样,"隐"与"骄"都是对文人才性的贬低。帝王虽然表面上对善于逢迎的文士认同,但骨子里却是鄙视的,从汉武帝到梁武帝都是如此。《颜氏家训·文章》中论曰:"每尝思之,原其所积,文章之体,标举兴会,发引性灵,使人矜伐。故忽于持操,果于进取。今世文士,此患弥切,一事惬当,一句清巧,神厉九霄,志凌千载,自吟自赏,不觉更有傍人。"①道出了文士在社会上屡屡招祸的原委。梁武帝对于不喜欢的文士还算是较为客气的,至少没有杀戮过有名的文士,而魏晋南北朝时的许多名士却都死于非命。

相比于文学,史学是萧子显最突出的学术成就。在他四十九年的生命中,撰写了五部历史著作:《后汉书》一百卷,《晋史草》三十卷,《齐书》六十卷,《普通北伐记》五卷,《贵俭传》三十卷。他撰《齐书》,是向梁武帝上奏,获得其批准。萧子显撰写和完成《齐书》的时间,当在天监八年(509)至十八年(519)期间,即萧子显二十岁至三十岁的十年中。早在齐明帝时,史学家檀超和江淹奉诏修本朝史,他们制订了齐史的体例。此外,还有熊襄的《齐典》、沈约的《齐纪》、吴均的《齐春秋》和江淹的《齐史》十志。萧子显汲取上述诸家成果,著成《南齐书》六十卷。

史学与文学的交融,对于萧子显的文学批评产生了很好的浸润作用。首先体现在他的识见方面。对于历史与当今人物,举凡与文学审美意识、活动相关的,他都会加以留意与关注,并作出批评;有的直接与文艺相关,有的虽然没有直接关系,但是从中也隐现出他的文学与审美观念。萧子显的文化思想,主要受到儒学与佛学,以及道家思想的影响。其中儒家思想可以说是主导。在《南齐书》卷四三《刘瓛(弟琎)陆澄王摛》传中他评论道:"史臣曰:儒风在世,立人之正道;圣哲微言,百代之通训。洙泗既往,义乖七十;稷下横论,屈服千人。自后专门之学兴,命氏之儒起,石渠朋党之事,白虎同异之说,《六经》五典,各信师言,嗣守章句,期乎勿失。西京儒士,莫有独擅;东都学术,郑贾先行。"这些都说明在梁武帝倡导下,萧子显写作《南齐书》,以儒学为史纲之正统,品骘之鹄的,这也是时流所致的。

本着这种思想,他在史书的叙述中,深得孔子春秋笔法之妙。这一点,清代赵翼在《廿二史札记》中即已指明。② 比如他对乃祖齐

---

① 王利器《颜氏家训集解》,第 287 页。
② 见赵翼《廿二史札记》卷九《齐书书法用意处》、《齐书类叙法最善》条,上海书店出版社,1987 年,第 116、117 页。

高帝萧道成的史迹,尤其是代宋过程的记载语焉不详,曲意回护;而对于其大力裁抑奢靡之风,多加叙述与赞扬。刘宋时期,奢侈之风盛行,后期的帝王,骄奢淫逸,风俗靡滥,波及社会。萧道成在任刘宋相国以及即齐朝帝位后,对此大力排击,身体力行。萧子显在《南齐书·高帝本纪》中,采用夹叙夹议的手法写道:"大明、泰始以来,相承奢侈,百姓成俗。太祖辅政,罢御府,省二尚方诸饰玩。至是,又上表禁民间华伪杂物:不得以金银为箔,马乘具不得金银度,不得织成绣裙,道路不得著锦履,不得用红色为幡盖衣服,不得剪彩帛为杂花,不得以绫作杂服饰,不得作鹿行锦及局脚柽柏床、牙箱笼杂物、彩帛作屏鄣、锦缘荐席,不得私作器仗,不得以七宝饰乐器又诸杂漆物,不得以金银为花兽,不得辄铸金铜为像。皆须墨敕,凡十七条。其中宫及诸王服用,虽依旧例,亦请详衷。"此中虽不乏对乃祖的溢美之辞,但也可以看出,萧道成对于宋世奢靡之风的厌恶与排抑状况。文学的审美观念受到时俗的影响,宋代大明、泰始之文风也趋于华靡,在诗歌用典方面,出现了钟嵘《诗品序》中批评的"大明、泰始中,文章殆同书钞"的现象。萧子显在《南齐书·高帝本纪》中还记载:

> 上少沉深有大量,宽严清俭,喜怒无色。博涉经史,善属文,工草隶书,弈棋第二品。虽经纶夷险,不废素业。从谏察谋,以威重得众。……每曰:"使我治天下十年,当使黄金与土同价。"欲以身率天下,移变风俗。

这里盛赞萧道成不仅深通经史,爱好文学与书法,还乐于纳谏;在即位之后,不喜穿华丽的衣饰,废除华衣制度,并且说了一句为后世传诵的名言:"使我治天下十年,当使黄金与土同价。"萧子显赞美他"欲以身率天下,移变风俗"。萧子显在《南齐书·高帝本纪》最后,总结了由宋至齐的变迁,强调天命靡常,兴废有道,关键是顺应民心:

> 宋氏正位八君,卜年五纪,四绝长嫡,三称中兴,内难边虞,兵革世动。太祖基命之初,武功潜用,泰始开运,大拯时艰,龙德在田,见猜云雨之迹。及苍梧暴虐,衅结朝野,百姓憛憛,命

悬朝夕。权道既行,兼济天下。元功振主,利器难以假人,群才戮力,实怀尺寸之望。岂其天厌水行,固已人希木德。归功与能,事极乎此。虽至公于四海,而运实时来;无心于黄屋,而道随物变。应而不为,此皇齐所以集大命也。

作为一个封建社会的史学家,能够在南齐的人物研究中,得出这样的结论,应当说是不乏识见的。

萧子显在《南齐书》的人物品评中,对于那些与文学审美相关的批评,既体现在正面人物的褒扬中,也体现在对反派人物的批评中。特别是对穷奢极欲的昏君与大臣,加以猛烈抨击。比如对郁林王外表虚饰,内贪奢靡之行径,加以评论:"郁林王风华外美,众所同惑。伏情隐诈,难以貌求。"(《南齐书·郁林王本纪》)对于南齐东昏侯的荒淫贪婪加以描述:"三年夏,于阅武堂起芳乐苑。山石皆涂以五采;跨池水立紫阁诸楼观,壁上画男女私亵之像。种好树美竹,天时盛暑,未及经日,便就萎枯;于是征求民家,望树便取,毁撤墙屋以移致之。朝栽暮拔,道路相继,花药杂草,亦复皆然。"(《南齐书·东昏侯本纪》)萧子显对此愤慨地批评:"东昏慢道,匹癸方辛。乃斁典则,乃弃彝伦,玩习兵火,终用焚身。"对于兰陵萧氏家族中的败类,萧子显真是既无奈又痛恨。萧子显还揭露竟陵王萧子良的奢靡无度。萧子良虽然善待文士,开西邸之学,但是他喜好佛教,穷极奢丽。《南齐书·文惠太子传》记载道:"太子与竟陵王子良俱好释氏,立六疾馆以养穷民。风韵甚和而性颇奢丽,宫内殿堂,皆雕饰精绮,过于上宫。开拓玄圃园,与台城北堑等,其中楼观塔宇,多聚奇石,妙极山水。虑上宫望见,乃傍门列修竹,内施高鄣,造游墙数百间,施诸机巧:宜须鄣蔽,须臾成立;若应毁撤,应手迁徙。善制珍玩之物,织孔雀毛为裘,光彩金翠,过于雉头矣。"通过这些记载,人们对于南齐君臣的奢靡淫秽,及最终导致亡国的情形有了真切的了解,同时也在道德上给予了裁夺。

在中国传统文化中,史传批评与文学批评是一脉相承的。司马迁写作《史记》受到《春秋》的影响至深,《春秋》既是史传编修,又是文学写作的典范,因为它将历史评价与道德伦理的评判相结合,将历史哲学与文学审美交融一体,达到了典范垂则的境地。《春秋》是孔子开创的将历史批评与文学写作完美结合的经典,在儒家五经中至关重要。因此,春秋笔法一旦融入作家的写作中,笔下评判的分量当然是一般文人无法望其项背的。司马迁《史记》的力透纸背、入木三分,首先与他的《春秋》功夫密不可分,他曾跟从著名经学家董仲舒治《春秋》公羊学。《史记·太史公自序》论曰:"《春秋》辩是非,故长于治人。是故《礼》以节人,《乐》以发和,《书》以道事,《诗》以达意,《易》以道化,《春秋》以道义。拨乱世反之正,莫近于《春秋》。《春秋》文成数万,其指数千。万物之散聚皆在《春秋》。"①司马迁看到了在中国经典学术中,五经是一个互补的体系,《诗》、《书》、《礼》、《易》、《春秋》各有所司,它们对于社会人生所起的作用也各有分工,比如《诗》长于风化,《乐》长于调和,《易》长于变通,《礼》长于别秩序,而《春秋》则长于别名分,辨是非。五经都是天道与人生的指导,有着深刻的人文蕴含,在中国传统学术中,知识与精神是互为表里之关系,而最深层的核心则是精神理念。儒家的五经则是知识与价值的有机结合,在知识的层面,五经各不相同,而在精神的价值层面则是完全相通的。不仅是儒家的五经,甚至各种流派的思想学说也体现出这种"理一分殊"的特点,《礼记·中庸》提出:"万物并育而不相害,道并行而不相悖。"班固《汉书艺·艺文志》中提出:"诸子十家,其可观者九家而已。皆起于王道既微,诸侯力政,时君世主,好恶殊方,是以九家之术蜂出并作,各引一端,崇其所善,以此驰说,取合诸侯。其言虽殊,辟犹水火,相灭亦相生也。仁之与义,敬之与和,相反而皆相成也。《易》曰:'天下同归而殊塗,一致而百虑。'"萧子显的知识结构可以说在史传与文学、经学方面都堪称一流,在三者之间游刃有余。这就使得他的文学批评具有史学的深度与哲学的高度,达到前人与同时代人无法企及的高度。

(二)寓文学批评于史传

萧子显文史汇通的功底,彰显于《南齐书》各个部分中。萧子显

---

① 《史记》,北京:中华书局,2016年,第3297页。

第五章　南朝史学与文学批评

在《南齐书》的人物叙述中,继承了传统的春秋笔法,对于"别嫌疑,明是非,定犹豫,善善恶恶,贤贤贱不肖"的春秋笔法,可谓了然于心,他的史传批评与文学批评融汇一体,臻于圆熟。我们可以通过他对王僧虔、张融的史传批评,看到他寓文学批评于人物传记的手法。

据《南齐书·王僧虔传》,王僧虔是一位由宋入齐的重臣,又是才艺盖世的人物。在音乐与书法、学术上都卓有成就。他的音乐理论、书法创作与批评、学术批评在当时与后世都很有影响。萧子显为这样一位重量级人物立传,重在表现其文化上的建树与影响。他对于王僧虔事迹的叙述,采录了三篇传世文献。我们不妨来分析这三篇文献对于文学艺术批评的地位与影响。第一篇是关于魏晋以来传统雅乐受到民间俗乐冲击,出现新声胜于雅乐的情况。《南齐书·王僧虔传》记载:

> 僧虔好文史,解音律,以朝廷礼乐多违正典,民间竞造新声杂曲,时太祖辅政,僧虔上表曰:"夫悬钟之器,以雅为用;凯容之礼,八佾为仪。今总章羽佾,音服舛异。又歌钟一肆,克谐女乐,以歌为务,非雅器也。大明中,即以宫悬合和《鞞》、《拂》,节数虽会,虑乖《雅》体,将来知音,或讥圣世。若谓钟舞已谐,重违成宪,更立歌钟,不参旧例。四县所奏,谨依《雅》条,即义沿理,如或可附。又今之《清商》,实由铜爵,三祖风流,遗音盈耳,京洛相高,江左弥贵。谅以金石干羽,事绝私室,桑、濮、郑、卫,训隔绅冕,中庸和雅,莫复于斯。而情变听移,稍复销落,十数年间,亡者将半。自顷家竞新哇,人尚谣俗,务在噍杀,不顾音纪,流宕无崖,未知所极,排斥正曲,崇长烦淫。士有等差,无故不可去乐,礼有攸序,长幼不可共闻。……"事见纳。

通过王僧虔的这封上书,我们了解到刘宋与南齐时,传统的雅乐受到冲击,而民间音乐兴起,"自顷家竞新哇,人尚谣俗,务在噍杀,不顾音纪,流宕无崖,未知所极,排斥正曲,崇长烦淫"指出了当时的情况。王僧虔为此提出了正乐的要求,为皇帝所接纳。由此可知王僧虔的音乐观念比较正统。这篇乐论已经成为研究中国音乐史经常引用的文献材料。

王僧虔又是一位书法大家,曾经不避威权,公然与萧道成赌书法。《南齐书·王僧虔传》记载:"太祖善书,及即位,笃好不已。与僧虔赌书毕,谓僧虔曰:'谁为第一?'僧虔曰:'臣书第一,陛下亦第一。'上笑曰:'卿可谓善自为谋矣。'示僧虔古迹十一帙,就求能书人名。僧虔得民间所有,帙中所无者,吴大皇帝、景帝、归命侯书、桓玄书,及王丞相导、领军洽、中书令珉、张芝、索靖、卫伯儒、张翼十二卷奏之。又上羊欣所撰《能书人名》一卷。"王僧虔在书法上不让皇帝,并收藏有顶级人物的书法真迹。他对于书法人物的批评也是为世人所熟悉的:

> 其论书曰:"宋文帝书,自云可比王子敬,时议者云'天然胜羊欣,功夫少于欣'。王平南廙,右军叔,过江之前以为最。亡曾祖领军书,右军云'弟书遂不减吾'。变古制,今唯右军、领军;不尔,至今犹法钟、张。亡从祖中书令书,子敬云'弟书如骑骡,骎骎恒欲度骅骝前'。庾征西翼书,少时与右军齐名,右军后进,庾犹不分,在荆州与都下人书云'小儿辈贱家鸡,皆学逸少书,须吾下,当比之'。张翼,王右军自书表,晋穆帝令翼写题后答右军当时不别,久后方悟,云'小人几欲乱真'。张芝、索靖、韦诞、钟会、二卫并得名前代,无以辨其优劣,唯见其笔力惊异耳。张澄当时亦呼有意。郗愔章草亚于右军。郗嘉宾草亚于二王,紧媚过其父。桓玄自谓右军之流,论者以比孔琳之。谢安亦入能书录,亦自重,为子敬书嵇康诗。羊欣书见重一时,亲受子敬,行书尤善,正乃不称名。孔琳之书天然放纵,极有笔力,规矩恐在羊欣后。丘道护与羊欣俱面受子敬,故当在欣后。"(《南齐书·王僧虔传》)

王僧虔论书法,偏重书法本身的艺术特征,相对于他的音乐批评来说,政教的意味少了许多。这是因为,书法是一种高度抽象的纯粹艺术,形式美感占据主要地位,尽管汉魏以来也有不少人强调书品与人品之关系,但是书法毕竟高度抽象,有内在的艺术特点与奥秘,非教化之所能言。王僧虔对于书法的奥妙了然于心,自然深契于其中的美学道理而能超越一般的说教。

《南齐书·王僧虔传》最精彩的地方,是其子王寂附传中采录的王僧虔诫子书,其中记录了南朝的学术情形:

> 汝开《老子》卷头五尺许,未知辅嗣何所道,平叔何所说,马、郑何所异,《指例》何所明,而便盛于麈尾,自呼谈士,此最险事。设令袁令命汝言《易》,谢中书挑汝言《庄》,张吴兴叩汝言《老》,端可复言未尝看邪?谈故如射,前人得破,后人应解,不解即输赌矣。且论注百氏,荆州《八帙》,又《才性四本》、《声无哀乐》,皆言家口实,如客至之有设也。汝皆未经拂耳瞥目,岂有庖厨不脩,而欲延大宾者哉?就如张衡思侔造化,郭象言类悬河,不自劳苦,何由至此?汝曾未窥其题目,未辨其指归:六十四卦,未知何名;《庄子》众篇,何者内外;《八帙》所载,凡有几家;《四本》之称,以何为长。而终日欺人,人亦不受汝欺也。由吾不学,无以为训。

这篇书信与颜之推的《颜氏家训》相比,更加真实地记载了宋齐时代玄学犹存,清谈不辍之情形。告诫儿子不要轻易涉猎玄谈,这是最令人称道的地方。这篇家诫使人们了解到,老庄与玄学在南朝宋齐时代仍然有着影响力,王僧虔是一位老于世故的人物,他告诫儿子不要轻易涉足玄学与清谈领域,否则难以自拔。这同颜之推在《家训》中劝导儿子不要轻易附庸文雅是一样的。萧子显赞道:"王僧虔有希声之量,兼以艺业。戒盈守满,屈己自容,方轨诸公,实平世之良相。"在风云变幻的宋齐时代,这样"戒盈守满,屈己自容"的人物实在不可多得。通过史传的方式,我们对于王僧虔的文艺思想,特别是其产生的历史背景及价值,有了更好的解读,更多了一层"知人论世"的意味。这三篇通过史传而传播的经典论述,在现在通行的专书中被广泛引用,可想而知,萧子显《南齐书》的批评文体往往比子书与诗文评的覆盖面更广泛。

萧子显的文学思想明显地受到儒家文德论的影响,儒家文德论强调德行重于文章,孔子说:"吾未见好德如好色也。"《南齐书》的《江敩何昌宇谢㴲王思远传》记载了诸人的德行与文章事迹。萧子显最后慨叹:"德成为上,艺成为下。观夫二三子之治身,岂直清体雅业,取隆基构,行礼蹈义,可以勉物风规云。君子之居世,所谓美矣!"《文心雕龙·程器》提出:"瞻彼前修,有懿文德。"这些都是儒家文德思想在南朝的余绪。

萧子显《南齐书》史传批评的另一篇重要文献是《张融传》,主要通过对这位南朝名士的行状与创作的刻画,彰显南齐的文学精神与理念。魏晋风度是士人精神的表征,南朝时,随着士族文士走向衰弱,魏晋风度中的张扬个性,重义轻财,不拘礼教,任从自然的精神风采很少见到,但在个别人物身上还是得到了彰显,南齐时的张融便是代表人物。《南齐书》本传,通过张融的行状与创作,描绘了一位个性鲜明,不拘礼俗,蔑视权贵的人物。张融在行经险道时,为贼所获,"广越嶂崄,獠贼执融,将杀食之,融神色不动,方作洛生咏,贼异之而不害也。浮海至交州,于海中作《海赋》曰:'盖言之用也,情矣形乎,使天形寅内敷,情敷外寅者,言之业也。'"张融的《海赋》极写大海的波澜壮阔,受到时人的欣赏。萧子显《南齐书·张融传》最重要的是写出了齐高帝萧道成对他的评价:

> 太祖素奇爱融,为太尉时,时与融款接,见融常笑曰:"此人不可无一,不可有二。"

这段评价,道出了张融的风度气质不同凡响。萧子显《南齐书·张融传》的描写手法,明显受到魏晋以来《世说新语》类笔记的影响,着重写人物的怪异之处,我们不妨来看这两则:

> 又与吏部尚书王僧虔书曰:"融,天地之逸民也。进不辨贵,退不知贱,兀然造化,忽如草木。实以家贫累积,孤寡伤心,八侄俱孤,二弟颇弱,抚之而感,古人以悲。岂能山海陋禄,申融情累。阮籍爱东平土风,融亦欣晋平闲外。"时议以融非治民才,竟不果。

> 融文辞诡激,独与众异。后还京师,以示镇军将军顾顗之,顗曰:"卿此赋实超玄虚,但恨不道盐耳。"融即求笔注之曰:"漉沙构白,熬波出素。积雪中春,飞霜暑路。"此四句,后所足也。

第五章 南朝史学与文学批评

这两段记载,表明张融追慕阮籍风度,想去东平那样的民风淳朴之地任职,但是因为他的任诞被否决。确实,张融这样的怪异人物与时俗格格不入,很难在官场厕身。他死前的遗令尤其不同凡响:

> 建武四年,病卒。年五十四。遗令建白旐无旒,不设祭,令人捉麈尾登屋复魂,曰:"吾生平所善,自当凌云一笑。"三千买棺,无制新衾。左手执《孝经》、《老子》,右手执小品《法华经》。妾二人,哀事毕,各遣还家。又曰:"以吾平生之风调,何至使妇人行哭失声,不须暂停闺阁。"

张融的思想行迹,传达出南朝名士精神世界的多极化,儒道佛兼收并蓄。"左手执《孝经》、《老子》,右手执小品《法华经》",生动地写出了这位名士思想兼容并包的特点,这种多元交融,也是南朝士人不同于魏晋士人的重要标志。嵇康、阮籍、陶渊明儒道兼修,但并没有融入佛教思想,而到了东晋南朝之后,佛教与传统的儒道并行不悖,为士大夫所喜爱,构成他们的多重精神世界。

张融的文学创作观念是他思想与个性的体现,他在永明年间生病时曾写过《门律自序》,是南朝文论的重要篇章。《南齐书·张融传》记载:

> 融玄义无师法,而神解过人,白黑谈论,鲜能抗拒。永明中,遇疾,为《门律自序》曰:"吾文章之体,多为世人所惊,汝可师耳以心,不可使耳为心师也。夫文岂有常体,但以有体为常,政当使常有其体。丈夫当删《诗》、《书》,制礼乐,何至因循寄人篱下!且中代之文,道体阙变,尺寸相资,弥缝旧物。吾之文章,体亦何异,何尝颠温凉而错寒暑,综哀乐而横歌哭哉?政以属辞多出,比事不羁,不阡不陌,非途非路耳。然其传音振逸,鸣节竦韵,或当未极,亦已极其所矣。汝若复别得体者,吾不拘也。吾义亦如文,造次乘我,颠沛非物。吾无师无友,不文不句,颇有孤神独逸耳。义之为用,将使性入清波,尘洗犹沐。无得钓声同利,举价如高,俾是道场,险成军路。吾昔嗜僧言,多肆法辩,此尽游乎言笑,而汝等无幸。"又云:"人生之口,正可论道说义,惟饮与食。此外如树网焉。吾每以不尔为恨,尔曹当

振纲也。"

临卒,又戒其子曰:"手泽存焉,父书不读! 况父音情,婉在其韵。吾意不然,别遗尔音。吾文体英绝,变而屡奇,既不能远至汉魏,故无取嗟晋宋。岂吾天挺,盖不隤家声。汝若不看,父祖之意欲汝见也。可号哭而看之。"融自名集为《玉海》。司徒褚渊问《玉海》名,融答:"玉以比德,海崇上善。"文集数十卷行于世。

张融的《门律自序》在六朝文论中,确实惊世骇俗,具有极高的价值。主要体现在三个方面:一、师耳与师心的关系。常人贵耳贱心,信从听闻,从东汉王充到齐代刘勰《文心雕龙》都批评这种时俗心态。张融的创作任从自我,尊重个性,他也告诫儿子,文章写作贵在师心,切忌人云亦云,信耳弃目,承虚接响。这是六朝文论"文以气为主"思想的继承与发展。二、张融强调文无定法,贵在创新。"夫文岂有常体,但以有体为常,政当使常有其体",《文心雕龙·通变》指出:"夫设文之体有常,变文之数无方,何以明其然耶? 凡诗赋书记,名理相因,此有常之体也;文辞气力,通变则久,此无方之数也。名理有常,体必资于故实;通变无方,数必酌于新声。故能骋无穷之路,饮不竭之源。"通指文章中可以传承不变的精神蕴含,而变则是发展过程的创新。通是变的前提,而变则在通的基础之上形成。如果说刘勰的文学思想比较强调通与变的辩证关系,那么张融则突出变的必然性,强调变是常态,甚至提出:"丈夫当删《诗》、《书》,制礼乐,何至因循寄人篱下!"这些话惊世骇俗,离经叛道,不拘常态。张融自称"吾无师无友,不文不句,颇有孤神独逸耳",总结自己的文章写作依赖的是自我精神,对于曹丕的"文以气为主"进行了推进与发展。这些文学思想,比起三国时嵇康的"越名教而任自然",有过之而无不及,对于文学独创性的强调达到了巅峰,可以说超越了魏晋风度。而此篇文学批评文字,有赖于萧子显《南齐书》的记录而得存。很显然,萧子显对于张融的为人与为文,以及他的文学思想是赞成与推重的。他在本传的最后赞道:

史臣曰:弘毅存容,至仁表貌,汲黯刚戆,崔琰声姿,然后能不惮雄桀,亟成讥犯。张融标心托旨,全等尘外,吐纳风云,不论人物,而干君会友,敦义纳忠,诞不越检,常在名教。若夫奇伟之称,则虞翻、陆绩不得独擅于前也。

萧子显赞扬张融的刚直侠义精神,认为他除了践行孔孟倡导的"事君之道,勿欺之,可犯之"的人格精神外,更有一种老庄精神与魏晋名士的风骨。"标心托旨,全等尘外,吐纳风云,不论人物","诞不越检,常在名教",是东吴虞翻、陆绩这些名士也有所不及的。由此可见,张融的文学创作与文学理念也是他人格精神的彰显。

与张融、王僧虔这些文士相比,《南齐书》还记载了一些负面的文士。通过对这些文士行状的记载,萧子显表达了他的文学批评观念。比如对南齐文士谢超宗的传述,就彰显出萧子显的文士观。对于作家行状与才华的评价,是魏晋南北朝文学批评的重要内容。《文心雕龙·程器》与《颜氏家训·文章》都涉及对于作家德行与才华关系的论述。《文心雕龙·程器》中慨叹:"而近代词人,务华弃实。故魏文以为:'古今文人,类不护细行。'韦诞所评,又历诋群才。后人雷同,混之一贯,吁可悲矣!"颜之推《颜氏家训·文章》指出:"然而自古文人,多陷轻薄……颜延年负气摧黜,谢灵运空疏乱纪。"萧子显《南齐书》中涉及的作家,也透露出他的评价观。谢超宗是谢灵运的孙子,他与乃祖一样,也是才华卓越却纵任个性、不拘品行的人物。《南齐书》本传采用对比的手法,首先强调他的才华为帝王所赏识:"谢超宗,陈郡阳夏人也。祖灵运,宋临川内史。父凤,元嘉中坐灵运事,同徙岭南,早卒。超宗元嘉末得还。与慧休道人来往,好学,有文辞,盛得名誉。"传记一开始通过皇帝的嗟赏,写出谢超宗与祖父谢灵运一样富有才华,深得帝王叹赏;接着笔锋一转,写他与谢灵运一样,仗才使酒,多所陵忽,遭致贬斥的事状:"为人仗才使酒,多所陵忽。"最后因失言而为皇帝所罪,死于任上。萧子显对此评价道:

> 史臣曰:魏文帝云"文人不护细行",古今之所同也。由自知情深,在物无竞,身名之外,一概可蔑。既徇斯道,其弊弥流,声裁所加,取忤人世。向之所以贵身,翻成害己。故通人立训,

为之而不恃也。

可见,萧子显虽然认同张融这样狂而不乱的文士,"诞不越检,常在名教",但是对于谢灵运与谢超宗这样纵任情性、恃才傲物的人并不认同,他引用了魏文帝曹丕的话来进行批评。

萧子显还通过史传体式,深刻揭示了南齐著名文士在当时政治风云中,陷于政争不能自拔,最后惨死的悲剧。通过这些人物的悲剧遭遇来警醒世人,反映出他的文学价值理念。比如王融是南齐的著名文士,"融少而神明警惠,博涉有文才"。后因卷入政争被害。"诏于狱赐死。时年二十七。临死叹曰:'我若不为百岁老母,当吐一言。'融意欲指斥帝在东宫时过失也。"当他下狱时,没有人相救,"融被收,朋友部曲参问北寺,相继于道。融请救于子良,子良忧惧不敢救。融文集行于世"。而谢朓更是因为参与宫廷政变而被害。其实,他在生前也深感生命的不测与政治的险恶,萧子显在《南齐书·谢朓传》中,将他的诗歌创作与当时的政治斗争背景相结合,写出了其中的玄机:"子隆在荆州,好辞赋,数集僚友,朓以文才,尤被赏爱,流连晤对,不舍日夕。长史王秀之以朓年少相动,密以启闻。世祖敕曰:'侍读虞云自宜恒应侍接。朓可还都。'朓道中为诗寄西府曰:'常恐鹰隼击,秋菊委严霜。寄言罻罗者,寥廓已高翔。'迁新安王中军记室。……朓善草隶,长五言诗,沈约常云:'二百年来无此诗也。'敬皇后迁祔山陵,朓撰哀策文,齐世莫有及者。"然而由于他与谢灵运一样,性格浮躁,不识政局,皇帝使御史中丞范岫收押谢朓,认为其"资性轻险,久彰物议。直以彫虫薄伎,见齿衣冠",最后下狱而死,时年三十六。萧子显在《南齐书·谢朓传》末慨叹:

> 元长颖脱,拊翼将飞。时来运往,身没志违。高宗始业,乃顾玄晖。逢昏属乱,先蹈祸机。

他从史家的角度与立场,深为王融与谢朓的文才淹没于政争,身死名灭而惋惜,也揭示了南朝文士的悲惨命运。魏晋以来,名士少有全者,因此,颜之推在《颜氏家训·文章》篇中通过王融与谢朓的遭遇告诫儿子不要去做文人:"王元长凶贼自诒;谢玄晖侮慢见及。"进而总结:"每尝思之,原其所积,文章之体,标举兴会,发引性灵,使人矜伐,故忽于持操,果于进取。今世文士,此患弥切,一事惬当,一句清巧,神厉九霄,志凌千载,自吟自赏,不觉更有傍人。加以砂砾所伤,惨于矛戟,讽刺之祸,速乎风尘,深宜防虑,以保元吉。"而萧子显通过史传,印证了颜之推的家训。这些观点,成为中国古代文学批评中作家论的重要组成部分。

(三)《南齐书·文学传》中的"文学"概念辨析

萧子显文学批评观念另一个重要的特点,可以从他的《文学传》中看出。首先他将文学的概念定位在学术的范畴中。强调从学术文化的层面去定位文学与文章。

正史中立《文苑传》开始于南朝刘宋时范晔的《后汉书·文苑传》,此前司马迁《史记》中有《屈原贾生列传》与《司马相如列传》,班固《汉书》中未列《文苑传》一类。范晔《文苑传》中的人物大都为东汉的辞赋家,如杜笃、傅毅、崔琦、边韶、赵壹、郦炎、祢衡等人。范晔《文苑传》最后赞曰:"情志既动,篇辞为贵。抽心呈貌,非雕非蔚。殊状共体,同声异气。言观丽则,永监淫费。"在萧子显写作本论的同时,沈约在《宋书·谢灵运传》后也写有一篇传论,两文都评述了从周、秦到刘宋的文学演变,但沈文侧重论述声律,萧子显则重在批评宋、齐的诗风,并提出自己的创作理念。萧子显的文学定义,较为接近于现在的文学观念。沈约的《宋书》中并没有列《文学传》,萧子显的《南齐书》是正史中首列《文学传》的。之后《梁书》、《南史》、《北史》开始列《文苑传》,似于《文学传》。可见,萧子显在正史中列《文学传》,对于推进文学的独立有着一定的作用与意义。

通过《南齐书·文学传》,可以考察萧子显的文学观念。其所谓"文学",是涵括文章及学术在内的一个相当宽泛的概念,比起范晔来,尤要宽泛得多。列入其中的人物有丘灵鞠、檀超、卞彬、袁嘏、丘巨源、王智深、陆厥、崔慰祖、王逡之、祖冲之、贾渊等,而我们今天看来的文学家,如谢朓、孔稚圭等人都没有列入文学传之中。如何看待这种现象呢?首先,我们需要对文学传中的人物进行大致的分类。基本上可以分成文学家、经学家、史学家、科技家这四大类。

一、文学家。这一类有卞彬、丘巨源、陆厥、袁嘏等。如卞彬"颇饮酒,摈弃形骸。作《蚤虱赋序》曰:'余居贫,布衣十年不制。……'"陆厥则是四声八病诗论的代表人物。《文学传》中又记载:"会稽虞炎,永明中以文学与沈约俱为文惠太子所遇,意昐殊常。官至骁骑将军。"这里的"文学"概念显然接近于今天的"文学"。

二、史学家。如檀超、崔慰祖等。《文学传》中记载崔慰祖博闻强识,擅长史学:"国子祭酒沈约、吏部郎谢朓尝于吏部省中宾友俱集,各问慰祖地理中所不悉十余事,慰祖口吃,无华辞,而酬据精悉,一座称服之。朓叹曰:'假使班、马复生,无以过此。'"可见,崔慰祖擅长史学。

三、经学家。如"王逡之,字宣约,琅邪临沂人也。父祖皆为郡守。逡之少礼学博闻。……初,俭撰《古今丧服集记》,逡之难俭十一条。更撰《世行》五卷。转国子博士。国学久废,建元二年,逡之先上表立学,又兼著作,撰《永明起居注》"。王逡之是一位精通礼学的学者。

四、科技家。《南齐书·文学传》将祖冲之列入。这是颇有意思的,祖冲之与上述诸人不同,是一位博学淹通的学者,既对经学与诸子之学有着深厚的修养,又擅长科技。本传记载:"冲之解钟律,博塞当时独绝,莫能对者。以诸葛亮有木牛流马,乃造一器,不因风水,施机自运,不劳人力;又造千里船,于新亭江试之,日行百余里。于乐游苑造水碓磨,世祖亲自临视。又特善算。永元二年,冲之卒。年七十二。著《易》、《老》、《庄》义,释《论语》、《孝经》,注《九章》,造《缀述》数十篇。"在萧子显看来,祖冲之虽然在技术发明与数术上卓有成就,但由于在经学与老庄之学的研究上颇有著述,所以应当列《文学传》之中。

综上所述,萧子显《南齐书·文学传》的"文学"相当宽泛,大体上包括文章在内的学术,甚至包括科技在内。而文章相当于现在的文学创作,主要以诗文为主。这说明萧子显虽然强调文学与文章的区别,但是他更突出文章自身的审美特性。萧子显篇末的传论,采用了"文章"的概念,显然是想区别于文学一词。而他对于文章的定义,比起范晔更富文学的审美意蕴。他指出:

第五章 南朝史学与文学批评

> 史臣曰：文章者，盖情性之风标，神明之律吕也。蕴思含毫，游心内运，放言落纸，气韵天成。莫不禀以生灵，迁乎爱嗜，机见殊门，赏悟纷杂。若子桓之品藻人才，仲治之区判文体，陆机辨于《文赋》，李充论于《翰林》，张眎摘句褒贬，颜延图写情兴，各任怀抱，共为权衡。

这一段首先从文学批评的角度，指出文章是情性的产物，同时又有神明，即不可知的精神力量在支配，是作家蕴思含毫，游心内运，即精神与心灵的创成结果。而在这一过程中，气韵天成，由于个性与气质的不同而产生不同的风格，在文学欣赏与批评时也因人而异。汉魏以来的文论大抵是在这种情况下产生的，是"各任怀抱，共为权衡"的产物。

传论接着从创作的角度，进一步指出，文章写作有着偶然性与变化性，他指出：

> 属文之道，事出神思，感召无象，变化不穷。俱五声之音响，而出言异句；等万物之情状，而下笔殊形。吟咏规范，本之雅什；流分条散，各以言区。若陈思"代马"群章，王粲"飞鸾"诸制，四言之美，前超后绝。少卿离辞，五言才骨，难与争鹜。……

萧子显作为文人与史家，既有着从事诗文创作的经验与体会，又通晓历史人物的创作与生平。所以对于文士的生平与创作关系的论述，娓娓道来，切中肯綮。他特别强调文学作品的风格是不断变化的，创新是文学发展的生命之所在：

> 习玩为理，事久则渎，在乎文章，弥患凡旧，若无新变，不能代雄。建安一体，《典论》短长互出；潘、陆齐名，机、岳之文永异。江左风味，盛道家之言，郭璞举其灵变，许询极其名理。仲文玄气，犹不尽除；谢混情新，得名未盛。颜、谢并起，乃各擅奇；休、鲍后出，咸亦标世。朱蓝共妍，不相祖述。

魏晋南北朝时期，对于文学的发展与变化，有着三种不同的声音，一派主张守旧，如刘宋时裴子野《雕虫论》的诗学主张。一派主张通变，提倡在继承传统的基础上有所变化，这一派代表人物为萧统与刘勰。一派主张新变,这一派以萧纲为代表。萧子显属于通变与新变之间的人物。他既不同于刘勰、萧统的审慎通变,也不同于一味强调新变的人物,而是主张文章写作贵在气韵天成,发挥个性,在变化中实现文章的价值。他强调"若无新变,不能代雄",但从《南齐书·文学传》的整体布局来看,他是将文章之道置于整个学术文化领域来看待的,注重作者的人格精神与思想道德的引领,强调从历史文化情境中评论作家。这也可以看出,萧子显作为史家与文人的不同之处。正是史家的语境与识见,使他的文论思想不同于一般的文士。从某种意义上来说,也反映出萧子显文士与史家双重身份在《南齐书·文学传》中的融合与纠结。本着这一立场与眼光,他对当时的三种文体与文学创作进行了批评:"今之文章,作者虽众,总而为论,略有三体:一则启心闲绎,托辞华旷,虽存巧绮,终致迂回,宜登公宴,本非准的。而疏慢阐缓,膏肓之病,典正可采,酷不入情。此体之源,出灵运而成也。次则缉事比类,非对不发,博物可嘉,职成拘制。或全借古语,用申今情,崎岖牵引,直为偶说,唯睹事例,顿失清采。此则傅咸《五经》,应璩《指事》,虽不全似,可以类从。次则发唱惊挺,操调险急,雕藻淫艳,倾炫心魂,亦犹五色之有红紫,八音之有郑、卫。斯鲍照之遗烈也。"萧子显梳理与批评了三种文学创作倾向,一是以谢灵运为代表的山水诗派,二是以傅咸为代表的经学创作倾向,三是以鲍照为代表的追求险怪的诗风。萧子显对于这三种文学创作都不满意,因为它们背离了中和之美。他有着自己的文学主张:

> 三体之外,请试妄谈。若夫委自天机,参之史传,应思悱来,忽先构聚。言尚易了,文憎过意,吐石含金,滋润婉切。杂以风谣,轻唇利吻,不雅不俗,独中胸怀。轮扁斫轮,言之未尽,文人谈士,罕或兼工。非唯识有不周,道实相妨。谈家所习,理胜其辞,就此求文,终然翳夺。故兼之者鲜矣。赞曰:学亚生知,多识前仁。文成笔下,芬藻丽春。

萧子显在批评了三种创作方式之后,谈到了自己的创作态度,即"委自天机,参之史传",这也可以说是他文史交汇的创作主张。萧子显的创作宗旨是：创作的发生应当委自天机，即生发于自然之道，而不要预设目的，反对两汉出于讽谏与颂美而写作的态度；同时，在创作时应当参之史传，以丰富的历史知识积累为基础，文章的结构应体现出自然运思的特点，而拒绝过分的雕琢。在体式风格上，不雅不俗，言有尽而意无穷。而这一切，言之者易而做起来很难。他的这一观点，参之以《文心雕龙·神思》篇"积学以储宝，酌理以富才，研阅以穷照，驯致以怿辞"的说法，可知是当时文士的一种共识。《梁书·萧子显传》记载：

> 子显尝为《自序》，其略云："余为邵陵王友，忝还京师，远思前比，即楚之唐、宋，梁之严、邹。追寻平生，颇好辞藻，虽在名无成，求心已足。若乃登高目极，临水送归，风动春朝，月明秋夜，早雁初莺，开花落叶，有来斯应，每不能已也。前世贾、傅、崔、马、邯郸、缪、路之徒，并以文章显，所以屡上歌颂，自比古人。天监十六年，始预九日朝宴，稠人广坐，独受旨云：'今云物甚美，卿得不斐然赋诗。'诗既成，又降帝旨曰：'可谓才子。'余退谓人曰：'一顾之恩，非望而至。遂方贾谊何如哉？未易当也。'每有制作，特寡思功，须其自来，不以力构。少来所为诗赋，则《鸿序》一作，体兼众制，文备多方，颇为好事所传，故虚声易远。"

萧子显在这里不无自得地说明，自己的创作来自特定情景的感兴，每当景色感召时就会情不自禁地产生创作冲动，"须其自来，不以力构"。即使在受到皇帝应召而创作时也是这样，不敢放弃创作的自然应会，从而进一步突出了顺从自然的创作态度的重要性。

萧子显《南齐书·文学传论》中对于文学范围的界定，直接影响到《南史·文学传》。唐代李延寿《南史·文学传》相对于《南齐书·文学传》，增加了贾希镜、袁峻、钟嵘（兄岏、岏弟屿）、周兴嗣、吴均（江洪）、刘勰、何思澄（子朗、王子云）、阮卓等人物。除了刘勰与钟嵘这些创作诗文评的人物外，其他人物也与萧子显大体相当，基本上都是文史兼通的学者与官僚。所属的领域也较为芜杂。《南史·文学传》序曰："《易》云：'观乎人文以化成天下。'孔子曰：'焕乎其有文章。'自汉以来,辞人代有,大则宪章典诰,小则申抒性灵。至于经礼乐而纬国家,通古今而述美恶,非斯则莫可也。是以哲王在上,咸所敦悦。"①强调文学的教化作用,体现出儒家的文学观念。在最后的论中强调:

> 文章者,盖情性之风标,神明之律吕也。蕴思含豪,游心内运,放言落纸,气韵天成。莫不禀以生灵,迁乎爱嗜,机见殊门,赏悟纷杂,感召无象,变化不穷。发五声之音响,而出言异句;写万物之情状,而下笔殊形。畅自心灵,而宣之简素。轮扁之言,或未能尽。然纵假之天性,终资好习,是以古之贤哲,咸所用心。至若丘灵鞠等,或克荷门业,或夙怀慕尚,虽位有穷通,而名不可灭。然则立身之道,可无务乎?

这一段基本上抄录了萧子显《南齐书》的最后论述。可见,萧子显《南齐书》的文学观念为唐人所认同与传播。刘勰《文心雕龙·史传》论曰:"然史之为任,乃弥纶一代,负海内之责,而赢是非之尤。秉笔荷担,莫此之劳。迁、固通矣,而历诋后世。若任情失正,文其殆哉!"刘勰强调史传秉笔直书、褒贬是非的重要性。唐代刘知几在《史通·叙事》中指出:"夫史之称美者,以叙事为先。至若书功过,记善恶,文而不丽,质而非野,使人味其滋旨,怀其德音,三复忘疲,百遍无致,自非作者曰圣,其孰能与于此乎?"②刘知几深慨于史传中叙事之不易,也印证了萧子显叙事之才与文笔之美。史传意识与手法渗入文学批评领域,深化了文学批评的蕴涵;而萧子显的文学功底,也使《南齐书》的文笔简洁生动。萧子显的《南齐书》以正史的体式,传达出作者的文学批评观念,形成了独具特色的文学批评体式与思想。

---

① 《南史》,第1761—1762页。
② 刘知几《史通》,文渊阁四库全书本,685册,第48页。

第六章　南朝子学与文学批评

《四库全书总目》卷九一子部总叙曰:"自六经以外立说者,皆子书也。其初亦相淆,自《七略》区而列之,名品乃定。其初亦相轧,自董仲舒别而白之,醇驳乃分。其中或佚不传,或传而后莫为继,或古无其目而今增,古各为类而今合,大都篇帙繁富。可以自为部分者,儒家以外有兵家,有法家,有农家,有医家,有天文算法,有术数,有艺术,有谱录,有杂家,有类书,有小说家,其别教则有释家,有道家,叙而次之,凡十四类。"①四库馆臣对于子书的解释是"且子之为名,本以称人,因以称其所著,必为一家之言,乃当此目",强调子书乃"一家之言"。南朝文学批评的一个重要特征,便是受到诸子思想与批评精神的启发和浸润。具体而言,就是将先秦以来的诸子学说与精神引入社会领域与人生境域,贯注到文学批评形态中。

第一节　先秦至汉晋子学的演变

子书经历了先秦到两汉两个发展时期,经历了从注重哲理思考转向"立名"、"立言"的过程,子书的地位经历了从高峰到低谷再到高峰的转折。

先秦时代是子书发展的第一个高峰期,诸子百家各有所长,为中国古代思想的发展奠定了深厚的基础。但是在进入西汉之后,随着汉武帝"罢黜百家、独尊儒术"政策的实施,诸子的地位一落千丈。

---

① 《四库全书总目》记载:"丙部子录,其类十七:一曰儒家类,二曰道家类,三曰法家类,四曰名家类,五曰墨家类,六曰纵横家类,七曰杂家类,八曰农家类,九曰小说类,十曰天文类,十一曰历算类,十二曰兵书类,十三曰五行类,十四曰杂艺术类,十五曰类书类,十六曰明堂经脉类,十七曰医术类。凡著录六百九家,九百六十七部,一万七千一百五十二卷;不著录五百七家,五千六百一十五卷。"

刘勰在《文心雕龙·诸子》篇中说:"夫自六国以前,去圣未远,故能越世高谈,自开户牖。两汉以后,体势浸弱,虽明乎坦途,而类多依采。"对此,范文澜先生注云:"汉自董仲舒奏罢百家,学归一尊,朝廷用人,贵乎平正,由是诸家撰述,惟有依傍儒学,采掇陈言,为世主备鉴戒,不复敢奇行高论,自投文网,故武帝以后董刘扬雄之徒,不及汉初淮南、陆贾、贾谊、晁错诸人。"①刘勰指出,儒家经典被官方钦定之后,诸子之说只能相附依傍,难以再现先秦诸子的盛况。

关于先秦以来的诸子发源,章太炎《国学讲演录·诸子略说》中指出:"讲论诸子,当先分疏诸子流派,论诸子流派,《庄子·天下篇》、《淮南要略训》、太史公《论六家要指》及《汉书·艺文志》是已。"②章氏从经典解析的角度,指出了先秦诸子的形成与流传。《庄子·天下篇》是庄子门徒对于诸子学说形成与特点的概括,一般认为是诸子学的发端。庄子慨叹大道叛散而为各种学说,论述了先秦时代思想文化裂变的情形:

> 天下大乱,贤圣不明,道德不一。天下多得一察焉以自好。譬如耳目鼻口,皆有所明,不能相通。犹百家众技也,皆有所长,时有所用。虽然,不该不遍,一曲之士也。判天地之美,析万物之理,察古人之全,寡能备于天地之美,称神明之容。是故内圣外王之道,暗而不明,郁而不发,天下之人各为其所欲焉以自为方。悲夫!百家往而不反,必不合矣!后世之学者,不幸不见天地之纯,古人之大体。道术将为天下裂。

庄子谈到道术由于当时的社会动乱与圣贤不明而分崩离析。庄子之后的荀子,在其所著的《非十二子》中,指出:"假今之世,饰邪说,文奸言,以枭乱天下,矞宇嵬琐,使天下混然不知是非治乱之所存者,有人矣。"荀子强调思想学说的统一,批评当时一些思想家的学说淆乱天下,不过他也不得不承认诸子的学说"言之成理,足以欺惑愚众",也就是说,诸子的思想尽管片面,但也各执一端,言之有理,

---

① 范文澜《文心雕龙注》,第 325 页。
② 章炳麟《国学讲演录》,南京:凤凰传媒集团、江苏文艺出版,2007 年,第 137 页。

第六章　南朝子学与文学批评

执之有故。

汉高祖刘邦在秦末动乱中建立了西汉王朝,虽然他与那些草莽臣下并不喜欢儒生与儒学,但是出于巩固自己政权的需要,对于秦朝焚书坑儒、短命而亡的教训是沦肌浃髓的。故从汉初的陆贾、贾谊一直到汉武帝时期的淮南王及其门客,对于思想争鸣是持开放态度的。虽然当时董仲舒提出了罢黜百家,独尊儒术,但其时各种学说并未消亡,而是顽强地发出自己的声音。比如淮南王刘安及其门客编著《淮南子》,就是这样的典型。这部以杂家著称的子学名著,与秦国吕不韦编写的《吕氏春秋》有些相似,倡导各种思想学说的兼容并包,反对汉武帝独尊儒术的主张。此书融合儒道,提出:"夫作为书论者,所以纪纲道德,经纬人事,上考之天,下揆之地,中通诸理,虽未能抽引玄妙之中才,繁然足以观终始矣。"① 在诸子学中,《淮南子》奠定了其基本的写作精神,也就是将天地人与自家的判断结合为一体,进行独立思考。班固《汉书·艺文志》认为:

> 诸子十家,其可观者九家而已。皆起于王道既微,诸侯力政,时君世主,好恶殊方,是以九家之术蜂出并作,各引一端,崇其所善,以此驰说,取合诸侯。其言虽殊,辟犹水火,相灭亦相生也。仁之与义,敬之与和,相反而皆相成也。《易》曰:"天下同归而殊涂,一致而百虑。"今异家者各推所长,穷知究虑,以明其指,虽有蔽短,合其要归,亦《六经》之支与流裔。使其人遭明王圣主,得其所折中,皆股肱之材已。仲尼有言:"礼失而求诸野。"方今去圣久远,道术缺废,无所更索,彼九家者,不犹愈于野乎? 若能修六艺之术。而观此九家之言,舍短取长,则可以通万方之略矣。

班固以六艺作为权衡,指出当时诸子十家起源于春秋战国之交,学说纷争,诸侯力政,于是各家学说投其所好,形成了众说纷纭、各引一端、取合诸侯的局面。而这种分离在一定条件下是可以统合的,当然,关键是要在儒家思想下加以统合。班固认为统治者若能修六

---

① 何宁《淮南子集释》,北京:中华书局,1998 年,第 1437 页。

艺之术,观此九家之言,舍短取长,则可以通万方之略。总而言之,他认为,诸子之说有可取之处,与儒学大道可以互相补充。

先秦至两汉诸子学的发展与演变,形成了鲜明的特点,与文艺批评有着直接之关系。主要体现这些方面:

一、"成一家之言"的立场与视野。诸子学说特点,在于以独立之判断与勇气,对于事理进行论评。正如刘勰《文心雕龙·诸子》所言:"诸子者,入道见志之书。太上立德,其次立言。百姓之群居,苦纷杂而莫显;君子之处世,疾名德之不章。唯英才特达,则炳曜垂文,腾其姓氏,悬诸日月焉。"诸子的学说体现出个体独立思考与自我表达的立场。刘勰在《诸子》篇中还提出:

> 若夫陆贾《典语》,贾谊《新书》,扬雄《法言》,刘向《说苑》,王符《潜夫》,崔寔《政论》,仲长《昌言》,杜夷《幽求》,或叙经典,或明政术,虽标论名,归乎诸子。何者?博明万事为子,适辨一理为论,彼皆蔓延杂说,故入诸子之流。

在刘勰看来,诸子与经学的不同之处,在于其独立研判之立场。从言说的内容来说,诸子与经学其实并无本质上的差异。从目录学来说,从西汉晚期的刘向、刘歆父子编著《七略》,到继之而起的班固《汉书·艺文志》,一直将儒家列入诸子略。可见,诸子与六艺的区分,并不在于内容,而在于言说的方式与立场之不同。前者是述而不作,后者则是自我言说,彰显个人观点与立场。欧阳修《新唐书·艺文志》中指出:"自孔子在时,方修明圣经以绌缪异,而老子著书论道德。接乎周衰,战国游谈放荡之士,田骈、慎到、列、庄之徒,各极其辩;而孟轲、荀卿始专修孔氏,以折异端。然诸子之论,各成一家,自前世皆存而不绝也。夫王迹熄而《诗》亡,《离骚》作而文辞之士兴。历代盛衰,文章与时高下。然其变态百出,不可穷极,何其多也。"欧阳修强调诸子之书乃为"然诸子之论,各成一家",在后世存而不绝。"夫王迹熄而《诗》亡,《离骚》作而文辞之士兴",认为诸子之书与《离骚》一样,是王迹熄而文辞兴的产物,给予了高度的评价。

二、敢于怀疑和独立思考的勇气。诸子学说与经学不同,前者是述而不作,信而好古;后者则敢于自创新语,不同俗流,甚至离经叛道,这就需要反抗时流的勇气。魏晋时的嵇康、阮籍等人继承了庄子这种批判锋芒与理论勇气,敢于非汤武,薄周孔,越名教而任自然。南朝时钟嵘《诗品》就明显地表现出这一点来。《诗品序》中,钟嵘在论述了文学感于现实遭际而产生后,深慨于当时诗坛"淄、渑并泛,朱紫相夺,喧议竞起,准的无依"的靡滥风气。如果说刘勰《文心雕龙》对于汉魏以来文论"各照隅隙,鲜观衢路"的状况深为不满,意欲创建"弥纶群言"的文论体系,那么钟嵘则大胆地提出"辨彰清浊,掎摭利病"的诗学主张。钟嵘以品论诗具体到个人,例如对曹操与陶渊明的分品,是有许多不公的地方,也是一种很容易得罪人的批评活动;但是从总的方面来说,由于钟嵘确立的诗学标准是一种人文普适性标准,经得起历史的检验,因此成为中国诗学之经典。

子学的另一高峰期是东汉明帝时杰出思想家王充开辟的,延及东汉晚期的诸子思想,开创了汉末的子学高潮。王充(27—约97),字仲任,会稽(今浙江上虞)人,东汉著名的思想家。他出身于寒门,少年时受业于太学,曾师事班彪,做过一些郡吏之类的小官,后罢职回家,从事著述。著有《讥俗节文》、《政务》、《养性书》与《论衡》,现在唯一留传下来的是《论衡》。《后汉书》本传指出:"充好论说,始若诡异,终有理实。以为俗儒守文,多失其真,乃闭门潜思,绝庆吊之礼,户牖墙壁各置刀笔。著《论衡》八十五篇,二十余万言,释物类同异,正时俗嫌疑。"在《论衡》一书中有明显的道家学说的痕迹,王充称自己的学说"虽违儒家之说,合黄老之义"(《论衡·自然》)。王充廓除了长期弥漫在东汉思想界的谶纬神学,使人们的思想回归自然。在美学理论上,王充将真实论作为文艺的重要批评标准,尽管他的真实论还带有许多简单化之处;他还反对两汉思想界与文学界的复古论倾向,推崇文学艺术的独创性,这一点对魏晋时代人的自觉产生了重大启迪意义。

东汉末期出现了一批思想家,对于当时的社会现状进行批评。子书在汉晋时期迎来了第二个发展高峰,出现了以王符《潜夫论》、崔寔《政论》、仲长统《昌言》、荀悦《申鉴》、徐幹《中论》为代表的一系列子书。纵观这一时期的子书创作者,他们虽然身份地位悬殊,仕途穷达各异——如王符终生布衣,崔寔曾担任五原郡和辽东郡太守、尚书,仲长统官至尚书郎、参丞相曹操军事,荀悦曾任黄门侍郎和秘书监等职,徐幹曾任五官中郎将文学,但是都有着相同的政治理想,却不得不面对现实中的失落与压抑。刘勰《文心雕龙·诸子》篇曰:"太上立德,其次立言。百姓之群居,苦纷杂而莫显;君子之处世,疾名德之不章。唯英才特达,则炳曜垂文,腾其姓氏,悬诸日月焉。嗟夫!身与时舛,志共道申,标心于万古之上,而送怀于千载之下。"①刘勰的这番表述,道出了子书作者的创作初衷,他们虽然"身与时舛",在当世都有着失意与尴尬,但"志共道申",却不愿屈服于现实,而想要通过文字将自己的思想传递下去。他们创作子书,不仅仅显示了传统士人对于社会的责任担当,也表明了他们借由子书创作而彰显个体存在的价值意义,具有了明显的"立言"创作意识。余嘉锡先生曾指出:"东汉之后,文章之士,耻其学术不逮古人,莫不笃志著述,欲以自成一家之言。流风所渐,魏晋尤甚。"②

汉末以批判思潮为主体的政论性子书更是对现实问题的强烈回应。应劭的《风俗通义》是针对社会上的不正风俗而作,刘劭的《人物志》是针对政治中的人才选拔问题而作。王弼、郭象、张湛等人的注书,是对现实问题的回应,并推动了玄学思想的发展;傅咸在书中着重讨论了有关国计民生的问题,比如法制与礼制、官员的选拔任用、赋役的征收等,以及有关人物品评和个体修养等问题;崔豹、干宝和张华等人的论著,全面展示了历史上的人情风物。例如,《后汉书·王符传》:"王符字节信,安定临泾人也。少好学,有志操,与马融、窦章、张衡、崔瑗等友善。安定俗鄙庶孽,而符无外家,为乡人所贱。自和、安之后,世务游宦,当涂者更相荐引,而符独耿介不同于俗,以此遂不得升进。志意蕴愤,乃隐居著书三十余篇,以讥当时失得,不欲章显其名,故号曰《潜夫论》。其指讦时短,讨谪物情,足以观见当时风政,著其五篇云尔。"可见,王符著书是为了讥刺时政,继承了先秦老庄讥刺时世的批判精神。这些敢于批评时政,甚至愤世嫉俗的文士,大都个性鲜明,不甘成为权贵的附庸。例如:

---

① 范文澜《文心雕龙注》,第310页。
② 余嘉锡《目录学发微》,北京:中国人民大学出版社,2005年,第232页。

第六章　南朝子学与文学批评

"仲长统字公理,山阳高平人也。少好学,博涉书记,赡于文辞。年二十余,游学青、徐、并、冀之间,与交友者多异之。并州刺史高幹,袁绍甥也。素贵有名,招致四方游士,士多归附。统过幹,幹善待遇,访以当时之事。统谓幹曰:'君有雄志而无雄才,好士而不能择人,所以为君深戒也。'幹雅自多,不纳其言,统遂去之。无几,幹以并州叛,卒至于败。并、冀之士皆以是异统。"仲长统劝诫并州刺史高幹。可惜不为所纳,于是离去,而高幹最终罹祸而亡。"尚书令荀彧闻统名,奇之,举为尚书郎。后参丞相曹操军事。每论说古今及时俗行事,恒发愤叹息。因著论名曰《昌言》,凡三十四篇,十余万言。献帝逊位之岁,统卒,时年四十一。友人东海缪袭常称统才章足继西京董、贾、刘、杨。"(《后汉书》卷四九《仲长统列传》)从这些记载来看,仲长统的诸子思想,出于对时政的忧虑,具有独立之人格精神,其著述可谓是思想与人格的统一。而徐幹当时为司空军谋祭酒掾属,为曹丕的五官将文学。《三国志·魏书·王粲传》注引《先贤行状》曰:"幹清玄体道,六行修备,聪识洽闻,操翰成章,轻官忽禄,不耽世荣。建安中,太祖特加旌命,以疾休息。后除上艾长,又以疾不行。"徐幹在四十一岁,称疾避事,作《中论》。曹丕《与吴质书》曰:"观古今文人,类不护细行,鲜能以名节自立。而伟长独怀文抱质,恬淡寡欲,有箕山之志,可谓彬彬君子矣。著《中论》二十余篇,成一家之业,辞义典雅,足传于后,此子为不朽矣。"可见建安时期的文士犹有儒者之风。时人作《中论序》赞扬徐幹:"君之性,常欲损世之有余,益俗之不足,见辞人美丽之文,并时而作,曾无阐弘大义,敷散道教,上求圣人之中,下救流俗之昏者,故废诗、赋、颂、铭、赞之文,著《中论》之书二十二篇,其所甄纪,迈君昔志,盖千百之一也。文义未究,年四十八,建安二十三年春二月遭厉疾,大命陨颓,岂不痛哉!余数侍坐,观君之言常怖,笃意自勉,而心自薄也。何则?自顾才志,不如之远矣耳。然宗之仰之,以为师表。自君之亡,有子贡山梁之行,故追述其事,粗举其显露易知之数,沉冥幽微、深奥广远者,遗之精通君子,将自赞明之也。"

汉魏两晋子学复兴的代表人物是西晋葛洪,他著有《抱朴子》。葛洪(约283—363),字稚川,晋代学者,丹阳句容(今属江苏)人。

曾为司徒王导主簿,又被征为散骑常侍,但没有就选。后赴广州,在罗浮山炼丹。《抱朴子》今存内篇二十篇,论述神仙、炼丹等事,自称"属道家";外篇五十篇,论述"时政得失,人事臧否",自称"属儒家"。外篇中《钧世》、《尚博》、《辞义》、《文行》等有关于文学理论批评的内容。

葛洪的《抱朴子》诞生于两晋交际时期,是衔接汉魏与两晋子书的一部重要作品。从《抱朴子·外篇》来看,其所呈现出的创作特征即与汉魏子书更有渊源,展现的社会批判精神与思路与汉魏诸子有一脉相承之感。从《抱朴子·外篇》的内容来看,主要关乎政事风俗。之前已经提到,葛洪在本书中最为关注的就是与人才相关的社会问题,《务正》、《贵贤》、《任能》、《钦士》、《审举》、《备阙》、《擢才》、《名实》、《清鉴》、《百里》、《汉过》、《吴失》等篇章,从各个方面论述了国家的用人之道。这与汉末批判思潮中出现的一系列子书在思想内容上高度一致。不仅如此,在体例上也多受其影响。汉魏时期的子书,都有记录自己经历的文章,王充的《论衡》有《自纪》,曹丕的《典论》有《自叙》,傅玄的《傅子》也有类似的自叙,徐幹《中论》有无名氏为之作的《序跋》,葛洪的《抱朴子·外篇·自叙》更是这一时期保存完整的叙文。

葛洪的《抱朴子》一书,突出体现了汉魏两晋子书"立言"、"立名"的创作追求。葛洪在《自叙》中是这样说明自己创作初衷的:"洪年二十余,乃计作细碎小文,妨弃功日,未若立一家之言,乃草创子书。"他在《内篇·黄白》中也说:"余若欲以此辈事,骋辞章于来世,则余所著外篇及杂文二百余卷,足以寄意于后代,不复须此。"葛洪在此明示了自己"立一家之言"的著书目的。子书的这种价值判断上乘汉魏。《中论》序言中曾说:"君之性,常欲损世之有余,益俗之不足。见辞人美丽之文并时而作,曾无阐弘大义,敷散道教,上求圣人之中,下救流俗之昏者,故废诗、赋、颂、铭、赞之文,著《中论》之书二十篇。"由此可见,在徐幹所处的汉魏交际之时,人们就已经将诗赋和子书有意识地区别开来,子书因"阐弘大义,敷散道教,上求圣人之中,下救流俗之昏"而被士人重视。曹丕更在《典论·论文》中对文学的地位给予了前所未有的肯定,他提出:"盖文章,经国之大业,不朽之盛事。年寿有时而尽,荣乐止乎其身,二者必至之常期,未若文章之无穷。是以古之作者,寄身于翰墨,见意于篇籍,不假良史之辞,不托飞驰之势,而声名自传于后。"虽然有"诗言志"这一古老的诗歌理论,但是相比于子书,人们普遍认为后者能够承担更多的内容,发挥更加崇高的社会价值,并能带给士人以不朽声名。葛洪还在《抱朴子·外篇·逸民》中说:"夫仕也者,欲以为名邪,则修毫可以泻愤懑,篇章可以寄姓字。何假乎良史,何烦乎镌鼎哉。"①不借助史书,不借助官位,葛洪看到了文章同样可以让自己的声名流传千载。而且,相比于仕途的穷达,葛洪更注重精神价值的传递,通过著书,将自己的精神保存并传扬下去:"虽无补于穷达,亦赖将来之有述焉。"②葛洪也希望自己的一家之言可以在后世得到知己的赏识,而不在乎当下的得失:"吾特收远名于万代,求知己于将来,岂能竞见知于今日,标格于一时乎。"③即便当下难以被世人理解,这对于葛洪来说不是最重要的,他坚信自己的精神思想可以通过著书传之后世。葛洪这种不看重一时的得失,而注重自我精神思想在后世的传递,恰恰代表了"人的觉醒"之时代意识。

第二节　萧绎《金楼子》与文学批评

《金楼子》是梁元帝萧绎在生前不同时期陆续撰成的一部杂家类子书,是南朝子书的代表作。它对于传统子书进行了改造,标志着先秦两汉魏晋以来子书精神的转型,也是南朝子书与文学批评相结合的典型。

萧绎(508—554),是梁武帝第七子,南朝梁代帝王,他以嗜爱读书,热心著述而著称。萧绎曾被封为湘东王,大宝三年在江陵即位,后被西魏所害。明年被梁追尊为孝元皇帝。《梁书》卷五《元帝纪》曰:"高祖第七子也。天监七年八月丁巳生。十三年,封湘东郡王,

---

① 杨明照《抱朴子外篇校笺》,第99页。
② 杨明照《抱朴子外篇校笺》,第721页。
③ 杨明照《抱朴子外篇校笺》,第637页。

邑二千户。初为宁远将军、会稽太守,入为侍中、宣威将军、丹阳尹。普通七年,出为使持节、都督荆湘郢益宁南梁六州诸军事、西中郎将、荆州刺史。中大通四年,进号平西将军。"湘东王萧绎长期镇守边西,一直手握重兵。《南史》本纪记载:"年五岁,高祖问:'汝读何书?'对曰:'能诵《曲礼》。'高祖曰:'汝试言之。'即诵上篇,左右莫不惊叹。初生患眼,高祖自下意治之,遂盲一目,弥加愍爱。既长好学,博总群书,下笔成章,出言为论,才辩敏速,冠绝一时。高祖尝问曰:'孙策昔在江东,于时年几?'答曰:'十七。'高祖曰:'正是汝年。'"从这些记载来看,萧绎与他的父亲及弟兄们一样,受当时风气的影响,嗜好读书与写作,著述丰富。清代赵翼《廿二史札记》中的"齐梁之君多才学"一条中指出:"元帝好学,博极群书,才辩敏速,冠绝一时。"①《金楼子》内容驳杂,《隋书·经籍志》归入子部杂家类,反映了对《金楼子》内容的认识,即杂家子书。以后修志者都依从这种归类,直至明代散佚。杂之义广,无所不包。《四库全书总目》卷一一七子部《杂家类》指出:"以立说者谓之杂学,辨证者谓之杂考,议论而兼叙述者谓之杂说,旁究物理、胪陈纤琐者谓之杂品,类辑旧文、涂兼众轨者谓之杂纂,合刻诸书、不名一体者谓之杂编,凡六类。"指出了子书中杂家类的特点,《吕氏春秋》、《淮南子》等都列入子部杂家类之中。

一、萧绎有意识地要传承汉魏以来的子学精神。他在《金楼子·序》中指出:"窃重管夷吾之雅谈,诸葛孔明之宏论,足以言人世,足以陈政术,窃有慕焉。……盖以金楼子为文也,气不遂文,文常使气,材不值运,必欲师心。霞间得语,莫非抚臆,松石能言,必解其趣,风云玄感,傥获见知。今纂开辟已来,至乎耳目所接,即以先生为号,名曰《金楼子》。盖士安之元晏,稚川之抱朴者焉!"②萧绎在《金楼子》的序言中概述自己仰慕诸葛亮那样的政治家,希望通过著述宣扬自己的政治主张,同时也希望通过著述获取知音。刘勰

---

① 关于萧绎的研究综述,可参见杜文强《萧绎及其〈金楼子〉研究史述评》一文,《西北师范大学学报》2004年第1期。
② 陈志平、熊清元《金楼子疏证校注》,第4、12页。

《文心雕龙·知音》中慨叹:"知音其难,音实难知,知实难逢,逢其知音,千载其一乎!"萧绎自称裴子野等人是自己的知己,可与论文赏诗。对于自己身份地位的转换,他表示出身不由己的无奈,但初心常在著书立说。他还表示学习葛洪《抱朴书》的写作立场,子学这种一家之言的方式,最为适应自己的心志。他自叙写作追求"气不遂文,文常使气,材不值运,必欲师心"。这种师心使气的观念,对于魏晋以来子学写作精神的传述是很明显的。

萧绎对于先秦以来的学术思想是持开放通达之心态的,这一点与南朝兼容并包之学术精神有关。《金楼子》中专门有《聚书篇》,其中收录的书籍也是儒道佛诸家并重。对于历史上那些招集宾客养士,编书写作的人物,萧绎赞赏有加。《金楼子·说蕃篇》记载:"刘安有文才,好书鼓琴,不喜弋猎狗马驰骋。行阴德,拊循百姓,沽名誉,招致宾客方术之士数千人,作《内书》二十一篇,外书甚众。又有《中篇》八篇,言神仙黄白之术,亦二十余万言。时武帝方好艺文,以安属为诸父,辩博善为文辞,甚尊重之。每为报书及赐,常召司马相如等视草乃遣。初,安入朝,献所作《内篇》,新出,上爱秘之,使为《离骚传》,旦受诏,日食时上,又献颂及赋。每见谈说,昏暮而罢。"虽然萧绎不屑于像刘安那样招集门客代笔,但是他赞赏刘安喜欢文才的趣味。萧绎对于刘宋时的临川王刘义庆是这样评价的:"刘义庆为荆州刺史,性谦虚。始至及去镇,迎送物并不受。在州八年,为安于西土。撰《徐州先贤传》,奏上之,又拟班固《典引》为《典序》,以述皇代之美。为性简素,寡嗜欲,爱好文义,为宗室之表。受任历蕃,无浮淫之过。善骑乘,招聚才学之士,近远必至。袁淑文冠当时,为卫军谘议参军。吴郡陆展、东海何长瑜、鲍照等引为佐史。"[1]临川王刘义庆好养文士,招集门客编集《世说新语》,成为子学中笔记类精品,也是魏晋名士的风流宝鉴。萧绎对于刘义庆招聚才学之士的行为很欣赏。

萧绎是以帝王身份写作的,他非常清楚自己这种身份与地位的优越性,难免产生居高临下之心态。在《金楼子》的序言中,他曾经

---

[1] 陈志平、熊清元《金楼子疏证校注》,第458页。

有意识地将自己与曹丕等人比较,在《自序篇》中慨叹:"人间之世飘忽几何,如凿石见火,窥隙观电。萤睹朝而灭,露见日而消,岂可不自序也?余六岁解为诗,奉敕为诗曰:'池萍生已合,林花发稍稠。风入花枝动,日映水光浮。'因尔稍学为文也。昔葛稚川《自序》曰:'读书万卷,十五属文。'"①在《金楼子·序》中说:"先生曰:余于天下为不贱焉,窃念臧文仲既殁,其立言于世。曹子桓云'立德著书,可以不朽',杜元凯言'德者非所企及,立言或可庶几',故户牖悬刀笔而有述作之志矣。常笑淮南之假手,每蚩不韦之托人。由年在志学,躬自搜纂,以为一家之言。"②萧绎感叹人生短暂,倏忽即逝,唯有著书立说,可以不朽。这种观点来源于历史上的司马迁与曹丕等人。他批评吕不韦与刘安这些人招集门客编书以扬名的做法,宣称自己亲自动手创作,"由年在志学,躬自搜纂,以为一家之言",这一点是他颇为自负的。曹丕的《典论》,也是用汉魏时期常见的单篇杂论的方式写作的,虽然现在所见到的仅是一些残篇,其中的《论文》也是采用子书体来论述作家与作品风格的。纵观萧子显的《金楼子》与其他方面的论说,多次提到曹丕及其写作精神,可见他是自觉传承这种人生观念及其创作理念的。萧绎的确在南朝齐梁时代意欲复兴曹丕的书写精神,使子学与文章写作有机结合起来,其中"文笔之辨"等理论,成为一家之言,其他的论述也颇有可观之处。

二、萧绎自觉仿效曹丕吸纳文士,以艺文为乐的生活趣味。以曹操与建安七子为代表的建安文学,深感于汉末以来的社会动乱与民生痛苦,渴望在动荡的年岁中建功立业,故而建安文学以反映动乱,抒写怀抱为特点。曹丕《典论·自叙》曰:"初平之元,董卓杀主鸩后,荡覆王室。是时四海既困中平之政,兼恶卓凶逆,家家思乱,人人自危。""余时年五岁,上以世方扰乱,教余学射,六岁而知射,又教余骑马,八岁而能骑射矣。以时之多故,每征,余常从。建安初,上南征荆州,至宛,张绣降。旬日而反,亡兄孝廉子修、从兄安民遇害。时余年十岁,乘马得脱。夫文武之道,各随时而用,生于中平之

---

① 陈志平、熊清元《金楼子疏证校注》,第1135—1136页。
② 陈志平、熊清元《金楼子疏证校注》,第1页。

季,长于戎旅之间,是以少好弓马,于今不衰。"①从这些自叙来看,曹丕生在东汉末年的动乱环境中,从小习惯于军旅生活,也擅长武艺。在戎马倥偬之中,曹丕受其父影响,对于学问未尝懈怠。曹丕《典论·自叙》中曾追忆父亲曹操:"上雅好诗书文籍,虽在军旅,手不释卷,每每定省从容,常言人少好学则思专,长则善忘,长大而能勤学者,唯吾与袁伯业耳。余是以少诵诗、论,及长而备历五经、四部,史、汉、诸子百家之言,靡不毕览。"陈寿在《三国志·魏书·文帝纪》中评曰:"文帝天资文藻,下笔成章,博闻强识,才艺兼该;若加之旷大之度,励以公平之诚,迈志存道,克广德心,则古之贤主,何远之有哉!"谢灵运在《拟魏太子邺中集诗序》中代拟曹丕与建安文士游宴之生活情形:"建安末,余时在邺宫,朝游夕宴,究欢愉之极,天下良辰美景,赏心乐事,四者难并。今昆弟友朋,二三诸彦,共尽之矣,古来此娱,书籍未见,何者? 楚襄王时有宋玉、唐景,梁孝王时有邹枚、严马,游者美矣。而其主不文。汉武帝徐乐诸才,备应对之能,而雄猜多忌,岂获晤言之适,不诬方将,庶必贤于今日尔。岁月如流,零落将尽。撰文怀人,感往增怆。"②谢灵运模仿曹丕为太子时与建安文士的相处情景,写出了曹丕与建安文士生活在动乱岁月中的心态。他还概括了建安七子的遭际与心志:"王粲:家本秦川,贵公子孙,遭乱流寓,自伤情多。""陈琳:袁本初书记之士,故述丧乱事多。""徐幹:少无宦情,有箕颍之心事,故仕世多素辞。""刘桢:卓荦偏人,而文最有气,所得颇经奇。"写曹植的心态与创作颇为传神:"平原侯植:公子不及世事,但美遨游,然颇有忧生之嗟。"可见,谢灵运对于建安七子的遭际与写作是抱着同情与欣赏之态度的。

关于曹丕著述的原因,《三国志·魏书·文帝纪》记载:"初,帝好文学,以著述为务,自所勒成垂百篇。又使诸儒撰集经传,随类相从,凡千余篇,号曰《皇览》。"注引《魏书》曰:"帝初在东宫,疫疠大起,时人彫伤,帝深感叹,与素所敬者大理王朗书曰:'生有七尺之

---

① 《三国志》,第89页。
② 严可均编《全上古三代秦汉三国六朝文》,第2616页。

形,死唯一棺之土,唯立德扬名,可以不朽,其次莫如著篇籍。疫疠数起,士人彫落,余独何人,能全其寿?故论撰所著《典论》、诗赋,盖百余篇,集诸儒于肃城门内,讲论大义,侃侃无倦。'"曹丕将著述与人死而不朽联系起来,提出人生短暂,惟有著述才能使人超越生死之忧,而达到立德扬名的境地。在《典论·论文》中,曹丕指出:"盖文章,经国之大业,不朽之盛事。年寿有时而尽,荣乐止乎其身,二者必至之常期,未若文章之无穷。是以古之作者,寄身于翰墨,见意于篇籍,不假良史之辞,不托飞驰之势,而声名自传于后。故西伯幽而演易,周旦显而制礼,不以隐约而弗务,不以康乐而加思。夫然,则古人贱尺璧而重寸阴,惧乎时之过已,而人多不强力。贫贱则慑于饥寒,富贵则流于逸乐,遂营目前之务,而遗千载之功。日月逝于上,体貌衰于下,忽然与万物迁化,斯志士之大痛也!融等已逝,唯幹著论,成一家言。"曹丕的《典论》原本也是子书一类,其中的《论文》是从一家之言的角度论析当时的作家与风格,本质上是一篇以作家论为中心的文学批评论文。

萧绎对于三曹与建安七子的时代心向往之。他很佩服曹操与曹丕的功业。在《金楼子》中指出:"魏武帝曹操用师,大较依孙、吴之法。而因事设奇,量敌制胜,变化如神。自作兵书十余万言。诸将征伐,皆以新书从事,临时义手为节度。从令者克捷,违教者负败。与虏封阵,意思安闲,如不欲战,然及至决机乘利,气势盈溢,故每战必克……取张辽、徐晃于亡虏之中,皆佐命立功,列为名将。其余拔出细微,登为牧守者,不可胜数。是以创造大业,文武并施。御事三十余年,手不舍书。昼则讲军策,夜则思经传。登高必赋,被之管弦,皆成乐章,才力绝人。手射飞鸟,躬擒猛兽。尝于南皮一日射雉六十三头。及造宫室,缮治器械,无不为之法则。皆尽其意。雅性节俭,不好华丽。攻城拔邑,得靡丽之物,则悉以赐有功。勋劳宜赏,不吝千金;无功望施,分毫不与。四方所献,与群下共之。豫自制送终衣服,四箧而已。"①萧绎称赞曹操文武并重,盖世英豪,死前对于后事的安排显示其放达的一面。这一评价,显然不同于陆机

---

① 陈志平、熊清元《金楼子疏证校注》,第130页。

《吊魏武帝文》中关于曹操的评价。对于曹丕与建安七子相处的感人情景,他是十分赞赏的。

萧绎在《言志赋》中还提出:"怀宿昔之玙璠,并来游于菟园。悲元瑜之已逝,叹灵光之独存。想延宾于北阁,因直酒于南轩。"这一段言志咏叹,显然受到曹丕《与吴质书》的影响。曹丕在著名的《与吴质书》中,曾回想与建安文人朝夕相处的情形,感叹他们的凋零:"白日既匿,继以朗月,同乘并载,以游后园,舆轮徐动,参从无声,清风夜起,悲笳微吟,乐往哀来,凄然伤怀。余顾而言,斯乐难常,足下之徒,诚以为然。今果分别,各在一方。元瑜长逝,化为异物,每一念至,何时可言?"在《又与吴质书》中,曹丕抚今思昔,感慨不已:"昔年疾疫,亲故多离其灾,徐、陈、应、刘,一时俱逝,痛可言邪!昔日游处,行则连舆,止则接席,何曾须臾相失!每至觞酌流行,丝竹并奏,酒酣耳热,仰而赋诗。当此之时,忽然不自知乐也。谓百年已分,可长共相保,何图数年之间,零落略尽,言之伤心。顷撰其遗文,都为一集。观其姓名,以为鬼录,追思昔游,犹在心目,而此诸子化为粪壤,可复道哉!"

萧绎十分欣赏曹丕与建安七子相处的情形,向往那种与知音诗文相赏、吟风弄月的名士生活。《梁书》卷五《元帝纪》称:"世祖性不好声色,颇有高名,与裴子野、刘显、萧子云、张缵及当时才秀为布衣之交,著述辞章,多行于世。"他的书札中也不乏类似曹丕那样与文士交游的内容。比如《与萧挹书》中曰:"阔别清颜,忽焉已久,未复音息,劳望情深,暑气方隆,恒保清善,握兰云阁,解绂龙楼,允膺妙选,良为幸甚。想同僚多士,方驾连曹,雅步南宫,容与自玩,士衡已后,唯在兹日,惟昆与季,文藻相晖,二陆、三张,岂独擅美。比暇日无事,时复含毫,颇有赋诗,别当相简,但衡巫峻极,汉水悠长,何时把袂,共披心腹。"①在这封信中他与萧挹深情地回顾了以诗交游的经历,盼望得时与他再聚,以诗交心。"尔乃高步北园,用荡嚣烦。桂偃蹇而临栋,石穹隆而架门。对灌木之修耸,观激水之飞奔。涧不风而自响,天无云而昼昏。闻宾鸿之夜飞,想过沛而沾衣。况登

---

① 严可均编《全上古三代秦汉三国六朝文》,第 3047 页。

楼而作赋,望怀海而思归。"(《言志赋》)①对于友人的伤逝,深感悲苦:"吾自北守琅台,东探禹穴,观涛广陵,面金汤之设险,方舟宛委;眺玉笥之干霄,临水登山。命俦啸侣,中年承乏,摄牧神州。戚里英贤,南冠髦俊。荫真长之弱柳,观茂宏之舞鹤,清酒继进,甘果徐行。长安群公,为其延誉;扶风长者,刷其羽毛。于是驻伏熊,回结驷,命邹湛,召王祥。余顾而言曰:'斯乐难常,诚有之矣。'日月不居,零露相半;素车白马,往矣不追,春华秋实,怀哉何已!独轸魂交,情深宿草。故备书爵里,陈怀旧焉。"②这封信中的有些语言,显然模仿曹丕《与吴质书》。可见,曹丕与建安文士的文学生活对他影响至深。

萧绎的人生观中,受传统道家隐逸思想的影响也很深,他曾反复表示自己羡慕林泉著书,远遁庙堂的想法。在他的诗文中,这种志向时时出现,而著述则是这种人生观的终极驿站。《长歌行》中感叹:"当垆擅旨酒,一卮堪十千。无劳蜀山铸,扶授采金钱。人生行乐尔,何处不留连。朝为洛生咏,夕作据梧眠。从兹忘物我,优游得自然。"《自江州还入石头诗》:"鼓枻浮大川,遥睇雉城观。雉城何郁郁,杳与云霄半。前望青龙门,斜晖白鹤馆。槐垂御沟道,柳缀金堤岸。迅鸟晨风趋,轻舆流水散。高唱梁尘下,湘瑟翔禽乱。我思江海游,曾与朝市玩。忽寄灵台宿,空轸及关叹。仲子入南楚,伯鸾出东汉。何能栖林枝,取毙王孙弹。"③萧绎还在《与刘智藏书》中,写出类似的想法:"仆久厌尘邦,本怀人外,加以服膺常住,讽味了因,弥用思齐,每增求友。常欲登却月之岭,荫偃盖之松,挹璇玉之源,解莲华之剑。藩维有限,脱屣无由。每坐向诩之床,恒思管宁之榻。梦匡山而太息,想桓亭而延伫。白云间之,苍江不极,未因抵掌,我劳如何。想无金玉,数在邮示。弱水难航,犹致书于青鸟;流川弗远,伫芳音于赤玉。鹤望还信,以代萱苏;得志忘言,此宁多述。法车叩头叩头。"④在这封与佛教徒的书信中,萧绎抒发了自己厌倦世俗生活,追求山林隐逸的志趣。

---

① 严可均编《全上古三代秦汉三国六朝文》,第3038页。
② 陈志平、熊清元《金楼子疏证校注》,第868—869页。
③ 逯钦立《先秦汉魏晋南北朝诗》,第2031、2049页。
④ 严可均编《全上古三代秦汉三国六朝文》,第3049页。

这些诗文,抒发的是厌恶庙堂,希冀隐逸的想法,与他受到老庄与历代文士的影响有关,不能说是在纯粹作秀。梁代的江淹曾经在《自序》中感叹:"淹尝云:'人生当适性为乐,安能精意苦力,求身后之名哉?'故自少及长,未尝著书,惟集十卷,谓如此足矣。重以学不为人,交不苟合,又深信天竺缘果之文,偏好老氏清净之术,仕所望不过诸卿二千石,有耕织伏腊之资,则隐矣。常愿幽居筑宇,绝弃人事,苑以丹林,池以绿水,左倚郊甸,右带瀛泽。青春爱谢,则接武平皋;素秋澄景,则独酌虚室。侍姬三四,赵女数人。不则逍遥经纪,弹琴咏诗,朝露几间,忽忘老之将至云尔。淹之所学,尽此而已矣。"①江淹的这些想法,显然代表了南朝许多文士的人生理想与写作观念。当他们厌倦官场生活后,往往皈依老庄与佛教。萧绎的人生观与写作观,未尝不是如此。只是时运不济,生不逢时,无法实现类似江淹那样的人生理想,而被卷入梁末战乱之中。萧绎临死前写诗感叹人生的悲哀。《先秦汉魏晋南北朝诗》作者小传记载:"元帝避建邺则都江陵。外迫强敌,内失人和。魏师至,方征兵四方,未至而城见克。在幽逼求酒,饮之,制诗四绝,后为梁王詧所害。"五言《幽逼诗四首》哀吟:"南风且绝唱,西陵最可悲。今日还蒿里,终非封禅时。""人生逢百六,天道异贞恒。何言异蝼蚁,一旦损鲲鹏。"从这些文献来看,萧绎内心始终是想构建一个属于自己的精神家园,保持精神人格的独立性。对于汉魏以来士人子学精神中的人格境界心向往之。他也有意识地在写作《金楼子》时印证自己的精神追求。

三、萧绎虽为王侯,但是并没有为富贵所耽搁,而是在繁忙的政务之余,著述不辍。他在《金楼子》中自述:"裴几原问曰:'西伯拘而阐《易》,仲尼厄而作《春秋》;孙子之遇庞涓,韩非之值秦后;虞卿穷愁,不韦迁蜀,士嬴疾行,夷齐潜隐,皆心有不悦,尔乃著书。夫子实尊千乘,搴帷万里,地得周旦,声齐燕奭,豪匹四君,威同五伯。玳簪之客,雁行接踵;珠剑之宾,肩随鳞次。下帷著书,其义何也?殊为抵牾,良用于邑。'予答曰:'吾于天下亦不贱也,所以一沐三握发,一食再吐哺,何者?正以名节未树也。吾尝欲棱威瀚海,绝幕居延,出

---

① 胡之骥《江文通集汇注》,北京:中华书局,1984 年,第 381 页。

万死而不顾,必令威振诸夏,然后度聊城而长望,向阳关而凯入。尽忠尽力,以报国家,此吾之上愿焉。次则清浊一壶,弹琴一曲,有志不遂,命也如何?脱略刑名,萧散怀抱,而未能为也。但性过抑扬,恒欲权衡称物,所以隆暑不辞热,凝冬不惮寒,著《鸿烈》者,盖为此也。'"①

这一段对答体,将萧绎的创作动机阐述得很明晰。西汉司马迁在写作《史记》时,提出了发愤著书说,认为上古时代的圣人贤人之著述,皆起于厄运。遭受困厄时,不得通其道,故述往事,思来者。萧绎则认为自己的写作,并不是出于这样的考虑。因为他身居王侯,位高权重,锦衣玉食,生活很优渥,但正如曹丕在《典论·论文》中所批评的,当人们为困苦与富贵所左右时,最容易忘却写作:"贫贱则慑于饥寒,富贵则流于逸乐,遂营目前之务,而遗千载之功。日月逝于上,体貌衰于下,忽然与万物迁化,斯志士之大痛也!"萧绎正是这样的志士。他也曾向往功成名就的立功与立德之勋业,但是种种原因,未能如愿,又不能到诗酒与山水中遣散心怀,埋没志向,于是只好服从命运,权衡称物,仿效刘安著《淮南子》,成一家之言。但是萧绎多次申明,他不屑于像吕不韦、刘安那样,让宾客编写以窃名,而是亲自操觚,写作《金楼子》:

> 又问之曰:"子何不询之有识,共著此书,曷为区区自勤如此?"予答曰:"夫荷蓧被蓑者,难与道纯绵之致密;羹藜含糗者,不足论太牢之滋味。故服绨绤之凉者,不苦盛暑之郁烦;袭貂狐之暖者,不知至寒之凄怆。予之术业,岂宾客之能窥。斯盖以筳撞钟,以蠡测海也。予尝切齿淮南、不韦之书,谓为宾游所制,每至著述之间,不令宾客窥之也。"……饱食高卧,立言何求焉?修德履道,身何忧乎?居安虑危,戒也;见险怀惧,忧也。纷纷然,荣枯宠辱之动也,人其能不动乎?仲尼其人也,抑吾其次之,有佞而进,有直而退,其宁退乎?予不喜游宴淹留,每宴辄早罢,不复沾酌矣。太虚所以高者,以其轻而无累也。人生

---

① 陈志平、熊清元《金楼子疏证校注》,第621—622页。

苟清而无欲,则飘飘之气凌焉。①

萧绎在这里通过与友人对话的方式,解释了自己为什么不采用《淮南子》与《吕氏春秋》招集宾客会编的方式写作。他认为一旦让宾客编书,势必会为宾客所制,曲解自己的写作要义,所以每至著述之际,不让宾客介入。萧绎坦陈自己饱食高卧,衣食无忧,正可以潜心著述,未敢懈怠,甚至认为自己的著述在孔子之下。提出人生苟清而无欲,则飘飘之气凌焉。这种境界正是写作的最好状态。

当然,由于一辈子在父亲梁武帝的阴影笼罩之下,加之他的生理缺憾,以及婚姻的不如意,梁元帝萧绎的心理始终处于阴郁之中。这也是他发愤著书的深层原因之一。在《立言篇》中他感叹:

颜回希舜,所以早亡;贾谊好学,遂令速殒。扬雄作赋,有梦肠之谈;曹植为文,有反胃之论。生也有涯,智也无涯,以有涯之生,逐无涯之智,余将养性养神,获麟于《金楼》之制也。

在《文心雕龙·序志》中,刘勰也有类似的感叹:"生也有涯,无涯惟智。逐物实难,凭性良易。傲岸泉石,咀嚼文义。文果载心,余心有寄。"可见,无论是刘勰还是萧绎,都传承了汉魏以来人生观影响下的文章价值观,将写作视为人生的寄托。

萧绎的人生观影响到他的创作思想。创作既然成为其人生慰藉与寄托,是有为而作,因此,他在创作观上,提出有感而发的思想:

捣衣清而彻,有悲人者,此是秋士悲于心。捣衣感于外,内外相感,愁情结悲,然后哀怨生焉。苟无感,何嗟何怨也?

这一创作观念,也是魏晋以来情物相感的审美观念的彰显。因物兴感,缘情而作,是魏晋南北朝文论中关于创作发生的基本观念,所谓"遵四时以叹逝,瞻万物而思纷"。文士目睹捣衣妇,受秋气感染,悲情缘境而生,于是内外相感而产生哀怨,并形诸吟咏。

萧绎自己的作品也大都以兴为美,是缘情而作的产物。他的《荡妇秋思赋》描写了皎皎明月与荡妇秋思情景交融的意境:"荡子

---

① 陈志平、熊清元《金楼子疏证校注》,第622页。

之别十年,倡妇之居自怜。登楼一望,唯见远树含烟。平原如此,不知道路几千?天与水兮相逼,山与云兮共色。山则苍苍入汉,水则涓涓不测。谁复堪见鸟飞,悲鸣只翼!秋何月而不清,月何秋而不明?况乃倡楼荡妇,对此伤情。于时露萎庭蕙,霜封阶砌,坐视带长,转看腰细。"①这篇赋铺叙倡妇在秋月秋水中惆怅自伤,孤寂难耐的心境,景物在这里成了衬托主人心境的意象。思妇在孤独之下,只有借山水自然来排遣。在《玉台新咏》收录的许多作品中,这种以秋月作为背景的思妇诗就更多了。

四、萧绎人格精神的缺失,在于时代因素与个人因素的结合。
萧绎虽然在创作理念上紧随时代潮流,但是由于人格精神的缺陷,终于使文章与人格相分裂,陷入心口不一的悲剧。刘勰在《文心雕龙·神思》中提出"陶钧文思,贵在虚静",萧绎恰恰因为没有摆脱世俗欲望的纠缠,陷入著述与世俗利益的博弈之中,最终因为人格精神的缺失,而使《金楼子》的写作无法取得子书的成就,个人也因为执政上的刚愎自用而陷入身败国灭的悲惨下场。唐代史学家姚思廉《梁书》卷五《元帝本纪》说他政治上虽有成就,帮助削平侯景之乱,自立为帝,但为人"禀性猜忌,不隔疏近;御下无术,履冰弗惧,故凤阙伺晨之功,火无内照之美"。

萧绎的遭际并非全由个人的原因,而是整个南朝世族的时代悲剧与命运使然。南朝世族历经魏晋时代,已经走向衰微,具体表现为刘宋时代世族地位为悄然兴起的寒门武人集团所替代。南朝齐梁的兰陵家族,通过军功,掌握政权,转化为新的世族集团,但已经没有了东晋王谢世族早期锐意进取的勇气,也没有东晋豪族桓温那样的英豪之气,一旦取得政权与皇位后,热衷于争权夺利,互相残杀。如果说东晋王氏家族中王敦那样的枭雄尚且不忍骨肉相残,那么南朝自刘宋皇朝开始,统治集团内部的骨肉相残则成家常便饭。与此同时,为了自身与家族利益不惜牺牲江山社稷与他人利益成了世风。尽管南朝齐梁政权的统治阶级向往前辈人物的勋业,尽管他们沉溺于学术与文学,吟风弄月,标榜清高,但他们始终不肯

---

① 严可均编《全上古三代秦汉三国六朝文》,第3038页。

放弃眼前利益,眷恋身家性命。正如刘勰《文心雕龙·情采》中所说"故有志深轩冕,而泛咏皋壤。心缠几务,而虚述人外。真宰弗存,翩其反矣",隋代大儒王通《文中子》中批评他"贪人也,其文繁",不无道理。

萧绎《金楼子》的写作,缺乏王充与东汉晚期诸子的风骨,呈现出明显的"言与志反"的特征。王充与东汉晚期的诸子,大都地位寒微,出于忧患精神而从事写作,他们的写作是发愤著书的彰显,批判锋芒尖锐,情感真实,产生了巨大的感染力量。王充在《超奇篇》中提出:"实诚在胸臆,文墨著竹帛,外内表里,自相副称,意奋而笔纵,故文见而实露也。"王充认为真诚无欺的文章才能产生夺人心魄的力量。喜欢夸饰调弄的文人,内心不实诚的人,写出来的文章也是不可能感动别人的。从思想文化的角度来说,萧绎的成一家之言,所以无法达到司马迁所说发愤著书的深度,在于自身的因素。在《报任安书》中,司马迁强调发愤著书的动机大都是个人遭际的不幸,突出了个体因素在创作中的作用。儒家文论讲诗可以怨,大都说的是诗人代民立言的群体意义。比如《毛诗序》中谈到:"国史明乎得失之迹,伤人伦之废,哀刑政之苛,吟咏情性,以风其上,达于事变而怀其旧俗者也。"这里说的"国史",是指诗人承担代王政立言的史官角色,以诗代史,来反映时代情绪与人民呼声。从文学情感与思想蕴涵来说,悲愤痛苦的情感往往使作者能够体会到生活与宇宙中最深刻的意蕴,孟子说得好:"人之有德慧术知者,恒存乎疢疾。独孤臣孽子,其操心也危,其虑患也深,故达。"(《孟子·尽心上》)孟子认为真正有智慧德术的人,往往是遭受痛苦之人。那些孤臣孽子,他们受到国君的排斥,内心无比忧愤,于是对不公平的命运展开思索,故其思虑也深。司马迁在论述屈原的事迹与创作时更突出了这一点。在《史记》中,充分洋溢着浩邈的宇宙意识。由个人的遭际出发,推广到天道人事,进而对人类的普遍命运提出新的思考与理论,这是司马迁精神世界中人文意识的表现。南朝袁淑的《吊古文》也这样认为:"贾谊发愤于湘江,长卿愁悉于园邑,彦真因文以悲出,伯喈炫史而求人,文举疏诞以殃速,德祖精密而祸及。夫然,不患思之贫,无苦识之浅。士以伐能见斥,女以骄色贻遭。以往古为镜鉴,以未来为针艾。书余言于子绅,亦何劳乎蓍蔡。"①

但萧绎却是一位利用帝王地位与身份掩饰自己的人,无法与这些文士相比。尽管他说过:"夫言行在于美,不在于多。出一美言美行,而天下从之,或见一恶意丑事,而万民违之,可不慎乎?《易》曰:'言行,君子之枢机。枢机之发,荣辱之主也。'"(《金楼子·聚书篇》)但是他终究没有做到言行一致。在实际生活中,萧绎内心极为忌刻,尤其是对亲生兄弟。北宋的司马光评论:"元帝于兄弟之中,残忍尤甚,是以虽翦凶渠而克复故业,旋踵之间,身为俘馘;岂特人心之不与哉?亦天地之所诛也。"明代张溥《汉魏六朝百三家集》中评论:"狡人好语,固难以尝测。"都指出萧绎由于人格卑下,造成学问与人格的差异,而他的写作,难免"言与志反",无法与曹丕的写作精神相比。

五、由于子学灵魂的缺失,萧绎与南朝子学的特征是知识至上而批评罕有。 清代学者章学诚《文史通义》卷六云:"魏文帝作《皇览》,类书之始也。"②魏晋南北朝时代的诗文创作开始注重用典,而此种用典之风,与类书的大量编修是分不开的。梁武帝开国之初,天监元年(502)下诏刘杳等人编修《寿光书苑》,此书一共编了十年之余才完成。天监十五年(516),梁武帝又下诏让何思澄等人编修《华林遍略》,刘孝标等人又为安成王萧秀编《类苑》。南朝皇族与世族的诸子学,失去了魏晋以来子学的原创精神,以堆砌材料,炫耀知识作为学问,这并不是他们个人的问题,而体现了士族到了南朝,沉溺于眼前利益,耽于世俗而无法超越。当时佛教感兴趣的是所谓神不灭的问题,意在使人死后灵魂获得超度,实质上也是他们耽于现实利益心态的反映。由于主体精神的变化,南朝的子学早已丧失那种批评的锐气,剩下的是对知识的追求,与私人化的写作拼缀。《颜氏家训·序致》云:"魏、晋已来,所著诸子,理重事复,递相模斅,犹屋下架屋,床上施床耳。"《文心雕龙·诸子》指出:"迄至魏晋,作者间出,谰言兼存,璅语必录,类聚而求,亦充箱照轸矣。"也指出了魏

---

① 《艺文类聚》,上海古籍出版社,1999年,第730页。
② 叶瑛《文史通义校注》,北京:中华书局,2014年,第601页。

晋以来子书喜欢积聚知识、堆积典故的特点。

南朝的文人以博学多才为贵。代表人物便是宋齐梁三朝贵盛的文士沈约。《梁书·沈约传》记载："约左目重瞳子，腰有紫志，聪明过人。好坟籍，聚书至二万卷，京师莫比。……先此，约尝侍宴，值豫州献栗，径寸半，帝奇之，问曰：'栗事多少？'与约各疏所忆，少帝三事。出谓人曰：'此公护前，不让即羞死。'帝以其言不逊，欲抵其罪，徐勉固谏乃止。及闻赤章事，大怒，中使谴责者数焉，约惧遂卒。"从这段记载来看，不仅沈约，梁武帝也是以隶事用典为能事的。梁武帝因为在一次宴会上作诗时，沈约为了维护他的脸面而故意让他，事后道出了事实，让他感到自己的面子受到伤害而不惜谴责沈约，致使沈约忧惧而死。萧绎批评当时的著述风气：

> 诸子兴于战国，文集盛于二汉，至家家有制，人人有集。其美者足以叙情志，敦风俗；其弊者只以烦简牍，疲后生。往者既积，来者未已。翘足志学，白首不遍。或昔之所重今反轻，今之所重，古之所贱。嗟我后生博达之士，有能品藻异同，删整芜秽，使卷无瑕玷，览无遗功，可谓学矣。①

萧绎《金楼子》的著述特点与先秦两汉魏晋诸子书不同，却似于类书。《四库全书总目》这样评价："《梁书·本纪》称帝博总群书，著述词章，多行于世。其在藩时，尝自号金楼子，因以名书。《隋书·经籍志》、《唐书》、《宋史·艺文志》俱载其目，为二十卷。……其书于古今闻见事迹，治忽贞邪，咸为苞载。附以议论，劝诫兼资，盖亦杂家之流。而当时周、秦异书未尽亡佚，具有征引。如许由之父名，兄弟七人，十九而隐，成汤凡有七号之类，皆史外轶闻，他书未见。又《立言》、《聚书》、《著书》诸篇，自表其撰述之勤，所纪典籍源流，亦可补诸书所未备。惟永明以后，艳语盛行，此书亦文格绮靡，不出尔时风气。其故为古奥，如纪始安王遥光一节，句读难施，又成伪体。至于自称五百年运余何敢让，俨然上比孔子，尤为不经。是则瑕瑜不掩，亦不必曲为讳尔。"②从这些评价来看，《金楼子》确实类

---

① 陈志平、熊清元《金楼子疏证校注》，第659页。
② 陈志平、熊清元《金楼子疏证校注》附录，第1199页。

似于杂家。《金楼子》有《聚书篇》,专门讲述当时各家藏书的情况,并且自谓:"吾今年四十六岁,自聚书来四十年,得书八万卷,河间之侔汉室,颇谓过之矣。"藏书风气的流行,对于当时的用典起到了文献支持的作用。

因此,《金楼子》的写作以杂家著称,而在独立建言方面,远不及先秦两汉与魏晋以来的子学,也是必然的。面对时世的纷乱与世态人情,萧绎无法做到像葛洪那样的拒绝世俗、拒绝诱惑,坚持独立思考与独立人格,而只能以炫耀知识,积聚文献为能事,间或杂以自己的一些见解,造成这部子书的特点。日本学者兴膳宏指出它为"稗贩之作",①但是田晓菲归纳为个人因素:"而这些文字所呈现出来的,也不再是那个以理智控制感情的传统子书的作者,而是一个充满野心、欲望、焦虑、嫉妒,性格缺点重重,一生被身体残疾所苦,甚至被身体残疾所定义的个人。就这样,萧绎用一部既沿袭传统又改造了传统的子书,宣告了子书的黄昏。"②这样的说法,也未免过于简单,实际上,子书在南朝时期,并未消亡,而是与集部相交融,进入集部的诗文评中。这一点,本书在下面还要详细论述。

第三节 《金楼子》与"文笔之辨"

萧绎《金楼子》以子书的体式,对中国传统文论的文笔之辨提出了自己的看法,对于文笔之辨作了总结。

文笔之辨涉及中国古代的文章与文学概念的演变。先秦秦汉时期,"文学"主要指以儒学为主的人文学术,文章则指辞章写作。到了汉末三国时,文学依然指儒学为主的学术。迄至魏晋南北朝时期,"文学"、"文章"之分逐渐合一,出现了"文笔说","文"、"笔"(或"诗"、"笔","辞"、"笔")对举。曹丕的《典论·论文》第一次提出"文以气为主",对各种著述之间的差异作了概括,并提出了"夫文本同而末异"的理论。对学术著作与文学作品从体裁、形式的同异

---

① 兴膳宏著,彭恩华译《六朝文学论稿》,岳麓书社,1986年,第117页。
② 田晓菲《诸子的黄昏:中国中古时代的黄昏》,《中国文化》第27期。

第六章　南朝子学与文学批评

进行了阐述,提出:"盖文章,经国之大业,不朽之盛事。年寿有时而尽,荣乐止乎其身,二者必至之常期,未若文章之无穷。"此后,陆机、挚虞等人对各种文学体裁之间的差别及历史渊源进行了探讨。昭明太子萧统则根据"文"、"笔"之说编纂《文选》。他在《文选·序》中说得很清楚,所选主要是"以能文为事"的文学作品,不选"与日月俱悬"的儒家经典、"以立意为宗"的"老、庄之作,管、孟之流",连"纪事之史,系年之书"也摒弃于《文选》之外。他之所以不选经籍子史,是因为它们重在"立意为宗",而"不以能文为本"。这个"文",就是指"事出于沉思,义归乎翰藻"的带有文学色彩的作品。但是传统的文学概念仍然沿用。刘义庆编《世说新语》,"文学"作为与德行、政事、言语相对应的孔门四科,其基本含义仍为人文学术,只是主要指儒学、玄学与佛学,反映出当时学术形态的变迁与新潮。可见,文学作为人文学术的概念在魏晋南北朝仍然沿用,并未完全放弃。这是我们要特别留意的。

"文笔之辨"与"声律之辨"是六朝时代关于文学特性的论辩。这些论辩直接关涉文学观念,在当时与后世的文学批评中一直备受关注。《文心雕龙·总术》篇说:"今之常言,有文有笔,以为无韵者笔也,有韵者文也。"这种以有韵无韵来区别"文"与"笔"的观点,盛行于南朝。这里的韵,就是指韵脚,而不是沈约所说的"宫羽相变,低昂互节"的谐韵。不过,在两汉时代,"文笔"一词,却屡见《论衡》一书中。如《超奇篇》说:"笔能著文,则心能谋论……意奋而笔纵,故文见而实露也。"《佚文篇》云:"文人之笔,独已公矣。圣贤定意于笔,笔集成文,文具情显。"只是这里的"笔",指写作工具的"笔",与南朝人以有韵无韵分文笔的说法明显不同。《世说新语·文学篇》载:"乐令(按:乐广)善于清言,而不长于手笔,将让河南尹,请潘岳为表。潘云:可作耳,要当得君意。乐为述己所以为让,标位二百许语,潘直取错综,便成名笔。"书中所言的"笔"即指无韵的公文,还不是与"文"相对意义上的"笔"。文笔对举的例子,始见于《南史·颜延之传》:"(宋文帝)尝问以诸子才能,延之曰:'竣得臣笔,测得臣文。'"证以《文心雕龙·总术》篇所说当时人以有韵无韵分文笔的说法,可知当时划分文笔的标准就是押不押韵脚。文笔之分起源于文体的辨析。

秦汉之后,以"篇什"、"篇翰"为名的文章日渐增多。原来的分类法,如班固《汉书·艺文志》中把"诗赋略"在"六艺"、"诸子"外另加别立,后来因体制名目繁多,削足适履的分类法已不可能包罗这些新的篇制。《后汉书·蔡邕传》云:"所著诗、赋、碑、诔、铭、赞、连珠、箴、吊、议论、《独断》、《劝学》、《释诲》、《叙乐》、《女训》、《篆势》、《祝文》、章表、书记凡百四篇。"当时出现的大量新文体,迫使人们另辟蹊径,用别的分类法来辨析文体,有的史书改用"文赋"、"文翰"、"文笔"等词来总结分类。《三国志·魏书·曹爽传》称何晏:"作《道德论》及诸文赋著述凡数十篇。"《三国志·吴书·曹爽传》注引《孙惠别传》曰:"惠文翰凡数十首。"《南齐书·竟陵王子良传》称:"所著内外文笔数十卷。"在分类名称屡迁的过程中,人们认识到缘情性与形式美(包括词采、声律)相结合,是文学区别于其他应用文体的内在规定性,于是就用有韵无韵的文笔之称来划分文体。在排列文体时,一般是将有韵的诗文排在前面,无韵的书论等文体排在后面。不过文笔被区别对待后,"文"仍然可作"文"、"笔"两类文体的通称。《文心雕龙·序志》篇说:"文心者,言为文之用心也。"这里的"文"显然包括"文"与"笔"两类。

"文笔之辨"在南朝,经历了不断发展与完善的过程,标志着人们对文学性质和特点的认识越来越深,从最初注重韵律美到要求韵律美、词采美与情感的自然抒发融为一体,体现了魏晋南朝时文论家把形式美与文学的抒情特质密切联系的美学观念。

在南朝文论家中,对"文笔之辨"系统发表意见的,有颜延之、刘勰、范晔和萧绎等人,下面加以概要介绍。最早在南朝发表关于文笔区别意见的,当推刘宋时代的文学家颜延之。《文心雕龙·总术》篇载:"颜延年以为,笔之为体,言之文也,经典则言而非笔,传记则笔而非言。"刘宋之前的魏晋人论"笔",大抵指无韵的单篇文章,颜延之把专著性质的传记也列入"笔",这就扩大了"笔"的范围。后来刘勰《文心雕龙》把史传、诸子列入笔类,可能受了颜延之看法的影响。颜延之进而把笔分为言、笔两类,其区别如范文澜所言:"此言字与笔字对举,意谓直言事理,不加彩饰者谓笔,如《礼经》、《尚书》

之类是;言之有文饰者谓言,如《左传》、《礼记》之类是;其有文饰而又有韵者为文。"①与魏晋时人仅把笔看作无韵之单篇的观点相比,颜延之强调笔也应讲究文采,这反映了南朝人重视形式美。他把经传分别归入言和笔,固然有其片面之处,如《诗经》就属于有文采的"文"一类。但颜延之从注重文章形式美的角度出发,敢于把经典摈除于文笔之外,却是相当大胆的看法。唯其如此,刘勰才反驳他说:"《易》之《文言》,岂非言文,若笔不言文,不得云经典非笔矣。将以立论,未见其论立也。予以为,发口为言,属笔曰翰,常道曰经,述经曰传。经传之体,也言入笔。笔为言使,可强可弱,分经以典奥为不刊,非以言笔为优劣。"刘勰将《易》中的《文言》视作"文",以此证明经典为"文"而非"笔",这种看法很牵强。刘勰从宗经、征圣的观念出发,认为经书最有文采:"圣文之雅丽,固衔华而佩实者也。"后世文体都由经典衍生而来,必须以经书作为写作的楷模。从这种偏见出发,他自然要反对颜延之将经书打入"言"的冷宫的做法了。不过,刘勰本人也并没有否定文笔之分,《序志》篇说:"若乃论文叙笔,则囿别区分……上篇以上,纳领明矣。"他的"文笔说"采纳了有韵为言语,无韵为笔的看法。《文心雕龙》上篇论文体,第六至第十五篇论有韵之文;第十六至二十五篇论无韵之笔。还有些文类介乎有韵无韵之间,古人一般也作为有韵之文看待,如《文心雕龙》将《杂文》、《谐隐》两篇放在有韵之文的最后部分,下接无韵之《史传》等篇。在具体论述中,他常以文笔对举。如《体性》篇云:"是以笔区云谲,文苑波诡","文场笔苑,有术有门"。这些,说明刘勰还是接受了当时"文笔之辨"中的某些观点。

刘宋时代的史学家范晔,是《后汉书》的作者,他在著名的《狱中与诸甥侄书》中对文笔问题也发表过意见,并产生了一定的影响。他自叙:"性别宫商,识清浊,斯自然也。观古今文人,多不全了此处,纵有会此者,不必从根本中来。言之皆有实证,非为空谈,年少中谢庄最有其分,手笔差易,文不拘韵故也。吾思乃无定方,特能济难适轻重,所禀之分,犹当未尽。但多公家之言,少于事外远致,以

---

① 范文澜《文心雕龙注》,第658页。

此为恨……吾杂传论皆有精意深旨,至于《循吏》以下及《六夷》诸序论,笔势纵放,实天下之奇作。……赞自是吾文杰思,殆无一字空设,奇变不穷,同合异体,乃自不知所以称之。"范晔对自己的写作颇为自负。他把自己所撰《后汉书》中无韵的序论称为笔,有韵的赞称为文。他自谓:"性别宫商,识清浊。"所以无论文或笔都很拿手,只是笔不拘韵,故差易于文。范晔认为文的音韵不仅指押韵脚,而且包括宫商清浊,在音律上更为严格。

在文笔说上代表南朝最高理论成就的,当推梁元帝萧绎。他在《金缕子·立言篇》中阐发了自己对于文笔之辨的看法:

> 古之学者为己,今之学者为人。学而优则仕,仕而优则学,古人之风也。修天爵以取人爵,获人爵而弃天爵,末俗之风也。古人之风,夫子所以昌言。末俗之风,孟子所以扼腕。然而古人之学者有二,今人之学者有四。夫子门徒,转相师受,通圣人之经者谓之儒,屈原、宋玉、枚乘、长卿之徒,止于辞赋则谓之文。今之儒博穷子史,但能识其事,不能通其理者,谓之学。至如不便为诗如阎纂,善为章奏如伯松,若此之流,泛谓之笔;吟咏风谣,流连哀思者,谓之文。而学者率多不便属辞,守其章句,迟于通变,质于心用。学者不能定礼乐之是非,辩经教之宗旨,徒能扬榷前言,抵掌多识。然而把源知流,亦足可贵。笔退则非谓成篇,进则不云取义,神其巧惠,笔端而已。至如文者,维须绮縠纷披,宫徵靡曼,唇吻遒会,情灵摇荡,而古之文笔,今之文笔,其源又异。

萧绎提出古之学者有二,一种是为己,即坚持独立学术人格的人物,他们不为利禄所诱,潜心于自己的学问,东汉时王符写作《潜夫论》即是此类写作;另一种则是为了外在利益而写作的,这就是末俗之风。然而今之学者则变成了四种,萧绎认为,第一种是通圣人之经的儒者,第二种是擅长辞赋的文人,第三种是博穷经子学与史学的学者,第四种是擅长公文写作的专业人士,谓之笔。而文士则是吟咏风谣、流连哀思者。这说的是文士的创作方式,至于文不同于笔的根本特征,则是所谓"绮縠纷披,宫徵靡曼,唇吻遒会,情灵摇荡"。

第六章 南朝子学与文学批评

萧绎的看法集中代表了齐梁时期重视文学形式美的观点。首先他从历史发展的角度,论述了文学家和儒学之士的区别。然后,又区别了当时博通子史,善为章奏的"学"、"笔"与"文"的差异。颜延之、范晔、刘勰论文笔之辨都以音律为尺度,萧绎的看法则大大进了一步。他认为"文"不单指有韵(指押韵脚),而且还要华丽漂亮的词藻("绮縠纷披")、抑扬悦耳的音律("唇吻遒会")与婉丽动人的情感("情灵摇荡")相结合,方能构成真正的"文"。即使是"笔",也要求"神其巧惠"即讲究构思的巧妙,以别于"直言之言,论难之语"。萧绎所说的"文",已经和今天我们纯文学概念的标准大致相当。

萧绎文笔说的最大价值在于确定了文学家不同于学者与文案之人的身份标志,即在于"吟咏风谣,流连哀思"。魏晋以来,流连哀思的文学观念盛极一时,西晋文士傅咸作《感别赋(并序)》云:"友人鲁庶叔,雅量宏济,思心辽远,余自少与之相长,情相爱亲,有如同生。其后选太子洗马,俄而谬蒙朝私,猥忝斯职,虽惧不称,而喜得与此子同班共事,天下之遇,未有若此。周旋三载,鲁生迁尚书郎,虽别不远,而甚怅恨。退作兹赋云尔。"①赋中感叹:"出顺景而为偶,入阒然而无依。步虚宇以低回,想宴笑之余晖。意缠绵而弥结,泪雨面而沾衣。"傅咸《感别赋》是因为友人鲁庶叔迁尚书郎而相别,引起怅恨所作的,赋中直抒胸臆,描述了其复杂心理。刘宋时的江淹作有《恨赋》、《别赋》,更是极尽离愁别绪之凄婉美。西晋太康文人潘岳作《秋兴赋》:"四时忽其代序兮,万物纷以回薄。览花莳之时育兮,察盛衰之所托。感冬索而春敷兮,嗟夏茂而秋落。虽末士之荣悴兮,伊人情之美恶。善乎宋玉之言曰:'悲哉秋之为气也!萧瑟兮,草木摇落而变衰。憭栗兮若在远行,登山临水送将归。'夫送归怀慕徒之恋兮,远行有羁旅之愤。临川感流以叹逝兮,登山怀远而悼近。彼四戚之疚心兮,遭一涂而难忍。嗟秋日之可哀兮,谅无愁而不尽。"潘岳《秋兴赋》铺写他仕途失意,又遇秋景,触景生情。赋中以春秋代序引发出愁情,以萧索的秋景来抒发心中的孤寂与失意。悲秋之赋,肇始于宋玉《九辩》,潘岳《秋兴赋》又在秋景中遣发

---

① 严可均编《全上古三代秦汉三国六朝文》,第 1751 页。

士人不遇的情怀,影响了后世的赋作如东晋曹毗《秋兴赋》,梁萧纲《秋兴赋》,唐刘禹锡《秋声赋》,黄滔《秋色赋》,宋李纲《秋色赋》,陈普《秋兴赋》,明吴稚《感秋赋》等。刘宋士人王微在《与从弟僧绰书》中感叹:"吾少学作文,又晚节如小进,使君公欲民不偷,每加存饰,酬对尊贵,不厌敬恭。且文词不怨思抑扬,则流澹无味。文好古,贵能连类可悲,一往视之,如似多意。当见居非求志,清论所排,便是通辞诉屈邪。"①

萧绎的文笔之辨,既突出了文的独特审美特征,又强调文与其他文体的联系。曹丕在《典论·论文》中曾经慨叹"文本同而末异,盖奏议宜雅,书论宜理,铭诔尚实,诗赋欲丽,此四科不同,故能之者偏也。唯通才能备其体。"与文相邻的其他精神活动也是既互相联系又互相区分的。萧绎看到了这种特点,他指出:"潘安仁清绮若是,而评者止称情切,故知为文之难也。曹子建、陆士衡,皆文士也,观其辞致侧密,事语坚明,意匠有序,遣言无失。虽不以儒者命家,此亦悉通其义也。遍观文士,略尽知之。至于谢玄晖,始见贫小,然而天才命世,过足以补尤。任彦昇甲部阙如,才长笔翰,善缉流略,遂有龙门之名,斯亦一时之盛。夫今之俗,搢绅稚齿,闾巷小生,学以浮动为贵,用百家则多尚轻侧,涉经记则不通大旨。苟取成章,贵在悦目,龙首豕足,随时之义;牛头马髀,强相附会。"②萧绎认为潘岳为文清绮,而论者止称他善于缘情,可知为文要达到兼善的境界是很难的。相对来说,曹植与陆机在为文与学问的结合上则更胜一筹。其他如谢、任,虽然不擅经学,但是他们在文笔上表现卓越,足以掩其不足。刘勰在《文心雕龙·明诗》中指出:"若夫四言正体,则雅润为本;五言流调,则清丽居宗,华实异用,惟才所安。故平子得其雅,叔夜含其润,茂先凝其清,景阳振其丽,兼善则子建、仲宣,偏美则太冲、公幹。"《文心雕龙·程器》篇中指出:"盖人禀五材,修短殊用,自非上哲,难以求备。"萧绎论文笔之辨,对于文士与儒生的区划加以突出,文学与非文学的标准更加明晰。《金楼子》对于中国古

---

① 严可均编《全上古三代秦汉三国六朝文》,第2537页。
② 陈志平、熊清元《金楼子疏证校注》,第770—771页。

代文学理论的重要贡献,在于它对于当时争论不休的"文笔之辨",提出了自己的观点。

萧绎指出:"至如文者,维须绮縠纷披,宫徵靡曼,唇吻遒会,情灵摇荡。"不惟代表了齐梁人的文学观念,也总结了汉末魏晋以来人们对于文学特征的认识。刘勰《文心雕龙·序志》感叹:"而去圣久远,文体解散,辞人爱奇,言贵浮诡,饰羽尚画,文绣鞶帨,离本弥甚,将遂讹滥。"①其实,这种文学追求形式之美的观念,也是一种时代的必然要求。曹植作《前录序》:"故君子之作也,俨乎若高山,勃乎若浮云,质素也如秋蓬,摛藻也如春葩,泛乎洋洋,光乎暤暤,与雅颂争流可也,余少而好赋,其所尚也,雅好慷慨,所著繁多,虽触类而作,然芜秽者众,故删定别撰,为《前录》七十八篇。"曹植此序,宣明了他创作诗文的审美理想。钟嵘《诗品》列曹植五言诗为上品:"魏陈思王植:其源出于《国风》。骨气奇高,词采华茂,情兼雅怨,体被文质,粲溢今古,卓尔不群。嗟乎!陈思之于文章也,譬人伦之有周孔,鳞羽之有龙凤,音乐之有琴笙,女工之有黼黻。"沈约在《宋书》卷六十七《谢灵运传论》中指出:"至于建安,曹氏基命,二祖陈王,咸蓄盛藻,甫乃以情纬文,以文被质。自汉至魏,四百余年,辞人才子,文体三变。相如巧为形似之言,班固长于情理之说,子建、仲宣以气质为体,并标能擅美,独映当时。"指出曹植诗文创作的美学特点。可见,曹植代表着建安以来文人对于诗文之美的追求与认识,这就是以情纬文,以文被质。到了西晋太康,这种文学观念进一步发展起来。陆机《文赋》所言之文,也是包含着多种文体的文章范畴。他在《文赋》中提出"诗缘情而绮靡,赋体物而浏亮"的观念。李充《翰林论》认为:"或问曰,何如斯可谓之文?答曰:孔文举之书,陆士衡之议,斯可谓成文矣。""潘安仁之为文也,犹翔禽之羽毛,衣被之绡縠。""研核名理,而论难生焉,论贵于允理,不求支离,若嵇康之论,成文美矣。"李充不仅强调陆机、潘岳那样的文士善于缘情绮靡,而且认为即使嵇康那样的论说文,也彰显出文笔之美。

萧绎对于文学发展观念,有着自己的看法。他在《内典碑铭集

---

① 范文澜《文心雕龙注》,第 726 页。

林序》中提出:"夫世代亟改,论文之理非一;时事推移,属词之体或异。但繁则伤弱,率则恨省;存华则失体,从实则无味。或引事虽博,其意犹同;或新意虽奇,无所倚约;或首尾伦帖,事似牵课;或翻复博涉,体制不工。能使艳而不华,质而不野,博而不繁,省而不率,文而有质,约而能润,事随意转,理逐言深,所谓菁华,无以间也。"①萧绎的文学观念与萧统、刘勰颇为接近,他主张文学由简素到华丽是一个自然而然的过程;作为审美的规范,则是"艳而不华,质而不野,博而不繁,省而不率,文而有质,约而能润"。他的文笔之辨是基于此而成立的。萧绎自己的文学创作也彰显出这种审美特色。萧琛《和元帝诗》称赞他:"妙善有兼姿,群才成大厦。奕奕工辞赋,翩翩富文雅。丽藻若龙雕,洪才类河泻。案牍时多暇,优游阅典坟。儒墨自玄解,文史更区分。平台礼申穆,兔苑接卿云。轩盖荫驰道,珠履忽成群。德音高下被,英声远近闻。"②《隋书·文学传序》云:"梁自大同之后,雅道沦缺,渐乖典则,争驰新巧。简文、湘东,启其淫放,徐陵、庾信,分路扬镳。其意浅而繁,其文匿而彩,词尚轻险,情多哀思。格以延陵之听,盖亦亡国之音乎!"这是从儒家观念出发对萧绎所作的批评,今天我们不必囿于这种传统的正史观念。王运熙、杨明主编的《魏晋南北朝文学批评通史》第二编第二章第五节认为萧绎的文笔之辨,反映了"当时人对于抒情诗赋等作品审美特征的认识",罗宗强《魏晋南北朝文学思想史》第九章第四节云:"萧绎这段话说明文与非文的区别在于抒情、声律、词采的华美,且亦说明此种华美实含有娱乐的性质。"可以说代表了当代学者对于萧绎文笔之辨的认识。

第四节 《颜氏家训》与南朝文学批评

北朝颜之推的《颜氏家训》是中国历史上家训体的代表作。《北齐书·颜之推传》记载:"齐亡入周,大象末为御史上士。隋开皇中,

---

① 严可均编《全上古三代秦汉三国六朝文》,第3053页。
② 《先秦汉魏晋南北朝诗》,第1803页。

第六章　南朝子学与文学批评

太子召为学士,甚见礼重。寻以疾终。有文三十卷,撰《家训》二十篇,并行于世。"①从中可知此书产生于隋末。颜氏本为南朝梁代大臣,侯景之乱后入西魏,后奔北齐,北齐亡入北周,后入隋,曾被太子召为学士,著有《家训》七卷,另有《集灵记》二十卷、《冤魂志》三卷、《集》三十卷。《颜氏家训》一书体现出鲜明的南北朝思想文化兼收并蓄的特点,它以儒学为主,用儒家的忠孝友、博学慎思观念对儿子进行教育,同时又辅之以道家的养生、止足思想,以及佛教的因果修行思想。相对于历代家训局限于修身齐家范畴,此书广泛涉及文学艺术内容。正因为如此,清代四库馆将其纳入子部,而非经部。中国古代文学理论批评,存在着丰富的体式,既有《文心雕龙》这样体大思精的专书,亦有《六一诗话》这样的诗话体,其中家训体也构成一种独特的体式,它不仅是一种体制,而且视角、立场也与一般的批评体式不同。

作为由南入北,饱经沧桑,屈仕北朝的儒学世家成员,颜之推与庾信、王褒等人物一样,历来是存在争议的。他的文学观念,也一直受到重视。但是以往的研究,往往只是将《颜氏家训》平行地作为文学批评的著作,而没有从特定的家训视角观察,对于其中的矛盾之处仍缺乏深入研究。本文有鉴于此,作一些探讨。

(一)《颜氏家训》与南朝家风

颜之推写作《颜氏家训》时,已近人生晚岁,历尽沧桑之后,他对于人生可谓百感交集。相对于同时代许多死于非命的士大夫来说,他得以苟活,并且两个儿子都安然无恙,这同庾信的子女在梁末战乱中死于非命相比,还算是幸运的。但是他在《观我生赋》的最后,发出了内心的悲叹:"予一生而三化,备荼苦而蓼辛(自注:在阳都值侯景杀简文而篡位,于江陵逢孝元覆灭,至此而三为亡国之人),鸟焚林而铩翮,鱼夺水而暴鳞,嗟宇宙之辽旷,愧无所而容身。"②他创作的这篇带有史诗特点的赋,叙述了自己的家族历史,讲述了当

---

① 《北齐书》,第618页。
② 《北齐书》,第625页。

时天崩地坼的战乱与改朝换代,特别是感叹自己的失节与苟活,对此表现出深深的悔恨与自责。当时不少与他有相同遭际的名士都有类似的悲呼,比如庾信写出了著名的《哀江南赋》、沈炯写出了《归魂赋》。庾信在《哀江南赋》中悲呼:"呜呼!山岳崩颓,既履危亡之运;春秋迭代,必有去故之悲。天意人事,可以凄怆伤心者矣!况复舟楫路穷,星汉非乘槎可上;风飙道阻,蓬莱无可到之期。穷者欲达其言,劳者须歌其事。"①他们在经历了家国变故后,做了北朝的大臣,蹉跎失节,无法自拔,陷入了无尽的忏悔与悲哀之中。在人生面临结束之际,唯一能够给他慰藉的便是家族亲情,于是家训便成了他们传承家风的方式。魏晋南北朝的家训、家诫繁多,是当时世族阶层进行家风传导、血脉延续的重要文化方式。

在中国古代,士大夫的家族亲情高于一切,它是血缘与宗法观念的彰显。据梁满仓《〈颜氏家训〉与魏晋南北朝时期的家庭教育》一文,②当时的世家与宗族十分重视家庭教育,家训与家诫的文体,以及口头教谕的方式很多。据不完全统计,现存文献中两汉家训作者约六十位,家训作品七十二篇;魏晋南北朝时期的家训作者有一百零六人,家训作品一百二十二篇,许多著名人物都有家训类作品,可见时风所盛。在这类家训作品中,《颜氏家训》可谓翘楚。宋人陈振孙在《直斋书录题解》中说:"古今家训,以此为祖。"之所以此为祖,是因为它的思想深刻,内容广泛,见解独到。在《颜氏家训》的《序致》中,颜之推强调:"夫圣贤之书,教人诚孝,慎言检迹,立身扬名,亦已备矣。魏、晋已来,所著诸子,理重事复,递相模效,犹屋下架屋,床上施床耳。吾今所以复为此者,非敢轨物范世也,业以整齐门内,提撕子孙。夫同言而信,信其所亲;同命而行,行其所服。禁童子之暴谑,则师友之诫不如傅婢之指挥;止凡人之斗阋,则尧、舜之道不如寡妻之诲谕。吾望此书为汝曹之所信,犹贤于傅婢寡妻耳。"③在颜之推看来,道德教育与熏陶有各种方式与渠道,但总不

---

① 倪璠《庾子山集注》,北京:中华书局,1980年,第101页。
② 见《光明日报》2014年3月12日。
③ 王利器《颜氏家训集解》,第1页。

第六章　南朝子学与文学批评

如亲情的训导更为直接有效。魏晋以来的诸子之书,论述政事与道德说教,陈陈相因,了无新意,早已没有先秦与秦汉时期子书那种创新价值了。颜之推相信,通过家训的方式提撕子孙、整齐家风,是最有效的。在这种语境下的文学观念,显然与一般文学批评有所不同。它是居高临下的,也是出于呵护立场的,需要读者去体味与解读。而以往人们对于颜之推的文学理论,往往忽略了这一点。

譬如在对文学价值的看法中,颜之推的文学经历与他对儿子的训导,可谓大相径庭。从《北齐书·颜之推传》中,我们看到他正是因为文章卓异而受到主上的赏遇,也因此逃过杀戮。本传记载:"博览群书,无不该洽,词情典丽,甚为西府所称。绎以为其国左常侍,加镇西墨曹参军。好饮酒,多任纵,不修边幅,时论以此少之。绎遣世子方诸出镇郢州,以之推掌管记。值侯景陷郢州,频欲杀之,赖其行台郎中王则以获免。"①从本传的记载中,我们看到颜之推少年时纵任情性,饮酒不羁,颇有魏晋遗风。在西府藩邸任职时,他因词情清丽,为萧绎所赏识。侯景陷郢州时,颜之推差点被杀,因王则救助而获免。入北齐后,也因文才受到皇帝赏接,待以不次,"之推聪颖机悟,博识有才辩,工尺牍,应对闲明,大为祖珽所重,令掌知馆事,判署文书。寻迁通直散骑常侍,俄领中书舍人。帝时有取索,恒令中使传旨,之推禀承宣告,馆中皆受进止。所进文章,皆是其封署,于进贤门奏之,待报方出。兼善于文字,监校缮写,处事勤敏,号为称职。帝甚加恩接,顾遇逾厚"。②《资治通鉴》卷一七一也记载:"齐主颇好文学。丙午,祖珽奏置文林馆,多引文学之士以充之,谓之待诏;以中书侍郎博陵李德林、黄门侍郎琅邪颜之推同判馆事,又命共撰《修文殿御览》。"③终其一生,颜之推主要因文章之美而得以全身远祸,赖以生存。再从他早年写的《古意》诗中,我们看到颜之推意气风发,得意轻狂的姿影:"十五好诗书,二十弹冠仕。楚王赐

---

① 《北齐书》,第617页。
② 《北齐书》,第617—618页。
③ 《资治通鉴》,第5316页。

颜色,出入章华里。作赋凌屈原,读书夸左史。数从明月宴,或侍朝云祀。登山摘紫芝,泛江采绿芷。歌舞未终曲。"①这不正是他在《文章》篇中所抨击的"标举兴会,发引性灵"吗? 可见,颜之推早年也受当时风气影响,放浪不羁,以才学文章自傲。

但颜之推也深知,文才固然可以给士人带来荣宠,也会给人招致灾祸。他所处的北齐,文士因诗文招来灾祸的事很多,所以他在《文章》篇中告诫自己的儿子要谨慎为文,对于别人的作品更要慎加评论。比如,颜之推一方面称赞南朝文场有互相批评的风习,指出北朝缺少这种习惯,而喜欢互相吹捧;另一方面以自己的经历告诫儿子不要轻易品评别人的作品:"江南文制,欲人弹射,知有病累,随即改之,陈王得之于丁廙也。山东风俗,不通击难。吾初入邺,遂尝以此忤人,至今为悔。汝曹必无轻议也。"②这些在今天看来,也是可以理解的。因为北朝政教严苛,文士心胸狭隘,好同恶异,不比南朝文场之较宽松自由,文士之间可以互相批评。颜之推生活在北朝这样相对保守的文化环境之中,对此是深有感触的,故而对儿子再三叮咛。

南朝的诗文评名著中,采用的是那种不惧权贵,敢于品评的立场与态度。例如钟嵘《诗品序》明确指出:"嵘今所录,止乎五言。虽然,网罗今古,词文殆集。轻欲辨彰清浊,掎摭病利,凡百二十人。预此宗流者,便称才子。至斯三品升降,差非定制,方申变裁,请寄知者尔。"③《诗品》是针对那种"淄、渑并泛,朱紫相夺,喧哗竞起,准的无依"④的批评现象而作的,为此不怕得罪人。他因为将沈约放入中品而受到后人的非议,但平心而论,钟嵘的做法是无可厚非的,因为沈约的诗确实写得平庸。而刘勰更是明言自己写作《文心雕龙》的立场与方法,《序志》曰:"有同乎旧谈者,非雷同也,势自不可异也;有异乎前论者,非苟异也,理自不可同也。同之与异,不屑

---

① 《艺文类聚》,第468页。
② 王利器《颜氏家训集解》,第339页。
③ 曹旭《诗品笺注》,第108页。
④ 曹旭《诗品笺注》,第37页。

古今,擘肌分理,唯务折衷。按辔文雅之场,环络藻绘之府,亦几乎备矣。"①这种实事求是的方法与立场,当然能够"弥纶群言",体大思精;但是对于《颜氏家训》的写作来说,因为采用的是家训体,决定了对于问题的看法是本着训导与呵护的立场,与作者的本心有所不一,因而许多问题存在着明显的矛盾。其实这种矛盾在嵇康教育儿子嵇绍的家诫中,我们也可以看得很清楚。嵇康在《与山巨源绝交书》中宣示自己的志向那么大义凛然,而在狱中写的家诫中,却是小心翼翼,生怕儿子不谙世事,招来祸患,拳拳之心,灼然可见。嵇康因反对司马氏而死,他的儿子嵇绍却成了西晋司马氏政权的忠臣义士。其实,这种事例在历代不乏其有。

颜之推在九岁时即父亲去世,幸亏兄长养育,但仍备尝苦辛。兄长有仁无威,甚至有些娇惯他,这一点与嵇康父亲早逝,母兄见骄的经历有些相似。颜之推早年虽读经术,实爱文章,纵任情性,不修边幅,也为时人所短,这种家风也促使他对儿子本着爱护的角度,提出了许多忠告。

产生于西汉的儒家经典《礼记·中庸》描绘了君子之务首先是治家:"君子之道,辟如行远必自迩,辟如登高必自卑。《诗》曰:'妻子好合,如鼓瑟琴。兄弟既翕,和乐且耽。宜尔室家,乐尔妻帑。'子曰:'父母其顺矣乎!'"②《中庸》作者提出,君子之道首先表现在善于持家,孝敬父母,和合夫妇,友悌兄弟。《颜氏家训·治家》指出:"夫风化者,自上而行于下者也,自先而施于后者也。是以父不慈则子不孝,兄不友则弟不恭,夫不义则妇不顺矣。父慈而子逆,兄友而弟傲,夫义而妇陵,则天之凶民,乃刑戮之所摄,非训导之所移也。"③颜氏家风良好,祖父颜见远更是高士,梁武帝代齐后,颜见远不食而死,算是殉节。梁武帝知道后不以为然,批评道:"我自应天从人,何预天下士大夫事,而颜见远乃至于此。"④

先秦以来的儒家,注重诗歌兴观群怨的功能,将其视为事父事

---

① 范文澜《文心雕龙注》,第 727 页。
② 《十三经注疏·礼记正义》,第 1627 页。
③ 王利器《颜氏家训集解》,第 49 页。
④ 《梁书》,第 727 页。

君的工具,汉代《毛诗序》更是提出"先王以是经夫妇,成孝敬,厚人伦,美教化"①的诗歌功用观。魏晋南北朝时期,世家大族很重视用诗歌与文艺来协调家族关系,增加亲情,提升人格,加强艺术修养。比如谢安是东晋名士的领导人物,他在高卧东山,隐居不出时,以教育家族子弟为乐。其中有一项就是对子弟的诗文启悟,《世说新语·文学》记录:

> 谢公因子弟集聚,问:"毛诗何句最佳?"遏称曰:"'昔我往矣,杨柳依依;今我来思,雨雪霏霏。'"公曰:"'訏谟定命,远猷辰告。'"谓:"此句偏有雅人深致。"

《世说新语》中的这段饶有趣味地记载了谢安与同族子弟关于《诗经》的品评,在对话中原诗意蕴得到彰显。《诗经》在秦汉之前为六经之首,也是贵族教育子弟的必读经典。孔子说诗可以兴,可以观,可以群,可以怨。诗兴鉴赏因人而异,谢安问子侄们《诗经》中何句最佳。侄子谢玄就说《诗经·小雅·采薇》中的"昔我往矣,杨柳依依,今我来思,雨雪霏霏"四句最佳。谢玄之所以喜欢这四句诗,大约是因为诗中传达出征夫在离家远戍之后,睹物思情的悲怆吧,这与青年谢玄所处的人生阶段及特定心境相关。但是谢安却说"訏谟定命,远猷辰告"二句,更有"雅人深致"。这两句诗出自《诗经·大雅·抑》,内容是远见卓识的政治家制定了缜密的治国规划后,将远大宏图昭告天下,诗中表现出一个政治家的气魄。谢安之所以喜欢这首诗,与他作为东晋著名政治家的襟怀与人格志趣有关。明清之际的王夫之在《姜斋诗话》中就说谢安取其二句"将大臣经营国事之心曲,写出次第"。② 谢安对子侄们的美育是通过循循善诱来进行的,他对谢玄的爱好也并不否定,而是通过自己的感受,向子侄们灌输《诗经》中的"雅人深致",实质上也是暗示谢玄与其他谢氏家族成员应该有经纬邦国的远大志向,不要作风花雪月派。

《颜氏家训》曾叙述颜氏家族的文学传统是以操行为主,不为时流所左右。颜之推教育儿子为文须雅正,勿为时流所误,宁可不被

---

① 《十三经注疏·毛诗正义》,第270页。
② 戴鸿森《姜斋诗话笺注》,北京:人民文学出版社,1981年,第91页。

重视。他在《文章篇》中告诫儿子：

> 吾家世文章,甚为典正,不从流俗,梁孝元在蕃邸时,撰《西府新文》,讫无一篇见录者,亦以不偶于世,无郑、卫之音故也。有诗赋铭诔书表启疏二十卷,吾兄弟始在草土,并未得编次,便遭火荡尽,竟不传于世。衔酷茹恨,彻于心髓! 操行见于《梁史·文士传》及孝元《怀旧志》。

南朝齐梁时代的文风趋于华靡艳丽,追逐时尚,竞相模仿,出现了所谓讹、滥、淫的现象,颜之推的家族恪守儒宗,不从流俗,因而不受梁元帝萧绎等人的喜好。颜之推告诫儿子,即使如此,颜家也不偶于流俗,可惜他们的文集散失于战火之中,甚为可惜。可见,从家训角度去谈论文学,有许多常人所不知晓的地方,也展示了颜氏一族独特的文章典则。在六朝时代,这种家风影响下的作家与文章是很多的,如裴子野的文章也受到家世的影响,他撰写的《雕虫论》更是展示了他的儒学正统文学观。

(二)《颜氏家训》与文学批评

《颜氏家训》中的《勉学》篇,系统地反映了颜之推人生观与学术观的结合,与他的文学观念有着直接的联系。孔孟论学问,常常用"志于道,据于德,依于仁,游于艺"来要求学生。但是在颜之推时代,对于儿子们的学问要求,首先是为了存活：

> 夫明六经之指,涉百家之书,纵不能增益德行,敦厉风俗,犹为一艺,得以自资。父兄不可常依,乡国不可常保,一旦流离,无人庇荫,当自求诸身耳。谚曰："积财千万,不如薄伎在身。"伎之易习而可贵者,无过读书也。世人不问愚智,皆欲识人之多,见事之广,而不肯读书,是犹求饱而懒营馔,欲暖而惰裁衣也。①

在特定年代中,学问成为谋生手段,这固然与孔孟之道相左,但是却不失其真实价值。他告诫子弟,学术可以成为一艺,较诸其他谋生

---

① 王利器《颜氏家训集解》,第189页。

的手段更胜一筹,不可小觑。同样,文学艺术在特定年代中,不是娱悦情性的精神之道,而是实用与功利的器具。从一般理念来说,虽然有些令人难以接受,但是从家训视角来看,却是可以理解的。

在这个前提下,颜之推也提出学问贵在知行合一:"夫所以读书学问,本欲开心明目,利于行耳。"①颜之推认为,士人读书与学问之道同,务须将致知与践行相结合,不可将二者相分离。但是当时的士人读书与履践却不相一致,"世人读书者,但能言之,不能行之,忠孝无闻,仁义不足。加以断一条讼,不必得其理;宰千户县,不必理其民。问其造屋,不必知楣横而梲竖也;问其为田,不必知稷早而黍迟也。吟啸谈谑,讽咏辞赋,事既优闲,材增迂诞,军国经纶,略无施用:故为武人俗吏所共嗤诋,良由是乎!"②南朝世族与士大夫普遍知行分离,沉溺于空谈与享乐,不谙具体事务。故而武人俗吏掌管实际事务,而且与士大夫相敌对,瞧不起那些世族人物。颜之推指出的也是南朝后期的实际情况,典签掌管实际事务,世族人物往往大权旁落,原因在于他们知行分离,不能胜任实际事务。

颜之推的学问观念提倡博而能一,兼融古今,既提倡学问有专攻,又反对偏于一隅。他批评了北朝一些俗儒,固守经学尺度而不知其他:

> 俗间儒士,不涉群书,经纬之外,义疏而已。吾初入邺,与博陵崔文彦交游,尝说《王粲集》中难郑玄《尚书》事。崔转为诸儒道之,始将发口,悬见排蹙,云:"文集只有诗赋铭诔,岂当论经书事乎?且先儒之中,未闻有王粲也。"崔笑而退,竟不以《粲集》示之。魏收之在议曹,与诸博士议宗庙事,引据《汉书》,博士笑曰:"未闻《汉书》得证经术。"收便忿怒,都不复言,取《韦玄成传》,掷之而起。博士一夜共披寻之,达明,乃来谢曰:"不谓玄成如此学也。"③

东汉王充在《论衡·超奇篇》中,比较了四种学术人物的境界,最称

---

① 王利器《颜氏家训集解》,第199页。
② 王利器《颜氏家训集解》,第200页。
③ 王利器《颜氏家训集解》,第221—222页。

赞的就是鸿儒,而反对俗儒:"故夫能说一经者为儒生,博览古今者为通人,采掇传书以上书奏记者为文人,能精思著文连结篇章者为鸿儒。故儒生过俗人,通人胜儒生,文人逾通人,鸿儒超文人。故夫鸿儒,所谓超而又超者也。"①王充批评那些俗儒人为地割裂经史子集的联系,画地为牢,反对博览古今。颜之推回忆自己初入北齐时,尝与人道及《王粲集》中驳难郑玄经学之事。王粲为汉末大儒蔡邕的外甥,才学卓越,淹贯群籍,不仅为建安七子之首,而且对于经学很有研究,曾在荆州主持文学馆,学冠群儒。写过著名的《荆州文学记官志》,叙述了刘表在荆州主政时弘扬儒学,招集群儒的事迹。但是在北朝儒生的印象中,王粲只是一介文士,焉敢驳难郑玄这样的大儒,真可谓孤陋寡闻。颜之推还举了《汉书·韦玄成传》,说明史书可以印证经学,起初不为北朝的博士所接受,后来众人乃服。这些事例,说明北朝的学问偏于一隅,专守一经,显然与南朝学术不同。颜之推早年在南朝受到的家学熏陶,较之北朝更注重"博而能一"的学风。

颜之推家世儒学,对于魏晋玄学及清谈,一直持批评的态度,其中有些看法虽然不无偏颇,但是对于玄学与清谈的弊端却看得很清楚:

> 夫老、庄之书,盖全真养性,不肯以物累己也。故藏名柱史,终蹈流沙;匿迹漆园,卒辞楚相,此任纵之徒耳。何晏、王弼,祖述玄宗,递相夸尚,景附草靡,皆以农、黄之化,在乎己身;周、孔之业,弃之度外。而平叔以党曹爽见诛,触死权之网也;辅嗣以多笑人被疾,陷好胜之阱也;山巨源以蓄积取讥,背多藏厚亡之文也;夏侯玄以才望被戮,无支离拥肿之鉴也;荀奉倩丧妻,神伤而卒,非鼓缶之情也;王夷甫悼子,悲不自胜,异东门之达也;嵇叔夜排俗取祸,岂和光同尘之流也;郭子玄以倾动专势,宁后身外己之风也;阮嗣宗沉酒荒迷,乖畏途相诫之譬也;谢幼舆赃贿黜削,违弃其馀鱼之旨也:彼诸人者,并其领袖,玄宗所归。其馀桎梏尘滓之中,颠仆名利之下者,岂可备言乎!②

---

① 黄晖《论衡校释》,北京:中华书局,1990年,第607页。
② 王利器《颜氏家训集解》,第225页。

颜之推从儒学立场出发，认为老庄的价值在于全性养真，而对于其特立独行、睥睨世俗的人格追求，却是有所保留的。他批评魏晋玄学中人，如王弼、何晏、夏侯玄、嵇康等因此而遭祸，或受到同事排挤，是咎由自取。他认为清谈只是一种娱乐活动，不能济世成俗，而梁代君臣沉溺玄风，夜以继日，致使国运颠仆。而自己则笃守儒学，虚谈非其所好，告诫儿子也不要涉足此道，沉溺玄风，清谈误国。这些看法有许多并不符合实际，玄学与清谈也并非魏晋名士取祸之原因。真正的原因是政治，例如司马氏杀害嵇康、夏侯玄、何晏，完全是为了代魏的需要，而不是所谓整顿玄风的结果。不然，何以理解司马氏政权代魏建立晋朝后，玄风与清谈非但没有消弭，反而愈加昌炽，至东晋时达到鼎盛呢？《世说新语》中记载的王谢风流，大多与清谈有关。颜之推对于玄风的批判，显然与他的家学渊源有关。从家训的角度出发，他希望自己的儿子承袭家学，勿要沾染玄学；同时，对于梁代君臣置国家大事于不顾，沉溺玄风，"废寝忘食，以夜继朝"的批评是切中要害的。

颜之推《文章》中的文学观，正是在上述视野中形成的。在中国文学理论批评史上，以家训体的方式来从事文学评论的，并不多见，而《颜氏家训》可谓是代表作，其中体现出来的文学观念与文学批评，与正面立论的《文心雕龙》《诗品》确实有着很大的不同，呈现出独特的风采。

《颜氏家训·文章》开宗明义地指出："夫文章者，原出《五经》：诏命策檄，生于《书》者也；序述论议，生于《易》者也；歌咏赋颂，生于《诗》者也；祭祀哀诔，生于《礼》者也；书奏箴铭，生于《春秋》者也。朝廷宪章，军旅誓诰，敷显仁义，发明功德，牧民建国，施用多途。至于陶冶性灵，从容讽谏，入其滋味，亦乐事也。行有余力，则可习之。"①这段一本正经的话语，正是颜之推教训儿子的话语，目的是秉承家风，以儒学正统自居。从这一视角来看，似乎也不必太当真。对比颜之推早年纵任情性，吟风弄月的经历，可知这是家训体在谈到文章功用时照例要说的话。文章原出于五经，这是汉魏时期儒家

---

① 王利器《颜氏家训集解》，第286页。

的观点,梁代刘勰《文心雕龙·宗经》篇强调:"故论说辞序,则《易》统其首;诏策章奏,则《书》发其源;赋颂歌赞,则《诗》立其本;铭诔箴祝,则《礼》总其端;纪传铭檄,则《春秋》为根:并穷高以树表,极远以启疆,所以百家腾跃,终入环内者也。"①刘勰强调圣人的经书不仅思想内容好,从文章写作来说,也堪为楷模。

颜之推倡导文章出于五经,目的是要给儿子树立儒学家风,防止儿子因文章蹈祸;同时也说明行有余力,不妨为之,文章功用也不可小觑。但是他最害怕的是儿子们因为沉溺文章而陷于不测,不知利害。在《文章》篇中,他举例说明之:"然而自古文人,多陷轻薄:屈原露才扬己,显暴君过;宋玉体貌容冶,见遇俳优;东方曼倩,滑稽不雅;司马长卿,窃赀无操;王褒过章《僮约》;扬雄德败《美新》;李陵降辱夷虏;刘歆反复莽世;傅毅党附权门;班固盗窃父史;赵元叔抗竦过度;冯敬通浮华摈压;马季长佞媚获诮;蔡伯喈同恶受诛;吴质诋忤乡里;曹植悖慢犯法;杜笃乞假无厌;路粹隘狭已甚;陈琳实号粗疏;繁钦性无检格;刘桢屈强输作;王粲率躁见嫌;孔融、祢衡,诞傲致殒;杨修、丁廙,扇动取毙;阮籍无礼败俗;嵇康凌物凶终;傅玄忿斗免官;孙楚矜夸凌上;陆机犯顺履险;潘岳乾没取危;颜延年负气摧黜;谢灵运空疏乱纪;王元长凶贼自诒;谢玄晖侮慢见及。凡此诸人,皆其翘秀者,不能悉纪,大较如此。"②颜之推认为,不仅文人因文章而陷轻薄,招来祸患,一些帝王也因文章受到非议,他指出:"至于帝王,亦或未免。自昔天子而有才华者,唯汉武、魏太祖、文帝、明帝、宋孝武帝,皆负世议,非懿德之君也。"③因此,对于文章之事,千万要小心。从一般意义上来说,颜之推这段话对于魏晋六朝文士的贬斥有些过分,但是结合他当时所处北朝严酷的政治环境来看,并不为过。况且为了保护儿子,他言之过重完全是可以理解的,因为家训体是出于对子女的呵护而形成的。所以,我们如果充分考虑到家训视角,对于颜之推的这段文学批评不妨超脱一些来看。

---

① 曹旭《诗品笺注》,第 22—23 页。
② 王利器《颜氏家训集解》,第 286—287 页。
③ 王利器《颜氏家训集解》,第 287 页。

事实上,涉及具体的文学评价,颜之推对于文学价值是很看重的。颜之推认为,文章与操行不可偏废,以操行否定文华的观点不可取。西晋葛洪在《抱朴子·外篇·循本》中就指出:"德行文学者君子之本也。莫或无本而能立焉。"①认为文章与道德操行同样重要。《颜氏家训·文章》篇则指出:

> 齐世有席毗者,清干之士,官至行台尚书,嗤鄙文学,嘲刘逖云:"君辈辞藻,譬若荣华,须臾之玩,非宏才也;岂比吾徒千丈松树,常有风霜,不可凋悴矣!"刘应之曰:"既有寒木,又发春华,何如也?"席笑曰:"可哉!"②

北齐曾有一位席姓清干之士,位至尚书,瞧不起文学之士,当面嘲笑文士刘逖,刘则回答:"既有寒木,又发春华,何如也?"席氏不得已认同。孔子曾说文质彬彬,乃为君子,颜之推的文学观,实际上是孔子文质观的延续。

对于那些离经叛道的文章之体,颜之推不以为然,即使对鼎鼎大名的陆机也不留情地加以批评:"挽歌辞者,或云古者虞殡之歌,或云出自田横之客,皆为生者悼往告哀之意。陆平原多为死人自叹之言,诗格既无此例,又乖制作本意。"③颜之推指出,挽歌本是人死后为哀悼死者而写的,而陆机居然采用自己给自己写挽歌的体裁来写诗。东晋陶渊明踵事增华,继写此类作品,颜之推认为大谬不然,既无先例,又违背挽歌本意。对于那些富有创新而不违体制的诗作,颜之推还是赞赏与认同的。他分析道:"王籍《入若耶溪》诗云:'蝉噪林逾静,鸟鸣山更幽。'江南以为文外断绝,物无异议。简文吟咏,不能忘之,孝元讽味,以为不可复得,至《怀旧志》载于籍传。范阳卢询祖,邺下才俊,乃言:'此不成语,何事于能?'魏收亦然其论。诗云:'萧萧马鸣,悠悠旆旌。'《毛传》曰:'言不喧哗也。'吾每叹此解有情致,籍诗生于此耳。"④颜之推指出,王籍的诗歌受到玄学影

---

① 杨明照《抱朴子外篇校笺》,第401页。
② 王利器《颜氏家训集解》,第321页。
③ 王利器《颜氏家训集解》,第345页。
④ 王利器《颜氏家训集解》,第357—358页。

响,创造出境外之境,意在言外的诗境。颜之推由于家世儒学,赞同此诗的写法受到《诗经》启发,推陈出新,富有蕴涵。可见,他对于那种意在言外、味之无穷的五言诗是很欣赏的,与钟嵘《诗品》提出的"滋味说"诗学观颇为相似。

为了教导儿子写文章不惹祸,颜之推建议,为文先须征求友人意见,然后方可出手,这样可以避免失误:"学为文章,先谋亲友,得其评裁,知可施行,然后出手;慎勿师心自任,取笑旁人也。自古执笔为文者,何可胜言。然至于宏丽精华,不过数十篇耳。但使不失体裁,辞意可观,便称才士;要须动俗盖世,亦俟河之清乎!"①颜之推告诫儿子,在历史上,文学名篇少之又少,对此不可急功近利,大凡体制不失,辞意可观,便可足矣,真正倾动世俗,出类拔萃的,可遇而不可求。

从文章的定位与结构来说,颜之推融合了南北文风,提出:"文章当以理致为心肾,气调为筋骨,事义为皮肤,华丽为冠冕。今世相承,趋末弃本,率多浮艳。辞与理竞,辞胜而理伏;事与才争,事繁而才损。放逸者流宕而忘归,穿凿者补缀而不足。时俗如此,安能独违?但务去泰去甚耳。"②作为由南入北的士大夫,颜之推对于南方与北方的文风了然于心,其利弊得失也洞若观火。因此,他提出文章的审美理想是理致、气调这些内容因素与事义、华丽等形式范畴的融合。为此他批评当时的文士往往偏于一隅,不知中和之美。颜之推提出,古今文学宜在各取所长的基础之上来发展:

> 古人之文,宏材逸气,体度风格,去今实远;但缉缀疏朴,未为密致耳。今世音律谐靡,章句偶对,讳避精详,贤于往昔多矣。宜以古之制裁为本,今之辞调为末,并须两存,不可偏弃也。③

在他的这一思想基础之上,初唐的魏征在《隋书·文学传序》中提出:"江左宫商发越,贵于清绮,河朔词义贞刚,重乎气质。气质则理

---

① 王利器《颜氏家训集解》,第311页。
② 王利器《颜氏家训集解》,第324页。
③ 王利器《颜氏家训集解》,第325页。

胜其词,清绮则文过其意,理深者便于时用,文华者宜于咏歌,此其南北词人得失之大较也。若能掇彼清音,简兹累句,各去所短,合其两长,则文质斌斌,尽善尽美矣。梁自大同之后,雅道沦缺,渐乖典则,争驰新巧。简文、湘东,启其淫放,徐陵、庾信,分路扬镳。其意浅而繁,其文匿而彩,词尚轻险,情多哀思。格以延陵之听,盖亦亡国之音乎!"①这些评论与颜之推论南北文学特点的观点正相吻合。

从家训的视域,颜之推最反对的便是儿子崇尚虚名而去作空头文学家。他再三告诫:"学问有利钝,文章有巧拙。钝学累功,不妨精熟;拙文研思,终归蚩鄙。但成学士,自足为人。必乏天才,勿强操笔。吾见世人,至无才思,自谓清华,流布丑拙,亦以众矣,江南号为诒痴符。近在并州,有一士族,好为可笑诗赋,诋擎邢、魏诸公,众共嘲弄,虚相赞说,便击牛酾酒,招延声誉。其妻,明鉴妇人也,泣而谏之。此人叹曰:'才华不为妻子所容,何况行路!'至死不觉。自见之谓明,此诚难也。"②颜之推的时代,无论南北,都崇尚文学;从皇帝到民间,无不以吟咏情性为时尚。其间固然产生了不少优秀的文士,但是徒有虚名的文士也不少,钟嵘在《诗品序》中便嘲讽过那些窃取名誉的诗人。颜之推作为学识渊博的士大夫,对此更是痛心疾首,提醒儿子,文章与学问是不同的两种精神活动,学问可以积累,而文章则要天赋,"必乏天才,勿强操笔",没有天才就不要强行操笔,硬充文士。他还举例说明了并州有一士族的可笑举止,慨叹自知之明之难。这是出于切身体会而对儿子的教诲。

对于当时文人无法回避的屈仕北朝、如何立身的问题,颜之推在家训中采用了实用的态度。一方面他坚持儒家的忠孝节义观念,另一方面又因为自己也屈仕北朝,在胡人政府中任职当权,无法以身作则教育子女,只好对此采取折中的方法,自我解嘲:

> 不屈二姓,夷、齐之节也;何事非君,伊、箕之义也。自春秋已来,家有奔亡,国有吞灭,君臣固无常分矣;然而君子之交绝

---

① 《隋书》,第1730页。
② 王利器《颜氏家训集解》,第308页。

无恶声,一旦屈膝而事人,岂以存亡而改虑?陈孔璋居袁裁书,则呼操为豺狼;在魏制檄,则目绍为蛇虺。在时君所命,不得自专,然亦文人之巨患也,当务从容消息之。①

颜之推提出,春秋以来,国无常君;在魏晋以来的动乱年代,士人无奈,周旋于各方之中,也是迫不得已,可以原谅的,用不着固守节义,但也会为后人所诟病。到底如何处置,颜之推也列举了陈琳先事袁绍、后事曹操的事例,证明乱世君臣固无常分,只是让儿子从容消息之。嵇康被杀后,儿子嵇绍欲出仕司马氏王朝又有些犹豫不决时,山涛劝导说,天地四时,犹有消息,何况于人?但后世顾炎武大骂山涛此言,认为是率兽食人,厚颜无耻。但颜之推对儿子说出这番话也是情非得已。透过当时的险恶环境,我们不必苛求他的节操观念,正如对庾信晚期作品与行为的评价一样。

在教导儿子把握与认识文学的作用,并正确对待自己的同时,颜之推在《文章》篇中还分析了文章写作时的一些注意事项。总体上来说,是持中庸之道。他指出:"凡为文章,犹人乘骐骥,虽有逸气,当以衔勒制之,勿使流乱轨躅,放意填坑岸也。"②颜之推提出,文章以气为主,但过分纵任逸气则难免放逸无度,所以还需适当控制,勿使流宕不归。他还引用沈约关于文章用典的论述,指出:"沈隐侯曰:'文章当从三易:易见事,一也;易识字,二也;易读诵,三也。'邢子才常曰:'沈侯文章,用事不使人觉,若胸忆(臆)语也。'深以此服之。祖孝征亦尝谓吾曰:沈诗云:'崖倾护石髓。'此岂似用事邪?"③南朝的诗歌喜欢用典,但往往失之刻意,艰涩难懂。颜之推赞赏沈约所说的文章当从三易之说,即用事、识字、读诵通俗易晓。

在中国文学批评史上,以家训的文体从事文学批评的,极为少见。三国魏时王昶《家诫》涉及对建安七子中徐干与刘桢的评价:"北海徐伟长,不治名高,不求苟得,澹然自守,惟道是务。其有所是非,则托古人以见其意,当时无所褒贬。吾敬之重之,愿儿子师之。

---

① 王利器《颜氏家训集解》,第313页。
② 王利器《颜氏家训集解》,第323页。
③ 王利器《颜氏家训集解》,第329页。

东平刘公幹,博学有高才,诚节有大意,然性行不均,少所拘忌,得失足以相补。吾爱之重之,不愿儿子慕之。"①嵇康的《家诫》并无文学方面的内容。南朝刘宋范晔作《狱中与诸甥侄书以自序》,其中有关于文学写作的部分内容。真正在家训中列入《文章篇》专门讨论文学批评的,《颜氏家训》可谓发其端,其意义自不待言。也正因为如此,清代《四库全书总目》曰:"之推本梁人,所著凡二十篇。述立身治家之法,辨正时俗之谬,以训世人。今观其书,大抵于世故人情,深明利害,而能文之以经训,故《唐志》、《宋志》俱列之儒家。然其中《归心》等篇,深明因果,不出当时好佛之习。又兼论字画音训,并考正典故,品第文艺,曼衍旁涉,不专为一家之言。今特退之杂家,从其类焉。"②中国历代家训的内容,大致不出修身齐家之范畴,偶有道德修养之类,而罕见专门论及文艺的。唯有《颜氏家训》将文艺列为家训的内容,可见南朝文化的博大精深,不专为一家。不像后世的家训,纯以道德说教为主,而文艺则被视为雕虫小技,不入大雅之堂。就此而言,深入研究家训视域下的文学批评特点,是很有价值的。家训作品是中国古代文化典籍的重要构成部分,承载着历史文化与思想文化的重要内容,其中也不乏文学理论与文学批评的内容,特别是它的独特视野与角度,以及在文体中的表现方式,都有鲜明的特色。

---

① 严可均编《全上古三代秦汉三国六朝文》,第1256页。
② 《四库全书总目·子部》,第1010页。

第七章 《文心雕龙》与子学

刘勰的文学思想博大精深,是为公论。作为一部"体大虑周"的文论专著,《文心雕龙》文学批评体系的建构背后有丰富的理论资源支撑。从《梁书·刘勰传》的简要记载中,可以看出刘勰是一位"博通经论"的学者;不过,《文心雕龙》除了经论之外,还受到子学精神的直接影响,子学著作是刘勰写作《文心雕龙》的重要理论来源之一。《文心雕龙·诸子》通过对子学著作历史发展脉络的考察研究,肯定了其独特价值,认为子学著作的"本体"是"述道言治,枝条五经",所谓"百家腾跃,终入环内",这与他征圣、宗经的基本文学思想相吻合。子学著作与子学精神对刘勰的影响不仅仅在于其《诸子》一篇,而且贯穿《文心雕龙》全书当中。从某种意义上来说,《文心雕龙》也是一部富有子学精神的文论著作,代表着南朝子学向着集部转化的趋势。

第一节 刘勰与子学渊源考辨

刘勰所处的南朝,经学复兴,诸子之学也呈转变趋势。以梁元帝萧绎的《金楼子》为代表,标志着子学的集大成。刘勰《文心雕龙》对于传统子书的吸取是十分明显的,体现着一种自觉的意识。

经史子集是中国古代传统的图书分类法,同时也是学术的分类法。其内在的精神便是子学精神,包括成一家之言、和而不同、独立自由之学术精神等;外在的则是从《汉书·艺文志》到《隋书·经籍志》,再到清代《四库全书》的分类。清人《四库全书总目》子部总叙曰:"自六经以外立说者,皆子书也。其初亦相淆,自《七略》区而列之,名品乃定。其初亦相轧,自董仲舒别而白之,醇驳乃分。其中或佚不传,或传而后莫为继,或古无其目而今增,古各为类而今合,大都篇帙繁富。可以自为部分者,儒家以外有兵家,有法家,有农家,有医家,有天文算法,有术数,有艺术,有谱录,有杂家,有类书,有小说家,其别教则有释家,有道家,叙而次之,凡十四类。"①四库馆臣对于子书的解释是"且子之为名,本以称人,因以称其所著,必为一家之言,乃当此目",②突出了子书乃为"一家之言"的创作特征。先秦时代是子书发展的第一个高峰,诸子百家各有所长,为中国古代思想的发展奠定了深厚的基础。但是在进入西汉之后,随着汉武帝"罢黜百家,独尊儒术"政策的实施,诸子的地位一落千丈,刘勰在《文心雕龙·诸子》中说:"夫自六国以前,去圣未远,故能越世高谈,自开户牖。两汉以后,体势漫弱,虽明乎坦途,而类多依采。"范文澜先生注云:"汉自董仲舒奏罢百家,学归一尊,朝廷用人,贵乎平正,由是诸家撰述,惟有依傍儒学,采掇陈言,为世主备鉴戒,不复敢奇行高论,自投文网,故武帝以后董刘扬雄之徒,不及汉初淮南陆贾贾谊晁错诸人。"③儒家经典被官方钦定之后,诸子之说只能相附依傍,也就难以再现先秦诸子的盛况。

  班固在《汉书·艺文志》中,对于诸子学的形成,进行了分析。他指出:"昔仲尼没而微言绝,七十子丧而大义乖。故《春秋》分为五,《诗》分为四,《易》有数家之传。战国从衡,真伪分争,诸子之言纷然殽乱。至秦患之,乃燔灭文章,以愚黔首。汉兴,改秦之败,大收篇籍,广开献书之路。"④班固以儒学六艺作为衡量学术的标准,将孔子之后的学术流派视为散乱流变,"战国从衡,真伪分争,诸子之言纷然殽乱"。这样,诸子之言成为淆乱经术、真伪分争的根源。不过,班固在《汉书·艺文志》的诸子略中,与司马谈的《论六家要指》一样,采取了《易传》的观点,将诸子视为可以互补的有机体

---

① 《四库全书总目》记载:"丙部子录,其类十七:一曰儒家类,二曰道家类,三曰法家类,四曰名家类,五曰墨家类,六曰纵横家类,七曰杂家类,八曰农家类,九曰小说类,十曰天文类,十一曰历算类,十二曰兵书类,十三曰五行类,十四曰杂艺术类,十五曰类书类,十六曰明堂经脉类,十七曰医术类。凡著录六百九家,九百六十七部,一万七千一百五十二卷;不著录五百七家,五千六百一十五卷。"见《四库全书总目》,第769页。
② 《四库全书总目》,第462页。
③ 范文澜《文心雕龙注》,第325页。
④ 《汉书》,第1701页。

系。他认为：

> 诸子十家，其可观者九家而已。皆起于王道既微，诸侯力政，时君世主，好恶殊方，是以九家之术蜂出并作，各引一端，崇其所善，以此驰说，取合诸侯。其言虽殊，辟犹水火，相灭亦相生也。仁之与义，敬之与和，相反而皆相成也。《易》曰："天下同归而殊涂，一致而百虑。"①

班固以六艺作为权衡，指出诸子十家起源于春秋战国之交。学说纷争，诸侯力政，致使各家学说投其所好，形成了众说纷纭，"各引一端"，"取合诸侯"的局面。而这种分离在一定条件下是可以统合的，班固认为统治者若能修六艺之术，观此九家之言，舍短取长，则可以通万方之略。

先秦的诸子学理论，直接促成了古代思想文化的繁盛。《礼记·中庸》说："万物并育而不相害，道并行而不相悖。小德川流，大德敦化，此天地之所以为大也。"②这段话说出了中国古代自先秦开始思想文化繁荣的原因。西晋的葛洪在《抱朴子·外篇·百家》中指出："百家之言，虽不皆清翰锐藻，弘丽汪濊，然悉才士所寄心，一夫澄思也。"③葛洪倡导百家之言，反对出于一己之见而摒弃百家之言的做法，提出"正经为道义之渊海，子书为增深之川流"。④ 强调子书与六经可以互补，并不妨害，百川归海，有容乃大，这是子学的价值与特征所在。

刘勰子学观念的形成，首先与他对于先秦两汉以来经学与子学关系的辨正有关。刘勰对于儒道佛采取兼收并蓄的态度。《文心雕龙》的第一篇吸取了儒玄佛的思想观念，对于文学的本原进行了推溯，提出了原道的观念。认为文学起源于自然之道，而这种自然之道的体现，则是儒家的六经。六经是圣人秉承自然之道而制作的。刘勰援用他的佛学神理思想，将经书的形成与神道设教思想相联

---

① 《汉书》，第1746页。
② 《十三经注疏·礼记正义》，第1634页。
③ 葛洪《抱朴子外篇校笺》，第441页。
④ 葛洪《抱朴子外篇校笺》，第441页。

系。为了突出经典的神圣性,刘勰采用了古老的《河图》、《洛书》一类的传说,他还指出:"爰自风姓,暨于孔氏,玄圣创典,素王述训,莫不原道心以敷章,研神理而设教,取象乎河洛,问数乎蓍龟,观天文以极变,察人文以成化;然后能经纬区宇,弥纶彝宪,发挥事业,彪炳辞义。故知道沿圣以垂文,圣因文而明道,旁通而无滞,日用而不匮。《易》曰:'鼓天下之动者存乎辞。'辞之所以能鼓天下者,乃道之文也。"①这一段话含义深刻,既强调了圣人熔钧六经秉承了神秘的神理与天意,同时又说明这种天意是自然之道的彰显,将两汉经学与魏晋以来的自然之道相融合,从而使经书获得了自然之道与神理的支持,有了形而上之提振。这正是刘勰《文心雕龙》论文的智慧所在。

刘勰深知,传承圣典是一种极其高端的事业,而大部分文士的创作是无缘进入这个领域的;同时,圣人之道也必须通过诸子的著述来传述,儒家自孟子、子思开始,也被归入诸子一类。班固《汉书·艺文志》指出:"儒家者流,盖出于司徒之官,助人君顺阴阳明教化者也。游文于六经之中,留意于仁义之际,祖述尧、舜,宪章文、武,宗师仲尼,以重其言,于道最为高。孔子曰:'如有所誉,其有所试。'唐、虞之隆,殷、周之盛,仲尼之业,已试之效者也。"②《四库全书总目》子部儒家类指出:"古之儒者,立身行己,诵法先王,务以通经适用而已,无敢自命圣贤者。王通教授河汾,始摹拟尼山,递相标榜,此亦世变之渐矣。迨托克托等修《宋史》,以道学、儒林分为两传。而当时所谓道学者,又自分二派,笔舌交攻。自时厥后,天下惟朱、陆是争,门户别而朋党起,恩雠报复,蔓延者垂数百年。明之末叶,其祸遂及于宗社。惟好名好胜之私心不能自克,故相激而至是也。圣门设教之意,其果若是乎?"③四库馆臣的经学观与刘勰相似,认为古之儒者只在于诵法先王,立身行己,务以通经适用而已,没有资格以圣贤自命,直到隋代王通之后,才妄称圣人,遂开互相标榜,

---

① 范文澜《文心雕龙注》,第2页。
② 《汉书》,第1728页。
③ 《四库全书总目》,第769页。

第七章 《文心雕龙》与子学

党同伐异之风气。

在《文心雕龙》中，刘勰专门为诸子开辟一篇进行论述，可以看出刘勰对于诸子的重视。《诸子》篇是我们研究刘勰诸子观的重要材料，刘勰在这一篇中梳理了诸子的发展演变史。诸子是不同流派的思想家，他们的思想构成了中国古代思想史和学术史的源头，因此他们的思想对于后世的思想发展和文学创作等都产生了巨大的影响，为中华文明的总体格局奠定了基础。但刘勰对于诸子思想的借鉴和吸收并非仅见于此篇，在其他篇章中也有对诸子文献的征引和吸纳。

刘勰认为诸子著作都是"入道见志之书"："诸子者，入道见志之书。太上立德，其次立言。"①《左传·襄公二十四年》有言"太上有立德，其次有立功，其次有立言，虽久不废，此之谓不朽"。《正义》云："老、庄、荀、孟、管、晏、杨、墨、孙、吴之徒，制作子书，屈原、宋玉、贾逵、扬雄、马迁、班固以后，撰集传及制作文章，使后世学习，皆是立言者也。"②这里的"道"不是《原道》中所讲的那个作为天地人之本原的总体的、形而上的"道"。这里的"道"指的是诸子百家不同的核心思想与学说。诸子都是"一家之言"，因此就有"一家之道"。"志"在这里指的也不是汉代诗学思想中"诗言志"的那个普遍的"志"，而是指诸子由于不同的"道"、不同的思想立场而产生的对于混乱失序社会的不同改造方案，即刘勰所说的"述道言治"之"治"。刘勰认为"宇宙绵邈"，"岁月飘忽"，作为个体的存在人"形同草木之脆"，因此"树德建言"是超越自身有限、短暂肉身的存在，实现名垂后世的重要手段。这种观点是对曹丕文章价值说的继承。曹丕认为文章是"经国之大业，不朽之盛事"，从魏晋开始成为中国古代士人的共识，这种认识可以上溯至子学时代。刘勰说："百姓之群居，苦纷杂而莫显；君子之处世，疾名德之不章。唯英才特达，则炳曜垂文，腾其姓氏，悬诸日月焉。"③诸子的著作可以说是刘勰心中

---

① 范文澜《文心雕龙注》，第307页。
② 《十三经注疏·春秋左传正义》，第1979页。
③ 范文澜《文心雕龙注》，第307页。

"立言不朽"的典范之作。

《诸子》是《文心雕龙》"文体论"的一部分,刘勰将诸子散文单列一体,表明其重要性。刘勰在此篇中力求总结诸子文章的写作特点与思想意义,深入探究诸子著作对于文学创作的借鉴价值。清代纪昀对《诸子》一篇提出了批评:"此亦泛述成篇,不见发明。盖子书之文,又各自一家,在此书原为谰入,故不能有所发挥。"[1]纪昀认为刘勰这篇只是对诸子著作的一个简单梳理,泛泛而谈,并没有什么实质性的创见。台湾学者陈拱在《〈文心雕龙〉本义》一书中指出:"按诸子内容极为繁复,而条流纷糅,为义多方,辞亦千差万别。故欲综于此一题而论之,亦止能略具纲领而已,何能深入而勾玄探赜哉?盖题域之限,势有所不能也。"[2]这个说法是针对纪昀对刘勰的责难而作出的解释。将诸子之书作为文体的一类来单独研究,是刘勰的独创之处,但是这种做法也受到了后世学者的质疑。何以将《诸子》列为文体之一,这个问题众人说法不一。我们从刘勰创作《文心雕龙》的意图和规划中大概可以对此作出一些推断,刘勰认为文学研究既要做到"轻采毛发"又要"深及骨髓",既要"弥纶群言"又要"擘肌分理",既考虑到全书的整体性又要兼及研究的全面与细致。诸子学说广大精微,文章体裁又为中国古代散文的源头之一。诸子更重要的价值是他们所创造的那种学究天人的学术思潮以及担当忧患的家国情怀。刘勰正是认识到了诸子著作的双重价值,为了强调诸子著作的意义,故将其列为文体之一。

在谈到诸子的起源时,刘勰这样说道:"至鬻熊知道,而文王咨询,余文遗事,录为《鬻子》。子目肇始,莫先于兹。及伯阳识礼,而仲尼访问,爰序道德,以冠百氏。然则鬻惟文友,李实孔师,圣贤并世,而经子异流矣。"[3]刘勰认为老子的《道德经》"以冠百氏",并且"李实孔师",可以说对于传统的儒家正统观进行了一次修正。自汉

---

[1] 范文澜《文心雕龙注》,第310页。
[2] 陈拱《〈文心雕龙〉本义》,台北:商务印书馆,1999年,第401页。
[3] 范文澜《文心雕龙注》,第308页。

第七章 《文心雕龙》与子学

武帝"罢黜百家,独尊儒术"之后,孔子被推为"至圣",地位至高无上,他所编订的"六经"则是"恒久之至道,不刊之鸿教",①儒家所提倡的"道"才是最高的"道"。刘勰谓《道德经》"以冠百氏",表现出他对诸子地位及影响力的提升。"圣贤并世"的观点则一反汉儒们神圣化先师的倾向,把圣人和贤人放到了同等的地位,从历史的角度阐述了"儒家圣人"和"诸子贤人"存在的平等性。

在梳理子学发展脉络的过程中,刘勰的观点是以汉代为界,他认为"两汉以后,体势浸弱",子学的发展失去了春秋战国时期那种生命力:

> 若夫陆贾《典语》,贾谊《新书》,扬雄《法言》,刘向《说苑》,王符《潜夫》,崔寔《政论》,仲长《昌言》,杜夷《幽求》,咸叙经典,或明政术,虽标论名,归乎诸子。何者?博明万事为子,适辨一理为论,彼皆蔓延杂说,故入诸子之流。②

刘勰的这一观点得到后世学者的认同,例如章太炎在《诸子学略说》中说道:"春秋以上,学说未兴,汉武以后,定一尊于孔子,虽欲放言高论,犹必以无碍孔氏为宗。强相援引,妄为皮傅,愈调和者愈失其本真,愈附会者愈违其解故。"③台湾学者王更生说:"此虽然未明言原因,但论子学之兴衰,断自两汉,实在也是空前的创说。至于以'六国以前,去圣未远,故能越世高谈'揭出先秦学术突飞猛进的基本因素,更是别具慧眼。"④先秦诸子,师法相传,虽遭秦火,难以尽灭。"暨于暴秦烈火,势炎昆冈,而烟燎之毒,不及诸子"。然而诸子之学却衰落于汉武帝之时。武帝采纳了丞相王绾的建议,以"乱国政"之名罢斥"申、商、韩非、苏秦、张仪之言",⑤实行"罢黜百家,独尊儒术"的政策,"兴太学","立五经博士",儒家思想定于一尊,从而结束了百家争鸣的时代。此后,经学取代子学进入空前繁荣的时

---

① 范文澜《文心雕龙注》,第21页。
② 范文澜《文心雕龙注》,第309页。
③ 章太炎《诸子学略说》,桂林:广西师范大学出版社,2010年,第1页。
④ 王更生《重修增订〈文心雕龙〉研究》,台北:文史哲出版社,1979年,第267页。
⑤ 《汉书》,第156页。

代,子学日渐衰落。

从写作的角度来看,刘勰认为诸子的著作中既有"纯粹者"又有"踳驳者",前者中规中矩,后者"混同虚诞"。然而刘勰并没有武断地否定诸子著作中那些充满想象力的夸饰荒诞之说的价值,他认为"洽闻之士,宜撮纲要,览华而食实,弃邪而采正",①有眼光、有鉴别能力的作者自然能够做出自己的选择。从文学创作的角度来看,子书中那些被刘勰认定为"踳驳者"的子书,往往具有更重要的借鉴价值,因为文学创作更加重视文辞修饰与想象力的发挥,这正是"踳驳者"所具备的特征。刘勰在《正纬》中批评纬书虽然"乖道谬典",但是从文学的角度来看,其价值也是不容忽视的:"若乃羲农轩皞之源,山渎钟律之要,白鱼赤乌之符,黄金紫玉之瑞,事丰奇伟,辞富膏腴,无益经典而有助文章。是以后来辞人,采摭英华。"②

刘勰对于诸子百家写作风格的态度是非常开放的。他准确地概括了每一家写作的"华采"之处,认识到了诸子散文的独特成就:"研夫孟荀所述,理懿而辞雅;管晏属篇,事核而言练;列御寇之书,气伟而采奇;邹子之说,心奢而辞壮;墨翟随巢,意显而语质;尸佼尉缭,术通而文钝;鹖冠绵绵,亟发深言;鬼谷眇眇,每环奥义;情辨以泽,文子擅其能;辞约而精,尹文得其要;慎到析密理之巧,韩非著博喻之富;吕氏鉴远而体周,淮南泛采而文丽:斯则得百氏之华采,而辞气之大略也。"③所以刘勰对子学著作的价值有非常清醒的认识:纵然其中含有一些糟粕,但是后来的有识之士自然会采摭"百氏之华采",吸收其中有价值的内容。刘勰在《风骨》中提出:

> 若风骨乏采,则鸷集翰林;采乏风骨,则雉窜文囿;唯藻耀而高翔,固文笔之鸣凤也。若夫熔铸经典之范,翔集子史之术,洞晓情变,曲昭文体,然后能孚甲新意,雕画奇辞。④

刘勰指出,风骨作为一种文章写作的审美理想,要径在于"熔铸经典

---

① 范文澜《文心雕龙注》,第309页。
② 范文澜《文心雕龙注》,第31页。
③ 范文澜《文心雕龙注》,第309页。
④ 范文澜《文心雕龙注》,第514页。

第七章 《文心雕龙》与子学

之范,翔集子史之术,洞晓情变,曲昭文体",这样才能达到风清骨峻的要求。可见,在刘勰心目中,诸子与史传可以与经典互补。

第二节 《文心雕龙》与子学视野

《文心雕龙》固然从经学中汲取了重要的文学观念,然而这种基本文学观念的形成,恰恰离不开子学中道家思想的渗透。没有道家与玄学精神的启发,《文心雕龙》难免会成为两汉经学文论的翻版,了无新意。魏晋玄学其实是经学与子学的有机融合,通过名教与自然的调和,衍生出一种思想智慧。而刘勰《文心雕龙》的高明之处,即在于对这种思想智慧的汲取与运用。

子学对刘勰的影响,首先表现在老庄的自然之道对于六经文学观的影响。《原道》是《文心雕龙》全书的枢机。刘勰在最后的《序志》中自叙"盖文心之作也,本乎道"。可见"道"是《文心雕龙》的逻辑起点,是刘勰用以考察文艺现象、探讨文艺本质的理论武器,也是他整个理论体系的根本所在,同时也是今人解读该书首先要明白的一个关键性概念与范畴。《原道》指出:

> 文之为德也大矣,与天地并生者何哉?夫玄黄色杂,方圆体分,日月叠璧,以垂丽天之象;山川焕绮,以铺理地之形:此盖道之文也。仰观吐曜,俯察含章,高卑定位,故两仪既生矣。惟人参之,性灵所钟,是谓三才。为五行之秀,实天地之心,心生而言立,言立而文明,自然之道也。①

在两汉时代,"原道"往往将道归纳为儒家之道,而儒家之道的具体表现是六经。至汉魏时期,道融入了子学的老庄之道。自然之道成为调和孔孟与老庄的关键。从整体上看,刘勰在本篇中所说的"道"是一个综合性的概念,是将自然、社会与精神统一起来的精神性概念,包含了不同的内容,很难归属于哪一家。它既融合了儒道两家的思想,又借鉴了老子、韩非等人对"道"的解说,鲜明地体现出

---

① 范文澜《文心雕龙注》,第1页。

魏晋南北朝思想文化兼容并包的时代特点。但从全篇来看，仍然可以明确其两个方面的基本思想：一是以儒家《易传》为代表的天人合一的宇宙本体论，一是道法自然的思想。以天道说明人事，把社会秩序、道德规范都纳入统一的宇宙万物的运行规律之中，这是自先秦两汉以来逐步形成的一种天人合一的宇宙本体论，如《周易·系辞下》云："《易》之为书也，广大悉备，有天道焉，有人道焉，有地道焉。"①《说卦》又云："昔者圣人之作《易》也，将以顺性命之理，是以立天之道曰阴与阳，立地之道曰柔与刚，立人之道曰仁与义。兼三才而两之，故《易》六画而成卦。"②意思是说《易经》的每一卦都由六画组成，其中包含了天、地、人三个方面的内容，这就是"三才"，而每一才又以阴阳、刚柔等两分，故曰"两之"。可见，这种思想在《易传》中体现得最为充分，而本篇受《易传》的影响是非常明显的。

刘勰强调文源于道，认为人文和天文、地文一样，都是"道之文"，是合乎自然的。《韩非子·解老篇》云："道者，万物之所然也。"③黄侃在《文心雕龙札记》中认为："案庄、韩之言道，犹言万物之所由然。文章之成，亦由自然，故韩子又言圣人得之以成文章，韩子之言，正彦和所祖也。"④其实《韩非子》中的这句话正是源于《老子》的"道法自然"思想。刘勰继承了老子等人的思想，把宇宙万物都看成是道的体现。而人文当中最能体现圣人之道的儒家经典则是古代圣人根据自然之道制作出来的，所谓"爰自风姓，暨于孔氏，玄圣创典，素王述训，莫不原道心以敷章，研神理而设教"，把六经也看作是自然之道的体现，这实际上也表现了魏晋玄学名教与自然合一的思想特点。正如清人纪昀所说："齐梁文藻日竞雕华，标自然以为宗，是彦和吃紧为人处。"⑤因为当时的文学以宫体诗与四六文的趋新华靡为特征，远离社会人生的真实情貌与自然之道；浮华的时尚与豪贵的趣味，使文学的审美精神趋于低俗，背离了诗骚精神与

---

① 《十三经注疏·周易正义》，第90页。
② 《十三经注疏·周易正义》，第93页。
③ 王先慎《韩非子集解》，北京：中华书局，1998年，第146页。
④ 黄侃《文心雕龙札记》，北京：中华书局，2006年，第96页。
⑤ 范文澜《文心雕龙注》，第4页。

汉魏风骨。

　　刘勰认为文的本质乃是"道",而他所说的"文"又涵盖了一切美的事物,这就从本质上确立了文章的审美属性。此外,作为人文典范的六经又是圣人根据自然之道制作出来的,这就为文章必须征圣、宗经奠定了基础。因此,刘勰提出:"道沿圣以垂文,圣因文以明道。"强调道、圣、文是三位一体的。纪昀评曰:"文以载道,明其当然;文原于道,明其本然,识其本乃不逐其末。首揭文体之尊,所以截断众流。"①刘永济先生指出:"舍人论文,首重自然。二字含义,贵能剖析,与近人所谓'自然主义',未可混同。此所谓自然者,即道之异名。道无不被,大而天地山川,小而禽鱼草木,精而人纪物序,粗而花落鸟啼,各有节文,不相凌杂,皆自然之文也。文家或写人情,或模物态,或析义理,或记古今,凡具伦次,或加藻饰,阅之动情,诵之益智,亦皆自然之文也。"②这些,都足以证明刘勰善于运用老庄的道家思想来作为自己立论的依据。子学对于刘勰的泽溉,首先表现在老庄与玄学自然之道与经学思想的互补上面。如果没有老庄子学的启发与运用,刘勰《文心雕龙》的儒家思想也无从构建。

　　刘勰在《情采》中对于传统的文质理论,引入"情采"这一范畴来解说。而情采说的论证,主要借用了老庄与玄学的自然之道。刘勰指出:"圣贤书辞,总称文章,非采而何? 夫水性虚而沦漪结,木体实而花萼振,文附质也。虎豹无文,则鞟同犬羊;犀兕有皮,而色资丹漆,质待文也。若乃综述性灵,敷写器象,镂心鸟迹之中,织辞鱼网之上,其为彪炳,缛采名矣。"③刘勰认为,情采相符乃是自然之道,圣人的文章不仅内容充实,而且富有文采;而这种文采是以内容作基础的,故名"情采"。在圣人与老庄的书中,可以找到情采概念的来源:

　　　　《孝经》垂典,丧言不文;故知君子常言未尝质也。老子疾伪,故称美言不信,而五千精妙,则非弃美矣。庄周云辩雕万

---

① 范文澜《文心雕龙注》,第4页。
② 刘永济《文心雕龙校释》,北京:中华书局,2007年,第4页。
③ 范文澜《文心雕龙注》,第537页。

物,谓藻饰也。韩非云艳采辩说,谓绮丽也。绮丽以艳说,藻饰以辩雕,文辞之变,于斯极矣。①

刘勰强调,《孝经》与《老子》,以及庄周与韩非的著作在处理文质、华实关系时,都是兼而有之的,他们的文章善于运用华丽藻饰,是建立在处理好文质关系之上的。刘勰指出:

> 研味李老,则知文质附乎性情;详览庄韩,则见华实过乎淫侈。若择源于泾渭之流,按辔于邪正之路,亦可以驭文采矣。夫铅黛所以饰容,而盼倩生于淑姿;文采所以饰言,而辩丽本于情性。故情者,文之经;辞者,理之纬;经正而后纬成,理定而后辞畅:此立文之本源也。②

值得注意的是,刘勰将《孝经》与《老子》相提,将庄周与韩非并论,用以证明文质相扶,华实匹配,反对文质不符的现象,诸子与圣人的经典在这里是完全同等的。在论述具体的审美理论问题时,刘勰将圣人经典与诸子之书等量齐观。

《序志》中,刘勰坦陈自己的论文立场与方法:"及其品列成文,有同乎旧谈者,非雷同也,势自不可异也;有异乎前论者,非苟异也,理自不可同也。同之与异,不屑古今,擘肌分理,唯务折衷。按辔文雅之场,环络藻绘之府,亦几乎备矣。"③这种立场与方法,同样明显地体现在他对经书与诸子之书的认识中。由此,他能够跳出两汉儒生独尊经术、排斥诸子的局限。

刘勰此篇的价值,主要在引入自然之道来论述情采的关系,特别是强调情采之运用要出于真心,反对无病呻吟的创作态度。刘勰痛切地指出:"夫以草木之微,依情待实;况乎文章,述志为本。言与志反,文岂足征!"④这可以说是对当时虚浮成风创作现状的针砭,对于现实的中国文艺也有深刻的警醒作用。

子学浸润于《文心雕龙》的各个方面。从上半部分的文体论来

---

① 范文澜《文心雕龙注》,第537页。
② 范文澜《文心雕龙注》,第537页。
③ 范文澜《文心雕龙注》,第727页。
④ 范文澜《文心雕龙注》,第538页。

说,刘勰将诸子列入文体论,可谓别出心裁,表明他对于诸子的重视。《诸子》篇论述诸子之文,以先秦为主,兼及两汉。诸子指先秦时期各种流派的学术思想家,也用来指他们的著作。诸子以各自的学说丰富了中国的思想文化宝库,与传统经学相补充,成为国学的重要组成部分。诸子的学说往往为解决现实问题而发,其内容以"述道言治"为主,是"入道见志之书"。在今天看来,诸子之文大都属于论说类文体。但刘勰却认为,"子"和"论"是有区别的,所谓"博明万事为子,适辨一理为论"。子书的内容"或叙经典,或明政术","蔓延杂说",所以应归入诸子之流。

刘勰《论说》篇主要阐述"论"和"说"两种文体,分别按照"释名以章义"、"原始以表末"、"选文以定篇"和"敷理以举统"的体例展开,非常完整。在文体论中,《论说》是很重要的一篇,魏晋以来,思想解放,玄谈盛行,名理学发达,这些成果充分地为刘勰所吸收。在本篇中,刘勰提出的关于论说文体的基本写作规范,如"论也者,弥纶群言,而研精一理"、"论如析薪,贵能破理"、"义贵圆通,辞忌枝碎"等,①对于指导我们今天的思维训练与文章写作,均有重要的借鉴意义。

在《宗经》篇中,刘勰指出五经是后世各类文体的源头,其中提到"论说辞序,则《易》统其首",所谓《易》主要是指《易传》中的《说卦》、《序卦》等。可见,刘勰认为论说这类文体是在阐发经典义理中形成的,他反对不顾事实、强词夺理的"曲论":

> 是以庄周《齐物》,以论为名;不韦《春秋》,六论昭列。至石渠论艺,白虎通讲,聚述圣言通经,论家之正体也。及班彪《王命》,严尤《三将》,敷述昭情,善入史体。魏之初霸,术兼名法。傅嘏王粲,校练名理。迄至正始,务欲守文;何晏之徒,始盛玄论。于是聃周当路,与尼父争途矣。详观兰石之《才性》,仲宣之《去伐》,叔夜之《辨声》,太初之《本无》,辅嗣之《两例》,平叔之二论,并师心独见,锋颖精密,盖人伦之英也。至如李康《运命》,同《论衡》而过之;陆机《辨亡》,效《过秦》而不及,然亦其

---
① 范文澜《文心雕龙注》,第326页。

> 美矣。次及宋岱郭象,锐思于几神之区;夷甫裴頠,交辨于有无之域;并独步当时,流声后代。然滞有者,全系于形用;贵无者,专守于寂寥。徒锐偏解,莫诣正理;动极神源,其般若之绝境乎?逮江左群谈,惟玄是务;虽有日新,而多抽前绪矣。①

刘勰这里将庄子《齐物论》与《吕氏春秋》视为诸子之论,认为东汉的石渠阁与白虎观的经学之论为论之正体,表现了以儒家为正统的观念。但是他对于嵇康、王粲、夏侯玄、王弼、何晏、郭象、裴頠等人的玄学之论也颇为欣赏,誉之为"师心独见,锋颖精密,盖人伦之英也",这表现了他的文体论受到子学论辩精神的影响。

刘勰还善于从诸子书中汲取创作论的相关思想理念,在《养气》中他指出:"昔王充著述,制《养气》之篇,验己而作,岂虚造哉! 夫耳目鼻口,生之役也;心虑言辞,神之用也。率志委和,则理融而情畅;钻砺过分,则神疲而气衰:此性情之数也。"②"养气"说最早源于孟子,他说:"我知言,我善养吾浩然之气。"③但是,孟子所说的养气是指个人的道德修养,与文学创作无关。刘勰的养气说主要是从东汉王充那里借鉴来的。王充在《论衡·自纪》里说:"养气自守,适食则酒。闭明塞聪,爱精自保。适辅服药引导,庶冀性命可延,斯须不老。"④所谓"养气",是指保养精神。所以刘勰在篇中所讲的"气"常常和"神"并称,例如:"率志委和,则理融而情畅;钻砺过分,则神疲而气衰","气衰者虑密以伤神","玄神宜宝,素气资养"等。⑤ 不过,王充所说的"养气"是生理学上的概念,是一种养生之道;而刘勰的"养气"则强调一种顺应自然的创作态度,不仅是从生理学的角度讲,更侧重于心理状态的自我调节。因为创作是需要智慧和悟性的,良好的精神状态是创作活动得以顺利进行的必要条件,只有这样,才能使潜在的创造力充分发挥出来。刘勰反对"钻砺过分",主张"率志委和",他指出:"夫学业在勤,功庸弗怠,故有锥股自厉,和

---

① 范文澜《文心雕龙注》,第 327 页。
② 范文澜《文心雕龙注》,第 646 页。
③ 《十三经注疏·孟子注疏》,第 2685 页。
④ 张宗祥《论衡校注》,上海古籍出版社,2013 年,第 585 页。
⑤ 范文澜《文心雕龙注》,第 646 页。

熊以苦之人。志于文也,则有申写郁滞,故宜从容率情,优柔适会。"①学习和创作是两种不同的状态,前者应该刻苦自励,后者则应该"从容率情,优柔适会"。文学创作是一项艰苦的脑力劳动,要有长期的积累和准备,才有可能在创作中获得灵感。所以,刘勰《神思》篇在提出"陶钧文思,贵在虚静"的同时,又强调要"积学以储宝,酌理以富才,研阅以穷照,驯致以绎辞",②二者是相辅相成的。

在《才略》中,刘勰分析了历史上作家才略的概况。值得注意的是,他将以往道德上有瑕疵的作家放到与普通作家一样的地位上来加以评价,他在《时序》中指出:

> 春秋以后,角战英雄,六经泥蟠,百家飙骇。方是时也,韩魏力政,燕赵任权;五蠹六虱,严于秦令;唯齐、楚两国,颇有文学。齐开庄衢之第,楚广兰台之宫,孟轲宾馆,荀卿宰邑,故稷下扇其清风,兰陵郁其茂俗,邹子以谈天飞誉,驺奭以雕龙驰响,屈平联藻于日月,宋玉交彩于风云。观其艳说,则笼罩雅颂,故知暐烨之奇意,出乎纵横之诡俗也。③

刘勰认为,春秋之后,进入纷争战乱的年代,当时六经遭受抛弃,而诸子百家风起云涌。齐楚两国,学术繁荣,诸子学说各逞一时,孟子与荀子受到诸侯的重视,其学说也广泛传播。而邹子、驺奭这类辩士的文采也逞耀于一时。刘勰强调纵横家的才学与辩术富于创新,文辞华丽。刘勰将辩士与屈原、宋玉这样的辞赋家相提并论,也证明了诸子地位的不俗。《才略》中,刘勰在赞扬经学家与辞赋家的同时,对于那些著书立说,批判社会的子书也给予高度的评价:"子云属意,辞人最深,观其涯度幽远,搜选诡丽,而竭才以钻思,故能理赡而辞坚矣。桓谭著论,富号猗顿,宋弘称荐,爰比相如,而《集灵》诸赋,偏浅无才,故知长于讽谕,不及丽文也。敬通雅好辞说,而坎壈盛世,《显志》自序,亦蚌病成珠矣。二班两刘,弈叶继采,旧说以为固文优彪,歆学精向,然《王命》清辩,《新序》该练,璿璧产

---

① 范文澜《文心雕龙注》,第647页。
② 范文澜《文心雕龙注》,第493页。
③ 范文澜《文心雕龙注》,第671页。

于昆冈,亦难得而逾本矣。傅毅、崔骃,光采比肩,瑗寔踵武,能世厥风者矣。"①

"知音"是汉魏六朝以来的重要文艺鉴赏与接受理论,引起了刘勰的高度重视。在《知音》中,刘勰对于韩非的遭遇给了同情。韩非这样的法家人物,鼓吹刻薄寡恩、互相残害的学说,入秦后受到同门李斯的谗害,印证了他的学说。其人遭遇可谓作法自毙,不值得同情;但是韩非的文章却写得极为漂亮,受到秦始皇的赞叹,也因此发兵攻打韩国,迫使韩国将韩非送到秦国,韩非因此而送了命。但刘勰却从惜才的角度出发,慨叹:

> 知音其难哉!音实难知,知实难逢,逢其知音,千载其一乎!夫古来知音,多贱同而思古。所谓日进前而不御,遥闻声而相思也。昔《储说》始出,《子虚》初成,秦皇汉武,恨不同时;既同时矣,则韩囚而马轻,岂不明鉴同时之贱哉!②

刘勰这番慨叹,显然有自伤的意味在内。他以韩非、司马相如的例子说明,帝王之于人才往往贵远贱近。韩非在刘勰心目中,成了怀才不遇,惨遭冤屈的典型,是值得同情的才士。这一点与司马迁认为韩非囚秦,写作《说难》、《孤愤》的理解有相同之处。

第三节 《文心雕龙》是六朝子书 向集部转变的标志

《文心雕龙》五十篇是南朝齐代刘勰所撰中国古代文学批评最负盛名的经典。它在中国传统学术经史子集的四部分类之中,隶属于集部的"诗文评"类。自《隋志》开始,将《诗评》三卷、《文心雕龙》十卷列入总集之中,四库馆臣说,"文章莫盛于两汉,浑浑灏灏,文成法立,无格律之可拘。建安、黄初,体裁渐备,故论文之说出焉。《典论》其首也。其勒为一书,传于今者,则断自刘勰、钟嵘。勰究文体之源流,而评其工拙;嵘第作者之甲乙,而溯厥师承,为例各殊,至皎

---

① 范文澜《文心雕龙注》,第699页。
② 范文澜《文心雕龙注》,第713页。

第七章 《文心雕龙》与子学

然《诗式》,备陈法律。孟棨《本事诗》旁采故实,刘攽《中山诗话》、欧阳修《六一诗话》,又体兼说部,后所论著,不出此五例矣。……《隋志》附总集之内,《唐书》以下,则并于集部之末,别立此门。岂非以其讨论瑕瑜,别裁真伪,博参广考,亦有裨于文章欤"。① 近代著名学者黄侃在《文心雕龙札记》的《题辞及略例》中指出:

> 论文之书,鲜有专籍。自桓谭《新论》、王充《论衡》,杂论篇章。继此以降,作者间出,然文或湮阙,有如《流别》、《翰林》之类;语或简括,有如《典论》、《文赋》之俦。其敷陈详核,征证丰多,枝叶扶疏,原流粲然者,惟刘氏《文心》一书耳。②

在我们看来,《文心雕龙》是中国文学批评史上的一部经典之作,其内容博大精深,体系完备,不仅全面总结了齐梁以前各类文体的源流和文章写作的经验,而且还贯穿了作者对人文精神的深沉思考和执着追求,其开阔的视野,恢宏的器度,使它超越了一般的"诗文评"类著作,成为一部重要的国学经典。刘勰在《程器》中感叹:"摛文必在纬军国,负重必在任栋梁,穷则独善以垂文,达则奉时以骋绩。若此文人,应《梓材》之士矣。"③这正是他理想人格的写照,所以在他无法实现"奉时以骋绩"的愿望时,只能"独善以垂文",把所有的希望寄托在自己的写作中。正如他在《序志》篇最后所说的"文果载心,余心有寄"。④ 刘勰的人生与写作历程,其实正是传承了孔子"诗可以怨"与司马迁"发愤著书"的传统,是中国古代士人"穷则独善其身,达则兼济天下"心态与人格的展现。同样,《文心雕龙》作为经典的传承性首先来自这种优秀文化精神的泽溉。

然而,六朝时代的子书开始向着集部渐变。具体而言,就是将子书中的一家之言,通过集部的撰述来体现作者的精神人格。刘勰在《诸子》中写道:"百姓之群居,苦纷杂而莫显;君子之处世,疾名德

---

① 《四库全书总目》,第 1779 页。
② 黄侃《文心雕龙札记》,第 1 页。
③ 范文澜《文心雕龙注》,第 720 页。
④ 范文澜《文心雕龙注》,第 728 页。

之不章。唯英才特达,则炳曜垂文,腾其姓氏,悬诸日月焉。"①在文章的最后感叹:"嗟夫! 身与时舛,志共道申,标心于万古之上,而送怀于千载之下,金石靡矣,声其销乎! 赞曰:大夫处世,怀宝挺秀。辨雕万物,智周宇宙。立德何隐,含道必授。条流殊述,若有区囿。"②这可以看作刘勰对诸子写作精神的概括。在他看来,诸子大多缘于生不逢时,于是在著作中寄托个人的感受。先秦时代的孟子与荀子就是这样的例子。《史记·孟子荀卿列传》中记载:"天下方务于合纵连衡,以攻伐为贤,而孟轲乃述唐、虞、三代之德,是以所如者不合。退而与万章之徒序诗书,述仲尼之意,作《孟子》七篇。其后有驺子之属。"③可见,这种诸子精神,是与发愤著书相联系的。到了南朝,子学开始与文章编选、文学批评相结合。曹丕《典论》本是子书,其中《论文》一篇,开魏晋文学批评自觉之先河。刘勰《序志》中谈到自己写作《文心雕龙》的立场与观点:"敷赞圣旨,莫若注经,而马郑诸儒,弘之已精,就有深解,未足立家。唯文章之用,实经典枝条,五礼资之以成,六典因之致用,君臣所以炳焕,军国所以昭明,详其本源,莫非经典。而去圣久远,文体解散,辞人爱奇,言贵浮诡,饰羽尚画,文绣鞶帨,离本弥甚,将遂讹滥。盖《周书》论辞,贵乎体要,尼父陈训,恶乎异端,辞训之奥,宜体于要。于是搦笔和墨,乃始论文。"④刘勰坦承,自己从小对孔子与六经钦佩至极,但是在注经方面,不可能超越马融、郑玄这些硕儒;而在文学批评方面,却是大有可为的。针对当时文坛"去圣久远,文体解散"的现象,他"于是搦笔和墨,乃始论文"。儒家作为思想学说,也是诸子的一种,因此,刘勰通过论文来弘扬儒学,著书立说,显然也是儒家立场的彰显。

《文心雕龙》虽然被后世列入集部中的诗文评,但同时可以算为论文之子书;何况在六朝后期,子书与集部交融的现象已经形成。余嘉锡先生在《目录学发微》中论之甚详。⑤ 刘勰在《序志》最后赞

---

① 范文澜《文心雕龙注》,第 307 页。
② 范文澜《文心雕龙注》,第 310 页。
③ 《史记》,第 2847 页。
④ 范文澜《文心雕龙注》,第 726 页。
⑤ 余嘉锡《目录学发微 古书通例》,北京:中华书局,2007 年,第 230 页。

第七章 《文心雕龙》与子学

曰:"生也有涯,无涯惟智。逐物实难,凭性良易。傲岸泉石,咀嚼文义。文果载心,余心有寄。"可见,刘勰写作《文心雕龙》,与他在《诸子》中宣示的"辨雕万物,智周宇宙。立德何隐,含道必授"精神是一致的。在《程器》中,刘勰提出:"是以君子藏器,待时而动。发挥事业,固宜蓄素以弸中,散采以彪外,梗楠其质,豫章其干;摛文必在纬军国,负重必在任栋梁,穷则独善以垂文,达则奉时以骋绩。若此文人,应《梓材》之士矣。"《梁书·刘勰传》记载:"既成,未为时流所称。勰自重其文,欲取定于沈约。约时贵盛,无由自达,乃负其书,候约出,干之于车前,状若货鬻者。约便命取读,大重之,谓为深得文理,常陈诸几案。"①从这段记载可以看出,刘勰对于他的《文心雕龙》是很看重的。然而书成之后,竟然"未为时流所重",可想而知,刘勰生前并不受社会重视。他在《文心雕龙·序志》中自叙:

> 详观近代之论文者多矣:至于魏文述典,陈思序书,应玚文论,陆机《文赋》,仲治《流别》,弘范《翰林》,各照隅隙,鲜观衢路;或臧否当时之才,或铨品前修之文,或泛举雅俗之旨,或撮题篇章之意。魏典密而不周,陈书辩而无当,应论华而疏略,陆赋巧而碎乱,《流别》精而少功,《翰林》浅而寡要。又君山公幹之徒,吉甫士龙之辈,泛议文意,往往间出,并未能振叶以寻根,观澜而索源。不述先哲之诰,无益后生之虑。②

这说明刘勰对汉魏以来论文的发展态势以及短长看得很清楚。他自觉地担当起文艺批评的社会责任,传承先圣的忧患意识,融入自己的生命体验,从而写出了这本中国古代文学批评名著,同样也是他的"入道见志之书"。

---

① 《梁书》,第710页。
② 范文澜《文心雕龙注》,第726页。

第八章　南朝文学创作与文论观念

中国传统的诗文评,大多以曹丕《典论·论文》、陆机《文赋》以及《文心雕龙》、《诗品》为经典,隋唐之后,又以欧阳修的《六一诗话》为准则,纪昀在《四库全书总目》诗文评类中即持这种看法。

随着现代文艺学理论的兴起,人们对于中国古代文学批评理论的界定也在不断发生变化。以常见的高校教材为例,在郭绍虞主编的《中国历代文论选》第一册中,只选了先秦部分《诗经》中的十一条中,八例为讽,三例为颂。编者指出:"这些例证表明,在当时社会矛盾加剧的情况下,人们已经把诗歌创作和政治紧密联系起来,运用诗歌积极干预生活。"①但是在两汉与魏晋南北朝部分,几乎没有选录文学作品来作为文论的篇章,而大都是《文心雕龙》与《诗品》这些传统的诗文评经典。可见,蕴藏在文学作品中的丰富的文论资料并未进入编选者视野中。随着中国古代文学批评理论的深入,人们对于蕴涵在文学作品中的文论有所关注。比如郁沅、张明高编选的《魏晋南北朝文论选》中,直接选录了阮籍的《咏怀诗》,石崇的《思归引序》、《金谷诗序》等诗赋序;不仅选录了左思的《三都赋序》,还选择录了他的《咏史诗》;不仅选录了陆机的《文赋》,还选录了他的《演连珠》等文学作品;而且将陶渊明的《归去来兮辞》、《五柳先生传》、《游斜川并序》、《读山海经》等作品也一并选入,与诗文评类等量齐观。对于江淹,也选录了《杂体诗序》、《自序传》等作品。在这本文论选中,作品与文论是融为一体的,打破了传统的文论选只选诗文评的思路。穆克宏主编的《魏晋南北朝文论全编》中,也收录江淹的《杂体诗三十首并序》。②但是,由于文论选编选体制所限,许

---

① 郭绍虞主编《中国历代文论选》第一册,上海古籍出版社,1979年,第12页。
② 穆克宏主编《魏晋南北朝文论全编》,上海远东出版社,2012年,第179页。

第八章　南朝文学创作与文论观念

多蕴含在文学作品中的文学批评材料无法选录。江淹作品中的许多文学观念与议论遭到摒弃,也是自然而然的。在诸多中国文学理论批评史著作中,一般对蕴藏在作品中的文学批评思想,也不加叙述与记载。笔者的《新编中国文学批评发展史》(第3版)在第十三章《北朝文论》的第二节"庾信的文论"中,对庾信作品中的文学思想,专门加以介绍。① 但是大多数中国文学理论批评史著作,对这一部分,是付之阙如的。

1986年,罗宗强出版了《隋唐五代文学思想史》,此书与传统的中国文学理论批评史不同,从大量文学创作中,梳理与分析出文学思想史,并且将它与诗文评著作相联系,一起分析,令人耳目一新。嗣后,罗宗强还主持了《中国文学思想通史》系列丛书的编写与出版,开创了中国文学思想史学科,从而打破了传统的诗文评与文学理论批评史的窠臼,促使中国文学理论批评史对于以往的研究对象与范畴进行重新认识与界定。不过,罗先生于1996年出版的《魏晋南北朝文学思想史》一书中,却并没有沿着早期的路子,从诗文评与文学作品并重的路径中探讨魏晋南北朝文学思想史,而是基本上从文学理论批评史的路径上写作的。迄今为止,对于魏晋南北朝文学理论批评与文学思想史的研究,还没有跳出以往的窠臼。

最近出版的由黄霖主编、笔者也参加的《中国文学理论批评史》中,充分汲取了现有的学术研究成果。对于中国文学理论批评的研究对象作了重新构建。中国文学理论批评这门学科与学术,严格说来,是在传统诗文评的形态之上,汲取了近代西学东渐的成果,是中西合璧的产物,并不只是传统诗文评的衍生之物。因此,我们对于中国文学理论批评研究对象与范围的界定与认识,处于不断推进的过程之中。这本教材从书写形式上将中国古代文学理论批评研究的对象归结为六类,其中第五类是:"散见于论者别集或本人其他论著中的有关专论、序跋、书信、日记、札记,乃至诗词作品等,如杜甫

---

① 袁济喜《新编中国文学批评发展史》(第3版),北京:中国人民大学出版社,2014年,第141页。

的《戏为六绝句》是以诗论诗,元结的《箧中集序》是一书序言,白居易的《与元九书》是书信、宋濂的《文原》是专论,一些日记、笔记中也可时见论文之言。"①这样,中国文学理论批评史的内涵相对于以往,有了较大的拓展。

中国文学批评史现代学科意义上的建构,是从20世纪二十年代初日本学者铃木虎雄出版的《支那诗论史》(今译为《中国诗论史》)开始的。1927年,陈钟凡最早出版了中国人自己写的《中国文学批评史》,嗣后,又陆续出版了郭绍虞、罗根泽、方孝岳、刘大杰、朱东润等所著《中国文学批评史》。1949年后,特别是进入新时期之后,出版了敏泽、张少康、王运熙、蔡钟翔、黄霖等人编写的中国文学批评史方面的著作。近年来,一些年轻学者的研究也汲取了最新成果,推进了中国文学批评史的研究工作与学科建设。其中一个重要贡献,便是对中国文学理论批评史对象的拓展。就此而言,从作家的文学作品中发掘文学理论,与以往的诗文评研究可以相得益彰,而不应当厚此薄彼。

第一节 江淹赋作中的文学审美观念

江淹的文学写作主要在刘宋时代。刘宋是魏晋文学向南朝文学转变的关键,汉魏时期感于哀乐、缘事而发的文学创作,开始趋于自觉化,文人在他们的创作中越来越多地渗入了思想蕴涵,出现了以玄佛道哲理入诗的现象。与此同时,文学批评走上了独立的道路,从过去依附于经学与子书,走向了诗文评的形式,由单篇杂论的形式过渡到专书,涌现出《文心雕龙》、《诗品》等专门的诗文评著作。在诗歌与辞赋等文体创作日渐繁盛的同时,蕴藏在其中的文学批评观念日益彰显,有的采用序论等文体样态,有的则直接在文章层面,通过抒情与议论而展现。江淹对于诗歌的观念,在《杂体诗并序》中表现得较为清楚,一般的文论选也加以辑录,但细读江淹的赋作,发

---

① 黄霖主编《中国文学理论批评史》,北京:高等教育出版社,2016年,第2页。

现有着许多精彩的文学观念,相对于《文心雕龙》、《诗品》等诗文评专著来说,思想更为解放,议论更为大胆。这些融注于赋作的文学审美批评观念及其思想,并未得到认真的梳理与研究,因此,本文拟对此作出探讨,并进而探讨中国古代文论的研究对象与方法问题,以冀有所突破。

（一）江淹的人生经历与文才特点

江淹是南朝历经宋齐梁三朝的著名文士。与同时代的文学大家颜延之、谢灵运、鲍照等人相比,他是一位富有个性的文士。江淹主要的文学才华与贡献,以其赋作为代表。他的文学思想,在赋作中也得到了充分的展现。江淹在《自序传》中自谓:"淹字文通,济阳考城人,幼传家业,六岁能属诗,十三而孤,邈过庭之训,长遂博览群书,不事章句之学,颇留情于文章,所诵咏者,盖二十万言。而爱奇尚异,深沉有远识,常慕司马长卿、梁伯鸾之徒,然未能悉行也。所与神游者,唯陈留袁叔明而已。"从这一段记载来看,江淹最佩服的文学家是西汉的赋家司马相如与东汉高士梁鸿,他爱奇尚异,深沉有远识。江淹所钦佩的司马相如等赋家,显然与崇尚比兴的诗人有所不同。江淹出身贫寒,"少孤贫好学,沉靖少交游"(《梁书·江淹传》),这种出身孤寒的经历,对于江淹孤独易感的性格与文才,产生了直接的影响。他的赋作,大多描写人世的离愁别恨,以及自己的身世之感,在文风日趋浮靡的宋齐梁三代,江淹的赋作可谓独树一帜。

江淹的文学观念是直接从他的人生经历中引发而来的,又受到发愤著书思想的影响,与沉溺于山水田园模山范水、追求华丽雕饰的文学趣味有所不同。据《梁书》本传记载,江淹初入仕途,任建平王刘景素的幕僚,因一件官场上的案件,无端受到牵连,被下狱,于是他在狱中上书刘景素,是为著名的《诣建平王上书》。刘景素读后,立即释放了江淹。《文选》卷三十九上书类选录了此文。这封上书不仅思想,甚至连句式都模仿司马迁的《报任少卿书》:"下官闻:亏名为辱,亏形次之。是以每一念来,忽若有遗,加以涉旬月,迫季秋,天光沉阴,左右无色,身非木石,与狱吏为伍,此少卿所以仰天槌心,泣尽而继之以血者也。"文中援引李陵、周勃、司马迁的不幸遭遇,更为自己的蒙冤找到了例证,进而为自己鸣不平:"昔上将之耻,绛侯幽狱;名臣之羞,史迁下室,如下官尚何言哉!夫鲁连之智,辞禄而不反;接舆之贤,行歌而忘归。子陵闭关于东越,仲蔚杜门于西秦,亦良可知也。若使下官事非其虚,罪得其实,亦当钳口吞舌,伏匕首以殒身,何以见齐鲁奇节之人,燕赵悲歌之士乎?"这封上书义正辞严,不平则鸣,援引的史实十分贴切,加之情感凄恻,文辞凝练,读后使人为之不忍,刘景素不得不为之动容。景素览书,即日出之。

此后,江淹因谏刘景素而不见纳,被贬吴兴令。吴兴"地在东南峤外,闽越之旧境也"。这段贬谪生活使江淹有了更多的机会来思考人生,从"发愤著书"转向"以文章自娱"。江淹在《自序传》中说:"爱有碧水丹山,珍木灵草,皆淹平生所至爱,不觉行路之远矣。山中无事,专与道书为偶,乃悠然独往,或日夕忘归,放浪之际,颇著文章自娱。"文章成了江淹消解烦闷,抒发情志的寄托。江淹的赋作以悲为美,固然受到屈原的楚骚文学精神与创作方式影响,但是现实遭际的刺激却是直接的原因。而江淹自觉地以文章排除忧伤与烦闷,形成了自觉为文的创作意识。

江淹现存的二十八篇赋,从题材和内容来看,形式上与南朝赋的类型化有些相仿,如咏物、女性、伤逝等题材。以往很多研究者称,江淹赋较之魏晋时期关心时局、慷慨悲凉的赋作,题材相对狭窄,缺乏突破。其实,这种看法比较表面。江淹赋的针对性很强,有着独特的体验与感受,这一点,即使与鲍照、颜延之相比,也显得很清楚。曹道衡在《南北朝文学史》中说"他的辞赋基本上都是抒情之作",[1]江淹的赋几乎都是围绕着悲情,题材仅仅作为体现心中悲怨情志的各个侧面。无论是体物还是写景,其目的殊途同归,都是怨情,但是这种怨情,浸渍着江淹个性极强的体验与表现。笔者以题材为经,以情志为纬,把江淹赋重新分类,见表1。

---

[1] 曹道衡《南北朝文学史》,北京:中国社会科学出版社,2007年,第89页。

第八章　南朝文学创作与文论观念

表1

类别	言志	体物	写景	女性	伤逝
抒情类	《恨赋》、《别赋》	《青苔赋》、《莲华赋》、《石劫赋》、《翡翠赋》、《横吹赋》、《灯赋》、《金灯草赋》、《扇上彩画赋》、《井赋》	《江上之山赋》、《学梁王菟园赋》、《赤虹赋》、《哀千里赋》	《倡妇自悲赋》、《水上神女赋》、《丽色赋》	《伤爱子赋》、《知己赋》
	《泣赋》、《待罪江南思北归赋》、《去故乡赋》、《四时赋》				
游仙类	《丹砂可学赋》	《空青赋》	《赤虹赋》		
应诏类		《灵丘竹赋》			

　　江淹抒情赋中的悲怨之情大概可以总结为人生失意之恨、别离永诀之怨、去国怀乡之伤、离亲辞友之痛、高台易晏之忧、穷士不遇之愁、贬谪异乡之苦等等,这些愁怨的情思或通过《恨》、《别》、《泣》这样直接以悲情命名的抒情赋,以极写古今离恨之情貌的方式表达;或如《待罪江南思北归赋》那样直接从自身的悲情体验出发;或通过青苔、石劫等幽小物象寄托哀志与悲情,或以女性来寄托求而不得、见幸被弃的失意心境等。无论是用典、体物还是摹景,都是手段,都是为了营造凄恻哀怨之感,为了给心中那一抹怨愤和愁绪以流动的空间。江淹的赋作,立足于现实人生与各种人情感受,将悲剧人生作为美的表现对象,把汉魏以来以悲为美的文学审美心理继续向前推进。

　　自西汉开始,经过枚乘、司马相如、扬雄、王褒、班固、张衡等人的创作与演绎,汉大赋的题材集中于所谓京都苑猎一类,表现的是汉人心目中的帝国声威。汉代王公贵族创作大赋的目的,正如班固《两都赋序》中所说"或以抒下情而通讽谕,或以宣上德而尽忠孝,雍容揄扬,著于后嗣,抑亦雅颂之亚也"。这种以歌功颂德,劝百讽一为特点的赋作,对于现实人生与个体情性很少涉及。到了东汉末年,则出现了抒情小赋,如张衡、仲长统与蔡邕等人的赋作,抒发了个体心志,或宣泄内心忧愤,或讽刺黑暗时政。而江淹的赋作,继承了汉魏以来的文学解放与追求人生理想境界的传统,着眼于个体人生的不幸遭际,刻画了他们的悲剧情形,具有很深的人文蕴涵。这种审美视野的转换,本身就是文学观念的转变导致的。刘勰《文心雕龙》将文学视为六经的衍生,论及文学创作的发生时,强调的是作家对于自然景观的感受,而钟嵘的《诗品序》则强调社会人事对于诗人的直接刺激,倡导文学对于个体情性的导达与宣泄,致力于文学精神的以人为本。江淹的文学创作观念,显然接近于钟嵘。

我们试以江淹的《恨赋》为例证来分析。赋的一开头先声夺人,发出感叹:"试望平原,蔓草萦骨,拱木敛魂。人生到此,天道宁论!于是仆本恨人,心惊不已,直念古者,伏恨而死。"作者寓目感兴,眼前所见平原荒芜的草丛中白骨凌乱,参天大树下野魂游魄到处都是,在这样的死生情形面前,还谈什么天道。赋最后写道:"若乃骑叠迹,车屯轨,黄尘匝地,歌吹四起,无不烟断火绝,闭骨泉里。已矣哉!春草暮兮秋风惊,秋风罢兮春草生。绮罗毕兮池馆尽,琴瑟灭兮丘垄平。自古皆有死,莫不饮恨而吞声。"从先秦开始,哲人们就一直感叹"死生亦大矣"。但是中国传统文化乐生厚生,而视死亡为悲观主义。虽然《庄子》中有《达生》等篇,但是毕竟无法取代儒家乐天知命故不忧、生生之谓易的世俗观念。到了汉魏六朝,以悲为美成为文艺表现的重要内容,而江淹的《恨赋》、《别赋》正是在这种时代背景下诞生的。将死亡带来的遗恨作为赋的主题,充分体现了江淹文学思想中的人文蕴涵。

而在另一篇与《恨赋》齐名的《别赋》中,这种以悲为美的审美意识得到了更为深刻的表现。这篇赋也是直接将社会中常见的离愁别恨作为吟咏的题材与内容。赋开头就感叹:"黯然销魂者,唯别而已矣。况秦、吴兮绝国,复燕、宋兮千里。或春苔兮始生,乍秋风兮暂起。"江淹感叹最让人黯然销魂者,就是人生的离别。这是对于世俗人情的肯定。汉魏以来的文艺,开始将平民百姓的离愁别恨作为文艺创作的主旨,写得非常凄婉;后世唐宋文学中人情世故、离愁别恨主题的平民化,在南朝文学中业已得到展现,而江淹以文坛重要人物的身份,率先对此进行突破与表现。赋中写到那些游子思妇的情思,通过即时景色的环衬,获得感人肺腑的写照。赋中对于离人思念之情的刻画,在《古诗十九首》及《玉台新咏》中也经常能看到,但是江淹善于运用俳赋的手法加以表现,对句工整,用语华丽而不失自然流畅,最精当的是最后融议论于情景之中,通过以上对各种离愁别恨的描写慨叹道:

> 至乃秋露如珠,秋月如珪;明月白露,光阴往来。与子之别,思心徘徊。是以别方不定,别理千名。有别必怨,有怨必盈。使人意夺神骇,心折骨惊。虽渊云之墨妙,严乐之笔精。金闺之诸彦,兰台之群英。赋有凌云之称,辩有雕龙之声。谁能摹暂离之状,写永诀之情者乎!

江淹此赋,表现出绚烂之极归于平淡的功夫,将前面浓墨重彩的描写,化为平淡而寓含哲理的议论。特别是最后强调这种寻常男女之间的离愁别恨是最美的感情,使人意夺神骇,心折骨惊,即使扬雄、王褒、严安、徐乐等善于文笔的著名文士,他们的谈辩可以雕龙饰物,赋有凌云之称,也无法写出这种永诀之情,刻画暂离之状。这一观念,是对传统文学观念中偏重于经夫妇、美人伦、厚教化、成孝敬等思想的冲击与突破。它将文学表现的重心转移到了对普通人生离死别的关怀之中。钟嵘《诗品》称赞《古诗十九首》:"文温以丽,意悲而远,惊心动魄,可谓几乎一字千金!"卷中评"汉上计秦嘉、嘉妻徐淑"为:"夫妻事既可伤,文亦凄怨。"所不同的是,钟嵘《诗品》是专门的诗文评类代表著作,而江淹《恨赋》、《别赋》则是创作。江淹通过赋作即兴感叹之特点,生发出的文学思想,与抽象立论的诗文评著作相比,更富于形象化与情感化特点,也最易为人接受。钱钟书在《管锥编》中有一段经典的论述:"然则《别赋》乃《恨赋》之附庸而蔚为大国者,而他赋之于《恨赋》不啻众星之拱北辰。"①认为《恨赋》是江淹悲情赋的中心,《别赋》与其他赋都是由恨情衍生而成。

---

① 钱钟书《管锥编》,第1411页。

江淹的自伤之赋,以屈原的《离骚》为体要,充满着个体生命的感受,富有风格特点。诗人遭受贬斥后,离开北方故乡,来到荒僻蛮野之地,这里山深林密,猿狖吟啼,禽兽出没,生命安全受到严重威胁。在《待罪江南思北归赋》中,江淹描写了被贬吴兴的遭际,抒发了思念北方、盼望回归的心情。最后引出陆机入洛,潘岳西征的典故,寓含着自己同他们一样,遭受身世沉浮而远离故乡、漂泊凄零的悲苦,读来令人同情与感伤:

> 潘去洛而掩涕,陆出吴而增伤。况北州之贱士,为炎土之流人。共魍魉而相偶,与螺蛸而为邻。秋露下兮点剑舄,青苔生兮缀衣巾。步庭庑兮多蒿棘,顾左右兮绝亲宾。忧而填骨,思兮乱神。愿归灵于上国,虽坎轲而不惜身。

这篇赋在六朝赋中颇有特点,既不同于传统的骚体,亦有别于魏晋文士以悲为美之赋,而是将传统与现实相结合,达到了很高的层次。等到江淹入梁,仕宦发达后,慨叹:"人生当适性为乐,安能精意苦力,求身后之名哉?"失却了早年人生忧患的悲剧精神,于是就有了后世所说的"江郎才尽"。

(二)江淹咏物赋的悲感价值

在现存的江淹赋作中,咏物题材占有较大的比重。汉魏以来的赋类中,咏物渐渐成为一种重要的题材。曹植与建安七子的作品中,咏物是重要内容。这类咏物赋,借物抒情,寓情于物,具有浓郁的人文精神。江淹的咏物赋与它们相比,融入了《楚辞》的情感与想象手法,表现出南朝俳赋的鲜明特色。其以深婉凄美的情感与丰富的想象、凝练的辞句,再加以独特的心理感受,在咏物赋中风格卓异,不同凡响。

江淹的咏物赋有两大类,一类是天地之自然景观,另一类则是身边所见的动植物,也就是所谓"草区禽族,庶品杂类"。在这两类咏物赋中,江淹表现出不同凡响的感受与写作能力。在六朝赋中,江淹的审美体验与感受是最有特点的,其四时意象层出不穷,尤以秋与春最为常见,如《恨赋》中的"春草暮兮秋风惊,秋风罢兮春草生",《别赋》

中的"或春苔兮始生,乍秋风兮暂起"。这类春秋并列的语句,受骈赋写作俳偶化的影响,多成对而出,并通过春秋之代序,物色之变迁,于短促句中写出物是人非的衰落与伤感。这种借春秋以述伤情的写法在汉魏六朝的诗赋作品中并不罕见,但江淹能够借春秋营造出一种急怨之感——两句之间,节奏短促,顿生荒芜与悲凉。

　　魏晋以来,对于四时的感受与咏叹成为衬托人生、感受人生易逝、时光无限的一种哲学观念。在《文选》赋类的物色部中,就有不少这类作品。江淹的《四时赋》专门咏叹四时,与陆机的《叹逝赋》和谢灵运的《感时赋》等同类赋相比,抒情性更强,更富于个体悲感意蕴。赋中抒写作者由于远离帝城,心生凄恻,于是对四时之景色不由得产生悲感:"北客长欷,深壁寂思。空床连流,圭窬淹滞。网丝蔽月,青苔绕梁。春华虚艳,秋日徒光。临飞鸟而魂绝,视浮云而意长。测代序而饶感,知四时之足伤。"最后引出思念故乡的情感:"故秦人秦声,楚音楚奏。闻歌更泣,见悲已疚。实由魂气怆断,外物非救。参四时而皆难,况仆人之末陋也。"这一段,蕴含着赋的创作发生观念,即情以物迁,辞以情发。四时之景难以参透,景物与情感交织,故采用移步换景的方式,不知不觉让读者进入其语境之中,在产生同情的同时,也藉此了解此赋的创作情感缘何而生。

　　江淹赋作之中铺叙四时以为悲的共有四处,见于《别赋》、《丽色赋》、《待罪江南思北归赋》、《四时赋》。这几篇赋作从文学观念角度来说,都是在即景感兴,融情入景的同时,透过夹叙夹议,让我们能够看到其中的文学审美意识与思想观念。"自出国而辞友,永怀慕而抱哀。魂终朝以三夺,心一夜而九摧。徒望悲其何及,铭此恨于黄埃"。这几句写出了自己的悲感,同时亦说明了以悲为美是自己的写作动力。而那些写景的文字,所见的江景与原野,都在衬托作者的悲凄。如果说上述几篇赋在写景中不知不觉融入作者的情致,属于"无我之景",那么,《泣赋》则属于"有我之景"。这篇赋作,借物咏叹,读来让人惊心动魄:"秋日之光,流兮以伤。雾离披而杀草,风清泠而绕堂。视左右而不膈,具衣冠而自凉。默而登高谷,坐景山。倚桐柏,对石泉。直视百里,处处秋烟。阒寂以思,情绪留连。江之永矣莲欲红,南有乔木叶已穷。心蒙蒙兮恍惚,魄漫漫兮西东。咏河充之故俗,眷徐扬之遗风。眷徐扬兮阻关梁,咏河充兮路未央。虑尺折而寸断,魂十逝而九伤。欻潺湲兮沫袖,泣呜咽兮染裳。"赋的开头即叹"秋日之光,流兮以伤。雾离披而杀草,风清泠而绕堂",先声夺人,将人引入秋日之光的凄寒之境中,使人想起宋玉《九辩》中"悲哉秋之为气"的情境描写,不同的是,宋玉烘托的是秋天的气寒,而江淹的突出的是秋天光线中透出的伤心环境。赋的最后喟叹:"若夫齐景牛山,荆卿燕市。孟尝闻琴,马迁废史。少卿悼躬,夷甫伤子。皆泣绪如丝,讵能仰视!镜终古而若斯,况余辈情之所使哉!"这种议论,真实地使人感到浓重的秋殇。江淹赋作中表现出来的文学观念,一种是以小见大,即从具体的事物引申出普遍的哲理,《泣赋》就是这种类型;另一种是以大览小,即从普遍情形来观览认识眼前所见,如《恨赋》、《别赋》。这两种类型都善于将个体性与普遍性相结合。这也是江淹的赋作在南朝齐梁无病呻吟的宫体诗与徐庾骈体盛行时代中,能够独树一帜的主要原因。

江淹赋作的特殊贡献,还在于他往往于人们不曾关注的微末事物中,发现其审美价值,融入人文关照。《青苔赋》与《石劫赋》便是这样的作品。在《青苔赋(并序)》中江淹写道:"余凿山楹为室,有青苔焉。意之所之,故为是作云。"青苔成为人生与岁月的见证。因为在那些坟茔之处,青苔最易生长,因此,江淹此赋巧妙地融入抒情:"故其所诣必感,所感必哀。哀以情起,感以怨来。魂虑断绝,情念徘徊者也。"这样的文学观念,正是在感物咏情中生发出来的,因而也最易为人所感染。江淹偏爱青苔意象,用青苔来表现悲凉哀怨的意境。南朝时琴瑟是悲美风尚之下悲哀的重要象征,是"审悲"风潮延续的结果,而青苔意象在他人文作中非常少见,是江淹在吴兴的生活体验和遭贬的抑郁心情之下独创的意象。他以青苔拓展了咏物赋的题材,也丰富了悲美文学中的意象表达。

江淹善于将自身的遭际与屈原似的问天相结合,因而他的赋作中,不仅是抒情写景,而且充满着切肤之痛与诘问苍天的勇气。江淹有《遂古篇》,追思上古玄境,系身世遭逢而作。这篇赋作效仿屈原《天问》的文体:"仆尝为《造化篇》,以学古制。今触类而广之,复有此文。兼象天问,以游思云尔。"还有《构象台》等作品也体现出这种天问精神。司马迁在论述屈原的事迹与创作时,依据自己的人生体验来评价屈原,认为人之疾痛惨怛必然呼天喊地,形诸诗咏,这是天然不可移易的。屈原正道直行却受到小人的谗毁,故发而为《离骚》,是其产生深挚感人艺术魅力的前提。江淹继承了屈原的问天精神,因而他的作品能够超越情辞层面,增加了作品的思想意蕴。例如《恨赋》一开头,由眼前所见的蔓草萦骨、拱木敛魂发起感叹,人们在读后随着作品的诘问,进入到对于天道的思考之中。《恨赋》、《别赋》之所以具有撼人心魄之美感特点,盖源于此种由个体到群体的悲剧意蕴。

有些论者常常认为江淹赋作,题材过于狭窄,给人以篇篇一旨之感。① 这种看法并不全面。其实,江淹的抒情与咏物题材,通过个体的真切体验而上升到对于宇宙人生的思考与追问层面,境界从而为之一变,具备了普适价值。这种审美境界与人生境界的统一,在梁代由南入北的庾信的赋作中,得到了拓展。例如,庾信的《哀江南赋》是一篇用赋体写的梁代兴亡史和作者自传,其中充满着作者对梁代覆亡的悲悼,提出"楚歌非取乐之方,鲁酒无忘忧之用。追为此赋,聊以记言。不无危苦之辞,惟以悲哀为主"。庾信在文中明确提出,自己的创作惟以悲哀为主,这实际上是对中国古代文论中"诗可以怨"思想的发展。在赋序的最后,庾信呼吁:"呜呼! 山岳崩颓,既履危亡之运;春秋迭代,必有去故之悲。天意人事,可以凄怆伤心者矣! 况复舟楫路穷,星汉非乘槎可上;风飙道阻,蓬莱无可到之期。穷者欲达其言,劳者须歌其事。"赋中将自己与梁代的败亡上升到天道人事来思考,从而提升了这篇赋的境界。从鲍照的《芜城赋》,到江淹以悲为美的赋作,再到庾信晚年的赋作,通过个体悲剧上升到对天道人事的追寻,是南朝赋作的演进路径。

汉魏以来,在建安文学与正始文学中,以悲为美是一种普遍文学现象;但是在文学作品中,结合自己的人生体验与创作实践,将以悲为美化为文学审美意识,进而上升为一种观念体系,却是江淹的创制。具体而言,有这样三个方面:一、江淹赋作中的以悲为美,将

---

① 俞绍初、张亚新《江淹集校注》,郑州:中州古籍出版社,1994年,第9页。

辞赋中的曲终奏雅体式加以改造,集中抒写了平民的离愁别恨、生离死别,将其上升为最高的审美境界,这是以往不曾有的;二、江淹赋作善于将人生悲剧上升到天道与命运的层面来思考与反诘,不同于男女之情的吟咏,这一点其实上承鲍照,下启庾信;三、江淹的以悲为美关注平民百姓的遭际,与钟嵘《诗品》的以悲为美有所不同,也影响到后世以悲为美题材趋于世俗化与平民化。总之,江淹以悲为美的文学创作体现出来的思想意蕴,颠覆了传统的儒家诗教与乐教说,开创了六朝之后中国文学创作与理论批评的新风气,成为社会人生的普遍心态,衍生出众多的文艺样态与品种。

然而,自南朝开始,一些批评家对于江淹是持反感态度的。虽然萧统的《文选》选录了江淹的《恨赋》、《别赋》,以及一些诗作,但是齐梁时刘勰《文心雕龙·时序》在论南朝文学时,根本不提江淹。隋末大儒王通《中说·事君篇》云:"鲍照、江淹,古之狷者也,其文急以怨。"[1]一般的中国文学史教材,在谈到南朝刘宋文学时,往往言及"元嘉三大家",而只在南朝辞赋中介绍一下江淹《恨赋》、《别赋》,至于他的文学观念,在现行的文学批评史中也难见踪迹。其实,江淹的文学观念,与他的作品浑然一体,密不可分。由于通过作品的情境而生发,这些看法与观念显得自然而然,易于为人所接受,不同于通过引经据典而阐明的理念。南朝刘宋时代的元嘉三大家,谢灵运模山范水,好谈玄佛;颜延之雕绘满眼,文风华丽;鲍照诗风峻切激烈。江淹继承了鲍照的文风,也呈现出"急以怨"的特点,但是通过辞赋,传承了"发愤著书"的传统,又融入个体深沉的人生体验,文质相扶,情辞并茂。而他的文学思想,透过这些作品而得以彰显,这也是江淹对于中国古代文论的独特贡献。

第二节 谢灵运《山居赋》的山水审美观念

活跃于南朝刘宋年代的大诗人谢灵运,不仅在山水文学上卓有

---

[1] 张沛《中说校注》,第79页。

建树,而且在山水审美理论上,对于中国古代美学与文论进行了创拓,这集中表现在他精心创作的《山居赋》中。沈约《宋书·谢灵运传》全文收录此赋,可见其为谢灵运代表作之一。此赋采用夹注的方式,在赋体上大胆变创,描写了自己刻意打造的山居秀丽富赡,适宜人居,提出了新的山水审美理论,代表了南朝山水审美观念的发展与创新。此赋极大地拓宽了山水与人类之间的人文意蕴,对于物我关系进行了深入的研讨,有着丰富的思想内涵。然而,以往的研究对于谢灵运的《山居赋》评价不高,著名学者钱钟书《管锥编》说:"谢诗工于模山范水,而所作诸赋,写景却鲜迥出。"① 又有学者言谢灵运的《山居赋》与《撰征赋》"肆意逞其富艳才华,然二赋俱极繁芜而无裁节"。② 然而我们透过《山居赋》雕丽晦涩的语辞,可以分析中国古代山水审美中的物我关系,开掘出极深的思想蕴涵。本文拟就谢灵运《山居赋》中展现的物我关系展开集中探讨。

(一) 山水审美与物我关系

中国古代审美的基本关系是物我关系,反映到美学上是心物、情物等范畴。一般说来,先唐时代自然与人类的关系,体现在审美上,是以物我、心物交融为主的二元论。③ 唐宋之后,禅宗兴起,渐渐

---

① 钱钟书《管锥编》,第 1285 页。
② 胡国瑞《魏晋南北朝文学史》,武汉大学出版社,2013 年,第 164 页。袁行霈先生的《中国文学史》指出:有"元嘉三大家"之称的谢灵运、颜延之和鲍照,文才不减诗才,技巧高妙,冠绝一世。谢灵运在诗歌创作中"才高词盛,富艳难踪"(钟嵘《诗品序》),在赋与文的创作中更是如此。他以山水为题材的《岭表赋》、《长谿赋》、《山居赋》诸作,状物写景的巧似,选字修辞的清新,与其山水诗的成就互为呼应。如《岭表赋》中有"顾后路之倾巘,眺前磴之绝岸;看朝云之抱岫,听夕流之注涧"的偶句,以"绝岸"对"倾巘",相当精切;而云"抱岫"和水"注涧"的意象,也构成静态和动态的生动对照,"抱"字还出现在他的诗中,有"白云抱幽石"(《过始宁墅》)的名句。《山居赋》以汉大赋的规模铺写个人的隐居生活,在文体上的创新之处是以散体笔调作自注,其中有些描摹山水风景的注文灵动亲切,自然有味,对后世散体山水游记的兴起,不无导源滋养之功。袁行霈主编《中国文学史》第二卷,北京:高等教育出版社,2003 年,第 181—182 页。
③ 如《文心雕龙·物色》篇云:"春秋代序,阴阳惨舒,物色之动,心亦摇焉。"钟嵘《诗品序》云:"气之动物,物之感人,故摇荡性情,形诸舞咏。"

产生主张明心见性的妙悟说;但是传统的物我关系与心物范畴仍然在发展,形成了情景之说。物我关系的嬗代,反映出人类与外界关系的变迁,也折射出人类文明程度的高低。谢灵运《山居赋》,是展现南朝时期山水审美中物我关系嬗变的重要文本,透视出中国古代山水审美意识中人文价值的提升。而这种变迁意识直接呈现在他对于赋体的变革与文学批评观念之中。

先秦至六朝时期,古人对于山水自然中的物我关系,大体上经历了四个阶段的变化。第一阶段,是春秋之前的山水观念,完全服从于古人的物我关系,是被原始时期的蒙昧所笼罩的,山水自然受到原始宗教意识的影响。第二阶段为春秋战国阶段。随着神学的衰落与理性精神的发扬,人们对自然美的形态也有所发现,在《诗经》中出现了"昔我往矣,杨柳依依;今我来思,雨雪霏霏","高山仰止,景行行止"这样一些或借柳树雪花来衬情,或借高山大道以比德的诗句,自然界与人的情感日益亲密。到了《楚辞》中,这种山水审美意识进一步独立。清代文人恽敬评论说:"《三百篇》言山水,古简无余词;至屈左徒肆力写之,而后瑰怪之观,远淡之境,幽奥朗润之趣,不名一地,不守一意,如遇于心目之间。"①恽敬指出屈原赋作中对山水之景的描写更具审美色彩,其表现手法也富赡恢诡。第三阶段为两汉阶段。由于汉代大一统政权统治者神道设教的需要,人们对自然天道的态度也染上了浓厚的神学色彩,司马相如的《封禅赋》和班固的《终南山赋》等,大都赞美皇帝的祭祀活动。第四阶段为六朝阶段。汉末魏晋以来,人们对自然美的认识及观赏,发生了很大的变化。东晋时代,随着士族庄园经济的发展,以及晋室南迁后士族社会地位的提升,自然之美成为独立人格的衬托与写照。晋朝南下的士族与当地豪族广占山林田园,开辟荒地,在对自然林野的经营中,刻意将它朝着田园化方向发展,既"尽幽居之美"(《宋书·谢灵运传》),又"备登临之美"(《南史·王恢之传》)。西晋的士族文人石崇、潘岳,东晋的王羲之、许询,宋代的谢灵运,都有咏吟自己庄园宅墅的作品。唐卢照邻《乐府杂诗序》中曾说"山水风云,逸韵生

---

① 恽敬《大云山房文稿》二集卷三,上海:世界书局,1937年,第159页。

于江左",指出了东晋时山水文学勃兴的事实。

而谢灵运的《山居赋》,是在他的人生经历与山水游历基础之上创作而成的。其显要的标志,就是对传统山水审美中的物我关系进行了重新布置,拓展了山水审美的视野,营构了其中丰厚的人文空间,融入了更多的人文意蕴。关于此赋的创作缘起,《宋书·谢灵运传》中记载:"灵运父祖并葬始宁县,并有故宅及墅,遂移籍会稽,修营别业,傍山带江,尽幽居之美。与隐士王弘之、孔淳之等纵放为娱,有终焉之志。每有一诗至都邑,贵贱莫不竞写,宿昔之间,士庶皆遍,远近钦慕,名动京师。作《山居赋》并自注,以言其事。"[1]从此段记载可以看出,谢灵运的父祖葬于始宁,但他另外经营山居别墅与庄园,这些庄园不仅是谢家丰厚的产业,而且尽幽居之美,兼具实用与欣赏的价值,是功利与审美的双重融合。[2] 始宁属会稽,物产丰盛,风景秀美,晋室南迁而来的北方士人,非常喜欢此地。《世说新语·言语》刘孝标注引《会稽郡记》云:"会稽境特多名山水;峰崿隆峻,吐纳云雾,松栝枫柏,擢干竦条,潭壑镜彻,清流泻注。王子敬见之曰:'山水之美,使人应接不暇。'"[3]从审美关系的客体,即"物"的一方来说,具备了此前不曾有过的理想审美对象,而作为审美主体的"我",正是缘此而得以展开山水审美活动的。

在谢灵运之前,存在着西汉的大赋与东汉中期以来的小赋,其中蕴藏着特定的物我关系。关于这两种赋体的视野与志趣,刘勰《文心雕龙·诠赋》中提出:"夫京殿苑猎,述行序志,并体国经野,义尚光大。……至于草区禽族,庶品杂类,则触兴致情,因变取会,拟诸形容,则言务纤密;象其物宜,则理贵侧附。斯又小制之区畛,奇巧之机要也。"[4]刘勰指出,两汉以司马相如、班固为代表的大赋,通过描写京都苑猎,渲染汉帝国的声威;而东汉晚年兴起的小赋,运用

---

[1] 《宋书》,第1754页。
[2] 一般认为《山居赋》,约作于元嘉元年(424)下半年至次年上半年这段时间,在灵运第一次隐居故乡始宁时,亦即四十岁时开始写作,至四十一岁完成。
[3] 余嘉锡《世说新语笺疏》,第82页。
[4] 范文澜《文心雕龙注》,第135页。

抒情与咏物的方式，表现出作者特定的心志，由外在的体物转向内心的反照。从物我关系来说，汉大赋重在主观之我对于客观之物的铺写，而小赋转为自我对于外物的随物宛转，与心徘徊。"触兴致情，因变取会"，便是汉魏以来赋作的基本创作态度。虽然汉大赋的余绪仍然存在，如左思写作《三都赋》，皇甫谧为之鼓吹。但是主流的赋作已经摆脱了汉大赋的京都苑猎模式，而以清新灵动的体式成为士人心灵的抒发，并借助情景而得到表现。

谢灵运的《山居赋》篇幅巨大，然而在文学创作方面，又不同于"体国经野"的大赋，而是介于汉大赋与抒情小赋之间的赋体。此赋最大的创新处，在于作者的自注，自注不仅是字词上的解释，而且直接表述出作者的思想观念，体现出魏晋以来文体的自觉。谢灵运首先在赋序中分析了山居中彰显出来的物我关系的四个层面：

> 古巢居穴处曰岩栖，栋宇居山曰山居，在林野曰丘园，在郊郭曰城傍，四者不同，可以理推。言心也，黄屋实不殊于汾阳；即事也，山居良有异乎市廛。抱疾就闲，顺从性情，敢率所乐，而以作赋。扬子云云："诗人之赋丽以则。"文体宜兼，以成其美。今所赋既非京都宫观游猎声色之盛，而叙山野草木水石谷稼之事，才乏昔人，心放俗外，咏于文则可勉而就之，求丽邈以远矣。览者废张、左之艳辞，寻台、皓之深意，去饰取素，傥值其心耳。意实言表，而书不尽，遗迹索意，托之有赏。

谢灵运指出，自己所写的《山居赋》，"既非京都宫观游猎声色之盛，而叙山野草木水石谷稼之事"。他表明自己高情远趣，远遁那些世间俗事，不同于汉代京都苑猎大赋的极声色之盛，排斥那些感官刺激。从写作动机来说，谢灵运的时代，世族成为独立的政治力量，他们与皇权颉颃相抗，不必像两汉的士人一样，匍匐在皇权下面，替皇帝歌功颂德，讽谏劝美。因此，汉代赋家的写作人格是谢灵运所不取的。《山居赋序》明确贬斥张衡与左思写作京都大赋铺张扬厉的旨趣，而是寻绎先贤高士的志向，在审美趣味上则是去饰取素，直抒本心。谢灵运还采用当时的"言意之辨"来说明自己此赋是书不尽言，旨在寻求知音。从这里可以看出，谢灵运对于此赋用心良苦，在其中寄托了深慨。自两汉京都苑猎大赋兴起后,这种大赋体式一直沿袭到魏晋,左思的《三都赋》、庾阐的《扬都赋》就是其余绪。当然,当时的士族人物对此也是有看法的,《世说新语》中记载了谢安批评这类赋是"屋下架屋耳,事事拟学,而不免俭狭"。谢灵运秉承了祖先对于此类赋的批评思想。从内容上来说,《山居赋》追求的是以山居为美的精神旨趣,尤其在物我关系上进行了拓展。

谢灵运在《山居赋序》中指出,自古以来的隐居之所有四种类型:一种是岩栖,一种是山居,还有隐于丘园与城郭中的。山居与市廛判然有别,适合养生与顺心。他自叙"抱疾就闲,顺从性情,敢率所乐,而以作赋"。也就是说,自己不仅可以在山居中养病,获得闲适,率从性情所乐,而且感兴而为,产生了作赋的兴致,"去饰取素,傥值其心耳",言不尽意,盼望知音。通过这段自序,我们可以清晰地看到谢灵运写作《山居赋》的苦心孤诣。他对于传统隐居中的四种方式进行了总结,从物我关系的维度,对于自己的山居及其写作进行了重新审视。

对于世间富贵利禄耿耿难忘,又以精神高尚自居的谢灵运来说,如何在物质与精神之中找到一条兼而有之的道路,为自己的生活享受与精神高逸找到依据,是谢灵运所关注的。这也是他在《山居赋》中刻意营造的精神旨趣。为此,他提出以"意得"为旨趣的观点:

> 谢子卧疾山顶,览古人遗书,与其意合,悠然而笑曰:"夫道可重,故物为轻;理宜存,故事斯忘。古今不能革,质文咸其常。合宫非缙云之馆,衢室岂放勋之堂。迈深心于鼎湖,送高情于汾阳。嗟文成之却粒,愿追松以远游。嘉陶朱之鼓棹,乃语种以免忧。判身名之有辨,权荣素其无留。孰如牵犬之路既寡,听鹤之途何由哉!"

这段话表现出谢灵运居高临下观览山居的孤傲心态。他同陶渊明一样,喜欢在观览自然胜景时读书,引发玄理,感悟人生。他自注:"理以相得为适,古人遗书,与其意合,所以为笑。孙权亦谓周瑜'公瑾与孤意合'。夫能重道则轻物,存理则忘事,古今质文可谓不同,而此处不异。缙云、放勋不以天居为所乐,故合宫、衢室,皆非淹留;鼎湖、汾阳,乃是所居。□文成、张良,却粒弃人间事,从赤松子游。陶朱、范蠡,临去之际,亦语文种云云。谓二贤既权荣素,故身名有判也。牵犬,李斯之叹;听鹤,陆机领成都众大败后,云'思闻华亭鹤唳,不可复得'。"谢灵运在自注中指出,虽然享用世间之物,但只要得意忘物,自可超越世俗。这些说法,不禁使人想起西晋郭象《庄子注》中论圣人虽在庙堂而其心无异于山林之中,名教与自然合为一体的论述。特别是他用李斯与陆机的人生悲剧,说明人生的价值不在于那种虚妄的富贵利禄,而在于真正拥有生命,享受生活;而这一切,亦离不开丰裕的物质生活基础与条件。这是他与陶渊明等人不同的地方。

谢灵运还认为,选择山居是逃避政治、全身自保的明达之举。他以自己的先祖、淝水大捷的军政领导人物谢玄为例说明山居栖逸的意义,远不止享受山水之乐,而且具有政治选择之价值,是人生智慧之彰显。他在《山居赋》中吟哦:

> 览明达之抚运,乘机缄而理默。指岁暮而归休,咏宏徽于刊勒。狭三闾之丧江,矜望诸之去国。选自然之神丽,尽高栖之意得。

谢灵运的这段话,既是对于历史人物的评价,也是他政治人生观的表述。他汲取了老庄功成身退的思想,深知政治斗争的险恶,以及祸福无常的观念;同时,也摒弃了屈原这样耿介沉江的人生道路,认为明智的人生选择在于及时引退,而引退的处所就是山林栖逸,"选自然之神丽,尽高栖之意得",这样既可以饱览山水之美,栖神旷心,又可以远遁祸患,岂非一举两得?为此,谢灵运在此赋中自叙以此为人生箴言,而选择山居。海德格尔提出诗意地栖居,谢灵运提出:"性情各有所便,山居是其宜也。《易》云:'向晦入宴息。'庄周云:'自事其心。'此二是其所处。"他引述庄子与《周易》的话,论述自己经营山居是为了营造灵魂栖居的场所,不惜与知交暂别而隐逸山居。谢灵运经常与好友共同游历山水之中。这正是与世人保持距离,使身体与精神处于一种清旷无待之境致,方能对于山水进入纯粹之审美境界。王国维在《红楼梦评论》中说:"夫自然界之物,无不与吾人有利害之关系;纵非直接,亦必间接相关者也。苟吾人而能忘物与我之关系而观物,则夫自然界之山明水媚,鸟飞花落,固无往而非华胥之国、极乐之土也。"①后来梁代庾信的《小园赋》也有类似思想感情的抒发。

谢灵运将"言意之辨"引入山水营构领域,作为审美标准,这是他在《山居赋》中的又一理论贡献。《宋书·谢灵运传》记载:"郡有名山水,灵运素所爱好,出守既不得志,遂肆意游遨,遍历诸县,动逾旬朔,民间听讼,不复关怀。所至辄为诗咏,以致其意焉。在郡一周,称疾去职,从弟晦、曜、弘微等并与书止之,不从。"从这段记载可以看出,谢灵运的山水诗创作动机来源于他的人生郁闷与政治上的失意,山水诗文成为他宣泄对政治与人生遭际不满的工具,而魏晋玄学与佛学之"意"的范畴,则是他自觉的文化升华。山居是人文与自然相结合的营造,以精神与物质相结合而存在,故成为他的人生之意的转化。为此他提出:"理以相得为适,古人遗书,与其意合,所以为笑。"他的"意得"理论,正是从人生高度融合古今历史,从而得出的一种人生与文化的自觉意识。他的山水诗充斥着这种以意理为美的趣尚

与"意得"相对应的,是谢灵运自觉追求的"赏心"山水审美理念与趣味。在魏晋名士心目中,意得是通过心会而获取的,陶渊明《饮酒》诗云"此中有真意,欲辨已忘言",也就是说,对象之意是通过心灵的领悟与辨析而得以实现的。没有心领神会的功夫,对象之意也就成了空置之物了。魏晋玄学已就心与意,理与物的关系展开过讨论,比如嵇康的《声无哀乐论》提出:"和声无象,而哀心有主。""然则声之与心,殊塗异轨,不相经纬。"心灵对于意与理的领会是至关重要的。《世说新语·文学》记载:"庾子嵩作《意赋》成,从子文康见,问曰:'若有意邪,非赋之所尽;若无意邪,复何所赋?'答曰:'正在有意无意之间。'"②《晋书·庾敳传》记载:"敳见王室多难,终知

---

① 《王国维文集》,北京:中国文史出版社,1997年,第3页。
② 余嘉锡《世说新语笺疏》,第214—215页。

婴祸,乃著《意赋》以豁情,犹贾谊之《鹏鸟》也。"①可见,庾敳主张意得的理论,与他在西晋末年面临乱亡、性命将殒的忧患心态密切相关。而这种"意得"需要通过"赏心",即心领神会来实现。

这种将自然视为生命之物的观念,使得山水能够主动进入人的审美视野,与人的主体心灵相呼应,从而浸润人的心灵与人格世界。东晋袁崧在《宜都山川记》中记述自己观赏三峡壮景:"常闻峡中水疾,书记及口传悉以临惧相戒,曾无称有山水之美也。及余来践跻此境,既至,欣然,始信耳闻不如亲见矣。其叠崿秀峰,奇构异形,固难以词叙。林木萧森,离离蔚蔚,乃在霞气之表,仰瞩俯映,弥习弥佳。流连信宿,不觉忘返。目所履历,未尝有也。既自欣得奇观。山水有灵,亦当惊知己于千古矣。"②袁崧慨叹山水之美有待于人类的发现。对于没有山水欣赏眼光与胆魄的人来说,三峡之景只是恐怖的对象;而对于人格修养较高的人来说,三峡的壮丽之景却可以成为观赏的绝美对象,山水有待于知己。谢灵运因为对于明山秀水美好风物的欣赏,自然而然,就会形诸吟咏,以至山水诗作中,经常出现"赏"与"美"二字,如"含情尚劳爱,如何离赏心"③(《晚出西射堂》),"赏心不可忘,妙善冀能同"④(《田南树园激流植援》),"表灵物莫赏,蕴真谁为传"⑤(《登江中孤屿》)。在《山居赋》一文中,多处出现"赏心"的词句,说明这种知音观念对于他的影响至大。谢灵运提出以"赏心"为美的山水美学,强调物我关系中心灵与意得的互动,对于传统的物我关系加以开拓,是颇有建树的。

(二)《山居赋》对山水审美距离的营构

谢灵运《山居赋》在山水审美观念上的贡献,还在于它对先秦至南朝刘宋时代审美态度中距离感的创拓。

山水审美需要距离,这一点在魏晋以来的山水审美实践中早已

---

① 《晋书》,第1395页。
② 陈桥驿《水经注校证》,北京:中华书局,2007年,第793页。
③ 顾绍柏《谢灵运集校注》,第54页。
④ 顾绍柏《谢灵运集校注》,第114页。
⑤ 顾绍柏《谢灵运集校注》,第83、84页。

萌发。所谓距离,大要是指超越世俗功利,包括富贵利禄与诱惑。庄子指出:"乘物以游心。"但是这种山水自然的审美又必须面对具体的物质世界,首先这山水,这关乎人们日常生活的自然之物无一不是自然物质,蕴藏着与人们衣食住行息息相关的物质因素。故而宋人郭熙在《林泉高致·山水训》中指出:"君子之所以爱夫山水者,其旨安在?丘园养素,所常处也;泉石啸傲,所常乐也;渔樵隐逸,所常适也;猿鹤飞鸣,所常亲也。尘嚣缰锁,此人情所常厌也。烟霞仙圣,此人情所常愿而不得见也。……世之笃论,谓山水有可行者,有可望者,有可游者,有可居者。画凡至此,皆入妙品。"[①]这可以说指出了山水之于人的多层关系。

山水之于审美主体的距离关系是很复杂的,其中之度,大有讲究。魏晋时代,理想人格圣人之于庙堂的关系,就引起过讨论。一种看法认为山林与庙堂不可两得,另一种意见则认为,圣人身在庙堂而心在山林之中,无异于自然之义。沈约《宋书·隐逸传》曰:"夫隐之为言,迹不外见,道不可知之谓也。若夫千载寂寥,圣人不出,则大贤自晦,降夷凡品。止于全身远害,非必穴处岩栖,虽藏往得二,邻亚宗极,而举世莫窥,万物不睹。若此人者,岂肯洗耳颍滨,瞰瞰然显出俗之志乎!"[②]沈约指出隐士并非隐居山野,关键在于心灵的超脱世俗。但是这种心灵距离的适度,却是不好把握的,太近或者太远,都无助于山水自然的审美感受与享受。针对这些魏晋以来士人的价值观念,谢灵运在此赋中提出了山居的价值,关键是如何处理享乐与审美的关系,既要保持自然的形态,又要展现其享受价值。

魏晋以来,关于山水与人类的关系,一直有两种观念。一种是西晋时的石崇模式,一种是东晋时的陶潜模式。他们反映出不同的人生观与审美趣味。

西晋时的石崇是当时著名的豪富。他列太康文学的"二十四友",又是一个追求奢侈的人物。《晋书·石崇传》记载,石崇"财产

[①] 郭熙《林泉高致》,北京:中华书局,2010年,第11—19页。
[②] 《宋书》,第2275页。

丰积,室宇宏丽。后房百数,皆曳纨绣,珥金翠。丝竹尽当时之选,庖膳穷水陆之珍。与贵戚王恺、羊琇之徒以奢靡相尚"。① 石崇在《金谷诗序》中就已描写过自己的山居别墅的双重品质:"余以元康六年,从太仆卿出为使持节、监青徐诸军事、征房将军,有别庐在河南县界金谷涧中,去城十里,或高或下,有清泉茂林、众果竹柏、药草之属,金田十顷、羊二百口,鸡猪鹅鸭之类,莫不毕备。又有水碓、鱼池、土窟,其为娱目欢心之物备矣。"② 石崇《思归叹序》对其园林也作了描写,说:"其制宅也,却阻长堤,前临清渠,百木几于万株,流水周于舍下。有观阁池沼,多养鱼鸟。家素习技,颇有秦赵之声。出则以游目弋鱼为事,入则有琴书之娱。又好服食咽气,志在不朽,傲然有凌云之操。"③ 从以上两则序言可见,石崇的私家庄园土地丰肥,规模甚大。园中清泉流淌,树木丰茂,瓜果飘香,竹、树、药草一应俱有。园中蓄养家妓,歌舞升平,友人往来,吟诗作赋,好不快活。再结合潘岳《金谷集作诗》等,可以显现出石崇对金谷园的营修颇费心思,极尽奢华。石崇在叠石、理水、修池、筑路、植树、营花、培草、养鱼、蓄鸟等方面具有较高的艺术水平,他能巧妙地利用地形条件和水系情况,营造出充满艺术气息的山水园林,宛如一幅秀丽的自然山水画。谢灵运对于精心营构的山居,也有着自己独特的营构理念。他认为:

> 若夫巢穴以风露贻患,则《大壮》以栋宇袪弊;宫室以瑶璇致美,则"白贲"以丘园殊世。惟上托于岩壑,幸兼善而罔滞。虽非市朝而寒暑均也,虽是筑构而饰朴两逝。

从这段话中,我们得知谢灵运对于自己山居的享受与审美,有着不同于前人的观念。人类从原始的巢居进入到伐木构屋,筑室而居,经历了从最初的实用到后来的华屋享受的过程。他认为,上古时代巢穴以风露而有害于身体,已不适宜于人类,人类进入文明社会后,对于居所的享受势所必然,但是过分追求华屋的享受,则会耽于物

---

① 《晋书》,第1007页。
② 严可均编《全上古三代秦汉三国六朝文》,第1651页。
③ 严可均编《全上古三代秦汉三国六朝文》,第1650页。

欲而失去自然朴素之美。

　　谢灵运此赋的美学价值,还在于他与作为对象的山水的距离。这一点可以从与陶渊明的比较中见出。他的山居美学与人生方式,与陶潜相比,更加清闲而优游,呈现出一种不即不离之人生态度。晋宋之际兴起的田园与山水审美观念,是对道家返璞归真生活方式的追求,陶渊明的隐逸生活与诗文便是典范,钟嵘《诗品》称他为古今隐逸诗人之宗。陶渊明归隐后,躬耕农野,生活清苦,特别是晚年贫病交加,心境悲苦。他在《归园田居诗》中描写农耕生活:"种豆南山下,草盛豆苗稀。晨兴理荒秽,带月荷锄归。道狭草木长,夕露沾我衣。衣沾不足惜,但使愿无违。"①江淹《杂体三十首》中有《陶征君田居》一诗,刻画了陶渊明隐居生活的清苦:"种苗在东皋,苗生满阡陌。虽有荷锄倦,浊酒聊自适。"②另有《谢临川游山》一首,描写了谢灵运游山时的气派:"江海经邅回,山峤备盈缺。灵境信淹留,赏心非徒设。平明登云峰,杳与庐霍绝。碧障长周流,金潭恒澄澈。洞林带晨霞,石壁映初晰。"③通过两者比较,可以见出陶渊明与谢灵运在山水田园中不同的生活方式。

　　陶渊明这种回归田园、躬耕农野的辛苦劬劳,当然是谢灵运这样的士族阶层无法忍受的,陶渊明的思想与行为,亦为谢灵运所不取。钱基博的《中国文学史》第六章《南朝》中指出:"《山居赋》有意为卓荦,而平直少姿致。诗则气无奇类,殊未俊发。后人好以陶、谢并称。然陶情喻渊深,自然倜傥。谢体裁绮密,动见拘束。谢之视陶,亦何啻跛鳖之于骥足。"④这种评论有一定道理。谢灵运提出自己"虽是筑构,无妨非朝市"的山居观念,认为山居别墅既有别于人间的豪华建筑,又有别于上古的巢穴。而这种人生享受与生命价值的实现,是精神与物质的统一。谢灵运认为,自然山水必须与人间的构筑与建设相结合,实用与审美的融合,才能真正达到审美理想的境致。而山居环境的营造,正是实践此种观念的产品。

---

① 逯钦立辑校《先秦汉魏晋南北朝诗》,第992页。
② 俞绍初等《江淹集校注》,第119页。
③ 俞绍初等《江淹集校注》,第119—120页。
④ 钱基博《中国文学史》,北京:中华书局,1993年,第175页。

谢灵运深知,要想获得他理想中的山居之乐,必须拥有实实在在的物质财富,山居与庄园的一体化是达到这一目标之前提。而他的世族与官僚身份,使得他的庄园与山居可以合二而一。于是山居与庄园的结合,造成他的山居美学与前人相比,更加超越功利。他既不像陶潜那样贫困,只能依赖精神上的清高来实现自己的价值,也不像石崇那样,用身名俱泰、耽于财富的方式来实现他的山居之乐。谢灵运的山居理念与体式,是自己拥有的庄园财富与精心打造的自然之美的结合。从某种意义上来说,这样的山水审美才能真正进入自由境地,享受到自然之美与主体心灵的超越与自由。于是,我们在《山居赋》中看到了他的这种描写:

> 其居也,左湖右江。往渚还汀,面山背阜,东阻西倾。抱含吸吐,款跨纡萦。绵联邪亘,侧直齐平……

这些都是作者在自己的庄园与山居中,在完全占有山林庄园的心境下产生的审美快感。在山水审美中,他获得凡人不曾享有的美感。他在注此段时说:"此皆湖中之美,但患言不尽意,万不写一耳。诸涧出源入湖,故曰浚潭涧。涧长是以窈窕。除菰以作洲,言所以纡余也。"这种优游闲适、纡余委曲、从容不迫的心境与笔触,折射出谢灵运心目中的山居完全不同于陶渊明笔下的田园那般,由于躬耕农野,亲自参与而自然和谐。这种山居所拥有的富足与优游,将富裕的山居庄园化,成为南朝世族的一种人生理想。例如,梁代官僚张缵在《谢东宫赉园启》中自叙:"性爱山泉,颇乐闲旷。虽复伏膺尧门,情存魏阙,至于一丘一壑,自谓出处无辨。常愿卜居幽僻,屏避喧尘,傍山临流,面郊负郭。"[①]与谢灵运《山居赋》中的情致有异曲同工之妙。

谢灵运笔下山居与庄园相结合的景观,加上他出色的文字描写,引人入胜。通过这样的描写,人们可以感受到这是真正的快感,因为可以自给自足,无假于人;不必像陶潜那样为了生计而忧心忡忡,强作清高,也不必像伯夷叔齐那样为了不食周粟而饿死。而是

---

① 《艺文类聚》卷六十五,第1164页。

自娱自乐式的山居审美。只有当作者彻底摆脱物质贫困的困扰之后,才能够发现自然对象之美,游心山水。谢灵运在注"候时觇节,递艺递熟。供粒食与浆饮,谢工商与衡牧。生何待于多资,理取足于满腹"时指出:"谓人生食足,则欢有余,何待多须邪。工商衡牧,似多须者,若少私寡欲,充命则足。但非田无以立耳。"这些话表达了他对山水与自然审美关系的态度与看法,非常有价值,对于我们了解六朝山水与自然审美观念很有启发。也就是说,人当食有余时方可得到审美欢乐,如果饿着肚子也谈不上山水之乐。这些话看上去鄙俗,不像陶渊明这样的隐士说得那么高洁,更不像萧统褒扬陶潜时说得那么风教味十足,但却是实实在在的审美义理。

不过,谢灵运同时指出,不可耽于这些物质需要,止足而已,过犹不及,过分沉溺于物欲则会消泯审美自由。后世苏东坡指出,君子可以留意于物而不可寓意于物,也是说的这种道理。谢灵运在这一点上,与陶渊明有相同之处,他着意的,还是那种超越物质形态的精神享受:赋中叙述自己攀山越岭后,在泉石之间寻取精神怡愉,获得古人返璞归真,超轶尘俗的心境感受:

> 爰初经略,杖策孤征。入涧水涉,登岭山行。陵顶不息,穷泉不停。栉风沐雨,犯露乘星。研其浅思,罄其短规。非龟非筮,择良选奇。翦榛开径,寻石觅崖。四山周回,双流逶迤。面南岭,建经台,倚北阜,筑讲堂。傍危峰,立禅室,临浚流,列僧房。对百年之乔木,纳万代之芬芳。抱终古之泉源,美膏液之清长。谢丽塔于郊郭,殊世间于城傍。欣见素以抱朴,果甘露于道场。

谢灵运虽然赞美山居的富有与自得,然而他最大的乐趣还是自己亲自攀援之后,来到人迹罕至的荒野,感受到清静寂寞之美。那种远离尘嚣的场所,是人为营构的山居别墅所无法比拟的。作者还描写了自己所开拓的两北两居,能够通达胜景:"伤美物之遂化,怨浮龄之如借。眇遁逸于人群,长寄心于云霓。"他自注:"南山是开创卜居之处也。从江楼步路,跨越山岭,绵亘田野,或升或降,当三里许。途路所经见也,则乔木茂竹,缘畛弥阜,横波疏石,侧道飞流,以为寓目之美观。"赋中将山居的人工与自然融为一体,臻于胜景,是谢灵运山居观念的重要彰显,是他不同于六朝时其他世族文士的独特审美视角。宗白华先生在《论世说新语与晋人的美》一文中曾指出:"晋人向外发现了自然,向内发现了自己的深情。山水虚灵化了,也情致化了。陶渊明、谢灵运这般人的山水诗那样的好,是由于他们对于自然有那一股新鲜发现时身入化境浓酣忘我的趣味;他们随手写来,都成妙谛,境与神会,真气扑人。谢灵运的'池塘生春草'也只是新鲜自然而已。然而扩而大之,体而深之,就能构成一种泛神论宇宙观,作为艺术文学的基础。"①但通过上述比较,我们可以知道,陶、谢二人在山水审美中的物我关系上,还是有着相当大的区别,这与他们的出身、经历、生活观念与文化修养等直接有关,由此产生的山水田园审美方式与立场是大相径庭的。

  从文化积淀与作品诞生的关系来说,《山居赋》的诞生,同谢灵运的家世与出身直接相关。魏晋以来的世家大族,不仅通过九品官人法垄断做官的特权,而且通过占田法,享有土地与财产的特权。政治上与经济上优渥的地位,也使得他们的文化传承能够顺利进行。他们的文学创作,讲究经典与学识的融入,陆机《文赋序》中提出"伫中区以玄览,颐情志于典坟",认为作家在创作前要保持良好的虚静心态,学习先圣的经典。谢灵运的文化积累与文学修养,以及他作为一代文宗的名望,使得"每有一诗至都邑,贵贱莫不竞写,宿昔之间,士庶皆遍,远近钦慕,名动京师"。②《山居赋》不胫而走,也就顺理成章了。

  谢灵运对于自己的这篇赋作是十分看重的。他不仅精心结撰,而且在其中倾注了大量的心血。将其视为生命意志的转化与结晶。他所处的时代,正是王谢家族处于式微之时,新兴的刘宋政权出于军功寒门,对于王谢世家既笼络又防范。谢灵运在刘宋一朝,处于政治斗争的夹缝之中,内心倍感焦虑与失落,同时也深深地隐于孤独之中,于是文学事业与山水赏会游览成了精神寄托。在写作《山

---

① 宗白华《美学散步》,上海人民出版社,1987年,第183页。
② 《宋书》,第1754页。

居赋》中,谢灵运的山水寄托与文章写作融为一体:

> 伊昔龆龀,实爱斯文。援纸握管,会性通神。诗以言志,赋以敷陈。箴铭诔颂,咸各有伦。爰暨山栖,弥历年纪。幸多暇日,自求诸己。研精静虑,贞观厥美。怀秋成章,含笑奏理。

他自注:"谓少好文章,及山栖以来,别缘既阑,寻虑文咏,以尽暇日之适。便可得通神会性,以永终朝。"谢灵运甚至认为,他的这篇文章与孔圣一样,具有"承未散之全朴,救已颓于道术"的作用。《文心雕龙·知音》慨叹:"夫缀文者情动而辞发,观文者披文以入情,沿波讨源,虽幽必显。世远莫见其面,觇文辄见其心。岂成篇之足深,患识照之自浅耳。"[1]对照谢灵运的《山居赋》,可知此言不虚。

中华民族是一个以自然山水作为生活与观赏环境的民族,人们很早就对自然与人类中呈现的物我关系进行探索。在哲学上出现了孔孟、老庄与《周易》为代表的思想,在文艺创作实践上,则以《诗经》、《楚辞》为源头的文学洋溢着山水审美趣味。嗣后中国文艺中的山水审美理论不断发展,谢灵运《山居赋》具有标志性的地位与价值。这篇赋作中透露出来的美学思想,改变了先秦两汉以来的山水自然观念。它大大拓展了山水审美中物我关系的层次,凸显了审美主体的功能,开掘出山水自然相对于人类的人文蕴涵,构建了新的审美范畴,对于唐宋以及后世士大夫的审美精神浸润甚深。北宋郭熙《林泉高致》指出:"世之笃论,谓山水有可行者,有可望者,有可游者,有可居者。画凡至此,皆入妙品。但可行可望不如可居可游之为得,何者?观今山川,地占数百里,可游可居之处十无三四,而必取可居可游之品,君子之所以渴慕林泉者,正谓此佳处故也。故画者当以此意造,而鉴者又当以此意穷之,此之谓不失其本意。"[2]郭熙提出山水与君子人格有着多重之关系,其价值有待人们去发现。这种理论也可以说是谢灵运《山居赋》中审美理论的拓展。因此,通过谢灵运的这篇《山居赋》,我们可以考见汉魏以来的人与自然审美关系的进化,以及对于后世的影响。

---

[1] 范文澜《文心雕龙注》,第715页。
[2] 郭熙《林泉高致》,第19页。

第三节　鲍照作品的悲剧审美观念

鲍照(414—466),字明远,人称鲍参军,东海郡人(今属山东省兰陵县长城镇),是南朝刘宋时代的著名诗人,以个性鲜明、峻切急怨为特点。隋末大儒王通,在《中说·事君篇》中云:"子谓文士之行可见:谢灵运小人哉,其文傲,君子则谨。沈休文小人哉,其文冶,君子则典。鲍照、江淹,古之狷者也,其文急以怨。"①王通从儒家理念出发,对于南朝的文人一概骂倒,认为鲍照、江淹是古之狷者,其文急以怨。所谓"古之狷者",即进取不成则怨愤不容的人物,如屈原之类。

从南朝开始,人们对鲍照的评价一直低于颜延之、谢灵运,现代学者对于鲍照诗文的研究,大多从作家生平与作品风格着手,近年来有的学者试图从人生遭际与悲剧角度探讨,出现了一些有价值的论著。但是系统地结合六朝时代的士人命运与人生哲学,再到文学创作层面去探讨的论著依然缺失,本文有鉴于此而进行探讨。

(一) 鲍照诗赋中的"急以怨"

鲍照的"急以怨",从文体角度来说,以往专指他的诗作;但是鲍照的诗作主要成就为乐府与拟代体诗作,这类诗作不同于《古诗十九首》与阮籍等人的文人诗,模仿与程序化的痕迹较重,对于内心世界的抒发显然驽钝,如果全面解读他的"急以怨",则须更加关注他的赋作。因为正是这些赋作,将鲍照内心世界与审美个性全面展现出来。正如《文心雕龙·诠赋》云:"《诗》有六义,其二曰赋。赋者,铺也,铺采摛文,体物写志也。"赋是诗的流变,通过体物写志,将作者内心的情志抒写出来。东汉以来的赋作,受到文人诗的影响,侧重文人内心情志的宣泄,较之乐府诗,更能见出文士内心的情志。从这个角度去看鲍照的"急以怨",无疑会有更大的收获。

鲍照出身较为低微,并非南朝显贵家族。钟嵘评之曰"才秀人

---

① 张沛《中说校注》,第79页。

微,故取湮当代"。鲍照曾经去谒见临川王刘义庆,有人劝告他位卑不宜干谒王侯,但鲍照大胆奏诗,得到刘义庆的赏识,后来又为临海王参军。他"急以怨"的性格,在他一生不断抗争中得到彰显,同时却遮蔽了他的智慧,妨害了他客观冷静地观察世道,致使他在频繁的政争中,没有及时引退,终于罹祸而亡。

从审美原理来说,任何崇高及悲剧的诞生,都是主体与客体冲突的产物。这种冲突的范畴很广,从宇宙人生到命运事件,都包括在内。冲突的方式也是多种多样,既有剧烈的方式,也有无声的遭际。在鲍照的作品中,我们也清晰地看到这种悲剧冲突的多样化,以及主体的反应与评价,形成特殊的悲剧美感。鲍照赋作的悲剧感,可以归纳为这样几种:

一、巨大的社会悲剧事件引起的悲剧感。代表作为《芜城赋》。芜城指的是广陵城,是魏晋南北朝时期长江北岸的重要都市和军事重镇。历经战乱,宋文帝元嘉二十七年(450),北魏太武帝拓跋焘举戈南侵,广陵被焚。宋孝武帝大明三年(459)竟陵王刘诞据广陵叛变,孝武帝派兵讨平。十年之间,广陵两遭兵祸,繁华都市变成一座荒城。大明三、四年间,刘诞乱平不久,鲍照来到广陵,面对荒芜不堪的城市,感慨万千,写下了《芜城赋》。赋中采用对比的手法写道:"若夫藻扃黼帐,歌堂舞阁之基;璇渊碧树,弋林钓渚之馆。吴蔡齐秦之声,鱼龙爵马之玩,皆薰歇烬灭,光沉响绝,东都妙姬,南国丽人,蕙心纨质,玉貌绛唇,莫不埋魂幽石,委骨穷尘;岂忆同舆之愉乐,离宫之苦辛哉?"鲁迅曾经指出,悲剧是将人生有价值的东西毁灭了给人看。赋中描写广陵罹兵灾前的生活方式,未尝不是寒门出身的鲍照心仪的人生目标。而鲍照在痛惜繁华凋落,人生无常的同时,也难免陷入深深的痛楚与思考之中:

> 天道如何,吞恨者多,抽琴命操,为《芜城之歌》。歌曰:"边风急兮城上寒,井迳灭兮丘陇残。千龄兮万代,共尽兮何言。"

作为审美主体,人对于世间悲剧可以有各种各样的思索与结论:有的是用虚无的观念来解释,有的是用道德历史主义来批判和凭吊,有的则是痛惋不已。而鲍照则显然不属于上述几种态度,他采用的是一种间性思维,介于诸种立场和态度之间。首先他对于广陵城的今昔命运是痛楚与悲叹的。清代许梿《六朝文絜》卷一评论:"从盛时极力说入,总为'芜'字张本,如此方有势有力。"可见,"芜"字中千言万语,言不尽意。然而,此赋又不是简单的"芜"字所能概括的。而是在痛悼中蕴含有无尽的沉思。对于这种命运结果与人物遭际,鲍照既认为有其盛极而衰的必然性,同时又感到由衷的同情。最后发出浩叹:"天道如何,吞恨者多!"这八个字意味无穷。喟然深叹,天道如何,意为天道难以情测,令人叹扼。老子《道德经》尝云:"天地不仁,以万物为刍狗;圣人不仁,以百姓为刍狗。"意谓天道冷漠无情,有其必然性。这是哲学家语,但是文学家的吟咏却不能无情,因此,对于天道与命运往往会发出诘问,司马迁在《史记·屈原列传》中慨叹:"夫天者,人之始也;父母者,人之本也。人穷则反本,故劳苦倦极,未尝不呼天也;疾痛惨怛,未尝不呼父母也。"鲍照咏叹"天道如何,吞恨者多",也是对于天道的诘问与不平。他不甘心接受天道与命运的安排,这正如他对自己的命运多舛始终不平一样,所以吞恨终生。"千龄兮万代,共尽兮何言",则是对于芜城事件的永远不解与郁闷。这也许是此赋"文已尽而意有余"的地方。后人对此评论,也往往专注于此。林纾选评《古文辞类纂》卷十评道:"文不敢斥言世祖之夷戮无辜,亦不言竟陵之肇乱,入手言广陵形胜及其繁盛,后乃写其凋敝衰飒之形,俯仰苍茫,满目悲凉之状,溢于纸上,真足以惊心动魄矣。"①他们的评论,高度赞扬了鲍照此赋表现出来的悲剧性,及超越其他赋作的独特魅力。这也是鲍照"急以怨"的个性在赋作上的彰显。

鲍照此赋中的悲感心态,直接浸润稍后刘宋时期文人江淹的《恨赋》。《恨赋》开头即叹:"试望平原,蔓草萦骨,拱木敛魂。人生到此,天道宁论?于是仆本恨人,心惊不已。直念古者,伏恨而死。"江淹从即目而见的死亡情形,引发无尽的感恨,进而想到各种各样饮恨而亡的人物。文章通过对秦始皇、赵王迁、李陵、王昭君、冯衍、嵇康这六个历史人物各自不同"恨"的描写,来说明人人有恨,恨各

---

① 林纾选评《古文辞类纂》,杭州:浙江古籍出版社,1986年,第486页。

不同的普遍现象。不管他们生前身份如何,遭际怎样,最后都是死亡,死亡面前人人平等:

> 已矣哉!春草暮兮秋风惊,秋风罢兮春草生。绮罗毕兮池馆尽,琴瑟灭兮丘陇平。自古皆有死,莫不饮恨而吞声。

这与鲍照此赋有异曲同工之妙。所不同的是,一篇是以一座荒芜之城为兴叹,一篇是以历史人物为咏叹。但悲感主体却是既没有陷入无常之叹,也没有落入简单的道德历史主义的评论,而是从人文主义与历史主义相结合的高度去思考与悲吟。作为六朝的骈赋,这也许是最有价值的地方,也是最具有惊心动魄魅力的地方。

二、四时之景与感伤情致。六朝时期,四时景物的迁移而引起文士的感物兴怀,即景抒情,是一种写作常态,亦是六朝文的自觉之体现。在文学理念上得到广泛认同。陆机《文赋》提出:"遵四时以叹逝,瞻万物而思纷。"钟嵘《诗品序》提出:"若乃春风春鸟,秋月秋蝉,夏云暑雨,冬月祁寒,斯四候之感诸诗者也。"然而,在感物咏志方面,不同的文人有不同的方式。鲍照赋中的描写与咏叹,是典型的六朝骈赋手法,即文辞工丽,抒情婉约,与他的诗作风格有所不同。钱基博《中国文学史》评论:"刘宋之世,颜延之、谢灵运,弁冕南朝,体裁明密,并称文章第一。而鲍照雕藻淫艳,异军特起,才秀人微,骖驾其间,并方轨前秀,垂范后昆。沈约继起,更唱声律于齐梁之际。"①鲍照《游思赋》是一篇以四时之景的变化来抒发人生感叹的赋体作品。这篇赋首先从眼前所见景色写起:"仰尽兮天经,俯穷兮地络。望波际兮曷曷,眺云间兮灼灼。乃江南之断山,信海上之飞鹤。指烟霞而问乡,窥林屿而访泊。"描写一幅水天一色的景色,于暮色苍茫中,见出作者惆怅之心境。继而写道:

> 塞风驰兮边草飞,胡沙起兮雁扬翮。虽燕越之异心,在禽鸟而同戚。怅收情而抆泪,遣繁悲而自抑。此日中其几时,彼月满而将蚀。生无患于不老,奚引忧以自逼?物因节以卷舒,道与运而升息。贱卖卜以当垆,隐我耕而子织。诚爱秦王之奇

---

① 钱基博《中国文学史》第三卷,第173页。

>勇,不愿绝筋而称力。已矣哉,使豫章生而可知,夫何异乎丛棘。

作者从眼前的越地,又想到了胡边。"虽燕越之异心,在禽鸟而同戚。怅收情而抆泪,遣繁悲而自抑"。从这些怅然中,作者感受到人生的短促与悲凉。最后归结到隐退,"物因节以卷舒,道与运而升息。贱卖卜以当垆,隐我耕而子织"。这显然是因为时节的变化与景色的凄婉引起了作者的惆怅之情。在汉魏以来的赋作中,这也是一种经常采用的题材与写法。从悲感来说,主要是作者有感于物色的转换而引起的心绪变化。鲍照的《游思赋》与前人的赋作相比,在景色的描绘与情感的抒发上更加细致了些。

通过景物在四时的运逝来加以咏叹,引发出人生与天道、物候的感叹,见出人生悲剧命运的无奈。这是汉魏以来诗赋的常见类型,也是鲍照诗赋中的重要题材。鲍照在《伤逝赋》中面对秋天的凄惨景观感叹:"日月飘而不留,命倏忽而谁保?譬明隙之在梁,如风露之停草。发迎忧而送华,貌先悴而收藻。共甘苦其几人?曾无得而偕老。拂埃琴而抽思,启陈书而遝讨。自古来而有之,夫何怨乎天道?"这是由于岁月飞逝而人生易老发出的无奈吟叹。

汉魏以来思想文化的变迁,便是儒家知其不可而为之的生命哲学,与老庄顺应自然的思想观念互相交错。人们对于天道变化与人生境遇,进入到整个自然之道的思维之中,不再是简单地从人为努力上解释与认同。如四时之景的变化以及人生的迁易,生命的消逝,是在整个时空变化的范围内运动的,因而这种焦虑与彷徨,时时出现在诗赋中,即便是陶渊明这样貌似超脱的人,也难以摆脱这样的焦灼,陶渊明诗既云"纵浪大化中,不喜亦不惧"(《形影神三首》),亦云"身没名亦尽,念之五情热",可见六朝人对于天道自然与人生有限的执着与无奈。鲍照的诗文,经常表现出内在的矛盾,一方面,对于命运的不公怨天尤人,另一方面则表现出冷静的超脱。儒家思想与道家思想在鲍照的心态与创作中,夹缠难解,若隐若现。因而他诗文中的以悲为美,不是简单地用儒家与道家思想就能解释清楚的。这是鲍照诗文中"急以怨"的特点,简单地将其归纳为急躁怨恨,忽略其中的复杂性,难免失之偏颇。

这种复杂的心情,在《观漏赋》中表现得更明晰。此赋通过吟咏漏刻而作。赋序一开始写出这篇赋是借题发挥,感叹人生易逝,受不可支配之命运左右的悲剧情景:"客有观于漏者,退而叹曰:夫及远者箭也,而定远非箭之功;为生者我也,而制生非我之情。故自箭而为心,不可凭者弦;因生以观我,不可恃者年。凭其不可恃,故以悲哉。"鲍照此赋充满哲理。他提出,当下的人生是受主人支配的,而主人又是受冥冥之中的命运支配的。这是最后的推动力。这就像箭头的运动是受弓力的支配一样。然而,关于最后推动力的讨论,魏晋以来,有两种观点,一种是三国时魏国王弼《老子注》中"贵无"的本体论,认为一切事物的变化都是受背后"无"支配的,"无形无名者,天地之本也";而西晋时的郭象则强调事物的变迁受不可认识、不可求取的玄冥独化之神秘力量支配与左右,万生自灭,非有所待;东晋时《列子》一书中有《力命篇》,更是强调力受命的支配,而命则是偶然因素的产物,不可认识,不可左右。而鲍照此赋中对于命运的观点,受到郭象的影响似乎更多一些。他强调命运的偶然性与无从支配的特点。赋中先从漏刻的变化而感叹时光的飞逝,然后再从这一变化中,引申出天秩即命运的无情,继而哀叹年轮的飞逝。面对这种无情世界,作者惟有在诗酒中得到些许慰藉。感叹在命运面前获得委顺:

> 聊弭志以高歌,顺烟雨而沉逸。于是随秋鸿而泛渚,逐春燕而登梁。进赋诗而展念,退陈酒以排伤。物不可以两大,时无得而双昌。薰晚华而后落,槿早秀而前亡。姑屏忧以愉思,乐兹情于寸光。从江河之纤直,委天地之圆方。漏盈兮漏虚,长无绝兮芬芳。

魏晋以来,面对宇宙的大化,人们往往采取自我解脱的方式,特别是在由南入北文士的晚期之作中,这种心态更是明显。如庾信《伤心赋》赋尾哀叹:"一朝风烛,万古埃尘。丘陵兮何忍,能留兮几人。"颜之推《观我生赋》最后悲吟:"予一生而三化,备荼苦而蓼辛。鸟焚林而铩翮,鱼夺水而暴鳞。嗟宇宙之辽旷,愧无所而容身。……而今而后,不敢怨天而泣麟也。"这是六朝士人共同的心声,也是人生悲剧观的显现。而鲍照则通过他"急以怨"的独特视角,对这种悲观主义作了演绎,同时也感吟出士人不甘心命运摆布的另一面。

  三、咏物赋中的悲感。咏物赋与即景写情、铺写心志的赋作相比,体制较小,寄寓更深。汉魏以来的辞赋文学发展,有一个明显的变化,就是从两汉的京都苑猎大赋,衍生出一种咏物寓情,体制细小的赋体,这就是咏物小赋。其中对于禽鸟植物的吟咏,借题发挥,感叹自己的身世遭际。《文选》中所选录的祢衡《鹦鹉赋》等是代表作,在此之前,还有东汉末年赵壹的《穷鸟赋》、张衡等人的赋作。魏晋以来,这类赋的演变与发展也很明显,出现了许多著名的作品。在鲍照与江淹的辞赋作品中,咏物是重要题材。《舞鹤赋》可谓鲍照咏物赋的代表作之一,此赋借咏叹舞鹤来隐喻自己的人生境遇。赋一开始极写鹤的种种动人姿态,继而又写出了仙鹤的惆怅与悲凉境遇:它们远离自己的故土,陷于孤苦岑寂之中,"岁峥嵘而愁暮,心惆怅而哀离",这显然是一种拟人化的写法。最后写道:

  众变繁姿,参差洊密。烟交雾凝,若无毛质。风去雨还,不可谈悉。既散魂而荡目,迷不知其所之。忽星离而云罢,整神容而自持。仰天居之崇绝,更惆怅以惊思。当是时也,燕姬色沮,巴童心耻。巾拂两停,丸剑双止。虽邯郸其敢伦,岂阳阿之能拟。入卫国而乘轩,出吴都而倾市。守驯养于千龄,结长悲于万里。

此赋通过舞鹤的各种流落与飘零,写出了其外表光鲜,内里凄凉。与祢衡之赋异曲同工。内心志向的远大,情感世界的依恋故土与身不由己的境遇,种种冲突,构成了此赋的悲剧性。

  鲍照咏物赋的另一篇代表是《园葵赋》。此赋颇有意思。园中之葵本是一种常见的蔬菜,但鲍照此赋,却在人们不常关注的植物中,植入了他的人文情思。他将这一植物写得婀娜多姿,风情万种,"尔乃晨露夕阴,霏云四委,沉雷远震,飞雨轻洒,徐未及晞,疾而不靡,柔荑爱秀"。鲍照不愧为辞赋大家,通过他的描写与抒情,我们

第八章　南朝文学创作与文论观念

得以知道园葵的可爱,此物的天性便是随太阳而旋转,而赋家通过对于此物的观察与咏叹,也感悟出人的乐天知命而不忧,荡然任心,以歌以咏,不也是抒发了赋家的人生观与审美观吗？在这里,我们又一次感受到了鲍照与陶渊明相似的乐天知命、随遇而安的人生观与文学理念:"彼圆行而方止,固得之于天性。伊冬箑而夏裘,无双功而并盛。荡然任心,乐道安命。春风夕来,秋日晨映。独酌南轩,拥琴孤听。篇章间作,以歌以咏。鱼深沉而鸟高飞,孰知美色之为正？"鲍照此赋从寻常所见的园葵起兴,通过宛转附物,寄托感慨,引出了那么多的人生哲理,最后道出了《庄子》中的相对主义美学与人生观念。

这种从老庄思想中引申出的明哲保身的人生意念,我们在鲍照的许多咏物赋中都可以找到踪迹。比如《尺蠖赋》中吟咏:"智哉尺蠖,观机而作,伸非向厚,屈非向薄。"这首赋从尺蠖善于屈伸的物性起兴,进而感受到人生亦如此,"动静必观于物,消息各随乎时",这样才能随遇而安,动静有常。遗憾的是,鲍照虽然明于此理,但在当时反复无常的政坛变化中,终究没有逃脱命运的摆布,未能免于罹难。《飞蛾赋》则是通过飞蛾趋炎附势最后难逃厄运的形象,揭示人生的哲理,其旨趣大抵同于《尺蠖赋》。从鲍照上述赋的人生观与悲剧观中,我们可以看到,鲍照"急以怨"的个性充盈着焦虑、愤懑与虚无交织在一起的时代情绪,充满着不可克服的矛盾与冲突。汉魏以来士人建功立业、寻求超越的理想与人生虚无、明哲保身的心志纠结在一起,造成鲍照人生与文学的悲感与焦虑;与此同时,"急以怨"的个性与风格便浮出水面,形成文本上的特点。而深层的原因则是老庄与玄学的理念与人生的无望与失意。因此,仅仅用"急以怨"来概括鲍照的个性与文学精神,是非常肤浅的。

当然,鲍照的"急以怨"主体仍然充溢着强烈的冲突之美。悲剧美学的关键是主体与客体的彼此关系,面对客观力量的强大与横暴,主体的应对与抗争是构成悲剧美感的重要因素。汉魏以来,对于天道与人生悲剧,建安时代的文士慷慨悲歌,建功立业;正始文士遥深,追求玄远;太康文士追求身名俱泰,缘情绮靡,醉生梦死;东晋士人则嗜好庄玄,归依佛道,他们的心态往往逃于佛道,面对外界的压力,采用自我逃遁的方式来解脱。陆机《大暮赋序》中咏叹:"夫死生是失得之大者,故乐莫甚焉,哀莫深焉,使死而有知乎,安知其不如生?如遂无知邪,又何生之足恋!故极言其哀,而终之以达,庶以开夫近俗云。"鲍照诗文中始终荡漾着一股不平之气。在《拜侍郎上疏》中,鲍照自谓:"臣北州衰沦,身地孤贱。众善必达,百行无一。生丁昌运,自比人曹。操乏端概,业谢成迹。徂年空往,琐心靡述。褫缨投簪,于斯终志。束菜负薪,期与相毕。安此定命,悉彼公朝。不悟乾罗广收,圆明兼览。雕瓠饰笙,备云和之品;潢池流藻,充金鼎之实。铩羽暴鳞,复见翻跃;枯杨寒炭,遂起烟华。未识微躬,猥能及此,未知陋生,何以为报?祇奉恩命,忧愧增灼,不胜感荷屏营之情,谨诣阁拜疏以闻。"①鲍照在上疏中,对于自己沉处下潦,虚度年华深感愤懑不平,表达了扩时用世,建功立业的心志。在《解褐谢侍郎表》中自谓:"臣照言:臣孤门贱生,操无炯迹。鹑栖草泽,情不及官。不悟天明广瞩,腾滞援沉,观光幽节,闻道朝年。荣多身限,思非终报。臣云云。"②从这些文章来看,鲍照个性确实是有些急躁,并非城府较深,善于隐藏的人。唯其如此,他的文学作品才能将其内心情志溢于言表,构成其文章人格鲜明之特点,他的个性中,优点与缺憾可谓等量齐观。

鲍照"急以怨"的性格特征,在五七言诗歌中,表现得更为直接。这是因为,诗歌是直抒其事,怊怅缘情的,不像辞赋那样以铺叙为长。鲍照的诗歌以五七言为主,其中乐府诗更是他的特长。游国恩的《中国文学史》指出:"鲍照由于'身地孤贱',曾经从事农耕,生活在门阀士族统治的时代,处处受人压抑。他在《瓜步山揭文》里曾经叹息说:'才之多少,不如势之多少远矣!'这和左思《咏史》中的'地势使之然,由来非一朝'的愤慨不平是完全一致的。他的社会地位和生活经历使他在创作上选择了一条和谢灵运不同的道路。当谢灵运大力创作富艳精工的山水诗时,鲍照也开始了创作生活,并以'文甚遒丽'的古乐储(古乐府)逐渐闻名于诗坛。"这一论述,基本

---

① 钱仲联《鲍参军集注》,第60页。
② 钱仲联《鲍参军集注》,第55页。

概括了鲍照诗歌与谢灵运诗歌的不同特点。鲍照诗歌中的悲剧感，依照内容来分类的话，大约可以分成这样几类：

一、对于压抑自己的社会现实的愤懑。《拟行路难》十八首，系鲍照的代表作。这一组诗，并非一时一地之作，内容非常丰富。首先，他在这里对士族门阀的压迫表现出强烈的不满和反抗："心非木石岂无感？吞声踯躅不敢言。""自古圣贤尽贫贱。何况我辈孤且直。"前一首虽然没有说出他所愁叹的是什么，但是从他的吞声踯躅之中，我们已经深深感到他胸中的一股悲愤不平之气。在后一首里，这种悲愤不平之气，一开始就在对案不食、拔剑击柱之中爆发出来，他宁肯弃置罢官，也不愿蹀躞垂翼，受人压抑，这就是他所以愤慨不平的内容。最后两句，更鲜明地表现了诗人孤直耿介的性格和对门阀社会傲岸不屈的态度。

二、通过历史人物的拟代，抒发心中的不平。《代放歌行》通过对比的方式，将小人与旷士的品行与遭际加以对比，揭示了贤士不得其遇，而庸人比比皆是的社会现实。除了历史人物之外，鲍照诗中还描写了一些虚拟人物的悲惨故事，以此影射自己的遭际，《代贫贱苦愁行》咏叹："湮没虽死悲，贫苦即生剧。长叹至天晓，愁苦穷日夕。"鲍照还通过代拟体，写了一些挽歌。《代蒿里行》："人生良自剧，天道与何人。赍我长恨意，归为狐兔尘。"《代挽歌》："独处重冥下，忆昔登高台。傲岸平生中，不为物所裁。埏门只复闭，白蚁相将来。生时芳兰体。小虫今为灾。"六朝时代的挽歌，是以悲为美的特殊文体，意在通过对死者的哀挽，抒发自己的旷达之情。正如陆机所说："故极言其哀，而终之以达。"对于现实的不满与失望，走到极端，便是对死亡的向往与咏歌。正如《列子》中的说："大哉死矣，圣人伏焉，万物休焉。"但究其实，也反映了对现实的不满与超越。西晋太康时陆机有《挽歌诗三首》，其中第二首哀叹："人往有返岁，我行无归年。昔居四民宅，今托万鬼邻。昔为七尺躯，今成灰与尘。"陶渊明也有《拟挽歌辞三首》，其中第三首叹道："死去何所道，托体同山阿。"鲍照的《挽歌诗》与他们相比，老庄与玄学的意味少了一些，更多了一些不平与牢骚之气。主体与客体远未达到平和无碍的地步，冲突的蕴致更强烈一些。

(二) 鲍照作品悲剧风格评价

关于鲍照的"急以怨",曹道衡先生认为其诗文风格主要来自《楚辞》与汉赋,有的学者则认为受建安文学影响为主。其实,从全面的角度来看,鲍照所以成为魏晋至南朝的重要转折人物,是因为他从人生到性格都极具悲剧性,他"急以怨"的文学风格与其人生直接相关。

鲍照所以成为元嘉三大家,与他兼收并蓄的文学观念相关,他的文学风骨与描写手法,特别是诗歌,受到建安文士创作的影响是很明显的,也为学者所认可;但是他的人生悲感,以及对于人生与天道的悲剧意识,则受到"正始之音"的浸润。阮籍、嵇康远大遥深的文学旨趣,给予他很大的润泽,我们在他的诗文中,经常在不平之中,感受到那种深沉而无奈的喟然长叹,以及对于世界与人生终极意义的探寻。西晋陆机、潘岳的文学创作,也直接泽溉鲍照的诗文。

梁代史家萧子显在《南齐书·幸臣传序》中指出:"孝武以来,士庶杂选,如东海鲍照,以才学知名。"梁代虞炎《鲍照集序》中指出鲍照:"身既遇难,篇章无遗,流迁人间者,往往见在。储皇博采群言,游好文艺,片辞只韵,罔不收集。照所赋述,虽乏精典,而有超丽,爱命陪趋,备加研访,年代稍远,零落者多,今所存者,傥能半焉。"①鲍照生前以才学见称,但因他的出身寒微,不甘沦落,个性狷急,因此,命运乖蹇,死后著述零落。鲍照对晋宋之际的文学嬗变之作用,过去的文学史家缺少积极正面的评价。比如《文心雕龙·时序》说"自宋武爱文,文帝彬雅,秉文之德,孝武多才,英采云构。自明帝以下,文理替矣。尔其缙绅之林,霞蔚而飙起。王袁联宗以龙章,颜谢重叶以凤采,何范张沈之徒,亦不可胜数也。盖闻之于世,故略举大较"。刘勰对刘宋时代的谢灵运、颜延之很推崇,对于鲍照在南朝刘宋时代之作用不曾提起。钟嵘《诗品》提出:"逮义熙中,谢益寿斐然继作。元嘉初,有谢灵运,才高词盛,富艳难踪,固已含跨刘、郭,陵轹潘、左。故知陈思为建安之杰,公幹、仲宣为辅。陆机为太康之

---

① 钱仲联《鲍参军集注》,第5页。

英,安仁、景阳为辅。谢客为元嘉之雄,颜延年为辅。斯皆五言之冠冕,文词之命世也。"在钟嵘笔下,刘宋元嘉仍以谢灵运为主,颜延之为辅,鲍照无法与他们匹敌。钟嵘将鲍照的五言诗列为中品,评价曰:"宋参军鲍照,其源出于二张,善制形状写物之词,得景阳之諔诡,含茂先之靡嫚。骨节强于谢混,驱迈疾于颜延。总四家而擅美,跨两代而孤出。嗟其才秀人微,故取湮当代。然贵尚巧似,不避危仄,颇伤清雅之调。故言险俗者,多以附照。"钟嵘认为鲍照兼有众人之美,但是又批评鲍照五言诗"不避危仄,颇伤清雅之调。故言险俗者,多以附照",认为鲍照之诗对于后世的影响主要是负面的。梁代史学家萧子显在《南齐书·文学传论》中也批评:"次则发倡惊挺,操调险急,雕藻淫艳,倾炫心魂,亦犹五色之有红紫,八音之有郑卫,斯鲍照之遗烈也。"这些批评都是偏执于外表的皮相之见,未能从整个文学史的发展中去加以实事求是的评价。

从东汉晚期至东晋,士人的文学精神发生过明显的变化,这便是从慷慨仗气到淡远平和的心境演化。《文心雕龙·时序》提出:"自中朝贵玄,江左称盛,因谈余气,流成文体。是以世极迍邅,而辞意夷泰,诗必柱下之旨归,赋乃漆园之义疏。"鲁迅先生曾经比较建安文士、正始文士与陶渊明诗文创作风格之不同,指出:

> 刘勰说:"嵇康师心以遣论,阮籍使气以命诗。"这"师心"和"使气",便是魏末晋初的文章的特色。正始名士和竹林名士的精神灭后,敢于师心使气的作家也没有了。到东晋,风气变了。社会思想平静得多,各处都夹入了佛教的思想。再至晋末,乱也看惯了,篡也看惯了,文章便更和平。代表平和的文章的人有陶潜。他的态度是随便饮酒,乞食,高兴的时候就谈论和作文章,无尤无怨。所以现在有人称他为"田园诗人",是个非常和平的田园诗人。他的态度是不容易学的,他非常之穷,而心里很平静。①

鲁迅从时代变迁,谈到了文章风格的变化,将文章风格的变化置于

---

① 《鲁迅全集·而已集》,北京:人民文学出版社,2005年,第537页。

时代因素中去考察,这比孤立地考察文章风格特征更加深刻。鲁迅指出从东晋开始,由于世道的多变与世人的心态麻木,于是文章变得平和淡然了,代表人物便是陶渊明;这虽然可以理解,但是却丧失了那种慷慨激昂的人生态度与文学风骨,淡泊平和往往掩藏着人生的逃遁与无奈。在这种时候,鲍照的人生态度与文学精神,以"急以怨"的风格跃升为文坛主流,成为与颜、谢并驾齐驱的流派与文学潮流,对于南朝文学精神传承汉魏风骨,起到了挽救颓风、重振风骨的作用。也可以说,鲍照的文学创作,先于刘勰与钟嵘,以"急以怨"的方式,打破了东晋以来的平和之美,对于汉末建安文风与正始之音的复兴,具有重要的作用,而刘勰与钟嵘倡导"风骨"与"风力"的文学批评思想,也与鲍照的影响有着直接的关系。

鲍照的"急以怨",从源头来说,主要受到屈原的影响。屈原的遭际与创作精神,是鲍照及其文学风格的来源。汉代对于屈原的狷介有过争议,司马迁在《史记·屈原贾生列传》中,对屈原的人格与《离骚》作了肯定:"屈平正道直行,竭忠尽智以事其君,谗人间之,可谓穷矣。信而见疑,忠而被谤,能无怨乎?屈平之作《离骚》,盖自怨生也。"司马迁从"发愤著书"的亲身感受出发,继承了孔子"诗可以怨"的思想。《离骚》是屈原的代表作。在这部不朽之作中,诗人以瑰丽奇特的想象,悲愤沉痛的情感,飞动华美的词藻,抒写了自己"信而见疑,忠而被谤"的遭遇。在西汉初年,许多文人与贵族对《离骚》钟爱有加,东汉王逸编纂的《楚辞章句》中,收录有许多汉代文人与贵族仿效屈原赋而作的骚体赋。到了东汉班固作《离骚序》,针对淮南王刘安和司马迁关于屈原的评价,提出了反对的意见:"今若屈原,露才扬己,竞乎危国群小之间,以离谗贼。然责数怀王,怨恶椒兰,愁神苦思,强非其人,忿怼不容,沉江而死,亦贬絜狂狷景行之士……谓之兼《诗》风雅而与日月争光,过矣。"班固以其明哲保身的哲学对屈原的高峻人格进行非议,评价他是"狂狷景行之士";同时也对《离骚》中的艺术特色作了否定:"多称昆仑冥婚,宓妃虚无之语,皆非法度之政,经义所载。"迄至东汉后期的王逸,又对班固等人的评价作了否定。他在《楚辞章句序》中根据孔子倡中庸又不废杀身成仁,言时变又反对"乡原"的思想,提出了他所倡导的"人臣之义"，以批驳班固和光同尘的媚世哲学："且人臣之义，以忠正为高，以伏节为贤，故有危言以存国，杀身以成仁。是以伍子胥不恨于浮江，比干不悔于剖心，然后忠立而行成，荣显而名著。"(《楚辞章句序》)王逸认为人臣如果只图顺世以保命，虽然寿比南山，那也是"志士之所耻"，不值得肯定。王逸指出屈原创作《离骚》借用了想象的手法，大量运用比喻，举一反三，引譬连类，使《离骚》的意境瑰丽奇谲，想象纷繁万状。这些观点在刘勰《文心雕龙·辨骚》篇中得到了弘扬。对于正确对待鲍照的"急以怨"不乏启发价值。

孔子曾说："不得中行而与之，必也狂狷乎。狂者进取，狷者有所不为也。"(《论语·子路》)孔子的"诗可以怨"，正是这种狂狷精神的彰显。鲍照的狂狷正是在当时被逼出来的。在门阀世族垄断权力，弱者受到欺凌的时代，他不断发出反抗的声音。虽然不能从根本上改变世风，但是如同建安风骨一样，彰显出处于社会下层的人士不屈的抗争与声音。其文学价值，以及风格特点也应作如是观。宋齐之交江淹的《古体三十首》中有《鲍参军戎行》一首："豪士枉尺璧，宵人重恩光。徇义非为利，执羁轻去乡。孟冬郊祀月，杀气起严霜。戎马粟不暖，军士冰为浆。晨上城皋坂，碛砾皆羊肠。寒阴笼白日，大谷晦苍苍。息徒税征驾，倚剑临八荒。鹔鹏不能飞，玄武伏川梁。铩翮由时至，感物聊自伤。坚儒守一经，未足识行藏。"江淹深受鲍照文风的浸润，对于鲍照的遭际深感同情，他自己早年的命运也与鲍照颇为相似。这首诗对于鲍照的命运与慷慨陈词深有体会，将世人理解的"急以怨"，作了最好的诠释。唐末司空图《二十四诗品》中有《悲慨》一品，其中描写了悲慨的特征："大风卷水，林木为摧。适苦欲死，招憩不来。百岁如流，富贵冷灰。大道日丧，若为雄才。壮士拂剑，浩然弥哀。萧萧落叶，漏雨苍苔。"鲍照正是这种浩然弥哀的悲剧人物。鲍照诞生于东晋之后的刘宋时代，他的所谓"急以怨"，正是时代的产物。从儒家的中庸之道来看，似乎有些狷急，但是深入分析则不然，有其历史必然性与积极意义。宗白华先生在民国年间(1940)《学灯》杂志发表的《论〈世说新语〉和晋人的美》一文中指出：

> 汉代以来,孔子所深恶痛绝的"乡原"支配着中国社会,成为"社会栋梁",把孔子至大至刚、极高明的中庸之道化成弥漫社会的庸俗主义、妥协主义、折衷主义、苟安主义,孔子好像预感到这一点,他所以极力赞美狂狷而排斥乡原。他自己也能超然于礼法之表追寻活泼的真实的丰富的人生。……汉代的俗儒钻进利禄之途,乡原满天下。魏晋人以狂狷来反抗这乡原的社会,反抗这桎梏性灵的礼教和士大夫阶层的庸俗,向自己的真性情、真血性里掘发人生的真意义、真道德。他们不惜拿自己的生命、地位、名誉来冒犯统治阶级的奸雄假借礼教以维持权位的恶势力。①

从宗白华先生这一段文化批评中,我们可以看出鲍照"急以怨"性格与诗文风格的历史原因与进取价值。

六朝文化的主体是由皇权与世家大族错综复杂的关系构成的,随着时代的变迁,诸种关系也此消彼长。门阀世族到了南朝时代,势力有所消褪,精神状态更是全面世俗化,失却了两晋时代的锐气,日趋保守与腐化,耽于享乐而不能自拔。在这种时候,鲍照的诗风兴起,与元嘉时代颜谢相比,具有正义感与悲剧观,富有批判意识,传承了汉魏风骨与正始之音,以及太康之英中的精华,形成了刘宋时代的文学高峰。"急以怨"正是这种独特风格的彰显。他的诗文风骨与文学精神,直接影响到齐梁时代的江淹,世称江鲍体。虽然他们并没有从根本上扭转整个南朝文学精神的平庸化与世俗化,甚至本身也被误解为一种俗流。但其悲剧精神应当得到充分的认同与肯定。鲍照之文学精神与风格直接影响了刘宋年间的江淹,灌育了盛唐时期伟大诗人李白的人格与文学精神。可以说,没有鲍照就没有李白。杜甫《春日忆李白》中云:"白也诗无敌,飘然思不群。清新庾开府,俊逸鲍参军。渭北春天树,江东日暮云。何时一樽酒,重与细论文。"可以说是一种终极而公正的评价。因此,对王通评价鲍照的"急以怨",应当加以全面的分析与认识。

---

① 宗白华《美学散步》,第188—189页。

第九章 《文选》与选本批评

总集在中国古代可谓源远流长,但是在南朝的这本总集编选中,文学批评的形态得到大幅度的提升,形成了中国古代文学批评的重要特色。《文选》是南朝梁代昭明太子萧统主持编选的诗文总集,中国古代的选本批评,在这本总集中得到彰显。

第一节 《文选》编选与嵇康形象

《文选》的编选工作,有着鲜明的主体性标准,蕴含着人生价值观念与文学批评观念的丰富内容。萧统在《文选序》中慨叹:

> 余监抚余闲,居多暇日。历观文囿,泛览辞林,未尝不心游目想,移晷忘倦。自姬、汉以来,眇焉悠邈。时更七代,数逾千祀。词人才子,则名溢于缥囊;飞文染翰,则卷盈乎缃帙。自非略其芜秽,集其清英,盖欲兼功太半,难矣!①

萧统这一慨叹,与曾经当过他文学侍从的刘勰《文心雕龙·知音》篇中发出的"知音其难"怅叹,可以互相印证。在今本《文选》六十卷所收录的几十位作者中,对于难度最大的嵇康作品的遴选,是最能体现出《文选》编修者的慧眼及水平的。通过编选重现嵇康形象,不仅是《文选》"事出于沈思,义归乎翰藻"的文学批评衡鉴结果,而且浸润着深挚的人文思想。萧统编选《文选》,不但反映其选文标准,更重要的是对人生价值观的探讨,体现了浓厚的人文精神。正始时代的风云巨变与嵇康本身的内在特质的结合,使其形象在生前被偶像化并且在死后被传说化,加之作品集数量增多,都加大了编选的难度。本文从《文选》选录嵇康作品的正面分析,从"竹林七贤"

---

① 《六臣注文选》,第3页。

与陶渊明评价的侧面比较,从他人作品折射的嵇康形象出发,以《嵇康集》与《文选》选录嵇康作品之对比为主,以持相似观点的《文心雕龙》印证为辅,体察到在《文选》对嵇康诗作的遴选和嵇康人物形象的还原方面,萧统不但寻求与其性情相合的一面,还善于发掘"知音",试图从文本出发呈现多面向的嵇康形象与内心世界,具有对文士"和而不同"的气度。

萧统编选《文选》时,毫无疑问,嵇康是其必然面对的重要对象。在现存东晋顾恺之的画论批评以及《世说新语》中,我们都可以见到大量关于嵇康形象与作品的评价。即使是在《文心雕龙》与《诗品》中,嵇康作品也是其进行批评的重要内容。

嵇康(223—262),作为"正始之音"的代表人物,生前与死后影响如此之大,并非偶然。嵇康处于魏晋易代之际,魏齐王曹芳的正始年代是一个风云变幻的年代。嵇康本为曹魏的宗室,痛魏之将倾,疾司马氏之无道,加之思潮的变迁,世风的衰败,以及他个人精神气质与性格的另类,都使他对于传统与现实的思考达到前所未有的深度,表现出鲜明的个性,清晰地反映在他的诗文作品中。

嵇康生前因为从精神世界到风度仪容、行为方式的不拘于俗,被称为"方中之美范,人伦之胜业",①已经出现了偶像化的倾向。《世说新语·容止》记载:"嵇康身长七尺八寸,风姿特秀。见者叹曰:'萧萧肃肃,爽朗清举。'或云:'肃肃如松下风,高而徐引。'山公曰:'嵇叔夜之为人也,岩岩若孤松之独立;其醉也,傀俄若玉山之将崩。'"刘孝标注引《嵇康别传》曰:"康长七尺八寸,伟容色,土木形骸,不加饰厉,而龙章凤姿,天质自然。正尔在群形之中,便自知非常之器。"②这些描写,显然具有夸饰的色彩。嵇康死于非命,死后受到各种仙化与神化。今传《文选》卷二十一诗乙"咏史类"选录颜延之《五君咏》"中散不偶世,本自餐霞人",李善注引《嵇康别传》曰:"康美音气,好容色。龙章凤姿,天质自然。"③从这些记载来看,当

---

① 余嘉锡《世说新语笺疏》,第 18 页。
② 余嘉锡《世说新语笺疏》,第 609 页。
③ 萧统编,李善注《文选》,北京:中华书局,1979 年,第 303 页。

时人就将嵇康视为神仙中人。嵇康被司马昭冤杀,死前弹奏一曲《广陵散》成为流传千古的故事,《文选》卷十六赋辛"哀伤类"选录刘宋时江淹的《恨赋》,描写了嵇康死前的悲壮情形:"及夫中散下狱,神气激扬。浊醪夕引,素琴晨张。秋日萧索,浮云无光。郁青霞之奇意,入修夜之不旸。"①江淹因当时也曾遭受冤案,深深同情嵇康,因此,对于嵇康含冤下狱,临刑前弹奏《广陵散》的情形写得特别动人,其中糅入天人感应的情景,增加了悲剧色彩。

嵇康尸解的传说在他死后不久即形成。李善注颜延之《五君咏》中关于嵇康"形解验默仙,吐论知凝神"的两句时,就引证了这类说法:"顾恺之《嵇康赞》曰:南海太守鲍靓,通灵士也。东海徐宁师之,宁夜闻静室有琴声,怪其妙而问焉。靓曰:嵇叔夜。宁曰:嵇临命东市,何得在兹?靓曰:叔夜迹示终,而实尸解。桓子《新论》曰:圣人皆形解仙去。言死,示民有终。"②魏晋时代,是儒学衰落的年代,各种神仙志怪小说得到演绎与流布,以《搜神记》为代表的志怪小说得以诞生与流行,即便志人类的笔记《世说新语》中也不乏这类传说。因此,关于嵇康的鬼怪传说也不断地被推出。《艺文类聚》卷四十四引《语林》曰:"嵇中散夜灯火下弹琴,有一人,面甚小,斯须转大,遂长丈余,黑单衣草带,嵇视之既熟,乃吹火灭,曰:耻与魑魅争光。"③《文选》也或多或少地染上了这类痕迹,卷二十一"游仙"类,就收入何敬宗游仙诗一首、郭景纯游仙诗七首。

嵇康的作品在他被杀后受到追捧。《三国志》卷二十一《嵇康传》裴松之注引《魏氏春秋》曰:"康所著诸文论六七万言,皆为世所玩咏。"④可知嵇康作品在他死后受到世人的喜好。鲁迅在《嵇康集序》中指出:"魏中散大夫《嵇康集》,在梁有十五卷,录一卷。至隋佚二卷,唐世复世,而失其录。"⑤我们可以推想,萧统等人编选《文选》、编录嵇康作品时,肯定见到不止一种的《嵇康集》。它们虽然与

---

① 《六臣注文选》,第 305 页。
② 《六臣注文选》,第 396 页。
③ 《艺文类聚》,第 782 页。
④ 《三国志》,第 606 页。
⑤ 戴明扬《嵇康集校注》附录,北京:人民文学出版社,1962 年,第 346 页。

我们今天见到的嵇康集有所不同，但基本作品应是大量存在的。因此，《文选》如何对其进行编选是一件很见功夫的事情。

这种编选首先并不是文学作品赏鉴的事情，而是讨论人生价值观念的过程。两汉时代围绕以屈原《离骚》为代表的《楚辞》评论时，发生过激烈的争议，以淮南王刘安、司马迁与王逸为代表的人物肯定屈原的为人与作品价值，而以扬雄、班固为代表的儒学中人则否定屈原作品的人格与审美精神。可见，作品编选，无论是集部中的楚辞类、别集类还是总集类，人生价值观都必不可少并发挥着重要作用。嵇康的作品生前与死后都引起过不同的争议，生前如他的《养生论》就引来向秀的批评，嵇康为此写了《答难养生论》，死后他的为人与作品自然也引起不同的争议。肯定与赞美的一般居多，如《文选》中所选录的颜延之《五君咏》，江淹《恨赋》、《杂体诗》，还有李充、孙绰等人的评论都持肯定的态度。不仅有文士，东晋名臣王导在过江后也以嵇康的《养生论》、《声无哀乐论》作为清谈与施政的旨归。《世说新语·文学》记载："旧云，王丞相过江左，止道《声无哀乐》、《养生》、《言尽意》三理而已，然宛转关生，无所不入。"① 可见嵇康的思想对于王导的人生与思想产生了直接的影响。刘宋时期颜延之的《五君咏》，为《文选》所收录，也可以视为萧统对于嵇康为人与为文的一种首肯。《文选》卷二十一收录的《五君咏》李善题解曰："沈约《宋书》曰：颜延年领步兵，好酒疏诞，不能斟酌当时。刘湛言于彭城王义康，出为永嘉太守。延年甚怨愤，乃作《五君咏》，以述竹林七贤。山涛、王戎以贵显被黜。咏嵇康曰：鸾翮有时铩，龙性谁能驯。咏阮籍曰：物故不可论，途穷能无恸。咏阮咸曰：屡荐不入官，一麾乃出守。咏刘伶曰：韬精日沉饮，谁知非荒宴。此四句盖自序也。"② 李善的注指出了颜延之借七贤之酒杯，浇自己之块垒的心态。显然，颜延之对于嵇康的个性人格是衷心钦佩的。梁代文坛重要人物沈约著《七贤论》曰："嵇生是上智之人，值无妄之日，神才高杰，故为世道所莫容，风逸挺特，荫映于天下，言理吐论，一时所莫能参，属

---

① 余嘉锡《世说新语笺疏》，第 211 页。
② 《六臣注文选》，第 395—396 页。

第九章 《文选》与选本批评

马氏执国,欲以智计倾皇祚,诛鉏胜己,靡或有遗。玄伯、太初之徒,并出嵇生之流,咸已就戮。嵇审于此时,非自免之运,若登朝进仕,映迈当时,则受祸之速,过于旋踵,自非霓裳羽带,无用自全,故始以饵术黄精,终于假涂托化。"①沈约分析了正始年代险恶的政治局势对嵇康诗文的影响。这些评价,对于我们分析嵇康的思想行为与言论文章,有一定的借鉴作用。

当然,嵇康生前与死后也受到不少人的非议。其中尤以由南入北的颜之推的批评最为典型。颜之推出身儒学世家,其祖父颜见远是齐代高士,"博学有志行",曾反对梁武帝代齐,为之殉身,受到梁武帝的讽刺。② 颜之推从明哲保身的角度出发,一直对于嵇康不合时流的做人方式持非议的态度。他在《颜氏家训·勉学》篇中指出:"嵇叔夜排俗取祸,岂和光同尘之流也;郭子玄以倾动专势,宁后身外己之风也;阮嗣宗沉酒荒迷,乖畏途相诫之譬也;谢幼舆赃贿黜削,违弃其余鱼之旨也:彼诸人者,并其领袖,玄宗所归。"③颜之推将嵇康与阮籍、王弼诸人归入玄宗一类,认为他们的行为违背了儒学道德,招致祸殃与非议,告诫自己的儿子不要学他们。由此出发,颜之推对于嵇康的养生哲学更是加以讥刺:"夫养生者先须虑祸,全身保性,有此生然后养之,勿徒养其无生也。单豹养于内而丧外,张毅养于外而丧内,前贤所戒也。嵇康著《养生》之论,而以傲物受刑;石崇冀服饵之征,而以贪溺取祸,往世之所迷也。"④(《颜氏家训·养生》)很显然,这种看法并没有真正读懂嵇康的《养生论》。嵇康的《养生论》重在倡导一种清虚自守、不同流俗的高尚人生理想,而不是保全肉身的养生哲学。颜之推进而对于嵇康峻切清迈的文章风格也持否定态度:"刘桢屈强输作;王粲率躁见嫌;孔融、祢衡,诞傲致殒;杨修、丁廙,扇动取毙;阮籍无礼败俗;嵇康凌物凶终。"⑤(《颜氏家训·文章》)颜之推的批评,代表了正统儒家对于嵇康思想行为

---

① 严可均编《全上古三代秦汉三国六朝文》,第3117页。
② 参《南史》卷七二《文学传》。
③ 王利器《颜氏家训集解》,第179页。
④ 王利器《颜氏家训集解》,第332页。
⑤ 王利器《颜氏家训集解》,第222页。

的否定。

  萧统的弟弟萧绎,也就是后来的梁元帝,在《金楼子》卷十三《杂记篇》中,站在专制统治者的立场上,指责嵇康如同历史上的佞人一类,理应受戮:"成汤诛独木,管仲诛史符,吕望诛任鼐,魏操诛文举,孙策诛高岱,黄祖诛祢衡,晋相诛嵇康,汉宣诛杨恽,此岂关大盗者,深防政术,腹诽心谤,不可全也。"①综上所述,可知萧统《文选》辑录嵇康的作品时,不仅关涉选文的美学标准,而且也涉及根本的人生价值观念。他对于嵇康作品的态度,可以说是融伦理与审美为一体的评价体系;《文选序》中提出的"事出于沈思,义归乎翰藻",并非仅仅是一种选文的美学标准,而且有着深沉的人文蕴涵。联系到《文选》对嵇康这一类影响极大又争议颇大的思想文化巨擘的接受与评价,我们可知萧统编选《文选》时的用心深长、襟怀正大、智慧亮达。如果不能正确对待与评价嵇康的为人与为文,或者站在萧绎这类统治者立场来选文,或者像颜之推那样用儒学来对待嵇康的人格与文章,势必遗弃不选,留下永远的遗恨,成为千古笑柄。

  从今本《文选》六十卷来看,竹林七贤中,嵇康的作品最受青睐,选录最多,共计有:卷一八《琴赋》、卷二三《幽愤诗》、卷二四《赠秀才入军》五首、卷二九《杂诗》、卷四三《与山巨源绝交书》、卷五三《养生论》。《文选》所收嵇康的作品,全面地呈现出其真实面目,深入到主人公的内心世界,通过这些代表作品,还原出嵇康生动而鲜明的形象,廓清了嵇康生前与死后的曲解与误读。我们依据这些精选的嵇康作品,联系到现在所知道的嵇康各种文献资料,本着孟子所说"以意逆志"与"知人论世"相结合的方法,尝试还原嵇康的完整形象与内心世界。

  一、嵇康高情远趣的真实写照。这一类诗作主要体现在《赠秀才入军》五首与《杂诗》一首中。《晋书》卷四九《嵇康传》记载:"常修养性服食之事,弹琴咏诗,自足于怀。……康善谈理,又能属文,其高情远趣,率然玄远。"②《文选》共收录嵇康的诗七首,分别为:哀

---

① 许逸民《金楼子校笺》,第1219页。
② 《晋书》,第1369—1374页。

伤类一首,为《幽愤诗》;赠答类五首,为《赠秀才入军》五首;杂诗类一首。按今本《嵇康集》统计,嵇康现存诗六十二首,四言、五言、六言、骚体、乐府等各种体裁皆有,其中四言诗最多,共三十首,五言诗十一首,六言诗十首,乐府诗七首,骚体诗一首,其他诗体三首。嵇康与阮籍相比,以四言诗见长,最能体现出他的诗风,是其高情远趣的写照。《文心雕龙·明诗》篇中评论道:"乃正始明道,诗杂仙心……唯嵇志清峻,阮旨遥深,故能标焉。"①嵇康的四言诗为其诗作中的精华,而《文选》卷二四中选录的五首《赠秀才入军》,是他现存的三十多首四言诗中的精萃。李善注《赠秀才入军》曰:"《集》云:兄秀才公穆入军赠诗。刘义庆《集林》曰:嵇熹,字公穆,举秀才。"②嵇康对兄嵇喜从军进入官场是不赞同的。阮籍更是对嵇喜加以白眼,鄙视他的为人。但嵇康毕竟珍惜手足之情,③所以想象嵇喜在从军入伍途中的英姿。此诗的妙处在于弦外之音,即假托嵇喜来抒发自己的高情远趣。通过这一组四言诗,我们可以清晰地体味到一位高士的情趣与境界:"息徒兰圃,秣马华山。流磻平皋,垂纶长川。目送归鸿,手挥五弦。俯仰自得,游心泰(太)玄。嘉彼钓叟,得鱼忘筌。郢人逝矣,谁与尽言?"李善注"俯仰自得,游心泰(太)玄"两句诗曰:"泰玄,谓道也。《淮南子》曰:自得者,全其身者也。全其身,则与道为一矣。"注"嘉彼钓叟,得鱼忘筌"两句曰:"《庄子》曰:庄子钓于濮水之上。又曰:筌者,所以得鱼也,得鱼而忘筌。蹄者,所以在兔也,得兔而忘蹄。言者,所以在意也,得意而忘言。吾焉得夫忘言之人,而与之言哉。"④从嵇康的这几首四言诗,以及李善的注释中,我们可以看到,诗中巧妙地想象嵇喜从军途中的情形,并融入自己的审美世界,通过借用《庄子》中的典故,写出了自己内心

---

① 范文澜《文心雕龙注》,第67页。
② 《六臣注文选》,第446页。
③ 《世说新语·雅量》注引《文士传》记载嵇康临死前,"而兄弟亲族咸与共别。康颜色不变,问其兄曰:'向以琴来不邪?'兄曰:'以来。'康取调之,为《太平引》,曲成,叹曰:'《太平引》于今绝也!'"嵇喜死前与嵇康诀别,嵇康从嵇喜那里索琴弹奏《广陵散》。嵇喜在嵇康死后作《嵇康别传》深悼之,可见他们兄弟之间的感情是很深的。
④ 《六臣注文选》,第446页。

的孤独无俦。唯因孤独,才寄情山水,服膺庄玄,与道合一。这些四言诗是最早将玄学趣味与诗歌境界融为一体的作品,也是魏晋玄言诗的发端。

《文选》卷二九中还匠心独运地选录一首嵇康的《杂诗》,更是写出了嵇康将玄学与诗境融为一体的人生境界。诗中写道:"微风清扇,云气四除。皎皎亮月,丽于高隅。兴命公子,携手同车。龙骥翼翼,扬镳踟蹰。肃肃宵征,造我友庐。光灯吐辉,华幔长舒。鸾觞酌醴,神鼎烹鱼。弦超子野,叹过绵驹。流咏太素,俯赞玄虚。孰克英贤,与尔剖符。"这首诗显然玄学味道更为浓厚。李善注释"流咏太素,俯赞玄虚"两句曰:"《列子》曰:太初,形之始。太素,质之始。《老子》曰:玄之又玄,众妙之门。《管子》曰:虚无形,谓之道。《史记》太史公曰:老子所贵道,虚无应用,变化无方。"[1]这首诗写嵇康与虚拟的人物形象"公子"携手同车品味太素,体道畅玄的境界,传达出嵇康作为正始之音的代表人物擅长思辨,追求玄藻的人生趣味。《文选》选录这首并无华采的玄言诗,显然是为了彰显嵇康独特的高士形象。

二、嵇康生活哲学的坦荡宣明。《文选》卷五三收录有嵇康《养生论》,李善注曰:"嵇喜为康传曰:康性好服食,常采御上药,以为神仙禀之自然。非积学所致,至于导养得理,以尽性命。若安期彭祖之伦,可以善求而得也。著《养生篇》。"[2]嵇康所著《养生论》,并非一般意义上的养生,而是关于整个人生价值观念与生活方式的一篇宣言,具有现实针对性。当时,曹魏政权中一些中枢人物生活腐化,司马氏集团中的一些人物如钟会等,趋炎附势,图谋不轨。嵇康与竹林七贤中的山涛等人也产生了分歧,现实的诱惑与胁迫如此之大,嵇康的内心充满着矛盾。我们看嵇康的《卜疑集》、《家诫》等文章,便可以明了这一切。但是嵇康没有放弃自己的信念。他写《养生论》,强调养生在于通过养形达到养神,养神则是不为外界的声色物欲所诱惑,坚守自己的人生信念,需要长期的毅力与耐心方

---

[1] 《六臣注文选》,第550页。
[2] 《六臣注文选》,第976页。

能臻于此境。《养生论》提出:"是以君子知形恃神以立,神须形以存,悟生理之易失,知一过之害生。故修性以保神,安心以全身,爱憎不栖于情,忧喜不留于意,泊然无感,而体气和平。又呼吸吐纳,服食养身,使形神相亲,表里俱济也。"①李善注颜延之《五君咏》引东晋名士孙绰《嵇中散传》曰:"嵇康作《养生论》。入洛,京师谓之神人。向子期难之,不得屈。"②今传向秀作有《难养生论》,嵇康又作《答难养生论》以回复。可见,《养生论》引发的不仅是关于养生本身的讨论,而且是关乎整个人生意义的辩论,其意义涉及整个中国文化价值观念。向秀与嵇康关于《养生论》的讨论,《文选》碍于选本的篇幅,没有选录,但仅此一篇,也足以彰显嵇康作为"神人"的魅力所在。

三、嵇康刚肠疾恶性格的表白。嵇康形象,充满着矛盾。《三国志》卷二一《嵇康传》记载:"时又有谯郡嵇康,文辞壮丽,好言老、庄,而尚奇任侠。至景元中,坐事诛。"③《三国志》一方面说嵇康"尚奇任侠",另一方面又说他喜怒不形于色,《嵇康传》注引《魏氏春秋》曰:"康寓居河内之山阳县,与之游者,未尝见其喜愠之色。与陈留阮籍、河内山涛、河南向秀、籍兄子咸、琅邪王戎、沛人刘伶相与友善,游于竹林,号为七贤。"④侯外庐主编的《中国思想通史》第三卷中评论道:"这就把嵇康写成一个涵养到家的世故老人了。"⑤其实,魏晋时代的人物充满着性格与思想的矛盾是不足为奇的。《文选》卷四三选录嵇康《与山巨源绝交书》就是嵇康刚肠疾恶性格的表白。李善注引《魏氏春秋》曰:"山涛为选曹郎,举康自代,康答书拒绝。因自说不堪流俗,而非薄汤武,大将军闻而恶焉。"⑥这篇书信与嵇康其他诗文相比,彰显了其刚烈性格的各个方面。嵇康在这封致山涛

---

① 《六臣注文选》,第977页。
② 《六臣注文选》,第396页。
③ 《三国志》,第605页。
④ 《三国志》,第606页。
⑤ 侯外庐等编著《中国思想通史》第三卷,北京:人民出版社,1957年,第153页。
⑥ 《六臣注文选》,第800页。

的信中,自称"有必不堪者七,甚不可者二",除了坦陈自己不能为官的"七不堪",更直言:"又每非汤、武而薄周、孔,在人间不止,此事,会显世教所不容,此甚不可一也。刚肠疾恶,轻肆直言,遇事便发,此甚不可二也。"①剖析自己的性格特点,检讨自己的过失,看似悔过,实则凌傲。充分展示出嵇康性格的复杂之处。从萧统现存的作品来看,他的文学观念遵循的是中和之美,对于过分激烈的作品一般是不取的,但唯独对嵇康这篇充满火药味的书信却加以选录。可见他的选文标准是相当开放而包容的。嵇康因为这篇书信,在《文选》中展现出他性格的另一方面,可以和他清雅玄澹的诗歌作品中的人物形象相比对,体现出"和而不同"之美。

四、《幽愤诗》中展现嵇康内心世界的另一面。《文选》在卷二三诗丙"哀伤类"中选录了嵇康《幽愤诗》。李善注引《魏氏春秋》曰:"康及吕安事,为诗自责。吕安事,已见《思旧赋》。班固史迁述曰:幽而发愤,乃思乃精。"②嵇康因为吕安的冤案而受到牵连,实质上是司马昭借故诛杀异己。嵇康也明白这一点,在狱中,他性格中谨慎惧怕的另一面暴露出来。可以与《与山巨源绝交书》中的刚肠疾恶、无所顾忌的一面相补充。嵇康诗中首先回顾了自己的人生历程,包括早孤失怙,母兄见骄,"爰及冠带,冯宠自放。抗心希古,任其所尚。托好老庄,贱物贵身。志在守朴,养素全真"。③检讨了自己性格中容易得罪人的地方,但却感到悲凉,"欲寡其过,谤议沸腾。性不伤物,频致怨憎",他设想自己如能出狱,"采薇山阿,散发岩岫。永啸长吟,颐性养寿"。但确如侯外庐先生所云:"表现出在入狱后,生活上遭受到司马氏严重的打击,但在思想上,并未因此有什么改变。"④唯因如此,他才能在临刑东市前,从容弹奏一曲《广陵散》而就义。

五、《琴赋》是嵇康音乐人生与审美理想的绝佳抒写。《文选》卷一八赋壬"音乐类"选录嵇康《琴赋》,实乃慧眼独具。嵇康生前有

---

① 《六臣注文选》,第802页。
② 《六臣注文选》,第426页。
③ 《六臣注文选》,第428页。
④ 侯外庐等编著《中国思想通史》第三卷,第151页。

两篇在中国音乐史上堪称绝响的作品,即《声无哀乐论》与《琴赋》。《声无哀乐论》对传统的音乐以哀乐之情从事乐教的观点进行辩驳,从老子的"大音希声"音乐观出发,论证"和声无象,而哀心有主"。此论条理清晰而玄学意味很浓,受到《文心雕龙·论说》篇的赞扬,称之为"师心独见,锋颖精密",但不属于情采并茂的文章,故而《文选》不加选录也是无足为奇的。而《琴赋》属于赋体文学,《文选》将其与马融的《长笛赋》、王褒的《洞箫赋》列入音乐一类。《琴赋》蕴涵着极深的音乐人生的意蕴。透过此赋,可以感受到嵇康临刑前弹奏《广陵散》,慨叹《广陵散》于今绝矣的缘由。此赋某种意义上来说,是《广陵散》的美学基础。嵇康《琴赋序》云:"余少好音声,长而玩之。以为物有盛衰,而此无变;滋味有厌,而此不倦。……处穷独而不闷者,莫近于音声也。"①赋序说明琴乐是嵇康精神寄托之所在。向秀《思赋》中慨叹:"悼嵇生之永辞兮,顾日影而弹琴。托运遇于领会兮,寄余命于寸阴。"正可以说明嵇康《琴赋序》中宣明的音乐观念。嵇康《琴赋》深深感叹琴乐的境界:"然非夫旷远者,不能与之嬉游;非夫渊静者,不能与之闲止;非夫放达者,不能与之无吝;非夫至精者,不能与之析理也。"赋的总乱慨叹:"愔愔琴德,不可测兮。体清心远,邈难极兮。良质美手,遇今世兮。纷纶翕响,冠众艺兮。识音者希,孰能珍兮? 能尽雅琴,唯至人兮!"②在嵇康之前,东汉蔡邕等人也作过《琴赋》这类作品,但像嵇康那样写出深沉的人生感受与审美自由的韵致,还未曾有过。李善注"识音者希,孰能珍兮"两句曰:"古诗曰:不惜歌者苦,但伤知音希。"可见,嵇康将琴乐作为整个灵魂世界的审美寄托。他嗜爱《广陵散》,临刑前弹奏一曲从容就义,慨叹"《广陵散》于今绝矣",正可以在《琴赋》中获得印证。

通过对于《文选》这六篇诗文作品的分析,可以鲜明而生动地还原出嵇康的形象。有意思的是,我们将《文选》所选嵇康的六篇作品,与《晋书·嵇康传》中所提到的嵇康代表作品进行比对,发现有许多相通之处。而与《晋书》差不多同时、由唐太宗另一重臣魏征率

---

① 《六臣注文选》,第332页。
② 《六臣注文选》,第339页。

人编修的《隋书·经籍志》总集类记载有"《文选》三十卷,梁昭明太子撰",据此可知,房玄龄等人编修《晋书·嵇康传》时,应当看过《文选》,受到《文选》所选嵇康作品的影响。唐初房玄龄等人所编修的《晋书·嵇康传》,主要采自魏晋以来关于嵇康的各种传记与集子,并进行修列。现在摘其梗概,与《文选》所选的嵇康作品进行比对:

1. 康早孤,有奇才,远迈不群。身长七尺八寸,美词气,有风仪,而土木形骸,不自藻饰,人以为龙章凤姿,天质自然。恬静寡欲,含垢匿瑕,宽简有大量。学不师受,博览无不该通,长好《老》《庄》。与魏宗室婚,拜中散大夫。常修养性服食之事,弹琴咏诗,自足于怀。以为神仙禀之自然,非积学所得,至于导养得理,则安期、彭祖之伦可及,乃著《养生论》。又以为君子无私,其论曰:"夫称君子者,心不措乎是非,而行不违乎道者也。"

2. 山涛将去选官,举康自代。康乃与涛书告绝曰。

3. 东平吕安服康高致,每一相思,辄千里命驾,康友而善之。后安为兄所枉诉,以事系狱,辞相证引,遂复收康。康性慎言行,一旦缧绁,乃作《幽愤诗》。

4. 康将刑东市,太学生三千人请以为师,弗许。康顾视日影,索琴弹之,曰:"昔袁孝尼尝从吾学《广陵散》,吾每靳固之,《广陵散》于今绝矣!"时年四十。海内之士,莫不痛之。帝寻悟而恨焉。

5. 康善谈理,又能属文,其高情远趣,率然玄远。撰上古以来高士为之传赞,欲友其人于千载也。又作《太师箴》,亦足以明帝王之道焉。复作《声无哀乐论》,甚有条理。子绍,别有传。①

我们发现《晋书·嵇康传》这五条主要的记载,在第一条中提到了《养生论》,以及弹琴咏诗,自足于怀,可以通过《琴赋》找到依据。第二条记载嵇康因为拒绝山涛任吏部尚书郎而写下《与山巨源绝交

---

① 《晋书》,第1369—1374页。

书》,与《文选》中所选完全一致。第三条记载了嵇康因吕安事而下狱,狱中作《幽愤诗》,也与《文选》所选同名诗一致。第四条写嵇康将刑东市,顾视日影而作《广陵散》,怅叹:"《广陵散》于今绝矣!"可以采用《琴赋》作为背景性作品来解读之。第五条记载嵇康尝作《高士传》、《太师箴》、《声无哀乐论》,这些以"立意为宗"的文章,与《文选》重视情辞并茂的选文标准不符合,没有收录也是可以理解的。通过唐初房玄龄等史学家所编的《晋书·嵇康传》与《文选》选录的嵇康作品的比较,可以得出结论,唐人心目中的嵇康形象,与萧统所编《文选》中的嵇康形象是比较接近的。通过《文选》至《晋书·嵇康传》的演变,嵇康的形象得以丰富而清晰,从而奠定了嵇康在中国历史上的独特地位。

  《文选》对于嵇康形象的塑造,我们还可以通过与竹林七贤中其他人物的比对来认识。《文选》对于竹林七贤其他人物作品的收录,计有:卷二三选录阮籍《咏怀》十七首、卷四〇选录阮籍《为郑冲劝晋王笺》、阮籍《诣蒋公》二篇、卷一六选录向秀《思旧赋》一篇、卷四七收录有刘伶《酒德颂》一篇。山涛、王戎则没有作品收录。一方面他们的作品不符合萧统的选文标准;另一方面,联系到颜延之《五君咏》将此二人排除出去的看法,萧统不选此二人的作品,大约也与不屑其人品的观念相关。但从上面的目录中,我们可以看出,在竹林七贤中,除了阮籍作品可与嵇康差第,其他人的作品均无法与嵇康的作品相比。而对竹林七贤中的主要人物阮籍,《文选》只选取了他的十七首《咏怀诗》与两篇文章,文体比较单一,不像嵇康作品那样具有广度与深度。《三国志·魏书·阮籍传》记载:"瑀子籍,才藻艳逸,而倜傥放荡,行己寡欲,以庄周为模则。官至步兵校尉。"[1]《三国志》中的阮籍是一位倜傥放荡的魏晋风流人物。而萧统《文选》卷二三诗丙"咏怀"类中选了阮籍的五言诗《咏怀十七首》。关于这些诗的主旨,李善注引颜延之曰:"说者阮籍在晋文代,常虑祸患,故发此咏耳。"《文选》通过所选的这十七首五言诗,还原了阮籍身处乱世,咏怀兴寄的真实心境。但另一方面,《文选》卷四〇"笺"类又选

---

[1] 《三国志》,第604页。

录了阮籍的《为郑冲劝晋王笺》。关于这篇书笺,李善注引臧荣绪《晋书》曰:"郑冲,字文和,荥阳人也。位至太傅。又曰:魏帝封晋太祖为晋公,太原等十郡为邑,进位相国,备礼九锡。太祖让不受,公卿将校皆诣府劝进,阮籍为其辞。魏帝,高贵乡公也。太祖,晋文帝也。"①《晋书》卷四九《阮籍传》记载:"会帝让九锡,公卿将劝进,使籍为其辞。籍沉醉忘作,临诣府,使取之,见籍方据案醉眠。使者以告,籍便书案,使写之,无所改窜。辞甚清壮,为时所重。"②不管怎样,这篇书笺与嵇康《与山巨源绝交书》中彰显的人格与气节不能相比,是阮籍为后世所诟病的一篇作品。《文选》虽然从文辞清壮的角度加以选入。但对比嵇康,阮籍的形象多少相形见绌。《文选》卷四〇"奏记"类还选录了阮籍的《奏记诣蒋公》一文。关于阮籍此文,李善注引臧荣绪《晋书》曰:"太尉蒋济,闻籍有才隽而辟之,籍诣。《都亭奏记》:'初,济恐籍不至,得记欣然,遣卒迎之。而籍已去,济大怒,于是乡亲共喻之,籍乃就吏。后谢病归,复为尚书郎。'籍本有济世志,属魏晋之际,天下多故。遂酣饮为常。文帝初欲为武帝求婚于籍,籍醉六十日,不得言而已。"③这篇书笺反映出阮籍的人生智慧与政治识见,与嵇康的刚肠疾恶明显不同。

《文选》中嵇康形象,还可以从卷一六"志"类下的向秀《思旧赋》中得到还原。这篇赋系竹林七贤中的向秀在嵇康遇害后为悼念亡友所作。赋序中感叹:"余与嵇康、吕安,居止接近。其人并有不羁之才。然嵇志远而疏,吕心旷而放,其后各以事见法。余逝将西迈,经其旧庐。于时日薄虞渊,寒冰凄然。邻人有吹笛者,发声寥亮。追思曩昔游宴之好,感音而叹,故作赋云。"④赋通过哀伤与悼念,写出了嵇康的远大志向与不羁之才,同时也哀叹自己的命运险恶,令人同情。此外,《文选》对于嵇康形象的描写,还可以从颜延之《五君咏》,江淹《恨赋》、《杂拟诗》等作品中得到印证。这些作品,从侧面折射出嵇康形象的丰富性。

---

① 《六臣注文选》,第752页。
② 《晋书》,第1360—1361页。
③ 《六臣注文选》,第758页。
④ 《六臣注文选》,第296页。

第九章 《文选》与选本批评

当然,萧统《文选》对于嵇康作品的把握与编选,最根本的还是应从嵇康作品中得到对照。我们不妨以现存《嵇康集》的作品来比对《文选》所收嵇康作品,进而讨论萧统心目中的嵇康形象是什么样的,以及萧统的选录标准是什么。嵇康的集子早在西晋年代就有流传。① 在明代以前,多有手抄《嵇中散集》本流传于世。今所见最早的《嵇康集》刻本是明吴宽丛书堂藏抄校本。自明嘉靖以后,翻刻本不少。1938 年出版的《鲁迅全集》收录了鲁迅的《嵇康集》校本。1962 年人民文学出版社首次出版学者戴明扬的《嵇康集校注》,这是目前用得最普遍的本子。《嵇康集校注》共十卷,其中第一卷为诗六十六首;第二卷是《琴赋》、《与山巨源绝交书》、《与吕长悌绝交书》;第三卷是《卜疑集》、《稽荀录》、《养生论》;第四卷为《黄门郎向子期难养生论》及《答难养生论》;第五卷是《声无哀乐论》;第六卷是《释私论》、《管蔡论》、《明胆论》;第七卷是《张叔辽自然好学论》及《难自然好学论》;第八卷是《宅无吉凶摄生论》、《难宅无吉凶摄生论》;第九卷为《释难宅无吉凶摄生论》及《答释难宅无吉凶摄生论》;第十卷是《太师箴》、《家诫》。其佚著还有《圣贤高士传赞》及《春秋左氏传音》等,但未收辑在《嵇康集校注》中。从上述所列的《嵇康集》篇目来看,萧统所见的嵇康之作品,与今天我们所见到的嵇康集中的作品应无太大差异。在编《文选》时,对大名鼎鼎的嵇康作品的辑选,萧统及其文臣肯定是颇费心思的。

首先,萧统对于嵇康的个性与思想学说并不完全赞同,尤其是他"非汤武、薄周孔"的文化观,以及一些激烈反儒的篇章,萧统肯定是不能接受的。《文选序》尽管说过不选孔孟圣人的文章,也不选诸子的文章,对于辩士的文章更不关顾,而注重"事出于沈思,义归乎翰藻"的篇什,但是萧统对于孔孟之道是深信不疑的。《梁书·昭明太子传》记载:"太子生而聪睿,三岁受《孝经》、《论语》,五岁遍读五经,悉能讽诵。五年六月庚戌,始出居东宫。太子性仁孝。"②梁武帝

---

① 参见崔富章《嵇康的生平事迹及〈嵇康集〉的传播源流》,《浙江大学学报(人文社会科学版)》1999 年第 4 期。
② 《梁书》,第 165 页。

时,南朝的儒学得到重倡,一度甚为繁兴,《陈书·儒林传》序论曰:"自两汉登贤,咸资经术。魏、晋浮荡,儒教沦歇,公卿士庶,罕通经业矣。宋、齐之间,国学时复开置。梁武帝开五馆,建国学,总以《五经》教授,经各置助教云。武帝或纡銮驾,临幸庠序,释奠先师,躬亲试胄,申之宴语,劳之束帛。济济焉,斯盖一代之盛矣。"①萧梁皇室与刘宋及萧齐皇室相比,受儒学的影响更大一些。对于像《卜疑集》、《太师箴》、《难自然好学论》、《明胆论》、《管蔡论》、《释私论》这类文章,尽管有些富有文采,但是萧统也不会选录。鲁迅先生指出:"嵇康的论文,比阮籍更好,思想新颖,往往与古时旧说反对。"②对于嵇康离经叛道,主张越名教而任自然的思想,萧统与刘勰是持保留态度的。因此,《文选》所选录的文章所展现出来的嵇康形象,总体说来还是比较温和的,与当时与现存的嵇康集子展现出来的嵇康面貌,肯定会有所不同。当然,萧统与萧纲、萧绎相比,无论是为人还是为文,都要宽和敦厚得多;对于活着的文士与死去的文人,萧统总是努力去理解他们,渴望充当他们的知音。《梁书·昭明太子传》中记载:"性宽和容众,喜愠不形于色。引纳才学之士,赏爱无倦。恒自讨论篇籍,或与学士商榷古今;闲则继以文章著述,率以为常。于时东宫有书几三万卷,名才并集,文学之盛,晋、宋以来未之有也。"③从这里可以看出,萧统的仁爱宽和,也体现在他对于文士"和而不同"的风度上面,其主编的《文选》成为中国文学史上总集类的不祧之作,并非偶然。

其次,萧统对于嵇康的解读与理解,我们可以从刘勰《文心雕龙》中得到印证。《梁书》卷五〇《刘勰传》记载:"昭明太子好文学,深爱接之。初,勰撰《文心雕龙》五十篇,论古今文体,引而次之。"④刘勰在《文心雕龙·知音》篇中提出:"夫缀文者情动而辞发,观文者披文以入情,沿波讨源,虽幽必显。世远莫见其面,觇文辄见

---

① 《陈书》,第 433—434 页。
② 《鲁迅全集》第三卷《魏晋风度及文章与药及酒之关系》,北京:人民文学出版社,1991 年,第 511 页。
③ 《梁书》,第 167 页。
④ 《梁书》,第 710 页。

其心。岂成篇之足深,患识照之自浅耳。"刘勰对于嵇康的理解体现出这种知音观念。他在《文心雕龙》许多篇章中,都对嵇康加以评论。《论说》篇中提出:"魏之初霸,术兼名法,傅嘏、王粲,校练名理。迄至正始,务欲守文,何晏之徒,始盛玄论。于是聃周当路,与尼父争途矣。详观兰石之《才性》,仲宣之《去代》,叔夜之《辨声》,太初之《本玄》,辅嗣之《两例》,平叔之《二论》,并师心独见,锋颖精密,盖人伦之英也。"刘勰认为嵇康的《声无哀乐论》与正始之音即王弼、何晏等人的玄学一样,师心独见,不拘成理,为人伦之英。这也可见他对于玄学持有较为客观的评价。《书记》篇中赞扬:"嵇康《绝交》,实志高而文伟矣。"《才略》篇中赞扬:"嵇康师心以遣论,阮籍使气以命诗。殊声而合响,异翮而同飞。"《明诗》篇中评价嵇康的四言诗:"若夫四言正体,则雅润为本;五言流调,则清丽居宗。华实异用,惟才所安。故平子得其雅,叔夜含其润,茂先凝其清,景阳振其丽,兼善则子建仲宣,偏美则太冲公幹。"刘勰认为四言诗中,唯有嵇康等人得其雅润之本。《明诗》篇还提出:"乃正始明道,诗杂仙心;何晏之徒,率多浮浅。唯嵇志清峻,阮旨遥深,故能标焉。"《时序》篇中提出:"于时正始余风,篇体轻澹,而嵇阮应缪,并驰文路矣。"从这些引证的文献来看,刘勰在各方面对于嵇康都是赞赏有加,肯定居多的。

萧统的文学观念,以及对于许多作家的看法与刘勰都是较为接近的。现有的萧统作品中,虽然没有直接对嵇康进行评价的文章,但是从《文选》所选的嵇康作品来看,萧统对于嵇康的为人与为文都是很赞赏的。我们从刘勰对于嵇康的评价与赞赏中,也可以推断萧统对于嵇康的态度。此外,我们还可以从萧统对于陶渊明的评价中,推论他对于嵇康的态度。嵇康与陶渊明有着相似之处,比如他们对于高情雅趣的追求,对于隐逸之志的推崇。今本《嵇康集》中收录有嵇康所作《高士传》的佚文,足证嵇康对于高士的推崇。高士是隐士中的杰出者,嵇康对于高士的倾心,与陶渊明的隐逸志向是相通的,他们琴诗自乐,向往自然的美学趣味,营造了魏晋风度的精神境界。嵇康与陶渊明都喜欢玄学与清谈,在玄学的意识中确立自我,逍遥游放。至于陶渊明的诗文风格不像嵇康诗文那么激烈,鲁迅先生对此分析道："到东晋，社会思想平静得多，各处都夹入了佛教的思想。再至晋末，乱也看惯了，篡也看惯了，文章便更平和。代表平和的文章的人有陶潜。"但鲁迅先生又指出："《陶集》里有《述酒》一篇，是说当时政治的。这样看来，可见他对于世事也并没有遗忘和冷淡。"①因此，嵇康与陶渊明是最能代表魏晋风度的人物，只不过时代不同罢了。

萧统作有《陶渊明传》与《陶渊明集序》二文，《文选》中选录了陶渊明的许多诗文。他对于陶渊明的推崇，如同对于嵇康一样，并非着眼于后人所说的魏晋风度，而是致力于其风教蕴涵。在《陶渊明集序》中，萧统指出："含德之至，莫逾于道；亲己之切，无重于身。故道存而身安，道亡而身害。"②这里的"道"即是指儒家传统的立身之道，萧统将其抬高到关系个人生死存亡的大道的地位，可见他对儒家修身的重视。从儒家这种生命价值观念出发，他指出："有疑陶渊明诗，篇篇有酒。吾观其意不在酒，亦寄酒为迹者也。其文章不群，词采精拔，跌宕昭彰，独超众类，抑扬爽朗，莫之与京。横素波而傍流，干青云而直上。语时事则指而可想，论怀抱则旷而且真。加以贞志不休，安道苦节，不以躬耕为耻，不以无财为病。自非大贤笃志，与道污隆，孰能如此者乎？余素爱其文，不能释手。尚想其德，恨不同时，故更加搜求，粗为区目。白璧微瑕者，唯在《闲情》一赋。扬雄所谓劝百而讽一者，卒无讽谏，何足摇其笔端？惜哉！亡是可也。并粗点定其传，编之于录。尝谓有能观渊明之文者，驰竞之情遣，鄙吝之意祛，贪夫可以廉，懦夫可以立，岂止仁义可蹈，抑乃爵禄可辞，不必傍游太华，远求柱史，此亦有助于风教也。"③萧统通过对于陶渊明的感受与解读，肯定了老庄自然之道对于时流的净化与抵御意义。萧统所作的《陶渊明传》也突出了陶渊明的为人处世之道。陶渊明当时并未被大多数人接受，钟嵘《诗品》也只是将他列入中品，称之为"古今隐逸诗人之宗"；而萧统则发掘出其中浓厚的人文

---

① 《鲁迅全集》第三卷《魏晋风度及文章与药及酒之关系》，第516页。
② 严可均编《全上古三代秦汉三国六朝文》，第3067页。
③ 严可均编《全上古三代秦汉三国六朝文》，第3067页。

精神,他自称不仅"素爱其文,不能释手",而且"尚想其德,恨不同时"。由此可以推导出他对于嵇康精神人格与诗文作品同样会有真善美融为一体的评价。

昭明太子对于嵇康与陶渊明的知音,当然与他自己儒道佛兼通,推崇隐逸之士的情趣有关。他有着与嵇康、陶渊明相似的高雅情趣,比如不好声色,嗜爱山水,喜吟诗作文,涵泳文义等。《梁书·昭明太子传》记载:"性爱山水,于玄圃穿筑,更立亭馆,与朝士名素者游其中。尝泛舟后池,番禺侯轨盛称'此中宜奏女乐'。太子不答,咏左思《招隐诗》曰:'何必丝与竹,山水有清音。'侯惭而止。出宫二十余年,不畜声乐。少时,敕赐太乐女妓一部,略非所好。"①在一次与名士泛舟游玩之中,番禺侯萧轨提出要在此中奏女乐助兴,表现出当时贵族的生活趣味,这亦是当时的风气。萧统本心是不喜欢和不赞成的,但他没有正面回答番禺侯的话,而是巧妙地吟咏左思的《招隐诗》来微讽,既不失风雅,又婉曲地批评了萧轨的审美观,使萧轨深以为愧,中止了这一要求。这也是一种巧妙的对话艺术。从这些记载来看,萧统自觉地用左思《招隐诗》来反抗时俗的淫靡好色,故其文学观受到儒道两家的影响是很明显的。儒家的文学观念使他看重文学的教化功能与中和之美,而道家的审美观与自然观则帮他抵御当时以华丽淫靡为美的时尚。他对于陶渊明的赞扬,也是婉转地向世人宣示自己的文学观念。从这些补证的材料来看,萧统《文选》对于嵇康作品的遴选,以及嵇康形象的还原和构建,并非简单的选文过程,而是蕴涵着极深的精神人格与襟怀修养。萧统等人在编选嵇康作品时,通过对大量的作品的考量与遴选,形成了《文选》中嵇康完整而鲜明的形象,完成了对于嵇康作品的接受;同时,《文选》通过嵇康作品的传播,使其形象得以再度传播与接受,这同时也是嵇康作品与《文选》经典化的过程。黑格尔《美学》中论古典艺术形象之美的构成时说过:"外在形象正像它所表现的精神内容一样,必须摆脱外在定性中的一切偶然性,一切对自然的依存和一切病态,必须把一切有限性,一切可消逝的暂时性的东西以及一切

---

① 《梁书》,第168页。

事务性的东西都看作纯然性因素,必须使它(形象)的和神的明确的精神性格紧密联系的那种定性得到净化,使它(定性)和人的形体的普遍形式能自由合拍。"

第二节 《文选》何以不录赵壹《刺世疾邪赋》

赵壹的《刺世疾邪赋》代表着东汉的党人精神,在当时与魏晋南北朝影响很大。萧统《文选》不录此赋,有着诸多因素。赵壹性格特立独行,而此赋对于东汉晚期的社会现状所进行的抨击,达到了前所未有的激烈程度,从而使赋的体制与语言也开创了新的狂诞模式。因此,主张文章中和为美的萧统编选《文选》时,摈弃此赋,有着综合的考虑;从中也可以看出中国古代的文体概念,与我们今天从西方输入的文体概念,有着很大的不同。

赵壹是东汉晚期的著名人物。他恃才傲物,受到时人的推崇,名气极大。而他的出名,与《刺世疾邪赋》直接有关。但是在今天我们所见到的《文选》中,这篇名赋却没有被收入。当然,一般说来,原因也不难解释,此赋内容激切,直斥当今皇帝的昏昧,文辞尖锐,体制疏放,与萧统编选《文选》"事出于沉思,义归乎翰藻"的宗旨不尽相符。

但是依然有一些深层的原因没有得到解释。比如,同样被范晔《后汉书》卷八〇列入《文苑传》的东汉末年文士祢衡的《鹦鹉赋》却被《文选》收录。祢衡的个性更为狂傲,但是他的代表作却受到《文选》的青睐,被选入卷一三的"赋"类鸟兽部中。此部收入的作品还有贾谊的《鵩鸟赋并序》、张华的《鹪鹩赋并序》。因此,《文选》不收录赵壹此赋,还有着更沉潜的原委。本文拟从作者独特的人生经历与交游,《刺世疾邪赋》的思想内容、表现手法,以及编选者萧统的文学旨趣、选文标准出发,从创作与接受的互动关系上加以探讨。

在中国历史上,东汉末年是一个风云变幻,人物辈出的时代。特别是在士人层面,出现了大规模的分化。我们看《后汉书》的《党锢列传》与《独行列传》、《逸民列传》,以及《文苑列传》等,就发现大抵有这样三类士人：一类是积极投入政治，反对外戚与宦官在皇帝的纵容下为非作歹、贪暴虐民、败坏朝政的，这些人以陈蕃、李膺为代表，在两次党锢之祸中受到残酷镇压，迫害殆尽。第二类是郭太那样虽有正义是非感，然而不愿卷入统治阶级内部斗争的士人。第三类是远遁政治，避世自保的士人，比如申屠蟠等人。当然，分类也并不是那么绝对的，也有一些士人摇摆于这几种人之中，或者超离于他们之外，我行我素。东汉蔡邕就是挣扎于这几种人之间的名士。

赵壹在这些人当中，可谓特立独行，在隐与仕之间，狂与狷之内。范晔《后汉书·独行传》指出："孔子曰：'与其不得中庸，必也狂狷乎！'又云：'狂者进取，狷者有所不为也。'此盖失于周全之道，而取诸偏至之端者也。然则有所不为，亦将有所必为者矣；既云进取，亦将有所不取者矣。如此，性尚分流，为否异适矣。"范晔指出孔子所说的狂狷两种行为方式，实则是在特定的黑暗世道中，正直的士人不得已而采取的人生选择，彼此之间可以互补。魏晋名士嵇康就是典型。

赵壹则是东汉末年狂与狷兼而有之的士人代表。据《后汉书·文苑传》记载："赵壹字元叔，汉阳西县人也。体貌魁梧，身长九尺，美须豪眉，望之甚伟。而恃才倨傲，为乡党所摈，乃作《解摈》。后屡抵罪，几至死，友人救，得免。"从这段来看，赵壹生在东汉顺帝永建年间，形神超众，美风姿，盛才情，而犯了当时名士的通病，即恃才傲物，为乡人所忌恨排斥。于是他与乡人间发生了不可调和的矛盾，作《解摈》一文以释时疑与自我安慰。这也是西汉东方朔作《答客难》、扬雄作《解嘲》以自我解嘲的套路，其中也体现出士人对于专制帝王与时政的不满。赵壹后来又屡屡与地方豪强势力发生冲突，受到迫害差点被杀，幸亏友人挽救才得免。

赵壹出狱后，为答谢友人救命之恩，于是作《穷鸟赋》。《穷鸟赋》采用咏物寄兴的手法，通过对一只走投无路，四面受困，绝望无助的小鸟的咏叹，抒发自己无端受到陷害的心情，并感谢友人救援。东汉末期祢衡的《鹦鹉赋》、曹植的《野田黄雀行》、何逊的《穷鸟赋》都受赵壹《穷鸟赋》的影响。《穷鸟赋》体现出赵壹桀骜不驯的个性，以及锋芒毕露的赋作风格。

汉末以来,随着社会经济政治与思想文化的全面动荡与变迁,文学形态从内容与到形式,同样面临着解构与解放的问题。以诗歌领域为例,在传统的四言诗之外,出现了新型的五言诗,以《古诗十九首》为代表的抒情诗兴起。它以"穷情写物,指事造形"为特点,传达出新的思想观念,真率地抒发出动乱年代中普通人的思想感情。辞赋这种盛行两汉的主流文体,在东汉末年同样面临着转折,其中最主要的是思想内容的变化。西汉的大赋,遵循"曲终奏雅"的体式,班固的《两都赋序》赞扬汉代公卿大夫的赋作:"或以抒下情而通讽谕,或以宣上德而尽忠孝,雍容揄扬,著于后嗣,抑亦《雅》、《颂》之亚也。"

而赵壹《刺世疾邪赋》突破了汉赋习惯,彰显出他的个性。首先,赵壹此赋的批评锋芒异常尖锐。作者不是就事论事,而是对于上古以来恃强凌弱的社会形态提出了批评。赋的开头咏叹:"伊五帝之不同礼,三王亦又不同乐,数极自然变化,非是故相反驳,德政不能救世溷乱,赏罚岂足惩时清浊?春秋时祸败之始,载国愈复增其荼毒,秦、汉无以相逾越,乃更加其怨酷。宁计生民之命,为利己而自足。"赵壹从历史发展的视角指出,儒家颂赞的三代之治屡经变迁,自相矛盾,他们的德政不足以治世。春秋以来,世道屡变,至秦汉暴政,愈增其乱,这些专制君王总的特点是挟权自利,残民以逞。"宁计生民之命,唯利己而自足",这些思想,与魏晋时嵇康、阮籍与鲍敬言对于专制帝王的批判,倡导无君论的思想有异曲同工之妙。赋中对于东汉末年的情势更是提出尖锐批评:

> 于兹迄今,情伪万方。佞谄日炽,刚克消亡。舐痔结驷,正色徒行。妪竘名势,抚拍豪强。偃蹇反俗,立致咎殃。捷慑逐物,日富月昌。浑然同惑,孰温孰凉。邪夫显进,直士幽藏。

赵壹怀着愤恨与轻蔑的情感,对于社会的丑态作了生动的刻画与写照,最明显的特征便是"佞谄日炽,刚克消亡",即溜须拍马、阿谀奉承的丑类得意扬扬,不知羞耻,而正直的士人却遭遇横祸。"舐痔结驷,正色徒行",汲取了庄子的语汇,将当时他所处的这种世态写得活灵活现,寓含着作者疾恶如仇的情感。

我们看《后汉书·党锢列传》,以及朱穆、刘陶等人的时政上书,感到赵壹此赋中的批判精神与之十分相似。由于脱去了传统赋学曲终奏雅的格调,而直接指向世态,其中的字句又具有高度的概括性,"偃蹇反俗,立致咎殃","邪夫显进,直士幽藏",这些字句与东汉末年的民谣"直如弦,死道边","曲如钩,反封侯"非常接近。这些赋句不借比兴与讽喻,而是直言不讳,是赵壹刚烈的党人精神与个性的宣泄。

更加厉害的是,赵壹此赋将批评的矛头直接对准皇帝。这是此赋的亮点。对于现实情状不满而加以批评的赋作在汉代不乏其有,但是作者往往将造成这一切的原因归结为奸佞当道,而赵壹此赋则指出:

> 原斯瘼之攸兴,实执政之匪贤。女谒掩其视听兮,近习秉其威权,所好则钻皮出其毛羽,所恶则洗垢求其瘢痕。虽欲竭诚而尽忠,路绝险而靡缘,九重既不可启,又群吠之狺狺。安危亡于旦夕,肆嗜欲于目前。奚异涉海之失柁,坐积薪而待燃。

作者直斥"今上"错昧不明,近小人而远贤臣,于是方正倒植,黑白颠倒,完全凭个人好恶办事,造成贤明无由进取,而邪佞得意扬扬。这些赋句几近于汉末王符、仲长统、徐干等人的政论文章,已经脱离了汉代大赋铺张扬厉,体物缘情的规制,也体现出汉末赋作一方面向着抒情小赋方向发展,另一方面趋于政论化的特点。

面对这种由皇帝直接造成的昏昧世道,赵壹在赋中表现出东汉末年的党人精神,也就是决不同流合污,而是与之决裂。宣示自己:

> 宁饥寒于尧舜之荒岁兮,不饱暖于当今之丰年。乘理虽死而非亡,违义虽生而匪存。

这种刚烈极端的党人性格在汉末党锢之祸中,我们经常可以看到。党人信奉儒学,将理义作为人生的根本,不惜为之捐躯。《后汉书》本传记载:"又作《刺世疾邪赋》,以舒其怨愤。"这篇赋正是赵壹抒其怨愤之作。

赵壹此赋的另一大特点,便是体制上的独辟蹊径,不同凡响。赋的最后假托秦客为诗:

> 有秦客者,乃为诗曰:河清不可俟,人命不可延。顺风激靡草,富贵者称贤。文籍虽满腹,不如一囊钱。伊优北堂上,抗脏倚门边。鲁生闻此辞,系而作歌曰:势家多所宜,咳唾自成珠。被褐怀金玉,兰蕙化为刍。贤者虽独悟,所困在群愚。且各守尔分,勿复空驰驱。哀哉复哀哉,此是命矣夫!

更是将此赋的情绪与内容推向了高潮。笑骂荒诞丑恶的世态:"顺风激靡草,富贵者称贤。文籍虽满腹,不如一囊钱。"这首五言诗也算是东汉五言诗的发端之作。赵壹批评当时卖官鬻爵、贿赂公行的世风。作者既不屑与之为伍,又无可奈何,只能哀叹"河清不可俟,人命不可延","哀哉复哀哉,此是命矣夫"!充满着激愤难平又无可奈何的心情。可以看出,这是典型汉末士人精神的彰显。正如龚克昌先生在《赵壹赋论》中所说:"他一扫儒家提倡的温柔敦厚、中正和平之风,和大赋中普遍采用的讽谕、讽谏的表现方法,而净净直陈,指斥朝政。这里充分体现了作者的胆识,是难能可贵的。"赵逵夫先生认为此赋与《穷鸟赋》、《贻友人谢恩书》作于"党锢之祸"发生的第二年,即汉桓帝永康元年(167),①应当说是相当有依据的。

从孟子知人论世的批评方法来看,赵壹这篇赋作体现出的个性与时代风尚,是党人精神的彰显。赵壹的个性非常狷介,甚至可以说是极端,只是因当时党锢之祸尚没有兴起,他才没有加入政治活动,而是采取远离朝廷的隐逸,故得以逃脱政坛之祸。但他的行事方式,却非常像范滂这类党人,沽名钓誉在所难免,沾有东汉晚期名士们共同的习气。这从他的三件事中可以清楚看出。

第一件事,是"光和元年,举郡上计,到京师。是时,司徒袁逢受计,计吏数百人,皆拜伏庭中,莫敢仰视。壹独长揖而已。逢望而异之"。后来袁逢赏识他,"因问西方事,大悦,顾谓坐中曰:'此人汉阳赵元叔也。朝臣莫有过之者,吾请为诸君分坐。'坐者皆属观"。经

---

① 赵逵夫《赵壹生平著作考》,《文学遗产》2003年第1期。

过袁滂的推荐,①赵壹的名声大振。

第二件事,是赵壹以非常方式造访河南尹羊陟。羊陟为当时显通之士,在官场与士林中名望很大。赵壹刚开始也不得通谒,于是他采用了非常手段,"陟遂与言谈,至熏夕,极欢而去,执其手曰:'良璞不剖,必有泣血以相明者矣!'陟乃与袁逢共称荐之。名动京师,士大夫想望其风采"。羊陟因为在士林之中人望很高,经过他的称荐,赵壹的名气更大了。

第三件事,是与皇甫规的交行。此时由于赵壹名气很大,翅膀硬了起来,所以与皇甫规的周旋明显倨傲托大。"及西还,道经弘农,过候太守皇甫规,门者不即通,壹遂遁去。门吏惧,以白之,规闻壹名大惊,乃追书谢曰:'蹉跌不面,企德怀风,虚心委质,为日久矣。侧闻仁者愍其区区,冀承清诲,以释遥悚。今旦,外白有一尉两计吏,不道屈尊门下,更启乃知已去。如印绶可投,夜岂待旦。惟君明睿,平其夙心。宁当慢傲,加于所天。事在悖惑,不足具责。倘可原察,追修前好,则何福如之!谨遣主簿奉书。下笔气结,汗流竟趾。'"由于此时赵壹名声极大,东汉末年盛行慕名高士的风习,所以名气同样很大的皇甫规对赵壹也另眼看待,不敢小觑。在门吏没有通报,赵壹恨恨而去时,皇甫规诚惶诚恐地写信致歉。而赵壹也回了一封不卑不亢的信,最后还是离去了。这一行为,使人想起汉末党锢名士范滂,《后汉书·党锢列传》记载:"滂登车揽辔,慨然有澄清天下之志。及至州境,守令自知臧污,望风解印绶去。其所举奏,莫不厌塞众议。迁光禄勋主事。时,陈蕃为光禄勋,滂执公仪诣蕃,蕃不止之,滂怀恨,投版弃官而去。郭林宗闻而让蕃曰:'若范孟博者,岂宜以公礼格之?今成其去就之名,得无自取不优之议也?'蕃乃谢焉。"可见,赵壹此赋与当时的党人习性有着直接的关联。

赵壹的书法思想,也反映出他崇尚气质才思的美学观念。他在《非草书》一文中指出:"凡人各殊气血,异筋骨,心有疏密,手有巧拙。书之好丑,在心与手,可强为哉!若人颜有美恶,岂可学有相若

---

① 光和元年引荐赵壹的是袁滂而非袁逢,《后汉书》所载有误。见赵逵夫《赵壹生平著作考》,《文学遗产》2003年第1期。

耶？昔西施心疹,捧胸而颦,众愚效之,只增其丑。赵女善舞,行步媚蛊,学者弗获,失节匍匐。"曹丕《典论·论文》指出:"文以气为主,气之清浊有体,不可力强而致,譬诸音乐,曲度虽均,节奏同检,至于引气不齐,巧拙有素,虽在父兄不能以移子弟。"曹丕认为文章当以"气"为主。这种"气"体现在每个作家身上,又因人而异,好比吹奏音乐时,乐器构造虽同,由于吹奏人用气不齐,巧拙有分,所以音调也各不相同。这种先天素质就是父亲也不能移给儿子,哥哥也不能传给弟弟。相比来说,赵壹先于曹丕强调书法以气为主,秉性才气不同,很难求得同一。赵壹强调"书之好丑,在心与手,可强为哉"。他批评当时人强行模仿他人,结果只能是东施效颦。赵壹的这种书学观念,也反映在他的赋作创作上,《刺世疾邪赋》的特立独行,不拘一格,也是他崇尚个性文气思想的投射。

赵壹由于其个性精神与《刺世疾邪赋》,在当时已经名声在外,影响甚大。魏晋以来,为许多名士所关注与接受,成为一种人格偶像与文学精神的代表。对他的接受,主要是在两方面,一是人格精神,二是他作品中的批判锋芒。西晋潘岳《西征赋》通过述行的方式,在赋中感叹古今政治,其中有"坐积薪以待然,方指日而比盛"的句子,《文选》李善注曰:"范晔《后汉书》赵壹曰:奚异涉海之失柁,坐积薪而待燃。"可见,潘岳引用了赵壹《刺世疾邪赋》中的句子,以指责历史上的暴君之治。潘岳《闲居赋》中自叙:"闭关却扫,塞门不仕。"李善注:"司马彪《续汉书》曰:赵壹闭关却扫,非德不交。《吴志》曰:张昭称疾不朝,孙权恨之,土塞其门。"潘岳《闲居赋》中引用了赵壹的故事来自述其闲居不朝的志向。潘岳是西晋太康年间与陆机齐名的太康文学代表人物,他对于赵壹人格与作品的钦佩,足证赵壹在当时的影响。

赵壹不仅在魏晋南朝时代有着广泛的影响,而且对于北朝也有着巨大的感召力。北齐大臣樊逊在天保五年的《举秀才对策》中呼吁:"周昌桀、纣之论,欣然开纳;刘毅桓、灵之比,终自含弘。高悬王爵,唯能是与,管库靡遗,渔盐毕录。无令桓谭非谶,官止于郡丞;赵壹负才,位终于计掾。则天下宅心,幽明知感。岁精仕汉,风伯朝周。真人去而复归,台星坼而还敛。"樊逊建议执政者要善于吸纳不同政见的人士,招纳贤才。他以赵壹沉沦下潦的遭遇作为例证说明。可见,赵壹的身世之悲一直受到后人垂怜。由南入北的著名文人王褒在《和殷廷尉岁暮诗》中悲叹:"岁晚悲穷律,他乡念索居。寂寞灰心尽,摧残生意余。产空交道绝,财殚密亲疏。空悲赵壹赋,还著虞卿书。"赵壹之赋中的愤世嫉俗引起王褒的共鸣。隋代卢思道是一位正直的士人,他在《劳生论》中感叹:"笃学强记,聋瞽于焉侧目。清言河泻,木讷所以疚心。岂徒蛊惜春浆,鸱吝腐鼠,相江都而永叹,傅长沙而不归,固亦鲁值臧仓,楚逢靳尚,赵壹为之哀歌,张升于是恸哭。"文中引用赵壹等人遭际,用以自喻不合时流的性格。

至于唐代那些命运坎坷的文士,更是屡屡将赵壹及其作品引为知音。例如李贺《出城别张又新酬李汉》感喟:"李子别上国,南山崆峒春。不闻今夕鼓,差慰煎情人。赵壹赋命薄,马卿家业贫。乡书何所报,紫蕨生石云。长安玉桂国,戟带披侯门。惨阴地自光,宝马踏晓昏。"赵壹的命运引起李贺的同情与共鸣。北宋诗人王禹偁《寄商州冯十八仲咸同年》中感叹:"谪官无俸突无烟,唯拥琴书尽日眠。还有一般胜赵壹,囊中犹贮御书钱。"明清以来,对于赵壹及其作品的接受更是比比皆是。从这些记载可以得知,后世对于赵壹及其作品的接受,反过头来证明了赵壹及其《刺世疾邪赋》形成的效应。而赵壹与这篇作品感染后世的,主要是其人生遭际与人格精神,以及这篇赋作所蕴涵的巨大的、贯穿古今的思想能量。例如"佞谄日炽,刚克消亡。舐痔结驷,正色徒行","文籍虽满腹,不如一囊钱",这些经典名句成为不祧之祖,昭示着中国的历史与现实情境,为人们所乐道。

作为梁代文学的重要人物,萧统对于赵壹的总体思想与人格精神是肯定的。赵壹信奉儒家的政治理想与人格精神,这与萧统的儒家思想是一致的。昭明太子萧统从小受到儒家仁爱思想的教育。他在被立为太子辅政后仁爱百姓,受到人民拥戴。死后百姓痛悼不已,"太子仁德素著,及薨,朝野惋愕。京师男女,奔走宫门,号泣满路。四方氓庶,及疆徼之民,闻丧皆恸哭"。萧统对于历史上那些残民以逞的暴君与贪婪人物深恶痛绝,他在《陶渊明集序》中感叹:"含德之至,莫逾于道;亲己之切,无重于身。故道存而身安,道亡而身害。处百龄之内,居一世之中,倏忽比之白驹,寄寓谓之逆旅,宜乎与大块而盈虚,随中和而任放。岂能戚戚劳于忧畏,汲汲役于人间?"萧统将儒家之道与老庄之道的融合作为立身行事的依据,对于世上那些汲汲遑遑、贪婪奔竞之人深恶痛绝,斥之为"饕餮之徒,其流甚众"。这一点,与赵壹《刺世疾邪赋》中的人生态度有相似之处。就思想倾向来说,萧统以儒学为主,兼融道家与佛教思想,体现出南朝梁代思想文化的时代特点。《梁书》本传记载:"性宽和容众,喜愠不形于色。引纳才学之士,赏爱无倦。恒自讨论篇籍,或与学士商榷古今;闲则继以文章著述,率以为常。于时东宫有书几三万卷,名才并集,文学之盛,晋、宋以来未之有也。"可见,萧统的为人与思想还是较为宽和的,他的文学观念也相对包容。

萧统所以不选这篇作品,并不完全是因为其中的思想激进。《文选》选了嵇康的《与山巨源绝交书》,这篇文章无论是思想倾向还是性格特点,就激烈性来说,都远甚于《刺世疾邪赋》;《文选》卷十三中还选了祢衡的《鹦鹉赋》,赋中咏叹一只来自西域的鹦鹉流落中原,"尔乃归穷委命,离群丧侣。闭以雕笼,翦其翅羽。流飘万里,崎岖重阻。逾岷越障,载罹寒暑"。赋中寓物伤己,对于自己身世的感叹与对于时世的讥刺,也是很郁愤的。祢衡与赵壹同被范晔列入《后汉书·文苑传》。在范晔心目中,二人思想性格的同一性可见,以思想偏激而不选赵壹此赋的理由是不完全成立的。

我认为,萧统不录赵壹此赋,主要还是出于他的文体审美观念。萧统在《答湘东王求文集及〈诗苑英华〉书》中指出:

> 夫文典则累野,丽则伤浮。能丽而不浮,典而不野,文质彬彬,有君子之致。吾尝欲为之,但恨未逮耳。观汝诸文,殊与意会。至于此书,弥见其美,远兼邃古,傍暨典坟,学以聚益,居焉可赏。吾少好斯文,迄兹无倦。谭经之暇,断务之余,陟龙楼而静拱,掩鹤关而高卧。与其饱食终日,宁游思于文林。或日因春阳,其物韶丽,树花发,莺鸣和,春泉生,暄风至,陶嘉月而嬉游,藉芳草而眺瞩。或朱炎受谢,白藏纪时,玉露夕流,金风多扇,悟秋山之心,登高而远托。或夏条可结,倦于邑而属词,冬

云千里,睹纷霏而兴咏。

萧统一方面赞美萧纲的作品善于想象,清新卓尔,富有新义,文采斐然;另一方面婉曲地提出丽而不浮、典而不野、文质彬彬的审美标准。他将文学作为抒发个体情性的产物,而鄙薄那些将文学纯粹视为政教器具的观念。

汉魏以来文学自觉的一个重要特点,便是辨体意识的增强。骆鸿凯在其《文选学》中说:"文体莫备于六朝,亦莫严于六朝。萧氏选文,别裁伪体,妙简雅裁,凡分体三十有八,可谓明备。"齐梁时代的文人对"文体"的概念有了进一步认识,意识到了文体与文学的关系,《文选》编纂者在收录作品时,必然注重对不同文体作品的筛选。《文选》所收录的文体有三十九类或三十八类之说,其中诗、赋又各分若干小类。《文选》在推动文体意识的完善方面,与《文心雕龙》相得益彰,功不可没。《文选序》是萧统的著名文论作品。在这篇论文中,萧统首先用《易传》说明文学是人类文化发展的成果,肯定了汉魏以来文体发展的状况。萧统认为孔孟经典,不宜作为总集中的选篇加以删削;而老庄之作,不在能文之列,所以也不选入;至于那些辩士之作,虽然语辞华美,但是难以印证,事异篇章,所以也不选取;而史书重在褒贬是非,纪录史实,也不属于词人才子,唯有史书中的赞论,由于富有文采,可以入选其中。萧统指出:"若其赞论之综缉辞采,序述之错比文华。事出于沉思,义归乎翰藻,故与夫篇什杂而集之。"但是这种标准,客观上也导致遗缺了一些特立独行的作品。徐复观曾批评《文选》不收奏议一类文章的做法:"刘彦和的《文心雕龙》无不以奏议在文学中占有重要的地位。萧统《文选》中收集了许多散文作品,但因统治者厌恶谏诤,可谓出于天性。他的父亲梁武帝晚年尤为显著。所以萧统竟然把奏议这一重要的文学作品完全隐没,而仅在上书这一类中稍加点缀。"[1]同样,萧统不收赵壹的赋作,除了不喜过于激烈的谏诤作品外,另外就因这篇赋的体制过于疏放,赋与诗交杂一体,颇为奇诡。《文心雕龙·才略》中指出:"刘向之奏议,旨切而调缓;赵壹之辞赋,意繁而体疏;孔融气盛于为笔,

---

[1] 徐复观《中国文学精神》,上海书店出版社,2004年,第373页。

祢衡思锐于为文,有偏美焉。"所谓"意繁而体疏",指的是赋作的意思丰富繁杂,而文体疏宕放达,不拘一格。不符合《文选》"事出于沉思,义归乎翰藻"的选文标准。在专门论赋的《诠赋》中,刘勰提出赋的文体特点:"原夫登高之旨,盖睹物兴情。情以物兴,故义必明雅;物以情观,故词必巧丽。丽词雅义,符采相胜,如组织之品朱紫,画绘之著玄黄。文虽新而有质,色虽糅而有本,此立赋之大体。"显而易见,赵壹此赋,并不符合刘勰对于辞赋之美"丽词雅义,符采相胜"的标准。在刘勰所推崇的汉魏两晋赋家中,并没有提到赵壹。可见,刘勰只是认为赵壹有偏才,而在赋作上则不算上乘。刘勰和萧统的文学审美观有很大的相同之处,在他们眼中,此赋意繁体疏、有失雅丽,《文选》不录此赋也是情理中事。

对于赵壹此赋中的诗,梁代著名诗论家钟嵘的《诗品》将其列为下品,评论:"元叔散愤兰蕙,指斥囊钱。苦言切句,良亦勤矣。斯人也,而有斯困,悲夫!"钟嵘虽然同情赵壹的刚直精神与愤世嫉俗,但对于他诗赋的直露也是不认同的。钟嵘《诗品》提出五言诗的审美理想为:"宏斯三义,酌而用之。干之以风力,润之以丹彩。使味之者无极,闻之者动心,是诗之至也。"诗歌要想达到理想的审美境界,必须将遒劲的风力与华丽的词采相结合。而赵壹的《刺世疾邪赋》则为"苦言切句",显然不符合钟嵘的审美理想。《颜氏家训·文章》篇将赵壹列入受到批评的作家群体之中,指出:"自古文人,多陷轻薄:屈原露才扬己,显暴君过;宋玉体貌容冶,见遇俳优;东方曼倩,滑稽不雅;司马长卿,窃赀无操;王褒过章《僮约》;扬雄德败《美新》;李陵降辱夷虏;刘歆反复莽世;傅毅党附权门;班固盗窃父史;赵元叔抗竦过度……"从颜之推的批评可以看出,赵壹在南朝文士心目之中,地位是很高,与那些一流文士相跻身;同时也见出,赵壹因"抗竦过度"受到批评。明代胡应麟《诗薮》中指出:"赵壹《疾邪诗》二首,句格猥凡,汉五言最下者。"清代刘熙载《艺概》将这层意思说得更为明显:"后汉赵元叔《穷鸟赋》及《刺世疾邪赋》,读之知为抗脏之士。惟径直露骨,未能如屈贾之味余文外耳。"指出了赵壹的为人与为文一样。虽然认为赵壹为"抗脏之士",但对他的"径直露骨"提出了批评。这些观点受传统"温柔敦厚"诗教的影响,不足以道,但是也折射出赵壹此赋受冷落的原因。

当然,赵壹相对于汉末其他士人来说,还是比较幸运的。虽然终其一生也只是个郡吏,但没有因言获罪,更没有因为《刺世疾邪赋》而惹祸上身。而东汉章帝时期的梁鸿,却因为《五噫歌》而得罪汉章帝,受到缉拿而不得不遁入深山。《后汉书·逸民传》记载:"乃共入霸陵山中,以耕织为业,咏《诗》、《书》,弹琴以自娱。仰慕前世高士,而为四皓以来二十四人作颂。因东出关,过京师,作《五噫之歌》曰:'陟彼北芒兮,噫!顾览帝京兮,噫!宫室崔嵬兮,噫!人之劬劳兮,噫!辽辽未央兮,噫!'肃宗闻而非之,求鸿不得。乃易姓运期,名耀,字侯光,与妻子居齐鲁之间。"梁鸿的《五噫歌》与赵壹的《刺世疾邪赋》为东汉讽刺文学的代表作,但梁鸿却因《五噫歌》被号称宽仁的汉章帝迫害,被迫易姓遁世。赵壹却因此赋与其行为受到当时州郡的礼遇,经过司徒袁滂、河南尹羊陟的引荐,以及与名士皇甫规的接触,名声大噪,身价百倍。《后汉书·文苑传》记载:"州郡争致礼命,十辟公府,并不就,终于家。初袁逢使善相者相壹,云'仕不过郡吏',竟如其言。著赋、颂、箴、诔、书、论及杂文十六篇。"从这段记载可以看出,虽然汉灵帝为末世昏君,但至少对待赵壹这样的名士还算是宽容的,当时各级政府对于名士还真是礼敬三分。至于后来记载的赵壹娶了长安宗连长的季女,成为富家,也不是没有可能的。①

通过对赵壹《刺世疾邪赋》在《文选》中遭摈落的个案解析,可以看出即使是在重视文章之学与文体形式的六朝时代,人们对于有影响的文章的评价与选录,也是首先从思想内容与审美价值出发,旁及文体要素的。后世对于赵壹此赋的评价,更是偏重于从思想内容与道德人格上来加以评骘,而不仅仅从文体类别意义上评论。萧统对于赵壹《刺世疾邪赋》的摈落,正是从综合角度去考虑的,而不仅仅因其赋体形式与文辞风格。我们现在所说的古代文学的文体含义,一般指文体类别,类似于曹丕《典论·论文》所说的"四科八体",与萧统、刘勰心目中"体"的概念并不契合。推而言之,我们今天对

---

① 赵逵夫《赵壹生平著作考》,《文学遗产》2003年第1期。

于中国古代文体学的研究,应当顾及中国古代文学生成与演变的自身特点,跳出既有的西方文体概念,探索出中国古代文体学的内在奥秘。

第十章 "永明体"与南齐文学批评

南齐武帝萧赜的永明年代,是南朝重要的转折时代,也是学术繁荣、文学昌盛的时代,出现了以沈约等人为代表的永明体。永明体指的是南齐永明年间产生的一种文体现象,它以讲究声律、形式工美为特征,提出了一套以四声八病为内容的声律说,涉及文学批评的文质、通变等问题,对于唐代近体诗有着直接的催生作用。

第一节 "永明体"与政治风云

对于永明文学与文化的观察,首先离不开对整个永明年代政治与文化的基本分析。永明(483—493)是萧齐武帝的年号,是萧赜继齐高帝萧道成之后称帝统治的时期,共计十一年。不可否认,永明年代是一个外表承平的年代,《南齐书·良政传》载:"永明之世,十许年中,百姓无鸡鸣犬吠之警。都邑之盛,士女富逸,歌声舞节,袨服华妆。桃花绿水之间,秋月春风之下,盖以百数。"①相对于刘宋时代公开内斗、灭弃礼义的行为,萧道成甫一即位,问政于大臣,大臣明确回答,政在《孝经》。刘宋时代明帝开四馆,儒玄道文,儒学仅为其一;而萧道成、萧赜父子有鉴于此,大力弘扬推举儒学,特别是孝道。在他们的推动下,形成了以王俭为首的儒学集团,促进了儒学的昌盛,对于改变刘宋的学风与士人追求,起到了根本性的作用。《资治通鉴》评价:"自宋世祖好文章,士大夫悉以文章相尚,无以专经为业者。俭少好《礼》学及《春秋》,言论造次必于儒者,由是衣冠翕然,更尚儒术。"竟陵王萧子良则组成了竟陵八友的文士集团。儒学集团与文士集团既互相勾连,又互相制约,形成了永明文化的特

---

① 《南齐书》,第913页。

殊风景。探讨永明文学,不可脱离这种基本的格局。

然而,永明却是一个与魏正始十分相似的年代,即外表的学术与文化繁荣,恰恰是内在政治凶险的折射。永明十一年与正始十年的时段也大体相当。这一点是目前研究永明体与时代关系的论者最忽视的。齐武帝外表喜怒不形于色,内心忌刻与猜忍不亚于刘宋时代的皇帝。他即位当年即杀死他不喜欢的文士谢超宗,原因是谢的不恭,①他对于违拂其心意的士人始终是不能容忍的。由于竟陵王萧子良招集门客,延揽文士,他一直心存戒备,因此在他病危时放弃萧子良。萧子良文人集团的败灭,萧赜是负有直接责任的。人们津津乐道的永明文士集团,一半是文士,另一半则是谋士。在永明年间,皇室内部、皇室与外藩、皇帝与大臣之间的明争暗斗始终存在,可谓步步惊心。齐武帝深知他的父亲萧道成是靠篡位取得皇位的,因此,对于皇室内部与外臣的防范很严密,依然承袭刘宋时代的典签制度,导致永明年间儿子萧子响不堪典签的苛刻而造反,最后在齐武帝发兵平叛后被杀,萧赜事后也深感悔恨。正因对于皇室的猜忌,他对素有贤明之称的萧子良并不信任,关键时刻将继任大权交给萧昭业与萧鸾,导致萧子良被黜,最后郁郁而亡。而萧鸾即位为齐明帝后,更是将萧道成与萧赜的子孙辈诛杀殆尽,留下了为后世唾骂的恶名,比诸刘宋朝的皇室骨肉相残有过之而无不及。螳螂捕蝉,黄雀在后,竟陵八友之中的萧衍,即后来的梁武帝也在这场政争中悄然崛起,最后取代萧齐,成为最大的赢家。

而当时的文士,身不由己地卷入了永明年间的政争。其中又分几类人:一、死心塌地投靠诸王,以身家性命博弈者,比如竟陵八友中的王融,出身琅邪王氏,才华出众,深得萧子良信任。他因此竭力帮助萧子良在齐武帝病重时谋夺大位,却在关键时刻功亏一篑,萧昭业即位后立马被害。范云则始终助力萧衍谋位。二、善于观风使舵者,比如沈约,先为文惠王的太子家令,又投靠竟陵王萧子良,在

---

① 《南齐书·谢超宗传》记载:"永明元年,敬儿诛,超宗谓丹阳尹李安民曰:'往年杀韩信,今年杀彭越,尹欲何计?'安民具启之。上积怀超宗轻慢,使兼中丞袁彖奏曰:……"最后齐武帝将谢超宗赐死。

文惠王死后改换门庭,成为萧衍的谋士,帮助萧衍夺取政权,取代萧齐,建立萧梁政权。三、游移不定之士人,如任昉,由于政治根基不深,又没有高门甲第的家世背景,只好游移于各个实力人物之间,择主而事。四、还有一种人物虽然出身于世家大族,但是在萧齐时代,家族已然中衰,只好在新旧王朝与各个皇帝之间求生,始终无法摆脱谢灵运那样的政治悲剧,永明体最有成就的诗人谢朓即是这种人物。而永明体的内容多咏物写志,大都不出身边琐事,嘲风雪,弄花草,与文士在政治斗争中的心态与人格精神有关。

永明学术与文化,正是在这种特殊背景下生成的。它是从刘宋向梁陈转变的契机。刘宋是南朝第一个由军功集团秉政的政权,虽然自宋武帝开始,重视文教,但是由于统治集团的成员大部分是由北府兵将领及其后代所构成的,没有文化积累的基础,加上皇室内部的骨肉相残不断,形成了特有的刻薄残忍的政治传统。延及文化,也是外表光鲜而内里脆弱,统治者依照个人的爱好来对待学术,且游移无定,随心所欲。刘宋时代出现了元嘉三大家,谢灵运、鲍照、颜延之,再加上江淹等人的助推,诗文创作取得了很大的成就。但是在学术文化上,虽不乏各种举措的支持,如宋明帝立四馆,但是始终没有将儒学的礼学与典章制度的考稽作为核心价值来构建,关于这一点,后来的学者多有评论。《南齐书》评论:"晋世以玄言方道,宋氏以文章闲业,服膺典艺,斯风不纯,二代以来,为教衰矣。建元肇运,戎警未夷,天子少为诸生,端拱以思儒业,载戢干戈,遽诏庠序。永明纂袭,克隆均校,王俭为辅,长于经礼,朝廷仰其风,胄子观其则。由是家寻孔教,人诵儒书,执卷欣欣,此焉弥盛。"①南朝礼学,正是有鉴于汉魏以来儒家学术的衰落、礼制的缺失而构建的。刘宋时代开四馆,兼容并包,但萧齐皇朝看到了政治的危局在于没有儒学的支持,《南史·刘瓛传》记载:

> 齐高帝践阼,召瓛入华林园谈语,问以政道。答曰:"政在《孝经》。宋氏所以亡,陛下所以得之是也。"帝咨嗟曰:"儒者之言,可宝万世。"又谓瓛曰:"吾应天革命,物议以为何如?"瓛曰:

---

① 《南齐书》,第678页。

>"陛下戒前轨之失,加之以宽厚,虽危可安;若循其覆辙,虽安必危。"及出,帝谓司徒褚彦回曰:"方直乃尔,学士故自过人。"

这一段对话对于了解永明文化的导入与永明文学的背景很有益处。齐高帝萧道成所以深赏刘瓛之语,是因为刘所说的"政在孝经"深契其心。而刘瓛的这句话是有鉴于宋亡的教训而言的,君臣之间在如何构建萧齐文化的根基上可谓一拍即合,莫逆于心。萧齐开始,南朝文化对于儒家礼学的重视进入了新的阶段,一直延续到梁代。

这当中的重要人物,当属王俭。王俭与刘宋时期的儒学人物相比,特殊于三个方面:首先,他熟悉礼学中的典章制度,小学根底极深。《南齐书》本传记载他年轻时即"上表求校坟籍,依《七略》撰《七志》四十卷,上表献之,表辞甚典。又撰定《元徽四部书目》"。《资治通鉴》记载:"俭撰次朝仪、国典,自晋、宋以来故事,无不谙忆,故当朝理事,断决如流。每博议引证,八坐、丞、郎无能异者。令史咨事常数十人,宾客满席,俭应接辨析,傍无留滞,发言下笔,皆有音彩。"先秦以来的儒学与经学合一,其特征是将学术与信仰融为一体。儒学中的重要组成部分礼学,既是研究的对象,亦是构筑典章制度,恢复礼乐制度,重建精神信念的部分。刘宋时代的学术较为驳杂,缺少内在的联系,而王俭能够举重若轻地依据自己所熟悉与研习的礼仪,用之于朝政。王俭为此招集了许多专业人士,以制礼作乐,兴废继绝。古代礼乐繁杂,有许多专门化的知识,需要专门的人才来研究与确定,而王俭帮助齐武帝完成了这项工作,《南齐书·礼上》记载:"永明二年,太子步兵校尉伏曼容表定礼乐。于是诏尚书令王俭制定新礼,立治礼乐学士及职局,置旧学四人,新学六人,正书令史各一人,干一人,秘书省差能书弟子二人。因集前代,撰治五礼,吉、凶、宾、军、嘉也。文多不载。若郊庙庠序之仪,冠婚丧纪之节,事有变革,宜录时事者,备今志。其舆辂旗常,与往代同异者,更立别篇。"[①]这项工程浩繁,虽然"文多不载",但可以想见当时的烦难。

其次,王俭善于将古礼与今用相融会。古礼废弃已久,不可能

---

① 《南齐书》,第117—118页。

原封不动照搬,必须有所损益改革。王俭以其明断,加以改易。《南齐书·礼上》记载:"永明三年正月,诏立学,创立堂宇,召公卿子弟下及员外郎之胤,凡置生二百人。其年秋中悉集。有司奏:'宋元嘉旧事,学生到,先释奠先圣先师,礼又有释菜,未详今当行何礼?用何乐及礼器?'"尚书令王俭议:"《周礼》'春入学,舍菜合舞'。《记》云'始教,皮弁祭菜,示敬道也'。又云'始入学,必祭先圣先师'。中朝以来,释菜礼废,今之所行,释奠而已。金石俎豆,皆无明文。方之七庙则轻,比之五礼则重。"①这些烦琐的礼仪细节,王俭都能一一应答,不厌其烦。

最后,王俭具有人格风仪之美,深为士子所服膺。王俭善于引纳人才,在士子中具有广泛影响,成为士流心目中的偶像。他也经常以江左风流宰相谢安自比,"俭长礼学,谙究朝仪,每博议,证引先儒,罕有其例。八坐丞郎,无能异者。令史咨事,宾客满席,俭应接铨序,傍无留滞。十日一还学,监试诸生,巾卷在庭,剑卫令史仪容甚盛。作解散髻,斜插帻簪,朝野慕之,相与放效。俭常谓人曰:'江左风流宰相,唯有谢安。'盖自比也。世祖深委仗之,士流选用,奏无不可。"②这些都促使南齐永明文化向着儒学方向发展,改变刘宋时代重文学而轻儒术的风习。

王俭对于当时盛行的以诗文娱乐朝政的风习是看不惯的,曾经采用婉曲的方式加以讽喻。《南齐书》本传记载:"上曲宴群臣数人,各使效伎艺。褚渊弹琵琶,王僧虔弹琴,沈文季歌《子夜》,张敬儿舞,王敬则拍张。俭曰:'臣无所解,唯知诵书。'因跪上前诵相如《封禅书》。上笑曰:'此盛德之事,吾何以堪之!'后上使陆澄诵《孝经》,自'仲尼居'而起。俭曰:'澄所谓博而寡要,臣请诵之。'乃诵《君子之事上》章。上曰:'善!张子布更觉非奇也。'寻以本官领太子詹事,加兵二百人。"从这些记载来看,王俭自觉地用礼学来抑制当时的娱乐朝政、文恬武嬉的风气。

王俭之所以赏接钟嵘,主要是因其《易》学造诣。《梁书·钟嵘

---

① 《南齐书》,第143—144页。
② 《南齐书》,第436页。

传》:"钟嵘,字仲伟,颍川长社人,晋侍中雅七世孙也。父蹈,齐中军参军。嵘与兄岏、弟屿并好学,有思理。嵘,齐永明中为国子生,明《周易》,卫军王俭领祭酒,颇赏接之。"可见,钟嵘这样的诗评家,在永明年间出名,主要是因为易学而非文学。而形成鲜明对比的则是钟嵘以《诗品》向沈约求誉却受到拒绝,说明当时文士并不受沈约这样的文坛显贵重视。刘勰的《文心雕龙》虽被沈约称道,"谓为深得文理,常陈诸几案",①然而沈约并没有因此推荐刘勰,"未为时流所称"的命运依然没有得到改变。

齐武帝萧赜好儒学,而他的儿子竟陵王萧子良也是一位喜欢延揽文士,嗜好学术的人物,所谓竟陵八友应运而生。其中最重要的人物即是王融,此人不仅为竟陵八友中的重要人物,更是一位具有政治野心的人物。《南史·梁本纪·武帝上》记载:"竟陵王子良开西邸,招文学,帝与沈约、谢朓、王融、萧琛、范云、任昉、陆倕等并游焉。号曰'八友'。融俊爽,识鉴过人,尤敬异帝,每谓所亲曰:'宰制天下,必在此人。'累迁随王镇西谘议参军。行经牛渚,逢风,入泊龙渎。有一老人谓帝曰:'君龙行虎步,相不可言,天下方乱,安之者其在君乎?'问其名氏,忽然不见。寻以皇考艰去职,归建邺。及齐武帝不豫,竟陵王子良以帝及兄懿、王融、刘绘、王思远、顾暠之、范云等为帐内军主。"王融不仅看好萧子良,也对当时的萧衍另眼看待。而萧子良结交这些文士,除了气味相投,附庸文雅之外,更有政治意图在内。《南齐书·武十七王传》记载:"子良少有清尚,礼才好士,居不疑之地,倾意宾客,天下才学皆游集焉。善立胜事,夏月客至,为设瓜饮及甘果,著之文教。士子文章及朝贵辞翰,皆发教撰录。""遗诏使子良辅政,高宗知尚书事。子良素仁厚,不乐世务,乃推高宗。诏云:'事无大小,悉与鸾参怀。'子良所志也。"竟陵八友积极参与帝位之争,由来已久。萧子良的这些举措,一方面是传承古代养士之风习,另一方面显然也与他争夺帝位的心思有关。而萧子良招集文士,诗文相酬,以文会友,当时声势浩大,除竟陵八友外,还有一大批文士陆续参与,如宗夬、王僧孺、孔休源、范缜、江革、谢璟、张

---

① 《梁书》,第712页。

充、王思远、陆慧晓、柳恽、刘绘、虞义、王亮、丘国宾、萧文琰、丘令楷、江洪、刘孝标等。这一集团与王俭为首的儒学势力客观上有抗衡之功能。

然而,萧子良开西邸,并不仅仅是为了诗文酬唱,也为从事以佛学为主的宗教活动。据刘跃进先生统计,萧子良发起的大型佛学活动有三次:一、永明初年,萧子良集名僧于建康讲论佛学,同时,又与文惠太子一起举办众僧大会,论辩佛道异同。二、永明五年,萧子良"移居鸡笼山邸,集学士抄《五经》、百家,依《皇览》例为《四部要略》千卷。招致名僧,讲语佛法,造经呗新声。道俗之盛,江左未有也"。三、永明七年和十年,萧子良又招集众僧论新声。永明声律说的出台,与此次的造经呗新声相关。陈寅恪先生《四声三问》认为此次集会是"当时考文审音的一件大事"。频繁的礼佛活动,引起外界对萧子良的非议。本传记载:"又与文惠太子同好释氏,甚相友悌。子良敬信尤笃,数于邸园营斋戒,大集朝臣众僧。至于赋食行水,或躬亲其事,世颇以为失宰相体。劝人为善,未尝厌倦,以此终致盛名。"萧子良的佛学活动中,最引起争议的还是他与范缜关于神灭论的辩论。据《梁书·范缜传》记载:"初,缜在齐世,尝侍竟陵王子良。子良精信释教,而缜盛称无佛。子良问曰:'君不信因果,世间何得有富贵,何得有贱贫?'缜答曰:'人之生譬如一树花,同发一枝,俱开一蒂,随风而堕,自有拂帘幌坠于茵席之上,自有关篱墙落于粪溷之侧。坠茵席者,殿下是也;落粪溷者,下官是也。贵贱虽复殊途,因果竟在何处?'子良不能屈,深怪之。缜退论其理,著《神灭论》曰……此论出,朝野喧哗,子良集僧难之而不能屈。"①萧子良倡导佛学,自然与自己的信仰相关,但同时也与抑制王俭与齐武帝提倡儒学有关。萧子良自己并无文学天才,他感兴趣的是劝诫之语,《梁书》本传记载:"所著内外文笔数十卷,虽无文采,多是劝戒。建武中,故吏范云上表为子良立碑,事不行。"因为萧昭业素来猜忌子良,所以萧子良永明之后在郁郁寡欢中去世,萧昭业总算松了一口气。当然,竟陵八友活动的另一个方面,则是诗文酬唱、辞赋创作之类。

---

① 《梁书》,第665—670页。

在永明年代,学术形成了多元发展的态势,而且与文学活动直接相关,我们可以从活跃于永明年间的一些人物上看出。例如,张融是当时的著名人物。他为人放荡不羁,颇有魏晋名士风度,《南齐书·张融传》记载:"永明二年,总明观讲,敕朝臣集听。融扶入就榻,私索酒饮之,难问既毕,乃长叹曰:'呜呼!仲尼独何人哉!'为御史中丞到扬所奏,免官,寻复。"张融嘲笑孔圣,为时人所纠,为此罢官,但寻即复官,说明南齐永明年间的官场还未严苛如正始年间。"建武四年,病卒。年五十四。遗令建白旐无旒,不设祭,令人捉麈尾登屋复魂,曰:'吾生平所善,自当凌云一笑。'三千买棺,无制新衾。左手执《孝经》、《老子》,右手执小品《法华经》。妾二人,哀事毕,各遣还家。又曰:'以吾平生之风调,何至使妇人行哭失声,不须暂停闺阁。'"齐高帝还说,此人不可无一,不可有二:"太祖素奇爱融,为太尉时,时与融款接,见融常笑曰:'此人不可无一,不可有二。'"(《南齐书·张融传》)在学术上,张融提出了打破戒律,不拘一格的主张,本传记载:"融玄义无师法,而神解过人,白黑谈论,鲜能抗拒。永明中,遇疾,为《门律自序》曰:'吾文章之体,多为世人所惊,汝可师耳以心,不可使耳为心师也。夫文岂有常体,但以有体为常,政当使常有其体。丈夫当删《诗》、《书》,制礼乐,何至因循寄人篱下!'"这些观点,在永明年间传承了魏晋风流。张融精通声律,但他与沈约以声律自诩的态度不同,而将声律置于自然为文的基础之上。萧子显《南齐书》在其本传最后评论:"张融标心托旨,全等尘外,吐纳风云,不论人物,而干君会友,敦义纳忠,诞不越检,常在名教。若夫奇伟之称,则虞翻、陆绩不得独擅于前也。"萧子显评价张融"诞不越检,常在名教",是很到位的。其实魏晋名士,大部分也是将名教与自然合为一体,有着追求通脱又不越名教的理想人格。

与张融交好的周颙也是一位精通声律的文士,同时又是兼通儒道佛玄的人物。《南齐书·周颙传》记载:"每宾友会同,颙虚席晤语,辞韵如流,听者忘倦。兼善《老》、《易》,与张融相遇,辄以玄言相滞,弥日不解。清贫寡欲,终日长蔬食。虽有妻子,独处山舍。"周颙与张融相会以玄言,说明南齐时虽儒学复兴,但玄学依然有一定影

第十章 "永明体"与南齐文学批评

响。"颙音辞辩丽,出言不穷,宫商朱紫,发口成句。泛涉百家,长于佛理。著《三宗论》。立空假名,立不空假名。设不空假名难空假名,设空假名难不空假名。假名空难二宗,又立假名空"。从这段记载可以看出,周颙精于声律音韵,是从佛学发端而来的,并依托佛学而构建,并非发自于诗歌声律。

永明年代以萧子良为代表的文士的学术活动,主体上并非考论声律,声律考论并未形成一个独立的学术单元,这一点是非常清楚的。今人研究永明声律说与永明体,不能脱离永明文化与学术的总体环境,这样才能厘清它产生的原委。当时文章与谈义往往相提并论,是指与学术相关的内容,《南齐书·刘绘传》记载:

> 永明末,京邑人士盛为文章谈义,皆凑竟陵王西邸。绘为后进领袖,机悟多能。时张融、周颙并有言工,融音旨缓韵,颙辞致绮捷,绘之言吐,又顿挫有风气。时人为之语曰:"刘绘贴宅,别开一门。"言在二家之中也。

可见,竟陵王萧子良开西邸延揽文士,活动的内容并不仅仅是诗文酬唱,而且包括清谈。文章与谈义并列,说明二者之间有着内在的联系,文章并非写作诗文之事,而是传统的文章博学之义,指学术论辩一类的内容,早在魏晋玄学与清谈中,言辞的音韵声律就成为其重要内容,清谈促进了言辞中的声律协调、音调铿锵、抑扬顿挫,亦是自然中事。结合永明时代的整体学术氛围,诗文的声律之说,只是整个永明文章谈义的一部分,片面夸大与孤立地考论诗歌的声律说,并将其无限放大,显然有失公允。

从永明文学的创作文体来说,诗歌是其中的主要方面,据逯钦立先生所编《先秦汉魏晋南北朝诗》统计,《全齐诗》共三百三十七首,大部分诗的作者生活在永明前后,永明体的代表作家沈约、谢朓、王融的作品数量较多。永明体的最大成就是将声律论初步运用在五言诗的写作中,为唐代近体诗的形成作了铺垫。但是题材狭窄,情志浮靡,流于生活的表面,大率以嘲风雪,弄花草为内容,而饰以声律。比如《渌水曲》:"湛露改寒司,交莺变春旭。琼树落晨红,瑶塘水初渌。日霁沙溆明,风泉动华烛。遵渚泛兰舫,乘漪弄清曲。

斗酒千金轻,寸阴百年促。何用尽欢娱,王度式如玉。"这首五言诗是典型的宫廷诗,以吟咏渌水为内容,字句雕琢,用语华丽,但是缺少诗人独特的发现与感受,意态浮泛,了无趣致,其中的时空之叹,也是无病呻吟。

在永明文学中,诗歌只是一部分,还有各类文章,比诗歌成就更大。其中尤以任昉的文章最为有名,《梁书·任昉传》记载:"昉雅善属文,尤长载笔,才思无穷,当世王公表奏,莫不请焉。昉起草即成,不加点窜。沈约一代词宗,深所推挹。"沈约则兼擅诗文。《梁书·沈约传》记载:"约历仕三代,该悉旧章,博物洽闻,当世取则。谢玄晖善为诗,任彦昇工于文章,约兼而有之,然不能过也。"谢朓也是诗文兼善,并非只擅长五言诗,《南齐书·谢朓传》记载:"朓善草隶,长五言诗,沈约常云:'二百年来无此诗也。'敬皇后迁祔山陵,朓撰哀策文,齐世莫有及者。"这种情况一直到梁代犹存余绪。梁代萧纲在《与湘东王书》中指出:"至如近世谢朓、沈约之诗,任昉、陆倕之笔,斯实文章之冠冕,述作之楷模。"再清楚不过地说明了永明年代文体的布局;而作为声律说肇始的永明体,仅仅是其中的一部分,并非主体,也是显而易见的。

从写作的场合来看,诗赋大多用于奉和帝王。《梁书·文学传》记载:"高祖聪明文思,光宅区宇,旁求儒雅,诏采异人,文章之盛,焕乎俱集。每所御幸,辄命群臣赋诗,其文善者,赐以金帛,诣阙庭而献赋颂者,或引见焉。其在位者,则沈约、江淹、任昉,并以文采妙绝当时。至若彭城到沆、吴兴丘迟、东海王僧孺、吴郡张率等,或入直文德,通宴寿光,皆后来之选也。"①这里所说的文采,从文体角度来说,是兼容各种文体在内的,诗赋只是御幸时常用的一种奉和之体,而其他的文体亦是惯用。《南齐书·乐志》曰:"《永平乐歌》者,竟陵王子良与诸文士造奏之。人为十曲。道人释宝月辞颇美,上常被之管弦,而不列于乐官也。"王融《永明乐》诗:"幸哉明盛世,壮矣帝王居。高门夜不柝,饮帐晓长舒。总棹金陵渚,方驾玉山阿。轻露炫珠翠,初风摇绮罗。西园抽蕙草,北沼掇芳莲。生逢永明乐,死日

---

① 《梁书》,第685—686页。

生之年。"沈约诗:"联翩贵游子,侈靡千金客。华毂起飞尘,珠履竟长陌。"谢朓诗:"帝图开九有,皇风浮四溟。永明一为乐,咸池无复灵。民和礼乐富,世清歌颂徽。鸿名轶卷领,称首迈垂衣。"谢朓永明五年时二十四岁,作《永明乐》十首,主要为庆颂歌舞升平之作。当然,这种情况到了永明末年有所改变,当时的政治局势愈来愈险峻,文士们不可避免受到这种情势的感染。永明九年至十一年,谢朓于萧子隆处任职。《南齐书·谢朓传》记载:"子隆在荆州,好辞赋,数集僚友,朓以文才,尤被赏爱,流连晤对,不舍日夕。长史王秀之以朓年少相动,密以启闻。世祖敕曰:'侍读虞云自宜恒应侍接。朓可还都。'朓道中为诗寄西府曰:'常恐鹰隼击,秋菊委严霜。寄言罻罗者,寥廓已高翔。'迁新安王中军记室。"谢朓为长史王秀之所谮,被迫离开萧子隆幕府,还都途中寄诗抒发了内心的忧惧。谢朓最终未能逃脱凶险,在政争中罹祸而亡。

  作为永明体的代表人物,沈约除了诗文写作之外,最有成就的恐怕是史传写作。《宋书·自序》云:"史臣年十三而孤,少颇好学,虽弃日无功,而伏膺不改。常以晋氏一代,竟无全书,年二十许,便有撰述之意。泰始初,征西将军蔡兴宗为启明帝,有敕赐许,自此迄今,年逾二十,所撰之书,凡一百二十卷。条流虽举,而采掇未周,永明初,遇盗失第五帙。建元四年未终,被敕撰国史。永明二年,又忝兼著作郎,撰次起居注。自兹王役,无暇搜撰。五年春,又被敕撰《宋书》。六年二月毕功,表上之。"①据陈庆元的《沈约集校笺》所附沈约年谱,沈约从永明五年起,奉齐武帝之命,开始写作《宋书》,同时还写作《晋史》,永明六年完成,是年与谢朓等人创立永明体。②《南史·沈约传》记载略同。沈约所撰《宋书》在史学上成就颇高,永明声律说正是在其中的《谢灵运传论》中提出的。而此时沈约所撰诗歌,主要是为奉和竟陵王萧子良,如《奉和竟陵王郡县名诗》(王融、范云同赋)、《奉和竟陵王药名诗》、《和竟陵王抄书诗》、《奉和竟陵王经刘瓛墓诗》,以及咏物、酬唱之作,成就并不高。

---

① 《宋书》,第2466页。
② 陈庆元《沈约集校笺》,第557页。

第二节　永明声律说评价

综上所述，可知永明体并非永明文学的主流。永明声律说的倡起，与沈约的人生经历与彼时的文学创作策略直接相关，是沈约在永明年间外表承平、内里险恶的政治环境中采取的一种虚与委蛇的文学主张。

在南朝时代，沈约是最富有政治嗅觉与敏感的人物之一，一生摇摆于上层政争的风浪中，历仕宋齐梁三朝，最终未能逃脱政治的残酷阴影而死于不测，死后还倍受侮辱，是南朝文士兼官僚的代表性悲剧人物。《梁书》本传记载："沈约，字休文，吴兴武康人也。祖林子，宋征虏将军。父璞，淮南太守。璞元嘉末被诛，约幼潜窜，会赦免。既而流寓孤贫，笃志好学，昼夜不倦。"据记载，沈约的父亲沈璞就是在宋刘易代的凶险政变中因迎事新主略微迟了一些而遭受杀身之祸，虽然沈约后来在《宋书·自序》中为父亲辩白，但其生父在宋齐易代的险恶政治斗争中失足而死是不争的事实；沈约因此年少时到处流寓，受尽苦难，于是他才发愤读书，同时也学会了在政治斗争中乘时藉势，擅长投机。虽然受到后人的诟病，但也可以理解。他在《郊居赋》中自叹："迹平生之耿介，实有心于独往。思幽人而轸念，望东皋而长想。本忘情于徇物，徒羁绁于天壤。应屡叹于牵丝，陆兴言于世网。事滔滔而未合，志悁悁而无爽。路将殚而弥峭，情薄暮而逾广。抱寸心其如兰，何斯愿之浩荡。咏归欤而踟蹰，眷岩阿而抵掌。"这未尝不是他在宋齐梁三朝任官时的心态写照。

永明年间，外表承平，而几大政治集团以招集文士的方式来笼络人才，扩大地盘，聚积势力，为最终夺取帝位做准备。沈约最早投靠文惠太子，为太子家令，深受宠信，"齐初为征虏记室，带襄阳令，所奉之王，齐文惠太子也。太子入居东宫，为步兵校尉，管书记，直永寿省，校四部图书。时东宫多士，约特被亲遇，每直入见，影斜方出"。"会稽虞炎，永明中以文学与沈约俱为文惠太子所遇，意昒殊常。官至骁骑将军"（《南齐书·文学传》）。沈约同时又接近另一位大人物，即竟陵王萧子良，"时竟陵王亦招士，约与兰陵萧琛、琅邪王融、陈郡谢朓、南乡范云、乐安任昉等皆游焉,当世号为得人"。① 齐武帝对于当时势力最大的竟陵王西邸集团一直心存忌惮,关键时刻没有授予萧子良以兵权,即是明证。而沈约等人在齐武帝心中也仅乃文士而已,不被重用。《南史·刘系宗传》记载:"系宗久在朝省,闲于职事,武帝常云:'学士辈不堪经国,唯大读书耳。经国,一刘系宗足矣。沈约、王融数百人,于事何用?'其重吏事如此。"

虽然沈约永明五年加入西邸集团,但是他对于竟陵王的能力与人望是非常清楚的,知道他不足以成就帝业;沈约也一直对同为竟陵八友的萧衍抱有希望:"高祖在西邸,与约游旧,建康城平,引为骠骑司马,将军如故。时高祖勋业既就,天人允属,约尝扣其端,高祖默而不应。佗日又进曰:'今与古异,不可以淳风期万物。士大夫攀龙附凤者,皆望有尺寸之功,以保其福禄。今童儿牧竖,悉知齐祚已终,莫不云明公其人也。天文人事,表革运之征,永元以来,尤为彰著"。② 沈约将人生希望的砝码压到萧衍身上,果然,萧衍在政变中成功,取代萧齐后,对沈约大加赞叹。《梁书·沈约传》记载:

> 高祖召范云谓曰:"生平与沈休文群居,不觉有异人处;今日才智纵横,可谓明识。"云曰:"公今知约,不异约今知公。"高祖曰:"我起兵于今三年矣,功臣诸将,实有其劳,然成帝业者,乃卿二人也。"

《梁书·沈约传》的最后史臣姚察曰:"至于范云、沈约,参预缔构,赞成帝业;加云以机警明赡,济务益时,约高才博洽,名亚迁、董,俱属兴运,盖一代之英伟焉。"不过,沈约的这种政治投机,虽然获得了许多荣利,但是也为时人所诟病;梁武帝也一直鄙薄他的为人,最后因他的一时失言而加以严谴,沈约在畏惧中死亡。对比永明年代的任昉与江淹,我们可以看到沈约简直是一位官场油条:江淹当时虽然官位显达,但是在永明末依然敢于大胆弹劾不法官员,闻名天下,号称"严明";任昉为政清廉,不避权贵,提携后进,梁代刘峻写《广绝交论》加以盛赞,沈约的为人与他们相比,就差强人意了。《梁书·沈

---

① 《梁书》,第233页。
② 《梁书》,第233—234页。

约传》评论他:"自负高才,昧于荣利,乘时藉势,颇累清谈。及居端揆,稍弘止足。每进一官,辄殷勤请退,而终不能去,论者方之山涛。用事十余年,未尝有所荐达,政之得失,唯唯而已。"至于他的文名,钟嵘《诗品》中评论:"永明相王爱文,王元长等皆宗附之。约于时谢朓未遒,江淹才尽,范云名级故微,故约称独步。虽文不至其工丽,亦一时之选也。见重闾里,诵咏成音。嵘谓约所著既多,今翦除淫杂,收其精要,允为中品之第矣。故当词密于范,意浅于江也。"

沈约在永明年间的生活与文学创作,带有当时的时代特点,主要是虚与委蛇,观风使舵。他的诗歌写作与主张,并不是对永明年间承平景象的真心讴歌,而是针对外表承平、内里险恶的权宜之策,可以说是一种人生态度与文学写作策略。《南齐书·文学传》记载:

> 世祖使太子家令沈约撰《宋书》,拟立《袁粲传》,以审世祖。世祖曰:"袁粲自是宋家忠臣。"约又多载孝〔武〕、明帝诸鄙渎事,上遣左右谓约曰:"孝武事迹不容顿尔。我昔经事宋明帝,卿可思讳恶之义。"于是多所省除。

他在永明年间写作的诗歌,大多是为奉和竟陵王萧子良而作,以及一些咏物之诗,开梁代宫体诗之先河,成就却并不高。

沈约的永明声律说与他的文学主张存在着明显的矛盾之处。他在《宋书·谢灵运传论》中提出:"史臣曰:民禀天地之灵,含五常之德,刚柔迭用,喜愠分情。夫志动于中,则歌咏外发。六义所因,四始攸系,升降讴谣,纷披风什。……若夫平子艳发,文以情变,绝唱高踪,久无嗣响。至于建安,曹氏基命,二祖陈王,咸蓄盛藻,甫乃以情纬文,以文被质。自汉至魏,四百余年,辞人才子,文体三变。相如巧为形似之言,班固长于情理之说,子建、仲宣以气质为体,并标能擅美,独映当时。是以一世之士,各相慕习,原其飚流所始,莫不同祖《风》、《骚》。徒以赏好异情,故意制相诡。"这里值得关注的是,沈约的声律说是从他的文学史论中导出的,并非泛泛而谈。沈约认为人秉天地之灵,含五常之德,情志既动,乃发为文。这种文学起源论,乃是汉魏以来的惯常之论,刘勰《文心雕龙·原道》篇中的文学起源论、萧子显《南齐书·文学传论》中的文学观念,亦大同于此。从自上古至魏晋以来的文学发展流变的考察中,沈约总结出"自汉至魏,四百余年,辞人才子,文体三变",认为三曹之文学创作的特点是"以情纬文,以文被质",建安文士以气质为体。这些流变虽然千变万化,"莫不同祖《风》、《骚》。徒以赏好异情,故意制相诡"。这种文学起源论与本质论,与汉魏以来的文论大体上是相符合的。但是他声律说的导出,却与这些观点大相径庭,沈约提出:

> 若夫敷衽论心,商榷前藻,工拙之数,如有可言。夫五色相宣,八音协畅,由乎玄黄律吕,各适物宜。欲使宫羽相变,低昂互节,若前有浮声,则后须切响。一简之内,音韵尽殊;两句之中,轻重悉异。妙达此旨,始可言文。至于先士茂制,讽高历赏,子建函京之作,仲宣霸岸之篇,子荆零雨之章,正长朔风之句,并直举胸情,非傍诗史,正以音律调韵,取高前式。自骚人以来,多历年代,虽文体稍精,而此秘未睹。至于高言妙句,音韵天成,皆暗与理合,匪由思至。

沈约这些话的矛盾是显而易见的。既然是以情纬文,以文被质,那么何来"妙达此旨,始可言文"?也就是说,只有悟会"一简之内,音韵尽殊;两句之中,轻重悉异"的声律,才可以作文,这样一来,作为形式要素的声律,岂非成了作诗的决定因素了?岂不是与他的文学起源论与本体论互相牴牾?所以沈约接着又说"至于高言妙句,音韵天成,皆暗与理合,匪由思至",但这种说法,也证实了高明诗作并不需要"妙达此旨",也证明了沈约声律说的矛盾不通之处。沈约在其他地方也强调文章的自然流丽,《颜氏家训·文章》指出:"沈隐侯曰:'文章当从三易:易见事,一也;易识字,二也;易读诵,三也。'邢子才常曰:'沈侯文章,用事不使人觉,若胸忆(臆)语也。'深以此服之。祖孝征亦尝谓吾曰:'沈诗云:"崖倾护石髓。"此岂似用事邪?'"从这些记载来看,沈约也深知无论是用事还是表达,文章都贵在自然。而声律说有违于自然之道。

因此,首先反对沈约声律说的是与他有过交往的钟嵘。据曹旭先生《钟嵘年表》:"梁武帝天监十四年乙未(515),四十八岁,钟嵘完成《诗品》。"①《诗品》虽成于梁天监中期,但其酝酿写作却是在永明时代,从永明四、五年到永明末,钟嵘与京邑的文学之士多有过从。他曾在永明后期,与谢朓论诗,与王融争论过诗歌的音律问题,又曾求誉于沈约。与永明体文人的接触与讨论,启发了钟嵘的声律说。钟嵘对沈约等提出的声律论是持反对态度的,提出"昔曹、刘殆文章之圣,陆、谢为体贰之才,锐精研思,千百年中,而不闻宫商之辨,四声之论。或谓前达偶然不见,岂其然乎? 尝试言之,古曰诗颂,皆被之金竹,故非调五音,无以谐会。若'置酒高堂上'、'明月照高楼',为韵之首。故三祖之词,文或不工,而韵入歌唱,此重音韵之义也,与世之言宫商异矣。今既不被管弦,亦何取于声律邪?"钟嵘认为曹氏父子、建安、太康文士为文章之圣,难道他们不懂宫商之辨,四声之别? 只是他们认为这些都是诗歌配合入乐而需具备的,现在既然诗歌脱离音乐而单独存在,就没有必要再来讲究四声与宫商之辨了。钟嵘倡导自然声韵说,他提出:"王元长创其首,谢朓、沈约扬其波。三贤或贵公子孙,幼有文辩。于是士流景慕,务为精密,襞积细微,专相陵架。故使文多拘忌,伤其真美。余谓文制本须讽读,不可蹇碍,但令清浊通流,口吻调利,斯为足矣。至平上去入,则余病未能;蜂腰、鹤膝,闾里已具。"钟嵘提倡"自然英旨"的诗歌美学,批评声律之论妨碍了自然英旨的表达,"故使文多拘忌,伤其真美"。

至于沈约所说的"自骚人以来,多历年代,虽文体稍精,而此秘未睹",陆厥颇不以为然。《南齐书·陆厥传》记载:"永明末,盛为文章。吴兴沈约、陈郡谢朓、琅邪王融以气类相推毂。汝南周颙善识声韵。约等文皆用宫商,以平上去入为四声,以此制韵,不可增减,世呼为永明体。""后又论宫商。厥与约书曰:……自魏文属论,深以清浊为言;刘桢奏书,大明体势之致。岨峿妥帖之谈,操末续颠之说,兴玄黄于律吕,比五色之相宣。苟此秘未睹,兹论为何所指邪? 故愚谓前英已早识宫徵,但未屈曲指的,若今论所申。至于掩瑕藏

---

① 曹旭《诗品研究》,上海古籍出版社,1998年,第363页。

疾,合少谬多,则临淄所云'人之著述,不能无病'者也。非知之而不改,谓不改则不知,斯曹、陆又称'竭情多悔,不可力强'者也。……沈约辩答曰:'自古辞人,岂不知宫羽之殊,商徵之别。虽知五音之异,而其中参差变动,所昧实多。故鄙意所谓,"此秘未睹"者也。以此而推,则知前世文士,便未悟此处。若以文章之音韵,同弦管之声曲,则美恶妍蚩,不得顿相乖反。譬由子野操曲,安得忽有阐缓失调之声;以《洛神》比陈思他赋,有似异手之作。故知天机启,则律吕自调;六情滞,则音律顿舛也。士衡虽云"炳若缛锦",宁有濯色江波,其中复有一片是卫文之服?此则陆生之言,即复不尽者矣。韵与不韵,复有精粗。轮扁不能言,老夫亦不尽辩此。'"①

沈约与陆厥等人关于声律的论争,究其实,乃是沈约在永明年间为了避开文学表达现实而采用的一种顾左右而言他的策略;也是沈约等人为了在政治斗争中保全自身,并伺机窥测方向,进而以求一逞抱负的政治与人生策略。永明文学没有如太康体、元嘉体那样,在内容与表现上形成大的特色,而仅仅在声律上下功夫。在中国文学史上,唯有永明体仅仅是以声律说作为标志,而在内容与形式上一无所为,遗缺了这个时代士人的真实情志与心声,这不能不引起后人的深思。永明体诗歌的创作在当时并没有出现真正有价值的作品,即是证明。

梁武帝虽然与沈约同为竟陵八友,诗文交往很多,但是他对沈约倡导的声律说并不感兴趣。《南史·沈约传》记载:"又撰《四声谱》,以为'在昔词人累千载而不悟,而独得胸衿,穷其妙旨。'自谓入神之作。武帝雅不好焉,尝问周捨曰:'何谓四声?'捨曰:'"天子圣哲"是也。'然帝竟不甚遵用约也。"梁武帝对于沈约故意炒作声律说颇不以为然。但这也说明沈约刻意炒作的背后有其隐情。当时,沈约的声名与自大,已经成为他的蹈祸之门,《南史·沈约传》记载:"先此,约尝侍宴,会豫州献栗,径寸半。帝奇之,问栗事多少,与约各疏所忆,少帝三事。约出谓人曰:'此公护前,不让即羞死。'帝以其言不逊,欲抵其罪,徐勉固谏乃止。"后来终于因其他事而引发,梁

---

① 《南齐书》,第898—900页。

武帝令"中使谴责者数焉,约惧遂卒。有司谥曰'文',帝曰'怀情不尽曰隐',故改为隐"。由此也可以看出,沈约善于利用文才进退,但是终于还是无法摆脱如他父亲一样的悲剧。

关于这一时期文学的总体评价,《文心雕龙·时序》曰:"暨皇齐驭宝,运集休明:太祖以圣武膺箓,世祖以睿文纂业,文帝以贰离含章,高宗以上哲兴运,并文明自天,缉熙景祚。今圣历方兴,文思光被,海岳降神,才英秀发,驭飞龙于天衢,驾骐骥于万里。经典礼章,跨周轹汉,唐、虞之文,其鼎盛乎!鸿风懿采,短笔敢陈;飏言赞时,请寄明哲!"南齐末年的刘勰采用这种赞语完全可以理解,但是学界如果沿袭刘勰的评语来定夺,则难免浮于表象,往往忽略了这个时期政治与时势的险恶。

第十一章　梁代文学批评新论

梁代文学批评与南齐相比，呈现出更加丰富多彩的内容，对于汉魏以来的文学理论进行了反思与总结，产生了《文心雕龙》与《诗品》这样的巨著。当然，这种情况并非偶然，而是与梁代文化建设等要素息息相关的。

第一节　梁武帝时期的文化建设

南齐中兴二年三月，齐和帝萧宝融禅位于梁王萧衍（464—549），梁朝自此建立。梁武帝萧衍本人也是军功武人出身，在萧衍身上可以看到明显的由武到文的身份认同之变化。《梁书》卷十四《任昉传》载："高祖克京邑，霸府初开，以昉为骠骑记室参军。始高祖与昉遇竟陵王西邸，从容谓昉曰：'我登三府，当以卿为记室。'昉亦戏高祖曰：'我若登三事，当以卿为骑兵。'谓高祖善骑也。"[①]可见南齐永明时期萧衍用以知名者非为文才，而是武功。《南史》卷六《梁本纪》亦载："建武二年……魏帝敕曰：'闻萧衍善用兵，勿与争锋，待吾至；若能禽此人，则江东吾有也。'"[②]"建武"是南齐明帝萧鸾的年号，此时距梁朝建国只有不到十年。

梁武帝从武功到文治的转变过程，是南朝社会整体文化风气以及南兰陵萧氏家族自身的文化选择共同发挥作用的结果。首先，大学者王俭在萧衍早年时给予他的文化影响不容忽视。《南齐书》卷二十三《王俭传》载："（永明三年）省总明观，于俭宅开学士馆，悉以四部书充俭家，又诏俭以家为府。四年，以本官领吏部。俭长礼学，谙究朝仪，每博议，证引先儒，罕有其例。八坐丞郎，无能异者。令史

---

① 《梁书》，第253页。
② 《南史》，第170页。

咨事,宾客满席,俭应接铨序,傍无留滞。十日一还学,监试诸生,巾卷在庭,剑卫令史仪容甚盛。作解散髻,斜插帻簪,朝野慕之,相与放效。俭常谓人曰:'江左风流宰相,唯有谢安。'盖自比也。"①而《南史》卷六《梁本纪》又载:"(衍)初为卫军王俭东阁祭酒,俭一见深相器异,请为户曹属。谓庐江何宪曰:'此萧郎三十内当作侍中,出此则贵不可言。'"②萧衍出为王俭东阁祭酒应在永明元年,可见萧衍受到王俭的影响也是非常早的。《隋书》卷十三《音乐志》论萧衍曰:"梁武帝本自诸生,博通前载,未及下车,意先风雅。"③年轻时期萧衍的这种儒士甚至名士的作风,与武将身份紧密结合的特质,不但同萧衍少入国学有关,而且与王俭的言传身教密不可分。

其次,梁武帝对"以文治国"理念极为推崇,并对儒学的复兴做积极努力。南齐之时,人们对儒学的探讨与研究延续东晋以来的衰颓之象,一直处于一种萎靡不振的状态之中。《南史》卷七十一《儒林传》论曰:"洎魏正始以后,更尚玄虚,公卿士庶,罕通经业。时荀顗、挚虞之徒,虽议创制,未有能易俗移风者也。自是中原横溃,衣冠道尽。逮江左草创,日不暇给,以迄宋、齐,国学时或开置,而劝课未博,建之不能十年,盖取文具而已。是时乡里莫或开馆,公卿罕通经术。朝廷大儒,独学而弗肯养众;后生孤陋,拥经而无所讲习,大道之郁也久矣乎!"④对魏晋以来儒学衰颓之景象可谓痛心疾首。《南史》所言南齐开馆立学的证据,在于《南齐书》卷二十二《豫章文献王传》:"(建元二年夏,萧嶷)于南蛮园东南开馆立学,上表言状。置生四十人,取旧族父祖位正佐台郎,年二十五以下十五以上补之,置儒林参军一人,文学祭酒一人,劝学从事二人,行释菜礼。"⑤又《南齐书》卷三十九《陆澄传》载:"永明元年,转度支尚书。寻领国子博士。时国学置郑王《易》,杜服《春秋》,何氏《公羊》,麋氏《谷梁》,郑

---

① 《南齐书》,第436页。
② 《南史》,第168页。
③ 《隋书》,第287页。
④ 《南史》,第1730页。
⑤ 《南齐书》,第408页。

玄《孝经》。"①可以看出，南齐时期萧氏家族对经学的重视已经非同一般。但是，永明七年儒学大师王俭、刘瓛相继去世，此后四年，豫章王萧嶷、文惠太子萧长懋、齐武帝萧道成、竟陵王萧子良接连逝去，致使南齐儒学的复兴大计半途而废。故而南齐儒学之不振是天命使然，从南齐政权的努力中我们可以充分见出萧氏皇族对于复兴儒学的决心。

从这个意义上来说，梁武帝时期儒学的复兴有其必然性。《梁书》卷四十八《儒林传》论梁武帝儒学之功曰："（梁武帝）诏求硕学，治五礼，定六律，改斗历，正权衡。天监四年，诏曰：'二汉登贤，莫非经术，服膺雅道，名立行成。魏、晋浮荡，儒教沦歇，风节罔树，抑此之由。朕日昃罢朝，思闻俊异，收士得人，实惟酬奖。可置五经博士各一人，广开馆宇，招内后进。'于是以平原明山宾、吴兴沈峻、建平严植之、会稽贺玚补博士，各主一馆。馆有数百生，给其饩廪。其射策通明者，即除为吏。十数年间，怀经负笈者云会京师。又选遣学生如会稽云门山，受业于庐江何胤。分遣博士祭酒，到州郡立学。七年，又诏曰：'建国君民，立教为首，砥身砺行，由乎经术。朕肇基明命，光宅区宇，虽耕耘雅业，傍阐艺文，而成器未广，志本犹阙，非以镕范贵游，纳诸轨度，思欲式敦让齿，自家刑国。今声训所渐，戎夏同风，宜大启庠斅，博延胄子，务彼十伦，弘此三德，使陶钧远被，微言载表。'于是皇太子、皇子、宗室、王侯始就业焉。高祖亲屈舆驾，释奠于先师先圣，申之以宴语，劳之以束帛，济济焉，洋洋焉，大道之行也如是。"②

梁武帝如此重视儒学，其根本原因在于对以文德治国的信任与坚守，这种坚守也促成了社会上下的崇经风气。《梁书》卷四十八《严植之传》载："四年，初置《五经》博士，各开馆教授，以植之兼《五经》博士。植之馆在潮沟，生徒常百数。植之讲，五馆生必至，听者千余人。"③此条虽仅记严植之讲经的盛况，却足见梁武帝时期士人

---

① 《南齐书》，第683页。
② 《梁书》，第662页。
③ 《梁书》，第671页。

对经学的热衷程度。另外,梁武帝还广开学馆亲自讲儒经之义;若遇见解不一,意旨难定者,便同《五经》博士共议,最后由武帝亲自决断。《南史》卷七《梁本纪中》载:"(武帝)撰《通史》六百卷,《金海》三十卷,《制旨孝经义》、《周易讲疏》及《六十四卦》、二《系》、《文言》、《序卦》等义,《乐社义》、《毛诗》、《春秋答问》、《尚书大义》、《中庸讲疏》、《孔子正言》、《孝经讲疏》,凡二百余卷。王侯朝臣皆奉表质疑,帝皆为解释。修饰国学,增广生员,立五馆,置五经博士。天监初,何佟之、贺玚、严植之、明山宾等覆述制旨,并撰吉、凶、宾、军、嘉五礼,一千余卷,帝称制断疑焉。大同中,于台西立士林馆,领军朱异、太府卿贺琛、舍人孔子袪等递互讲述。皇太子、宣城王亦于东宫宣猷堂及扬州廨开讲。于是四方郡国,莫不向风。爰自在田,及登宝位,躬制赞、序、诏、诰、铭、诔、说、箴、颂、笺、奏诸文,又百二十卷。"①梁武帝是将政治建设与文化建设紧密融合的典型人物,虽然他并没有单独探讨文论的作品流传下来,但可以想见,武帝对经学经邦济世之功用一定是非常看重的。

再次,梁武帝自身对文学艺术有着特殊爱好。在前文所引《隋书》卷十三《音乐志》中可以看到萧衍本自诸生;而《南齐书》卷九《礼志上》载:"建元四年正月,诏立国学,置学生百五十人。其有位乐人者五十人。生年十五以上,二十以还,取王公已下至三将、著作郎、廷尉正、太子舍人、领护诸府司马谘议经除敕者、诸州别驾治中等见居官及罢散者子孙。"②萧衍也成为其中的国学生,受到良好的文化教育。永明时期,萧衍作为"竟陵八友"之一,与沈约、谢朓、王融、任昉、陆倕等当时第一流的文学家共同游处,赋诗撰文。从萧衍现存的文学作品来看,他的作品与永明体的创作实践之间还是保持了一定的距离,可能并没有完全参与到对永明体文风的建设之中。但同当时一流文人的交流与酬唱之经历,为以后梁武帝萧衍的文化好尚产生了不可忽视的影响。《梁书》卷四十九《文学传上》载:"高祖聪明文思,光宅区宇,旁求儒雅,诏采异人,文章之

---

① 《南史》,第222—223页。
② 《南齐书》,第143页。

盛,焕乎俱集。"①《隋书》卷三十五《经籍志》载有《梁武帝集》二十六卷(梁三十二卷)、《梁武帝诗赋集》二十卷、《梁武帝杂文集》九卷、《梁武帝别集目录》二卷、《梁武帝净业赋》三卷、《历代赋》十卷、《围棋赋》一卷、《梁武连珠》一卷(沈约注)、《梁武帝制旨连珠》十卷(梁邵陵王纶注),可谓著作宏富。萧衍现存的文学创作以乐府诗成就最高。徐陵在《玉台新咏》中收梁武帝诗凡四十一首,其中受晋宋民间乐府影响而自创新辞的艳歌作品最具创造性,如《江南弄》七首、《子夜歌》两首等是。

由于萧衍文化水平的高度以及对国家文化建设的重视,梁代出现了南朝以来最适宜、最活跃的文学发展环境。《梁书》卷四十九《文学传上》载:"高祖……每所御幸,辄命群臣赋诗,其文善者,赐以金帛,诣阙庭而献赋颂者,或引见焉。其在位者,则沈约、江淹、任昉,并以文采,妙绝当时。至若彭城到沆、吴兴丘迟、东海王僧孺、吴郡张率等,或入直文德,通宴寿光,皆后来之选也。"②在贵族与寒族界限逐渐被打破的社会大环境下,武帝对文学之士的鼓励也基本可以做到不避寒庶。《梁书》卷四十九《文学传上》载:"自高祖即位,引后进文学之士,苞及从兄孝绰、从弟孺、同郡到溉、溉弟洽、从弟沆、吴郡陆倕、张率并以文藻见知,多预宴坐,虽仕进有前后,其赏赐不殊。"③又《梁书》卷五十《文学传下》:"高祖招文学之士,有高才者,多被引进,擢以不次。"④更难能可贵的是,同梁朝建立之后所实行的政治宽容相似,萧衍对于梁朝文学群体的创作和思想差异实行全面的宽容态度,这种宽容不仅表现在对作家不同文学创作风格的并力推赏,更重要的是对不同的文学主张进行一视同仁的看待,并提供相当优越的争鸣环境。沈约、任昉等醉意于永明声律,语尚清新;昭明太子主张文德合一,文质彬彬;萧纲、徐摛等锐意新变,细绘宫体;裴子野、萧子良等人则批判今文,匡复教化。可以认为,梁代文学思想交流的时间跨度、所表现出的多样性和复杂性都是空前

---

① 《梁书》,第685页。
② 《梁书》,第685—686页。
③ 《梁书》,第688页。
④ 《梁书》,第702页。

的,甚至已经超过了建安时代的文学思想之繁荣。

梁武帝在文化建设上付出的巨大努力,使整个国家彻底走向了文治。虽然梁武帝在文学批评方面并没有提出太多有价值的新见,但他彻底洗清了梁代社会中尚武的氛围,将社会引向真正的文治时代。丰富多彩的梁代文学批评思想之对话与争鸣,正是在梁武帝营造的这种宽容的社会文化氛围之下蓬勃发展起来的。

第二节 以萧统为代表的文学团体对文学批评思想的折中

梁武帝萧衍的文学批评见解不多,以昭明太子萧统为代表的文学团体成为较早在梁代登上文学批评舞台的主力军。概括而言,萧统文学群体对文学作品的批评主要坚持一种文质并重的雅文学观。要理解萧统的这一文学批评观念在当时所处的历史地位问题,需要我们先对齐梁文学发展的总趋势进行一个大体的局部勾勒,并于其中找到萧统文学观的定位。

在齐梁文学批评思想形态发展的过程中,永明体与宫体是获得学者关注最多的两大文学思想派别。就这两个派别而言,齐梁文学从永明体向宫体的过渡,是魏晋以来"新变"观念逐步加深直到过激的过程,也就是宏观意义上"文"愈加超越"质"而成为绝对主导因素的文学形式化过程。

永明体强调声律的和谐,已经在文学形式化的道路上迈出了一大步。如谢朓所云:"好诗圆美流转如弹丸。"这是中国文学史上第一次将诗歌的节奏音律作为评判诗歌作品的标准,而不涉及思想内容的问题。沈约在《宋书·谢灵运传论》中亦对声律的发现颇为自得,表明永明文学已经走上了形式高于内容的道路。

梁代文学思想对今文的重视前所未有,当时文人大多把持一种进步的文学观,承认并欢迎今古文学之间的差异性存在。萧纲在《与湘东王书》中论曰:"吾既拙于为文,不敢轻有掎摭,但以当世之作,历方古之才人,远则扬、马、曹、王,近则潘、陆、颜、谢,而观其遣辞用心,了不相似。若以今文为是,则古文为非;若昔贤可称,则今体宜弃,俱为盍各,则未之敢许。"①萧子显在《南齐书》卷五十二《文学传论》中亦言:"属文之道,事出神思,感召无象,变化不穷。俱五声之音响,而出言异句;等万物之情状,而下笔殊形。吟咏规范,本之雅什,流分条散,各以言区……习玩为理,事久则渎。在乎文章,弥患凡旧。若无新变,不能代雄。"②可见梁朝对文学"新变"的理解,是建立在今文需要有与旧文所不同的表现特征之基础上的。早在西晋时期,葛洪就在《抱朴子·钧世》里提出:"且夫《尚书》者,政事之集也,然未若近代之优文、诏策、军书、奏议之清富赡丽也;《毛诗》者,华彩之辞也,然不及《上林》、《羽猎》、《二京》、《三都》之汪濊博富也。"③葛洪不但将军书奏议辞赋等文体与五经相比,甚至得出奏议等在文辞清丽与内容丰赡方面优于儒家经典这一结论。这种观点即使在儒学式微的魏晋时期也是一个颇具爆炸性的思想倾向。到了萧纲这里,文学创作的自由同立身之谨慎被分为二途,有了更加明确的独立地位与自身特征。虽然萧纲的文学放荡论同葛洪的文学观差异很大,但萧纲对文学所包蕴的丰富内涵与对作家自由创作的认可,还是同葛洪一脉相承的。

　　永明文学随着493年王融被杀、499年谢朓去世而彻底消歇下来;萧纲的宫体诗创作则在527年左右才开始蔚为风气。在约三十年的时间当中,萧统的文学思想成为风潮,并起到连接永明与宫体两大文学潮流的津梁作用。在永明文学的末期,由于南齐政治形势发生巨大的变化,南齐文风渐渐开始从清丽省净向哀怨典丽方面转化。曹道衡、傅刚在《萧统评传》中提请读者注意永明末年的这种文风变化:"首先反映在体裁上,即以五言八句为主的新体诗减少;其次诗风转以'情怨'为特征,沈约与谢朓可以代表。"④曹、傅二先生分析认为,由于政治形势发生变化的时间与永明体形成的时间相隔过近,新体诗还没有来得及积累相应的艺术经验,因而以典丽为主

---

① 严可均编《全上古三代秦汉三国六朝文》,第3011页。
② 《南齐书》,第907—908页。
③ 杨明照《抱朴子外篇校笺》,第69—70页。
④ 曹道衡、傅刚《萧统评传》,南京大学出版社,2001年,第136页。

的古体诗作渐渐变成抒情的主要体裁。①

昭明太子萧统(501—531)正是出生在古体诗流行之时,而终其短暂的一生,文风并未经历过大的变化。可以肯定,这种偏向传统的文学创作风气给萧统带来了深刻的影响,让他走上了与永明体完全不同的文学思想道路。从现存史料中可以推断,在萧统的成长过程中,任昉对萧统的影响相当深刻。任昉、沈约是由齐入梁的两位文学耆老,他们在永明时期同为"竟陵八友",但二人的文风,尤其在语言用典方面的差异相当大。萧绎《金楼子·立言》论曰:"任彦昇甲部阙如,才长笔翰,善辑流略,遂有龙门之名,斯亦一时之盛。"又刘孝标《广绝交论》论任昉:"遒文丽藻,方驾曹、王;英特俊迈,联衡许、郭。"沈约作诗清丽平易,而任昉的创作则藻丽典雅。萧统欣赏任昉之文,体现出他对典雅风格的偏爱。根据曹道衡、傅刚的统计,在《昭明文选》中,任昉作品在赋文体裁中的类目数和篇数皆占全书之首,共选入九类十七篇,就连曹植、陆机、潘岳等文章大家也只能屈居任昉之后;而一代文宗沈约只选入三类四篇,远不及任昉。在诗歌体裁中,沈约入选的作品数也只排名全书第九。从统计中可以看出,萧统对任昉的文章给予了多么大的赞赏,正是在任昉文风的影响下,萧统的文学批评观念才渐渐形成。

另外,萧统文质相称的文学批评思想与他崇儒的思想倾向以及淳善的性格特点也密切相关。从现存的史籍记载来看,昭明太子萧统是一个近乎完美的文人型太子。《梁书》卷八《昭明太子传》载:

---

① 对于永明末年文风的转变,曹道衡、傅刚二先生发现任昉对沈约的态度颇值得玩味。《萧统评传》:"建武年间政治形势的变化,引起了整个诗坛的变化。永明年间以能文与沈约能诗齐名的任昉,这时却想超过沈约。《南史·任昉传》说他:'既以文才见知,时人云"任笔沈诗"。昉闻,甚以为病。晚节转好著诗,欲以倾沈,用事过多,属辞不得流便,自尔都下士子,转为穿凿,于是有才尽之谈矣。'这说明任昉晚年写诗以使典用事为特色,想以此超过沈约。……为什么任昉会有这个想法呢?我以为这与永明末年诗风的变化有关。永明年间的新体诗写作,任昉未能擅名,但他并未想到要超过沈约,可能与他不如沈约娴于音律有关;至于永明末年,诗风变改,沈约、谢朓等人由新体转向古体,任昉则以事典入诗,因为这是他的强项。"所论颇有新意,可作为一间接证据证明永明末年的诗风转变。

"太子生而聪睿,三岁受《孝经》、《论语》,五岁遍读《五经》,悉能讽诵。五年六月庚戌,始出居东宫。太子性仁孝,自出宫,恒思恋不乐。高祖知之,每五日一朝,多便留永福省,或五日三日乃还宫。八年九月,于寿安殿讲《孝经》,尽通大义。讲毕,亲临释奠于国学。"①又载:"贵嫔有疾,太子还永福省,朝夕侍疾,衣不解带。及薨,步从丧还宫,至殡,水浆不入口,每哭辄恸绝。高祖遣中书舍人顾协宣旨曰:'毁不灭性,圣人之制。礼,不胜丧比于不孝。有我在,那得自毁如此!可即强进饮食。'太子奉敕,乃进数合。自是至葬,日进麦粥一升。高祖又敕曰:'闻汝所进过少,转就羸瘵。我比更无余病,正为汝如此,胸中亦圮塞成疾。故应强加饘粥,不使我恒尔悬心。'虽屡奉敕劝逼,日止一溢,不尝菜果之味。体素壮,腰带十围,至是减削过半。每入朝,士庶见者莫不下泣。"②萧统九岁就可通《孝经》大义并当堂讲述,其文化理解力超乎常人。生母去世,萧统悲不自胜,以致连武帝都担心他悲伤过度。实际上,萧统的做法是符合儒家要求的。《礼记·丧大记》:"君之丧,子大夫、公子、众士皆三日不食。"③萧统生母非君,昭明太子非大夫、公子,其服侍程度确实本自真心,以至于居丧过礼。但另一方面也可以看出萧统对儒家礼制的真正热爱以及极度恪守。

在萧统身上,我们看到了一位将人格与文格融合为一的文化典范。龚斌在《南兰陵萧氏家族文化史稿》中对萧统作至高评价:"萧统的出现,表明南兰陵萧氏家族文化真正成为士族文化的榜样。萧统的仁孝,标志着萧氏家族不仅占据权力巅峰、文化高地,也占据了道德的高地。"④所言虽稍有拔高,但确实道出了萧统思想中文质合一的本质特点。

萧统的文学批评观点,主要集中在《文选序》、《答湘东王求文集及〈诗苑英华〉书》、《陶渊明集序》等文章中。在《答湘东王求文集及〈诗苑英华〉书》中,萧统提出自己的文学批评总观点:

---

① 《梁书》,第165页。
② 《梁书》,第167页。
③ 《十三经注疏·礼记正义》,第1576页。
④ 龚斌《南兰陵萧氏家族文化史稿》,上海古籍出版社,2015年,第186页。

> 夫文典则累野,丽亦伤浮。能丽而不浮,典而不野,文质彬彬,有君子之致。

《论语·雍也》:"质胜文则野,文胜质则史。文质彬彬,然后君子。"①可见萧统的文学批评观完全脱胎于儒家思想,只是将《论语》中对君子的人格要求移植于文学创作方面。本着这种观点,萧统在《文选序》中对文学的形成与发展作出了细致的评价:

> 式观元始,眇觌玄风。冬穴夏巢之时,茹毛饮血之世,世质民淳,斯文未作。逮乎伏羲氏之王天下也,始画八卦,造书契,以代结绳之政,由是文籍生焉。《易》曰:"观乎天文,以察时变。观乎人文,以化成天下。"文之时义远矣哉!若夫椎轮为大辂之始,大辂宁有椎轮之质?增冰为积水所成,积水曾微增冰之凛,何哉?盖踵其事而增华,变其本而加厉。物既有之,文亦宜然。随时变改,难可详悉。

序文首先追溯文学形成之原始,将伏羲氏画八卦、造书契的古事作为文学的产生标志,提高了文学的神圣性。实际上,这种对文学起源的追述在东汉王充、西晋挚虞那里便曾论及;至于与萧统同时期的刘勰,更是在《文心雕龙·原道》中论曰:"爰自风姓,暨于孔氏,玄圣创典,素王述训;莫不原道心以敷章,研神理而设教。取象乎《河》、《洛》,问数乎蓍龟。观天文以极变,察人文以成化。然后能经纬区宇,弥纶彝宪,发挥事业,彪炳辞义。故知道沿圣以垂文,圣因文而明道;旁通而无滞,日用而不匮。《易》曰:'鼓天下之动者,存乎辞。'辞之所以能鼓天下者,乃道之文也。"②刘勰将文学的缘起同宇宙之生成结合起来,为"文德"的存在赋予了世界本原的重大意义。由此可知,南朝时期对文学之重要性的强调已经到达了一种无以复加的程度。之后萧统的文学继承儒典的论述立场,也同刘勰《文心雕龙·原道》如出一辙。如今学者已经认识到萧统的文学批评思想可能受到刘勰的很大影响,如骆鸿凯在《文选学·纂集》中论

---

① 《十三经注疏·论语注疏》,第 2478 页。
② 范文澜《文心雕龙注》,第 2—3 页。

第十一章 梁代文学批评新论

曰:"昭明选文,或相商榷。而《刘勰传》载其兼东宫通事舍人,深被昭明爱接。《雕龙》论文之言,又若为《文选》印证,笙磬同音,是岂不谋而合,亦尝共讨论,故宗旨如一耶?"①

不过,相对于刘勰广义的"文"的概念,萧统在《文选序》中对文学的边界界定更加谨严。他对文学的意涵表达出自己的见解:"譬陶匏异器,并为入耳之娱;黼黻不同,俱为悦目之玩。作者之致,盖云备矣! 余监抚余闲,居多暇日。历观文囿,泛览辞林,未尝不心游目想,移晷忘倦。"②萧统认为娱乐性、审美性是文学的本质,而接受者对待文学应有的态度是"欣赏",亦即"心游目想"者是。这是较刘勰文学观更进一步的理解。根据这种认识,萧统在《文选》的编纂中有意识地对历来之"文"加以删削。首先,认为经典是圣人之言,不可随意剪裁遴选。这种观念表面将儒经置于无可企及的高位,实则将其排出了"文学"的范畴。其次,诸子的论著以论理为主,不以文辞为重,不予采录,这是对文学以文辞为主的语言要求。再次,谋士纵横之言,过于繁杂,故要删减繁芜,这是对文学中正简约的风格要求。最后,史书之作在于褒贬是非,并非书法情志,但史书中的论、赞、序、述等部分有文思、文采的文章,会将其收入《文选》。这样看来,在《文选》的编选过程中,萧统等人对于文学的界定是相当清晰的。在《文选序》对文章的分类中,不但有了之后经史子集四部的雏形,而且已经将文学作为独立的艺术形式,同儒家经典、子书与史籍作品彻底划分开来,有了自己独立的艺术特性。

萧统的儒家思想在《文选序》中表现最为明显之处在于他对"风雅"的强调。《文选序》曰:"《诗序》云:'诗有六义焉,一曰风,二曰赋,三曰比,四曰兴,五曰雅,六曰颂。'……诗者,盖志之所之也。情动于中,而形于言。《关雎》、《麟趾》,正始之道著。桑间濮上,亡国之音表。故风雅之道,粲然可观。"③评价《诗经》诸句,全用汉儒以来诗教言志等观点,颇为中正。而翻阅《文选》全文,我们也确实可

---

① 骆鸿凯《文选学·纂集》第一,收于穆克宏《文选学研究的几个问题》,《文选学新论》,郑州:中州古籍出版社,1997年,第20页。
② 严可均编《全上古三代秦汉三国六朝文》,第3067页。
③ 严可均编《全上古三代秦汉三国六朝文》,第3067页。

以发现,汉乐府的一些艺术成就极高、但感情过于奔放的作品,如《上邪》、《有所思》之类,被萧统摒除在《文选》之外;另外,南朝以艳情为主的民歌如《吴声》、《西曲》之类,更是无一得入《文选》。可见萧统以"风雅"为主的传统文学批评观是相当强烈的。

萧统文学批评思想的圆融处在于他并不单纯执念于儒家文学批评观念,还体现出明显的南朝文学批评特点,即对文学创作中文思感发过程的重视以及对华美文辞的青睐。总结《文选序》对文学审美特征的要求,主要有"综缉辞采"、"错比文华"、"事出深思"、"义归翰藻"四处描述。其中三处涉及到对文藻丽辞的重视,另一处则要求文学创作要陶钧文思,而使作品内涵深刻、具有创造性。在这个方面,萧统重点关注应物兴感对文学创作的刺激作用。《答湘东王求文集及〈诗苑英华〉书》中论道:

> 或日因春阳,其物韶丽,树花发,莺鸣和,春泉生,暄风至。陶嘉月而嬉游,藉芳草而眺瞩。或朱炎受谢,白藏纪时,玉露夕流,金风多扇。悟秋山之心,登高而远托。或夏条可结,倦于邑而属词;冬云千里,睹纷霏而兴咏。

萧统的这一番话,在意思上与刘勰《文心雕龙·物色》中提出的"物感"思想几乎完全相合。且看《文心雕龙·物色》开篇:"春秋代序,阴阳惨舒;物色之动,心亦摇焉。盖阳气萌而玄驹步,阴律凝而丹鸟羞;微虫犹或入感,四时之动物深矣。若夫圭璋挺其惠心,英华秀其清气。物色相召,人谁获安?是以献岁发春,悦豫之情畅;滔滔孟夏,郁陶之心凝;天高气清,阴沉之志远;霰雪无垠,矜肃之虑深。岁有其物,物有其容;情以物迁,辞以情发。一叶且或迎意,虫声有足引心,况清风与明月同夜,白日与春林共朝哉!"[①]不论是意象的选取,还是对四季景物引发不同文学创作感受的文学观念,萧、刘二论皆可合于一契。日本学者小尾郊一在《齐梁文学与自然》一文中论萧统《答湘东王求文集及〈诗苑英华〉书》曰:"他(按:指萧统)认为自然能够触发感兴,可以作为文学的素材,并且指出四季的往复变

---

① 范文澜《文心雕龙注》,第693页。

化也可以成为文学创作的动机。文学的核心并不在于表现人际之间的关系问题,这种思想在此之前就由萧子显提出过,但萧统在这里论述得更加详细了。"①

由此可见,萧统一方面强调儒家诗教观在文学中的实现,与此同时又看重物感的自然兴会与文辞的华美典丽,可谓是儒家正统与南朝轻艳诗风的综合与折中。萧统文学群体中与其文质并重的文学批评思想相近的文人,还有刘孝绰、任昉、刘勰、王筠、王僧孺等。他们在永明体既已消歇、宫体尚未形成的时期,顺应了当时古体复兴的文学思想潮流,体现出明显的过渡性特征。

最后,对萧统《陶渊明集序》进行一个简要的讨论。萧统最早给陶渊明编集,并对陶渊明的人格与文格表示了极高的推崇,这在之前是相当少见的。陶渊明在东晋、宋齐时期一般只被当作一个隐士看待,而在文学领域几乎无人注意。就算是南齐号称"体大思精"的《文心雕龙》也没有任何关于陶渊明文学创作的评价,因此学者大多将发现陶渊明文学价值的成就完全加在萧统身上。现在看来,萧统对陶渊明文学的发现居功甚伟:其编订《陶渊明集》对保存陶渊明作品之用甚高,其所作《陶渊明集序》对陶渊明文学思想价值的评价、论述皆精当贴切,让人佩服。虽然如此,但将萧统定义为发现陶渊明文学成就的第一人,恐怕不妥。沈约在《宋书》中将陶渊明列于《隐逸传》,但在传中全文收录了《五柳先生传》、《归去来兮辞》、《与子俨等疏》及《命子诗》四篇重要作品,引文字数占到《陶潜传》总字数的百分之七十左右。可以认为,沈约确实遵循了以往对陶渊明隐士而非文学家身份的认定,但是他对陶渊明文学创作的留意已经明显超出了对归隐经历的叙述。沈约对陶渊明四篇文学作品的全文抄录,是一种有意识且意图明确的举动。

对陶渊明的文学成就加以关注并大加推举的,除了萧统之外还有同时代的文论大家钟嵘。《诗品》将陶渊明列为"中品",有些学者以此认为钟嵘对陶渊明的评价不高,这种观点值得商榷。实际上,

---

① 小尾郊一著,笔者译《真实と虚構:六朝文学》,东京:汲古书院,1994年,第91页。

钟嵘对能入《诗品·上品》之诗人的要求是极其严苛的,在区区十二位上品诗人之中,东晋一人未录,至刘宋只录谢灵运,可见钟嵘对东晋以及刘宋的文学风格评价较低。而在中品之中,之前于文学领域从未受过重视的陶渊明得与沈约、嵇康、鲍照、谢朓等当时公认的文学大家并列,足以看出钟嵘对这位晋宋之际诗人的赏识非同寻常,甚至有极力抬高陶渊明文学地位的意向。《诗品·中品》"宋征士陶潜"条论曰:"其源出于应璩,又协左思风力。文体省净,殆无长语。笃意真古,辞兴婉惬。每观其文,想其人德。世叹其质直。至如'欢言醉春酒'、'日暮天无云',风华清靡,岂直为田家语邪?古今隐逸诗人之宗也。"①在这里,钟嵘高度赞扬陶渊明诗歌平易简净、意真辞惬的特点,并认为他的文品与人德是合而为一的。

而萧统在《陶渊明集序》中对陶渊明文学作品的赞赏,基本未出钟嵘所言这些特征。《陶渊明集序》论曰:"有疑陶渊明诗篇篇有酒,吾观其意不在酒,亦寄酒为迹者也。其文章不群,辞彩精拔,跌宕昭彰,独超众类,抑扬爽朗,莫之与京。横素波而傍流,干青云而直上。语时事则指而可想,论怀抱则旷而且真。加以贞志不休,安道苦节,不以躬耕为耻,不以无财为病。自非大贤笃志,与道污隆,孰能如此乎?余爱嗜其文,不能释手,尚想其德,恨不同时。"②多将钟嵘评陶潜之论加以展开,从一定程度上反映了梁代文人对陶渊明文学作品普遍存在的一种理解。另外,在对陶渊明文学作品的审美欣赏之外,萧统还加上了在儒家层面上的评判,这才是萧统的陶渊明文学批评思想真正出新于钟嵘之处。在《陶渊明集序》中,萧统开篇即论述了自古得道与否不在于穷达,而在于人格是否完善的道理:"夫自衒自媒者,士女之丑行;不伎不求者,明达之用心。是以圣人韬光,贤人遁世。其故何也?含德之至,莫逾于道;亲己之切,无重于身。故道存而身安,道亡而身害……情不在于众事,寄众事以忘情者也。"而陶渊明淡泊的性格与纯净质直的文风,正是以人格的淳真完善作为基础的,因而本身就带有文学教化之功用:"尝谓有能

---

① 曹旭《诗品集注》,第260页。
② 严可均编《全上古三代秦汉三国六朝文》,第3067页上。

观渊明之文者,驰竞之情遣,鄙吝之意祛,贪夫可以廉,懦夫可以立,岂止仁义可蹈,抑乃爵禄可辞,不必傍游泰华,远求柱史,此亦有助于风教也。"①可以看出,萧统最早为陶渊明编订文集,并对陶渊明的文学创作进行不遗余力的推赏,其缘由却是非常正统的。在对陶渊明作品的诗教化理解之下,萧统评《闲情赋》为陶集之中的"白璧微瑕",甚至认为"惜哉!亡是可也",②就很好理解了。萧统对陶渊明文学作品的评赏,与《文选序》、《答湘东王求文集及〈诗苑英华〉书》等文章共同表现出以昭明太子为代表的梁代初期文学群体强调"文质彬彬",甚至希望质胜于文的折中性文学批评倾向。

第三节 萧纲文学集团的文学批评观念

梁武帝建立梁朝之后,在位时间长达四十八年,社会的发展迎来较为稳定的时期。随着梁代社会的进一步安定,主张文学"新变"的思想再次抬头,以萧纲为首的新文学群体开始对萧统那种思想过于传统中正的文学批评观念表达不满。尤其是昭明太子于中大通三年(531)英年早逝,萧统文学群体失去核心之后迅速走向瓦解,于是梁代文学继南齐永明体之后迎来了一次更大规模的新变,其成果便是宫体文学的出现。

在这里我们见到了齐梁时期甚至是整个魏晋南朝时期文学的一种大趋势,即以对前代文学传统的突破为核心的"新变"文学观。这是一个十分值得注意的文学批评思潮,它持续时间之久、影响范围之广在整个中国文学发展史上可以称为独一无二。早在曹魏时期,曹丕在《典论·论文》中便树立起突破汉儒文论传统的大旗:"夫文,本同而末异,盖奏议宜雅,书论宜理,铭诔尚实,诗赋欲丽。"③曹丕第一次明确提出诗赋不在于诗教,而在于辞藻与情感给人带来的愉悦,堪称石破天惊。之后,西晋陆机在《文赋》中又对文学之特质

---

① 严可均编《全上古三代秦汉三国六朝文》,第 3067 页。
② 严可均编《全上古三代秦汉三国六朝文》,第 3067 页。
③ 严可均编《全上古三代秦汉三国六朝文》,第 1097—1098 页。

提出了自己的见解:"诗缘情而绮靡,赋体物而浏亮。碑披文以相质,诔缠绵而悽怆。铭博约而温润,箴顿挫而清壮。颂优游以彬蔚,论精微而朗畅。奏平彻以闲雅,说炜晔而谲诳。虽区分之在兹,亦禁邪而制放。要辞达而理举,故无取乎冗长。"①将文学的审美特质揭示得更为详尽。另外,上一节提到葛洪在《抱朴子·钧世篇》里提出,奏议、军书、辞赋等文学体裁在文辞丰赡方面优于儒家经典的结论,更是对文学的审美性特征作出了进一步强调。通过以上的例子可以看出,魏晋时期文学批评所经历的"新变"并不是随意的出新,而是拥有一以贯之的特点,即文学自身的审美风格愈加明晰,文学自身的独立价值愈加凸显。至于南朝时期,文学独立发展到精细化的阶段,从宏观的文体层面走向微观的形式和内容层面。在这个意义上,永明体代表了文学新变过程中向形式化发展的开端;而梁代流行的宫体文学,则是在形式新变的基础上寻求的文学内容及选材层面的进一步独立。

萧纲在《诫当阳公大心书》中提出的"立身之道与文章异:立身先须谨重,文章且须放荡",正是论到了宫体文学新变价值的核心。如果说之前曹丕、陆机、刘勰、萧统等人的文学观还在追求文学独立的过程中借鉴了儒家诗教思想的一些核心观念的话,那么以萧纲为代表的东宫文学群体的文学创作则将儒家思想观念完全摒除在文学创作之外。在这种思想观念之下,萧纲高度认可文学创作的价值。他在《答张缵谢示集书》中说:"纲少好文章,于今二十五载矣,窃尝论之,日月参辰,火龙黼黻,尚且著于玄象,章乎人事,而况文辞可止,咏歌可辍乎?不为壮夫,扬雄实小言破道;非谓君子,曹植亦小辩破言。论之科刑,罪在不赦。"②萧纲颇敬重曹植,其东宫文学集团的活动对建安文学集团亦多有借鉴,说曹植的"辞赋小道"之论是不赦之罪自是调侃;然而表达的意旨却是相当明确的。在萧纲看来,文学创作的意义不在儒家宣传的教化功用,而在对自然环境以及身边人事的心灵之感动。萧纲在许多文章中都论述了物感对于

---

① 严可均编《全上古三代秦汉三国六朝文》,第2013页。
② 严可均编《全上古三代秦汉三国六朝文》,第3010页。

文学创作的重大意义。《答张缵谢示集书》又曰："至如春庭落景,转蕙承风。秋雨且晴,檐梧初下。浮云生野,明月入楼。时命亲宾,乍动严驾。车渠屡酌,鹦鹉骤倾。伊昔三边,久留四战。胡雾连天,征旗拂日。时闻坞笛,遥听塞笳。或乡思凄然,或雄心愤薄。是以沉吟短翰,补缀庸音,寓目写心,因事而作。"[①]在萧纲看来,"沉吟短翰,补缀庸音,寓目写心,因事而作"是文学创作的核心,而这里不但要求文学作品对创作者心灵的忠实,同时还提出对文辞华丽、内容充实的要求。

在《与湘东王书》中,萧纲对当时流行的文体风格进行了颇为严厉的批判:

> 比见京师文体,懦钝殊常,竞学浮疏,争为阐缓,玄冬修夜,思所不得,既殊比兴,正背风骚。若夫六典三礼,所施则有地;吉凶嘉宾,用之则有所。未闻吟咏情性,反拟《内则》之篇;操笔写志,更摹《酒诰》之作。迟迟春日,翻学《归藏》;湛湛江水,遂同《大传》。吾既拙于为文,不敢轻有掎撼,但以当世之作,历方古之才人,远则扬、马、曹、王,近则潘、陆、颜、谢,而观其遣辞用心,了不相似。若以今文为是,则古文为非;若昔贤可称,则今体宜弃,俱为盍各,则未之敢许。又时有效谢康乐、裴鸿胪文者,亦颇有惑焉。何者?谢客吐言天拔,出于自然,时有不拘,是其糟粕。裴氏乃是良史之才,了无篇什之美。是为学谢则不届其精华,但得其冗长;师裴则蔑绝其所长,惟得其所短,谢故巧不可阶,裴亦质不宜慕,故胸驰臆断之侣,好名忘实之类,方分肉于仁兽,逞却克于邯郸,入鲍忘臭,效尤致祸。决羽谢生,岂三千之可及;伏膺裴氏,惧两唐之不传。故玉徽金铣,反为拙目所嗤;巴人下里,更合郢中之听。阳春高而不和,妙声绝而不寻,竟不精讨锱铢,核量文质,有异巧心,终愧妍手。……至如近世谢朓、沈约之诗,任昉、陆倕之笔,斯实文章之冠冕,述作之楷模。张士简之赋、周升逸之辩,亦成佳手,难可复遇。

---

① 严可均编《全上古三代秦汉三国六朝文》,第3010页。

在萧纲看来,当时文风具有懦钝、浮疏、阐缓三病,有悖于《诗经》、《楚辞》吟咏情性的文学本质,反而像《尚书》、六经、三礼那般质木无文。值得注意的是,萧纲对时人学习谢灵运、裴子野文风的现象进行了单独的批评,认为谢灵运乃诗文之天才,然有不拘之病,文章过于冗长;而裴子野为文严谨,但语言谋篇全无美感,正所谓"谢故巧不可阶,裴亦质不宜慕"者。而当朝学习谢、裴之诗文者,亦只得二者糟粕而已。这是一段相当严厉的批评,涉及到对谢灵运、裴子野本人以及当朝谢、裴诗文模仿者的双向批判。在对谢灵运、裴子野文风的批评中,萧纲认为二者的文学成就并不对等——谢灵运的文学创作虽有不拘之病,但确是吐言天拔的文学天才,后人不可学谢,是由于无法学;而裴子野则几无文学才能,所谓"良史之才",实则是在批评裴氏文章全无文学应有之本质,后人不可学裴,是因为不值得学。在这里可以看出萧纲对裴子野的复古文学观念有着非常明显的抵触情绪。

那么另一方面,萧纲对当朝京师文体的批判到底是针对谁呢?这个问题现在看来比较难以落实,值得注意的是曹道衡、傅刚在《萧统评传》中对此有一处比较详尽的考察推论:"萧纲说:'吾既拙于为文,不敢轻有掎摭,但以当世之作,历方古之才人,远则杨马曹王,近则潘陆颜谢,而观其遣辞用心,了不相似。'在这里,萧纲指出当时的写作都以汉魏晋作家为写作对象,那么他说的'今之文体'是否指当时出现了模拟汉魏晋作家的派别呢?综观萧纲的意思,主要是为他'吟咏情性'的文学思想张目,即要重视自己的感受,不要妄拟古人,这也还是从'文变代雄'的立场出发,而并非是他'今之文体'所说的主要内容。萧纲又说:'又时有效谢康乐、裴鸿胪文者,亦颇有惑焉。'这应该是'今之文体'的内容之一,也大致与萧子显所言三派相符。……但在萧纲的评论里,仅有裴、谢二家,并不合乎梁天监、普通乃至大同年间的文学实际。事实上,若论文学影响,自然属永明文学影响最大,萧纲的批评本应针对永明体的。但其实不是,萧纲对永明体一直很欣赏,他在这封信的最后说:'至如近世谢朓、沈约之诗,任昉、陆倕之笔,斯实文章之冠冕,述作之楷模。'这四个人都是永明文学的代表作家,而萧纲却在同一封信中称为'文章之冠冕,述作之楷模',可知永明体也不是他批评的对象。这样一来,萧纲所指就很明确了,即指乃兄,也就是刚去世的太子萧统。从梁天监至普通年间,京师文学确以萧统为中心,形成了一个不同于永明文学的面貌。正是基于这个原因,萧纲甫至京城,立刻就要组织新的文学集团,提倡新的文学思想,变新新的诗歌,这一封信就是在这样的背景中,带着这样的目的写给湘东王萧绎的。"①这段话条分缕析地对萧纲文学观念的细处进行了深入考察与推论,比较令人信服。就算我们不承认"京师文体"一定有所单指,也不可否认就文学批评特点、影响范围以及经历时段而言,萧统文学群体过于保守的文学批评观念一定是造成萧纲对今之文体产生不满并要求新变的重要因素。

在裴子野的周围聚集了一大批志趣相投的文人,组成了一个文学主张颇为相近的文学群体。裴子野与刘之遴在齐建武年间便已经相识,而刘之遴与刘显在建武年间也建立了深厚的友谊,并且已经开始相互进行文学批评思想的交流。天监七年,永明体大家任昉去世,同年裴子野入禁中任职。至天监十八年,刘之遴、刘显、顾协、张缵等重要人物亦入禁中,相互的文学交流更加频繁。这一期间,裴子野的文学观念还受到了倾向质朴文风的武帝萧衍的大力支持。裴子野集团的大部分人都依附萧王室,与萧衍的关系颇为亲近。比如萧衍就对裴子野博学多通的学问和倚马可待的文笔大为欣赏,《梁书》卷三十《裴子野传》载:"普通七年,王师北伐,敕子野为喻魏文,受诏立成,高祖以其事体大,召尚书仆射徐勉、太子詹事周捨、鸿胪卿刘之遴、中书侍郎朱异,集寿光殿以观之,时并叹服。高祖目子野而言曰:'其形虽弱,其文甚壮。'俄又敕为书喻魏相元乂,其夜受旨,子野谓可待旦方奏,未之为也。及五鼓,敕催令开斋速上,子野徐起操笔,昧爽便就。既奏,高祖深嘉焉。"②而裴子野去世时,"武帝悼惜,为之流涕。赠散骑常侍,即日举哀。先是,五等君及侍中以

---

① 曹道衡、傅刚《萧统评传》,第 129—131 页。
② 《梁书》,第 443 页。

上乃有谥,及子野特以令望见嘉,赐谥贞子。"①此虽裴子野去世时之事,却是证明武帝对裴子野喜爱和敬重的极好材料。受到武帝如此赏识,裴子野文学群体自然在普通、大通年间声名愈隆,《梁书》卷二十二《安成王秀传》载:"当世高才游王门者,东海王僧孺、吴郡陆倕、彭城刘孝绰、河东裴子野,各制其文,古未之有也。"②可见裴子野此时已与王僧孺、陆倕、刘孝绰并称,被公认为当代文学之高才而闻名朝野。

裴子野文学群体的文学批评观点核心十分明确,即主张文学应以劝惩为本,提倡文行合一。他在《宋略》中论曰:"乱代先之以忿怒,亡国从之以哀思。"这种观点与萧纲"文行分途"的文论思想针锋相对,甚至认为梁代会因绮靡的文风而亡国,也难怪要遭到萧纲的反击。裴子野在《雕虫论》中比较完整地表达了他的文学批评主张:

> 古者四始六艺,总而为诗,既形四方之风,且彰君子之志,劝美惩恶,王化本焉。后之作者,思存枝叶,繁华蕴藻,用以自通。若俳恻芳芬,楚骚为之祖;靡漫容与,相如和其音。由是随声逐影之俦,弃指归而无执,赋诗歌颂,百帙五车,蔡邕等之俳优,扬雄悔为童子,圣人不作,雅郑谁分?其五言为家,则苏、李自出;曹、刘伟其风力,潘、陆固其枝叶。爰及江左,称彼颜、谢,箴绣鞶帨,无取庙堂。宋初迄于元嘉,多为经史,大明之代,实好斯文。高才逸韵,颇谢前哲,波流相尚,滋有笃焉。自是闾阎年少,贵游总角,罔不摈落六艺,吟咏情性,学者以博依为急务,谓章句为专鲁,淫文破典,斐尔为功。无被于管弦,非止乎礼义。深心主卉木,远致极风云,其兴浮,其志弱。巧而不要,隐而不深。讨其宗途,亦有宋之遗风也。若季子聆音,则非兴国;鲤也趋庭,必有不敢。荀卿有言:"乱代之征,文章匿而采。"斯岂近之乎!

裴子野首先指出君子之志在于"劝美惩恶",而文章则为其工

---

① 《南史》,第867页。
② 《梁书》,第345页。

具。在接下来的文学史叙述中，裴子野以《诗经》为文学之最高，而后世的文学则是在前代的基础上变得愈加繁复。在这里，裴子野体现出强烈的厚古薄今的意识，对《诗经》以及汉魏风骨推崇备至。然而裴子野并不是一个只知道回到古代去掉书袋的学者，作为齐梁时期博贯兼通的大学者，裴子野也受到南朝文学观念的影响，对于文学辞采本身并无反感，比如他在《宋略总论》中论曰："文章则颜延之、谢灵运，有藻丽之巨才。"对他们的文章从审美方面给予了充分肯定。实际上，裴子野的批判锋芒主要指向的是"以博依为急务，谓章句为专鲁"，即为显示博学而盲目寻章摘句或炼词出新的创作风潮，却不是文学辞采本身。

另外值得特别注意的是，由于萧纲对裴子野"乃是良史之才，了无篇什之美"的评价，后世评论者多认为"质木无文"就是裴子野标榜的文学批评之道；然而正相反，裴子野是坚决反对以史为文，主张文史分途的。《梁书》卷三十《裴子野传》载："子野为文典而速，不尚丽靡之词。其制作多法古，与今文体异，当时或有诋诃者，及其末皆翕然重之。或问其为文速者，子野答云：'人皆成于手，我独成于心，虽有见否之异，其于刊改一也。'"①裴子野认为，文学创作同样是才性的表现。"无取庙堂"的轻艳作品固然无益，而过分的专鲁破典以至于空洞雕镂者同样不可取法，他反对文学成为"淫文破典，斐尔为功"之物。由此可见，他批评元嘉与大明之代的文学，认为高才逸韵之人都写不出好作品，原因正是"成于手"的创作方法"懦钝殊常"。这一观点倒与萧子显、萧纲以及后来颜之推的观点颇为一致。萧纲在《与湘东王书》中曾言："玄冬修夜，思所不得；既殊比兴，正背风骚。"颜之推亦在《颜氏家训·文章》中论道："拙文研思，终归蚩鄙。"所以裴子野提出文章"成于心"的观点，实际上是他师心自任的文学创作论的反映，彰显出裴子野文学群体特有的创作论层面的独立和创新意识。在裴子野的文学创作中，我们可以看到一些清新流丽的作品，最具代表性的是他的《咏雪》："飘飖千里雪，倏忽度龙沙。从云合且散，因风卷复斜。拂草如连蝶，落树似飞花。若赠离居者，

---

① 《梁书》，第443页。

折以代瑶华。"唐代大诗人岑参在《白雪歌送武判官归京》中咏雪所言"忽如一夜春风来,千树万树梨花开",将飞花喻雪花,成为千古名句。实际上,裴子野早在齐梁时期便已有此创意,而且与岑参的豪壮不同,他要将这纯洁的白雪做成花枝送给离居之人,充满了南朝文人特有的优雅。考《九歌·大司命》:"折疏麻兮瑶华,将以遗兮离居。"王逸注:"瑶华,玉华也。"洪兴祖补注:"说者云:瑶华,麻花也,其色白,故比于瑶。此花香,服食可致长寿,故以为美。"如此美好的花枝,裴子野要把它赠给"离居者"。那么这个"离居者"究竟何指呢?有人将其理解为离居的美人,徐陵将此诗收入《玉台新咏》,想必也是赞同这种理解的。但笔者认为,此处"离居者"还可理解为在世俗的繁杂中坚持自己的信念,不随波逐流的君子,换句话说,他在以"离居者"自比。

魏晋以来,强调辞藻与声色的观念大为流行,在这样一种文学大环境中,裴子野文学群体作为一个从民间形成的、非政治的文人团体,能够坚持自己的复古文学主张,并不断为其奔走呐喊,实在是需要强大的信念支撑。除宫体那样特殊的诗歌创作之外,在咏物诗中自比或言志一直都是相当常见的传统,更何况是主张诗歌之本质在于"既形四方之风,且彰君子之志"的裴子野!由此可见,虽然裴子野"不尚丽靡之词",文章典雅质朴,对偏尚淫丽、雕缋满眼、轻俭浮艳的文风深感气愤,从而大力提倡古朴典雅的文学风格,与萧子显提倡的"轻唇利吻,不雅不俗"和萧纲所叹赏的"性情卓绝,新致英奇"的新变文学在风格上截然不同,与萧统摒除子史又提倡翰藻的文史观也相异;但是这些在文学审美观念上的不同,并不能决定他们在文学创作论层面的对立。实际上,裴子野的文学创作论与其他文学群体一样,体现出许多南朝应有的文学特质,这是需要我们特殊注意的。

由以上分析可知萧纲在《与湘东王书》中对萧统、裴子野以及学习裴子野文章之人的批评,实际上更多着眼于表层的审美风格方面。至于萧纲自己的文学创作,尤其是文的创作则堪称文实兼美,多少显示出其对萧统"文质彬彬"乃至裴子野"文出于心"的文学创作观念的无心继承。请看萧纲《与萧临川书》:

第十一章 梁代文学批评新论

> 零雨送秋,轻寒迎节,江枫晓落,林叶初黄,登舟已积,殊足劳止,解维金阙,定在何日?八区内侍,厌直御史之庐;九棘外府,且息官曹之务。应分竹南川,剖符千里。但黑水初旋,未申十千之饮;桂官既启,复乖双阙之宴。文雅纵横,即事分阻,清夜西园,眇然未克。想征舻而结叹,望挂席而沾衿。若使弘农书疏,脱还邺下,河南口占,傥归乡里,必迟青泥之封,且觐朱明之诗。白云在天,苍波无极,瞻之歧路,眷慨良深,爱护波潮,敬勖光彩。

又萧纲《与刘孝绰书》:

> 执别灞浐,嗣音阻阔,合璧不停,旋灰屡徙,玉霜夜下,旅雁晨飞。想凉燠得宜,时候无爽,既官寺务烦,簿领殷凑。等张释之条理,同于公之明察,雕龙之才本传,灵蛇之誉自高。颇得暇逸于篇章,从容于文讽。顷拥旄西迈,载离寒暑。晓河未落,拂桂棹而先征;夕鸟归林,悬孤帆而未息。足使边心愤薄,乡思邅回。但离阔已久,载劳寤寐,伫闻还驿,以慰相思。

由此等内容丰富、情感真挚的佳作,可知萧纲是一个纯文学的真正宣传者与实践者,这些审美特质确实是崇尚复古的裴子野一派所不能及的。但在真挚与简约方面,却并未距裴子野的文学创作观念过远。只是在这些优美的文章之中,我们可以看出类似于宫体文学的精巧与华美,这种愈加轻艳的风格和精巧的结构则是裴子野作品中绝无可能见到的新事物。

萧纲文学群体在对成员的吸纳与控制方面具有裴子野文学群体无法比拟的优势。裴子野虽然德高望重,但身份毕竟只是学者,因此其文学群体的聚集大都因单纯的志向相通,每人拥有极大的选择自由。故而裴子野文学群体的成员基本都是当时著名的学者,他们聚在一起大规模探讨文学的次数很少,大部分时间是在各自从事学术研究和著述。而萧纲则完全不同,他既是文学的领导者,又是梁朝的最高统治者;他的文学群体除了文学活动本身之外,还必然带上非常明显的政治因素。因此,萧纲文学群体很快发展壮大起来。中大通二年(530),裴子野去世,复古派文学群体活动消歇下来,而萧纲文学群体提倡的文学批评观念,尤其是崇尚浓艳的宫体审美倾向迅速在京师建康流行开来。

前文说过,宫体诗的发展有着自己的必然性,即魏晋以来文学对"新变"的不懈追求。萧纲入京之后,梁代文学对"新变"的追求已经达到一种极致状态;宫体诗的产生,正是这种极致状态的具体表现。这是本文对宫体诗之形成原因的基本看法。

萧纲的诗歌创作风格相当多样,主题涉及游览、咏物、咏怀、赠答、赠别、行旅、杂拟等各个方面,并且在乐府创作中多有豪壮苍凉者,并不全是宫体。实际上,宫体仅是萧纲相当广泛的文学创作的主题之一,可以看作其受到南朝吴歌西曲等民间乐府启发,结合自身崇尚华美的文学批评观念进行的文学创作尝试。在萧纲的文学批评观点之中,并没有见到单独针对宫体诗的文学批评;正相反,萧纲强调文学"寓目写心,因事而作"的真内容、真情感,与宫体诗那种轻靡的风格差异还是很大的。萧纲创作的描写艳情的宫体作品,实质上是他在对文学精细刻画技巧方面所做的一种练习与尝试,这种尝试和萧纲文学批评观念中推崇的那种辞采艳丽而内容充实的风格特征是存在距离的。

宫体在萧纲进入东宫之后成了当时影响最大的诗歌形式,这是萧纲与东宫文学群体共同推动的结果(当时裴子野已经去世,因此萧、裴二人实际上并没有发生过有关文学观念的正面交锋)。一方面,萧纲的新体诗歌创作表现出轻靡艳丽的特点,与他创作的其他文学作品(不论是文还是乐府诗等)大异其趣。《梁书》卷四《简文帝纪》载:"(纲)雅好题诗,其序云:'余七岁有诗癖,长而不倦。'然伤于轻艳,当时号曰'宫体'。"[①]姚思廉批评的正是萧纲的新体诗创作,对萧纲诗风"轻艳"的判断现已成为宫体诗最核心的审美特征。另一方面,在萧纲的周围聚集起来一群颇具规模的宫体诗人群体,如徐摛徐陵父子、庾肩吾庾信父子等,为宫体诗的创作与推广起到了至关重要的作用。《梁书》卷三十《徐摛传》载:"(摛)幼而好学……属文好为新变,不拘旧体。……摛文体既别,春坊尽学之。

---

① 《梁书》,第109页。

第十一章　梁代文学批评新论

宫体之号,自斯而起。"①这里将宫体诗的起源归功于徐摛而非文学集团的中心人物萧纲,是一个非常值得关注的点,说明徐摛在推广宫体文学创作方面的功劳可能要大于萧纲。

另外,徐摛之子徐陵主编了宫体文学集《玉台新咏》,刘肃《大唐新语》载:"梁简文帝为太子,好作艳诗,境内化之,浸以成俗,谓之'宫体'。晚年改作,追之不及,乃令徐陵撰《玉台集》,以大其体。"实际上,此处记载的真实性值得商榷。日本学者兴膳宏于1981年即在《〈玉台新咏〉成书考》一文中对此条材料提出质疑,认为徐陵在太清二年(548)夏已经出使东魏,之后因侯景之乱从未南归,判断《玉台新咏》只可能编纂于太清二年之前;另外又发现《玉台新咏》中作者的排列顺序同《广弘明集·梁简文帝法宝联璧序》一文中文人按卒年先后排列的顺序相符,得出《玉台新咏》大致成书于卷六中的作家何思澄去世之时,即中大通六年(534)前后,也就是萧纲为皇太子的第四年。② 现在看来,兴膳宏的考证比较令人信服,曹道衡、沈玉成的《南北朝文学史》就采用了兴膳宏的观点,并认为萧纲的文学风格并未经历什么重要转变,对刘肃的这一说法进行了反驳。③

徐陵在《玉台新咏》中首次为宫体文学提供了文学批评理论的支撑。《序》中论曰:

> 凌云概日,由余之所未窥;千门万户,张衡之所曾赋。周王璧台之上,汉帝金屋之中;玉树以珊瑚作枝,珠帘以玳瑁为押。其中有丽人焉。其人也,五陵豪族,充选掖庭;四姓良家,驰名永巷。亦有颍川、新市、河间、观津,本号娇娥,曾名巧笑。楚王宫里,无不推其细腰;卫国佳人,俱言訝其纤手。阅诗敦礼,岂东邻之自媒?婉约风流,异西施之被教。弟兄协律,生小学歌;少长河阳,由来能舞。琵琶新曲,无待石崇;箜篌杂引,非关曹植。传鼓瑟于杨家,得吹箫于秦女。至若宠闻长乐,陈后知而

---

① 《梁书》,第446—447页。
② 参见兴膳宏著,彭恩华译《〈玉台新咏〉成书考》,收于《六朝文学论稿》,长沙:岳麓书社,1986年,第329—350页。
③ 详见曹道衡、沈玉成《南北朝文学史》第十四章第二节。

不平;画出天仙,阏氏览而遥妒。

至如东邻巧笑,来侍寝于更衣;西子微矉,将横陈于甲帐。陪游馺娑,骋纤腰于结风;长乐鸳鸾,奏新声度曲。妆鸣蝉之薄鬓,照堕马之垂鬟;反插金细,横抽宝树。南都石黛,最发双蛾;北地燕脂,偏开两靥。亦有岭上仙童,分丸魏帝;腰中宝凤,授历轩辕。金星将婺女争华,麝月与嫦娥竞爽。惊鸾冶袖,时飘韩掾之香;飞燕长裾,宜结陈王之珮。虽非图画,入甘泉而不分;言异神仙,戏阳台而无别。真可谓倾国倾城、无对无双者也。加以天时开朗,逸思雕华,妙解文章,尤工诗赋。瑠璃砚匣,终日随身;翡翠笔床,无时离手。清文满箧,非惟芍药之花;新制连篇,宁止蒲萄之树?九日登高,时有缘情之作;万年公主,非无累德之辞。其佳丽也如彼,其才情也如此。

既而椒宫宛转,柘馆阴岑,绛鹤晨严,铜蠡昼静。三星未夕,不事怀衾;五日犹赊,谁能理曲?优游少托,寂寞多闲。厌长乐之疏钟,劳中宫之缓箭。纤腰无力,怯南阳之捣衣;生长深宫,笑扶风之织锦。虽复投壶玉女,为欢尽于百骁;争博齐姬,心赏穷于六箸。无怡神于暇景,惟属意于新诗。庶得代彼皋苏,微蠲愁疾。

但往世名篇,当今巧制,分诸麟阁,散在鸿都。不籍篇章,无由披览。于是燃脂暝写,弄笔晨书,撰录艳歌,凡为十卷。曾无忝于雅颂,亦靡滥于风人。泾渭之间,若斯而已也。于是丽以金箱,装之宝轴。三台妙迹,龙伸蠖屈之书;五色花笺,河北胶东之纸。高楼红粉,仍定鱼鲁之文;辟恶生香,聊防羽陵之蠹。灵飞太甲,高擅玉函;鸿烈仙方,长推丹枕。至如青牛帐里,余曲既终;朱鸟窗前,新妆已竟。方当开兹缥帙,散此绦绳,永对玩于书帷,长循环于纤手。岂如邓学春秋,儒者之功难习;窦专黄老,金丹之术不成。因胜西蜀豪家,托情穷于鲁殿;东储甲观,流咏止于洞箫。娈彼诸姬,聊同弃日;猗欤彤管,无或讥焉。①

---

① 严可均编《全上古三代秦汉三国六朝文》,第3457页。

这哪里是诗集的序论,简直就是一章用宫体笔法写成的《美人篇》!更加令人称奇的是,在序文最后徐陵将《玉台新咏》的编订之功加在了文中大费笔墨勾描的这个"无怡神于暇景,惟属意于新诗"的才女身上,不论在语言艳丽方面还是在虚构的想象力方面,都堪称对诗文集传统序文模式的彻底突破。徐陵在其中明确提出了自己对文学的看法,即"撰录艳歌……曾无忝于《雅》《颂》,亦靡滥于《风》人。泾渭之间,若斯而已也"。徐陵首先界定《玉台新咏》收录的是艳歌,在这种特定的文学形式之中,文学得到了彻底的独立,不但与《雅》《颂》泾渭相隔,甚至与向来被视为文学之源的《国风》亦截然不同,更加"靡滥"——敢于公然宣称自己的文学创作主张具有"靡滥"之风的,徐陵的《玉台新咏序》恐怕是第一个。

《玉台新咏》编纂的另一个重要目的,是刘肃在《大唐新语》中所言的"以大其体"。这个目的与当时的文学环境密切相关。据前文结论,《玉台新咏》编纂时间在中大通六年之前,其时昭明太子新逝,萧纲甫为皇太子入主东宫,对京师文学儒钝、浮疏、阐缓的问题深以为病,主张大力改革。实际上当时京师流行的文体风格除了萧统那样的折中派之外,还有一个颇受文人学者欢迎的复古文学群体,即裴子野文学集团。中大通之前,裴子野文学集团尚处于鼎盛期,他们所提倡的质朴文风在建康颇为风靡,萧纲在《与湘东王书》中所谓"未闻吟咏情性,反拟《内则》之篇;操笔写志,更摹《酒诰》之作。迟迟春日,翻学《归藏》;湛湛江水,遂同《大传》"的批评,正是针对裴子野复古风潮而发。另外还有一条材料值得注意,《梁书》卷三十《徐摛传》载:"摛文体既别,春坊尽学之,宫体之号,自斯而起。高祖闻之怒,召摛加让。"[1]武帝的态度可作为代表,表明宫体形成之初,并不被主流社会认可。这时的宫体诗歌急需在不利的环境中建立起自己的文学批评观与文体观,引导"京师文体"发生转向。而徐陵《玉台新咏》的编辑成书,正是对宫体文学观念的宣传与正名,意义颇为重大。

在这样一种明确的目的下,《玉台新咏》的编订无论是在选诗标

---

[1] 《梁书》,第447页。

准方面还是在古今编排方面都体现出与传统完全不同的新变意识。综观《玉台新咏》为宫体诗张目的做法,其一是追源溯流,为宫体诗找到文体史的发展依据。归青《南朝宫体诗研究》论曰:"从纵向上看,本书以史为纲,收录汉魏以迄梁代妇女爱情题材的诗歌,体现了编者企图从历史渊源上为宫体诗'大其体'的意图。本书由齐梁而上推汉魏,从古诗选起,顺流而下,至齐梁而蔚为大观,从而为艳诗建立了一个系统,同时也为宫体诗勾勒了一条发展的轨迹。正如《玉台新咏》注引所云:'三、四卷是宫体间见,五、六卷是宫体渐成,七卷是君倡于上,诸王同声,此卷是臣仿宫体于下,妇人同调。'编者企图以此来证明宫体诗的产生有其历史的必然性,这显然是从历史渊源上为宫体诗'大其体'的一种尝试。我们注意到,当徐陵在追踪溯源时,并没有像后来侯景那样把宫体诗同《桑中》之音联系起来,而是接绪于古诗,并把史有定评的诗人如三曹、嵇、阮、潘、陆等尽量阑入。既有借重这些作家为宫体诗增加分量的用意,又表示宫体诗是沿续这一路传统而来,从某种意义上也可以把宫体诗看作是正统诗歌中的一支,这就为宫体诗的合法性找到了根据。"①是为的论。与此相对,许梿在《六朝文絜》中评《玉台新咏》道:"是书所录为梁以前诗凡五言八卷,七言一卷,五言二韵一卷,虽皆绮丽之作,尚不失温柔敦厚之旨,未可盖以淫艳斥之。或以为选录多闺阁之诗,则是未睹本书而妄为拟议者矣。"②许梿的本意是对《玉台新咏》进行回护,但所谓"不失温柔敦厚之旨"、否认《玉台集》选录多闺阁之诗,则是完全没有理解该集编纂目的的妄语。

《玉台新咏》为宫体诗张目的另一表现特征,是其选诗标准带有明显的重今薄古倾向。归青《南朝宫体诗研究》对《玉台新咏》中收录的诗作时代进行了详细的统计,结果如下:"卷一至卷四所收为汉魏至宋齐时期的作品,共收60人,177首诗;卷五、卷六皆为齐梁之作,共收诗人22人,作品127首;卷七、卷八则为当代作家、作品。卷七为帝王之作,选录了萧氏父子5人,70多首诗,作品数量超过了此

---

① 归青《南朝宫体诗研究》,上海古籍出版社,2006年,第314页。
② 黎经浩《六朝文絜笺注》卷八,第142页。

前任何一卷,其中萧纲一人即入选四十三首,是全书入选作品最多的诗人。卷八收录的诗人也有 21 人,作品 56 首。两卷合计,则当代诗人有 26 人,诗歌 126 首。这还只是中大通年间(如从三年算起,则只有三年时间)尚健在的作者作品,如果我们再稍稍扩大范围,把卷五、卷六中所有梁代作家一并计入,则入选诗人就有 48 位,诗歌 253 首,堪称大观。相比之下,汉魏晋宋入选的作家、作品数量就显得单薄多了。如果我们再把时代的跨度与入选的作家、作品数量对照起来考察,则其中的差别就更显然了。从汉(姑从东汉桓帝算起)至齐,共历四朝,凡三百五十多年;而梁代(且算至中大通六年)才不过三十一年。对照上述相应时间段的作家作品统计,很容易发现时间的跨度与入选的作品数恰成反比。"①这个现象说明《玉台新咏》的编选重点在晚近的作家、作品,而重中之重尤在当时健在者的作品。徐陵、萧纲一派当然清楚《玉台新咏》所选的今诗才是他们真正希望推广的宫体诗,于是徐陵的"厚今"实质上也就是在"厚宫体诗"了。从这里我们可以清晰看到《玉台新咏》编订者明确的新变意识与推广宫体诗的思想自觉,这种自觉意识对立于裴子野文学群体的崇古思想,但却符合了齐梁文学批评发展的大趋势。与以往将宫体诗看作内容肤浅、风格轻靡的艳诗相比,从魏晋南朝诗歌发展趋势以及以"新变"为中心的齐梁文学批评观念上,去重新看待宫体文学的批评观,会给我们带来大为不同的文学发现。

第四节　萧绎对梁代文学批评观念的统合

宫体文学由萧纲、徐陵等大力宣扬,"以大其体"之后,其影响历经梁、陈,直至初唐方渐趋消歇。在南朝末期这样一种文学批评大趋势中,作为武帝第七子的元帝萧绎提出了一些较有个人见解的文学观点。虽然其成就远远不及刘勰、钟嵘、萧统、裴子野、萧纲这样的文学批评大家,但确实在梁代后期宫体诗的一片华靡声中独出众

---

① 归青《南朝宫体诗研究》,第 314—315 页。

类,显得个性突出。

萧绎的文学批评观念主要体现在《金楼子·立言》与《内典碑铭集林序》中。总的来说,他文学观念的创新之处主要在两个方面:一是结合南朝文学的审美风尚,为"文笔之辨"的论题提出了新的解释;二是主张文质相称的文学观,提出文学创作需要谨慎对待。下面对以上两点进行简要的分析。

可以认为,萧绎的"文笔说"是其最具价值的文学批评观点。"文笔分途"是南朝时期最为重要的文学理论成就之一,如刘宋时期的范晔在《后汉书·自序》中论曰:"手笔差易,文不拘韵故也。"范晔已经认识到"文不拘韵"的特点,初步具备了文笔分途的意识。而刘勰在《文心雕龙·总术》中则详细论述了文笔之别:"今之常言,有文有笔。以为无韵者笔也,有韵者文也。夫文以足言,理兼诗书,别目两名,自近代耳。"至于梁代,文笔之间的差异更加为人们所重视,任昉就是一证。《南史》卷九十五《任昉传》载:"时人云任笔沈诗,昉闻,甚以为病。"①看来任昉认为写好有韵之诗要比擅长无韵之文更能体现一个人的文学创作水平。但是综合以上观点,时人对文笔之区别的认识大体上仍然停留在有无韵律的形式上,至于文体之间的差异,则尚未被分别出来。在这样的背景之下,萧绎的"文笔说"将南朝的文笔观念向前推进了一大步。他在《金楼子·立言下》中论曰:

> 至如不便为诗如阎纂,善为章奏如伯松,若此之流,泛谓之笔,吟咏风谣,流连哀思者,谓之文。……至如文者,维须绮縠纷披,宫徵靡曼,唇吻遒会,情灵摇荡,而古之文笔,今之文笔,其源又异。至如象、系、风、雅、名、墨、农、刑,虎炳豹郁,彬彬君子,卜谈四始,李言七略,源流已详。今亦置而弗辨。潘安仁清绮若是,而评者止称情切,故知为文之难也。曹子建、陆士衡,皆文士也,观其辞致侧密,事语坚明,意匠有序,遗言无失。虽不以儒者命家,此亦悉通其义也。遍观文士,略尽知之。至于谢玄晖,始见贫小,然而天才命世,过足以补尤。任彦昇甲部阙如,才长笔翰,善辑流略,遂有龙门之名,斯亦一时之盛。

---

① 《南史》,第 1455 页。

在这里,萧绎并没有从语言音韵方面区分二者之差异,而是关注到"文"和"笔"不同的审美特质。所谓文者须"绮縠纷披,宫徵靡曼,唇吻遒会,情灵摇荡",正是南朝齐梁时期文学批评主流思想中所推崇的丽辞观和性情观;至如章奏、书表之类的实用文体,由于并非发自性灵,并且语言风格质朴典正,因而被归为笔之一类。萧绎的这种文笔分类法极具创意地将文学之"文"与章表奏议等实用文体之"笔"划分开来,已经完全打破了南朝以来以声韵划分文笔的传统。实际上,萧绎本人是"文学发展论"的坚定支持者,他在《内典碑铭集林序》中明确指出:"夫世代亟改,论文之理非一;时事推移,属词之体或异。"萧绎在"文笔之辨"方面的创新,正是他所谓"世代亟改,论文之理非一"观念的实践证明。萧绎的这种观点,在实质上与永明体、宫体文学一样,是梁代文学"新变"观念的产物;另一方面,这种观点在文体的层面赋予了纯文学完全独立的审美地位,亦与永明体、宫体文学所表现出的文学意义相近似。

至于萧绎的文学创作观点,主要表现在他的《内典碑铭集林序》中:

> 但繁则伤弱,率则恨省;存华则失体,从实则无味。或引事虽博,其意犹同;或新意虽奇,无所倚约;或首尾伦帖,事似牵课;或翻复博涉,体制不工。能使艳而不华,质而不野,博而不繁,省而不率,文而有质,约而能润,事随意转,理逐言深,所谓菁华,无以间也。①

在列举出文章繁复、直率、华丽、质实四种文学风格带来的问题之后,萧绎提出了自己的文学主张,即"质而不野,博而不繁,省而不率,文而有质,约而能润,事随意转,理逐言深"。这种文质相称的文学批评观念,几乎与其兄昭明太子萧统的主张完全一致。与此同时,萧绎表达了从事文学创作先须谨慎的观点。《金楼子·立言下》节录刘勰《文心雕龙·指瑕》论曰:"管仲有言:'无翼而飞者,声也;无根而固者,情也。'然则声不假翼,其飞甚易;情不待根,其固非难。

---

① 严可均编《全上古三代秦汉三国六朝文》,第3053页。

以之垂文,可不慎欤?古来文士,异世争驱,而虑动难固,鲜无瑕病。陈思之文,群才之隽也。《武帝诔》云'尊灵永蛰',《明帝颂》云'圣体浮轻'。浮轻有似于蝴蝶,永蛰可拟于昆虫,施之尊极,不其嗤乎?"①萧绎认为不抑制自己的情感,任其吐露发扬并不难,但是由此写出的文章不合规范,多有瑕病;而想要抑制自己的情感,写出文质兼美的文章是非常不易的。在这一论述中,我们发现他的矛头似乎正是对准以萧纲、徐陵为代表的宫体文学,他所谓的"声不假翼其飞甚易"以及"情不待根其固非难"正是宫体文学最根本的特征。实际上,萧绎所坚持的文质相称之论,本身就与萧纲的"文学放荡论"针锋相对。在史料中我们可以看到,实际上萧绎同裴子野文学群体的接触比较频繁。如《梁书》卷四十《到溉传》载:"湘东王绎为会稽太守,以溉为轻车长史、行府郡事。高祖敕王曰:'到溉非直为汝行事,足为汝师,间有进止,每须询访。'"②在梁武帝的安排下,到溉成了萧绎的老师,萧绎文质并重的文学思想倾向,可能正是在那个时候开始形成的。另据《南史》卷三十三《裴子野传》记载,裴子野去世后,"及葬,湘东王为之墓志铭,陈于藏内。邵陵王又立墓志,埋于羡道。羡道列志,自此始焉"。③ 两位皇子为裴子野写墓志铭,萧绎即是其中之一。可见萧绎对裴子野的敬重,确是发自真心的。敬重的原因自然包括其对裴子野文学观念一定程度上的认同。

当然不可否认,他虽然欣赏"文质相称"的文学创作观念,但他自己却是一个文行严重不一的人。在《玉台新咏》中收录了萧绎的宫体诗作品多达三十首,其数量仅次于宫体文学的宣扬者萧纲,甚至比徐陵还多;其作品风格完全符合宫体诗"轻艳"的审美特征,但摹写手法多陷俗套,其质量与新意皆远不如萧纲、徐陵诸作;另外,萧绎宫体诗总体上对色情的渲染极少,亦与萧纲、徐陵的创作之开放不同。这说明,萧绎的宫体诗作品可能是他的应制之作,抑或是他跟风摹写而成。但是由于萧绎的政治地位与宫体诗的创作数量

---

① 许逸民《金楼子校笺》,第892页。
② 《梁书》,第568页。
③ 《南史》,第867页。

都极高,且文学的浮靡之风已在社会广泛形成,因此他创作宫体诗的行为反而比他的文学批评观念在社会上造成的影响更为巨大。《北史》卷八十三《文苑传叙》曰:"梁自大同之后,雅道沦缺,渐乖典则,争驰新巧。简文、湘东启其淫放;徐陵、庾信分路扬镳。其意浅而繁,其文匿而彩,词尚轻险,情多哀思。"①直接将萧绎看作是开宫体诗先河者。想想萧绎在《内典碑铭集林序》中还曾大谈"艳而不华,质而不野,博而不繁,省而不率,文而有质,约而能润,事随意转,理逐言深"的文学创作观点,对宫体诗进行不指名的批评;而到后来竟然成为宫体诗的开创者之一,其文学批评观念和文学创作之间的差异之大,简直到了令人惊愕的程度。

  对于萧绎个人而言,文学创作与批评观念的分立是他复杂性格特征在文学层面的一种表现。实际上,萧绎虽然在《金楼子》等作品中大谈儒家道德、文质相称的观点,但在现实的政治角逐中完全是一个阴谋家和伪君子。刘之遴是裴子野文学群体中一位德高望重的学者,而面对和自己文学观念相近的文士,萧绎并不是表示欣赏并加以提携,而只因嫉妒其文才就将其毒杀。《南史》卷五十《刘之遴传》载:"(之遴)寻避难还乡,湘东王绎尝嫉其才学,闻其西上至夏口,乃密送药杀之。不欲使人知,乃自制志铭,厚其赙赠。"②杀人之后还故作伪善,多亏有《南史》之记载,使得萧绎虚伪残暴的面目暴露无遗。除此之外,在侯景之乱致使萧梁政权危如累卵之际,萧绎为苟且偷安不肯作为盟主讨伐侯景,甚至因一己之私利拒不发兵,并斩杀了不愿听从自己命令的萧统之子萧誉。《梁书》卷五《元帝纪》载:"世祖征兵于湘州,湘州刺史河东王誉拒不遣。六月丙午,遣世子方等帅众讨誉,战所败死。七月,又遣镇兵将军鲍泉代讨誉。九月乙卯,雍州刺史岳阳王詧举兵反,来寇江陵,世祖婴城拒守。乙丑,詧将杜崱与其兄弟及杨混,各率其众来降。丙寅,詧遁走。鲍泉攻湘州不克,又遣左卫将军王僧辩代将。"③萧氏家族的内战由是而

---

① 《北史》,第2782页。
② 《南史》,第1252页。
③ 《梁书》,第113—114页。

起,且愈演愈烈。王志坚在《读史商语》卷三中痛揭萧绎暴行道:"自古以来逆臣叛子安忍无亲者有矣,未有如梁元帝之甚者也。侯景孤军犯阙,势不能久。援兵四集,众必瓦解。使元帝与邵陵东西夹攻,未有不济者。邵陵既一挫不复振,而元帝持兵观望,都无下意。岂惟无下意,方且以间图誉、图纶、图纪。推其意不过谓即破景而武帝、简文尚在,帝位非其有。即父兄亡而弟侄未尽,帝位犹不安。不如缓之,使景害武帝、简文而已。"①是为的论。由于萧氏内斗延误了时机,侯景军队围城更剧,太清三年(549)五月,饥病交加的梁武帝萧衍在建康城内凄惨逝世。此时称帝欲望熏心的萧绎正在忙于同萧誉、萧詧作战,秘不发丧,直至大宝元年(550)四月湘州平定之后,他才对外公布了武帝丧讯。《南史》卷八《元帝纪》载:"及简文帝即位,改元为大宝元年。……先是,邵陵王纶书已言凶事,秘之,以待湘州之捷。是月(按:四月)壬寅,始命陈莹报武帝崩问,帝哭于正寝。"②这时距武帝去世已经过了接近一年的时间。

由上可见,萧绎人格之虚伪阴毒堪称世所罕见,虽然在文章中表现出重儒道、重文质的雅文学观,但实际上则是一个虚伪自私并几乎毫无政治远见的伪君子。承圣三年西魏大举侵梁,十一月江陵城陷。《资治通鉴》卷一百六十五《梁纪》载:"帝入东阁竹殿,命舍人高善宝焚古今图书十四万卷,将自赴火,宫人左右共止之。又以宝剑斫柱令折,叹曰:'文武之道,今夜尽矣!'……或问:'何意焚书?'帝曰:'读书万卷,犹有今日,故焚之。'"③王夫之《读通鉴论》卷十七《元帝》条中对此痛言:"未有不恶其不悔不仁而归咎于读书者,曰书何负于帝哉?此非知读书者之言也。帝之自取灭亡,非读书之故,而抑未尝非读书之故也。取帝之所撰著而观之,搜索骈丽、攒集影迹、以夸博记者,非破万卷而不能。于其时也,君父悬命于逆贼,宗社垂丝于割裂,而晨览夕披,疲役于此,义不能振,机不能乘,则与六博投琼、耽酒渔色也,又何以异哉?夫人心一有所倚,则圣贤之训

---

① 王志坚《读史商语》卷三,北京大学图书馆藏影印本,第20页。
② 《南史》,第235页。
③ 《资治通鉴》,第5122页。

典,足以锢志气于寻行数墨之中;得纤曲而忘大义,迷影迹而失微言,且为大惑之资也。况百家小道、取青妃白之区区者乎!"①在梁朝最后的时刻,萧绎做出的焚书举动几近疯狂,将国家败亡的主要责任转嫁到书籍之上,可见萧绎在最后也没有理解文化对于国家与个人的价值,其生前提出的文学批评观念和文学创作或袭前人、或跟时风,中间时有巨大的矛盾冲突之处,也正可以体现出萧绎实则毫无文化价值之自觉。龚斌在《南兰陵萧氏家族文化史稿》中认为:"萧绎的疯狂举动,是中国文化史上的大浩劫之一……萧氏创造了齐梁文化的繁荣,最后又借萧绎之手,大规模毁灭了梁之前中国文化的优秀成果。萧绎焚书,是皇族萧氏文化的彻底终结,是萧氏退出历史舞台、丧失文化引领者地位的最重要的标志与象征。"②实际上,萧绎在梁代终结之前的一次焚书,不止标志着萧氏皇族文化的终结,同时在更大范围内也标志着南朝文学的迅速衰落。在这个意义上,是萧绎对梁朝政治环境与文学环境的双重破坏,而非继承永明体形式并倡导"新变"的宫体文学风潮,成为真正使南朝文学与文化从高峰转向低谷以致没落的转折点。

---

① 王夫之《读通鉴论》,北京:中华书局,1975年,第1346—1347页。
② 龚斌《南兰陵萧氏家族文化史稿》,上海古籍出版社,2015年,第270页。

参考文献

古籍

1. 王文锦《礼记译解》,北京:中华书局,2016。
2. [唐]李鼎祚《周易集解》,北京:中国书店,1984。
3. [魏]何晏集解[梁]皇侃义疏《论语集解义疏》,上海:广文书局,1991。
4. [清]阮元校刻《十三经注疏》,上海古籍出版社,1997。
5. [宋]朱熹《四书章句集注》,北京:中华书局,2008。
6. [三国吴]韦昭注《宋本国语》,北京:国家图书馆出版社,2017。
7. [汉]司马迁《史记》,北京:中华书局,2016。
8. [汉]班固《汉书》,北京:中华书局,1962。
9. [宋]范晔撰[唐]李贤等注《后汉书》,北京:中华书局,1965。
10. [晋]陈寿《三国志》,北京:中华书局,1982。
11. [唐]房玄龄《晋书》,北京:中华书局,1974。
12. [梁]沈约《宋书》,北京:中华书局,1974。
13. [梁]萧子显《南齐书》,北京:中华书局,1974。
14. [唐]姚思廉《梁书》,北京:中华书局,1973。
15. [唐]姚思廉《陈书》,北京:中华书局,1972。
16. [唐]李延寿《南史》,北京:中华书局,1975。
17. [唐]李延寿《北史》,北京:中华书局,1977。
18. [唐]魏征、令狐德棻《隋书》,北京:中华书局,1973。
19. [宋]司马光《资治通鉴》,北京:中华书局,1956。
20. [唐]杜佑《通典》,北京:中华书局,1988。
21. [南宋]郑樵《通志》,北京:中华书局,1987。
22. [宋]马端临《文献通考》,北京:中华书局,1986。
23. [清]朱铭盘《南朝宋会要》,上海古籍出版社,1984。

24. ［清］朱铭盘《南朝齐会要》，上海古籍出版社，1984。
25. ［清］朱铭盘《南朝梁会要》，上海古籍出版社，1984。
26. ［清］朱铭盘《南朝陈会要》，上海古籍出版社，1984。
27. ［唐］许嵩撰、孟昭庚校点《建康实录》，上海古籍出版社，1987。
28. ［汉］王充著、陈蒲清点校《论衡》，济南：岳麓书社，2006。
29. ［晋］葛洪撰、周天游校注《西京杂记》，西安：三秦出版社，2006。
30. ［梁］萧统编［唐］李善、吕延济、刘良等注《六臣注文选》，北京：中华书局，2012。
31. 余嘉锡《世说新语笺疏》，北京：中华书局，1983。
32. ［陈］徐陵编、穆克宏校点《玉台新咏笺注》，北京：中华书局，1985。
33. ［唐］欧阳询撰、汪绍楹校《艺文类聚》，上海古籍出版社，1999。
34. ［宋］郭茂倩编《乐府诗集》，北京：中华书局，1979。
35. ［日］遍照金刚撰、卢盛江校考《文镜秘府论汇校汇考》，北京：中华书局，2006。
36. ［清］严可均编《全上古三代秦汉三国六朝文》，北京：中华书局，1958。
37. 逯钦立辑校《先秦汉魏晋南北朝诗》，北京：中华书局，1983。
38. ［清］何文焕辑《历代诗话》，北京：中华书局，1981。
39. ［明］张溥撰、殷孟伦注《汉魏六朝百三家集题辞注》，北京：人民文学出版社，1963。
40. ［清］纪昀等《四库全书总目》，北京：中华书局，1965。
41. ［清］王先谦《庄子集解》，北京：中华书局，2012。
42. ［清］王先谦《荀子集解》，北京：中华书局，2012。
43. 楼宇烈《王弼集校释》，北京：中华书局，1980。
44. 陈庆元《沈约集校笺》，杭州：浙江古籍出版社，1995。
45. 李俊标注译《曾巩集》，郑州：中州古籍出版社，2010。
46. ［宋］张敦颐撰、张忱石校点《六朝事迹编类》，上海古籍出版社，1955。
47. 范文澜《文心雕龙注》，北京：人民文学出版社，1958。
48. 曹旭《诗品集注》（增补本），上海古籍出版，2011。

49. 王利器《颜氏家训集解》,北京:中华书局,1993。

50. 王树民《廿二史札记校证》,北京:中华书局,1984。

51. [清]王夫之《读通鉴论》,北京:中华书局,1975。

52. 叶瑛《文史通义校注》,北京:中华书局,1985。

53. [清]刘熙载《艺概》,上海古籍出版社,1978。

54. [清]许梿编《六朝文絜》,上海古籍出版社,1999。

55. [清]李兆洛编《骈体文钞》,郑州:中州古籍出版社,1990。

56. 叶朗主编《中国历代美学文库》(魏晋南北朝卷),北京:高等教育出版社,2004。

57. 穆克宏、郭丹编著《魏晋南北朝文论全编》,南京:江苏教育出版社,1996。

58. 穆克宏《魏晋南北朝文学史料述略》,北京:中华书局,1997。

今人著述

1. 章太炎《国学讲演录》,上海:华东师范大学出版社,1996。

2. 陈寅恪《金明馆丛稿初编》,上海古籍出版社,1980。

3. 陈寅恪《金明馆丛稿二编》,上海古籍出版社,1980。

4. 陈寅恪《魏晋南北朝史讲演录》,安徽:黄山书社,1987。

5. 王仲荦《魏晋南北朝史》,上海人民出版社,2003。

6. 吕思勉《两晋南北朝史》,上海古籍出版社,1983。

7. 万绳楠《魏晋南北朝史》,上海:东方出版中心,2007。

8. 梁启超《中国历史研究法》,上海古籍出版社,2011。

9. 熊德基《六朝史学考实》,北京:中华书局,2000。

10. 周一良《魏晋南北朝史札记》,北京:中华书局,1985。

11. 唐长孺《魏晋南北朝史论丛》,上海:三联书店,1955。

12. 唐长孺《魏晋南北朝史论拾遗》,上海:三联书店,1983。

13. 曹道衡、刘跃进编《南北朝文学编年史》,北京:人民文学出版社,2000。

14. 曹道衡、沈玉成编著《南北朝文学史》,北京:人民文学出版社,1991。

15. 刘师培《中国中古文学史》,北京:商务印书馆,2010。

16. 宗白华《美学散步》,上海人民出版社,1981。
17. 徐复观《中国艺术精神》,桂林:广西师范大学出版社,2007。
18. 王运熙、杨明主编《中古文学批评通史》,上海古籍出版社,1996。
19. 罗宗强《魏晋南北朝文学思想史》,北京:中华书局,1996。
20. 叶仁青《魏晋南北朝文学思想史》,台北:文史哲出版社,1978。
21. 蔡钟翔、黄保真、成复旺《中国文学理论史》,北京:中国人民大学出版社,2009。
22. 蔡钟翔《生生不息的中国文论》,北京:中国书店,2010。
23. 蔡钟翔、袁济喜《中国古代文艺学》,北京:人民文学出版社,2011。
24. 袁济喜《六朝美学》,北京大学出版社,1999。
25. 刘跃进《门阀士族与永明文学》,上海:三联书店,1996。
26. 姚晓菲《两晋南朝琅邪王氏家族文化研究》,济南:山东大学出版社,2010。
27. 杜志强《兰陵萧氏家族及其文学研究》,四川:巴蜀书社,2008。
28. 苏绍兴《两晋南朝的士族》,台湾:联经出版社,1987。
29. 胡德怀《齐梁文坛与四萧研究》,南京大学出版社,1997。
30. 马晓坤、孙大鹏《两晋南朝琅邪王氏与陈郡谢氏比较研究》,北京:中国社会科学出版社,2011。
31. 丁福林《东晋南朝谢氏文学集团研究》,世界图书出版公司,2014。
32. 林家骊《沈约研究》,杭州大学出版社,1999。

后　　记

近年来,魏晋南北朝文学及其文学批评的研究成果颇多,但是在研究过程中,如何使这种研究真正接近原始面貌,深入揭示此中的内在联系,依然是需要努力的。我们知道,在汉魏六朝时期,文论是与广义的学术文化浑然一体的,即使是在诗文评形态相对成熟的《文心雕龙》中,经史子集也是有着内在勾连的。如果囿于西方文学理论批评的模式与框架,则很难深入中国文学理论批评的实质。因此,在近年的魏晋南北朝文学理论批评与文学研究中,我越来越对南朝学术与文论这一课题产生浓厚的兴趣,并努力去揭示其中的联系,发表了一些论文,受到朋友们的肯定与支持。本书在此基础之上,系统地探讨了南朝学术与文论的彼此关系,以及南朝文论的缘起、特质,希冀对于传统的研究模式作一些突破,也算是对于自己以往研究的超越。至于书中的不足与缺点,欢迎大家批评指正。

本书承蒙我的几位博士生提供了一些初稿与原始资料,在此表示感谢。

图书在版编目(CIP)数据

南朝学术与文论／袁济喜著. —上海：上海古籍出版社，2019.9
（中国古典学研究丛书）
ISBN 978－7－5325－9335－4

Ⅰ.①南… Ⅱ.①袁… Ⅲ.①中国文学－古典文学－文学批评史－研究－南朝时代　Ⅳ.①I206.2

中国版本图书馆 CIP 数据核字（2019）第 191277 号

中国古典学研究丛书
南朝学术与文论
袁济喜　著
上海古籍出版社出版发行
（上海瑞金二路 272 号　邮政编码 200020）
（1）网址：www.guji.com.cn
（2）E-mail：guji1@guji.com.cn
（3）易文网网址：www.ewen.co
启东市人民印刷有限公司印刷
开本 710×1000　1/16　印张 23.25　插页 2　字数 323,000
2019 年 9 月第 1 版　2019 年 9 月第 1 次印刷
ISBN 978－7－5325－9335－4
I·3420　定价：98.00 元
如有质量问题，请与承印公司联系